JN305885

1

系　リサーガム星

部　マンテル地区

ームが近い。

は発掘現場のふちに立ち、作業員たちははたして今夜を生き延びられるかな

のための発掘現場には、角断面の深い縦穴がいくつも並んでいる。ウィーラ

る、グリッドに分けて掘っていく古典的手法だ。掘り残し部分の垂直の壁に

たひとつの縦穴は、深さ十メートルに達している。壁はハイパーダイヤモンド

製の透明な擁壁でささえられている。

薄いシート状のダイヤモンドをへだてて、百万年分の地層の積み重なりがあらわになっている。しかし大きな砂嵐が来れば――〝剃刀嵐（レザーストーム）〟と呼ばれる猛烈な砂嵐に一度襲われれば、縦穴は地表まで埋まってしまうだろう。

車高の低いクローラーから、作業員の一人が出て近づいてきた。呼吸を助けるブリーザーマスクのせいでくぐもった声でいう。

「確認したいことがあります。首都キュビエからネヘベト地峡北部全域に緊急気象警報が出されました。地表の作業チームはすべて近傍の基地に避難せよとのことです」

「荷物をまとめてマンテル拠点へ逃げ帰ろうといいたいのか」

男はそわそわとジャケットの襟を引き寄せた。

「大きな嵐らしいんです。総員撤退命令を出していいですか？」

シルベステは発掘現場のグリッドを見下ろした。周囲にずらりと設置された投光器によって、縦穴の側面はどれもまばゆく輝いている。

太陽――すなわち、孔雀座デルタ星は、この高緯度地域では明かりの役に立つほどの高さまで昇らない。そしていまは、分厚い砂塵のベールをかぶって地平線に没しようとしている。赤錆色のしみのような光がどこにあるか、目をこらさないとわからないほどだ。まもなく塵旋風（じんせんぷう）がいくつもやってくるだろう。勢いをつけすぎたおもちゃのジャイロスコープのように、土埃を巻きあげて回転しながら、プテロ大平原を横断してくる。そのあとから、黒い鉄床（かなとこ）のような巨大な嵐の本体がやってくるのだ。

「いいや、避難の必要はない。ここは地形的に安全だ。このへんの岩には風食の跡がない。見ればわかるだろう。嵐がひどくなったらクローラー内にはいればいい」

男は岩を見たが、自分の耳が信じられないというように首をふった。

「キュビエからこれだけ緊急度の高い警報が出されるのは、一、二年に一回です。これまでにないほど大規模な嵐なんです」

「だからどうした」

シルベステがいうと、男はきっとなって、反射的にシルベステの目を見た。しかしすぐに、困惑したように目をそらす。

シルベステは続けた。

「この発掘現場を放棄するわけにはいかないんだ。わかったか」

男はグリッドのほうにむいた。

「シートをかぶせれば現場は保護できます。発信器も埋めておけばいい。かりに縦穴が全部埋まってしまっても、場所はまたすぐわかります。いまの位置まで掘り返せばいいんです」

防塵ゴーグルのむこうの目は必死だ。

「もどってきたら、グリッド全体をおおうドーム屋根を設置しましょう。人と機材を危険にさらすより、そのほうがいいですよ」

シルベステは男に一歩近づき、いちばん近い縦穴のほうに男をあとずさらせた。

「命令だ。全発掘チームに伝えろ。発掘続行だ。おれ以外の指示による変更はない。マンテルへの避難がどうのと話すのは許さん。壊れやすい機器だけはクローラー内にもどせ。わかったか」

「でも、作業員は？」

「作業員は作業をしろ。掘るのがやつらの作業だ」

シルベステは、反論するならしてみろといわんばかりに、にらみつける。男は長いことためらったあと、背中をむけて、小走りにグリッドのほうへむかった。縦穴のあいだの狭い掘り残し部分を、慣れた足どりで渡っていく。グリッドのまわりには点々と下向きの大砲のようなものが並び、強くなってきた風に揺れている。精密な画像重力計だ。

シルベステはしばらく待って、男とおなじ道をたどっていった。縦穴をいくつか通りすぎたところで横にそれ、中心部へむかう。

発掘現場の中心には、四つのグリッドを合わせた巨大なひとつの縦穴がある。一辺三十メートルで、深さもおなじくらい。壁はやはりハイパーダイヤモンドの擁壁でささえられている。

シルベステは穴に降りる梯子に足をかけ、壁ぎわをすばやく降りていった。この数週間、何度も昇り降りしているので、もはや高さによるめまいは感じない。

擁壁ぞいを降りていくと、目のまえでは地質学的な時間が逆回転していった。

〝大事件〟は九十九万年前だ。地層の大半は永久凍土になっている。リサーガム星の極地に近いこのあたりでは、凍った土は永久に解けることがない。下へ降り、イベント層に近づくと、その衝撃のあとに降り積もった表土の層がある。イベント層そのものは、一本の黒く薄い境界線だ。成分は燃えた森の灰。

穴の底は平坦ではない。しだいに狭くなる階段状の部分を降りて、最低点に達する。地表からは四十メートルの深さだ。追加の投光器が闇を払っている。深い穴の底なので、風は感じられない。

狭い空間に人がひしめいている。発掘チームは地面にマットを敷いて膝をつき、黙々と作業している。繊細な器具を使っていて、昔なら外科手術をしているように見えただろう。キュビエから来た若い学生たちで、三人ともリサーガム生まれだ。うしろでは従僕機（サービター）が待機している。このような機械は、発掘の初期段階では有用だが、最終的な作業はさすがにまかせられない。

チームの隣には、女が一人、コムパッドを膝に乗せてすわっている。画面に表示されているのは、アマランティン族の頭骨の系統分類図。

足音をしのばせて近づいてきたシルベステに、女はようやく気づき、はっとしたように立ちあがって、コムパッドをとじた。厚手のジャケット。眉のところで一直線に切りそろえた前髪。

「おっしゃるとおりでした。大発見なのはまちがいありません。保存状態も驚くほどいい」

「なにか仮説を思いついたかい、パスカル」

「それは博士のお仕事です。わたしの仕事は報道です」

パスカル・デュボワは、キュビエから来た若いジャーナリストだ。この発掘を初期から取材している。ときには本職の考古学者たちにまじって手を汚し、研究者特有の言いまわしにもなじんでいる。

「でも、悲惨な遺体ですね。異星種族なのに、苦痛が伝わってくるようです」

穴の隅の一段低くなったところで、二つの石室が掘り出されているところだった。九十万年以上地中にあったにもかかわらず、石室はほとんど崩れていない。内部の骨はもとの骨格どおりにならんでいる。

典型的なアマランティン族の骨だ。人類学の実習を受けた者でなければ、人骨だと思うかもしれない。二本の腕をもち、二足歩行し、身長も人間くらいで、骨格構造も見ためは似ている。脳室の容積もほぼおなじ。感覚器官、呼吸および発声器もおおむね似た位置にある。

ただし、頭骨だけは人間より細長い。むしろ鳥に似ている。左右の大きな眼窩のあいだから、嘴(くちばし)状の上顎にかけて、顕著な隆起がある。

身体の骨は、まだあちこちが干からびて黄変した組織でおおわれていた。姿勢がねじれ、まるでもがき苦しんでいるように見える。

骨は石化していないので、いわゆる化石ではない。石室からみつかったのは骨と、いっしょに埋葬されたいくつかの工芸品だけで、あとはなにもなかった。

シルベステは頭骨のひとつに指先をふれた。

「どういう意味か考えろと、おれたちにいってるのかもしれない」

「組織が乾燥したせいで、こんなふうにねじれた姿になっているだけでしょう」

「こういう姿勢で埋められたのかもしれないぞ」

グローブをした手で頭骨にさわると、触覚データが指先に伝わってくる。そうしながら、シルベステは、カズムシティの高層階にある黄色の部屋を思い出していた。

壁にはメタンアイスにおおわれた風景の銅版画がかかっていた。給仕の装いをしたサービターが、ゲストたちのあいだを動きまわり、酒とつまみを配っていた。展望室の天井は色とりどりの薄絹をかけて飾られていた。空中は流行の眼球内映像でいっぱいだ。熾天使、智天使、蜂鳥、妖精。ゲストは家族の友人や関係者がほとんどだ。シルベステにとってはろくに面識もないか、あっても顔をあわせたくない相手ばかり。シルベステ自身の友人はほとんどいなかった。

父カルビンは、いつものように遅れてあらわれた。宴が終わりに近づいてきたころに、ようやくご登場だ。それでよかったのだ。カルビンの最後にして最大のプロジェクトとは、緩慢な自殺にほかならなかった。プロジェクトの完成とはすなわち自身の死だった。

父は息子に、ひとつの箱をさしだした。側面に象眼されているのは、もつれたRNA鎖。

「あけてみろ」

手にとると、箱は軽かった。蓋をあけると、鳥の巣のような緩衝材。そのなかに、箱とおなじ茶色でしみだらけの、ドーム状のものがおさまっていた。頭骨の上部だ。どうやら人骨で、下顎骨はない。

まわりの人々が静まりかえったのを、シルベステはよく憶えている。

「これだけ？」

部屋のゲストたち全員に聞こえるように、わざと大きな声でいった。

「ただの古い骨？　これはこれは、ありがとう、パパ。感謝の言葉もないよ」

「だいじにしてくれ」

カルビンは答えた。

そしてじつは、カルビンのいうとおりであることを、シルベステはまもなく知るはめになった。その頭骨はとてつもなく貴重だったのだ。スペインのアタプエルカで発掘された、二十万年前の女性の骨だ。女性の死亡した年代は、埋まっていた地層からあきらかだったが、発掘した科学者たちは推定の精度をあげるために、当時最新の技術を使っていた。埋葬されていた洞窟の岩の年齢を、カリウム・アルゴン法で調べた。壁の湧泉沈殿物の形成年代を、ウラン系列法で特定した。火山ガラスをフィッショントラック法で、焼けた石器の破片を熱ルミネッセンス法でそれぞれ年代測定した。

それらの手法は、精度と適用法を改良されて、いまもリサーガム星の発掘チームで使われている。物質を年代測定する方法は物理的にかぎられているのだ。

シルベステは、そこまで瞬時に見抜かなければいけなかったのだ。そしてその頭骨が、イエローストーン星でもっとも古い人類の遺物であることに気づかなくてはいけなかった。何世紀もまえにはるばるエリダヌス座イプシロン星系へ運んでこられ、コロニーの動乱によって失われたもの。それをカルビンがふたたび掘り出したこと自体が、小さな奇跡だった。

そのときシルベステが恥ずかしく思ったのは、くだらない贈り物だったからではない。うかつにも無知をさらけだしてしまったからだ。あんなまねは二度としたくない。その後、贈られた頭骨は自分への戒めとしてリサーガム星へも持ってきていた。もうあんな失態はできない。

「もし博士のいうとおりだとしたら、なんらかの理由があってあんなふうに埋められたことになりますね」

パスカルがいった。

「警告かもな」

シルベステは答えて、三人の学生のほうへ近づいていった。パスカルはついてきた。

「やはりそう答えられるんですね。では、この恐ろしい警告は、具体的になにをさしていると?」

パスカルは、たんに疑問形でいっているだけだ。シルベステはわかっていた。シルベステがアマランティン族にどんな仮説をもっているかを、パスカルはよく知っている。そのうえで、その仮説の細部をチクチクとついて楽しんでいるのだ。何度も語らせているうちに論理的な欠陥が露呈し、仮説全体がまちがいだったとシルベステが認めざるをえなくなれば、それも一興というわけだ。

シルベステは、近くの擁壁のむこうに見える黒い線を指でなぞった。

「イベントさ」

「イベントは、アマランティン族の身に起きたことですね。いやおうなくふりかかってきた。しかもあっというまの出来事だった。なにが起きているのか理解する暇もなかったと思われるのに、まして不吉な警告として遺体を埋める余裕などなかったでしょう」

「彼らは神を怒らせたんだよ」

「なるほど。彼らの宗教観からすれば、イベントを神の怒りと解釈したであろうことは、どの研究者の意見も一致しています。しかしその解釈を恒久的なかたちで表現するまえに、全滅の憂きめにあったと考えられています。まして、未来の、異なる種族の考古学者のために遺体を埋めるなど、できたはずがありません」

パスカルはフードを頭にかぶり、ドローコードを引いて締めた。穴のなかにも細かい埃が舞いはじめている。空気もしばらくまえにくらべると動きが感じられる。

「でも、博士はそう考えていらっしゃらないんですね」

返事を待たず、パスカルは前髪を払って大きな防塵ゴーグルをかけ、掘り出されているものを見下ろした。

パスカルのゴーグルは、発掘現場のまわりに設置された画像重力計のデータにアクセスしている。そのおかげで、質量のある地中の物体が立体映像として、実景に重ねて映し出される。シルベステの場合は、たんに自分の目に指示をすればおなじものを見ることができた。

立っている地面が、ふいに実体を失ったように透きとおった。煙のようにもやもやとしたなかに、なにか大きな物体が埋まっているのが見える。

オベリスクだ。きれいに整形された巨大な一本の石柱。周囲は何層もの石で保護されている。

オベリスクは高さ二十メートルで、発掘はまだその先端数センチにしか至っていない。ある面に、標準的な後期アマランティン図文字でなにか書かれているのがわかっている。しかしそれを読むほどの空間解像度は、画像重力計にはない。掘り出すしかないのだ。

シルベステは目に指示して実景にもどし、学生たちに命じた。

「作業を急げ。表面に少々傷をつけてもかまわん。今夜中にすくなくとも一メートルは掘り出せ」

学生の一人がしゃがんだまま顔をあげた。

「あの、発掘は中止されるかもしれないと聞いたんですが」

「なぜ中止するんだ」

「嵐が来てるからです」

「嵐がなんだ」

シルベステがきびすを返そうとしたとき、その腕をパスカルがやや強い力でつかんだ。そしてシルベステだけに聞こえる声でいった。

「学生たちが心配するのも無理ありませんわ、ダン。わたしもその警報は聞きました。マンテルに帰るべきです」

「そしてこれを失えと」

「もどってまた掘ればいい」

「たとえ発信器を埋めても、またみつかる保証はないんだぞ」

たしかにそうなのだ。発掘地点のまわりにたいした目印はない。周辺の地図もおおざっぱだ。なにしろこの星の地形図は、ロリアン号が四十年前に軌道に乗ったときに簡単に作成したものしかないのだ。それから二十年後に反乱が起きた。入植者の半数がロリアン号を奪って帰郷する道を選んだ。通信衛星帯はそのとき破壊され、以来リサーガム星では、位置を正確に特定する手段がない。しかも発信器は、レザーストームに遭うと故障しがちだった。

パスカルがいった。

「それでも、人命を危険にさらすよりましです」

「ここにあるのは、もっと重要なものかもしれないんだ」

学生たちを指さして強くいった。

「急げ。必要ならサービタ一を使え。夜明けまでにオベリスクの上部が見えるようにしておけ」

そのとき、上級研究学生のスリュカが低く悪態をついた。

「なにかいいたいことがあるのか？」

シルベステが訊くと、スリュカはおそらく数時間ぶりに立ちあがった。目がすわっている。手にした作業用のへらを、毛皮の長靴のわきに落とす。ブリーザーマスクを顔からむしりとり、リサーガム星の生の大気を吸いながら話した。

「お話があります」

「なんだ、スリュカ」

スリュカはマスクから一度エアを吸って、続けた。

「やりすぎです、シルベステ博士」

「おまえこそ、その態度はやりすぎだぞ」

スリュカはその返事を無視した。

「わたしたちはあなたの仕事に敬意をもっています。あなたの仮説に賛同しています。だからこそこの現場へ来て、苦労をいとわず作業しているんです。なのにあなたは、一片の感謝の念もない」

火花の散るような目でちらりとパスカルを見やる。

「もうあなたのまわりに、味方はほとんどいませんよ、シルベステ博士」

「それは脅しか？」

「事実を述べているまでです。コロニーの政治状況にいくらかでも関心をもっていれば、ジラルデューがあなたに対抗する動きを準備しているのがわかるでしょう。噂では、あなたが思っているよりその行動開始は近いようですよ」

シルベステはうなじが総毛立った。

「なんの話だ」

「もちろん、クーデタのことですわ」

スリュカはシルベステを押しのけ、壁ぞいにかかった梯子にむかった。最初の段に足をかけ、ふりむいてあとの二人の学生を呼んだ。しかし二人とも顔をあげず、オベリスクを掘り出す作業に没頭している。

「勝手にすればいいわ。あとで泣き言をいわないように。レザーストームに巻きこまれたらどうなるか。知らないのなら、そのシルベステがいい例よ」

学生の一人がおそるおそる顔をあげた。

「どこへ行くの、スリュカ？」

「他の発掘チームよ。警報をまだ聞いてない人たちもいるかもしれない。聞けば、あえて残りたいという人は少ないはずよ」

スリュカは梯子を登りはじめた。しかしその長靴のかかとを、シルベステがつかむ。スリュカは見下ろした。マスクごしにも軽蔑しきった表情がわかる。

シルベステはいった。

「おまえは終わりだ、スリュカ。馘だ」

「いいえ」スリュカは登りながら答えた。「わたしは始めたばかり。終わりはあなたよ」

シルベステは自分の精神状態を点検してみた。意外なことに、きわめて冷静だった。平穏そのもの。ただしそれは、上と下からの強大な圧力でかろうじて維持されている、孔雀座デルタ星から遠く離れた巨大ガス惑星にある金属水素の海のような平穏さだった。

「どうするんですか」

パスカルに訊かれ、シルベステは答えた。

「ちょっと話したいやつがいる」

シルベステは斜路をあがって、自分のクローラーのなかにはいった。

もう一台のクローラーは、機械装置の棚や出土品のコンテナがぎっしり詰まっていて、わずかな空間に学生たちがハンモックを吊って寝ている。マンテル地区の発掘現場は市内から一日以上かかることが多いので、学生たちはみんな車内で寝るのだ。

それにくらべると、シルベステのクローラーはかなり贅沢な仕様になっている。車内の三分の一以上が彼の専用室と寝室で占められている。残りは予備の貨物室と、上級研究学生やゲストのためにあるいくらかまともな寝室が二部屋ほど。今回の使用者はスリュカとパスカルだ。しかしいま、車内にはシルベステしかいない。

専用室の内装は、ここがクローラーの車内であることを忘れさせる。壁は赤いベルベット張りで、飾り棚には科学器具の模型や記念品が並ぶ。メルカトル図法で描かれた大きなリサーガム星全図には、アマランティン族の主要な遺物発掘地が優美な書体で書きこまれている。

壁のあいたところをおおっているのは、なかなか更新されないテキスト。すなわち、書きかけの学術論文だ。論文書きでいちばん面倒なところは、ベータレベルにやらせている。シルベステは自分のベータレベルをよく訓練しているので、もはや自分より自分らしい文体で書く。こんなふうに他の仕事が忙しいときはなおのことベータレベルのほうが信頼できる。時間ができたらこれらのテキストを読んで校正しなくてはならないのだが、いまはそんな暇はなかった。

まっすぐデスクへむかう。

豪華なこのライティングデスクは、大理石と孔雀石で装飾され、初期の宇宙開発のようすが日本の工芸技術で描かれている。

引き出しをあけ、シミュレーションカートリッジを一枚とりだした。なにも書かれていない、灰色のタイル状のものだ。デスクの上面にはスロットがある。そこにこのカートリッジを挿せば、カルビンを呼び出せる。

シルベステはしばしためらった。

前回カルビンを死の床から呼び出してから、だいぶ時間がたっている。すくなくとも数カ月。前回の再会はきわめて不愉快だった。そのせいで、よほど危機的状況のとき以外は二度と呼び出すまいと決心したのだ。

では、いまはその危機的状況が訪れているのだろうか。あえて呼び出すほどさしせまった事態なのか。カルビンの助言が役に立つかどうかはいつも半々だというのに。

シルベステはカートリッジをスロットに押しこんだ。

何人かのフェアリーが登場して、部屋のまんなかに光でできた姿を描き出した。カルビンが大きな貴族風の椅子に腰かけている。映像はどんなホログラムより真に迫っている。微妙な陰影効果までついているのは、シルベステの視野に直接描画されているからこそだ。

このベータレベル・シミュレーションは、カルビンのもっとも有名な時期の姿を映している。すなわち、イエローストーン星での絶頂期である五十歳になるかならないかのころだ。それなのに、シルベステより年上に見えるのは、ある意味で奇妙だ。生理学的にいっても、いまのシルベステのほうが映像のカルビンより七十歳以上年寄りのはずなのだ。シルベステは、いま二百七歳。しかしカルビンの時代の長命化処置は、シルベステがイエローストーン星で受けたものよりはるかに遅れていたのだから、無理からぬことといえた。

そういった外見上の年齢をべつにすれば、父子は顔かたちも体格もよく似ていた。いつもなにかをおもしろがっているように口の端をゆがめているのもおなじ。

髪型や服装は異なる。カルビンは髪を短くそろえ、ベルエポック期の無政府民主主義者の正装をしていた。発掘現場に立つシルベステの質素な服装とは対照的だ。ゆったりとした豪華なシャツ。洗練されたチェック模様のズボン。古いスタイルのブーツ。指には宝石と貴金属がきらめいている。顎の線をすこしだけ強調するようにカットされた錆色の髭。周囲に控えめに浮かばせている装飾の眼球内映像は、ブール記号や三値論理記号、そして流れる無数の二進数だ。片手は顎の下の髭をいじり、反対の手は肘掛けの先端にある渦巻形を握っている。

映像が軽く動き、青白い瞳におもしろそうな光が浮かんだ。なるほどというように、カルビンは片手の指をあげる。

「ふむ、どうやら、面倒な事態が起きかけとるようじゃな」

「ご明察」

「なに、簡単さ。ネットにアクセスして、過去数千件のニュースを読んだだけじゃ」

首をぐるりとまわしてシルベステの専用室を見渡す。

「なかなかいい部屋に住んどるな。ところで、目玉の調子はどうじゃ？」

「仕様どおりに機能してるよ」

カルビンはうなずいた。

「解像度はいまいちじゃが、当時わしの手もとにあった機器を使ってはそれが精一杯での。接続できた視神経はせいぜい四十パーセントじゃから、性能のいいカメラをつないでも無駄よ。この惑星にころがっとる外科手術機器の半分でもいい性能のものがあれば、もっとましな仕事ができたんじゃがな。ま、ミケランジェロに歯ブラシを渡しても、システィナ礼拝堂の壁画を描くのは無理じゃて」

「その話は何回も聞いたよ」

「そうじゃったかな」カルビンはすました顔でいう。「ようするにだ、どうせアリシアにロリアン号を持っていかれるのなら、そのときせめてまともな医療機器を何台かおいていくように説得すればよかったのじゃ」

二十年前のシルベステに対する反乱を率いたのは、ほかならぬ妻のアリシアだった。その話をカルビンはことあるごとに蒸し返す。

「ああ、自業自得ってことでいいよ」シルベステは手をふって映像の無駄口を黙らせた。「悪いけど、昔話をするためにあんたを呼び出したわけじゃないんだ、カル」

「父上と呼んでくれんかの」

無視した。

「ここがどこだかわかるか?」

「発掘現場のようじゃな」

カルビンはしばし目をとじ、こめかみに指先をあてて集中する恰好をした。

「待て待て。調査用のクローラーが二台。マンテルから来てプテロ大平原のふちにいるな……ウィーラー法のグリッド掘りか……ずいぶん古い趣味じゃ! 今回の目的にはかなっておるが。それから……これはなんじゃ、高解像度画像重力計……振動計……ほう、なにかみつけたらしいの」

そのとき、デスクのステータス・フェアリーが、マンテルからの着信を知らせた。それを受けるかどうかで、シルベステとカルビンのあいだで一悶着あった。

かけてきたのはアンリ・ジャヌカン。鳥類生物学者で、シルベステにとって数少ない盟友といえる人物だ。ジャヌカンは、本物のカルビンと知りあいだったとはいえ、このベータレベルは見たことがないはずだ。ましてそのベータレベルが息子から助言を求められている姿など見ていない。シルベステにしてみれば、自分がカルビンの助けを必要としていて、そのためにわざわざシミュレーションを呼び出したりしているということを、知られたくなかった。そんな弱みは見せられない。

「なにをためらっておるのじゃ。はよつなげ」

「彼は知らないんだよ、あんたを……こういうことを」

カルビンは首をふった。するといきなり、ジャヌカンの姿が部屋にあらわれた。シルベステは平静を装おうとしたが、なにが起きたのかはすぐに察しがついた。カルビンがデスクのプライベート機能に侵入して、じかにコマンドをいれたのだ。

昔からカルビンはこんなふうにずる賢いやつだった。だからこそ、いまもこうして利用価値があるのだが。

ジャヌカンの全身映像は、カルビンのよりやや粗かった。マンテルから通信衛星経由で送られてきているので、どうしてもデータが断片的になる。また、映しているカメラが古いというのもあるだろう。リサーガム星の電子機器はみんなそうだ。

ジャヌカンはとりあえずシルベステにしか気づかなかった。

「おお、やっとつながったか。この一時間ずっと連絡をとろうとしておったのだぞ。発掘穴に降りているときに着信を知らせる手段を持っていないのか？」

「持ってますよ。でも切ってるんです。うるさいから」

「そうか」ジャヌカンはさほど苛立ったようすは見せなかった。「そうしたくなるだろうな、きみのような立場であれば。こちらの話はもう察しがついているだろう。面倒なことになりかけているのだ、ダン。おそらくきみの予想より……」

そこでジャヌカンは、初めてカルビンの存在に気づいた。椅子に腰かけた姿をしげしげと見る。

「これは驚いた。きみか」

カルビンはなにもいわずにうなずいた。

シルベステは急いで説明した。

「これはベータレベル・シミュレーションなんです」

会話がこれ以上進むまえにあきらかにしておかなくてはならない。アルファレベルとベータレベルとは根本的に異なるもので、イエローストーン星の礼儀作法はこの二つの区別にいちいちうるさいのだ。これがとうに失われたはずのアルファレベル記録だとジャヌカンに思わせたら、とんでもない礼儀知らずとそしられることになる。

「彼と……いや、これと、ちょっと話していたんです」

カルビンがじろりとにらんだ。

「なにをかね?」

ジャヌカンが訊く。

アンリ・ジャヌカンは老人だ。じつをいえば、リサーガム星でもっとも高齢だ。その容貌は、年を追うごとに猿に似てきている。真っ白な髪と髭のまんなかに、小さなピンク色の顔。キヌザルという希少な霊長類にそっくりだ。

イエローストーン星で遺伝学のエキスパートと呼べるのは、ミックスマスターをのぞけばジャヌカンくらいだった。ミックスマスターのだれよりジャヌカンのほうが上だと評する者もいた。一瞬のひらめきで着想を得るのではなく、長年かけて知見を積み重ねてきているので、それほど派手な才能に見えないだけだという。

ジャヌカンはとうに三百歳を超え、何度もくりかえした長命化処置はだいぶほころびが見えている。もうすぐリサーガム星で老齢によって死ぬ最初の人間になるだろう。そう思うと悲しくなった。ジャヌカンとは意見がくいちがうこともよくあるが、重要な問題ではいつも一致してきたからだ。

「こいつがちょっとしたものを発見したのじゃよ」

カルビンがいうと、ジャヌカンの目が輝いた。科学的発見の報はいまも年齢をかすませる。

「ほう?」

「ええ、今回……」

そのとき、不可解なことが起きた。部屋が消えたのだ。

三人はバルコニーに立っていた。カズムシティの高層階だと、シルベステはすぐに気づいた。またカルビンのしわざだ。デスクはもはやこのベータレベルの忠犬となりはてている。さきほどはプライベート機能にアクセスしてみせたのだから、こうしてデスクの標準環境フォーマットのひとつを走らせるくらいは造作ないだろう。

よくできたシミュレーションではある。頬をなぶる風や、この都市特有のいわくいいがたい匂いまで再現されている。微妙な部分だが、安物環境はこれがないからすぐわかる。シルベステが少年時代を過ごしたころの都市だ。ベルエポック期の真っ盛り。壮大な金色の建物が雲の彫刻のようにどこまでも続き、そのあいだを空中交通がいきかう。眼下には公園と庭園が階段状にどこまでもつらなっている。霞のかなたまで何キロも続く青葉と光の景色。

「懐かしい眺めじゃろう。これがわしらの手にはいる寸前だったのじゃぞ。一族のものになるところじゃった……。わしらが市の実権を握っていたら、あんなことにはならなかったと思うがのう」

ジャヌカンは手すりにつかまって身体をささえた。

「たしかにいい眺めだが、わたしは観光に来たのではないのだよ。ダン、きみはなにをいいかけたのかな、その……」

「不作法に話の腰を折られるまえに、ですね」

　シルベステは答えた。

「ちょうどカルに、デスクから重力計のデータを出してくれというところでした。どうせおれのプライベートファイルも見放題のようですからね」

「わしのような立場になれば簡単なことよ」

　カルビンがいってしばらくすると、煙のようにぼんやりとした映像が浮かびあがった。目のまえの空中にオベリスクがある。実物大らしい。

「ふむ、これはすごいな。たいしたものだ！」とジャヌカン。

「悪くないの」とカルビン。

「悪くないだと？」シルベステはいった。「この星でいままで発掘されたどんなものより、何倍も大きく、何倍も保存状態がいいんだぞ。アマランティン族の技術が大きく進歩する段階にあったたしかな証拠だ。おそらく、広範な産業革命が起きる直前だったはずだ」

「なかなかの発見といえよう」カルビンはしぶしぶ認めた。「もちろん……掘り出すつもりなのじゃろう？」

「さっきまではそのつもりだったけどね」

　シルベステはすこし黙った。

「すこしばかり問題が起きた。ついさっき知ったんだけど……どうやらジラルデューが、予想よりずっと早くおれに対する反旗をかかげて動きだしそうなんだ」

「調査隊評議会の過半数が得られなければ、おぬしには指一本ふれられんはずじゃが」

カルビンの問いに、ジャヌカンが答えた。

「その点はそうだ。ジラルデューがあくまで政治的にやるつもりならな。しかしダンの得た情報は正しい。ジラルデューは直接行動を計画しているようなのだ」

「そりゃつまり……クーデタということかの」

「正しい表現だよ」

「本当か？」

カルビンはまた集中するポーズをとった。眉間にしわが寄る。

「ほう……どうやらそうらしいの。開戦間近という雰囲気で、メディアがジラルデューの次の動きを躍起になって予想しておる。ダンが発掘現場へ行っているために、コロニーは権力の空白地帯になっているわけじゃな……。さらに、ジラルデューのシンパとして知られる連中のあいだで、暗号通信が急激に増大しておる。暗号はわしには解けんが、通信量急増の原因は想像がつくの」

「なにか計画が進んでいるということだろうな」

スリュカのいうとおりだった。その意味ではスリュカに感謝すべきかもしれない。発掘中止を迫ったとはいえ、その警告がなければこうしてカルビンを呼び出すこともなかったはずだ。

ジャヌカンがいった。

「そういう情勢なのだ。だからきみと連絡をとりたかった。ジラルデューのシンパについてカルの分析を聞き、ますます懸念が強まった」

手すりを握る手に力がこもる。針金のように細い身体に、ひっかけているだけのようなジャケット。その袖は、孔雀の斑紋をモチーフにした模様がある。

「わたしがこうしているのはよくないようだ。ダン、きみには疑われないレベルで連絡をとろうとしたのだが、どうやらこのやりとりも盗聴されていそうだ。これ以上の発言は控えるよ」

都市の風景から、空中に浮かぶオベリスクに目をやり、さらに豪華な椅子に腰かけた男を見た。

「カルビン……ひさしぶりに会えてうれしかったよ」

「元気でな」

カルビンはジャヌカンのほうに手をさしのべた。

「それから、孔雀にも幸運を」

ジャヌカンははっきりと驚いた顔になった。

「わたしのプロジェクトを知っているのか？」

カルビンは黙って笑みを浮かべただけ。訊くまでもなかったようだ。

ジャヌカンはカルビンの手を握った。環境シミュレーションは触覚まで完全に伝える。

そしてジャヌカンは歩き去り、カメラの走査範囲から出ていった。

バルコニーには二人が残された。

「さて、どうするのじゃ？」カルビンが訊いた。

「おれは、コロニーの主導権を失うわけにはいかない」

アリシアの反乱、離脱のあとも、シルベステはリサーガム星調査隊全体のリーダーをつとめてきた。理屈の上では、故郷へ帰りたい者はアリシアとともに去り、残りたい者は残ったのだから、シルベステの立場は強固になったはずだ。しかし実際にはそう単純ではなかった。アリシアの主張に共感しながらも、ロリアン号がさっさと軌道を離れたために乗船できなかった連中がいたのだ。そしてシルベステ側に共鳴して残留したなかにも、シルベステの危機管理はまずかった——最悪だったと考える者は多かった。

批判派は、シルベステがシュラウダーと会うまえにパターンジャグラーの海にはいった影響が、いまごろになって出てきたのだといった。頭がおかしくなりかけているのだと中傷した。

アマランティン族の発掘調査は続いていたが、しだいに勢いを失っていった。一方で、政治的対立や亀裂は修復不能なほど広がっていった。アリシア派の残党を率いるのがジラルデューだったが、彼らは浸水党と合流していった。シルベステに従う考古学者たちはしだいに苛立ちを強め、敵対者は包囲して追いつめろという考えに支配されていった。両陣営で、単純な事故とは考えにくい死者が出るようになった。その対立が頂点に達したいま、肝心のシルベステは、危機を解消できる場所にいないのだ。

「でもおれは、これを失うわけにいかないんだ」シルベステは、空中のオベリスクをしめした。「アドバイスしてくれ、カル。どうしても助言を聞くぞ。あんたの運命はおれが握ってるんだからな。弱い立場なのを忘れるな」

カルビンは椅子の上で居心地悪そうに身動きした。

「つまり敬愛すべき父親を脅すわけか。なるほど」

シルベステは歯を食いしばって答えた。

「ちがう。おれを適切な方向に導かなければ、あんた自身がヤバい連中の手に落ちるってことだよ。世間的にいえば、あんたは有名な一族の一員なんだからな」

「おぬし自身はそうは思っておらんがの。わしはただのプログラム、ただの幽霊なんじゃろう。いつになればまたおぬしの身体を使わせてくれるのかな?」

「期待するな」

カルビンは忠告するように、一本指を立てた。

「泣き言をいうでない、息子よ。わしを呼び出したのはおぬしじゃ。逆ではないぞ。気にいらんならいつでもわしを魔法のランプにもどすがいい」

「そうするさ。助言を聞いたらな」

カルビンはすわったまま身をのりだした。

「わしのアルファレベル・シミュレーションをどこへやったか白状するなら、考えてやろう」

意地悪そうにニヤリとする。

「ついでに、八十人組についておぬしの知らんことを教えてやってもよいぞ」

「八十人組の秘密は、七十九人までが罪なく死んだ人々だということだ。ほかに秘密なんかない。でもあんたの責任を追及したりしないさ。独裁者の写真を相手に戦争犯罪を追及してもしかたないからな」

「わしはおぬしに視力をあたえたのだぞ、この恩知らずめ」

くるりと椅子を回転させ、背もたれの裏をシルベステにむける。

「その目が最高性能でないのは認めるが、それはしかたなかろう」

ふたたび椅子が半回転。あらわれたカルビンは、今度はシルベステとおなじ服装に変わっていた。髪型もほぼおなじ。顔からはしわが消え、なめらかな肌になっている。

「シュラウダーの話を聞かせろ、息子よ。おぬしの罪深い秘密を。ラスカイユ・シュラウドでなにがあったのだ？　帰ってきてからおぬしがばらまいた嘘八百は聞きとうないぞ」

シルベステはデスクに近づき、カートリッジのイジェクトボタンに手を伸ばした。

「待て」カルビンは両手をあげた。「わしの助言がほしいのじゃろう？」

「やっとまともに話す気になったか」

「ジラルデューに勝たせるのはもってのほかじゃ。クーデタが迫っているのなら、おぬしはキュビエへ帰れ。そして残された支持勢力をかき集めろ」

シルベステはクローラーの窓から、グリッド状の発掘現場を見た。掘り残し部分の上をいくつも人影が動いている。作業員たちが穴からあがり、安全なもう一台のクローラーへと黙々と待避しているのだ。

「ここは着陸以来もっとも重要な遺跡かもしれないんだぞ」

「そしてそれを、おぬしは失うかもしれぬ。ジラルデューを抑えこんでおけば、もどってきてまた探すことはできる。しかしジラルデューが勝ったら、もうそのチャンスはないのじゃぞ」

「わかってるさ」

父子の敵意は、このときだけは消えていた。状況はカルビンのいうとおりであり、それは否定できない。

「では、わしの助言どおりにするか」

シルベステはデスクに手を伸ばし、カートリッジのイジェクトボタンに指をかけた。

「考えとくよ」

2

恒星間空間
近光速船
二五四三年

死人はおしゃべりで空気を読めないのが困る。

船内三人委員会の委員であるイリア・ボリョーワは、ブリッジを出てエレベータに乗ったところだった。船史の遠い過去からよみがえったさまざまなシミュレーションと十八時間も会話して、疲れはてていた。

船倉の隠匿物の出所についてなにか探り出せるかもしれないと思い、一人ひとり問いつめていったのだ。ところが、古いベータレベル人格が現代ノルテ語を話せないのはともかく、それを動かしているソフトウェアがどういうわけか翻訳を受けつけないのには弱った。

ボリョーワは尋問のあいだじゅう煙草を吹かして、中世ノルテ語の特殊文法に対して頭を働かせようとした。そして、ようやくそれが終わったいまも、煙草は手放せない。緊迫したやりとりで背中がコチコチになって、よけいに肺を煙で満たしておく必要にせまられているのだ。エレベータの空調は調子が悪いので、そのなかも数分で煙だらけになった。フリースの内張りがされたレザージャケットの袖をあげ、細い手首に巻きついたブレスレットにむかって話す。

「船長階へ」

命じた相手はこの船、無限への郷愁（ノスタルジア・フォー・インフィニティ）号だ。船は、その巨体にくらべると顕微鏡的な注意をみずからの体内にむけ、エレベータの制御という原始的な任務にとりかかった。

ややあって、エレベータは下降しはじめた。

「移動中のおともに音楽はいかがですか？」

「いらん。それからもう千回目だけど、あたしの好みは無音だ。考えごとしてんだから黙ってろ」

エレベータは、脊柱（スパイナル）シャフトと呼ばれるところを通っている。船を縦につらぬく長さ四キロの管だ。ボリョーワは名目上の最上階付近でエレベータに乗りこんだ。階数は知るかぎりほんの千五十階。そしていまは、秒速十階で下降している。

エレベータは力場にささえられた箱で、壁はガラス張りだ。軌道のないシャフトの壁も区間によっては透明になるので、エレベータの表示を見なくても現在位置を把握できる。いまは森を通り抜けている。層状になった惑星産植物の育成場だ。現在は放置されて荒れ、枯れかけている。森にとって太陽光線の代わりになっていた紫外線ランプの大半が、切れたまま交換されていないからだ。

森をすぎると、階数は八百台後半の数字になる。かつてこのあたりの多くの階層が乗組員の専用区として使われていた。乗組員が何千人もいた時代の話だ。

八百階を切ると、巨大で現在は動いていない装甲板を通りすぎる。これがそのむこうの回転型ハビタットと、回転しない設備区画をへだてているのだ。

その下に、極低温貯蔵区が二百階続く。収容できる冷凍睡眠者は十万人。いまは空だ。

ボリョーワはすでに一キロ以上降りてきたことになる。しかし船内の気圧は変わっていない。生命維持システムだけはこの船のなかでいまも設計どおりに動いている。それでも、これだけ急速に降下していると、本能的に耳がおかしくなりそうな気がした。

「中庭階です」

とうに変更されている大昔の船内レイアウトをもとに、エレベータは案内した。

「娯楽とレクリエーションにどうぞご利用ください」

「笑えるな」

「といいますと」

「レクリエーションてのが笑える。フルスペックの真空防護服を着て、腹をくだしそうな抗放射線薬を飲むのが、娯楽か。あんまり楽しそうじゃないな」

「といいますと」

「もういい」

ボリョーワはため息をついた。

次の一キロは、ほとんど与圧されていない区画を通っていく。ボリョーワは身体が軽くなるのを感じて、機関区を通過中なのを知った。エンジンは、優美な後退角のついたパイロンによって船体から離して取り付けられている。その巨大な口からごく微量の星間水素を取りこみ、それを、なんだかよくわからない強烈な物理の世界に叩きこむ。連接脳派の製造したエンジンがどんな原理で動いているのか、ボリョーワもふくめてだれも知らない。動けばいいのだ。

ただしこのエンジンは、エキゾチック粒子からなる放射線を常時出している。大半は船体の遮蔽層でシールドされているが、一部は透過してくる。そのためエレベータは加速し、エンジンの脇を急いで通過するのだ。そして危険ゾーンを抜けると、減速してもとの下降速度にもどる。

いまは全長の三分の一あたりを通過している。ボリョーワは他の乗組員よりこのあたりの区画に詳しい。サジャキもヘガジもその他の連中も、よほどの理由がなければここまで降りてはこないからだ。無理もない。降りれば降りるほど、船長に近づくことになる。そのそばへ行くことに怖じ気をふるわないのはボリョーワだけだ。

いや、ボリョーワにとって船体のこの付近は、恐ろしい場所ではなかった。むしろ自分の天下だ。六一二階にはスパイダールームがある。それに乗って船外へ出れば、恒星間空間に棲む幽霊の声を聞ける。考えるとフラフラとそちらへ行きそうになった。しかしいまは仕事だ。幽霊はまたの機会でいい。

五〇〇階を通過した。砲術管制室のある階だ。そこで起きた問題を考えるうちに、新たに捜索したい場所がいくつか思い浮かんで、また自制しなくてはいけなかった。

砲術区を通りすぎると、その下は船倉区。この船でもっとも広い非与圧区画のひとつだ。船倉は巨大だ。端から端まで五百メートル近くある。いまは真っ暗なので、そこにおさめられた四十の品目を、ボリョーワは想像力で脳裏に描くしかない。難しくはなかった。それらの機能と出所は謎に包まれているが、それぞれの形と位置は完璧に把握している。目の不自由な人間が自分の寝室の家具の配置を覚えこんでいるようなものだ。エレベータのなかにいても、手を伸ばせば手近な一基の特殊鋼製の外板に手を触れて、そこにあるのを確認できそうな気がする。

三人委員会に加わって以来、ボリョーワはそれらについて手をつくして調べてきた。しかし、心に不安がないといったら嘘になる。まるで新しい恋人に近づくように、神経質になっていた。これまでに集めたデータは表面だけなのだ。中身を知ったら幻滅するかもしれない。船倉を出るとき、心のどこかでほっとするのも事実なのだ。

四五〇階で、また装甲板を通過した。ここでまた設備区画と、このあと一キロにわたって細くなっていく船体尾部が分けられている。エレベータはふたたび放射線ゾーンを通過するために加速した。そのあとは停止するまで長い減速が続く。

そこで通過していくのは第二の極低温貯蔵区だ。計二百五十階に、十二万人が収容可能。

もちろん、現在そこで眠っているのは、たった一人だ。

船長のいまの状態を睡眠と呼べるなら、だが。

エレベータはかなり減速していた。やがて極低温区のまんなかの階で止まり、目的地到着をアナウンスした。

「乗客極低温睡眠区の案内係です。航行中の冷凍睡眠に関するご用はなんなりとお申しつけください。ご利用ありがとうございます」

ドアがひらく。敷居をまたぎながら下を見ると、照明されたシャフトの壁が、暗い間隙をはさみながらはるか遠くの一点まで続いている。船のほぼ全長を（あるいは全高を、か。船をとてつもなく高いビルのように考えてしまうのはいたしかたない）移動してきたにもかかわらず、シャフトはまだ無限に伸びているように見える。それほどこの船は大きいのだ。ばかばかしいほどデカい。そのせいで感覚が狂ってしまう。

「わかったから、もう黙ってろ」

「といいますと」

「うせろってんだよ」

もちろん、エレベータがどこかへ移動することはない。移動すれば、ボリョーワの苛立ちをなだめられるだろうが、そんなことはしない。そこで帰りを待ちつづけるはずだ。エレベータを使う用事のある人間は他にいない。いま船内で目覚めているのは、ボリョーワだけだ。

スパイナルシャフトから船長の場所まではかなり離れている。しかもまっすぐは行けない。船のこのあたりは機器を誤作動させるウイルスにむしばまれているからだ。漏れた冷却液で浸水した区画や、変異した雑役ネズミが大繁殖している区画。そうでないところも、暴走した防性ドローンがうろついているので、狩りをしたい気分でなければ避けたほうが無難だ。その他にも有毒ガスや、与圧破れや、高放射線。幽霊が出るという噂もある。

ボリョーワは幽霊など信じていない(スパイダールームで船外に出て〝幽霊〟の声を聞くこともあるが、あれは別物だ)。それでも、この噂を笑い飛ばしているわけではない。船内には、武装せずに立ち入る気にはなれない場所がいくつもあるのだ。ただ、船長の周辺は勝手がわかっているので、過剰に神経を使うことはなかった。

とはいえ、寒い。ボリョーワはジャケットの襟を立て、帽子と耳当てをしっかり引きおろした。短髪をメッシュの布地が押しつぶす。もう一本煙草に火をつけ、深く吸いこむ。そうやって頭のなかの緩みを追い出し、戦闘的で冷えきった緊張感を注入する。

ボリョーワは孤独が性にあっている。人間の相棒がほしいと思わないこともないが、それほど熱烈に希望するわけではない。その相棒がナゴルヌイのようなことになるのなら、はなから願い下げだ。まあ、代わりの砲術士はイエローストーン星に着いてから探せばいい。

いやいや、どうしてそんな不安が頭のなかの壁から漏れてきたのか。

いまはナゴルヌイが問題なのではない。船長だ。そして船長はここにいる。変わりはてた姿なのは、ひとまずおいて。

ボリョーワは気持ちを落ち着かせた。落ち着かないといけないのだ。これから醜悪なものを目にすることになる。この点は、ボリョーワは他の乗組員より弱かった。強い拒否反応が出る。吐き気をもよおすのだ。

ブラニガンを収容した冷凍睡眠ユニットがまだ機能しているのは、奇跡といえた。かなり古いモデルで、オーバースペック気味につくられているのだ。いまでも船長の細胞を平衡状態にとどめようとがんばっている。しかしユニットの筐体は割れて大きな亀裂がはいり、そこから増殖する金属繊維が噴き出している。まるでユニット内部にカビがはえて、それが外に出てきているようだ。ブラニガンの身体はそのなかにある。どの程度残っているかは不明だが。

冷凍睡眠ユニットに近づくと、猛烈に冷えた。いつのまにかボリョーワの身体は震えだした。しかしこれは仕事だ。ジャケットからスクレーパーを取り出し、少量の繊維を試料用にこそぎとる。ラボに帰ったら、これをさまざまなウイルス兵器で攻撃し、腫瘍の成長をすこしでも止められるものを探すのだ。しかし経験的に、その作業はほとんど無駄だとわかっていた。ボリョーワの使う分子ツールをたちまち無効化させてしまう腫瘍の能力ときたら、あきれるほどなのだ。

まあ、あせる必要はない。冷凍ユニットはブラニガンを絶対零度すれすれの数百ミリケルビンに維持している。そこまで冷えていれば、増殖はいちおう抑えられるのだ。悪いほうに考えれば、その温度から蘇生した人間の例もない。しかし現状の船長は、そんなことを心配していられる状態ではなかった。

ボリョーワはブレスレットにむかって低い声で指示した。

「船長についてのファイルを開き、以下を追記」

ブレスレットは準備完了のビープ音を小さく鳴らす。

「あたしが覚醒してから三度目のブラニガン船長の点検。目視では……」

そこでためらった。不適切な用語を使うとヘガジ委員が怒るのだ。ヘガジがどう思おうと気にはしないのだが。

イエローストーン人が命名した〝融合疫〟という呼称を使ってもいいだろうか。いや、ここは避けておこう。

「……病気の拡大具合は前回から変わっていない。広がっているとしても数ミリ以下。極低温機能はまだ正常。奇跡的に。しかし将来いずれかの時点でユニットが故障するのは覚悟せねばならないと思われる」

故障が起きたら、急いで新しい冷凍ユニットに船長を移さなくてはいけない（どうやって移すのかはともかく）。もしそれができなければ……彼らにとって心配事がひとつ減ることになるだろう。船長自身の心配事も終わるはずだ。そうであってほしい。

ブレスレットにいう。

「ログファイルを閉じろ」

そして、肺にニコチンを流しこみたいと切に願いながら、続けた。

「船長の脳中心部を五十ミリケルビン温めろ」

経験的にこれが必要最小限だとわかっている。温めたりないと、脳は凍結状態のままだ。温度を上げすぎると、疫病の侵食が進んでしまう。

「船長。聞こえますか？　イリアです」

シルベステはクローラーから降りて、発掘現場のほうへもどっていった。カルビンと話していたあいだに風はかなり強くなっていた。頬に砂粒があたってチクチクと痛い。さながら魔女の愛撫だ。

「話しあって、いい結論が出ましたか？」

パスカルがいった。風のせいで大声を出さなくてはいけないので、マスクをとっている。

パスカルはカルビンのことを知っているが、名前は出さなかった。

「常識に従ったほうがいいと思いますよ」

「スリュカをつれてきてくれ」

普段なら、パスカルはこういう命令は拒否する。しかし今回はシルベステの気分を察して、黙ってもう一台のクローラーのほうへ行った。

まもなく、スリュカと数人の作業員たちが降りてきた。

「わたしたちに耳を貸す気になりましたか？」

スリュカはシルベステの正面に立った。強い風で乱れた髪がゴーグルの上で踊っている。片手にマスクを持ってときどきエアを吸い、反対の手は腰にかけている。

「もしそうなら、穏当にことを運びましょう。あなたの名声はよくわかっています。マンテルに帰っても、このことは他言しません。あなたは警報を聞いてすぐに撤退を命じたとだけいいます。なにもかもあなたの好判断のおかげです」

「そうしておけば長期的になにかいいことがあるとでも思うのか？」

スリュカは鼻を鳴らした。

「オベリスク一本がなんですか？　そもそも、アマランティン族がそんなに重要ですか？」

「おまえは本当に大局観がないな」

パスカルがさりげなく（といっても、シルベステが気づかないほどではなかったが）、このやりとりを撮影しはじめた。コムパッドの着脱式カメラを手に、両者を横から見る位置に立っている。

スリュカはいった。

「見るべきものはなにもないという意見もあるでしょうね。考古学者が失業しないように、あなたがアマランティン族の重要性を誇大に説いていたと」

「それはおまえの意見だろう、スリュカ。まあ、そもそもおまえはこちら側の人間ではないからな」

「ジラルデューが不満分子の扇動者をもぐりこませたと考えるなら、その筆頭候補はおまえだ」

「どういう意味ですか？」

スリュカは仲間たちのほうにむいた。シルベステにいわせれば、もはやスリュカ派だ。

「このバカの話を聞いた？　哀れにも課略説にどっぷりつかってるわ。コロニーが長年くりかえしてきたことをここにも持ちこんでるわけ」

シルベステをさっと見る。

「もうあなたと話しても意味ないわ。荷物をまとめたら出発します。風が強くなっているから、すぐに。あなたはいっしょに来るなり――」マスクからエアを吸うと、頬に色がもどった。「――ここに残るなりご自由に。ご自分で決めてください」

シルベステはそのむこうのスリュカ派の作業員たちを見た。

「去りたい者は去れ。忠誠心なんてつまらないものに惑わされなくていい。ここには、始めた仕事をやりとげる根性のある者だけが残ればいいんだ」

一人ひとり顔を見ていく。しかしみんな困惑したように視線をそらす。シルベステはその連中の名前も知らなかった。顔はわかるが、つきあいの長い者はいない。すくなくともイエローストーン星からいっしょに船に乗ってきた者はいない。みんなリサーガム星生まれだ。人間の入植地が点在するだけで、あとは無人の荒野が広がるこの星しか知らない。彼らにしてみればシルベステのほうが時代錯誤的なのだろう。

「あの……」

一人が口をひらいた。たしか、最初に嵐のことを警告しに来たやつだ。

「博士のことを尊敬していないわけではありません。でも、自分の身の安全も考えないわけにいきませんよ。わかりませんか？　ここになにが埋まってるにせよ、こんな危険をおかす価値はありません」

「それがまちがってるというんだ。どんな危険をおかしてでも発掘する価値がある。おまえこそわからないか？　イベントはアマランティン族にふりかかった災厄じゃない。彼らが起こしたんだ。意図的に」

スリュカがゆっくりと首をふった。

「意図的に太陽を爆発させた？　本気でそんなことを信じてるんですか？」

「はっきりいおう。おれは信じてる」

「そこまで頭があっちにいっちゃってる人だとは思いませんでしたわ」

スリュカはシルベステから仲間のほうに向きなおった。

「クローラーのエンジンをかけて。行きましょう」

「装備品はどうするつもりだ」シルベステは訊く。

「そんなもの、ここで朽ちはてればいい」

スリュカ派のメンバーたちは二台のクローラーに向かいはじめた。

「おい、待て！　クローラー一台で充分だろう。装備を降ろせば全員乗るスペースはある」

スリュカはまたシルベステにむいた。

「あなたは?」

「おれは残る。自力で最後まで掘り出すさ。残りたいやつといっしょにな」

スリュカは首をふり、マスクをむしりとると、軽蔑したように地面につばを吐いた。

それでもスリュカは、自分のグループに追いつくと、手前のクローラーに全員が乗るように指示した。シルベステの専用室があるほうは残した。スリュカ派の何人かは、小型の装備や発掘された品物や骨をおさめた箱を持って、クローラーに乗りこんでいった。反乱を起こしても、学術的な本能はあるらしい。

斜路が折りたたまれ、ハッチがしまると、クローラーは脚で立ちあがり、発掘現場を背に歩いていった。しばらくするとその姿はすっかり見えなくなり、風にかき消されてエンジン音も聞こえなくなった。

シルベステはまわりを見まわした。だれが残っているのか。

パスカルはいる。それはそうだろう。いい記事のネタになるなら墓場まででも追ってくるはずだ。あとはスリュカの呼びかけに応じなかった何人かの学生。恥ずかしながら、シルベステはその名前も知らなかった。うまくすれば、発掘穴のなかにまだ五、六人残っているかもしれない。

シルベステは気をとりなおして、残ったうちの二人にむかって指を鳴らした。

「画像重力計を取り外せ。もう使わない」

べつの二人にも指示する。

「グリッドのむこう側からこちらにむかって、職場放棄した連中の残した装備品を拾い集めてこい。フィールドノートや、箱におさめた発掘品もだ。おれは大きい穴の底にいるから、終わったら来い」

パスカルがカメラを止め、コムパッドにもとどおり取り付けた。

「これからどうするつもりですか？」

「いうまでもないだろう。オベリスクになにが書いてあるか調べるのさ」

エリダヌス座イプシロン星系　イエローストーン星
カズムシティ
二五二四年

部屋のコンソールがチャイム音を鳴らしたとき、アナ・クーリは歯を磨いているところだった。唇が泡だらけのまま、バスルームから出る。

「おはよう、ケース」

アパートメントに、密閉された箱がはいってきた。〈輿(こし)〉だ。表面に唐草模様が描かれ、前面に黒っぽい小さな窓がある。光の加減がよければ、その分厚い着色ガラスのむこうに、死人のように青白いK・C・ングの顔が揺れているのが見えるはずだ。箱のスピーカー部から耳ざわりな声がした。

「お、今日もとびきりの美人だね。どうすればそんなに元気になれるんだい?」

「コーヒーだ。あれをがぶ飲みする」

「冗談だよ。なんてひでえツラしてんだ」

クーリは手のひらで口についた泡をぬぐった。

「起きたばかりなんだからしかたないだろう、バカ」

「言いわけすんなよ」

睡眠なんてのは盲腸とおんなじ時代遅れで無用なしろもので、おいらはそんなのとっくに捨ててるぜ、とでもいいたげだ。もしかしたらングは本当にそうなのかもしれない。クーリは箱のなかのこの男の姿をはっきりと見たことがなかった。

ハーメティクはポスト疫病世代の嗜好集団で、ここ数年であらわれたなかではもっとも奇妙だ。疫病におかされる危険のあるインプラント、すなわち埋植(まいしょく)された電子デバイスを捨てる気にはならない。しかし、比較的清潔とされるこの天上界にもまだウイルスが漂っていると信じる彼らは、気密(ハーメティク)シールされた箱のなかに閉じこもった。周囲の環境そのものがこのように密閉されないかぎり、箱から出てこないつもりらしい。〈輿(こし)〉と呼ばれるその箱は、自律移動が可能だが、衛星軌道上の回転式ハビタットまでが移動の限度だ。

ふたたび耳ざわりな声がいった。

「あのなあ、おいらの勘ちがいでなけりゃ、今朝は殺しの予定がはいってるんだぜ。おれたちがこの二カ月追ってる、タラスキってやつ。思い出したか？　おまえがやんなきゃいけないんだよ。そいつを退屈から救ってやるって、契約しちまったんだからさ」

「わたしの背後に立つな、ケース」

「そうしたくなくても、機体構造的に無理な場合があるじゃねえか。それはともかくさ、殺しを実行できる場所も時間も特定できてるんだ。いいかげん、しゃきっとしろよ」

クーリはまたコーヒーをいくらか注いで、残りはあとで飲めるようにコンロにのせっぱなしにした。コーヒーは、スカイズエッジ星での兵士時代におぼえた唯一の悪癖だ。神経が昂ぶるのはいいのだが、興奮しすぎると手が震えて照準があわなくなる。

「全身のカフェイン系にカフェイン液を注入したよ。もう血はろくに流れてない。これでいいんだろう？」

「じゃあ臨終の話をしようか。タラスキにとって、だけどな」

ングは殺しの最終段階について説明をはじめた。ほとんどはこれまでの計画どおりか、クーリにとっては過去の暗殺経験から予想がつく内容だった。

タラスキを殺せば、クーリにとって五人連続の暗殺成功になる。さすがに彼女にもこのゲームの全体像がわかるようになってきていた。かならずしも明瞭ではないが、やはりゲームにはルールがある。一回の殺しのたびにその大きな流れがくりかえされる。

メディアの注目も集まっていた。〝影遊び(シャドープレイ)〟と呼ばれるこのゲームのサークルのなかで、クーリの名前はしだいに話題になりはじめている。ケースも、彼女の名を売るのに役立ちそうな有名人のターゲットを集めているようだった。クーリはどうやら、この星の殺し屋で上位百人くらいにはいっているらしかった。充分にエリートといえる。

「わかったよ、ケース。西別棟、第八層広場、モニュメントの下。一時。簡単だな」

「なにか忘れものがないか?」

「ある。武器はどこだ?」

ングの輪郭がクーリの背後でうなずいた。

「抜けた歯を妖精がプレゼントに換えてくれる場所はどこかな、お嬢ちゃん」

そういったきり、ングの〈輿(こし)〉は部屋から出ていった。あとにはかすかな潤滑油の匂いが残るのみ。

クーリは眉をひそめ、ベッドの枕の下にゆっくり手をいれてみた。たしかになにかある。昨夜寝たときにはなにもなかったはずなのに。しかし、こういうことには慣れっこになりつつあった。相棒はこういうミステリアスなことが好きなのだ。

まもなく、準備ができた。

武器をコートの内にいれ、屋上に出てケーブルカーを呼ぶ。ケーブルカーは、懐の武器と、クーリの脳内にあるインプラントを検知した。本来なら乗車拒否されるところだが、クーリは右のひとさし指の爪の下に埋めこまれたオメガポイントIDをしめして、扉をひらかせた。爪の角質の下で、ホログラフィの小さな標的マークが踊っている。

「八十人組モニュメントへ」

クーリは指示した。

シルベステは梯子から離れ、段差のある穴の底を、投光器の光のほうへ歩いていった。煌々(こうこう)と照らされているのは、露出したオベリスクの先端だ。

スリュカと作業員の一人がこの発掘坑を去ったが、残った作業員とサービターの力で、なんとか一メートル近くを掘り出した。周囲をおおっていた石の保護層も剝がして、巨大な黒曜石のオベリスク本体にたどりついた。

きれいに削り出された面に、アマランティン族の文字が正確な線で彫りこまれている。ほとんどはテキストだ。つまり、図文字が並んでいる。

アマランティン族の言語はすでに解読されている。しかしその解読に際して、考古学者を助けるロゼッタストーンのようなものはなかった。

アマランティン族は、地球から五十光年以内で人類が発見した八番目の絶滅異星文化だ。しかしそれら八つの種族が交流していたという証拠はまだみつかっていない。パターンジャグラーやシュラウダーからも、そのような手がかりは得られなかった。どちらも文字のようなものを持っていないからだ。シルベステは、ジャグラーにもシュラウダーにも（後者には、すくなくともそのテクノロジーに）接触した経験があるので、それはよくわかっていた。

アマランティン族の言語を解読したのは、結局コンピュータだった。無数の発掘品を三十年がかりで比較照合して、ついに、ほとんどの文字の意味をおおまかに読みとれる安定した言語モデルを完成させた。アマランティン族の時代のすくなくとも終期には、言語は一種類しかなく、その変化もゆるやかだったのがさいわいした。おかげで、そのひとつの言語モデルで何万年も離れた時代の文字が読めたのだ。もちろん、細かいニュアンスはべつだ。そこは人間の直感と理論が必要になる。

とはいえ、アマランティン族の文字は人間からすると異様な構造をしていた。テキストがすべてステレオグラムになっているのだ。入り組んだ線を読み手の視覚野で融像させ、立体視しなくてはいけない。

アマランティン族の遠い先祖は、鳥のような姿をしていた。いわゆる空飛ぶ恐竜で、キツネザル程度の知性を持っていた。その時代の彼らの目は、頭骨の左右に離れて位置していた。おかげで右脳と左脳は独立性が高くなり、それぞれの世界観を持つようになった。その後、捕食動物に進化すると、両目は前方に移動して両眼視するようになった。しかし脳には進化の初期段階の特徴が色濃く残った。アマランティン族の遺物はその精神の二重性を反映し、垂直軸を中心にした対称性が顕著にあらわれている。

このオベリスクも例外ではなかった。

アマランティン族の図文字を読む研究者は、普通は特殊なゴーグルを使うが、シルベステには不要だ。カルビンが組みこんでくれたプログラムを使って、そのままの目で読めるのだ。とはいえ容易に読解できるわけではなく、かなりの集中力が必要だ。

「ここをもうすこし照らせ」

シルベステがいうと、学生が投光器のひとつをはずして手で持ち、オベリスクの側面を照らした。

頭上のどこかで稲妻が光る。嵐のなかで埃が渦巻き、そのあいだを電気がはしっている。

「読めますか、博士？」

「読もうとしてるが、そんなに簡単じゃないんだ。とくにおまえの照明がフラフラしてるとな」

「すみません。努力してるんですが、ここもだんだん風が強くなってて」

たしかにそうだった。穴の底でも、塵の渦ができはじめている。もうすぐもっと風が強くなり、空中の埃も多くなるだろう。やがて空気は灰色に濁ってなにも見えなくなるはずだ。そうなったら作業は進められない。

「悪かった。手伝ってくれてありがとう」

シルベステはいったが、それだけではたりない気がして、さらに続けた。

「スリュカについていかず、ここに残ってくれたことも感謝してる」

「難しい選択ではありませんでした。博士の推測は否定しきれないと思っている学生は、けっこういますよ」

シルベステはオベリスクから顔をあげた。

「というと？」

「調べる必要があるという点では、ぼくらも同意見です。結局、コロニーの利益にもかなっているはずなんです、なにが起きたのかを知るのは」

「イベントについて、という意味だな」

学生はうなずいた。

「もし本当にアマランティン族がそれを起こしたのなら……そしてそれと同時期に彼らが宇宙飛行技術を獲得したのなら……これは学術的興味以上のものを感じます」

「〝学術的興味〟という表現は、おれは嫌いだな。まるでいちばん価値が低いといってるみたいで。しかし、たしかにそうだ。知る必要がある」

パスカルが近づいてきた。

「具体的に、なにを知りたいんですか？」

シルベステはそちらをむき、銀色の切り子面がきらめく大きな二つの義眼で彼女を見すえた。

「アマランティン族は、なにをしたせいで太陽に殺されたのか、だ。おれたちがおなじ過ちをおかさないためにも」

「なんらかの事故だったと？」

「おれはかなりの程度まで、意図的だったはずだと思ってる」

そういう見下したいい方をされるのを、パスカルがいやがるのもわかっている。シルベステ自身も、そういういい方をしてしまう自分がいやだった。

「でも、石器時代の異星種族がその恒星のふるまいに影響をあたえるのは、事故にせよそうでないにせよ、不可能なはずですね」

「彼らはもっと進化していたと、おれたちは思っている。車輪と火薬はすでに持っていた。初歩的な光学と、農業のための天文学も確認されている。人類はその段階から宇宙飛行まで、たかだか五世紀で到達したんだぞ。ほかの種族にそれができないと考えるのは、偏見がすぎやしないか？」

「でも、その証拠は？」

パスカルは立ちあがり、厚手のジャケットに降り積もった砂埃を払った。

「いいえ、あなたのいいそうなことはわかっています。ハイテク製品は残りにくい。なぜなら、石器など他の遺物にくらべて本質的に耐久性が低いから、と。でも、かりにそういう証拠があったとしても、不可能はやはり不可能ではありませんか？　あの連接脳派でも、さすがに恒星を操作することはできない。わたしたちをふくめ、人類のなかでもっとも進んでいる彼らでも」

「そうだ。だからこそ気になるんだ」

「じゃあ、そのオベリスクにはなんと書かれているんですか？」

シルベステはため息をついて、彫られた文字に目をもどした。

こうやって気を散らされたおかげで、無意識のなかでパズルのピースがつながったのではないかと期待したのだが、そうはいかなかった。シュラウダー探査ミッションのまえに直面した心理的問題への答えのように、ふいに直感が働いて、碑文の意味がわかるのではと思ったのだが、やはりそんなひらめきはやってこなかった。図文字は意味をなさないままだ。

もしかすると、こちらの期待がいけないのかもしれない。なにかの大事件、これまでの推測を裏付けるような恐ろしい出来事を、自分は期待しているのだ。

しかしどうやら、碑文が記録しているのはそんなことではないようだ。アマランティン史ではそれなりに重要なことにせよ、シルベステの期待とはちがって、きわめて地域的な出来事らしい。コンピュータで完全に分析しなければまだわからないし、読めるのもオベリスクの先端から一メートル分でしかない。それでもシルベステは、早くも大きな失望を味わっていた。このオベリスクの記念しているのがなににせよ、もはや興味はない。

「ここでなにかあったんだろう。戦争か、神が姿をあらわしたか。それだけだ。ただの記念碑だ。もっと掘り出して、地層の前後関係から年代を特定できれば、詳しいことがわかるだろう。オベリスクそのものも捕捉電子法で年代測定すればいい」

「あなたが探していたような内容ではないんですね？」

「最初は期待してたんだがな」

そのとき、下を見たシルベステの視線は、オベリスクの露出部の最下部に惹きつけられた。取り除かれた石の層から十数センチのところで、碑文は終わっている。そこからなにかが始まり、まだ見えない下へと続いているのだ。同心円らしいものの上端の弧が何本かのぞいている。それだけだが、これはなんなのか。

なにかの図のようだ。

シルベステには見当がつかなかった。また考える余裕もなかった。嵐がますます強くなっているのだ。上をむいても、もう星は見えない。砂塵の幕が視界をさえぎり、巨大なコウモリの翼のように荒々しい音をたてているだけ。穴の外は地獄だろう。

「なにか掘る道具をくれ」

そして、凍土とともに張りついた石の層の上端をほじくりはじめた。まるで夜明けまでに独房からの脱出トンネルを掘り抜かなくてはならない囚人のような、必死の形相だ。やがてパスカルと学生も手伝いはじめた。

穴の上では嵐が猛り狂っている。

「よく思い出せないのだが、ここはまだブローター星の近傍か？」

「いいえ」

船長の問いに、ボリョーワは答えた。その脳を温めるたびに、もう十回以上説明してきたことだが、態度にはあらわさないようにした。

「クリューガー60番A星系はしばらくまえに離れました。ヘガジがシールド用の氷を調達しましたから」

「そうか。ではいまどこにいる？」

「イエローストーン星へむかっているところです」

「目的は？」

低音の響く船長の声は、その身体からすこし離れたスピーカーから出てくる。複雑なプログラムによって脳内のパターンがスキャンされ、音声に変換されるのだ。必要であれば抑揚も肉付けされる。

船長は、正確には目覚めているとはいえない。脳神経の活動は、中心部の温度が氷点下にさがった時点で停止している。しかしその脳内では、微小な機械が網目のようにネットワークを組んでいる。いまは、ある意味で、その機械がかわりに思考をつかさどっているのだ。〇・五ケルビンにも満たない、絶対零度すれすれの極低温下で。

「いい質問ですね」

ボリョーワには他に気になっていることがあった。この会話より気になる問題だ。

「船がイエローストーン星にむかっているのは……」

「なんだ？」

「あなたを助けられる男がそこにいると、サジャキが考えているからです」

船長はしばらく考えこんだ。ボリョーワのブレスレットにはその脳のマップが表示されている。いくつかの色が、戦場に展開する部隊のように広がっていく。

「その男というのは、カルビン・シルベステだろう」

「カルビン・シルベステは死にました」

「ではもう一人のほうだ。ダン・シルベステか。サジャキはそいつを探しているのだな?」

「他にありえませんね」

「素直には従うまい。前回もそうだった」

船長はしばし沈黙した。量子揺らぎのために温度が意識維持レベル以下にさがったのだ。やがてそこから回復すると、

「サジャキもそれはわかっているはずだ」

「サジャキは、あらゆる可能性を考慮しているでしょう」

言葉とは裏腹に、その点だけは確信がないという口調で、ボリョーワはいった。もう一人の委員であるサジャキについて、ボリョーワは非難がましさをおもてに出さないよう気をつけていた。サジャキは船長にもっとも親しい側近だ。そのつきあいはかなり古い。ボリョーワが乗組員として加わるよりずっとまえだ。

しかしそのサジャキも、彼女の知るかぎり、船長とこうして話したことはないはずだ。そもそも話す手段があるということを知らない。とはいえ、無用の危険はおかさないほうがいい。船長の記憶が不安定であることを差し引いても。

「なにか気になることがあるのか、イリア。きみはいつでも率直に話してくれる。シルベ

ステのことか？」

「外の話ではありません」

「では、船内のことか」

完全に慣れることはないはずだが、ここ数週間はこうして船長のもとを訪れるのが日常の一部になりつつあった。極低温で進行を遅らせているものの、全身を食いつくす凶暴な伝染病におかされた身体をこうして訪れるのが、生活のなかでくりかえされる必要悪であるかのように。

ところがいま、ボリョーワはその関係からさらに一歩踏みこもうとしていた。さきほどはサジャキについての懸念を表明するのをためらったが、それとおなじくらいの危険を、ふたたび冒そうとしている。

「砲術管制室のことです。思い出せますか？　船倉の隠匿兵器を制御する部屋です」

「ああ、わかる。あれがどうした？」

「あたしは砲術士を養成しようと、新しい乗組員を雇いました。砲術管制室にすわらせ、神経インプラントを介して隠匿兵器を操作させるためです」

「その乗組員というのは？」

「ボリス・ナゴルヌイという男です。いえ、お会いになったことはありません。この船に乗ったのはごく最近ですから。他の乗組員とはなるべく接触させないようにしましたし、もちろんここにもつれてきたことはありません」

はっきりいえば、あまり船長に近づけるとその疫病がナゴルヌイのインプラントに感染しかねないからだ。

ボリョーワはため息をついた。告白は核心に近づきつつある。

「ナゴルヌイはもともと不安定な性格でした。あたしにとっては、異常人格すれすれの人間のほうが、いろいろな点で使いやすかったからです――すくなくとも当時はそう思っていました。ところが、ナゴルヌイの異常性の程度を見誤っていたようなのです」

「精神状態が悪化したのか？」

「インプラントを埋植し、砲術管制室に接続させてからまもなく、ナゴルヌイは悪夢に悩まされるようになりました。それもかなりひどく」

「かわいそうに」

船長にとってはたしかにその程度だろう。船長が経験したこと――いまも経験の途中であることにくらべれば、常人の悪夢など、つきなみの空想でしかないはずだ。苦痛を感じているかどうかは議論の余地があるにせよ、生きながら食われ、同時に得体の知れないなにかに変質させられているという事実に対する、本人の恐怖はいかばかりか。

「その悪夢がどんなものかは、想像の域を出ません。それでも、もとから多くの恐怖を頭のなかに巣くわせているナゴルヌイにとってさえ、それはひどすぎたようです」

「どのように処置を？」

「すべてを入れ換えました。砲術管制室のインターフェースシステムも、ナゴルヌイの脳内インプラントも。しかし無駄でした。悪夢は消えませんでした」

「砲術管制室が関係しているのはまちがいないのか？」

「初めはあたしも否定したかったのですが、管制シートにすわらせておこなった訓練セッションとの関連性は明白でした」

ボリョーワは新しい煙草に火をつけた。オレンジ色の先端が、船長の周囲で暖かいと呼べる唯一のものだ。ここ数週間は未開封の煙草の箱を手にするのが唯一の楽しみになっている。

「システムの入れ換えはもう一度試みましたが、やはりだめでした。本人の状態はむしろ悪化しました」

しばし間をおいて、続けた。

「そこで、サジャキに問題を打ち明けました」

「サジャキの反応は？」

「すくなくともイエローストーン星近傍に到達するまでは、実験を中止すべきという意見でした。ナゴルヌイを冷凍睡眠に数年いれて、それで精神の異常がおさまるかどうかを見る。砲術管制室の調整作業は続けていいけれども、ナゴルヌイを管制シートにすわらせるのはやめろと」

「理にかなった意見に思えるな。しかし、きみはそれに従わなかったのだな」

ボリョーワはうなずいた。船長が自分の罪を察してくれたことに、むしろほっとしていた。こちらから説明しなくてすんだ。

「あたしは他の乗組員より一年早く目覚めました。システム点検と、船長の状態確認のためです。数カ月はそれをやっていました。そして最近、ナゴルヌイを目覚めさせたのです」

「実験を続けるために？」

「そうです。昨日までは」

ボリョーワは煙草の煙を深く吸った。

「じれったいな、イリア。昨日なにがあったのだ？」

「ナゴルヌイが姿を消しました」

とうとういってしまった。

「とりわけひどい悪夢をみたらしく、あたしに襲いかかってきました。自衛のために応戦しましたが、逃げられました。船内のどこかに隠れているはずですが、行方不明です」

船長はしばらく考えこんだ。なにを考えているかはだいたいわかる。インフィニティ号は巨大な船だ。センサーが機能せず、追尾がきかない空間などいくらでもある。まして意図して姿を隠している者を探し出すのは困難だ。

「きみの手でみつけるしかないな。サジャキや他の乗組員が目覚めてきたときに、そいつがまだうろついているのは得策でない」

「探し出したら？」

「殺さねばならんだろう。きれいに始末することだ。そして死体を冷凍睡眠にいれ、ユニットが故障するように細工する」

「事故にみせかけるわけですか」

「そうだ」

冷凍ユニットの窓からのぞく船長の顔は、いつものようにまったく無表情だ。いまの船長に表情を変える能力はない。

とはいえ、よい解決策ではあった。ボリョーワ自身は問題に首までどっぷりつかっていたため、思いつけなかった。これまでナゴルヌイとの対決を避けていたのは、殺さねばならない状況になるのを恐れたからだ。その結末は受けいれがたい。しかし問題を正面きって見れば、もはや受けいれやすい結末など存在しなかった。

「ありがとうございます、船長。とても有益でした。では、もしよろしければ、また冷やしたいと思います」

「また来てくれるな？　きみと話すのが楽しみなのだ、イリア」

「かならず」

ブレスレットに、船長の脳の温度を五十ミリケルビン落とすように命じた。これで船長は、夢も思念もない涅槃(ねはん)へと帰っていく。またそうであることを、ボリョーワは願った。

煙草を吸いおえると、船長から、長く暗い廊下へ向きなおった。この先のどこかに、船内のどこかに、ナゴルヌイがひそんでいる。ボリョーワに対する底知れぬ悪意を持って。

病気なのだ。頭の病気だ。

病気の犬は殺すしかない。

「どうやらまちがいないようだな」

オベリスクからは、まわりをおおっている最後の石が取り除かれ、上端から二メートルがあらわになっていた。

シルベステのつぶやきに対して、パスカルはいった。

「というと？」

「これは孔雀座デルタの星系図だ」

「途中から見当はついていたようですね」

パスカルはゴーグルごしに目を細め、複雑に重なりあう線を見た。普通に見れば、同心円のグループが二つ、やや中心をずらして描かれている。これを立体視すると、融像した一つのグループが、黒曜石のオベリスクの奥に浮かんで見えてくる。

同心円は惑星の軌道だ。もはや疑いようがない。

中心にあるのが、太陽の孔雀座デルタ星。人のシルエットによく似た五芒星のマークが描いてある。これは太陽をあらわすアマランティン族の記号だ。

そのまわりには、星系内の主要な天体が正確な比率の軌道で描かれている。リサーガム星には、アマランティン族で世界を意味する記号がついている。

この同心円の配置を偶然とする主張があったとしても、主要な惑星のまわりに衛星まで正確に描きこまれているのを見たら、沈黙せざるをえないだろう。

「そうじゃないかという気はしてたさ」

シルベステは疲れきっていたが、一晩の重労働と危険をおかしたかいはあった。最初の一メートルよりも、あとの二メートルを掘り起こすほうが時間がかかった。その間、高まる嵐の音は、泣きわめくバンシーの集団から死神の叫び声にまで近づいた。しかし――これまでにもあったし、これからもあるはずだが――キュビエの警報ほど大げさにはならずに終わった。

嵐のいちばんひどい部分はすでに通りすぎている。空にはまだ黒い軍旗のような砂塵の帯が流れているが、ピンク色の朝焼けが夜闇を払いつつある。なんとか生き延びられたようだ。

「でも、これはまだなんの証拠にもなりませんよ。アマランティン族の知識に天文学があったことはわかっています。この図がしめしているのは、彼らが太陽中心の宇宙観に至っていたということだけでしょう」

「いや、それだけじゃないぞ」

シルベステは指摘した。

「これらの惑星には肉眼で見えないものもある。いくらアマランティン族の視力でも」

「では、望遠鏡を持っていたんですね」

「きみはついさっき、石器時代の異星種族といったんじゃなかったかな。それがもう望遠鏡まで製作できたと認めるのか」

パスカルは笑ったように見えたが、ブリーザーマスクごしにははっきりしなかった。そのパスカルが、ふいに空を見上げた。掘り残し部分の壁の上をなにかが横切っていく。砂塵の雲の下を、デルタ翼を輝かせる機体が飛んでいる。

「だれか来たようですね」

みんな急いで梯子をよじ登った。地上にあがったときにはさすがに息が切れた。

風は、数時間前のピーク時にくらべると弱まっているとはいえ、まだ地上を歩くのに苦労するくらいの強さはある。発掘現場はめちゃくちゃだった。投光器や重力計はひっくりかえって壊れ、さまざまな機器が地面にちらばっている。

飛行機はすぐ近くでホバリングし、着陸場所を求めてあちこち向きを変えていた。キュビエから飛んできたものだと、シルベステにはすぐにわかった。マンテルにこれほど大きな機体はない。

リサーガム星で数百キロより長い距離を移動するには飛行機を使うしかないが、その現存数は少なかった。いまある飛行機はすべて、コロニーの初期にサービターが惑星産の原料から製造したものだ。しかし、それら製造能力を持つサービターは、反乱のさいに破壊されたり盗まれたりした。だから、残された製品はコロニーにとって計り知れない価値を持つのだ。

飛行機は、小さな損傷くらいならみずからの再生能力でなんとかするし、整備の必要もない。しかし破壊工作や不注意によって完全に壊れてしまうこともある。長年のうちにコロニーが持つ飛行機の数はしだいに減っていた。

デルタ翼が目を刺すほどまぶしい。翼の下面に無数の加熱エレメントが編みこまれていて、それが白熱して上昇気流を生み出し、揚力を得ている。その輝きは、シルベステの義眼にカルビンが組みこんだプログラムの処理能力を超えるほど強いコントラストだった。

「だれなんでしょう」

学生の一人がつぶやいた。

「知るか」

シルベステはいったが、その飛行機がキュビエから飛んできたという事実は、あまり愉快ではなかった。

熱線で地面が照らされるほど機体が降りてきた。そこから加熱エレメントの色はスペクトルの赤方向に変化していき、スキッドを地面につけて着陸した。しばらくして斜路が出てきて、人影の集団が機内から出てきた。

シルベステは目を赤外線に切り換えた。集団が機体から離れ、こちらへむかってきても、おかげでその姿ははっきり見えた。黒い服、ブリーザーマスク、ヘルメット、軽装の防弾アーマーという恰好だ。〝執行部〟という記章をそこかしこに光らせている。コロニーの市民軍といっていいだろう。武器は、銃身が長くて強力そうなダブルグリップのライフル。銃身の下にはレーザーポインターまでついている。

「物騒な雰囲気ですね」

パスカルが正しく状況を評価した。

執行部の部隊は彼らの数メートル手前で立ちどまった。その一人が、まだ強い風にかき消されそうになりながら大声でいう。

「シルベステ博士はいらっしゃいますか？　悪いニュースをお伝えしなくてはなりません」

そんなことは予想どおりだ。

「なんだ」

「クローラーについてです。昨夜の早い時間に一台が出発したようですね」

「それがどうした」

「マンテルに帰着しなかったのです。捜索して発見しました。地滑りに襲われたようです。尾根の上に砂が積もっていたのでしょう。あれでは助かりようがありません」

「スリュカは？」

「全員死亡です」執行部の隊長は、頑丈なブリーザーマスクのせいで象の神さまのように見える顔で答えた。「お悔やみもうしあげます。二班に分かれて行動されたのは幸運でした」

「幸運で分かれたわけじゃないがな」

「博士、用件はもうひとつあります」

隊長がライフルを握る手に力をこめた。狙うのではなく、その存在を強調するためだ。

「あなたを逮捕します」

とじこめられた蜂の羽音のように、K・C・ングの声がケーブルカーの狭い車内で耳ざわりに響いた。

「まだ慣れないのかい、われらが美しき都市に」

「おまえにいわれたくはないな。もう長いことその狭苦しい箱から出たことがないくせに。ここの空気を吸った記憶などろくに残ってないだろう」

クーリは答えたが、もちろん、ングはここにはいない。かさばる〈輿(こし)〉がはいるほどこのケーブルカーは広くない。

小さなケーブルカーを選んだのにはそれなりにわけがあった。狩りの最終段階にあたって、極力人目を惹かないようにするためだ。

屋上に停まったケーブルカーは、ヘリコプターから尾部をはずして、ローターを半分にたたんだ姿を思わせた。ローターブレードの代わりに屋根からはえているのは、伸縮式の細長いアームだ。先端にはナマケモノの鉤爪のような大きく曲がったフックがついている。

クーリは車内にはいった。ドアがバタンと閉まると、雨と都市のざわめきが遮断された。目的地を指示する。はるか下の堆肥界にある八十人組モニュメントだ。

ケーブルカーはしばし沈黙した。現在の交通状況と、つねに変化しているケーブル配線図をもとに、最適なルートを計算しているのだ。動きだすまでに時間がかかったことからわかるように、ケーブルカーのコンピュータはあまり利口ではない。

車体の重心がわずかに動いた。ガルウィング式ドアの天窓部分から、三本のアームが、もとの倍以上の長さに伸びているのが見える。先端の鉤爪が、建物の上を通っているケーブルの一本をつかみ、さらにべつのアームが隣のケーブルをつかむ。ガクンと車体が揺れ、身体が浮遊感につつまれた。ケーブルカーはしばらく二本のケーブルが並行している区間を滑走した。しかしやがて二本のケーブルは間隔がひらいていく。アームが届かないほど離れるまえに、片方の鉤爪を放して、三本目のアームがそばのべつのケーブルをつかむ。おおむね目的地のほうへ向かっているケーブルだ。しばらく滑走したあと、またケーブルを放して落下感。次のケーブルをつかんで上昇感。そのくりかえしだ。

クーリはこの感覚にだいぶ慣れてきていた。とはいえ、そのケーブルの選び方を信頼しているわけではない。振り子のように揺れた先で、まるでいきあたりばったりにケーブルをつかんでいるように思えるのだ。そのためクーリは、深呼吸と、黒い革手袋につつまれた指に順番に力をこめることをくりかえしていた。

「おいらがこの街特有の匂いにしばらく身をさらしてないのは認めるさ。でも、べつにそんなのたいしたことじゃないんだぜ。ここの空気はじつはそれほど汚れてないんだ。疫病のあとも空気清浄機だけはまともに動いてるからな」

ケーブルカーは、クーリのアパートメントの近隣にある建物群を通りすぎた。カズムシティの広い眺めがゆっくりと展開しはじめた。

この異常生育した建物のねじくれた森が、かつて人類史上もっとも富裕な都市だったとは、なかなか信じられない。ここは二世紀近くにわたって、芸術と科学のありとあらゆる新潮流が花開く場所だったのだ。しかしいまでは、住人さえも、ここが終わった場所だと認める。そして少々の皮肉をこめて、〝目覚めない都市〟と呼ぶのだ。この凋落期は一時的なものにすぎないと信じる、かつて裕福だった何千人もの人々が、氷漬けになって冷凍安置所で眠っているからだ。

カズムシティの外縁は自然のクレーターだ。さしわたし六十キロの外輪山の内側にこの都市はある。都市はドーナツ状になっていて、その中央に〝淵(カズム)〟が口をあけている。都市は十八個のドームのつらなりだ。ひとつのドームはクレーターの外輪山から中央の淵のそばまで届く直径を持ち、部分的に隣のドームと接している。あちこちに補強のタワーがそびえ立っていて、ドームというよりも、死者が生前使っていた家具をおおう掛け布のようだ。住人は〝蚊帳(モスキートネット)〟と通称している。しかしそういうあだ名は言語ごとに十種類以上あるはずだ。

ドームはこの都市の生存のために不可欠だ。イエローストーン星の大気は、低温で、窒素とメタンの主成分に高分子炭化水素がまじっている。人間が吸えば即死だ。さいわいクレーターが強風や液体メタンの鉄砲水から都市を守ってくれる。淵から吹きあげる濃厚で熱いガスを、強力な大気処理技術でもって分解すれば、呼吸可能な空気が比較的安価に製造できる。

イエローストーン星には他にもコロニーがあるが、カズムシティよりはずっと小さく、また生態系維持に苦労している。

イエローストーン星に来た最初のころ、クーリは何人かの住人に、そもそもなぜこんな条件の悪い惑星に先人たちは入植する気になったのかと尋ねてみた。スカイズエッジ星は戦争の星だが、すくなくともドームも大気処理システムも必要なかったのだ。

しかし、はっきりしたことはわからなかった。よそ者は黙ってろといわれることもあったし、そうでなくても首尾一貫した答えは聞けなかった。なんとなくわかったのは、最初の探検家たちが淵に引き寄せられて集まり、恒久的な拠点ができたこと。それがやがて開拓町となり、淵の底に富が眠っているという噂を聞きつけた人格異常者や、山師や、遠い目をした神秘家が集まってきたことだ。幻滅して去っていく者もいれば、熱く有毒な淵の底で死ぬ者もいた。しかしそれでも、若い都市のあやうさに魅了されて居残る者もいた。それからあれやこれやで二百年がすぎ、建造物が無数に増えたあとが……このざまだ。

市街はどの方向にも無限に続いているように見える。深い森のように、ねじくれ、からみあった建物の群れが、薄闇のかなたに沈んでいく。

もっとも古い時代の建物は、ほとんどそのまま残っている。自己修復やデザイン更新機能を持たないおかげで、疫病時代にもその箱形の形状を変えることがなかった。しかし現代の建物は、さながら転倒した流木か、朽ち倒れる寸前の古木のような姿になっている。

かつては直線的で左右対称の高層ビルだったのだが、疫病によって成長機能が狂い、巨大なこぶのような突起や、病気でただれた皮膚のようなひだだらけになった。

いま、建物はすべて死んでいる。見る者の不安をわざとかきたてるような姿でかたまっている。

建物下部の外壁にはスラム街がへばりついている。何層にも積み重なった迷路のような足場の上に、粗末な仮設小屋やさしかけ屋根の露店が軒をつらね、裸火が燃えている。そのなかを動きまわる無数の小さな人影が見える。古い瓦礫(がれき)の上にできたあぶなっかしい道を、徒歩や輪タクで移動している。エンジンのついた乗り物はほとんどない。目につく動力機械はどれも蒸気機関のようだ。

下層のスラム街にある建物はせいぜい十階まで。それ以上高くなると自重で潰れてしまう。そのため、そこから二、三百メートル上までは、建物の外観は比較的きれいだ。疫病による変形もそれほどではない。この中層階には不法占拠者もいない。

ふたたび人の姿があらわれるのは最上層に達してからだ。変形した建物が伸ばす枝のあいだに、コウノトリの巣のように階層構造の建造物がつくられている。これらは富と力を誇示するように、部屋の窓や広告のネオンをきらきらと輝かせている。壁から突き出た構造の先からサーチライトが下を照らし、地区のあいだを往来する小さなケーブルカーをときどきその光のなかにとらえる。神経の樹状突起のような細い枝が建物を交互につないでおり、ケーブルカーはそのあいだにはりめぐらされたケーブルを巧みに選んで進んでいく。

この都市のなかの都市は、ここでは天上界と呼ばれている。ここには完全な昼というものがない。どんな時間帯も永遠の薄暮にとざされているため、クーリはいつもはっきり目が覚めないような気分だった。

「ケース、モスキートネットはいつ掃除されるんだ？」

ングは軽く笑った。砂利のはいったバケツを振りまわすような声。

「未来永劫だれもやらないだろ。やって金になるんならべつだけどよ」

「おや、今度は自分からこの街の悪口をいうのか」

「いいんだよ。おれたちハーメティクは、商売がだめになったらさっさと店をたたんで、他の天上人たちといっしょに軌道のカルーセルに退散するんだから」

「その箱にはいってな。悪いが、ケース、わたしはその仲間にははいらないぞ。天上の娯楽なんか興味ない」

淵が見えてきた。ドーナツ形にならぶドームの内側の壁にケーブルカーが近づいたからだ。

淵は岩盤にあいた深い谷だ。両岸の上部は浸食されてゆるやかな傾斜になっているが、やがて垂直に深く落ちこんでいく。その壁を何本ものパイプが下へ伸びている。吹きあげる蒸気の底に大気分解処理ステーションがあり、そこが都市に熱と空気を供給しているのだ。

「死ぬといえば……あの武器。どういうことだ？」

「そのために金もらってるんだ、使えるさ。どういう意味なのか知りたいだけだ」

「気になるならタラスキにじかに訊け」

「本人が指定してきたのか」

「細かいところまでいちいちな」

「扱いが難しいか?」

ケーブルカーは八十人組モニュメントの上にさしかかっていた。

この角度から見るのは、クーリは初めてだ。地上からだと壮麗だが、こうして見下ろすと風雨に汚れてみすぼらしい。全体は四面体ピラミッドだ。側面は段がついているので、階段式礼拝施設のように見える。下層は例によってスラム街とその構造材がへばりついている。外装の大理石が頂上付近で途切れて、ステンドグラスの窓になっている。ただし、大半の窓は破れるか、鉄板でふさがれている。地上からこういう損傷は見えないのだ。

ここが殺しの舞台になるらしい。普通、こういうことは前もってわからないのだが、タラスキはそこまで契約のなかで指定していた。

依頼者が影遊びの殺し屋に自分の命を狙わせる契約をするのは、契約期間内、逃げきれる自信があるときだけだ。それは、事実上不死の金持ちが退屈をまぎらわせる手段だ。命を狙われているとなれば、決まりきった生活パターンを無理やりにでも変えざるをえない。そして契約期間を生き延びれば、自慢の種にできる。大半の依頼者はそれに成功する。

クーリは、自分が影遊びに参加したいきさつを、日付まで正確に憶えている。

それは、イエローストーン星の軌道上にある、〝回転木馬〟と呼ばれる回転型施設で目覚めたときのことだ。彼女を目覚めさせたのはアイス修道会の修道士だった。

スカイズエッジ星の周辺にアイス修道士はいなかったが、どういう連中かは話に聞いていた。ボランティア活動をする宗教団体で、恒星間空間をわたるうちに精神的トラウマを負った患者をサポートする。冷凍睡眠の副作用として代表的なのが、蘇生時記憶喪失症だ。記憶喪失というだけでも悪い知らせだった。そうだとすると、クーリはかなり重傷で、数年分の記憶を失ったように思えた。なにしろ星間船に乗った記憶も、その途中の記憶もないのだから。

最後の記憶ははっきりしていた。スカイズエッジ星の地上に張られた医療班のテントで、夫のファジルと隣りあったベッドに寝ていた。二人とも銃撃戦で負傷していた。致命傷ではないが、軌道上の病院で治療したほうがいいと考えられる程度には重傷だった。看護助手がやってきて、短期冷凍睡眠にいれるための処置を二人にほどこした。氷漬けにしたあと、シャトルで軌道上へ運ばれ、極低温保管施設に積まれて手術の順番待ちをする。手術が終わるまでのプロセスに数カ月かかるかもしれませんが、戦争は続いているはずですから、また任務に降りてこられますよと、看護助手は笑顔で話した。クーリとファジルはその言葉を信じた。二人とも職業軍人だったからだ。

しかしクーリが目覚めてみると、そこは軌道病院の回復室ではなかった。かわりにやってきたのは、イエローストーン訛りの数人のアイス修道士。彼らの説明によると、クーリは記憶喪失ではなかった。冷凍睡眠による障害もまったくない。

真相は、それよりもっとひどかった。

修道士たちのリーダー役は、事務的ミスという表現を使った。原因はスカイズエッジ星の軌道上で起きた。極低温保管施設にミサイルが命中したのだ。クーリとファジルは幸運にも破壊による死はまぬがれた。しかし攻撃によって施設の保管データが消えてしまった。冷凍されている人々の身許を調べるため最善の努力がはらわれたが、こういう場合のミスは避けられない。クーリは、無政府民主主義者の監視団員とまちがわれた。その女性は戦況を調査するためにスカイズエッジ星に来て、イエローストーン星へ帰ろうと準備しているときに、おなじミサイル攻撃に遭っていた。クーリには順番を早めて治療の手術がおこなわれ、すぐにイエローストーン行きの星間船に乗せられた。

ファジルにもおなじ事務的ミスが発生すればよかったのだが、そうはならなかった。クーリが眠ったまま何光年も離れたエリダヌス座イプシロン星へ飛んでいるあいだに、ファジルは確実に年老いていった。クーリが氷漬けで一年飛ぶあいだに、ファジルは一歳年をとるのだ。

事務処理にミスがあったことはすぐにあきらかになったと、修道士は説明した。しかしそのときにはすべて手遅れだった。おなじルートを船が飛ぶ予定は何十年か先までなかった。もしクーリが目覚めてすぐスカイズエッジ星へもどる船に飛び乗ったとしても（イエローストーン星周辺に停泊している船の予定航行先を調べるかぎり、それも不可能だったが）、ファジルに再会するまでに四十年近くが経過してしまう。そしてその間、ファジルは妻がもどってきていることを知るよしもないのだ。人生をやり直すことにして、再婚したとしても不思議はない。クーリがもどるころには、子どもどころか孫までできているだろう。クーリのことは過去の話として忘れ去られているだろう。

もちろん、治療を受けたあと、前線にもどってすぐ戦死した可能性も充分にある。

アイス修道士から状況を説明されてはじめて、クーリは光の遅さを実感した。宇宙でいちばん速いもの。それが光だ。しかしそのときのクーリが、ファジルとの愛を生き延びさせるために必要とする速度にくらべると、光はあまりに遅すぎた。

この恐怖と喪失に彼女を追いこんだのは、宇宙の基本構造である物理法則にほかならない。その残酷さにクーリは気づいた。ファジルが死んだと知らされるほうがよほど楽だっただろう。この耐えがたい時間的、空間的隔絶。

クーリのなかで凶暴な怒りがふくれあがっていった。どこかへむかって吐き出さなければ、自分自身を殺していたかもしれない。

そんなときに、ある男から暗殺の仕事をもちかけられた。クーリは自分でも驚くほどあっさりとその話に乗っていた。

その手配師はタナー・ミラベルと名乗った。クーリとおなじく、スカイズエッジ星から来た元兵士だ。殺し屋として適性のある者を探すスカウトのようなことをやっていた。クーリが解凍されたときから、ネットワークを通じて目星をつけていたという。

ミラベルはマネージャーも用意した。それがハーメティクのK・C・ングで、すぐに顔合わせがおこなわれた。

さらに一連の心理テストも受けさせられた。殺し屋は徹底して正気で、分析的な性格であることが求められる。殺しの瞬間は、ときとして刑法上の殺人との境界線があいまいになる。殺すのが合法か非合法かを正確に判断できなければ、会社の株が暴落する結果を招くのだ。

クーリはすべてのテストを簡単にパスした。しかし、殺し屋としての適性を試される場面はそれだけではなかった。

依頼者は、ときとして非常にこみいったやり方で自分を暗殺するように指定してくる。その特定のやり方においてなら、自分のほうが詳しく機転もきくので、たとえ数週間でも数カ月でも、殺し屋を出し抜けると思っているのだ。しかしクーリは、どんな種類の武器でも簡単に扱いを習得できた。その点では自分でも意外なほどの才能を発揮した。

そんなクーリでさえも、妖精が枕の下に隠していた武器には意表をつかれた。

精密に加工された部品をどのように組み上げるかはすぐにわかった。完成した銃は、スナイパーライフルの形状をしているものの、銃身は異様に太く、パンチング入りのバレルジャケットでおおわれていた。クリップにおさまった弾は、一見するとダーツの矢か、黒いメカジキのような形をしている。そして、ひとつひとつの先端に小さなバイオハザードの警告サイン。ホログラムで浮かぶ髑髏（どくろ）マークを見ながら、ターゲットに毒物を使わされるのは初めてだなと、クーリは思った。

しかも指定場所が八十人組モニュメントとは、どういう意図なのか。

「ケース、もうひとつ訊きたいことが……」

いいかけたとき、ケーブルカーがドシンと通りに降り立った。輪タクの車夫が、空から降ってきた障害物に悪態をつきながらよけていく。

ケーブルカーの料金を見ると、とんでもない値段だった。すぐにクレジットカードのスロットに小指を通して、天上界の隠し口座にツケをまわす。この口座からオメガポイントへのつながりは絶対にたどれないようになっている。有力なコネを持つ依頼者は、契約した殺し屋がこの惑星の金融ネットワーク上でわずかな波紋を立てただけで、その動きを察知できるのだ。こういうところはどれだけ用心してもしすぎることはない。

クーリはガルウィングドアを押しあげて、外に跳びおりた。

いつものように、小糠雨（こぬかあめ）が降っている。屋内雨と呼ばれるやつだ。

堆肥界特有の匂いが襲ってきた。下水、汗、香辛料、オゾン、煙の匂いがいっしょくたになっている。

騒音もひどい。輪タクが行きかい、そのベルやホーンがけたたましく鳴り響く。呼び売り商人の声に、籠にはいった売りものの動物の鳴き声。路上パフォーマンスの歌声の上から、広告ホログラムが現代ノルテ語からカナジアン語まであらゆる言語で謳（うた）い文句をがなりたてる。

クーリは、つばの広いフェドーラ帽を目深にかぶり、膝丈のコートの立てた襟を引き寄せた。無人のケーブルカーはふたたび動きだし、高いケーブルをつかみながら上昇していった。やがて遠い屋根がつくる茶色の空に遠ざかって見えなくなった。

「さてと、ケース、しばらくおまえのお手並み拝見といこうか」

ングの声が頭蓋内に響いた。

「まかせときな。自信あんだから」

船長の助言を聞いてよかったと、イリア・ボリョーワは思った。やはりナゴルヌイは殺すしかなかったのだ。そして、ナゴルヌイのほうからボリョーワを殺そうと出てきてくれたおかげで、他の選択肢をくよくよ考える必要がなくなった。

それらはすべて、船内時間で数ヵ月前の出来事だ。そのあと残された仕事を、ボリョーワは延ばしのばしにしてきた。しかしまもなく船はイエローストーン星の周回軌道に到着し、他の乗組員たちが冷凍睡眠から目覚める。ナゴルヌイは冷凍ユニットの不具合のために、睡眠中に死んだことにする計画なのだが、そのためには他の乗組員が起きてくるまえに偽装工作をすませておかなくてはならない。

ここにいたってようやくボリョーワは覚悟を決めた。ラボの椅子にしばらくすわって、やるべき仕事への勇気をふるいおこした。

ボリョーワの個室は、ノスタルジア・フォー・インフィニティ号の巨大さにくらべると、あまり広くない。その気になれば広い続き部屋を確保することもできるのだが、そんな場所は無駄だ。目覚めている時間のほとんどは兵器システム関連の仕事につい やされ、よけいな暇はない。眠っているあいだも兵器システムの夢をみる。わずかな空き時間に自分に許しているささやかな息抜き（娯楽というほどではない）のためには、この程度の空間で充分なのだ。

ベッドといくつかの家具。どんな様式の内装でも船は自在につくれるのだが、ボリョーワが選んだのは実用一点張りのデザインだった。

個室の空間には、小さなラボがついている。ボリョーワが細かい作業に没頭できるのはここだけだった。普段、このラボでこっそりとやっているのは、船長の治療法の研究だ。そのウイルス攻撃方法はまだ机上論の部分が多く、他の乗組員に教えてよけいな期待をいだかせるわけにはいかなかった。

ナゴルヌイを殺したあと、頭部をずっと保管していたのがここだ。

もちろん凍結されている。緊急冷凍保存モードになったヘルメットのなかにはいっている。この旧式の宇宙ヘルメットは、着用者の死を検知すると、即座に頭部を切り離して冷凍保存する仕組みになっている。ボリョーワも話にだけは聞いていた。絞りのように展開する鋭い刃が与圧服と接続するリングに組みこまれていて、緊急時に首をすっぱりと切断するのだ。

しかしナゴルヌイは、それで首を切られたわけではなかった。もっと変わった死に方をした。

ボリョーワは船長を目覚めさせ、ナゴルヌイをめぐる状況を説明した。砲術士は、ボリョーワの実験の結果として精神に異常をきたした。脳内にいれたインプラントを介して砲術システムに接続させたときから、問題が起きはじめた。ナゴルヌイが反復する悪夢に苦しめられていたことにもふれたが、そのあとすぐに、砲術士が船内のどこかに姿を消したことに話を移した。

船長はその悪夢について深く追及しなかったので、ボリョーワはほっとした。あまり話したくなかったし、ましてその内容を詳しく分析する気にはなれなかったのだ。

しかししばらくすると、やはりこの問題を避けて通るわけにはいかないと思うようになった。その恐ろしさはともかく、脈絡のない悪夢ではないところが問題だった。聞き出せたかぎりでも、ナゴルヌイの悪夢はきわめて反復性が高く、しかも細部まではっきりしていた。

悪夢の主役は、〝太陽泥棒(サンスティーラー)〟という存在だった。サンスティーラーはナゴルヌイの頭に巣くって、彼をつねに苦しめていた。どんな姿で見えているのかははっきりしないが、きわめて邪悪な気配をまとっていたことはまちがいないようだ。ボリョーワはナゴルヌイの部屋で、それらしいスケッチを何枚かみつけたことがあった。不気味に痩せほそり、虚ろな眼窩を持った、鳥に似た恐ろしい姿が、熱に浮かされたような鉛筆画で描かれていた。

それがナゴルヌイの恐怖の一面であるなら、一面以上を見たいとは思わなかった。

この幻覚が、砲術接続セッションとどういう関係があるのだろう。ボリョーワが製作した神経インターフェースに隠れた不具合があって、それが恐怖感を喚起する部位を刺激しているのだろうか。

いまから考えれば、接続までのプロセスを急ぎすぎたのかもしれない。しかしそれは、兵器システムを完全稼働できる状態にしろという、サジャキの指示に従っただけでもある。とにかく、ナゴルヌイはすっかりおかしくなって、船内の監視できない闇に逃げこんだ。追跡して殺すべきという船長の助言は、ボリョーワの本能とも一致していた。とはいえ、ナゴルヌイの所在を知るには、できるだけ多くの通路にセンサーとなる雑役ネズミを配置し、そのデータをずっと監視していなくてはならない。それに何日もかかった。しだいにボリョーワは絶望的な気分になっていった。ナゴルヌイを捕らえられないまま、船がイエローストーン星の軌道に到着して、乗組員たちが起きてくるのではないか……。しかしそんなとき、ナゴルヌイのほうが二つのミスを犯してくれた。それも狂気のなせるわざだ。

第一のミスは、ボリョーワの個室に侵入して、自身の血で壁にメッセージを残したことだ。メッセージは単純だった。ナゴルヌイがなにか書くとしたら、この言葉以外になかった。

しかし、わずかな判断力もまだあったらしく、そのあとボリョーワの宇宙服のヘルメットを盗んで、あとのスーツ部分を残していた。

ボリョーワは侵入警報を聞いて、自室にもどった。そして用心していたにもかかわらず、ナゴルヌイの不意打ちをくった。銃を奪われ、背中につきつけられて、近くのエレベータシャフトへと歩かされた。

ボリョーワは抵抗を試みたが、ナゴルヌイは精神に異常をきたした者特有のバカ力でその腕をつかんでおり、ふりはらうのは無理だった。しかしどこへつれていく気にせよ、エレベータが到着したら反撃のチャンスはあるはずだと踏んでいた。

ところが、ナゴルヌイはエレベータの到着を待たなかった。ボリョーワの銃でドアを撃って壊し、こじあけたのだ。あらわれたのは奈落の底まで続く深い穴。

その穴に、なんの儀式めいたこともせず(さようならともいわず)、ボリョーワを突き落とした。

それが第二の、最大のミスだった。

エレベータシャフトは星間船を船首から船尾まで貫通している。何キロも落下して底に叩きつけられるはずだ。

ボリョーワは心臓が止まりそうになりながら、状況を把握した。

底に激突するまでは、落下が続く。それが数秒後だろうと、一分近くのちだろうと、関係ない。シャフトの壁は平滑で、摩擦係数の低い処理がされている。落下を止める手段も、つかまるところもない。

まちがいなく死ぬ。

しかしそのとき、あとから考えると自分でも驚くほどの冷静さで、頭の一部がこの問題をべつの角度から見ていた。

ボリョーワは落ちているのではない。宇宙空間に浮いて静止している。動いているのは船のほうだ。いまのボリョーワから見ると急速に上昇している。ボリョーワにはその加速力が働いていないのだ。

船を加速させているのはエンジンの推力だ。

推力なら、ブレスレットに命令して制御できる。

こまかいところまで検討している暇はなかった。頭のなかでアイデアが浮かぶと、いや、炸裂すると、即座にそれを実行しなければ、待っているのは死だとすぐにわかった。

船の推力方向を一定の時間、逆転させれば、この落下を——見かけの落下を止められる。通常の推力は1Gだ。だからナゴルヌイは、これが星間船ではなく高層ビルであるかのように錯覚したのだ。

そうやって落下しながら、考える時間がすでに十秒ほどすぎていた。どの程度必要だろう。1G逆噴射を十秒間？　いや、甘い。もう落下できるシャフト長はあまり残っていないかもしれない。10Gを一秒だ。エンジンにはそれだけの能力がある。他の乗組員は冷凍睡眠中で固定されているので安全だ。自分にも危険はない。かたわらを通りすぎていく壁の速度が遅くなるだけだ。

ただし、ナゴルヌイにとっては安全とはいえない。

強烈な気流のなかで大声を出し、ブレスレットに適切な命令を聞きとらせるのはたいへんだった。命令が船に伝わったのかどうか、じれったい数秒がすぎた。

そして、船はその気まぐれな命令を忠実に実行した。

ナゴルヌイの身体はあとで発見した。一秒間の10G推進は、人体にとってかならずしも致命的ではない。しかしボリョーワは船との相対速度を一発でゼロにできたわけではなく、何度も試行錯誤した。そのたびにナゴルヌイは天井と床に叩きつけられたわけだ。

ボリョーワ自身も無傷とはいかなかった。落下中にシャフト側面にあたって片脚を骨折した。いまはその負傷も癒え、苦痛も記憶のかなただ。

ナゴルヌイの脳には回収すべきインプラントがはいっているので、首をレーザーカッターで切り落とした。このインプラントは、分子成長をコントロールしながら手間暇かけて製作したものなので、どこかのだれかに盗まれてコピーされるわけにはいかないのだ。

そしていよいよ、頭を開いてそれをとりだすときがきた。

まず、頭部をヘルメットからとりだし、液体窒素にひたした。作業テーブルの上には複雑なピストンやシリンダーの構造があり、そのあいだに吊られたマニピュレータ操作用のグローブに両手をいれる。金属光沢のある小さな外科手術ツールがうなりながら動きはじめ、ナゴルヌイの頭にとりついていく。

切開した頭蓋骨は、あとでもとどおり正確にはめこまなくてはならない。自分が埋めたインプラントをとりだしたあとには、ダミーのインプラントをいれておく。万一あとで検査されたときに、なにもなくなっていないように見せるための用心だ。首も胴体と接合しなくてはならない。

しかしそれほど心配はいらないはずだ。ナゴルヌイの死の経緯を説明すれば、だれもそれ以上追及しようとはしないだろう。ただ、スジークはべつかもしれない。ナゴルヌイがまだ正気だったころに、二人は恋人関係になっていた。

その難関も、このあと待ちかまえるさまざまな問題とおなじように、ボリョーワはなんとか切り抜ける覚悟でいた。

自分の所有物を求めてナゴルヌイの脳に深く分けいりながら、初めて、この男の後任をどうしようかと考えた。

現在の乗組員をあてるわけにはいかない。

イエローストーン星の軌道上で新しく雇いいれることになるだろう。

「ケース、ターゲットに近づいてるのか？」

早口でかん高い声の返事が、巨大なビルのはるか上から返ってきた。

「バリバリに近いぜ。あわてててぶっ放して毒矢を無駄遣いしないようにしろよ」

いいかけたとき、クーリは三人のニュー虚無僧の集団にぶつかりそうになって、あわてて脇によけた。深編み笠をかぶり、鼓笛隊の指揮者がふるバトンのように、尺八を前方でふりまわしている。むらがるオマキザルを左右の暗がりに追いはらうためだ。

「わかってる。そのことだけど、ケース──」

「──無関係な周囲の人間にあたったらどうなるんだ？」

「死ぬ心配はない。毒はタラスキの生化学系にだけ効くようになっている。他のだれにあたっても、ひどい刺し傷が残るだけで命の危険はない」

「タラスキのクローンにあたったら？」

「クローンがいると思うのか？」

「ちょっと訊いただけさ」

ケースはいつになく苛々しているように感じられた。

「もしタラスキにクローンがいて、こちらが誤ってそいつを殺したとしても、それはむこうの問題であってこっちは関係ない。契約の細目に書いてある。たまには読めよ」

「退屈で死にそうになったらね」

そのとき、クーリはさっと緊張した。状況が変わったからだ。ングは黙っている。その声のかわりに聞こえてきたのは、はっきりとしたパルス音だ。捕食動物が反響で獲物の位置を探るような、低くまがまがしい音。

この六カ月間に十回以上も聞いてきた。ターゲットの接近をしめすアラートだ。タラスキが五百メートル以内にいる。ここでそのパルス音が聞こえはじめたということは、モニュメントの場所にいる可能性が高い。

そしてこの瞬間から、ゲームは一般公開となる。タラスキもこちらの接近に気づく。安全な天上界のクリニックで埋植されたデバイスが、タラスキの頭のなかでおなじパルス音を発しているはずだ。カズムシティ全域でシャドープレイ専門のメディアネットワークがこれに気づき、いままさに取材班を現場に急行させているだろう。運よく近くにいあわせた者もいるかもしれない。

クーリがモニュメント下の広場に進むと、パルス音の間隔が短くなった。しかしそれほど急速ではない。どうやらタラスキは上に、モニュメント内部にいるらしい。だから比較的ゆっくりとした接近にとどまっているのだ。

モニュメントはあぶなっかしいほど淵の近くに建てられているため、広場は地盤沈下ででこぼこになっている。もとは地下に商業施設があったのだが、いまは堆肥界の汚穢(おわい)が侵入して廃墟化している。下のほうの階は浸水し、通路の先がキャラメル色の汚水に沈んでいる。

四面体のモニュメント本体は、倒立した一個の小ぶりのピラミッドでささえられ、広場や水没した商業施設より充分上にある。倒立ピラミッドの先端は地下の岩盤まで届いている。

モニュメント本体への入り口は一カ所しかない。つまり、クーリがターゲットを見わけられさえすれば、タラスキはもう死んだも同然だ。しかしその入り口へたどり着くには、地下商業施設の上にかけられた橋を渡らなくてはならない。モニュメント内にいるタラスキにも、その動きははっきりわかるだろう。

タラスキはいま、なにを考えているだろう。

クーリもたまに、ひとけのない都市で冷酷無情な敵に追われる夢をみることがあった。タラスキはその恐怖を現実に体験しているのだ。夢のなかでは、敵はけして急速には迫ってこない。それがよけいに不気味だ。こちらは必死に逃げようとするのだが、空気がねっとりと重く、脚の動きを鈍くする。敵のほうはゆっくりとしていながら、状況を読んで着実に迫ってくるのだ。

濡れて砂だらけの橋を渡っていくと、パルス音が速くなった。ときどきゆっくりになったり、また速くなったりする。タラスキはモニュメント内で動きまわっているらしい。とはいえ、もう逃げ道はないのだ。モニュメントの頂上に出て迎えを呼ぶという方法はある。しかし空中交通手段を使ったら契約違反になる。その恥辱を負って天上界の社交場にもどるくらいなら、殺されたほうがましなはずだ。

モニュメントをささえる倒立ピラミッドは、内部が吹き抜けになっている。クーリはそこにはいった。なかは暗く、目が慣れるまですこし待った。コートの内側から毒矢銃を出し、出入り口周辺を確認する。タラスキはこっそり外に出ようと隠れてはいないようだ。姿がなくても意外ではなかった。吹き抜けは略奪を受けてほとんどもぬけの殻。鉄板を叩く雨音ばかりが響く。天井に浮いた雲のように見えるのは、銅線のケーブルで吊られたいくつもの彫像だ。しかしどれも腐食し、損傷している。人造大理石の床に墜落しているものもある。鳥の金属製の翼が床に突き刺さっている。白く埃をかぶり、まるで風切り羽のすきまにモルタルが詰まっているようだ。

クーリは天井を見上げた。

「タラスキ、聞こえるか？　もう近くまで来てるぞ」

なぜテレビ関係者がまだ集まっていないのかと、ふと不審に思った。こういう殺しの最終段階では、血に飢えたカメラがうるさくまとわりつき、さらに野次馬も押しよせてくるものなのに。

タラスキの返事はない。しかしこの上のどこかにいるはずだ。

クーリは吹き抜けの下を横断して、モニュメント本体への螺旋階段を昇った。急ぎ足に昇りきると、タラスキの脱出路をふさぐために、動かせる大きなものを探した。壊れた展示物や調度品などがいくらでもあったので、それらを階段口に積み上げてバリケードにした。タラスキの脱出を完全に食い止めるのは無理でも、乗り越えるのに時間がかかるようになれば目的は果たせる。

作業をしていると汗まみれになり、背中が痛くなってきた。小休止して息を整えながら、周囲を確認した。頭のなかで一定間隔で鳴りつづける音から、タラスキがまだ近くにいることがわかる。

ピラミッドの上部には、八十人組の個別の祭壇がある。重々しい黒い大理石の壁がいくえにも立ち並び、その壁のくぼんだところが小さな祭壇になっている。大理石の壁は天井まで届いてはいない。天井ははるかに高く、何本もの柱にささえられている。柱には挑発的なポーズの女人像が刻まれている。

大理石の壁のところどころを、装飾つきのアーチ通路がつらぬいている。その奥にはいると、どの方向も数メートルで視線をさえぎられる。三角形の面が三つ組み合わさっている天井は、何カ所か穴があいていて、そこからセピア色の光が射しこんでいる。大きな穴からは雨水が絶えまなく流れこんでいる。

からっぽの祭壇も多かった。略奪されたのか、遺族がべつの安全な場所に遺物を移したのか。残っているのは半分くらいだろう。そのうち三分の二は一定の形式で飾られている。遺影、略歴、遺品が型どおりに並べられている。

ほかの祭壇はもっと豪華に装飾されていた。ホログラムが浮かんでいたり、彫像が飾られていたり。防腐処理をほどこした遺体そのものが祭られている気味の悪い例も、一、二カ所にあった。彼らを死にいたらしめたプロセスによるひどい損傷を、きれいに繕っているところから、かなり高度な剥製技術だとわかる。

クーリは墓荒らしをはじめた。手入れされている祭壇はそのままにして、あきらかに放棄されているとおぼしい祭壇の装飾品を、バリケードの材料に使わせてもらうのだ。それでも死者を冒瀆(ぼうとく)しているようないやな気分になった。

胸像がいちばん手ごろだった。台の下に手をいれられれば持ちあげられる。それを階段口のバリケードまで運んだが、整然と積み上げるような手間はかけず、床に放り出した。彫像の多くはかつて目のところに宝石が埋めこまれていたはずだが、たいていはえぐりだされていた。全身像には苦労させられ、動かせたのは一体だけだった。

やがてバリケードは完成した。折れた彫像の首が瓦礫の山をなしている。こんな蛮行を受けても、高貴なその顔立ちにはなんの表情も浮かんでいない。バリケードのまわりには、花瓶や聖書や、故人に忠実だったサービターなど、足もとを悪くするためのガラクタをばらまいた。

この山を壊して階段に出ようとしたら、かならずもの音がする。タラスキに逃げられるまえに駆けつけられるはずだ。彫像の首が積み重なっているさまは、まさに〝頭蓋骨〟の丘という雰囲気で、ここで殺すのが似つかわしい気もした。

バリケード製作中も、黒い仕切り壁のむこうでは重々しい足音がずっと聞こえていた。

「タラスキ、観念しろ。もう出口はないぞ」

すると、意外なほど強く、自信にあふれた返事が聞こえた。

「それはちがうな、アナ。出口を求めて、わたしたちはここへ来たのだよ」

くそ。こちらの名前を知っているとはどういうことだ。

「死への出口という意味か」

タラスキはおもしろそうな調子で答えた。

「そのようなものだ」

クーリの契約者が追いつめられて強がりをいうのは、初めてではない。クーリはそれを聞くのがむしろ楽しみだった。

「探しにきてほしいのか？」

「せっかくそこまで来たのだからな」

「なるほど。払った金の分の仕事はしろということか。細かい条項がこれだけある契約は、けして安くなかっただろうしな」

「条項というと？」

クーリの頭のなかの音が、うれしそうにわずかに揺れた。

「この武器とか、見物人がいないこととか」

「それか。たしかに費用はかかった。しかし、プライバシーを守りたかったのだ。自分の最期だからね」

クーリはだんだんピリピリしてきた。ターゲットとこんなふうにまともな会話をしたことはなかった。たいてい、クーリのまわりには血に飢えた観客が集まってきてうるさいので、会話などできないのだ。

毒矢銃をかまえて、ゆっくり通路を歩きはじめた。会話を打ち切れずに、また訊いた。

「プライバシー保持条項をいれたのはなぜだ」

「尊厳のためだよ。わたしはこのゲームに参加したが、そのために尊厳まで失うつもりはない」

「すぐ近くまで来てるぞ」

「ああ、近いな」

「怖くはないのか？」

「もちろん恐怖は感じる。しかしそれは、生きる恐怖であって、死ぬ恐怖ではない。この境地に達するまで何ヵ月もかかった」

タラスキの足音がやんだ。

「このモニュメントをどう思うね、アナ」

「掃除がたりないな」

「その表現は穏便にすぎるだろう」

クーリは通路を曲がった。

ターゲットは、ある祭壇の隣に立っていた。まるで人間ならざるもののように微動だにしない。この対決を見守るまわりの彫像とそっくりだ。

天上界の美を凝らしたワインレッドの服は、屋内雨に濡れて黒っぽく変わっている。前髪はみっともなく額にはりついている。

対面してみると、これまで殺したどの相手よりも若そうだ。本当に若いのか、それとも最高ランクの長命化セラピーを受けられるほど金持ちなのか。わからないが、前者ではないかという気がした。

「なにをしにここへ来たかは、憶えているだろう」

「もちろんだ。気にいらないがな」

「やるがいい」

天井の穴から射しこむ光の条の一本が動いてきて、まるで魔法のようにタイミングよく、男の姿を照らしだした。一瞬だったが、クーリが毒矢銃をかまえるには充分な時間だ。

引き金をひいた。

「よくやった」

タラスキの声に苦痛はあらわれていない。片手を壁について身体をささえ、反対の手で胸に突き立ったメカジキ形の毒矢にふれる。服にひっかかった茨をはずすように、それを引き抜いた。矢は床に落ちた。先端が血で濡れている。

クーリはもう一度毒矢銃をかまえたが、タラスキは血まみれの片手をかかげて押しとどめた。

「もういい。一発で充分だ」

クーリは気分が悪くなった。

「どうして死なない」

「しばらく時間がかかる。正確には数カ月だ。この毒はきわめて遅効性のものでね。考える時間がたっぷりあるわけだ」

「なにを考える」

タラスキは濡れた髪をかきあげ、泥と血で汚れた両手をズボンにこすりつけて拭いた。

「彼女のあとを追うかどうかを」

ふいにパルス音が止まった。頭のなかの沈黙にめまいを感じて、クーリは倒れるように床にしゃがみこんだ。

契約完了だ。今度も勝った。なのに、タラスキはまだ生きている。

「これは、わたしの母だ」

タラスキはかたわらの祭壇をしめした。よく手入れされたもののひとつだ。雪花石膏製の女性の胸像は、まったく埃をかぶっていない。直前にタラスキ自身が拭いたのだろう。肌はしみひとつなく、目に嵌めこまれた宝石もそのままだ。貴族的な顔立ちはどこも欠けたり割れたりしていない。

「ナディーン・ウェンーダ・シルバ・タラスキだ」

「どうなったんだ？」

「もちろん死んだよ。脳をスキャンされる過程で。破壊的マッピングは急速なプロセスなので、脳の半分が粉々になったときも、残り半分はまだ生きて機能していた」

「かわいそうに。本人の意思だったにせよ」

「あわれむことはない。むしろ幸運なグループの一人だったのだ。話は知っているのかな、アナ」

「わたしはここの出身じゃないんだ」

「そうらしいな。きみはかつて兵士で、ひどいまちがいでこの星へ来たのだったな。では、簡単に説明しよう。スキャニングは成功した。問題は、スキャンされた情報を実行するソフトウェアにあった。アルファレベルが時間の流れとともに変化し、意識や、感情や、記憶など、人間を人間たらしめている経験をするためのソフトウェアだ。最初の一人がスキャンされ、八十人組の最後の一人が終わるまでの一年間は、うまく動いていた。ところが初期の志願者のあいだに奇妙な異変が起こりはじめたのだ。クラッシュして回復不能になったり、無限ループにはいって復帰できなくなったり」

「彼女が幸運だったというのは？」

「八十人組のうち、一部はいまも動いている。これまで一世紀半、正常に稼働してきた。疫病におかされることもなかった。いまは〝くず鉄地帯(ラストベルト)〟と呼ばれる場所の安全なコンピュータに移されている」

タラスキはそこでしばし黙った。

「しかし彼らは、もう長いこと現実の世界と接触していない。しだいに精巧さを増していくシミュレーション世界に慣れきっている」

「おまえの母親もか」

「その世界でいっしょに暮らそうといわれた。スキャン技術も進み、いまでは肉体が死ぬこともない」

「だったら問題ないだろう」

「しかしそれでは、それはわたしではないのだ。ただのコピーだ。母もそれがわかっている。ところが、こうしていまは……」小さな傷を指さした。「いまは現実世界で死ぬことが決まった。コピーを残せば、それが唯一無二になる。毒がわたしの脳神経を実質的に劣化させはじめるまで、スキャンする時間は充分にある」

「自分で毒を注射すればよかったんじゃないか」

タラスキは軽く笑った。

「ここぞやるのはつまらない。なにしろ自分を殺そうとしているのだ。みんなにもわかるようにやりたい。きみを巻きこめば、わたしは決断を先延ばしにできるし、偶然の要素をとりいれられる。やはり生きようと思って抵抗し、にもかかわらずきみが勝つかもしれない」

「ロシアンルーレットのほうが安上がりだ」

「決着が早すぎるし、結果がランダムすぎる。なにより、恰好悪い」

タラスキはクーリのほうにやってきた。そしてクーリがあとずさるより先に、その手をとって握手した。まるで有望な契約にサインした直後のビジネスマンのように。

「ありがとう、アナ」

「ありがとう？」

タラスキは答えず、かたわらを通りすぎていった。歩いていく先には、多くの人の気配。彫像の首で築いたバリケードが崩れ、階段を駆けあがる足音が聞こえた。コバルトブルーの花瓶がガラクタの山から転げ落ちて割れる。フロートカメラのうなりが聞こえる。

しかしバリケードを乗り越えてきたのは、クーリの予想しない人々だった。正装しているものの、それは天上界の富裕層特有のけばけばしい服装ではなかった。三人の老人はポンチョにフェドーラ帽をかぶり、鼈甲縁（べっこうぶち）のフロートカメラ眼鏡をかけている。カメラはそのまわりに、まるで使い魔のように浮いている。

背後から二つのブロンズ色の〈輿（こし）〉があらわれた。片方は子どもでもはいっているかのように小さい。

さらに、手持ちのカメラをかまえ、紫色の闘牛士のジャケットを着た男。

十代の二人の少女。それぞれさした傘には、水彩画の鶴と漢字が描かれている。

少女たちのあいだには、年配の女の姿があった。その顔は色を失っている。たくさんのひだがある折り紙の人形のように、真っ白で、いまにもくしゃっと潰れてしまいそうだ。

女は泣きながらタラスキのまえに膝をついた。クーリには初めての顔だが、タラスキの妻だなと直感した。毒をしこまれたメカジキ形の矢に、いま夫を奪われたのだ。

女は、澄んだ灰色の瞳でクーリを見すえた。怒りで抑揚を失った声でいう。

「さぞかしたっぷりと報酬を受けとるのでしょうね」

「わたしは契約した仕事をしただけだ」

クーリは答えたが、言葉には力がなかった。

人々はタラスキに手を貸して、階段のほうに導いていった。クーリは一行が姿を消していくのを見守った。タラスキの妻は最後にもう一度、鋭い視線をクーリにむけて、去っていった。

反響する足音が遠ざかり、下の吹き抜けの人造大理石の床を渡って消えていく。やがて、まわりにクーリ以外はいなくなった。

と思ったとき、背後に動くものがあった。

ふりむきながら、反射的に銃をかまえ、毒矢の次弾をチャンバーに送りこむ。

二つの祭壇のあいだから、ひとつの〈輿(こし)〉があらわれた。

「ケースか？」

クーリは銃をさげた。どのみち撃っても役に立たない。毒はタラスキの生化学系にしか効かないのだ。

それはともかく、〈輿〉はケースのものではなかった。マークも装飾もない黒一色。その蓋が開いている。クーリは〈輿〉の蓋が開くところなど見たことがなかった。

なかから出てきた男は、恐れるようすもなくクーリに近づいてきた。着ているのは紫色の闘牛士のジャケット。疫病感染を恐れるハーメティクらしい服装ではない。片手にはファッション目的のアクセサリーとして、小型のカメラを持っている。男は話した。

「ケースのほうはわたしたちが話をつけてきた。クーリ、きみはこれ以後、彼とは無関係だ」

「おまえはだれだ。タラスキの関係者か？」

「ちがう。きみが評判どおりの腕かどうかを見ようと、彼らについてきただけだ」

柔らかいアクセントは、カズムシティ住人のものではない。この星系のものではないようだし、スカイズエッジ星でも聞いたことがない。

「どうやらきみは噂どおりのようだ。というわけで、今後きみは、わたしとおなじ雇い主のもとで働くことになる」

クーリはこいつの目に矢を打ちこんでやりたくなった。殺せないにしても、その高飛車な態度をすこしはへこませることができるだろう。

「雇い主というのは？」

「マドモワゼルだ」

「聞いたことがないな」

男は小型カメラのレンズの側を、クーリにむけた。それは、まるで精巧なファベルジェの卵のようにパカリと開き、翡翠（ひすい）色をした無数の部品が新たな位置に組み換わっていった。

そして、クーリの胸もとを狙う一挺の銃になった。

「そうだろうとも。しかしマドモワゼルは、きみのことをよく知っている」

3

リサーガム星
キュビエ
二五六一年

外の怒声を聞いて、シルベステは目を覚ました。

ベッド脇にあるガラスカバーのない時計に手を伸ばし、指先で時針と分針の位置をたしかめる。今日は人と会う用事があるのだ。それまであと一時間弱。

アラームが鳴るよりいくらか早く、外で騒ぎが起きたようだ。なにごとかと思って、毛布をはらいのけ、高い位置にある鉄格子のはまった窓のほうに、よろよろと歩いていった。

シルベステは、寝起きはいつもろくに目が見えない。目の起動時システムチェックに時間がかかるせいだ。まわりのものが単純な色の平面だけで構成されたように見える。一夜のうちに室内が熱狂的なキュビストの一隊によって改装されたかのようだ。

カーテンをあける。シルベステは長身なほうだが、それでもこの窓から外の風景はのぞけない。見えるのは空だけだ。棚の本を台がわりに積み上げ、その上に乗ってやっと見える。

といっても、さしていい眺めではない。キュビエは一個のジオデシックドームの内部とその周辺からなっている。ドーム内には七、八階建ての四角いビルがならんでいる。調査ミッションの初期に建てられたもので、美観よりも耐久性重視のデザインだ。自己修復機能もない。ドームの故障、破損に耐えることが前提となっているため、レザーストームに耐える頑丈さに加え、独立して与圧を維持する機能もある。窓が小さいそれら灰色の建物を、道路網がつなぎ、そこを数台の電気自動車が走っている。普段なら。

今朝はちがった。

シルベステの目をつくったカルビンは、ズームや録画の機能も組みこんでいた。しかしその機能を使うにはかなり集中力を要する。わざと目に錯覚を起こさせるように動かさなくてはならないのだ。

上から見ているせいで上下に潰れた棒線画のようだった人影が、拡大された。もやもやとした要素の集まりではなく、怒って騒ぐ個人として見えてきた。表情はわからないし顔の区別もつかないが、それぞれの動きに個性がある。シルベステはそういうニュアンスを読みとるのがうまくなっていた。

群衆の本体はキュビエの中央通りを練り歩いている。無数のプラカードをかかげ、即席の旗をうちふっている。店のショーウィンドウにメッセージを大書したり、街路樹として植えられたツバキの若木を引っこ抜いたりしている以外は、さほど過激なことはしていない。

しかし大通りの先の、彼らから見えない位置では、対抗する動きが準備されていた。ジラルデューの市民軍だ。兵士たちがバンから降りてきて、擬色迷彩のアーマーを装着している。迷彩はいくつかの色モードに変化して、どれも鈍いクロムイエローに落ち着いていく。

シルベステは、ぬるい湯とスポンジで顔を洗った。ていねいに髭を切りそろえ、髪をうしろになでつける。ベルベットのシャツとズボンの上から、日本の着物風の部屋着をはおった。部屋着にはアマランティン族の頭蓋骨がリトグラフで刷られている。

それから朝食だ。食事はいつもアラームが鳴る時間までに小さなスロットからさしいれられている。朝食を終えて、もう一度時計を確認した。そろそろ伝記執筆者がおでましになる時間だ。ベッドをかたづけてひっくり返す。すると、真っ赤なディンプル入りレザーが張られたソファに変身する。

パスカルはいつものように、人間のボディガード一人と、武装したサービター二機をともなってやってきた。しかしボディガードとサービターは、部屋まではいってこない。はいってきたのは、小さな時計仕掛けの蜂のようなブンブンうなるやつだ。一見すると害はなさそうだが、シルベステがパスカルにむけて屁を一発かましただけでも、脳天に風穴をあけられるだろう。

パスカルがいった。

「おはようございます」

「あれのせいで早起きさせられたよ」シルベステは窓のほうをあごでしめした。「それはともかく、よくここまで来られたな」

パスカルは、ベルベット張りでクッション入りの足のせ台をみつけて、それに腰をおろした。

「警備部門にコネがあるんです。外出禁止令にもかかわらず、わりとすんなり来られました」

「外出禁止令が出てるのか?」

パスカルは、浸水党のシンボルカラーである紫色の縁なし帽をかぶっていた。その下にのぞく、一直線に切りそろえられた前髪。その黒さが、無表情な顔の白さをきわだたせている。黒地に紫のストライプがはいったジャケットとズボンは、タイトなデザインだ。まわりに浮かばせている装飾の眼球内映像は、露の滴、タツノオトシゴ、ピンクと薄紫色の光をなびかせるトビウオ。

両脚をそろえ、つま先もあわせて斜め前にむけ、シルベステのほうに上体を傾けている。身を乗りだしているのはシルベステもおなじだ。

「時代が変わったのです、博士。あなたならわかるはずです」

わかっている。

シルベステは、キュビエの中心部にもう十年間も軟禁されている。クーデタによって彼から権力を奪った新政権は、この十年でいくつもの勢力に分裂した。あらゆる革命がたどる末路だ。

政治風土も変わったが、その基盤となる思想潮流も変わった。シルベステの時代には、アマランティン族の研究者と、リサーガム星を土地環境改変（テラフォーム）しようとする一派とが対立していた。この星の環境を変えて、暫定的な研究拠点から、恒久的な人類のコロニーにしようと主張する彼ら浸水党も、アマランティン族に一定の研究価値があることは認めていた。

ところがいまはどうか。現在いくつもある政治勢力間のちがいは、支持するテラフォーム手法の差でしかない。何世紀もかけてゆっくり改変する方法から、人類が惑星から一時避難しなくてはならないような暴力的な大気変成法まで、いろいろな主張がある。しかしもっとも穏やかな手法をもちいても、アマランティン族の秘密の多くが永遠に失われることだけはたしかだった。

なのに、もはやだれも気にしていないようなのだ。気にする者がいても、怖じ気づいて声をあげない。わずかな資金で細々と発掘をつづけるひと握りの研究者をのぞけば、もうだれもアマランティン族に興味をしめさない。絶滅した異星種族の研究は、この十年のあいだに時代遅れの学術分野になりさがったのだ。

事態はさらに悪化している。

五年前、一隻の商船がこの星系を通りかかった。近光速船はラムスクープ場をたたみ、リサーガム星の周回軌道にはいった。夜空に一時的に明るい新星があらわれた。そのルミリョー船長は、驚異的なテクノロジー製品を商品としていくつも提示した。他の星系で発明された新製品や、この星では反乱以後姿を消したものなどだ。しかしコロニーにはルミリョーの見せるものをすべて買うだけの資力はなかった。どんな買い物を優先すべきかについて喧々囂々の論争になった。薬か機械か。テラフォーム用ツールか飛行機か。裏取り引きや、武器、違法技術の購入も噂された。

コロニー全体の生活水準がシルベステの時代よりも上がったのはたしかだ。パスカルがあたりまえのようにサービターを使い、高度なインプラントを持っていることからもわかる。しかしその一方で、浸水党の内部には埋めがたい亀裂が生じていた。

「ジラルデューは戦々恐々としてるんじゃないのか」

「わたしにはわかりません」シルベステの問いに、パスカルはやや早口に答えた。「わたしにとってだいじなのは締め切りですから」

「今日はなんの話をさせたいんだ」

パスカルは膝の上にのせたコムパッドに、ちらりと目をやった。コンピュータはこの六世紀で形状もアーキテクチャもあらゆる変貌を遂げたが、手書き入力モードを持つスケッチボードのような単純な形だけは、いつの時代もすたれることがなかった。

「うかがいたいのは、お父上がどうなったかです」

「八十人組のことか？　きみの知りたいようなことはすでにありとあらゆる文書に書かれ

てるだろう」

「たしかに、たいていのことは」

パスカルはコムパッドのスタイラスを、暗い赤に塗った唇にあてた。

「一般的なストーリーは、もちろんすべて読みました。知りたいことのほとんどはそれで片づきました。一点だけ、いまひとつ納得できないところが残ったのです」

「というと」

パスカルには脱帽せざるをえない。まるで興味がなさそうな、些末な疑問点を確認するだけというような口調で訊いたのだ。巧みな話術だ。おかげでシルベステは、すっかり無防備になっていた。

「それは、お父上のアルファレベル記録のことです」

「それが？」

「その後、本当はどこへいったのかを、教えてください」

そぼ降る屋内雨のなか、隠し銃をかまえた男は、クーリをケーブルカーのほうへ歩かせていった。待機していたケーブルカーは、男が乗ってきてモニュメント内に放置した〈輿(こし)〉とおなじように、なんのマークも特徴もなかった。

「乗れ」

「待ってくれ――」

クーリが口を開くやいなや、男は銃口でクーリの腰を小突いた。危害を加えるというほどではなく、しかし銃の存在を意識させる程度には強く。そのことから、この男はプロだとクーリにはわかった。つまり、これみよがしに銃をふりまわす素人とちがって、いざとなればためらいなく引き金を引くはずだ。

「わかった。いわれたとおりにする。ただ、マドモワゼルについて教えてほしい。だれなんだ？　ライバルのシャドープレイ団体の元締めか？」

「ちがう。さっきもいっただろう。もっと広い視野で考えろ」

役に立つことを教えるつもりはないらしい。これ以上追及しても無駄だろう。

「じゃあ、あんたはだれなんだ？」

「カルロス・マヌーキアン」

それを聞いて、クーリは銃を突きつけられるよりいやな気分になった。どうも偽名らしくない。本名だろう。本名を教え、なおかつこいつが犯罪者らしい（この無法地帯のカズムシティで、そんな分類はお笑いぐさだが）ことを考えると、用がすんだら殺す気だと推測できるからだ。

ケーブルカーのドアがバタンと閉まった。マヌーキアンがコンソールのボタンを押すと、ケーブルカーは車内からカズムシティの不浄な空気を排出。水蒸気のジェットを噴いて上昇し、そばのケーブルをつかまえた。

「あんたの仕事は？」

クーリが訊くと、マヌーキアンはあたりまえでばかばかしいことのように答えた。

「マドモワゼルのために働いている。わたしたちは特別な関係にあり、ずっと昔から協力してきた」

「そのマドモワゼルが、わたしになんの用だ」

「いいかげん察しがつくだろう」

マヌーキアンはケーブルカーの誘導コンソールに目をやりながらも、銃の狙いをはずしていない。

「おまえに暗殺してほしい相手がいるのだ」

「それが仕事だからな」

「そうだ」

マヌーキアンは笑みを浮かべた。

「今回ちがうのは、依頼者が本人ではないということだ」

伝記の製作は、もちろんシルベステのアイデアではない。しかしその発案者は、シルベステが予想もしない人物だった。

六カ月前のこと。

シルベステは、自分を拘束している首謀者とじかに会うという、めったにない機会を得ていた。そのニル・ジラルデューは、まるで軽い思いつきのようにその提案を口にした。

これまで書かれなかったのがむしろ意外だとさえいった。リサーガム星での五十年間は、シルベステにとってべつの人生といってもさしつかえない。いまは不名誉な章題しかつけられぬ時期をすごしているにせよ、そのおかげで、前半生を客観的に見られるようになっている。イエローストーン時代には不可能だったはずだ。

「きみのこれまでの伝記執筆者は、対象に近すぎたんだ。分析すべき社会環境に自分がどっぷりつかっていた。カルやきみに敬服していた。狭苦しいコロニーにいるために、一歩引いて広い視野に立つことができなかった」

「リサーガム星が狭苦しくないとでもいうのか？」

ジラルデューは筋肉質のずんぐりした体形で、髪は赤毛だ。

「もちろんそういうわけではないさ。ただ、時間的、空間的距離をおいているのはまちがいない。どうだね、ダン。イエローストーン星での半生を思い返すと、まるでべつのだれかの身に起きたことのような、一世紀もまえの遠い出来事のような気がするのではないかな？」

シルベステは笑い飛ばそうとしたが、できなかった。このときばかりはジラルデューの意見に同感だったからだ。まるで宇宙の基本原則が崩れたような不安な一瞬だった。

「なぜそんなことをすすめるのか、わからんな」

シルベステは、二人の会話を見守っているボディガードのほうをあごでしめした。

「それとも、それでおまえになにか利益があるのか？」

ジラルデューはうなずいた。

「それもある。じつをいえば、それがほとんどだといってもいい。きみがいまだに大衆の関心を集める人物だということは、自分でも認識しているだろう」

「おれを絞首台送りにすることに関心が集まってるようだけどな」

「たしかに。しかし大衆は、きみを絞首台へ案内するまえに、一度握手してみたいと思っているんだ」

「その欲求を満たすのが目的というわけか」

ジラルデューは肩をすくめた。

「いうまでもなく、新政権はきみへの面会権を握っている。きみの記録とアーカイブ素材をすべて押さえている。すでに有利な条件が整っているわけだ。イエローストーン時代の文書も、きみの肉親しか存在を知らないようなものまでアクセスできる。それらをある程度自由に使えるのだから、放置するという手はない」

「なるほど」

シルベステは相手の意図がようやくはっきりわかった。

「ようするに、それを使っておれの信用を落とそうと、そういうわけだな」

「事実を公表して、それがきみの信用を落とすなら……」

あとはいわなかった。

「こうしておれを失脚させて……それでもまだたりないのか」

「それだけたてば大衆は忘れはじめるということだ。記憶をくすぐってやる必要がある」

「だからなんだ」

「九年前のことだよ」

「大衆の新たな不満が醸成されているこの時期に、な」

ジラルデューは、痛いところをつかれたように顔をしかめた。

「真実進路派(トゥルーパス)など、期待しないほうが賢明だ。救い出しにきてくれるなどとは思わないほうがいい。きみを軟禁しはじめたときに、いっさい反対しなかった連中なのだから」

シルベステは急にうんざりしてきた。

「いいだろう。それで、おれになにをしろっていうんだ？」

「なにかやることがあるとでも？」

「まあな。そうでなければ、わざわざこうして話しにくるわけがない」

「協力することがきみ自身の利益にもなる。押収した資料をもとにこちらだけで製作することも可能だが、きみの見解もあったほうがいい。とくに、複雑な事件にまつわる部分では」

「もっとはっきりいってやろうか。おれを誹謗中傷する論評に、おれ自身の推薦文をつけたいわけだ。おれの大衆人気を叩きつぶすのが目的のおまえに、そうやって手を貸せといってるんだな」

「きみ自身にとってもいい話なのだよ」

ジラルデューは、シルベステが軟禁されている広くはない部屋をしめした。

「たとえば、ジャヌカンは自由の身にして、孔雀の趣味を続けられるようにしてやった。きみに対してもそれくらいの裁量はできるんだ、ダン。アマランティン族の最新資料にアクセスしたり、同僚に連絡をとって意見を交換したり。もしかしたら、たまにはこの建物から出してやれるかもしれない」

「現場で発掘も？」

「検討しよう、場合によってはそこまで……」

シルベステはふいに、ジラルデューのその言葉はただの演技だとわかった。

「それまではおとなしくするのが賢明だ。伝記は現在製作中で、きみへの取材が必要になるのは数カ月後。たぶん半年後だろう。こちらの提案を実行できるかどうかは、きみが要求に応えてくれるかどうかにかかっている。きみのところへは伝記の執筆者が取材にいく。その関係が順調であれば——彼女が順調であると判断すれば、限定的な発掘作業について検討にはいろう。もちろん検討するというだけで、約束はできないが」

「なるべくおまえの期待に応えるよ」

「では、また連絡する。いまの時点でなにか質問はあるかね？」

「ひとつある。その伝記執筆者を〝彼女〟と呼んだな。だれだか教えてくれないか」

「もうすぐ幻滅を味わうはずの女だ」

ある日、ボリョーワが船倉で作業しながら、隠匿兵器のことを考えていると、雑役ネズミがトンと肩の上に降りてきて、耳もとでささやいた。

「トモダチ……」

このネズミは、インフィニティ号独特のものだ。おそらく他の近光速船には例がないだろう。

知能は野生の先祖と大差ない。この害獣が有益種に変わったのは、船の指揮命令系統に生化学的なリンクで組みこまれたおかげだ。どのネズミも特殊なフェロモンの受容器と送出器を持っていて、それを使って船の命令を受けとり、情報を送り返すことができる。やりとりされる情報は、分泌物の複雑な分子構造というかたちで暗号化されている。

ゴミも掃除する。固定されているものとまだ生きているものをのぞいて、有機物ならほとんどなんでも食べる。体内で初歩的な前処理をおこなったあと、ペレット状にしてべつの場所で排出。ペレットは船内の大規模なリサイクルシステムにとりこまれていく。

一部のネズミには、基本語彙をおさめた小型のハードウェア辞書と発声装置が組みこまれていて、生化学的にプログラムされた条件を満たす外部刺激があると、情報を音声化する。

今回ボリョーワは、自分以外の人間が出した老廃物（皮膚から落ちた古い角質など）を体内処理したら、通知するようにネズミをプログラムしていた。他の乗組員が冷凍睡眠から起きてきたとき、自分が船の遠く離れた区画にいてもわかるようにだ。

ボリョーワはネズミを床に降ろした。そして、知っているかぎりの言語で悪態をついた。

「ああ、一回聞きゃわかる」

ネズミはまたささやいた。

「トモダチ……」


パスカルについてきた警備蜂が、わずかにシルベステに近づいた。シルベステの声にまじった緊張の響きを聞きとったのだろうか。

「八十人組のことを知りたいのか？　いいとも、いくらでも話そう。おれはそいつらのだれにも同情の念は覚えない。リスクはみんな承知だった。そして七十九人は志願者だったんだ。八十人じゃない。八十人目がおれの親父であることを、みんな都合よく忘れてるのさ」

「無理もないでしょう」

「愚かしさは遺伝するという立場からいえば、たしかに無理ないな」

シルベステは落ち着こうとしたが、うまくいかなかった。外では、いつのまにか市民軍がドーム内の空気に恐怖ガスを散布しはじめたらしい。おかげで、もともと赤っぽい太陽がほとんど黒く見えている。

シルベステは抑えた声で続けた。

「いいか、政府はおれを逮捕したとき、いっしょにカルビンを押収してるんだ。そいつに訊けば、いくらでも自分の行動を解説するだろうさ」

「わたしがうかがいたいのは、カルビンの行動についてではありません」

パスカルはコムパッドになにか書きつけた。

「彼が――彼のアルファレベル・シミュレーションが、あのあとどこへ行ったのかです。ひとつのアルファレベルは、およそ十の十八乗バイトの情報量がありますね」

コムパッドに円のようなものを描いている。

「イエローストーン星から引き出せた情報は断片的ですが、いくつかわかったこともあります。八十人のアルファレベルのうち、六十六人分はイエローストーン星周回軌道上のデータリザーバーにありました。カルーセル、シャンデリア都市、スカイジジャック属やウルトラ属の居住ステーションなどです。もちろん、ほとんどはクラッシュしていますが、いまだに消去はされていません。十人分は疫病におかされた地上のアーカイブにあったことが確認されました。残りは四人。そのうち三人は、あなたのいう七十九人に属しています。とても貧しいか、すでに途絶えた家系の出身者です。そして残る一人のアルファレベルが、カルビンなのです」

「だからなんだといいたいんだ？」

シルベステは関心なさそうな態度をよそおった。

「カルビンが他の人々とおなじように失われたというのが、納得できないんです。シルベステ研究所は、債権者や管財人にことわらなくてもその財産を守れるはずですね。イエローストーン星が疫病に襲われるまで、あの星でもっとも裕福な一族だったのですから。カルビンはいったいどこへ行ったのですか?」

「おれがリサーガム星へ持ってきたとでも?」

「いいえ。調査によれば、行方不明になった時期はそのずっとまえです。具体的にいうと、最後にシステム上にあらわれたのは、リサーガム星への調査隊が出発するより一世紀以上前」

「きみの調査はまちがってる。記録を詳細に調べればわかるはずだが、アルファァレベルは二十四世紀後半に軌道上のデータキャッシュに移された。それから三十年ぐらいたって研究所は引っ越し、そのときアルファァレベルも移動したはずだ。そして二四三九年か四〇年に、研究所はレイビッチ家の攻撃を受けてデータコアを破壊された」

「いいえ、その可能性はすぐに除外しました。二三九〇年に、十の十八乗バイトのなにかがシルベステ研究所によって軌道上に転送されたことがわかっています。そして三十七年後におなじ量の情報がふたたび移動したことも。でも十の十八乗バイトのデータだからといって、それがカルビンだとはかぎらない。十の十八乗バイトの形而上詩かもしれない」

「なんの証拠にもならないぞ」

パスカルはコムパッドをシルベステに渡した。彼女をとりまくタツノオトシゴとトビウオの眼球内映像が、ホタルのように散りぢりになって揺れた。

「ええ。でも不審な動きであるのはたしかです。なぜあなたがシュラウダーと接触したのと同時期に、カルビンのアルファレベルが行方不明になったのか。両者は無関係なはずなのに」

「おれがかかわってるといいたいのか?」

「一連のデータ移動を偽装できるのは、シルベステ研究所の内部者だけです。真っ先に疑われるのはあなたです」

「動機がないぞ」

「ご心配なく」

パスカルはコムパッドをとりもどして、膝の上においた。

「なにかしらあるはずですから」


他の乗組員が目覚めたと、雑役ネズミから知らされて三日後、ボリョーワはようやく顔をあわせる気持ちの準備ができた。

もともと、起きてきた乗組員たちと会うのは楽しみではない。人間嫌いというわけではないが、孤独な環境はわりと性にあっているほうだからだ。加えて今回は、いやな問題をかかえている。ナゴルヌイが死んだ。そして他の乗組員はすでにその事実に気づいているはずだ。

ネズミをべつにし、ナゴルヌイを勘定からはずすと、インフィニティ号には六人の乗組員が乗っている。船長を除外すれば五人だ。除外するのが普通だろう。なにしろ他の乗組員の知るかぎり、船長に意識はなく、まして意思疎通の手段などないのだから。いつか治療法がみつかるかもしれないというわずかな望みから、乗せたままにしているだけだ。

というわけで、この船における決定権はすべて船内三人委員会が持っている。委員は、ユージ・サジャキ、アブデュル・ヘガジ、そして彼女、イリア・ボリョーワの三人だ。

委員会の下には、おなじ階級の二人の乗組員がいる。名前はキャルバルとスジーク。どちらも、身体の多くの部分を機械化したキメラで、最近この船に乗ったばかりだ。

そしていちばん下の階級が、ナゴルヌイの肩書きだった砲術士となる。ナゴルヌイが死んだいま、その席は王が退位した直後の王座のように空いている。

ボリョーワ以外の乗組員は、活動中は船の一定の区画からめったに出ようとしない。船の他の部分のことは、ボリョーワとその機械にまかせている。

船内時間では、いまは朝だ。乗組員用の区画では、いまも二十四時間制の日周パターンにあわせて照明が調節されている。

ボリョーワは、まず冷凍睡眠室へ行ってみたが、だれもいなかった。冷凍睡眠ユニットは、一つをのぞいて開いている。閉じているのは、もちろんナゴルヌイのだ。ボリョーワは、首を胴と接合したあと、ユニットにいれていったん冷却した。そのあと、ユニットが故障して内部温度が上がるように細工した。ナゴルヌイは最初から死んでいたわけだが、かなり熟練した病理学者でなければ気づかないだろう。そして遺体は、乗組員のだれかがわざわざ詳しく調べたいと思うほど、きれいな状態ではない。

スジークのことがまた頭に浮かんだ。スジークとナゴルヌイはしばらく親しい関係にあった。スジークには気をつけたほうがいいだろう。

ボリョーワは冷凍睡眠室を出て、他の乗組員たちが集まっていそうな場所をいくつかまわって、最後に森に来た。死んだ植物の深い茂みの奥に、UVランプがまだ生きているエリアを探す。森の空き地へ出る、腐りかけた木の階段を慎重に降りていった。

森のほとんどが死に絶えているなかで、空き地は牧歌的な美しさをたもっていた。頭上に広がるヤシの葉のあいだから黄色い木漏れ日が射してくる。遠くには滝があり、その下には切り立った岸にかこまれた池がある。ときおり木々のあいだをオウムやコンゴウインコが飛び渡り、騒々しい鳴き声をたてる。

ボリョーワはこの人工的な眺めが嫌いで、歯ぎしりした。

生きて目覚めた四人の乗組員は、木の長テーブルのまわりに集まって朝食をとっていた。パン、フルーツ、スライスした肉、チーズなどが山積みにされ、オレンジジュースやコーヒーの容器がならぶ。空き地のすこし離れたところでは、ホログラフィ映像の二人の騎士が、おたがいを馬上槍で刺しつらぬこうと戦っている。

「おはよう」ボリョーワの靴は、階段を降りきって、本物そっくりに露に濡れた草を踏んだ。「もうコーヒーは残ってなさそうね」

乗組員たちは顔をあげた。一部はスツールをまわして彼女のほうを向く。ボリョーワのあいさつへの反応は、食器の音がすこし静かになったくらいだ。四人のうち三人は短くあいさつの言葉をつぶやいた。スジークは無言だ。サジャキだけがはっきりとした声で話しかけた。

「よろこばしき再会である、イリア」テーブルの大皿を持ちあげる。「グレープフルーツはいかがか」

「ありがとう。もらうわ」

ボリョーワはテーブルに近づき、サジャキから皿を受けとると、たっぷり砂糖のかかったフルーツをのせた。そして、あえて二人の女性乗組員のあいだに席をとった。スジークとキャルバルだ。

いまの二人は、黒い肌で、髪はほとんどない。頭頂から真っ赤なドレッドロックが何束かはえているだけだ。ドレッドヘアはウルトラ属にとって重要な意味を持つ。冷凍睡眠にはいるごとに束を増やしていくのだ。つまり光速にかぎりなく近づいた回数をあらわしている。

二人がもともと乗っていた船は、ボリョーワたちの海賊行為にあって略奪され、その後二人はこちらの仲間になった。ウルトラ属の忠誠心は水より安い。特許や通貨データのようにすぐ交換できる。

二人とも、ヘガジほどの改造度ではないとはいえ、一見してわかるキメラだ。

スジークの肘から先は、優美な造形の青銅色の金属腕になっている。金箔細工のあいだに窓があり、さまざまに変化するホログラフィ映像が浮かんでいる。手のひらにあたる部分から異様に細い指が伸び、先端にはダイヤモンドの爪がはえている。

それにくらべるとキャルバルは、身体の大半がまだ有機素材でできている。とはいえ目は猫のような瞳孔を持つ、網線模様のはいった赤い楕円形。鼻に鼻梁はなく、細長い開口部があるだけ。水中生活に適応しているかのようだ。服は着ていない、目、鼻、口、耳をのぞくと、全身の皮膚には開口も継ぎめもいっさいない。真っ黒いネオプレン材で全身をぴったりつつんでいるかのようだ。胸に乳首はなく、細い指に爪はない。足の指もおおまかな形しかない。彫刻家が早く次の作品にとりかかりたくて、制作途中で放り出した未完成品のようだ。

ボリョーワが腰をおろすと、キャルバルは無関心そうな視線をむけたが、それもわざとらしかった。

またサジャキがいった。

「貴公の働きには感謝している。拙僧らの睡眠中は多忙だったものと承知している。なにか大きな事件でも発生したか？」

「あれこれね」

サジャキは笑みを浮かべた。

「なるほど、あれこれとな。あれとこれに忙しく、ナゴルヌイの死因に結びつくことがらには気づかなかったとみえる」

「あいつはどこへ行ったのかと思ってたんだよ。そしたら答えはそういうことだった」

「こちらの質問に答えておらぬが」

ボリョーワはグレープフルーツにかぶりついた。

「あたしが最後に見たときは生きていた。どうして死んだのか……見当もつかない。事故なんだろう？」

「冷凍睡眠ユニットが早い時期に温度を上げてしまったとみえる。そのために有象無象のバクテリアが活動をはじめた。詳細を述べる必要はないと察するが」

「朝飯の時間だしね」

やはり遺体をくわしく調べてはいないようだ。もし調べれば、ボリョーワが注意深く偽装したとはいえ、死因となった傷跡に気づいたかもしれない。ボリョーワはちらりとスジークのほうを見た。

「失礼。死者に悪気はないんだ」

「もちろんそのような含みは持たぬ」

サジャキもいって、パンを半分にちぎった。そして左右の間隔がつまったその楕円形の両目で、まるで狂犬病の犬を見るようにスジークを見すえた。

ブロータ一星でスカイジャック属のあいだへ潜入作戦を敢行したとき、サジャキは肌に刺青をいれたが、それはいちおう消えている。しかし冷凍睡眠中に注意深い回復処置がほどこされているにもかかわらず、細く白い線が残っている。もしかするとサジャキは、ブローター星に潜入したことの痕跡をいくらか残すように、メディシーンに指示しているのかもしれない。ブローター星から力ずくで奪った経済利益の記念というわけだ。

「ナゴルヌイの死についてイリアが責任を問われるところはまったくないと考えるが、いかがか、スジーク」

「事故なんだからだれの責任でもないわ」

スジークは答える。

「そのとおり。よって本件は落着とする」

「待って」ボリョーワはいった。「こういう場で持ち出すような話じゃないかもしれないけど……」しばしためらう。「つまり、あいつの頭からインプラントを摘出したいと思ったんだ。でも考えてみれば、かりに試みても、もうダメージを受けていて回復不能だろうな」

「新規に製作することは可能であろう」

「時間があれば」あきらめたように、ため息をつく。「それと、代わりの新人もいるな」

すると、ヘガジがいった。

「イエローストーン星周辺軌道の滞在中に、適当なやつを探せばいいさ」

空き地ではまだ騎士たちが一騎討ちを続けている。一人は面頬(めんぼお)のスリットから一本の矢が刺さり、劣勢になっているのだが、乗組員たちはだれも気にしていない。

「ああ、きっと適当なのがいるだろう」

ボリョーワは答えた。

マドモワゼルの住まいの空気はひんやりと冷えていた。クーリにとっては、イエロースト－ン星に着いてから吸ったなかでいちばん清潔な空気だったが、それだけでは説明不足だ。清潔だが、匂いがないわけではない。スカイズエッジ星の野戦病院のテントとおなじ匂いがする。ヨウ素、キャベツ、塩素……。最後にファジルと会ったときの匂い。

マヌーキアンのケーブルカーは、都市を横切って、半分水にひたされた地下水路を通り、広い空間に出た。クーリはそこからエレベータに乗せられた。エレベータは耳がおかしくなるほどの速度で上昇し、着いたところが、この暗くて音の反響する広い部屋だ。反響の具合からそう感じるだけかもしれないが、照明を消した巨大な霊廟にはいったような気がした。こまかい細工に飾られた窓が高いところにある。そこからはいってくる光はまるで真夜中のように青く弱い。外は昼であることを考えると、少々不気味だった。

案内していくマヌーキアンが説明した。

「マドモワゼルは昼の光を好まれぬのだ」

「へえ」

クーリの目はしだいに薄暗がりに慣れてきた。部屋のなかに、なにか大きなものが立っているのがだんだんとわかってきた。

「あんたはこのへんの出身じゃないだろう、マヌーキアン」

「おたがいさまだ」

「あんたも事務的ミスでイエローストーン星へ来たのか？」

「かならずしもそうではないな」

マヌーキアンはどこまで話そうかと考えているようだ。それがこの男の弱点だと、クーリは思った。殺し屋とかそういう職業にしては、こいつはしゃべりすぎる。ここまで来るあいだも、カズムシティで経験したというはったりだらけの自慢話をえんえん聞かされた。聞き慣れないアクセントで隠し銃を持ったこの厚かましい男がしゃべっているのでなければ、うるさい、黙れと一喝したところだ。しかしマヌーキアンの場合、それらの話がはったりではないかもしれないと思えるところが、不気味だった。

どうやら、無愛想にしているべきという職業上の必要よりも、しゃべりたい欲求のほうが勝ったらしい。

「事務的ミスではない。ある種の手ちがいだ。事故といってもいいかな」

部屋に立っている大きなものは、いくつもある。全体の形はよく見えないが、黒い台座から細い柱が突き出し、その上に彫刻作品が乗っている。割れた卵の殻のような部分もあれば、ノウサンゴのようなこまかい凹凸のある塊もある。すべて金属光沢があるが、光が弱すぎて色はわからない。

「事故にあったのか？」

「いや……事故にあったのはわたしではない。彼女だ。マドモワゼルのほうだ。わたしたちはそうやって出会った。マドモワゼルは……。いや、話すのはよそう。彼女に知られたらわたしは消されるからな。堆肥界で死体を処分するのはたやすい。ああ、死体といえば、つい先日もおもしろいものを見たぞ。信じられないかもしれないが、それはまったく……」

また自慢話がはじまった。

クーリは彫刻のひとつに指を滑らせてみた。冷たい金属の感触。断面はとても鋭い。まるで夜中に美術館にしのびこんだ美術愛好家二人組という気分になってきた。彫刻は、じっとなにかを待っているようだ。時節をうかがっている。ただし、無限の忍耐力は持ちあわせていないようす。

クーリはどういうわけか、銃を持った連れがいてよかったという気になった。

「これらはマドモワゼルがつくったのか？」

マヌーキアンのおしゃべりをさえぎって、クーリは訊いた。

「ともいえるだろう。だとしたら、痛々しい作品だと思わないかね」

マヌーキアンは立ちどまり、クーリの肩に手をおいた。

「さて、あそこの階段が見えるか」

「あれを昇れといいたいようだな」

「のみこみが早い」

マヌーキアンは銃口でクーリの背中を軽く突いた。その存在を思い出させるように。

死んだ砲術士の部屋のまえに立ったボリョーワは、通路の舷窓ごしに、濃いオレンジ色の巨大ガス惑星を見た。影になった南極付近でオーロラの嵐がまたたいている。

インフィニティ号はすでにエリダヌス座イプシロン星系内に、黄道面に対して浅い角度で進入していた。イエローストーン星まではあと数日だ。すでに数光分のタイムラグをともなう域内通信網のなかにはいっている。星系内の主要なハビタット、宇宙船、人工衛星などが見通し通信によってつながれている。

インフィニティ号のほうも変化していた。ボリョーワがのぞく舷窓からは、連接脳派製エンジンの一基が見える。船速がラム効果速度以下になったエンジンは、自動的にスクープ場をたたんで、星系内モードに形態を変化させている。吸入口は夕方の花のように閉じている。エンジンはまだ推力を発生させているが、その反応物質やエネルギーがどこからきているのかは、連接脳派テクノロジーの謎のひとつだ。このモードでの稼働に時間的制限があるのはたしかだろう。そうでなければ、星間空間航行モードのときに宇宙から燃料をかき集めるのはなんのためかということになる……。

ボリョーワは、つい脇道にそれそうになる考えを、目のまえの問題に引きもどした。

「あいつが厄介なことになりそうな気がするのよ。とても厄介なことに」

サジャキは鷹揚な笑みを浮かべた。

「拙僧の考えでは、そのような心配はない。スジークは拙僧の考えを充分理解している。三人委員会のメンバーに危害を加えるような者には、拙僧はためらいなく懲罰をくだす。

イエローストーン星に到着後に解雇、というような手ぬるいことはせぬ。船内で処刑する」

「そりゃきびしすぎないかな」ボリョーワは弱々しい声でいった。そんな態度はいやだったが、どうしようもなかった。「スジークには同情を覚えないわけでもないんだ。あたしに個人的な恨みはなかったはずだから……ナゴルヌイが死ぬまでは。あいつがなにかやったら、適当に罰するくらいにとどめられないかな」

「それは無意味である。スジークが貴公に害意をいだくなら、なまじっかなことではやめまい。わずかな罰ですむとわかれば、次は貴公を恒久的に排除しようと狙ってこよう。やはりいざとなれば殺すのみだ。それはともかく――スジークの今後の行動にずいぶんと確信があるらしい。ナゴルヌイの問題にスジークが影響されている可能性はありえぬか？」

「スジークが正気かどうかって？」

「まあ、よかろう。スジークが貴公を害することはありえぬ。拙僧が保証しよう」

サジャキはそこで一息ついた。

「さて、やるべきことをすませようではないか。ナゴルヌイの騒ぎにはそろそろ辟易しておるのだ」

「あたしもだよ」

乗組員全員が再会してから数日がたっていた。二人は八二一階にあるナゴルヌイの個室のまえに立ち、室内にはいる準備をしていた。主の死後、部屋は封印されていた。他の乗組員たちが考えるよりもっと長く封印されている。ボリョーワは、自分の痕跡を残すのを恐れて一度も足を踏みいれていなかった。

ボリョーワはブレスレットに命じた。

「砲術士ボリス・ナゴルヌイの個室への進入禁止命令を解除。権限者はボリョーワ」

ドアが開き、通路側とははっきり異なる冷えきった空気が流れてきた。

「進入」

サジャキがいうと、武装したサービターが数体、室内にはいった。数分で室内を調べ、危険がないことを確認する。ナゴルヌイはボリョーワに襲いかかったとき、自分が死ぬつもりはなかったはずなので、部屋に仕掛けがされている可能性は低かった。しかしああいう人間はなにをするかわからないものだ。

二人はなかにはいった。サービターがすでに室内灯をつけている。

ボリョーワが知っている他の異常人格者の例にもれず、ナゴルヌイも最小限の専有空間で満足するタイプだった。ボリョーワの部屋より何倍も窮屈だ。しかも几帳面な性格が発揮されている。さながら逆ポルターガイストがあらわれたかのようだ。多くはない私物は、ほとんどがしっかりと固定され、ボリョーワが部屋の主を殺したときの乱暴な操船によっても、とくに室内は乱れなかったようだ。

サジャキが顔をしかめ、鼻を袖でおおった。

「なんの匂いか」

「ボルシチよ。ビートを煮た料理。ナゴルヌイはあれが好物だったみたいね」

サジャキはドアを閉めた。

空気にはまだ冷たさが残っている。温度計によれば通常の室温まであがっているはずだが、冷えきっていた数ヵ月間の痕跡が空気の分子に残っているかのようだ。

異様に殺風景な室内もそれに拍車をかけている。これにくらべると、ボリョーワの部屋は豪華で派手に思えるくらいだ。ナゴルヌイが専有空間をパーソナライズしていないというだけの問題ではない。常識人の基準からあまりにもはずれているために、この部屋は、空き部屋よりさらに寒々しく感じられる。

荒涼感をさらに演出しているのが、棺の存在だ。

この細長い箱は、ボリョーワがナゴルヌイを殺したとき、唯一室内で固定されていなかったようだ。壊れてはいないが、もともとは壁に立てかけられていたのだろう。恐怖の予感をふりまきながら、部屋を睥睨(へいげい)していたはずだ。鉄製らしく、寸法はとても大きい。真っ黒で、まるで光を吸収してしまうシュラウダーの砦の表面のようだ。

棺の表面には、びっしりと浅浮き彫りがほどこされている。なにが描かれているのか、一目ではわからない。ボリョーワは黙ってそれを観察した。ボリス・ナゴルヌイにこんな能力があったのだろうか。

「ユージ、こりゃちょっと気味が悪いわね」

「同感である」

「自分の棺桶をつくる異常人格者、ねえ」

「ずいぶん献身的な異常者といえよう。しかし、げんにここにある。そしてこれはナゴルヌイの精神の一側面にすぎぬはず。この装飾をいかにみるか？」

「その異常人格を投影、具体化したものだろうね」

サジャキが落ち着いているので油断して、ボリョーワはさらによけいなことをいった。

「あらわれてるイメージを検索してみるわ。なにかわかるかもしれない」

やや黙って、

「おなじ失敗をくりかえさないために、ね」

「賢明な態度である」

サジャキはしゃがみ、手袋をした指先でこまかい彫刻の表面をなでた。

「貴公の手で殺すはめにならず、幸運であったな」

「ああ」ボリョーワはちらりと隣を見た。「それで、この装飾をユージはどう思うんだい？」

「サンスティーラーというのはなにか、あるいは何者か」

サジャキは、棺にキリル文字で刻印されたその言葉をしめした。

「なんぞ心当たりは？　いや、ナゴルヌイの異常性のなかでという意味である。本人にとってこれはなにか」

「見当もつかないわね」

「あえて推量しよう。ナゴルヌイの妄想において、サンスティーラーはその日常に登場するだれかをしめすと考えられる。その場合、二つの可能性がある」

「本人か、あたしか」

サジャキの思索を混乱させるのは難しいと知りつつ、ボリョーワはあえてそういった。

「そう、それはたしかね。でも……それで？」

「サンスティーラーという言葉に本当に心当たりはないか？」

「聞いてたら憶えてるわよ」

嘘ではない。

もちろん、ボリョーワは憶えている。なにしろナゴルヌイが彼女の部屋に侵入して、自分の血で壁に書きつけた言葉なのだから。

意味はわからない。しかし聞き覚えがないというのは嘘だ。上司と部下の関係が不愉快な終焉に近づくころ、ナゴルヌイはこの言葉をひんぱんにくりかえすようになっていた。悪夢はサンスティーラーで塗りつぶされていた。そしてよくある被害妄想で、日常のささいなトラブルも、サンスティーラーの悪意あるしわざだといいだした。船内の照明が不可解に消えたとき……エレベータが意図しない階へむかったとき……それはサンスティーラーのしわざになった。単純な動作不良ではなく、かならずどこかに悪意ある存在が隠れていて、そのことをナゴルヌイだけが知っているのだ。

ボリョーワは愚かにもその危険な兆候を看過していた。その妄想がやがて無意識の闇に帰っていくことを期待していた――祈っていたといってもいい。

しかしサンスティーラーは去らなかった。その証拠が、この床の棺にある。

そうだ……そんな言葉が出てきたら、憶えていないわけがない。

「たしかに、憶えていないわけはなかろう」

サジャキが、まるで見透かしたようにいった。そして刻印された文字に視線をもどした。

「まず、この文字はコピーをとっておくべきであろう。あとで役に立つかもしれぬ。しかしこの点字のようなものは、拙僧の目では判読できぬ。なんだと思われるか」

サジャキが手のひらでなぞったところには、放射状の模様があった。

「鳥の翼か。あるいは上方より射す太陽光線をあらわしたものか。拙僧には翼が近いように思える。しかし、なにゆえナゴルヌイの頭に鳥の翼が浮かぶのか。そしてこれはいかなる言語なのか」

ボリョーワもそれを見た。しかし棺は狭く、複雑なので、よくわからなかった。

興味がないわけではない。おおいにある。しかしそれは一人で検分できるときの話だ。とりわけサジャキにはそばにいてほしくない。ナゴルヌイの精神が落ちたこの暗い谷底には、その痕跡があまりにも多くちらばっていた。

「調べる価値はありそうね」ボリョーワは慎重にいった。「それからさっき、〝まず〟といったけど、コピーをとったあとはどうするつもりなの？」

「明白であろう」

「この不愉快な代物を破棄する……?」

サジャキは笑みを浮かべた。

「破棄するか、スジークにゆだねるか。個人的には破棄を支持するものである。船に棺桶などふさわしくない。まして手製の棺桶など」

階段はどこまでも続いた。二百段を超えたあたりで、クーリはかぞえるのをやめた。膝が疲れて限界になりはじめたころ、唐突に階段は終わり、長く、白い廊下に出た。両側に、上部がアーチになったくぼみが並んでいる。まるで月明かりの柱廊に立っているようだ。

靴音を響かせながらその廊下を歩いていくと、突き当たりは観音開きの扉になっていた。扉はどちらもうねうねとした黒い唐草模様で飾られ、わずかに色のついたガラスがはめこまれている。そのガラスを通して、奥の部屋のラベンダー色の光がもれてくる。

どうやら目的地にたどり着いたようだ。

これがなにかの罠で、この先の部屋にはいるのは自殺行為ということもありえる。しかし、あともどりという選択肢もない。ぺらぺらとおしゃべりなマヌーキアンだが、その点の意思表示ははっきりしている。

クーリはドアハンドルをつかみ、なかにはいった。

室内の空気が鼻腔を心地よくくすぐる。花の香りが、この家のほかのところに充満した消毒薬臭さを打ち消している。この香りにつつまれていると、クーリは自分がひどく薄汚れている気がしてきた。ングに起こされ、タラスキを殺しに出発させられてからまだ数時間しかたっていないのだが、そのあとカズムシティの雨で数ヵ月分の汚れを浴び、自分も汗と恐怖にまみれたのだ。

「マヌーキアンは生きたままあなたをつれてきたようね」

女の声が響いた。

「それはわたしが？　マヌーキアンが？」

「両方よ。あなたの評判もたいしたものだから」

姿のない声は答えた。

クーリの背後で、観音開きの扉のしまる音がした。ゆっくりを周囲を見る。奇妙なピンク色の照明のせいでよくわからないが、部屋は大きなヤカンの内側のような形状をしている。凹面の壁のある場所に、双眸のように窓が二つある。どちらもシャッターが降りている。

「わたしの住まいへようこそ。どうぞくつろいでちょうだい」

声にいわれて、クーリはシャッターの降りた窓のほうへ歩いていった。窓の脇に、銀色の魚のように輝く冷凍睡眠ユニットが二基ならんでいる。一方は蓋が閉じて稼働中。もう一方は開いている。まるで蝶をつつみこもうと準備しているさなぎの殻のようだ。

「ここはどこだ」

シャッターがきしみながらあがった。マドモワゼルがいう。

「おなじみの場所よ」

窓の外に広がるのはカズムシティだ。ただし、これまでクーリが知っているよりはるかに高いところに視点がある。モスキートネットより上なのだ。その汚れた表面より五十メートルは高いだろう。モスキートネットの下の都市は、まるでホルムアルデヒド漬けにされた棘（とげ）だらけの深海生物のようだ。

ここがどこなのか、はっきりわからないが、カズムシティでもっとも高いビルのひとつなのはまちがいない。だれも住んでいないと思っていたのだが。

マドモワゼルがいった。

「わたしはここを、シャトー・デ・コルボー――〝大鳥（おおがらす）の館〟と呼んでいるわ。真っ黒であることにちなんでね。見てきたでしょう」

しばらくして、クーリは訊いた。

「用件はなんだ？」

「仕事を依頼したいのよ」

「そのためにわざわざ？　銃をつきつけて連行してきたのは、仕事を頼むため？　通常の窓口を通せばいいじゃないか」

「通常の仕事ではないからよ」

クーリは、蓋の開いた冷凍睡眠ユニットをうなずいてしめした。

「はいるのが怖いとはいわないでしょう。あなたはあれにはいってこの星へ来たんだから」

「あれはなんだ？」

「どういう目的なのかと訊いてるんだ」

「まあそうあわてないで。まわれ右をしてちょうだい」

クーリの背後で、かすかな機械の音がした。ファイルキャビネットが開くような音。いつのまにか、ハーメティクの〈輿〉がはいってきていた。それとも最初から部屋のなかにいて、なんらかの方法で隠されていたのだろうか。メトロノームのような角ばった形。溶接跡も生々しい黒い鋼板には、いっさい装飾がない。マニピュレータも、センサーらしきものもない。前面についた一個だけののぞき窓は、小さくて黒く、まるで鮫の目のようだ。

その〈輿〉から声がした。

「こういう姿には慣れているはずね。怖がらなくていいわ」

「怖がってなどいないさ」

しかしそれは、かならずしも本当ではなかった。この〈輿〉には人を不安にさせるなにかがある。ングや他のハーメティクのまえでこんなふうに感じたことはなかった。あまりにも飾り気がないからか。あるいは、このなかの人間はほとんど外に出たことがないはずだと、無意識のうちに感じるせいか。のぞき窓が異様に小さいのも不気味だ。暗くて見通せないそのむこうに、なにか恐ろしいものがひそんでいる気がする。

マドモワゼルがいった。

「質問に全部答えてあげるわけにはいかないわね。でももちろん、わたしの住まいを見せたくて呼んだわけじゃないのよ。じゃあ、これならどう。すこしは安心できるんじゃないかしら」

〈輿(こし)〉の隣に、一人の人影が浮かびあがった。部屋が投影している。

もちろん、女だ。若い。しかしどういうわけか、イエローストーン星では疫病以後だれもしなくなった装いをしている。めくるめく眼球内映像をまとっているのだ。黒い髪を左右に分けて、気品ある額を見せている。光が織りこまれた髪留め。肩を大胆に見せた真っ青なドレス。裾は床に届くところで、かすんで消えている。

その人影がいった。

「これがわたしの姿。疫病前の」

「その姿ではいられなくなったのか」

「閉鎖空間からは出たくないの。危険だから。たとえハーメティクの〈輿〉にはいっていても。信用してないのよ」

「わたしをここへ呼んだのはなぜだ」

「マヌーキアンから詳しい話を聞かなかった？」

「なにも聞いてないな。いわれたとおりにしないと身体に悪いということ以外は」

「まあ、がさつな男ね。でも、あたらずとも遠からずよ」女の白い顔が動き、笑みになった。「あなたは、なぜここへ呼ばれたんだと思う？」

どんな結末になるにせよ、市内の日常生活にもどるには、多くのものを見すぎてしまったという自覚があった。

「わたしはプロの殺し屋だ。マヌーキアンはわたしの仕事ぶりを見て、評判どおりの腕だと評価した。そこから一足飛びに結論にいけば、あんたはだれかを殺したがっているということじゃないかな」

人影はうなずいた。

「はい、よくできました。でもこれが、あなたの普段の契約とは異なることを、マヌーキアンは説明したかしら？」

「重要なちがいがあるといっていた」

「そのちがいのせいで、やりにくい？」マドモワゼルはクーリをじっと見つめた。「興味深い点だわ。あなたの普段のターゲットは、暗殺されることに事前に同意している。でも自分だけは殺し屋から逃げのびて、あとで自慢するつもりでいる。あなたが追いつめたとき、おとなしく殺されたターゲットは少ないんじゃないかしら」

クーリは、タラスキをちらりと思い浮かべた。

「たいていはじたばたするな。命乞いをして、わたしを買収しようと試みたりする」

「そんなときどうするの？」

クーリは肩をすくめた。

「それでも殺す」

「真のプロの態度だわ。あなたは兵士ね、クーリ」

あまり思い出したくない話だ。

「かつてはそうだった。わたしの経歴をどこまで知ってるんだ？」

「いろいろ知ってるわよ。夫も兵士で、名前はファジル。夫婦いっしょにスカイズエッジ星で戦闘に参加していた。そこでちょっとした事件が起きた。事務的ミスで、あなたはイエローストーン星行きの船に乗せられた。二十年後にあなたがここで目覚めて、初めてそのミスがわかった。でももうスカイズエッジ星にもどるのは手遅れ。もしファジルが生きていたとしても、あなたがもどったときには四十歳よけいに年をとっている」

「殺し屋になっても夢見が悪くないわけがわかっただろう」

「ええ、気持ちはわかるわ。この宇宙にも、そこに住んでいる人間にもなんら親近感は持っていない」

クーリは深呼吸した。

「とはいえ、べつに元兵士でなくてもできる仕事だろう。わたしでなくてもいいはずだ。ターゲットがだれかは知らないが、わたしより適任がいるはずだ。わたしも射撃の腕は自信がある。二十発撃ってはずすのは一発。しかし五十発に一発しかはずさないやつも知っている」

「べつの点であなたが最適なのよ。この都市からよろこんで出ていく人間が必要なの」人影は、冷凍睡眠ユニットの開いているほうをうなずいてしめした。「つまり、長い旅をしてもらうということ」

「この星系から出るのか」

マドモワゼルの声は、どこまでも落ち着きはらっている。まるでこの会話を何十回も練習したかのようだ。

「そうよ。具体的にいえば、二十光年。それがリサーガム星までの距離」

「聞いたことのない星だな」

「なくて当然よ」

マドモワゼルが左手を宙にのばすと、その手のひらの上に小さな球体があらわれた。死んだように灰色の星。海も、川も、森もない。地平線上の青く細い線からわかるわずかな大気圏と、両極の汚れた白い氷冠。それでかろうじて、これが空気のない衛星ではないことがわかる。

「新規コロニーではないわ。そもそもコロニーとさえ呼ばれていない。数カ所に科学研究拠点があるだけ。つい最近まで、リサーガム星はどうでもいい星だった。でもそれが変わったの」

マドモワゼルはしばし口をつぐんだ。この段階でどこまで話していいか、考えているらしい。

「このリサーガム星に、ある人間が到着したわ。シルベステという男が」

「世間によくある名前じゃないな」

「だったら、イエローストーン星におけるシルベステ家の地位は知っているわね。よかった。ずいぶん手間がはぶけるわ。すぐにみつけられるでしょう」

「みつけるだけじゃないんだろう?」

「ええ、もちろん」

マドモワゼルは空中の球体をつかみ、握りつぶした。指のあいだから砂塵がさらさらとこぼれ落ちていく。

「そのあとが肝心よ」

4

エリダヌス座イプシロン星系　イエローストーン星
ニューブラジリア・カルーセル
二五四六年

　インフィニティ号のシャトルから降りたボリョーワは、ヘガジのあとについて乗降トンネルを抜けていった。曲がりくねった蛇腹のトンネルの先は、無重力のハブ。カルーセルの中心にある球形の乗り継ぎラウンジだ。

　ここには、ありとあらゆる人類の派生種がいた。無重力空間に色とりどりの服装の人々が泳ぐさまは、まるで熱帯魚が餌を奪いあっているようだ。ウルトラ属、スカイジャック属、連接脳派、無政府民主主義者、地元の商人、星系内旅行者、不法滞在者、機械体……。それぞれまったくランダムな軌道で動いていて、あぶなっかしいほど接近することもあるのに、なぜかまともにぶつかることはない。身体の構造しだいだが、袖の下に半透明の翼をつけている者もいる。場合によっては皮膚に直接とりつけている。そこまで過激でない者は、小型の推力パックを背負ったり、レンタルの曳航ポッドに引かれたりして移動している。個人所有のサービターが、荷物とたたんだ宇宙服を運んで人混みをかきわけていく。制服を着て翼をつけたオマキザルがゴミをあさり、みつけたものを、有袋類とおなじ腹の袋にいれていく。

あたりには中国の音楽が流れている。慣れないボリョーワの耳には、不協和音を奏でる風鈴のようにしか聞こえなかった。

それらの背景には、数千キロ下に浮かぶ不気味な茶色のイエローストーン星がある。

ボリョーワは乗り継ぎラウンジの反対側へ移動し、物体透過膜を通って税関検査場へはいった。ここも無重力の球形の部屋だ。壁には自律稼働中の兵器が並び、銃口が到着者の動きを追尾している。

部屋の中央には透明な球体がいくつも集まっている。それぞれ直径三メートルくらいで、赤道にあたる線が途中まで開いている。ヘガジとボリョーワが新たにはいっていくと、そのうちの二個が近づいてきて、パクンとそれぞれ飲みこんだ。

ボリョーワの球体のなかには、小型のサービターが一機はいっている。日本の武士がかぶる兜のような形をしていて、下面から各種センサーや出力デバイスが突き出している。それが近づいてくると、ボリョーワは神経がチリチリするのを感じた。まるで頭のなかでだれかが花を上品に生けなおしているようだ。

「ラシシュ語の言語構造の痕跡を探知しましたが、現代ノルテ語があなたの標準言語のようです。事務手続きにはこの言語でよろしいですか？」

「ああ」

母語が錆びついているのをみつけられて、少々むっとした。

「ではノルテ語で進めます。冷凍睡眠媒介システム以外には、脳内インプラントも体外感覚修飾デバイスもないようです。この面接を進めるまえに、インプラントの貸与を求めますか？」

「ディスプレーにそっちの顔を映してくれりゃいい」

「承知しました」

兜の下に顔があらわれた。女で、白人だ。かすかにダウン症的な特徴がある。髪はボリョーワとおなじく短い。

ヘガジのほうの面接官はきっと男で、髭をはやして、肌が黒く、大幅に身体改造をしているにちがいない。本人とおなじように。

「身許を述べてください」

女にいわれて、ボリョーワは身許情報をしゃべった。

「前回この星系を訪問されたのは……お待ちください」

しばし下を見るそぶり。

「八十六年前、二四六〇年です。まちがいありませんか？」

ボリョーワはうんざりして、画面につめよった。

「まちがいないに決まってんだろ、このガンマレベル・シミュレーションが！　芝居はやめてさっさと進めろ。こっちは商売で来てんだ。てめえのまえで引っかかってる一秒ごとに、この犬グソ惑星の軌道上においてる船に係船料金がかかってんだよ」

「野蛮な性格が認められます」

女は手もとのあたりでメモをとる手つきをした。

「念のために申しあげておきますと、イエローストーン星における記録は、疫病によるデータ損失により多くの欠落が生じています。さきほどご質問もうしあげたのは、不確かな記録を確認していただくためです」

しばし間をおき、続ける。

「さらに申しそえますと、わたくしの名前はバビロフです。ショボいオフィスでまずいコーヒーと煙草の最後の一本を手にして、十時間勤務の八時間が経過したところです。上司は、わたくしが一日十人以上に退去命令を出さないと、居眠りをしていると叱責します。今日は五件しか退去命令を出しておらず、あと二時間でノルマをこなさなければなりません。ですから、よく考えて口をきかれたほうがいいかと存じますよ」

煙草を吸って、煙をボリョーワのほうに吹きつける。

「では、面接を進めてよろしいですか？」

「ああ、その……悪かった」

ボリョーワは口ごもった。

「あんたたちは、こういう業務にシミュレーションを使ってないのか？」

「昔は使用していました」バビロフはうんざりしたようすの長いため息をついた。「しかしシミュレーションに障害が起きて以降、このありさまです」

カルーセルのハブからは、四本のスポークが放射状に伸びている。ボリョーワとヘガジは、家くらいもあるエレベータに乗ってそれを降りていった。

外周部に到着するまでに、徐々に重さが増えていった。ここの疑似重力レベルはイエローストーン星にあわせてあるが、ウルトラ属が適応している地球標準重力とほとんど差はない。

ニューブラジリア・カルーセルは、イエローストーン星を四時間で一周している。ラストベルトと呼ばれる、疫病以後に発生したデブリ帯を避けるために、曲がった軌道をとっている。

全体の形状は、回転型居住施設(カルーセル)としてもっとも一般的な車輪形だ。直径十キロ、幅千百メートル。外周をなす全長三十キロのリボンの上に、人間の活動領域がある。町や集落をおき、景観のための造園をほどこすには充分な広さだ。慎重に育てられた人工林さえある。せりあがった両側の尾根のむこうには、雪をかぶった青白い峰々が刻まれ、錯覚による遠近感をつくりだしている。

車輪の内側にあたるカーブした屋根は、床から五百メートルの高さがあり、透明だ。格子状にレールがはしり、そこから吊られた巨大な人工の雲が、コンピュータ制御でもやもやと動いている。これは、惑星の天気をシミュレートしているだけでなく、内側に曲がった世界という奇妙な眺めをおおい隠すためでもある。ボリョーワには本物そっくりに見えたが、本物の雲を地上から見たことがないので、確信はなかった。

エレベータが着いたところは、このカルーセルで最大の町を見下ろすテラスだった。階段状になった谷の両側に無数の建物がひしめいている。町の名はリムタウン。眺めが見苦しいのは、カルーセルの長い歴史のあいだに住みついては去っていったさまざまな居住者の嗜好を反映して、あらゆる建築様式が混在しているからだ。

地上レベルに降りると、輪タクが客待ちの列をつくっていた。いちばん近くにいる車夫は、ハンドルにくくりつけたホルダーからバナナジュースの缶をとって、喉の渇きをいやしている。ヘガジはその車夫に、目的地を書いたメモを見せた。車夫は左右の間隔が狭い黒い目を近づけて読み、わかったというように低い声をあげた。

すぐに輪タクは道をかきわけ走りだした。電動車両と人力車両があぶなっかしくぶつかりながら、交通は流れていく。歩行者は、どう見ても途切れない流れのあいだをすいすいと抜けて道を渡っていく。

見かける人々の半分は、ウルトラノートと呼ばれるウルトラ属の宇宙船乗りだ。ウルトラ属はその青白い肌、細い身体、身体の機械化部分を見せびらかすような服装でわかる。黒いレザーの服、きらめく宝石、刺青、商売で手にいれた記念品などを身につけている。

それでも、ヘガジほど極端な身体増強をした、いわゆるエクストリームキメラは見あたらなかった。いまこのカルーセルで、ヘガジはキメラ化率の高さで五本の指にはいるだろう。

ウルトラ属の習慣であるドレッドヘアは大半に共通している。冷凍睡眠にはいった回数だけ髪の束をつくっている。服は、身体の機械化部分を露出して強調するデザインだ。

そういう連中を眺めていると、ボリョーワは自分が文化的におなじ一属であることをつい忘れそうになった。

もちろん、宇宙に出ていった人類の派生種は、ウルトラ属だけではない。すくなくともここには、スカイジャック属もかなり住んでいる。スカイジャック属も宇宙生活者にはちがいないが、ウルトラ属のように星間船に乗り組むことはない。そのため、ひょろひょろとした身体をドレッドヘアと古臭いファッションでつつんだウルトラ属とは、外見もかなり異なる。

他の種族もいた。

アイスコーマー属は、スカイジャック属からの派生種だ。カイパーベルトの雪玉から資源をかきわける仕事に従事しているため、極端な孤独に耐えるよう心理適応している。その仲間同士の団結心は強烈だ。

鰓人（えらじん）とも呼ばれるギリー属は、液体を呼吸できるように身体改造された水棲種だ。強大なGのかかる近距離の大加速船に乗り組んでいる。星系内の警察組織は大半が彼らで構成されている。通常の空気や交通手段に対応できないほど環境特化したギリー属は、非番の日には大きな水槽ロボットにはいって町に出る。

そして忘れてならないのが、連接脳派だ。彼らの先祖は、火星で段階的な精神増強を試みた実験的な一派だった。精神の基盤を細胞から機械に交換していくうちに、あるとき根本的な変化にいたった。まったく新しい意識形態にはいって、それを本人たちは、超啓蒙意識と呼んだ。その存在は、短期間ながらはげしい戦争の原因となった。

連接脳派は人混みのなかにいてもすぐにわかる。最近の彼らは生体工学的な手法によって、頭骨に特徴的な隆起をつくっているのだ。そこには血管が縦横にはしり、脳内で高速稼働している機械の廃熱を放散している。最近は数が少ないので、いるととても目立った。

人類の他の種族のなかでも、無政府民主主義者は、長年に渡って連接脳派を支持してきた。近光速船の動力源となるエンジンをつくれるのは、連接脳派だけだとわかっていたからだ。

「そこで止めろ」

ヘガジが命じると、輪タクはすぐに道の脇によって止まった。道ばたでは老人たちが折りたたみのテーブルをかこみ、トランプや麻雀をしている。ヘガジは車夫の肉づきのいい手に料金をのせると、ボリョーワのあとから道ばたを歩きはじめた。

やがて一軒のバーのまえに着いた。

「〈ジャグラーとシュラウダー〉亭……」

ドアの上に浮かんだホログラフィの看板を、ボリョーワは読んだ。裸の男が海からあがってくる場面が描かれている。背後の海には、奇怪で幻想的な生き物の姿がいくつも浮かんでいる。空には黒い球体。

「あんまりいい雰囲気じゃないわね」

「ここがウルトラ属のたまり場なんだから、慣れろよ」

「ああ、わかってるわ。どうせあたしゃ、どこのウルトラ属のバーへ行ったって居心地よくはなれないんだから」

「おまえが落ち着けるのは、航法システムと高火力の兵器システムがあるところだけだろ、イリア」

「あたりまえよ。それが常識」

二人の若者がドアから通りに出てきた。服を濡らしているのは、汗とこぼれたビールだろうか。アームレスリングをやっていたらしい。一人は肩のところからちぎれた義手をかかえ、もう一人はなかでせしめた札束をかぞえている。お約束の冷凍回数分のドレッドロックと、標準装備の星形の刺青もある。その姿を見ていると、ボリョーワはひどく年をとったような、うらやましいような気がした。こいつらの頭のなかにあるのは、次の飲み屋と今夜の寝床のことだけで、こみいった心配事はなにもないだろう。

ヘガジが二人をじろりとにらんだ。威圧感があったはずだ。この若者たちがいくらキメラ化を望んでいるといっても、ヘガジの身体はもう機械でないのがどこかわからないくらいなのだ。

「はいろうぜ。笑顔でがまんだ、イリア」

ヘガジはドアを押して喧噪のなかにはいっていった。

店内は暗く、煙たい。騒音、音楽（速いアフリカ風のリズムで、人間の歌声らしいものが重なっている）、軽い幻覚剤の匂い。それらの相乗効果で、ボリョーワはがまんの限度まであと数秒という感じになった。

そのときヘガジが、奇跡的にあいている隅のテーブルを指さした。ボリョーワは陰気な顔でついていった。

「すわって平気か？」

「他にしょうがないでしょ。多少なりと社交性を見せないと、不審に思われるわ」

ヘガジはニヤリとして首をふった。

「たいしたやつだ。おまえのそういうところが気にいってるよ。でなかったら、とっくに殺してる」

ボリョーワは腰をおろした。

「サジャキのいるところでそんな言いまわしはやめたほうがいいわよ。三人委員会のメンバーに対する脅迫の言葉を聞いて、黙ってはいないから」

「おや、サジャキと反りがあわないのは、おれのほうじゃないぜ。さて、なに飲む？」

「消化できるもんならなんでも」

ヘガジも、やはり自分の身体が対応できる飲み物を選んで注文した。あとは頭上の配送システムが運んでくるのを待つだけ。

「スジークのことがまだ気になってるのか？」

ボリョーワは腕を組んだ。

「べつに。スジークくらい自分でどうとでもできるわ。もっとも、あたしが手を出すまえに、サジャキが始末しそうだけど」

「落ち穂拾いはおまえに押しつけるかもしれないぞ」

飲み物がやってきた。天井に設置されたレールの上を台車が動いてきて、そこから吊られたアクリルガラス製の小さな雲がテーブルに降りてくる。蓋をあければそこに飲み物がはいっているという仕掛けだ。

「ほんとにサジャキはスジークを殺すかな」

ボリョーワは、輪タク乗車中に口にはいった埃を洗い流すことだけを目的に、飲み物にいどんだ。

「それをいうなら、サジャキはあたしたちのだれを殺しても不思議じゃないわよ」

「以前のおまえはサジャキを信用してたじゃないか。どういう心境の変化だ？」

「船長が二度目の病に倒れて以来、サジャキは変わったわ」

ここにいるはずはないのに、ボリョーワはそわそわと店内を見まわして、サジャキの影がないことを確認した。

「あれ以来……二人がパターンジャグラーを訪れて以後。そう思わない？」

「ジャグラーがサジャキの精神になにかしたといいたいのか？」ボリョーワは思い出した。

ジャグラーの海から裸の男が出てきている看板を、

「まあ、そのために行ったんだけどね」

「そうだ。あれは自分の意思だ。サジャキにはなにか意図があって、わざと冷酷な態度をとってるんじゃないのか？」

「冷酷なだけじゃないわよ。あいつはまわりが見えなくなってる。なかでも象徴的なのが船長の件」

ボリョーワは首をふった。ヘガジが訊く。

「最近あいつとなにか話したか？」

その質問の意味はわかった。

「いいえ。でもサジャキの尋ね人はまだみつかってないと思うわ。まあ、もうすぐだろうけど」

「それで、おまえの尋ね人のほうはどうなんだ？」

「べつに心当たりがあるわけじゃないのよ。唯一の条件は、ボリス・ナゴルヌイよりまともな精神の持ち主であること。難しい条件じゃない」

ボリョーワは店内の客たちを見まわした。あきらかな異常者というのはいないようだが、さりとて情緒的に安定した者ばかりにも見えない。

「……じゃないと思うけど」

ヘガジは煙草に火をつけ、ボリョーワにも一本すすめた。ボリョーワはそれをありがたくもらい、しばらく煙を肺に送りつづけた。やがて煙草の先は、明るい熾火につつまれた核物質のペレットのようになってきた。この滞在中に煙草を補給しとかなくては。

「あたしの人探しはまだはじまったばかり。今回は慎重にやらないと」

ヘガジはわけ知り顔でニヤリとした。

「てことは、業務内容を伏せて雇うつもりか」

ボリョーワは薄笑いを浮かべた。

「あたりまえ」

シルベステが乗っている瑠璃色のシャトルは、遠くからチャーターしてきたものではない。シルベステ家所有のハビタットからすこし軌道を移ってきただけだ。

それでも手配するのはたいへんだった。カルビンは、息子が研究所のあれと接触することに強く反対しているのだ。まるであれの精神状態が、未知の共鳴現象を起こしてシルベステに感染することを恐れているかのように。

とはいえ、シルベステももう二十一歳だ。だれとつきあうかは自分で決める。カルビンこそ、自分と七十九人の使徒にとんでもないことをしようと計画しているではないか。そちらのほうこそ極刑や拷問刑に値する。息子がだれに会おうと、口出しする権利はないはずだ……。

前方にSISSが見えてきた。ただしこれは現実ではない。自分の伝記の一場面だ。パスカルがシルベステの意見を聞くために、大雑把に編集したバージョンを持ってきたのだ。シルベステはキュビエの軟禁部屋にいるまま、それを体験している。若いころの自分に幽霊のようにとり憑き、過去の出来事をたどりなおしている。長いこと埋もれていた記憶が次々とよみがえってきた。

まだまだ未完成な伝記だが、完成したあかつきには、さまざまな形でアクセスできるようになる。視点も変えられるし、インタラクティブ性のレベルも変えられる。精密にカットされた宝石のように細部まで描きこまれ、シルベステの過去の一場面を、一生分の時間をかけて探求することもできる。

SISSは、記憶と寸分たがわぬ出来映えだった。シルベステ・シュラウダー研究所（SISS）の本拠地は、車輪形の施設骨格上にある。施設はアメリカーノの時代までさかのぼる古いものだが、数世紀のあいだにあらゆる場所が再処理され、オリジナルはナノメートル単位でも残っていない。

車輪のハブからは、両側に灰色のマッシュルームのような半球形の部分が突き出ている。その上にドッキングポートと、無政府民主主義者の倫理観で許される程度のささやかな防衛システムがちらばっている。

車輪のリムにあたる部分には、生活モジュール、ラボ、オフィスなどがごちゃごちゃと寄り集まっている。高分子キチン質のマトリクスに埋めこまれ、鮫コラーゲンで内壁をコーティングされた無数のトンネルや供給ラインで接続されている。

「よくできてる」

「そうですか」

パスカルの声は遠くから聞こえる。シルベステはいった。

「たしかにこうなってた。おれが行ったときもこんな感じだった」

「ありがとうございます。でも……ここは簡単だったんです。資料がそろってますから。SISSから設計図まで入手できました。キュビエには、ジャヌカンのようにお父上と面識のある者も何人かいます。難しいのはこのあとです。帰還後にあなたが語ったこと以外、参考にできるものがありませんから」

「きみのことだからいい仕事をしてるはずだ」

「どうなのか、もうすぐわかります」

シャトルはドッキングポートに接続した。ロックのむこうには研究所の警備サービターが待っていて、シルベステのIDを調べた。

研究所管理人のグレゴリもいた。

「カルビンはよろこばないでしょうね。でも、いまさら追い返すわけにもいきませんし」

グレゴリとはおなじやりとりを、この数カ月で二、三回もくりかえしていた。ここから先は、グレゴリはついてこない。案内がなくても、シルベステは鮫コラーゲンのトンネルを通って、めあてのところへ行けるのだ。あれのいる場所に。

「親父のことなら心配いらないよ、グレゴリ。おれが命令して案内させたといっとけばいい」

グレゴリは眉をあげた。感情に反応した眼球内映像が、おもしろそうにゆらめく。

「まさにそう命令なさっているのでは？」

「友好的にいきたいのにな」

「無理ですよ、おぼっちゃま。お父さまのいうとおりになさってくだされば、みんなどんなに安心か。シルベステ家は独裁制なんですから」

リム部へむかって放射方向へトンネルを移動していくのに、二十分かかる。途中には科学研究セクションがある。人間と機械からなる頭脳チームが、シュラウドの謎の核心部分について、果てのない取り組みを続けている。

SISSは、これまでみつかっているすべてのシュラウドの周辺に観測ステーションを設置している。しかし情報の処理と照合は、ほとんどをイエローストーン星でやっていた。ここでは複雑な理論が組み立てられ、事実に照らして吟味されている。既知の事実は少ないが、無視はできない。そうやってどんな理論も、数年とたたずに破棄されていた。

彼は――シルベステが会いにきた、あれは――リム部の厳重に警備された一角に住まわされている。ぜいたくな広さの専有空間をあたえられているにもかかわらず、そのありがたさを理解しているようすもない。その名前、彼の名前は、フィリップ・ラスカイユという。

最近はほとんど訪れる者もない。

帰還直後の初めのころは、面会希望者が殺到したものだ。しかし、ラスカイユが質問に対して、意味のあるなしにかかわらず、なんの返事もしないことがわかると、世間の興味は急速に薄れていった。

しかしシルベステは、みんながラスカイユに見むきもしなくなったいまこそ、チャンスだと考えていた。シルベステも月に一、二回しか訪問できないが、ラスカイユの日常からすれば充分に頻繁だ。意思疎通をできる関係を築けるにちがいない。シルベステと、ラスカイユの抜け殻とのあいだに。

ラスカイユの区画には広い庭がある。見上げれば、深い青を呈した人工の空。庭をかこむ木々は大きく枝を張り出し、そこに吊られた風鈴が人工のそよ風に揺られて涼をかなでている。

庭には庭石や築山があり、小径が縫い、格子垣が並び、まんなかに鯉の泳ぐ池がある。まるでひなびた迷宮庭園だ。だから、ラスカイユをみつけるまでにいつもすこし時間がかかる。

ラスカイユは、かならずおなじ姿でみつかる。全裸か半裸で、いくらか汚物にまみれている。指はクレヨンやチョークのさまざまな色がこびりついている。シルベステは、板石の小径に落書きをみつけると、相手が近いことを知るのだ。

ラスカイユの落書きは、左右対称の複雑な図形のこともあれば、中国語やサンスクリット語を、もとの字を知らないまま真似して書いたようなもののこともある。ブール代数の論理記号や手旗信号のようなものが描かれていることもある。

そういったものがみつかれば、あとは時間の問題だ。角を曲がると、そこにラスカイユがいる。べつの記号を描いたり、以前に描いたものをていねいに消したりしている。なにかにとり憑かれたように口を半開きにした顔。描くためだけに使う全身の筋肉。作業は沈黙に支配されている。聞こえるのは風鈴の音色。水のせせらぎ。クレヨンやチョークが板石をひっかく音。

シルベステは、ラスカイユが自分の存在に気づくまで何時間も待つことがあった。気づくといっても、ちらりとシルベステのほうに顔をむけ、また作業にもどるだけだ。しかしその一瞬、他のことも同時に起きていた。とり憑かれたような表情がゆるみ、そこに、ほんのわずかだが、笑みのようなものが浮かぶ。それは誇らしさか、おもしろがっているのか、それともシルベステには想像もできないなにかか。

そしてラスカイユは描く作業にもどる。

彼が、この男が、シュラウドの表面に接触して生きて帰ってきた人類唯一の存在であることをしめすものは、なにもない。

ボリョーワはグラスに残った酒を飲みほした。

「とにかく、簡単にいくと思っちゃいないけど、そのうち新人はみつかるわ。広告は打った。予定の目的地も書いた。業務については、要インプラントとだけ書いてある」

ヘガジがいう。

「だからって、応募してきた最初のやつを即採用ってわけじゃないだろう」

「もちろんよ。募集条件には書いてないけど、経歴に軍隊経験があるかどうかはきっちり調べる。ちょっと血を見ただけでチビるようなやつや、命令に服従できないようなやつじゃ困るからね」

ボリョーワは、ナゴルヌイの問題をひとまずおいて、いくらかリラックスできるようになっていた。ステージでは若い女が、神経接続した金色の楽器ティーコナクスで、無限に螺旋を描くインド音楽を演奏している。ボリョーワは音楽にほとんど興味がないし、演奏したこともないが、そんな先入観とはうらはらに、この音楽はなんとなく数学的におもしろいと思った。

「そっちはたぶんだいじょうぶ。あたしたちが気をつけるのはサジャキだけよ」

そのとき、ヘガジが店のドアのほうをあごでしめした。まばゆい外光が射しこんでいるのを見て、ボリョーワは目を細めた。

その光のなかに、一人の男が立っている。くるぶしまで届く黒いロングコート。頭にかぶったヘルメットらしきものの輪郭。逆光のせいで、まるで頭に後光が射しているように見える。両手で握って顔のまえに斜めにかまえた棒状のもの。

暗い店内に踏みこんできたのは、一人の虚無僧（こむそう）だった。

剣道の竹刀のように見えたのは、日本の伝統楽器である尺八だ。何度も練習を重ねたような流れる手つきで、コートに見えた着物の内に隠したケースにするりと差しこむ。そして王族のように威厳ある動作で、深編み笠をとった。

虚無僧の顔立ちはよく見えない。髪は香油でなでつけ、後頭部で縛ってたらしている。暗殺者のような細いゴーグルをかけていて、目は見えない。赤外線に反応するそのゴーグルが、店内の着色された照明を鈍く反射している。

音楽がいつのまにかやみ、演奏していた若い女は魔法のようにステージから消えていた。

「サツのガサ入れと勘ちがいしたみたいだな」

ヘガジが息をついた。店内が静まりかえっているので、声を大きくしなくても話せる。

「このへんの警察は、自分の手を汚したくないときに編み笠野郎を送りこむのか」

虚無僧は店内を見まわした。鋭い目が、ヘガジとボリョーワのテーブルに止まる。首と胴体がべつべつのもののように動くさまは、まるでフクロウだ。着物の裾をひるがえし、二人のほうへ近づいてくる。歩くというより滑るようなその動き。

ヘガジは、あたりまえのようにテーブルの下から空いている椅子を蹴り出し、同時にうんざりしたようすで煙草を吸った。

「よう、サジャキ」

サジャキは、テーブルのグラスのわきに深編み笠をおきながら、反対の手でゴーグルをはずした。ヘガジが蹴り出した椅子に腰をおろし、ゆっくりとバーのほうを見まわす。ロもとで酒を飲む手つきをして、こちらにかまうなと他の客たちにうながす。

店内にはようやく会話がもどってきた。しかしみんなチラチラとこちらを見ている。

「祝杯をあげられる状況であればよかったのであるが」

サジャキはいった。

「なにかよくないことでも?」

ヘガジは、ほとんどが機械におきかえられたその顔で、最大限に落胆の表情をつくった。

「うむ、よろしくないことはなはだしい」

サジャキは、ほとんどが飲みほされたテーブルのグラスを見まわし、ボリョーワのグラスをとって、二、三滴の飲み残しを舌に落とした。

「この服装(なり)からわかるであろうが、拙僧はしばらくスパイ活動にはげんでおった。シルベステはここにはおらぬ。この星系にはおらぬ。かれこれ五十年前にここを出ていた」

「五十年かよ」

ヘガジは口笛を吹いた。

「追跡するには時間がたちすぎてるわね」

ボリョーワは、うれしそうな口調にならないように気をつけた。しかし、こういう結末になる可能性はつねにあったのだ。サジャキがイエローストーン星へ近光速船をむかわせたのは、当時手にはいる最良の情報をもとにした判断だった。とはいえそれは、いまから何十年もまえの情報だし、そもそも受けとった時点で何十年も経過していたのだ。

「さよう。されど手遅れというわけではない。あの男がどこへむかったかは正確に把握できた。しかもどうやら、そこで足止めを食っているとみえる」

「どこよ、それ」

ボリョーワはげんなりした気分で訊いた。

「リサーガムという名の惑星である」

サジャキは、ボリョーワのグラスをテーブルにおいた。

「ここからはそれなりに遠い。しかし諸君、次の寄港地はそこに決まりである」


シルベステはふたたび自分の過去にはいっていた。今度はさらに遠い。十二歳のころだ。パスカルが仮編集した伝記は、内容が順番に並んでいない。時系列順という上品な構成にはまだなっていないのだ。

はじめ、シルベステはめんくらった。自分の伝記のなかで迷子になるなど言語道断だが。しかし、やがて混乱はおさまり、これでいいのかもしれないと思うようになってきた。互換性のあるさまざまな出来事をちりばめたモザイク画としてあつかうのが、シルベステの過去は適当なのかもしれない。さまざまな解釈が可能な言葉遊びの詩のようなものだ。

そこは、二三七三年だった。ベルンスドッティルが最初のシュラウドを発見してから、まだ三十五年しかたっていない。あらゆる学術分野がその謎の核心に迫ろうと躍起になっていた。政府機関も、民間の研究所もいどんでいた。シルベステ・シュラウダー研究所も、そんな民間組織のひとつにすぎなかった。その後援者が、人類圏でもっとも裕福で、もっとも影響力のある家系というだけで。

しかし突破口を開いたのは、そんな科学研究機関の緻密な努力の成果ではなかった。一人の男の、むこうみずで常軌を逸した行動だった。

その男の名が、フィリップ・ラスカイユだ。

ラスカイユは、のちにラスカイユ・シュラウドと呼ばれることになる鯨座タウ星系の近傍空間にあるシュラウドのそばで、SISS観測ステーションの研究員として勤務していた。そして、シュラウドへ人類の代表団を送るべきときにそなえて、恒久的待機要員のチームにも加えられていた。

実際には、そういう必要が生じる可能性はほとんどないと考えられていた。それでも代表団は存在し、境界面までの残りわずか五億キロを飛ぶための船も待機状態におかれて、シュラウダーから招待状が届くのを待っていた。

しかしラスカイユは、それを待たないことに決めたのだ。SISSのコンタクト船に一人で乗りこみ、勝手に飛び立った。

人々が事態に気づいたときには、もう手遅れだった。遠隔操作で爆破する仕組みもあったが、シュラウド側から攻撃とみなされるかもしれないという考えから、実行はためらわれた。結局、運命にまかせるという決断がなされた。

だれもラスカイユが生きて帰ってくるとは期待しなかった。実際に彼が帰ってきたときも、懐疑的な考えはある意味で正しかった。ラスカイユの正気は、大部分が帰ってこなかったからだ。

ラスカイユはなんらかの力で弾き返されてもどってきたが、そのまえにシュラウドにかなり接近したのはたしかだった。境界面までわずか数万キロだったとみられている。ただしそこまで近づくと、どこまでが宇宙空間でどこからがシュラウドかは、判然としなくなるのだが。

すくなくとも人類で、それどころか生きているもので、シュラウドにこれほど近づいた例がないのはまちがいない。しかしその代償は大きかった。ラスカイユは、もとのフィリップ・ラスカイユとしてはもどってこなかった。

彼以前に接近した者のように、境界面付近の正体不明の力によって肉体を押しつぶされたり、引き裂かれたりはしなかった。しかしその精神には、もっと決定的なことが起きていた。

ラスカイユの人格はすっかり消えていた。残っているのはわずかな痕跡だけ。むしろそのせいで、消え去ったものの大きさが強調されるくらいだった。機械の補助なしに生命維持できる程度の脳機能は残っている。身体の運動能力にもまったく障害はないようだ。しかし知性はいっさい残っていない。きわめて単純なものごと以外、周囲を認識しない。自分になにかが起きたことも理解していないようであり、それどころか時間の流れさえわからないらしい。新しい経験を記憶することはできず、シュラウドへの旅のまえになにがあったかを思い出すこともできない。

発声能力はある。たまにはっきりとした単語を口にすることもあるし、文章の断片らしきものを話すこともある。しかし、それらはまったく意味不明だった。

ラスカイユ、あるいはラスカイユの抜け殻は、イエローストーン星周辺にもどされ、SISSのハビタットに収容された。そこで医学の専門家たちが、なにが起きたのか解明しようと必死の努力を続けた。そして最後は、筋道立った推論というより屁理屈のような形で、シュラウド周辺のフラクタルで再構成された時空間により、脳の情報密度を維持できなくなったのだと結論づけた。そこを通過したとき、肉体をつくる分子構造はほとんど変わらない一方、精神のほうは量子レベルでランダム化された。テキストを不正確に他言語に翻訳し、意味の大半が失われたあと、もとの言語に再翻訳するようなものだ。

ラスカイユ以後、おなじように自殺的突入を試みる例があいついだ。ラスカイユを中心とするカルト的な宗教思想がめばえていたのだ。ラスカイユは、外見上は痴呆状態だが、シュラウドに接近したことでその精神は涅槃(ねはん)の境地に達したのだと、彼らは信じていた。既知のシュラウドの周辺では、そんな狂信者がラスカイユに続こうと境界面に飛びこむ事件が、十年に一、二度の割合で発生した。

結果は、無惨なほどおなじだった。ラスカイユよりましだった者はいない。運がよければ精神が消し飛んで帰ってきたし、運が悪ければ帰ってこないか、船とともに押しつぶされたピンク色のペーストになって発見された。

ラスカイユ・カルトが騒がれる一方で、本人のことは急速に忘れられていった。よだれを流し、意味不明の言葉をつぶやきつづけるその生々しい姿は、正視に耐えないのだろう。

しかしそんななかでも、シルベステはラスカイユを忘れなかった。むしろ、その口から決定的な真相を引き出すことに執着するようになっていった。

一族としてのコネがあるおかげで、カルビンの警告さえ無視すれば、ラスカイユとは好きなときに面会できる。そこでシルベステは、SISSに足しげく通い、ラスカイユが板石に落書きするかたわらで根気よく待ちつづけた。たとえわずかな手がかりでも、かならずこの男は残すはずだと信じて。

そうやって手にいれたのは、わずかどころではない手がかりだった。

大きな成果にありついたその日、いったい何時間待ったのかよく憶えていない。ラスカイユのしていることに徹底的に注目しようと決めていたが、それは時間とともに難しくなった。画廊に並んだ抽象画を真剣に見つづけるようなもので、いくら新鮮な気持ちをたもとうとしても、集中力はしだいに薄れていく。ところがラスカイユのほうは、まったく変わらない熱心さで、全身全霊で描きつづけるのだ。

そんな不毛のマンダラの六枚目か七枚目を描いているときだった。ふいにラスカイユがシルベステのほうをむいて、明瞭な言葉づかいでこういったのだ。

「ジャグラーが鍵だ、博士」

シルベステは驚きのあまり、口をきけなくなった。

ラスカイユは楽しそうに続けた。

「わたしは教えられたのだ。啓示空間にはいったときに」

シルベステは、できるだけ自然なそぶりでうなずくのがやっとだった。

頭のなかの冷静な部分が、ようやくラスカイユの言葉を認識しはじめた。ラスカイユがいっているのは、どうやらシュラウドの境界面のことらしい。そこを〝空間〟と呼び、そこで〝啓示〟を受けたといっているのだ。言葉では表現できない抽象的な啓示を。

まるで呪縛が解けたように、ラスカイユはよどみなく話しはじめた。

「シュラウダーはかつて星のあいだを旅していた。現在のわたしたちとおなじように。ちがいは、彼らが古い種族で、何百万年も星間飛行を続けていることだ。姿かたちもかなり異なっている」

青いチョークを臙脂(えんじ)色のものにかえて、足の指のあいだにはさんだ。それでマンダラ製作を続行する一方、空いた手のほうはべつの作業をはじめた。隣の板石にべつの絵が描かれていく。

その生き物は、手足が何本もあり、触手を持ち、甲殻をまとい、棘(とげ)がはえ、左右が非対称だった。星間飛行文明を獲得した異星種族というよりは、先カンブリア時代の海底を這いずりまわっていた異形の古代生物に近い。とにかく不気味な姿だ。

「これがシュラウダー?」シルベステは、期待に声を震わせながら訊いた。「会ったのか?」

「いや、わたしはシュラウドのなかまではいってはいない。しかし、伝わってきたのだ。彼らはわたしの心に姿を映した。そしてその歴史と自然を教えてくれた」

シルベステは、悪夢のような生き物の絵からなんとか目を離した。

「それとジャグラーとどういう関係が？」

「パターンジャグラーはかなり歴史の古い種族だ。そして多くの星にいる。銀河のこの付近で星間飛行文明を獲得した種族は、遅かれ早かれ彼らと出会う」ラスカイユは絵をしめした。「わたしたちもそうだし、シュラウダーもそうだった。出会った時期がシュラウダーのほうがずっと早いというだけだ。わたしのいっていることがわかるか、博士？」

「ああ……」なんとかわかっているつもりだ。「でも、はっきりとは……」

ラスカイユは微笑んだ。

「ジャグラーを訪れたものは、生物でも非生物でも、彼らのなかに記憶される。ジャグラーの記憶は完璧だ。それこそ細胞の一個、神経接続の一個まで記録している。ジャグラーとはそういうものだ。巨大な生体アーカイブシステムなのだ」

それはたしかにそのとおりだ。

人類はパターンジャグラーについて、肝心なことをなにも解明できていない。その機能も起源もわかっていない。しかし、ほとんど最初からわかっていることもある。それは、ジャグラーがその海洋型マトリクスのなかに、人間の人格を記憶できるということだ。ジャグラーの海で泳いだ者は、その過程でいったん分解され、再構成される。そしてある種の不死を得るのだ。とりこまれたパターンはあとで再現できる。べつの人間の精神に一時的に刷りこむことができる。

生物的で泥臭いプロセスなので、とりこまれたパターンは、他の無数のパターンに汚染される。パターンどうしが微妙に影響しあうのだ。その海に、異星種族の思考パターンが溶けこんでいるのは、ジャグラー研究の初期からわかっていた。泳いでいる者の思考に、異質なパターンがわずかにまじってくるのだ。もちろん、曖昧模糊としたものだが。

「だからジャグラーはシュラウダーを記憶している、と。しかしそれがどう関係あるんだ？」

「だいじな関係がある。シュラウダーは、見かけこそ異質だが、精神の基本構造はわたしたちからそれほど大きくはちがわない。姿かたちはともかく、音声言語を持ち、おなじ知覚環境を持つ、社会性生物なのだ。つまり人間は、完全に人間性を失わなくても、ある程度までシュラウダーのように思考することが可能だ」

またシルベステのほうを見た。

「ジャグラーは、シュラウダーの神経パターンを、人間の大脳新皮質に刷りこむこともできる」

ぞっとする考えだった。異星種族と出会うのではなく、異星種族そのものになることで成立するコンタクト。ラスカイユがいっているのはそういうことだった。

「それがなんの役に立つんだ？」

「シュラウドから殺されずにすむ」

「よくわからないな」

「まず、シュラウドは保護するための構造だ。そのなかには……シュラウダーがいるだけではない。まちがった者の手に落ちると危険なほど強力なテクノロジーも保管されている。シュラウダーは、百万年以上にわたって銀河を渉猟し、絶滅した種族が残した有害な技術を集めてきた。それがどういうものかは、わたしにも説明できない。かつてはよい目的で使われていたが、想像を絶する恐ろしい兵器にも転用できるような技術だ。そのような技術は、高い知性段階に到達した種族しか使うべきではない。時空間を操作する方法とか、光より速く移動する技術とか……あとはわたしたちの頭脳の理解力を超えるようなものだ」

本当なのだろうか。

「とするとシュラウドは——つまり、宝箱のようなもの？　最高に進化した種族だけがその鍵を手にいれられる？」

「それだけではない。シュラウドは外敵を攻撃するのだ。シュラウドの境界面は生き物といってもいい。進入しようとする者の思考パターンに反応する。パターンがシュラウダーと似ていないときは……それを跳ね返す。局所的に時空をゆがめ、強い曲率の波をつくりだす。空間曲率は重力傾斜に相当する。外敵はばらばらに引き裂かれる。しかし正しい精神の場合は……シュラウドは進入を許す。内部に導き、平穏な空間のポケットにいれて守る」

シルベステはその話に愕然とした。

シュラウダーとおなじように思考すれば、その防衛線をすり抜けられる。そして輝く宝箱の中心にたどりつける。しかし、その宝を守るシュラウダーに、人類が充分に進化していると認められなかったら？　宝箱をあけられるほどの知性を持っているなら、それを持ち出す資格もあるとみなされるのだろうか？　ラスカイユによれば、シュラウダーは銀河の監督者よろしく有害科学技術を集めて隠したという。しかし、そんなことをだれに頼まれたのか？

そのとき、べつの疑問が浮かんだ。

「シュラウド内にあるものが、そんなふうに絶対に守るべきものなら、なぜ彼らはあんたにそういうことを教えたんだ？」

「おそらく意図して教えたのではないと思う。現在わたしの名前がつけられているシュラウドをつつむ障壁は、一時的とはいえ、わたしが異種族だと認識しそこねたのだろう。障壁に不具合があったのかもしれないし、もしかするとわたしの……当時の精神状態のために、誤認したのかもしれない。シュラウドに進入しはじめたときに、わたしとシュラウドとのあいだで双方向に情報が流れた。そうやってこれらのことを知ったのだ。シュラウドのなかにあるもの。その防壁を回避する方法。機械には真似できない方法だからな」

最後の言葉は、ポツンと、まるでつぶやくようにいった。そして続けた。

「しかしその直後、シュラウドはわたしが異質な種族ではないかと疑いはじめた。そしてわたしを拒絶した。宇宙空間へ弾き返した」

「なぜ殺さずに?」

「判断に確信がなかったのだろう」

しばし黙った。

「啓示空間で、わたしは彼らの疑念を感じた。膨大な議論が、思考するより早くかわされた。そして最終的に慎重派が上回ったのだ」

質問がもうひとつ。ラスカイユが口を開いたときから訊きたかったことだ。

「そういうことをなぜいままで話さなかったんだ?」

「これまでの沈黙は謝りたい。しかしわたしは、まずシュラウダーから注ぎこまれた知識を消化しなくてはならなかったのだ。人間の表現ではなく、彼らの表現で語られているから」

そこで言葉を途切らせた。描いたマンダラの数学的完璧さをけがしている小さなチョークのしみをみつけ、指につばをつけてそれを消した。

「それは苦労しなかった。そのあと、人間の意思疎通の方法を思い出さなくてはならなかった」

ラスカイユはシルベステを見た。野蛮人のようにもじゃもじゃの髪のむこうに、動物的な目がある。

「きみはわたしにやさしかった。他の人々とはちがった。わたしにつきあう忍耐を持っていた。この話がきみの役に立つと思った」

ラスカイユのこの意識清明な状態は、あとすこししかもたないとシルベステは感じた。

「シュラウダーの意識パターンを刷りこむようにジャグラーに指示するには、具体的にどうすればいいんだ？」

「それは簡単だ」チョークで描いたものをあごでしめす。「この図を記憶し、思い浮かべながら泳げばいい」

「それだけ？」

「それだけだ。この図像がきみの精神内に描かれていることで、ジャグラーはきみの望みを察知する。それから、贈り物を持っていくことも忘れないように。これだけの仕事を依頼するのだから、ただとはいかない」

「贈り物というと？」

海草や藻がもつれあった浮島のような存在にとって、いったいどんなものが贈り物になるのだろう。

「自分で考えてほしい。なににせよ、情報密度が高いものだ。そうでないとジャグラーは退屈する。退屈させるのはよくない」

シルベステはもっと訊きたいことがあった。しかしラスカイユの視線は、すでにチョークの絵にもどっていた。

「いうべきことはいいおえた」

ラスカイユはいった。

そしてそのとおりになった。ラスカイユはシルベステにも、他のだれにも、二度と口を開くことはなかった。

一カ月後、フィリップ・ラスカイユは池で溺死体となって発見された。

「おい……だれかいないのか？」

クーリは目が覚めた。それだけがわかった。

うたた寝ではない。もっと深く、長く、冷たい眠りから目覚めたのだ。

冷凍睡眠による一時的記憶喪失だ。まちがいない。そういうことは忘れないらしい。イエローストーン星に到着して目覚めたときにも経験した。体内生理や神経の兆候もそれをしめしている。

冷凍睡眠ユニットは見あたらない。クーリはきちんと服を着た姿で、ソファに横たわっている。完全に意識が回復するまえにここへ運んでこられたのだろうか。

とはいえ、だれが？

そもそも、ここは？

頭のなかに手榴弾を投げこまれ、記憶がバラバラになったかのようだ。この場所はかすかに覚えがあるが、それ以上のことは思い出せない。

だれかの家の玄関ホールだろうか。どこにせよ、なにやら醜い彫刻がたくさんならんでいる。これらのかたわらを数時間前に歩いたような気もするし、深層記憶に隠れた子どものころの空想や、おとぎ話の怪物を思い出しているだけのような気もする。曲線と、ぎざぎざと、焼けただれたような形のそれが、悪魔のような影を頭上から投げてくる。これらは、組み合わせるとひとつの形になるのだろう。あるいは、かつてそうだったのが、ゆがんでバラバラになってしまったのかもしれない。クーリはよく働かない頭で、そんなことを考えた。

不規則な足音がホールのむこうから近づいてきた。

その人影を見ようと、首をまわす。まるで樹脂を浸透させた木材のように、首がコチコチンだ。身体の他の部分も、冷凍睡眠から蘇生した直後はおなじように柔軟さを失っているはずだ。経験的にわかる。

男は、クーリが横になっているソファから数歩のところで立ちどまった。部屋の照明は月明かりのように弱く、顔はよくわからない。しかし影のある二重あごになんとなく見覚えがある。会ったことがある。何年もまえに。

「わたしだ」

喘息持ちのような湿った声で、男はいった。

「マヌーキアンだ。目覚めるときは見覚えのある顔がそばにいたほうがいいだろうと、マドモワゼルがわたしをよこしたのだ」

名前には聞き覚えがある。しかしどんな相手だったのか、はっきりと思い出せない。

「どうなってるんだ？」

「簡単なことだ。マドモワゼルは、きみが断れない条件を出したのだよ」

「わたしはどれくらい眠っていたんだ？」

「二十二年だ」

マヌーキアンは手をさしのべた。

「では、マドモワゼルのところへ行こうか」


シルベステは、空の半分をおおう黒い壁をまえにして、目覚めた。

その壁は、完璧に黒いせいで、存在そのものが消えている。星と星のあいだの暗黒は、じつは淡いミルクのような光を放っているのだが、それが初めてわかった。いや、わかるような気がした。しかし目のまえには、そんな光も星もない円形の闇がある。それが、ラスカイユ・シュラウドだ。

光はいっさい出ていない。検出可能なあらゆる電磁スペクトルにおいても、光子はやってきていない。どんなニュートリノも、どんな素粒子も飛んでこない。重力場も、静電界も、磁界も検出されない。最後まで生き残ったシュラウド構造理論が成立するためには、境界面のエントロピー温度を反映したかすかなホーキング放射が観測されなくてはいけないはずだが、それさえもない。

まったくの無。

シュラウドがしているのは、人間にわかるかぎりでは、そこを通過しようとするありとあらゆる放射をさえぎること。そしてもうひとつ、その境界面に接近するあらゆる物体を引き裂くことだ。

冷凍睡眠から目覚めさせられたシルベステは、すぐに急速蘇生にともなうめまいと不快感に襲われた。しかしこの後作用を乗り越える若さは充分にある。肉体が生まれてからの年月は六十年を経過しているにもかかわらず、生理的な年齢はまだ三十三歳なのだ。

「おれは……だいじょうぶなのか？」

シルベステは蘇生医に訊いた。しかし視線は、観測ステーションの窓のむこうにある無の闇に釘づけになっていた。それは、吹雪によるホワイトアウトとは正反対の、ブラックアウトだ。

「だいたい正常です」

隣に立つ蘇生医は、空中に流れる神経データを眺め、スタイラスの先で下唇を軽く叩きながら読みとっている。

「ただ、バルデスが記憶を失いました。つまりルフェーブルが第一候補にあがってきたわけです。彼女とうまくやれそうですか？」

「いまさら疑問を持っても遅いだろう」

「冗談ですよ、ダン。さてと、どこまで思い出せますか？　蘇生時記憶喪失の有無はまだ調べていないので」

そんなことは訊くまでもないと思ったが、実際に自分の記憶のドアを叩いてみると、ひどく反応が鈍かった。まるで効率の悪い官僚システムに書類を探させているような感じだ。

蘇生医はやや心配そうな口調で訊いた。

「スピンドリフト星は憶えていますか？　あなたにとってだいじな記憶ですが」

憶えている。しかし、どうも他の記憶とうまく結びつけられなかった。

はっきりと憶えているいちばん新しい記憶は、イエローストーン星だ。そこを出発したのは、八十人組の出来事から三十三年後だった。すなわち、カルビンの肉体的な死から三十三年後。フィリップ・ラスカイユがシルベステに対して口を開き、目的を果たして入水自殺してから、三十三年後だ。

遠征隊は少数精鋭だった。近光速船の乗組員は、一部にキメラをふくむウルトラノートたちだ。彼らは他の人間とあまりつきあわない。二十人の科学者はおもにSISSから選抜された。そして四人のコンタクト要員候補者。このうち実際にシュラウドの境界面へむかうのは二人だけだ。

最終目的地はラスカイユ・シュラウドだが、そのまえに寄るところがあった。シルベステはラスカイユの助言を受けいれ、パターンジャグラーがこのミッションの鍵を握ると考えていた。シュラウドから何十光年も離れているが、まず彼らの棲む世界へ行かなくてはならない。

そこでなにが起きるのか、シルベステ自身も予測がつかなかった。しかしラスカイユの言葉を無視はできない。長い沈黙を破ったのには、それなりにわけがあるはずだ。

パターンジャグラーは一世紀以上もまえから人類の関心を集める存在だった。ジャグラーの棲む惑星はあちこちにあり、かならず惑星すべてがひとつの海でおおわれていた。ジャグラーは海全体に広がる生化学的な意識体だ。協調して働く無数の微生物が、島ほどの大きさの集合をなしている。ジャグラーの棲む星は例外なく地殻活動が活発なので、彼らは海底の熱水噴出孔からエネルギーを得ていると考えられている。熱を生化学エネルギーに変換し、何キロも下の暗黒の海底にたらした生体超伝導性の巻きひげを通じて、海面レベルへ送っているのだ。

ジャグラーの目的がなんなのか（目的を持っているとしての話だが）は、まったくわかっていない。植えつけられた世界で、単一系統の知的なプランクトンの集合体のように活動して、その惑星の生物圏に影響をおよぼしているのはたしかだ。しかしそれがたんなる二次的な機能で、もっと高次の隠れた機能があるのかどうか、いまのところわかっていない。

わかっているのは（詳しい仕組みまでは不明だが）、ジャグラーが惑星規模の単一の神経ネットのように働いて、情報を蓄積したり抽出したりできるということだ。情報は、海面に浮いている巻きひげの接続パターンから、水中を浮遊しているＲＮＡ鎖まで、さまざまなレベルで記録される。

その海では、海とジャグラーの境界ははっきりしない。そもそも、ひとつの惑星にいくつものジャグラーがいるのか、全体が任意に拡張された一個の自我なのかもわからない。それぞれの島は巻きひげで接続されているのだ。

惑星サイズの生きた情報倉庫。巨大な情報のスポンジだ。ジャグラーの海にはいったものは、ほとんどどんなものでも、その微細な巻きひげに侵入され、部分的に分解される。そしてその構造と化学的性質を解明されると、その情報は海全体の生化学記録にとりこまれる。

ラスカイユがいったように、ジャグラーはそれらのパターンを暗号化して取りこむだけでなく、外部に刷りこむこともできる。刷りこむパターンは、過去のジャグラーと接触した他の種族――たとえばシュラウダーの精神でも可能なのだ。

人間の研究者は何十年にもわたってパターンジャグラーを調査してきた。ジャグラーの棲む海で人間が泳ぐと、ジャグラーとの共感関係ができる。その微細な巻きひげが一時的に大脳新皮質まではいりこみ、人間と海のあいだに疑似的な神経接続が成立するのだ。体験者は、まるで知能を持つ藻と友だちになったようだという。

経験豊富な者は、意識が海全体まで広がったように感じると報告している。記憶が広大で、古くて、緑色がかったものに思えてくる。知覚の境界もあいまいになる。とはいえ、海そのものが自意識を持っているわけではない。海は人間の意識を映す巨大な鏡になる。究極の唯我論だ。ジャグラーの海で泳ぎながら、まるで創造性を拡大されたかのように、驚くべき数学的発見をなしとげた者もいる。

海からあがって、陸や軌道上にもどっても、精神の拡大された状態がしばらく続く場合もある。ということは、頭になんらかの物理的変化があったのではないかと考えられた。

そこから、ジャグラーによる形態変化というアイデアが出てきた。一定の訓練をすると、どのような変化をほどこしてほしいか指定できるようになる。その人間の脳を神経学者がスキャンし、異星生物によってどこがいじられたかを調べようとした。しかし、かんばしい成果は得られなかった。変化はきわめて微妙だった。バイオリンを分解して一からつくりなおすのではなく、調弦するのに近い。変化が恒久的に残ることはないらしい。数日、数週間、きわめてまれには数年残る場合もあるが、やがてかならず消える。

シルベステの遠征隊が、ジャグラーの棲むスピンドリフト星に到着したときは、そういったことが知識としてあった。

シルベステは思い出しはじめた。そうだ。海、潮、火山帯、ジャグラーそのものが放つ海草のような強い匂い。匂いを思い出すと、さらに記憶が呼び起こされた。

四人のコンタクト要員候補者は、ラスカイユがチョークで描いた図形を頭に深く刻みこんでいた。数カ月かけて水泳のコーチから訓練を受けたあと、四人はいよいよ海にはいった。ラスカイユが描いた図を脳裏に描いて。

ジャグラーは巻きひげをのばしてきた。そして彼らの精神の一部を分解し、みずからのなかに埋めこまれた雛形（ひながた）にあわせて、それらを再構成した。

四人が海からあがってきたとき、はじめは、ラスカイユのいったことはやはり異常者のたわごとだったのかと思われた。四人は異星種族めいたおかしな行動をとりはじめたわけでもなく、また深遠な宇宙の真理に突然気づいたりもしなかった。質問してみても、感覚的に変わったという者はいなかった。シュラウダーの正体や本質についてなにかわかったという者もいない。

しかし神経学者の精密検査によって、人間の直感ではわからないことがあきらかにされた。あまりにも微妙なので定量化はできないが、四人の空間認識能力が変化していたのだ。数日たつうちに、四人は、なじみがあるような、まったく異質なようなという矛盾した精神状態を経験するようになった。

たしかになにかが変わっている。しかしその精神状態がシュラウダーに関係あるものなのかどうか、だれも確信はなかった。

とにかく、急がねばならなかった。初期検査が終わると、四人のコンタクト要員はすぐ冷凍睡眠にいれられた。凍らせれば、ジャグラーによる精神変移がもとにもどるのを防げるからだ。実験的な神経安定化薬も数種類投与された。しかし、目覚めればその瞬間から変移はまた減衰していく。四人はずっと眠らされたまま、ラスカイユ・シュラウドまで運ばれた。近光速船から観測ステーションに移り、いちおうの安全距離とされる三天文単位まで近づくあいだの数週間も、やはり氷漬けのままだった。ようやく目覚めさせられたのは、境界面へ出発する前夜だった。

「ああ……憶えてる。スピンドリフト星のことはな」

シルベステはいった。

蘇生医はさらにしばらく、唇をスタイラスで叩きながら、医療分析システムから流れてくる大量の情報に目を通していたが、やがてうなずいて、シルベステのミッション参加にゴーサインを出した。

「眺めは少々変わったぞ」

マヌーキアンがいった。

たしかにそうだった。見下ろす都市は、もはやカズムシティとは似ても似つかぬものになっていた。

まず、モスキートネットが消えている。融合したドーム屋根がなくなって、都市の建物はイエローストーン星の大気にじかにさらされていた。

マドモワゼルの黒いシャトーは、もはやいちばん高い建物ではなくなっていた。鮫の背びれというか、棘(とげ)状の草の葉のような流線形をした巨大な高層ビルが、荒れ狂う茶色の空を突き刺すように立っている。小さな窓が無数に並び、連接脳派のシンボルであるブール論理記号が大きく描かれている。まるでヨットの帆と帆柱のように、堆肥界から細い支柱が伸びて、その上で建物本体が風を切っているのだ。

古いねじくれた建物はほとんど残っていない。天上界も痕跡をとどめるのみだ。輝く刃のような塔の陰で、古い都市の森は歴史のかなたに消え去っていた。

「淵のなかで、あるものが育っていたのだ。深い奥底でな。彼らはそれを、リリーと呼んだ」

マヌーキアンは、嫌悪しながらも魅了されているような口調で話した。

「それを見た者は、呼吸する巨大な内臓のようだったと話した。神のはらわただと。リリーは淵の壁にへばりついていた。淵の底から吹きあげるのは毒性の空気だが、リリーを通過したあとは、呼吸できるものに変わっていた」

「二十二年のあいだにそんなことが？」

「そうよ」

声がした。

光沢のある黒いシャッターのあたりで動くものを認め、さっとふりむくと、ちょうど〈輿〉が音もなく床に降りるところだった。それを見て、マドモワゼルについて思い出した。彼女にまつわる他のことも。ついさっき会ったばかりのように。

「つれてきてくれてありがとう、カルロス」

「あとは予定どおりに？」

「そうね」

マドモワゼルの声にはかすかにエコーがかかっていた。

「時間がないのよ。これだけ長い年月準備していたのに。クーリのような人間を求めている船をみつけたわ。でもその船は、ほんの数日でこの星系から出発する予定でいる。クーリには、役柄を演じるための教育をほどこさなくてはいけない。そしてこのチャンスが生きているうちに、その船の乗組員と接触させるのよ」

「わたしがいやだといったら？」

クーリが訊く。

「いうわけないわ。こちらの手のなかにあるものを知ったからにはね。憶えてるでしょう？」

「忘れたくても忘れられないね」

マドモワゼルがいった意味を、クーリははっきりと思い出していた。

あのとき二つあった冷凍睡眠ユニット。蓋が閉じているほうには、夫のファジルが眠っていたのだ。

聞かされていたのとはちがっていた。クーリは夫と離ればなれにはならなかったのだ。スカイズエッジ星から二人ともここへ運ばれてきていた。じつは悪くない事務的ミスだったわけだ。

しかし、騙されていたことにはかわりない。すべては最初からマドモワゼルが仕組んだことだったのだ。シャドープレイの殺し屋という仕事が舞いこんだのもタイミングがよすぎた。あとから考えれば、殺し屋家業をさせたのは、この任務への適性を試すためだったのだろう。任務を承諾させるのは簡単だ。マドモワゼルはファジルを押さえているのだから。命じられたことをやらなければ、クーリは夫に二度と会えない。

「聞き分けがいいわね、クーリ。あなたに頼む仕事は、それほど難しくないのよ」

「みつけた船というのは？」

それには、なだめるようにマヌーキアンが答えた。

「ただの商人さ。わたしもかつてそうだった。そんなときにたまたま救出したのが……」

「おしゃべりがすぎるわよ、カルロス」

「失礼しました」

マヌーキアンは〈輿〉のほうをむいた。

「わたしがいいたかったのは、たいした悪者ではないということです」

偶然か、無意識のなせるわざか、ＳＩＳＳのコンタクト船は無限大記号そっくりにデザインされていた。二枚の木の葉を前後につないだような形だ。それぞれに生命維持装置、センサー、通信機器が搭載されている。コネクターリングの周囲には対抗する緊急用スラスターが配され、さらにセンサー群がついている。二人はシュラウダーに似せて精神を変移させているわけだが、ミッションの途中でどちらかの変移が減衰しはじめたら、二人の乗員はそれぞれのモジュールに分かれ、片方または両方が脱出できるようになっている。

コンタクト船はメインスラスターを噴きながら、シュラウドのほうへ落ちていった。一方、観測ステーションは近光速船が待つ安全宙域へ待避していく。

パスカルの編集した伝記では、コンタクト船はしだいに小さくなり、青白いスラスターの火と、赤と青の航行灯が見えるだけになって、それもやがて消えていった。黒いインクが広がるように、巨大な漆黒の闇に飲みこまれていく。

このあとなにが起きたか、だれもはっきりとは知らないのだ。

シルベステとルフェーブルが接近しながら収集したデータは失われた。観測ステーションと近光速船に送信したものも消えてしまった。時間間隔が不明などころか、なにがどういう順番で起きたのかさえ不確かになっている。

頼れるのはシルベステの記憶だけ。そのシルベステも、シュラウドの近傍ではしばらく意識が変容し、減退していたと、みずから認めている。つまりその記憶も、事実を正確に反映したものとは受けとめられていない。

その記憶とは、次のようなものだ。

シルベステとルフェーブルは、人類でもっともシュラウドに接近した。ラスカイユの記録さえ超えた。

ラスカイユの話のとおりであれば、二人の精神変移がシュラウドの防壁を騙していた。境界面をつつむ強烈な重力場の激流のなかで、コンタクト船の周囲にだけ平坦な時空のポケットができていた。

シュラウドがどうやってこのような急勾配の時空の歪みをつくりだしているのか、そのメカニズムはだれにもわからない。銀河全体の質量エネルギーの、さらに数十億倍の力で時空が折りたたまれているのだ。そしてそんな時空のなかで、どうやって意識がシュラウドに伝わり、進入の可否をシュラウドが判断しているのか。それと並行して、どうやって二人の思考と記憶を変形していったのか。

思考そのものと、それをささえる時空のプロセスに、見えないつながりがあるらしいことはわかった。おたがいに影響しあっているのだ。シルベステは何世紀もまえの古い理論を思い出していた。意識の量子プロセスと、時空の基盤となる量子重力の関係が、ワイルの曲率テンソルと呼ばれるものを統一することで説明できるという内容だった……。

とはいえ、この状態でも理解力が増したわけではなかった。難解な理論であることには変わりない。ただ、シュラウドの近傍では、意識と時空のわずかな関係が大きく増幅されるようだった。

シルベステとルフェーブルは、思考しながら嵐を渡っていった。二人の精神変移が、周囲で荒れ狂う重力を鎮めている。船体からほんの数メートルのところは死の嵐だ。

二人は蛇使いのようなものだ。軽妙な笛の音でささやかな安全圏をつくりだしながら、コブラの巣を渡っていく。笛の音が止まったり、吹きまちがえたりしたら、コブラの催眠状態は解けてしまう。音程をまちがえて重力コブラが目覚めるまえに、シュラウドにたどりつけるだろうか。

のちにシルベステは、シュラウド境界面の内側にはいれなかったと話した。シルベステの目に映ったかぎりでは、空の半分にはたくさんの星が輝いていたからだ。しかし観測ステーションから回収されたわずかなデータによると、コンタクト船モジュールは、シュラウドをとりまくフラクタルな泡──無限にあいまいな境界領域には、完全にはいっていた。すなわち、ラスカイユのいう啓示空間のなかだ。

ルフェーブルの変調は、本人がすぐに気づいた。恐怖に襲われながらも冷静に、彼女はそのことをシルベステに伝えた。

シュラウダーとしての精神変移が崩れはじめている。異星種族の知覚が薄れ、人間の思念だけが残ろうとしている。ずっと恐れながらも、起きないでくれと祈るしかなかった事態だ。

すぐに観測ステーションに報告し、本人の自覚どおりかを心理分析によって調べた。結果は明白だった。ルフェーブルの精神変移は崩れかけている。まもなく彼女の精神からシュラウダーの要素はなくなり、周囲のコブラを眠らせられなくなる。ルフェーブルは笛の調べを忘れはじめているのだ。

恐れていた事態だが、対策はとってあった。ルフェーブルは反対側のモジュールに移動し、コネクターリングの炸薬に点火。二つのモジュールを切り離した。

そのころには、ルフェーブルの精神変移はほとんど消えていた。モジュール間をつなぐ映像音声リンクを通じて、ルフェーブルは、重力場の影響を感じるようになってきたとシルベステに報告した。身体が予測できない方向にはげしく引っぱられ、ちぎれそうだと。

シュラウド周辺の荒れ狂う空間からモジュールを脱出させようと、スラスターは全開で噴射を続けた。しかしシュラウドはあまりにも大きく、コンタクト船はあまりにも小さい。数分後、モジュールの薄い船体はストレスでつぶれた。それでも、まだルフェーブルは生きていた。彼女の脳を中心としたわずかな、しかしどんどん縮まってくる静寂の空間で、身体をまるめていた。船体がバラバラになったとき、リンクは途切れた。ルフェーブルは真空にさらされたが、いっきに減圧したわけではなかったため、その悲鳴はシルベステの耳に届いた。

ルフェーブルは死んだ。それはわかった。

しかしシルベステの精神変移はまだ生きていて、コブラを遠ざけつづけていた。意を決し、とてつもない孤独に耐えながら、シュラウドの境界面へ降りる旅を続けた。

それからどれくらいたったのか。

気がついたときには、シルベステは静かなコンタクト船のモジュールにいた。なにがどうなったのかわからず、待機しているはずの観測ステーションと連絡を試みた。しかし返事はない。

観測ステーションも近光速船も、全機能が停止していた。ほとんど破壊されていた。なんらかの重力場の噴出が、シルベステをかすめて飛び出し、ステーションと近光速船を引き裂いたのだ。ルフェーブルのモジュールとおなじようにバラバラになっていた。研究員も、コンタクトチームのバックアップ要員も、全員即死だった。近光速船に乗り組むウルトラノートも。生き残ったのはシルベステだけ。

しかし、生き残ってどうするのか。緩慢に死ねということか。

シルベステは、ステーションと近光速船の残骸へモジュールを近づけていった。シュラウダーのことは頭から消え、自分が生き延びることに集中した。

狭い救命ポッドのなかで命をつなぎながら、シルベステは何週間もかけて、近光速船の停止した自己修復システムを再起動する方法を調べた。シュラウドが噴出させた重力場は、近光速船の質量を何千トンも蒸発させ、あるいは吹き飛ばしたが、現状では一人の人間を運べさえすればいいのだ。自己修復システムが動きだすと、ようやく眠れるようになった。まだ本当に成功するとは思っていなかったが。

とにかくその眠りのなかで、シルベステはしだいに、とてつもない真実に気づきはじめた。

カリーン・ルフェーブルが死んでから、シルベステが意識をとりもどすまでのあいだに、なにかが起きた。なにかが彼の精神にはいって、話しかけてきた。しかしそのメッセージはあまりにも異質で、とても人間の言葉にはできなかった。

そこはまさに啓示空間だったのだ。

5

エリダヌス座イプシロン星系　イエローストーン星
ニューブラジリア・カルーセル
二五四六年

「いま、店に着いた」

　ボリョーワはブレスレットにむかって話した。

〈ジャグラーとシュラウダー〉亭のドアのまえだ。こんなところを面接場所に指定したことを後悔していた。店も嫌いだし、客も嫌いだ。しかし求人広告の応募者と落ち合う約束をするときに、他に心当たりがなかったのだ。

「新人はもう来ておるか？」

　サジャキの声が訊く。

「よほどせっかちな性格でなけりゃ、まだだと思う。時間どおりに来てくれれば、面接は順調に進んで、一時間で店を出られるはずだけど」

「そのつもりにて準備しよう」

肩を怒らせ、ドアを押して店にはいった。まず店内を見渡して、客の配置を頭にいれる。前回とおなじく、店内は甘いピンク色の香気を充満させてある。楽器のティーコナクスをあやつる若い女の動きもおなじだ。自分の脳でイメージした湿った音を、楽器で増幅し、七色に塗りわけられた複雑なタッチセンサー式フレットボードにおいた指の圧力で変調させて出力している。音楽ははじめ、例の螺旋階段めいたインド音楽だったが、やがて神経を逆なでするような調性のないパッセージに移った。まるでライオンが錆びついた鉄板を前脚の爪でひっかいて誇らしげにしているような音。ティーコナクス音楽は、専用の神経ー聴覚インプラントを持たずに聴いても意味がないらしい。

ボリョーワはバーのスツールに腰かけ、ウォッカをシングルで注文した。

一本吸えば気分をシャキッとさせてくれる植物性刺激薬は、ポケットに一パックつっこんである。応募者がやってくるのを待ちつづける長い夜になるだろうと覚悟していた。しかもこんな場所で、普段なら気が滅入るところだが、自分でも意外なほどリラックスして、気持ちがのっていた。店内の空気に向精神薬が混ぜてあるのかもしれない。しかし、ここ数カ月でいちばん前向きな気分なのだ。

たしかに、次の目的地がリサーガム星というのはうんざりするニュースだし、店の常連はうんざりする連中ばかりだ。それでも、ひさしぶりに人のにぎわいに身をおくのは悪くない。

しばらく人々の愉快そうな顔を眺め、詳しい内容はわからない会話のざわめきを聞きながら、どんな旅の体験談を話しているのか想像した。水煙管を吸って長く細く煙を吐いていた娘が、連れの男が話すジョークのオチを聞いて思わず吹き出す。スキンヘッドに龍の刺青をした男が、巨大ガス惑星の大気圏に降りてオートパイロットを切り、ジャグラーに改変させた頭で、複雑な大気の流体方程式をあたかも生まれつきの能力のように暗算しながら飛んだことを自慢している。奥まった小部屋ではべつのウルトラ属のグループが、青白い照明のせいで幽霊のような顔でカードゲームに熱中している。負けた一人がドレッドロックの髪の束で払うことになって、仲間たちから押さえつけられ、勝者がポケットナイフでその一束を切りとる。

クーリはどんな恰好をしてくるだろうか。

ボリョーワはジャケットから名刺をとりだし、手のひらで隠しながらもう一度確認した。アナ・クーリという名前。数行で書かれた経歴。どこのバーにはいっても目立たない女だろう。しかしここでは、その普通さがかえって目立ちそうだ。写真からすると、もしかするとボリョーワよりさらに場ちがいかもしれない。

べつにそれが悪いわけではない。インフィニティ号の空席に、クーリはますます最適な人材に思えてきた。

ボリョーワはすでにこの星系のデータネットワーク（疫病後に生き残っている範囲だけだが）に侵入して、こちらの条件に合いそうな人材を何人か抽出していた。クーリの名前はそのなかにあった。なにしろスカイズエッジ星出身の元兵士だ。ただ、所在がなかなかつかめなかったため、ボリョーワはあきらめて他の候補者に方向転換していた。しかしぴったりの人材にはいきあわなかった。それでも探しつづけるしかないが、どの候補も落ちていくうちに、だんだんと気落ちしていった。

サジャキにいたっては、そのへんのやつを拉致してはどうかとまでいいだした。嘘の業務要項をしめして求人するのも、誘拐してつれていくのも、たいして変わりあるまいという理屈だ。しかしそれでは適性もへったくれもなくなる。つれていったあとで使いものにならないとわかったら、笑いごとではすまない。

そんなときに、思いがけなくクーリのほうから連絡をとってきた。そちらの船が乗組員を探していると聞いたが、自分もちょうどイエローストーン星を出ようと考えているところなのだ、と。軍隊経験についてはロをつぐんでいた。ボリョーワはすでに把握しているので問題なかったが、クーリはおそらく慎重になっているのだろう。

奇妙なのは、サジャキが通商上の手続きにしたがって目的地の変更を公表したあとになって、クーリが接近してきたことだった。

「ボリョーワさん？　そうらしいな」

声をかけてきたクーリは、小柄で、細身だった。飾り気のない服装で、ウルトラ属のファッション要素は見あたらない。黒い髪はボリョーワよりほんの少し長いだけ。おかげで、その頭骨に入力ジャックも神経接続インターフェースも埋めこんでいないのがわかった。

だからといって、脳のなかが微小機械で充満していないとはかぎらないが、すくなくともそれをひけらかしてはいないわけだ。

顔だちは、出身地スカイズエッジ星の主要な遺伝子型がまじりあったニュートラルなもの。口は小さく、まっすぐで、無表情だ。しかしそれと正反対に、目には特徴がある。色が感じられないほど黒く、なにもかも見通してしまうような強い光を宿している。ボリョーワはつかのま、求人広告の安っぽい嘘も見抜かれているのではないかという気がした。

「そうだ。あんたがアナ・クーリだね」

ボリョーワは声を低くした。クーリがアプローチしてきたからには、もうほかの求職者に立ち聞きされてじゃまされたくないのだ。

「あたしたちの船で働きたいと、うちの通商担当者に連絡してきたって？」

「このカルーセルには最近あがってきたばかりなんだ。まずあなたの船をあたって、それから他の広告を出してる船もまわってみるつもりでいる」

ボリョーワはウォッカに軽く口をつけた。

「よけいなお世話だけど、へんな就職作戦だね」

「なぜ？　他の船は応募者が殺到して、シミュレーションに面接させてるくらいだ」おざなりにグラスの水を飲んで、続けた。「でもわたしは人間とじかに会って話したい。船の仲間になるかどうかという話なんだから」

「なるほど。でも、うちの船はだいぶ変わってるわよ」

「商船なんだろう？」

ボリョーワは大きくうなずいた。

「イエローストーン星周辺での商談はほとんど終わったわ。はっきりいって、ここはスカね。経済が停滞してる。一世紀か二世紀たったらまたようすを見にきてもいいけど、正直いって、こんなとこ二度と来なくてもいい」

「あなたたちの船と契約するなら、早めに返事をしろということかな」

「そりゃこっちが採用するかどうか決めてからだろう」

クーリは顔を近づけた。

「他にも応募者が？」

「ノーコメント」

「まあ、今後は殺到するようになるだろう。スカイズエッジ星には……なんとかして星間船に乗りたがっているやつがたくさんいるはずだ。金を払ってでも乗組員にしてくれという連中が」

スカイズエッジ星？　ボリョーワはそしらぬ顔を決めこんだが、内心では幸運に小躍りしていた。クーリがこちらに接触してきたのは、船がリサーガム星ではなくスカイズエッジ星へ行くと思っているからららしい。サジャキが目的地変更を公表したことを、どういうわけかまだ知らないのだ。

「世の中、想像を絶するほどひどいところもあるからね」

「わたしだって列の先頭に並びたい」

天井のレールをころがってきた台車から、アクリルガラス製の雲が降りてきた。なかにはいった酒と向精神薬の重さで揺れている。

「募集してるのは具体的にどういう職種なんだ？」

「そういう話は実際に船で説明したほうが簡単だろう。一泊する用意はしてきただろうね」

「いわれたとおりに。できることなら採用されたいと思ってるから」

ボリョーワは笑みを浮かべた。

「そいつはうれしい返事だ」

孔雀座デルタ星系　リサーガム星
キュビエ
二五六三年

軟禁部屋の一角に、貴族風の豪華な肘掛け椅子に腰かけたカルビン・シルベステが投影されていた。髭をなでながら話す。

「おもしろい話をしてやろう。おぬしがおもしろいと思うかどうかはべつじゃが」

いつもどこか愉快そうなカルビンの表情が、さらに愉快そうになった。

「話というのは他でもない、パスカルのことじゃ。おぬしはあの女を好いておるようじゃの」

「手短に頼みたいね。もうすぐパスカルが来るんだ」

「どうだろうと、あんたには関係ないだろ」

シルベステはため息をついた。その話題は面倒な方向にならざるをえない。

伝記はほぼ完成に近づいていて、シルベステはその大半をすでに見ていた。事実関係は正確だ。無数のレベルと角度から体験できるようになっている。それでも、これがジラルデューの仕組んだものであることにかわりはなかった。巧妙に設計され、精密に狙いをつけたプロパガンダだ。仕掛けられた微妙なフィルターを通して見れば、すべてのエピソードがシルベステのイメージを傷つけるものだった。自己中心的でまわりが見えない独裁者。知性の懐は深いが、周囲の人間に対しては冷酷無情。

その点で、パスカルはたしかに巧妙だった。あらかじめそういうことを知らなかったら、シルベステはこの伝記の偏向に気づかず、無批判に承認していただろう。全体的には真実なのだから。

それだけでも充分に受けいれがたいが、さらに納得がいかないことがある。この批判的肖像の根拠となったのが、シルベステをよく知っている人々の証言であることだ。なかでも最大の証言者が、カルビンなのだ。このことに傷つかないわけがない。

パスカルがカルビンのベータレベルにアクセスすることを、シルベステは気が進まないながらも、認めざるをえなかった。軟禁下でしかたなくやったことだが、すくなくとも認めた当時は、その見返りがあると思っていた。

「おれはオベリスクの埋まっている位置をもう一度探して、発掘したいんだ。ジラルデューは、おれが自分の世間的イメージを破壊するのに手を貸せば、発掘データにアクセスさせると約束した。そしておれは、取り引き上の義務をきっちりはたした。今度は政府がそれなりのことをやる番だろう」

「でも、そう簡単には……」

パスカルがいいかけたのを、シルベステはさえぎった。

「簡単にはいかないだろうさ。しかし浸水党の資金力からすれば、たいしたことじゃないはずだ」

「話してみます」パスカルはいったが、あまり自信あるそぶりではなかった。「ただしその条件として、わたしがカルビンといつでも話せるようにしてください」

つまり、切り札を出せということだ。それはわかっていたが、出す価値はあると思った。オベリスクをもう一度見られるなら。クーデタの直前に掘り出せたわずかな部分だけでなく、全体を見られるなら。

意外にも、ニル・ジラルデューは約束を守った。

四カ月かかって、放棄された発掘現場をみつけだし、発掘チームがオベリスクを掘り出した。あまり念入りな仕事ではなかったが、シルベステもそこまで期待してはいなかった。全体が掘り出されればそれでいい。いまは部屋にいながら、好きなときにホログラフィ映像で呼び出し、任意の部分を拡大して調べられるようになっていた。

碑文は難解で、なかなか解析できなかった。複雑な星系図は、あらためて見ても、ぞっとするほど正確だ。前回は見えなかった下のほうにも、おなじ図があった。ただし縮尺が大きく、彗星物質がただようハロー部まで、星系全体が描かれている。

孔雀座デルタ星は、じつは大きな二連星だ。対になる恒星までは十光時間離れている。アマランティン族はその存在も知っていたらしく、もうひとつの星の軌道もはっきりと描かれている。

ふとシルベステは、そちらの星はなぜ夜空に見えないのだろうと思った。いくら暗くても、連星の片割れなのだから、遠い他の恒星より明るく見えるはず……。そこまで考えて、思い出した。もう一方の星はもう輝いていないのだ。中性子星なのだから。中性子星は、青く輝いていた高温の恒星が燃えつきたものだ。まったく光を出さないので、恒星間空間の探索がはじまるまでその存在はわからなかった。

オベリスクの星系図では、この中性子星の軌道には見慣れない図文字の集合がそえられていた。この意味も解読できていない。

さらに不可解なものも出てきた。オベリスクのさらに下部に、またべつの軌道図があった。いまのところ証明はできないが、どうやらその軌道構成は、他の星系のものと一致しているようなのだ。

星系内の惑星、連星をなす中性子星、さらに他の星系。

アマランティン族が人類レベルの宇宙飛行能力を持たなかったとしたら、いったいどうやってそれだけのデータを手にいれられたのか。

そこでおそらく重要になるのは、オベリスクの年代だ。地層の前後関係から推測すると、九十九万年前。イベントから千年以内に埋められている。パスカルが前回来たときに、オベリスクを捕捉電子法による年代測定にかけてくれるよう依頼しておいた。今回はその答えを期待しているのだ。

「パスカルは、いると便利なんだよ」

シルベステがいうと、カルビンは薄笑いを浮かべた。シルベステは続けた。

「あんたにはわからんだろうけどな」

「かもしれんの。もうひとつ、教えてやろう」

おしゃべりはさっさと終わらせたい。

「なんだい」

「あの女の姓は、デュボワではない」

カルビンはニヤリとした。気を持たせるような沈黙のあと、

「本当の姓はジラルデューじゃ。あれの娘なのじゃよ。まんまと騙されておるの」

夜が訪れていた。〈ジャグラーとシュラウダー〉亭を出ると、ごていねいに惑星環境を模したカルーセルの手を使って通行人の貴重品をすりとろうと狙っている。商店街の街路樹から降りてきて、器用なカの太鼓音楽が聞こえてくる。ハビタットの屋根の梁から吊られた人工の雲のなかで、くねくねと曲がったネオンの光がまたたいている。角のむこうのどこかからはアフリ

クーリは、ときにはそこから雨も降るのだと聞いていた。真にせまった疑似気象だが、いまのところ実際に遭遇したことはなかった。

ボリョーワがいった。

「シャトルはハブに停泊してる。スポーク部のエレベータをあがって、出港税関を通ればすぐだ」

二人が乗ったエレベータは、ポンコツで、暖房されていなくて、小便臭かった。そしてがらんとしている。ベンチ席に、深編み笠をかぶって膝の上に尺八をおいた虚無僧(こむそう)が一人、黙然(もくねん)とすわっているのみ。こいつを気味悪がって、みんなこのエレベータを避けているのかもしれないと、クーリは思った。ハブからリム部までは循環式エレベータになっているので、人が乗るかごは、つながって次々とやってくるのだ。

その虚無僧の隣に、マドモワゼルが立っていた。自信たっぷりに両手をうしろで組んだ立ち姿。床までとどく真っ青なドレス。髪はきつく編みあげている。

「緊張しすぎよ。なにか隠していることがあるとボリョーワから疑われかねないわ」

「うせろ」

ボリョーワがクーリのほうに目をやった。

「なんかいったか?」

「いや、ここは寒いなといっただけだ」

ボリョーワはそれを聞いて、やや長く黙りこんだ。

「そうね、たしかに」

今度はマドモワゼルがいった。

「声に出す必要はないのよ。口を動かす必要もない。いいたいことを話している自分を思い浮かべるだけでいい。言語野に発生するわずかな神経刺激をインプラントが検知するわ。やってみて」

「うせろ」クーリはいった——というよりも、いっている自分を想像した。「わたしの頭から出ていけ。こんなのは契約にないぞ」

「まあまあ。契約なんて最初からないのよ。あるのはただ——なんていえばいいかしら。淑女協定?」

マドモワゼルは返事を期待するようにまっすぐクーリを見たが、クーリは不愉快そうににらみつけるだけ。

「わかったわ。でもまた出てくるからそのつもりでね」

すっと姿が消えた。

「そいつは楽しみだな」

クーリはつぶやいた。

「なんだって?」

耳にしたボリョーワが訊き返す。

「楽しみだといったんだ。このエレベータから出るのがね」

まもなくエレベータはハブに到着した。

税関を通り、シャトルに乗りこむ。球形の船体に、直角方向に四つのスラスターポッドがついただけの、非大気圏用宇宙機だ。船名は旅立ちの憂鬱(メランコリア・オブ・デパーチャー)号。自分たちの機体にこんな皮肉っぽい名前をつけるのは、ウルトラ属の癖だ。

船内は、クジラの腹のなかを思わせるリブ構造になっている。奥へ進むようボリョーワにうながされて、隔壁と食道めいた狭い通路をいくつも抜け、最後にブリッジに出た。

ブリッジにはバケットシートがいくつか並んでいる。コンソールでは、眼球内映像によるこまかく描き出された枠のなかに、アビオニクス関連のわけのわからないデータが大量に表示されている。

ボリョーワは、その視覚出力の一枚に目を通すと、コンソール脇の黒いくぼみから小さな板状の装置を引き出した。格子状に分けられた板は、旧式なキーボードだった。ボリョーワの指がその上で踊り、アビオニクスの設定にざっと変更を加えていく。

それを見て、クーリははっと気づいた。ボリョーワはインプラントを持っていないのだ。

指が機械との通信手段なのだ。

ボリョーワがいった。

「すわってハーネス締めな。イエローストーン星周辺軌道はデブリだらけだから、飛んでるあいだはあっちゃこっちゃGかけるわよ」

クーリはいわれたとおりにした。そのあとは乗り心地の悪い飛行となったが、実際には、クーリはひさしぶりにほっとしていた。冷凍睡眠から蘇生してのち、あれやこれやで大忙しだったのだ。

カズムシティでクーリが眠っているあいだ、マドモワゼルはリサーガム星へ行く船があらわれるのを待っていた。変化のはげしい星間通商ネットワークのなかで、リサーガム星の重要性は最底辺に位置するため、わざわざそこへ行こうという船はめったにあらわれなかった。

近光速船はそういうところが不便だ。どんなに有力者でも、近光速船を手にいれることはできない。何世紀もまえから持っているならべつだが、新たに買うことはできないのだ。連接脳派はもうずいぶんまえにエンジンの製造をやめているし、現在所有している者は絶対に手放そうとしないからだ。

とはいえ、マドモワゼルは漫然と待っていたわけではなかった。ボリョーワもだ。マドモワゼルの話によれば、ボリョーワは〝捜索犬(ブラッドハウンド)〟という捜索プログラムをイエローストーン星のデータネットワークに放った。ただの人間や監視プログラム程度では、たくみにデータを嗅ぎまわるこの犬は探知できない。しかしマドモワゼルはちがった。アメンボが水面のかすかな振動を感じとるように、この犬に気づいた。

それからが巧妙だった。

まず、口笛を吹いてこの犬をおびき寄せた。そして手際よく殺したのだが、そのまえに情報のはらわたを割いて、この犬がなにを探すように命じられていたかを調べた。

簡単にいえば、その犬は奴隷を使った経験のある個人の秘密情報を集めていたのだ。乗組員の不足を補充しようとしているウルトラ属のやりそうなことだ。しかしそれだけではなかった。ちょっとしたことだが、奇妙な部分に気づいて、マドモワゼルは興味を惹かれた。

この犬の飼い主は、軍事活動の経験もある人間を求めているようだった。規律主義を信条とする連中なのかもしれない。そのへんの普通の商人より一枚上のやり手なのだろう。ずるい手口で情報を集め、大儲けのチャンスがあると思えば、たとえリサーガム星のようなへんぴなコロニーでも、行くのにどれだけ時間がかかろうともいとわない。たいていの商船は指揮命令系統がいいかげんだが、彼らは軍隊式の組織なのだろう。だから最初から軍隊経験のある人材を探して、組織に馴染める新入りを採ろうとしているのだ。

それは予測どおりだった。

これまでのところは順調に運んでいた。クーリが船の真の目的地を知らないふりをしたとき、ボリョーワはなぜか訂正しなかったが、それもふくめて順調といえる。クーリはもちろん、目的地がリサーガム星だと知っていた。しかしそこがクーリの目的地だと思われたら、そんなへんぴなコロニーへ行きたがる理由をつくり話で説明しなくてはいけなくなる。ボリョーワが、正しい目的地はリサーガム星だと明かしたら、クーリはそんなつくり話のひとつを披露するつもりでいた。しかし実際には、ボリョーワはなにもいわなかった。新入りにはスカイズエッジ星へ行くと思わせておきたいらしい。

ややや奇妙な対応ではある。しかし、新入りの獲得に躍起になっていると思えば理解できなくもない。不正直な連中であることは明白だが、つくり話をせずにすんだのは助かった。心配することはないと、クーリは思うことにした。薔薇色の生活とさえいえるかもしれない。

冷凍睡眠中にマドモワゼルの手で頭にしこまれたものがなければ。

それは、ウルトラ属にあやしまれないように、ごく小さくまとめられたインプラントだ。標準的な眼球内映像用のチップを模していて、実際にその機能もはたす。万一疑われて摘出されたら、危ない部分を消して自身を再編成するようになっている。

しかしそんなことはどうでもいいのだ。クーリがそのインプラントに抗議したのは、危険だからとか不必要だからといった理由ではない。できることなら二度と顔を見たくないマドモワゼルが、そのインプラントのせいで日常生活にたびたび侵入してくるようになるからだ。もちろんそれは、本人の人格を模したベータレベル・シミュレーションにすぎない。クーリの視覚野に侵入してマドモワゼルの姿を映し出し、聴覚中枢を刺激してその声があたかも耳に聞こえているかのように感じさせているだけだ。クーリ以外の者にこの幽霊は見えない。この幽霊と話すのに、クーリは声を出す必要もない。

その幽霊がいった。

「必要なことだと思って。軍隊経験があればこういう手法は理解できるでしょう」

クーリは不機嫌なまま答えた。

「理解はできるさ。ただ気にいらないんだ。気にいらないからといって、頭からはずしてはくれないだろうがな」

マドモワゼルはにっこりした。

「この時点でよけいなことまで知っているとウルトラ属のまえでうっかり秘密をもらしかねないから」

「ちょっと待ってくれ。シルベステを殺せというのはもう聞いた。ほかになにをしろっていうんだ」

マドモワゼルは微笑んだ。凶暴な笑み。ベータレベルがあらかじめ持っている表情はバリエーションが少ないので、大根役者が似たりよったりのキャラクターばかり演じるように、いつもおなじ表情になりがちだ。

「あなたがいま知っているのは氷山の一角。全体のほんの一部よ」

パスカルが部屋に来ると、シルベステはその顔をじっくりと観察し、ニル・ジラルデューの記憶と重ねあわせようとした。すると例によって、自分の視覚の性能限界にぶつかった。シルベステの目は曲面に弱く、人間の顔の微妙なところが階段状に見えてしまうのだ。

それでも、カルビンの主張はかならずしも嘘ではないと思えた。

パスカルの髪は漆黒でストレート。ジラルデューは赤毛でカールしている。しかし骨の形は、偶然にしては共通点が多すぎた。

カルビンがいわなければ気づかなかっただろう。しかしそう思って見ると……もはやそうとしか思えなかった。

「なぜおれに嘘をついてたんだ」

パスカルはきょとんとした顔になった。

「なににについてですか？」

「なにもかもだ。まずきみの父親のことから」

「父……」

パスカルは一瞬くちごもり、

「では、気づかれたのですね」

シルベステは唇を引きむすんでうなずいた。すこしして、

「カルビンといっしょに仕事をする危険というのは、そういうことだ。ずる賢いからな」

「わたしのコムパッドとなんらかの方法でデータ接続をしたのでしょう。そしてプライベートファイルをのぞき見した。失礼ね」

「おれがどんな気持ちかわかるだろう。なぜこんなことをしたんだ」

「最初は、他に方法がなかったからです。わたしはあなたを研究したかった。あなたの信頼を得るためには、わたしは偽名を使うしかなかった。そしてそれは可能だったんです。ジラルデューに娘がいることを知っている人は少ないし、顔を知っている人はもっと少ない」

すこし黙った。

「その方法はうまくいきました。あなたはわたしを信頼してくださった。わたしは、あなたの信頼を裏切ることはひとつもしていません」

「本当にそうか？　ニルに有利な情報をなにも教えなかったか？」

パスカルはむっとした顔になった。

「クーデタについては、あなたは警告を受けていたではありませんか。あのときのことで裏切り者がいるとしたら、それは父です」

シルベステは、パスカルの主張に偽りの部分を探そうと、いろいろな角度から考えてみた。しかしそもそも、偽りであってほしいのかどうか、自分でもよくわからなかった。もしかしたらパスカルのいうとおりかもしれない。

「伝記は？」

「父の発案です」

「おれの信用を失墜させるための道具か」

「伝記に真実でない部分はいっさいありません。あればあなたが気づくはずです」

間をおいて、続けた。

「じつは、もう完成間近なんです。カルビンはとても協力的でした。リサーガム星で製作された初めての大規模芸術作品なんですよ。もちろん、アマランティン族の時代をのぞけば、ですけど」

「たしかに大作だな。リリースするときは、きみは本名を使うのか」

「最初からそのつもりでした。それまではあなたに知られたくなかったのですが」

「心配することはないさ。きみとおれの仕事上の関係に変化はない。それにそもそも、本当の著者はニルだと最初からわかってたからな」

「そう思ったほうが、あなたは気が楽なのでしょうね。わたしなど最初から関係ないと」

「前回約束してくれた、捕捉電子法の結果は？」

「これです」

パスカルは一枚のカードを渡した。

「わたしは約束を破ったことはありません、博士。でも、あなたに対して持っていた最後の尊敬の念も、このままでは消えてしまいそうです」

シルベステの目は、カードに表示される捕捉電子の測定結果にむいていた。親指とひとさし指ではさむように持って、軽く曲げるたびにスクロールしていく。そこにあらわれる数字に頭の半分を完全に奪われながら、残った半分の意識で、パスカルにいった。

「伝記についてきみの親父と話したときに、あいつはこういったんだ。執筆を担当するのは、もうすぐ幻滅を味わうはずの女だと」

パスカルは立ちあがった。

「続きはまた今度にしましょう」

「いや、待ってくれ」シルベステはパスカルの手をつかんだ。「悪かった。どうしても話したいことがあるんだ。頼む」

パスカルは、シルベステの手がふれてはっとしたが、ゆっくりと肩の力を抜いた。しかし表情はまだ慎重だ。

「どんなお話ですか？」

「これだ」シルベステは捕捉電子の測定結果を親指でしめした。「興味深い結果が出てる」

ボリョーワのあやつるシャトルは、〝係船所(シップヤード)〟に近づいた。シップヤードは、イエローストーン星とその月マルコズアイにはさまれたラグランジュ・ポイントにある。十隻ほどの近光速船が停泊していた。こんなに多くの近光速船をいっぺんに見たのは、クーリは初めてだ。ヤードの中心には大きなカルーセルがある。小型の系内船が、乳をもらう仔豚のようにリム部からぶらさがっている。

何隻かの近光速船は、巨大なフレーム構造のなかにはいって、氷シールドや連接脳派製エンジンのオーバーホールを受けている（連接脳派の船も来ていた。まるで宇宙そのものから削り出したように、黒くてなめらかだ）。しかし他の船は基本的にただよっているだけだ。ラグランジュ・ポイントの釣り合い点を中心とする軌道をゆっくりとまわっている。

ここでは船の係船方法に複雑なしきたりがあるのだろうと、クーリは思った。衝突する危険は何日もまえにコンピュータが予測するはずだ。そのときはどちらかが移動しなくてはならない。船を衝突コースからずらすための燃料代など、寄港中の商売であげる利益にくらべれば微々たるものだろうが、メンツは傷つく。スカイズエッジ星のまわりにこんなにたくさんの星間船はいなかったが、係船の優先権や商売上の諸権利をめぐってときどき小競り合いがあることは、クーリも聞いていた。

ウルトラ属が均質な種属だというのは、地上に住む人間に共通する誤解だ。実際には、彼らもほかの人類種属とおなじように、党派的でおたがいにいがみあっているのだ。

ボリョーワの船が近づいてきた。その外観は、他の近光速船とおなじく極端なほど流線形をしている。

宇宙が真空といえるのは、低速で飛んでいるときだけだ。近光速船はほとんどの時間をほぼ光速で飛ぶが、その速度域では、荒れ狂う大気の嵐を突っ切って飛んでいるのに近い。そのためその姿は、短剣そっくりの形状になっている。星間物質をつらぬくために細くとがった円錐形の外殻。装飾付きの柄のように見える、支持骨格によって後部に突き出した二基の連接脳派製エンジン。さらに船全体をおおう氷の鞘。その氷は透明で、まるでダイヤモンドのように輝いている。

シャトルが船のすぐわきを飛びはじめて、その巨大さがやっと実感できた。船というより都市だ。

船体の一カ所に絞り開き式のドアがあき、煌々(こうこう)と照明されたドッキングベイがのぞいた。ボリョーワは慣れた手つきでスラスターを操作して、シャトルをそのなかへ誘導する。係船クレードルに載せて固定。アンビリカルケーブル類やドッキングコネクターの接続する音が次々と響く。

ボリョーワが先にシートのハーネスをはずした。

「ご乗船ありがとうございます。大歓迎いたします」

ずいぶんていねいな言いまわしに、クーリはへんな気がした。

二人はシャトル内を突っ切り、広い船内に出た。そこもまだ無重力だ。しかし通路のつきあたりには、船体の回転部分と非回転部分をつなぐ複雑な機構が見えていた。

クーリは宇宙酔いを感じはじめていたが、ボリョーワのまえで醜態をさらすわけにはいかない。

「奥へ案内するまえに、一人、紹介しとくわ」

ボリョーワはクーリの肩ごしに、あとにしてきたばかりのシャトルの通路を見ていた。通路内のレールを手でたぐって移動する衣ずれの音が聞こえる。ということは、シャトルにだれかもう一人乗っていたのか。

どうもおかしい。

ボリョーワの態度も、就職希望者に船を印象づけようとしている感じではない。それどころか、クーリのことなど気にしていない、まったく関係ないと思っているかのようだ。

クーリはふりかえった。通路から出てきたのは、カルーセルのエレベータにいっしょに乗っていた虚無僧だった。尺八を小脇にかかえている。

クーリは口を開きかけたが、ボリョーワがさえぎった。

「ノスタルジア・フォー・インフィニティ号へようこそ、アナ・クーリ。あんたを本船の砲術士に任命する」

そして虚無僧のほうをむく。

「お願いしていいかしら、委員」

「いかなる用向きか」

「こいつが銃を抜くまえに、気絶させて」

クーリが最後に見たのは、尺八がふりおろされる金色のひらめきだった。

パスカルの香水の匂いがした。

そう思った直後、軟禁されているビルから連れ出された外の人混みのあいだに、シルベステの目はパスカルの姿を見わけた。反射的にそちらへ動こうとすると、彼を部屋から連行してきた屈強な二人の兵士にさえぎられた。立ち入り禁止線のむこうに集まった群衆から、野次やからかいの言葉が飛ぶ。しかしシルベステの耳にはろくにはいっていなかった。

パスカルは型どおりのあいさつとして、シルベステに軽くキスした。そのままレースの手袋をした手でおたがいの口もとを隠し、群衆の声にかき消されそうな小声でいった。

「訊かれるまえにいっておくけど、わたしもどういうことだか知らないの」

「黒幕はニルか？」

「それはもちろん。あなたを一日以上あの部屋から出す権限を持っているのは父だけ」

「おれが現場にもどるのを、こうもやすやすと許すとはな」

「いいえ、むしろ自派内を説得したり反対勢力を懐柔したりしてまで、こういうことをしてるのよ。天敵のように忌み嫌うのは、そろそろ的はずれじゃないかしら」

二人は待機していた車に乗りこんだ。車内は清潔で静かだ。

車は小型の地表探索バギーを改造したものだ。四本のバルーンタイヤに、極端に空気抵抗を減らしたボディ。屋根の上のつや消し黒のバルジには各種通信機器がおさめられている。ボディは浸水党のシンボルカラーである紫に塗られ、鼻先には北斎の浮世絵の大波を描いた三角旗をかかげている。

パスカルは話を続けた。

「父がいなかったら、あなたはクーデタのときに死んでいたはず。あなたを本当の天敵から守ったのは彼よ」

「革命家としてあまり優秀とはいえんな」

「その父が倒した旧政権はどうなの?」

シルベステは肩をすくめた。

「もっともだ」

防弾ガラスで仕切られたむこう側のフロントシートに兵士が一人乗りこみ、車は動きだした。人混みを通りぬけ、都市の境界へむかって速度をあげていく。緑地帯のひとつを抜けたあと、斜路から地下にはいって、ドームの下をくぐった。

二台の政府車両が伴走してくる。それらもやはりバギーの改造車だが、ボディは黒で、マスクをした兵士がライフルをかついで乗っている。

真っ暗なトンネルを一キロほど走ったところで、エアロックに到着した。車列は停止し、呼吸可能な都市の空気がリサーガム星の大気と交換されるのを待った。兵士たちは持ち場から動かず、ブリーザーマスクとゴーグルの装着を確認する。ふたたび車は動きだし、斜路から地上にあがった。外の昼の光は灰色だ。コンクリートの防風壁にはさまれ、赤と緑の路側灯がならぶ地表を走っていく。

離着陸場に飛行機が一機、待っていた。エプロンに三本のスキッドをつけ、翼の下面をまばゆく輝かせている。すでに境界層の空気をイオン化させているのだ。

車の運転手はダッシュボードのグローブボックスに手をいれ、ブリーザーマスクを二個とりだし、仕切りの安全グリルからうしろへよこした。二人がそれを装着するのを見守る。

「ほんとはなくてもいいんだけどね、シルベステ博士。あんたが前回リサーガムシティの外へ出たときから、酸素濃度は二百パーセントもあがってるんだ。なかには、外気を何十分吸っても長期的後遺症が残らない連中だっている」

シルベステは答えた。

「そいつは、話に聞く反体制派だろう。ジラルデューがクーデタの過程で裏切ったという。キュビエの真実進路派の幹部と通じてる疑いを持たれたんだったな。まあ、おれは遠慮するね。埃で肺が詰まる。そいつらは頭の血管も詰まってるんだろうが」

護送役の兵士が不愉快そうな顔をした。

「清掃酵素が埃の粒子を処理してるよ。大昔の火星産のバイオテクらしいが、とにかく大気中の埃は減ってる。おれたちが大気中の水分を増やしてるおかげで、埃の粒子はくっついて大きくなり、風に飛ばされにくくなってるんだ」

シルベステは賞賛した。

「そりゃたいしたもんだ。そのわりに砂地獄は変わってないみたいだが」

マスクを顔に押しあて、ドアが開くのを待った。やや強い風が吹いているが、砂で皮膚がチクチクするほどではない。

地上を走り、飛行機に乗りこんだ。

機内はほっとする広さと静かさだった。豪華な内装は例によって政府カラーの紫で統一されている。他の二台に乗っていた兵士も、べつのドアから搭乗してきた。

シルベステは離着陸場のエプロンを見て、ニル・ジラルデューが歩いてくるのに気づいた。肩のあたりを軸にして揺れているような歩き方。建築家が製図板の上でコンパスを歩かせているところを連想する。氷河を人間の大きさに圧縮したような、ゆっくりとした、しかし確実な勢いを感じる。

その姿が視界から消え、しばらくして、そばの翼のふちが菫色に輝くのが見えた。励起したイオンの光につつまれ、飛行機はエプロンから浮上した。

シルベステは自分用の窓を呼び出して、下へ遠ざかっていくキュビエを見た。いや、いまの名はリサーガムシティだ。クーデタが起き、フランスの博物学者ジョルジュ・キュビエの銅像が引き倒されてから、この街の全体像を見るのは初めてだ。かつての単純な街並みはもうない。人間の居住施設がドームの外にも無秩序に広がっている。気密構造の建物を、屋根と壁でおおわれた道路や歩道がつないでいる。外にも小ぶりのドームがある。なかで育てられている植物のためにエメラルドグリーンに見える。露地で試験栽培されている植物もある。目がおかしくなりそうなほど幾何学的なパターンで植えられ、都市から離れて遠い土地まで広がっていくときを待っている。

飛行機は都市の上を旋回しながら高度をあげ、北へ進路をとった。

下にはレースのようにいりくんだ谷がある。ときどき小さな施設の上を飛んだ。たいていは不透明なドームや流線形の小屋で、その屋根が翼の発する光をちらりと反射する。しかしほとんどは手つかずの荒野だ。道も、パイプラインも、電力線も通っていない。

シルベステはしばらくうたた寝をした。目を覚まして下を見ると、かつての北回帰線付近の砂漠が、氷とツンドラ地帯に変わっていた。地平線のあたりに施設が見えている。飛行機はゆっくりと旋回して高度をさげていく。シルベステは自分の窓を引き寄せて詳しく見た。

「この地域は見覚えがある。おれがオベリスクをみつけたあたりだ」

「そうね」

パスカルが答えた。

地形はごつごつしていて、植物はほとんど見あたらない。地平線には、奇妙な石柱や壊れたアーチのような地形が、どれも崩壊寸前のような不安定な角度で立っている。平坦な場所は少なく、深い谷ばかり。まるでしわくちゃのシーツがそのまま石灰化して固まったようだ。

飛行機は古い溶岩台地の上に出て、六角形の離着陸場に降りた。まわりには防護構造の地上建築物が並んでいる。まだ昼のさなかなのに、砂塵でろくに日の光が届かず、離着陸場は投光器で照明されている。兵士たちが乗客を迎えるために駆けよってきた。翼の下面の光がまばゆいので、手で目庇(まびさし)をつくっている。

シルベステはブリーザーマスクを手にしたが、不愉快になって、座席においた。建物までの短い距離くらい、マスクなしで歩ける。すこしくらい苦しくなっても、ぶざまなところは見せないつもりだった。

兵士たちにつれられ、粗末な建物にはいった。

そこで数年ぶりに、ジラルデューとじかに対面した。この政敵がひどく小柄に見えて、シルベステは驚いた。まるでずんぐりとした掘削機械のようだ。硬い玄武岩層でもゴリゴリと掘り抜いていきそうな気がする。赤毛の短い剛毛には、白いものがちらほらまじっている。いぶかしげに見開いた目。なにかにびっくりしたペキニーズの仔犬のようだ。

「奇妙な協力関係だな」兵士の一人がドアをしめると、ジラルデューはいった。「きみとわたしの利害がこれほど一致するとは、だれも思わないだろう」

「そんなに一致してるとは思わないけどな」

ジラルデューは一行をひきいて、リブ構造の通路を進んでいった。左右には、もとの姿がわからないほど汚れて壊れた機械がいくつも放置されている。

「いったいなんのために呼び出したのかと思っているだろうな」

「いくつか予想はあるさ」

ジラルデューの笑い声が、まわりの放棄された機械類に響いた。

「ここで掘り出されたオベリスクのことか。もちろんだ。あの石材を捕捉電子法で年代測定して、現象的に説明のつかない点を指摘したのは、ほかならぬきみだからな」

「そうだ」

シルベステは辛辣な口調で答えた。捕捉電子法による測定結果は重大な意味をふくんでいたのだ。

自然界の結晶は、けして完璧な格子構造にはならない。原子の欠落したすきまがかならずある。そして長い年月のあいだに、宇宙線や地中の自然放射線によって格子の他の部分から叩き出された電子が、それらのすきまに蓄積していく。電子がたまる速度はおおむね一定なので、これらの捕捉電子の数を調べることで、無機物の年代を調べることが可能だ。

もちろん、注意すべき点もある。この方法で年代測定するには、過去のある時点で、すきまの電子がいったん空(から)になっていることが前提だ。さいわい、火に焼かれたり強い光にさらされると、結晶の表層に捕捉された電子は充分に漂白(ブリーチ)される——つまり、すきまは空になる。

あのオベリスクをこの方法で分析した結果、表層の捕捉電子はほぼおなじ時期にブリーチされていることがわかった。それは測定誤差をいれて、約九十九万年前だった。オベリスクのような大きな物体を完全にブリーチできるのは、イベントのような大事件しか考えられない。

その点は新発見でもなんでもない。たくさんのアマランティン族の遺物が、その製作年代をイベントの時期と特定されている。しかしそれらのなかに、意図的に埋められたものはなかった。しかしあのオベリスクは、何層もの石で保護された形で、意図的に埋められていたのだ。

ブリーチされたあとに。つまり、イベントのあとに。

この発見によって、新体制下にもかかわらず、オベリスクに注目が集まった。この一年間は碑文の解読に新たな興味がよせられた。シルベステが試みた解読は概略でしかなかったが、いまでは考古学界の多くがシルベステの協力を求めるようになっていた。

こうしてキュビエに新たな自由が生まれた。トゥルーパスによる強硬な反対にもかかわらず、ジラルデュー政権はアマランティン族研究に課していた制限を一部解除した。

たしかにジラルデューのいうとおり、奇妙な協力関係だ。

ジラルデューは話した。

「オベリスクの意味するところがわかってから、わたしたちはこの地域をグリッドに区切って、地表から六、七十メートルまで掘ってみた。すると十本以上のオベリスクが出てきた。どれもブリーチされたあとに埋められていた。そして基本的におなじ図と文字が刻まれていた。あのオベリスクは、この地域で起きたことを記録する記念碑ではない。ここに埋められているものを記録しているのだ」

「巨大ななにかをな。イベントのまえから計画していたもの——たぶん、そのまえから埋まっていたものだろう。そしてあとから目印を立てた。絶滅に瀕した社会による最後の文化的行動だ。どれくらいの規模なんだ、ジラルデュー？」

「たいした規模だ」

ジラルデューは、この地域をどのように調査していったかを説明した。最初は起震装置をならべ、地中を伝播するレイリー波を使って埋まっているものを探そうとした。最終的には、最大級の起震装置を使うはめになった。対象の埋まっている位置が、この手法で探査可能なぎりぎりの深度だったからだ。つまり何百メートルも地下ということになる。さらにコロニーから最高感度の画像重力計をかき集めてきて、ようやく求めるものの姿が浮かびあがってきた。

それは、小さなものではなかった。

「この発掘は、浸水党のテラフォームプログラムにふくまれるのか？」

「まったくべつだ。純粋に科学的調査ということだ。そう聞くと驚くか？　以前からいっているように、わたしたちはアマランティン族研究を放棄したわけではなかった。きみがもっとまえにわたしを信用してくれていれば、早く協力関係を結べていたはずだ。真の敵、トゥルーパスに対抗してね」

「オベリスクが発見されるまで、アマランティン族にはなんの興味もしめさなかったくせに。オベリスクの事実を知って、ビビったんだな。疑いようのない証拠だからな。おれが操作したものでも、でっちあげたものでもない。おれが正しい可能性を、とうとう認めざるをえなくなったんだ」

一行は広いエレベータに乗りこんだ。ベルベット張りの椅子がならび、壁には浸水党の銅版画がかかっている。分厚い鉄の扉がしまると、ジラルデューの側近の一人がパネルをあけ、ボタンを押した。

急激にくだっていく感覚。身体が慣れるまでにすこし時間がかかったほどだ。

「どれくらい降りるんだ？」

「たいしたことはない。ほんの二キロほどだ」

クーリが意識をとりもどしたとき、インフィニティ号はすでにイエローストーン星軌道を離脱していた。個室の舷窓から見える惑星の姿はずいぶん小さくなったようだ。カズムシティがあるあたりは地表のそばかすのように見える。ラストベルトは褐色の煙の輪だ。その構成要素はもう遠くて見わけられない。

もう船は止まらないだろう。エリダヌス座イプシロン星系を完全に離脱するまで、この1G加速がやむことはない。そのあとも加速を続け、光速すれすれの速度に達する。これらの船が〝近光速船〟と呼ばれるゆえんだ。

クーリは騙されたのだ。

「いろいろ事情があるの」マドモワゼルは長い沈黙のあとに答えた。「でももうこれっきりよ」

クーリは頭にできたこぶをなでた。虚無僧に尺八で殴られたあとだ。あの虚無僧はサジャキという名前だと、あとで知った。

「どういう意味だ、いろいろ事情がって！　わたしは拉致されたんだぞ！」クーリは声を荒らげた。

「大きな声を出さないで。わたしの存在は知られていないし今後とも知られるつもりはないの」眼球内映像のマドモワゼルはゆがんだ笑みを浮かべる。「いまのわたしはあなたの最大の味方。共通の秘密は守ってほしいものね」

爪に視線を落としながら、

「では論理的に状況を分析しましょうか。わたしたちの目的はなに？」

「おまえがいちばんよく知ってるだろう」

「そうね。この船に潜入してリサーガム星へ行くこと。いまのあなたの立場は？」

「ボリョーワのやつからは、新入りと呼ばれてる」

「つまり潜入は大成功というわけね」

マドモワゼルは片手を腰にあて、反対の手のひとさし指を下唇にあてて、部屋のなかを歩きまわりはじめた。いい気なものだ。

「では船がむかっている先はどこかしら？」

「リサーガム星だと考えるのが普通だろう」

「つまり肝心な部分でミッション遂行をさまたげることは起きていないわけね」

クーリはこの女の首を絞めてやりたくなった。しかし蜃気楼の首を絞めるほど無駄なことはない。

「この船のやつらもなにかたくらんでるらしいぞ。わたしを気絶させるまえにボリョーワがいったことを憶えてるだろう。わたしを砲術士に任命するといったんだ。どういう意味だと思う？」

「軍隊経験がある人材を求めた理由がそれね」

「ボリョーワの計画してることにわたしが賛成しなかったらどうするつもりなんだ？」

「そんな心配はしていないはずよ」

　マドモワゼルは立ちどまり、組みこまれた表情のバリエーションのなかからまじめな顔を選んだ。

「この船の乗組員はウルトラ属。ウルトラ属はコロニー世界でタブーとされている技術に通じているわ」

「たとえば？」

「部下の忠誠心を操作するツールとか」

「そんな重大情報をまえもって教えてくれてありがたいね」

「心配いらないわ。こういう展開も予想の範囲」こめかみに指先をあて、「防衛策をしこんであるから」

「そりゃよかった」

「わたしがあなたの体内に埋めこんだインプラントはウルトラ属の神経メディシーンへの抗体をつくる。さらにあなたの無意識にサブリミナル強化メッセージを送る。ボリョーワの忠誠心操作セラピーは完全に無効化されるわ」

「だったら、そんな仕掛けについて解説する必要もないだろう」

「あらわかってないようね。ボリョーワがセラピーをはじめたらあなたはそれが効いているように演技してもらわないと困るのよ」

　エレベータによる降下はほんの数分だった。温度と気圧は地表とおなじに維持されている。

エレベータが通過するシャフトは、幅十メートルで、薄いダイヤモンドの擁壁でささえられている。ところどころにくぼんだところがあるのは、機械類の倉庫や簡単な操作室、あるいは上下から来たエレベータがいれかわるためのスイッチングポイントだ。

ダイヤモンド擁壁を紡いでいるのはサービターだ。吐糸口から原子とおなじ太さの繊維を出し、それをタンパク質サイズの分子機械が精密に織っていく。エレベータのガラス製の天井ごしに見上げると、透明なシャフトが無限に伸びているのがわかった。

シルベステはジラルデューに訊いた。

「ここでこういうものを発見したと、どうして教えなかったんだ。すくなくとも数カ月前にはここまで掘っていたはずだ」

「きみの協力が必要なかったから、といっておこうか」

そのあとつけ加えて、

「いままではね」

シャフトの底まで降りきると、べつの通路に出た。壁は銀色で、地上で歩いてきた通路より清潔でひんやりしている。

通路ぞいにならぶ窓のむこうに、驚くほど広い空間がのぞける。トラス構造の足場や作業塔が立ちならんでいる。シルベステの目は、見たものを静止画にして画像処理し、拡大できる。それを十歩ごとにやった。悔しいが、この機能についてはカルビンに感謝しなくてはならない。

そうやって見えたものは、心臓の鼓動を速めるのに充分だった。

つきあたりに防護構造の観音開きのドアがあった。警備用の眼球内映像が投影され、とぐろを巻いた蛇が舌を出し、噴気音をたてて威嚇してくる。そのドアを押して進むと、そこは小部屋だった。さらに奥にドアがあり、今度は兵士が警備している。

ジラルデューは手をふって兵士をわきに控えさせ、シルベステのほうにむきなおった。丸っこい目とペキニーズのような顔だちが、ふいに火を吹こうと身構える日本画の鬼のように見えた。

「では御開帳(ごかいちょう)だ。拝観料を返せとわめくのも、言葉を失って立ちつくすのも自由だぞ」

「見せてみろ」

平静をよそおったが、シルベステの心臓はさきほどから早鐘のように打っていた。

ジラルデューはドアをあけた。その先は、さきほどのエレベータの半分の広さの部屋だった。壁に埋めこまれた簡便な作業デスクがいくつかならんでいるだけで、あとはがらんとしている。デスクのひとつにはヘッドセットとラップアラウンドマイクがおかれ、隣には手書きの図面が表示されたコムパッドがおかれている。

三方の壁はガラス張りで、外に倒れている。つまり床より天井のほうが広い。まるで星のない夜空の下を飛ぶ飛行船に乗り、ゴンドラからどことも知れぬ海を見下ろしているような気分だ。

ジラルデューは室内照明を消し、ガラス窓のむこうが見えるようにした。

大空洞の天井に吊られた投光器がぐるりと向きを変え、その下にあるアマランティン族の物体を照らしだす。ほぼ垂直な壁からなかば突き出しているそれは、真っ黒な半球形だった。溶岩の固まったものがこびりついているが、それがとりのぞかれた部分は、なめらかで黒曜石のように黒い。隠れている部分が球になっているとしたら、直径四百メートル以上ありそうだ。しかしまだ半分以上が埋まっている。

「さて、だれがつくったものだろうね」

長い沈黙を破って、ジラルデューがささやく。そして答えを待たずに続けた。

「人類が言葉を覚えるより古い時代のものだ。なのに、これにくらべるとわたしの結婚指輪のほうが傷が多い」

ジラルデューは一行をエレベータにもどした。そして実際の作業がおこなわれている大空洞の床まで短い距離を降りた。三十秒ほどにすぎなかったが、シルベステにとっては、オデュッセイアの旅のように長い時間に感じられた。

シルベステは、この物体はおれのものだと思った。爪を血まみれにして自分が掘り出したものだと。

近づいて見上げるそれは、まだ岩がこびりついた側面を空中に高く張り出している。露出している部分の端から端へ、斜めに細い溝のようなものがあるのがわかった。下からでは浅い傷のようにしか見えないが、実際には幅一メートルくらいで、奥行きもそれくらいあるはずだ。

ジラルデューはそばの小屋に一行を案内した。物体に隣接するコンクリート構造の小屋で、いくつかの部屋と指揮所がある。建物のなかにまたエレベータがあり、今度はそれで上へあがった。建物の屋根をつらぬいて頑丈なトラス構造の作業塔が立っており、エレベータはそのなかを昇っていく。

シルベステは閉所恐怖と広場恐怖の両方に襲われ、内臓がひっくりかえりそうになった。何百メートルもの高さに張り出した岩の強烈な威圧感と、その脇の高い作業塔を昇っていくめまい。

トラス構造のなかに小さな作業小屋と機械類の倉庫が吊られていて、エレベータはそのひとつに隣接した位置で停まった。一行はその小屋のなかにはいる。さきほどまで活発に作業がおこなわれていたらしい雰囲気が残っていた。警告サインや注意書きはすべてステッカーやペンキだ。本当に仮設の小屋なので、眼球内映像の生成システムなどは設置されていないのだ。

そこから、やや不安定な橋に出て、複雑な足場のあいだを通りぬけながら、物体の黒い表面に近づいていった。

そこは露出している部分のなかほどの高さで、溝とちょうど接している。ここまで接近すると、もはや球形には見えない。行く手をはばむ黒い一枚岩の壁だ。その黒さと巨大さに、シルベステは、スピンドリフト星のあとに行ったラスカイユ・シュラウドを思い出した。

橋の先端から、溝のなかに移った。右へ曲がって進みはじめる。左側と上下の三方は、不気味なほどなめらかな黒い物質にかこまれている。床は吸着シートの上に踏み板がならべられ、通路になっている。床があまりにもつるつるで滑るからだ。右側には腰の高さに転落防止の手すりが仮設されている。そのむこうは数百メートル下までなにもない。左側の壁には五、六メートルごとにランプがある。これもエポキシ樹脂のシートを接着してそこから吊られている。さらに二十メートルくらいの間隔をおいて、意味不明のマークが描かれたパネルが貼られている。

強い傾斜のついた溝のなかを、そうやって三、四分歩いたところで、ジラルデューは一行を止めた。そこは何本もの電源ケーブルが集中し、ランプや通信用コンソールがいくつも設置されている。左側の壁がそこから内側にはいっていくのだ。

ジラルデューが説明した。

「入り口を探すのに何週間もかかったよ。当初、この溝は火山岩で埋まっていた。溝をすべて掘り出してようやくここをみつけたのだ。放射方向のトンネルが溝に出るところらしく、ここから内側にはいれそうだった」

「ビーバーのように忙しく働いたわけだな」

「これを掘るのは苦労したよ。溝のほうは比較的簡単だったが、ここは掘るのも、掘ったものを運び出すのもこの狭い穴からだ。なかにはボーザーカッターを使って支援用の穴をあけてはという意見もあったが、そこまではやらなかった。高硬度鉱物の刃をつけたドリル程度では、この壁には歯がたたなかったんだ」

シルベステは、ジラルデューの得意そうな態度を鼻であしらおうとしてきたのだが、このときばかりは科学的好奇心のほうがまさった。

「材質はなんだ？」

「炭素がほとんどで、あとはいくらかの鉄とニオブ、ごく微量の数種の貴金属だ。しかし結晶構造はまだわかっていない。わたしたちがまだ発見していないダイヤモンド、あるいはハイパーダイヤモンドの同素体かと思ったが、そんな単純なものではない。たしかに表面からコンマ数ミリまではダイヤモンドに近い。しかしそこから奥へむかっては結晶構造が複雑に変化している。まだサンプルを得られていない深部の最終的な構造は、結晶ですらないかもしれない。構造が分離して、炭素主体の巨大分子をつくり、それが協調的に結合して全体をなしているのではないかといわれている。その巨大分子は、ときどき結晶のすきまを通って表層に出てくるらしい。わたしたちが観察できるのはそのときだけだ」

「それは、意図を持って動いていると？」

「かもしれないと考えられている。酵素のように働き、ダイヤモンドの表層が損傷したときにそこを修復しているのだろう」ジラルデューは肩をすくめた。「まだその巨大分子の分離には成功していない。すくなくとも、安定した形ではとりだせていない。結晶の外へ出したとたんに結合力を失ってバラバラになるので、調べられないのだ」

「そりゃ……どこをとってもナノテクじゃないか」

ジラルデューは、ニヤリとしてシルベステを見た。これまで言葉の裏で火花を散らしていたゲームの延長で、してやったりと思ったのだろう。

「アマランティン族は原始的な種族で、そのようなことはできないはずなのだがね」

「そうさ」

「そうなのだ」

ジラルデューはまた笑みを浮かべた。今度は一行の全員にむけた笑みだ。

「では、なかへ進もうか」

内部のトンネルは、当初の予想よりはるかに複雑だった。シルベステは、この中心方向へのトンネルは一定の厚みの壁を貫通していて、内部は空洞になっているのではないかと想像していた。しかしそうではなかった。トンネルは意図的に迷路としてつくられていた。最初は内側へむかっていたが、十メートルほどで左へ急角度で曲がり、すぐに無数に枝分かれしていった。それぞれのルートにはカラーコードの目印が接着剤で貼りつけられている。しかし、シルベステには色分けのシステムが複雑で憶えられず、五分後には完全に迷っていた。

それでも、球体の内部へはまだほとんどむかっていないらしいとわかった。皮のすぐ下の実だけ食べるおかしな嗜好の虫に食い荒らされたリンゴのようになっている。

しかしやがて、中心方向へ抜けるらしい細長い穴があいたところに出た。ジラルデューは、全体が同心球の層をいくつも持つ構造になっていることを説明した。その先もまた複雑なトンネルの迷路になっている。

ジラルデューはそこを案内しながら、初期の探査で起きた不気味な事件をいくつか披露した。

ここの発掘がはじまったのは二年前——シルベステが、オベリスクの埋められた年代の順序に不可解な点があることを、パスカルに指摘してみせたあとだ。二年間のほとんどは、さきほどの大空洞を掘り出すことに費やされた。迷路のような物体の内部構造が詳しく調べられるようになったのは、ようやく数カ月前だ。その最初のころに死亡事故が何件も起きた。とはいえ、謎めいた事件ではなかった。まだマップに記載されていないあたりに足を踏みいれた調査班が、垂直のトンネルに気づかず、転落したという場合が多かった。そのような危険箇所は、いまは事故防止の床が張られている。しかしそのあとも、ある女性作業員が道順をしめすマーカーをおかずに奥へはいりすぎたために、迷って餓死するという事件が起きた。サービターに発見されたのは、行方不明になってから二週間後だった。彼女はおなじ場所でぐるぐると円を描いて移動していた。安全圏のすぐ近くまで来ていることもあったのに、もどれなかったのだ。

同心球の最後の層は、それまでの四層よりも通りぬけるのが難しく、時間がかかった。トンネルは下へむかい、やがて水平になって一行を安堵させた。トンネルの先からミルク色の光がもれている。しかしジラルデューが袖の装置にむかってなにか指示すると、光は暗くなった。

薄暗がりのなかを進む。息づかいが壁に反響していたのが、ある場所で消えた。狭いトンネルから広い場所に出たのだ。聞こえるのは近くの送気ポンプの音だけ。

「では見ていただこう。これだ」

ジラルデューの声にしたがって、明かりがともった。シルベステは空間感覚が回復するまで、しばらく動けなくなった。ジラルデューの芝居がかった演出も、このときばかりは不快ではなかった。追体験とはいえ、自分で発見していく感覚を味わえたのだ。もちろんもちろんこれが偽物の感覚であることは百も承知だが、いまは発掘した連中のことをねたむ余裕などなかった。そもそもなにを発見したのかよくわかっていないような連中に、本物の感動などあるわけがない。あわれなことだ。

しかしいまは、目のまえの光景に、そんな普通の考えは吹き飛んでいた。

そこには異星種族の都市が広がっていた。

6

孔雀座デルタ星への途上
二五四六年

「おまえはきっと、自分は合理的な人間で、幽霊なんか信じないっていうタイプだろうね」

ボリョーワがいうと、クーリはやや眉をひそめてふりかえった。

ボリョーワは、この女はバカではないと思っていたが、この質問にどう反応するかは興味があった。

「幽霊ですか？　冗談でしょう、委員」

「おいおいわかってくると思うけど、あたしゃ冗談のじの字もいわないタイプなんだよ」

ボリョーワはそういって、ちょうど到着した目のまえのドアをしめした。赤錆だらけの船の内壁に目立たない形でもうけられたそのドアは、ずいぶん重々しいつくりだ。腐食としみの層の下に、図案化された蜘蛛のマークが見てとれる。

「先にはいんな。あたしもはいるから」

クーリは躊躇なくその指示にしたがった。そのことにボリョーワは満足した。この女を拉致して(上品にいえば、新人として採用して)から三週間。ボリョーワは忠誠心操作の複雑なセラピーをほどこしてきた。処置はほぼ完了している。補充の投薬はずっと続けなくてはいけないが、もうすぐクーリの忠誠心は大幅に強化されるはずだ。たんなる命令服従を超えて強迫感となり、水のなかの魚が鰓を動かすのをやめられないように、命令に固執するようになる。

極端なことをいえば、上司の命令にしたがうだけでなく、危険な任務をやらされるのがうれしくてたまらないようにさえできる。しかしボリョーワは、そこまで深く動機付けするつもりはなかった。ナゴルヌイの失敗経験から、絶対服従のモルモットに仕立てることには慎重だった。今回のクーリは、わずかに反感をしめすくらいでもかまわないとさえ思っていた。

いったとおりに、ボリョーワはクーリに続いてドアの奥にはいった。クーリは、はいって数メートルのところで立ちどまっている。そこで行き止まりだからだ。

ボリョーワが背後の分厚い絞り開き扉を閉めると、クーリが訊いた。

「ここは?」

「あたしの隠し部屋」

ボリョーワがブレスレットに指示すると、明かりがともった。とはいえ室内は暗いままだ。

部屋は太い魚雷のような形をしていて、幅の倍の奥行きがある。内装は豪華だ。緋色のクッションが張られたシートが四脚、横に並べて床に固定されている。もとはその背後に二脚あったようだが、いまはボルトアンカーの跡しか残っていない。壁の多くはクッション入りのベルベットが張られ、そうでないところは真鍮色の肋材と黒い曲面になっている。黒いところはまるで黒曜石か黒大理石のような光沢がある。

前列のシートには肘掛けに黒檀のコンソールが組みこまれている。ボリョーワはその席に腰をおろし、コンソールを開いて、文字盤やスイッチ類を確認しはじめた。そのあたりの操作部分は真鍮や銅製。機能名称は美しい飾り文字で、木材や象牙などそれぞれ異なる素材で象眼されている。

ボリョーワはこのスパイダールームを定期的に訪れているので、いまさら操作になじむ必要はないのだが、このコンソールは手をふれていじっているだけで楽しいのだ。

「すわったらどう。動きだすわよ」

クーリはいわれたとおり、ボリョーワの隣のシートにすわった。

ボリョーワが象牙のつまみのスイッチを倒すと、パネルの文字盤がじんわりと薔薇色に明るくなり、針が震えながら上昇していく。スパイダールームの回路に電力がはいりはじめた。

クーリのとまどった顔つきを見て、ボリョーワはほくそ笑んだ。ここが船のなかのどこで、これからなにが起きるのか、わからずにいる。

どこかで金属音が響き、ぐらりと揺れた。救命ボートが母船から切り離されたような感覚。

「動いてる……」

クーリはつぶやいた。

「これはなんですか？　委員専用の豪華エレベータとか？」

「そんな退廃的な設備はないわよ。船外へ出る古いシャフトを移動してるだけ」

「船外へ出るのに、わざわざ部屋ごと？」

ウルトラ属の優雅な暮らしに対するクーリの軽蔑の念が、また表にあらわれている。ボリョーワはそれを見て、逆説的なよろこびを覚えた。忠誠心操作セラピーがクーリの人格まで破壊はせず、方向を修正しているにすぎないことがわかるからだ。

「ただ船外へ出るわけじゃない。それなら歩いて出る」

この段階での動きは滑らかだが、ときどきエアロックや、移動を補助する牽引機構の金属音がする。シャフトはいまのところ真っ暗闇。しかしやがてそれは変わるはずだ。

そのあいだにクーリを見て、おびえているのか、それとも純粋に好奇心を持っているのかと観察した。常識で考えれば、ボリョーワが多大な時間と手間をかけたクーリを、船外に放り出して殺したりはしないとわかるはずだ。しかし一方で、スカイズエッジ星での軍事経験から、なにがあっても不思議はないと身構えているかもしれない。

クーリの外見は、あの採用面接のときからかなり変わった。しかしそれは、かならずしもセラピーのせいではない。髪はもともと短かったが、いったんそれを全部剃った。近くから見るとうっすらと短い毛がはえはじめているのがわかる。頭皮には細いピンク色の傷跡が縦横にはしっている。ボリス・ナゴルヌイの頭からとりだしたインプラントを埋めこんだ跡だ。

手術は頭だけではなかった。クーリの全身には、兵士時代に浴びた榴弾の破片が無数に残っていたし、ビーム兵器や銃弾で負傷して表面だけ治ったところも数多くあった。一部の破片はかなり深く、そのためスカイズエッジ星の衛生兵には摘出できなかったのだろう。生物学的に有害な素材ではなく、重要な臓器のそばでもないので、たいていはそのままでも問題なかった。しかし衛生兵の怠慢としか思えないものもあった。皮膚の直下で、本来なら摘出すべき破片をいくつかみつけたのだ。ボリョーワはその破片をとりだしてやり、保管するまえにざっと調べた。一個をのぞいて、ボリョーワのシステムに障害となるものはなかった。非金属素材なので、砲術インターフェース機器の感覚誘導場に干渉することもない。それでも通し番号をふって保管した。金属の破片に対しては眉をひそめ、衛生兵のいいかげんさに悪態をついて、それらの隣にしまった。

面倒な汚れ仕事だ。しかし神経をいじるほうも、おなじくらいに手を汚した。

何世紀もの技術進歩により、一般的なインプラントは、所定の位置で自己成長したり、既存の開口部から苦痛をともなわずに自己挿入されるようになっている。しかし、砲術インターフェース用のような特殊で精密なインプラントは、そういうわけにいかないのだ。鋸で骨を切り、メスで肉を切る、原始的で血まみれの作業になる。クーリの頭にもともとはいっている一般用インプラントも、手術の厄介さに拍車をかけた。ボリョーワはそれらをざっと調べて、すべて除去した。似たような機能を持つインプラントをすぐに埋めこむからだ。そちらを使えば、砲術士として以外の日常生活にも支障はない。

インプラントの接合はうまくいった。数日後、まだ意識がないままのクーリを砲術士席にすわらせ、船とインプラントとの接続など、基本的なシステム確認をおこなった。それ以上のテストは、忠誠心操作セラピーが終わってからになる。

これらの作業の大半は、他の乗組員が眠っている期間におこなった。

ボリョーワのいまの座右の銘は、慎重に、だ。ナゴルヌイの不愉快な結末は、慎重さがたりなかったのが原因なのだ。

おなじまちがいをくりかえしてはいけない。

クーリがいった。

「なにか試されているような気がしてしかたないんですが」

「そんなつもりじゃないわよ。たんなる——」ボリョーワはたいしたことではないというように手をふった。「いわれたとおりにすればいい。どうってことないから」

「どうすれば？　幽霊が見えるといえばいい？」

「見るんじゃない。聞くんだ」

動いていく部屋の黒い壁のむこうに、光が見えはじめた。壁はガラスで、これまでは、部屋が格納されている真っ暗なシャフトの鉄板にかこまれていたのだ。しかしシャフトが終端に近づき、光が射してきている。そのようすを二人は無言で見守った。部屋は光に近づいていく。ひややかな青い光があらゆる方向から射してくる。そしてついに、部屋は船体の外側に出た。

クーリはシートから立ちあがり、おそるおそるガラスに近づいた。ガラスはもちろんハイパーダイヤモンド製で、クーリがつまずいてぶつかったくらいで割れたりはしない。しかし、あまりにも薄く、もろそうに見えるのだ。人間の感覚はなんでもすぐに信頼できるようにはできていない。

クーリは視線を横にまわし、蜘蛛そっくりの八本の多関節の脚が、部屋を船体外板に固定しているのを見た。ボリョーワがこの部屋をスパイダールームと呼ぶわけがわかったはずだ。

ボリョーワは説明した。

「だれが、なにがこの部屋をつくったのかは知らないわ。あたしの想像だけど、船が建造されたときか、オーナーが変わるときに設置されたんじゃないかしらね——こんな船を買う金のあるやつがこの世にいるかどうか知らないけど。売りつけたい相手の歓心をひくための小道具として、こんな部屋をつくったのよ、たぶん。だから内装がこんなバカみたいに豪華なわけ」

「つまり、販促材料？」

「理にかなってるところもあるのよ。こんな乗り物で船外に出なくちゃいけない事態なんかほとんど発生しないんだけど、いちおうそういう場合を想定してみようか。いまみたいな1G加速中に観測ポッドを船外に出したら、それもおなじ速度で加速しつづけないといけない。さもないと、後方におきざりになっちまうからね。ポッドが無人カメラならともかく、人間が乗るとなると簡単にはいかない。操縦して飛ばしつづけるか、すくなくともオートパイロットをプログラムできないといけない。でも、スパイダールームならそんな面倒はないのよ。船に物理的に固定されてるから。操作は簡単。八本脚でどこでも歩いてってくれる」

「でも、もし……」

「脚がはずれたら？　いままでそんなことは一度もないわ。もしはずれても、磁力式や外板貫入式の各種アンカーが装備されてる。それらが失敗するなんて考えられないけど、かりに失敗しても、独自の推進手段を持ってる。船に追いつくくらいの時間は充分にもつ。それでもだめだったら……」

しばし黙って、

「まあ、それでだめなら、どこかの適当な神さまにお祈りするんだね」

ボリョーワはシャフトの出口から数百メートルの範囲までしかスパイダールームを動かさなかったが、その気になれば船全体のどこでも行ける。ただ、無駄な散歩は賢明ではなかった。相対論的速度の近光速船は、すさまじい放射線の嵐のなかを飛んでいる。通常は船体の防護構造で遮断されているが、スパイダールームの薄い壁ではほとんどさえぎられない。船外は危険な遊び場なのだ。

スパイダールームはボリョーワの秘密だ。全体設計図には載っていないし、ボリョーワの知るかぎり、他の乗組員はその存在を知らない。できることなら自分だけのものにしておきたいのだが、砲術業務にまつわる問題から、どうしても一部には秘密をもらさざるをえなかった。

この船はポンコツでかなり機能が落ちているが、それでもサジャキは強力な監視デバイスのネットワークを独自に張りめぐらせている。ボリョーワが砲術士と微妙な内容の話、ほかの委員に聞かれたくない話をするとき、プライバシーを完全に守れるのはこのスパイダールームしかないのだ。ナゴルヌイには、サンスティーラーの問題で率直な話を聞くために、ここの存在を教えなくてはならなかった。ナゴルヌイの症状が悪化してからの数カ月、ボリョーワはその決断を悔やみつづけた。ナゴルヌイがこの部屋の存在をサジャキにあかすのではないかと、気が気ではなかったのだ。さいわい、それは取り越し苦労に終わった。ナゴルヌイは自分の悪夢に首までどっぷりつかっていて、船内の政治など関心の埒外だったのだ。

ナゴルヌイが秘密をかかえたまま墓場にはいり、当面、この聖域が奪われる危険はなくなって、ボリョーワはやっと枕を高くして眠れるようになった。この秘密はもうだれにも明かさないと誓った——はずだった。それなのに、またこうしてクーリを相手に禁を犯していることを、いつか悔いるはめになるのかもしれない。しかし、その誓いを破らざるをえない状況になっているのだ。クーリと話しあわなくてはいけないことがある。幽霊うんぬんというのは、クーリを過剰に警戒させないための口実にすぎなかった。

「幽霊など見えませんが」

新人砲術士はいった。

「もうじきよ。見えるんじゃなくて、聞こえる」

ボリョーワは答えた。

その行動について、クーリはどうもおかしいと思っていた。この部屋が、船のなかで自分だけの秘密の場所であることを、何度もほのめかしている。サジャキ、ヘガジ、そしてあと二人の女性乗組員も、この部屋についてまったく知らないという。それなのにクーリには、上司と部下の関係になってこんなに早くその存在を打ち明けるというのはどういうことか。

ボリョーワは孤独癖と強い強迫観念を持っているタイプの人間だ。全身に軍事改造をほどこしたキメラたちが乗り組むこの船にあっても、その特徴はきわだっている。簡単に他人を信じるような性格ではない。なのにクーリには、友人関係を結びたいような態度をしめす。しかもそれがひどくぎこちない。あらかじめ計画しているようで、どこをとっても不自然なのだ。クーリと親しくなりたいようすで雑談をしたり、船内の噂話やジョークを話したりするのだが、まるで何時間もかけて練習したことを、いかにもその場の思いつきに見せようと努力している感じがする。

クーリは軍でそういうやつと何度も会ったことがあった。最初は裏などないような顔をしているが、あとでじつは外国のスパイだったとか、上層部が情報収集のために送りこんできた手先だったとかわかるのだ。

ボリョーワはさりげない態度でクーリをこのスパイダールームに誘ったが、幽霊探しという話を、クーリは額面どおりには受けとっていなかった。不愉快な考えがいくつも浮かんでくる。そのなかでいちばん大きいのは、ボリョーワは自分を生きて返さないつもりでこの部屋に連れこんだのではないか、というものだった。

しかし実際には、そうではなかった。

「ところで、ちょいと訊きたいことがあるんだけどさ――」ボリョーワは軽い調子で尋ねてきた。「サンスティーラーって言葉、聞いたことある?」

「いいえ」クーリは答えた。「知っているべきなんですか?」

「いや、そんなこたない。ちょっと訊いてみただけよ。まだ知らないんならいい。べつに説明するようなことでもないから……気にしないで」

堆肥界の占い師ほどにも説得力がない。

「ええ、わかりました」クーリは答えたあと、つけくわえる。「……でも、〝まだ〟ってどういう意味ですか?」

ボリョーワは内心で悪態をついた。しくじったか? いや、まだだいじょうぶだろう。できるだけ軽い調子で訊いたし、クーリもたいしてだいじな質問とは思っていないようだ。とはいえ……こんな入り口段階での失敗は絶対に許されない。

「え、そんなこといったっけ?」驚きまじりの無関心さをよそおった口調で答える。「ただの言葉のあやよ」

そしてすぐに話題転換。

「ほら、あそこの星が見える? ぼんやり赤いやつ」

このころには、二人の目は恒星間空間の暗さに慣れ、エンジンの青い噴射煙もそれほどまばゆくはない。おかげでいくらか星が見えてきた。

「イエローストーン星の太陽ですか?」

「そう、エリダヌス座イプシロン星。星系を離脱してから三週間たった。もうすぐ視認は難しくなるはずよ。あたしたちはまだ相対論速度には達していない。光速のほんの数パーセント。でも加速はずっと続く。もうすぐ星は動きだし、星座はゆがみ、全天の星が船の前方と後方に集まっていく。トンネルの途中にいるように、光は前と後ろからだけやってくるようになる。星の色も変わる。恒星はそれぞれ、どんなエネルギーをどれだけ放出しているかで、赤外線から紫外線まで固有のスペクトルタイプを持ってるから、いちがいにはいえないけど、基本的には前方の星は青いほうに偏移し、後方の星は赤いほうへ偏移するわ」

「美しいでしょうね」

さらにクーリは、雰囲気をだいなしにすることをつけくわえた。

「でも、これのどこに幽霊がいるんですか」

ボリョーワは笑顔で答えた。

「ああ、忘れてた。悪い悪い」

そしてブレスレットを口もとにあげ、クーリに聞かれないように小声で船に指示した。するど、不気味な声が室内いっぱいに響いた。

ボリョーワは教えた。

「これが〝幽霊よ」

シルベステは、肉体のない視点だけになって、地下都市の上に浮いていた。

周囲と頭上をおおうドーム状の壁には、書籍にして一万冊分に相当するアマランティン族の図文字がびっしりと彫りこまれている。ひとつひとつの文字の大きさは数ミリしかないが、シルベステが焦点を合わせようとするだけで、どこの文字でもたちまち明瞭に目のまえにあらわれる。同時に翻訳アルゴリズムがテキストを近似するカナジアン語になおす。並行して、シルベステもほぼ直感的にテキストを読んで理解している。プログラムの翻訳結果は、たいていはシルベステの読みとった内容と一致しているのだが、ときには文脈に依存する重要なニュアンスが抜け落ちていることがある。

そのあいだ、キュビエの自室にいるシルベステの身体は、紙のはぎとり式ノートに次々と手書きでメモをとっている。最近のシルベステは、現代的な記録デバイスではなく、できるだけ紙とペンを使うようにしていた。デジタルメディアは、あとで敵に改竄されやすいからだ。紙のメモなら、現物を破棄すれば永遠に消えてなくなる。あとでだれかのイデオロギーにあわせた姿に変貌して書き手に襲いかかってくることはない。

ひとつの文の終わりをしめす翼をたたんだ形の図文字まで来て、シルベステはある部分の翻訳を終えた。圧倒的なテキストの壁から視線を引きもどす。

ノートに吸い取り紙をはさんで閉じ、書類棚へ。そして指先の感覚だけで隣のノートをつまんで引き出す。前回吸い取り紙をはさんだページを開け、インクのざらざらした感触が消えるところまで指先をすべらせていく。ノートを机と平行におき、空白部分の先頭でペンをかまえる。

「働きすぎよ」

パスカルの声がした。いつのまにか部屋にはいってきていたようだ。視野を部屋にもどせば、かたわらに立っているか、腰かけている姿のパスカルが見えるはずだ。

「だいぶわかってきた気がするんだ」

「まだその古い碑文に取り組んでるの？」

「おれとプログラムでかなり解読できるようになってきた」

シルベステは肉体のない視点を壁から離し、地下都市の中央にむけた。

「とはいえ、こんなに時間がかかるとは思ってなかったけどな」

「わたしも」

パスカルの言葉には実感がこもっていた。

ニル・ジラルデューに地下都市を見せられてから十八ヵ月。シルベステとパスカルの結婚がいったん予定表に載り、翻訳作業に大きな進展がみられるまでという条件付きで延期されてから、一年が経過していた。その大きな進展がついに達成されようとしていた。そしてそのことに、シルベステは恐れをなしていた。もう言いわけは許されない。そのことはパスカルも充分にわかっている。

なにがそんなにまずいのか。自分がまずいと思うからまずいだけなのか。

「また顔をしかめてる。碑文にわからないところがあるの？」

「いや、もうわからないところはないよ」

嘘ではない。いまではあたりまえのように自然にアマランティン族の図文字を読める。まるで地図学者が立体映像を調べるように、アマランティン文字のステレオグラムの流れにはいっていける。

「わたしにも見せて」

パスカルが部屋のなかを移動し、デスクのコンソールにむかって、自分の知覚中枢にも並行してチャンネルを開くように指示するのが聞こえた。

このコンソールと、地下都市データモデルへの全面アクセス権は、現場を訪れてからまもなくシルベステにあたえられた。そしてじつは、それはジラルデューのアイデアではなく、パスカルが要求したものだった。

最近リリースされたシルベステの伝記『暗闇への降下』の成功と、結婚が近づいていることの二つのおかげで、父親に対するパスカルの影響力が大きくなっていた。もちろんシルベステとしては、地下都市への文字どおりの鍵を渡されることに否やはない。

二人の結婚はすでにコロニーじゅうの噂になっていた。ほとんどのゴシップは、シルベステの目的は純粋に政治的なものだと評している。シルベステは結婚によって権力にすり寄ろうと、パスカルをかどわかした……シニカルな見方をすれば、結婚は目的のための手段にすぎない。その目的とは、このコロニーからケルベロス／ハデス系へ調査隊を出すことだ……。

もしかしたらそうかもしれないと、シルベステ自身も思わないではなかった。心の奥底にあるこの野心のために、無意識がパスカルへの愛をつくりだしているのではないか。たぶん、その説にも一片の真実はあるだろう。しかしありがたいことに、いまのシルベステの立場からは判断しようがなかった。パスカルへの愛を感じるのはたしかだ。すくなくとも、愛しているのと変わらないものを感じる。しかし、結婚によって得られる利益も充分に意識していた。

シルベステはまた論文を発表しはじめていた。翻訳したアマランティン族テキストのごく一部についての、短い論考だ。名義はパスカルとの共同研究。冒頭には研究支援者としてジラルデューへの謝辞。十五年前のシルベステが知ったら唖然とするだろう。しかしいまのシルベステには、自己嫌悪の念もろくに湧いてこない。重要なのはこの地下都市であり、これを足がかりにしてイベントの正体を理解することだ。

「来たわよ」

パスカルの声が、今度は大きく聞こえた。シルベステとおなじく身体はない。

「視点を共有できてるかしら」

「なにが見えてる?」

「尖塔というか、寺院というか……」

「それだ」

卵の上部三分の一を切りとったような形をしたこの四分の一スケールの都市の幾何学的中心に、その寺院はある。最上部が渦巻き状の尖塔になり、しだいに細くなりながら、都市をおおうドーム状の屋根へむかってまっすぐ伸びている。寺院の周囲の建物は、ハタオリドリの巣のようにたがいにくっつき、あいまいな形をしている。進化の過程で身についた本能がこういう形をつくらせるのだろうか。寺院から伸びた尖塔のまわりに集まる、不定形の祈り手のようだ。

「これがなにか気になるの?」

シルベステはパスカルをうらやましく思った。パスカルは実際の都市を何十回も訪れている。この尖塔にも登ったことがあるのだ。食道のような螺旋通路をたどって、はるかな高みまで。

「尖塔の上に像があるだろう。あれがおかしいんだ」

都市全体を見たあとだと、細密に彫られた小さな立像のように思えるが、実際には十メートルから十五メートルの高さがある。エジプトの神殿に立つ巨像に匹敵する。この地下都市は、他の発掘地で得られたデータと照合した結果、約四分の一の縮尺でつくられているらしいことがわかっている。この尖塔の立像のフルサイズ版は、高さ四十メートル以上あったはずだ。しかしそれが地上に立っていたのなら、イベントの焦熱地獄で焼きつくされただろう。かりにそれを生き延びたとしても、その後、九十九万年の気象による風化、氷河の浸食、隕石の激突、地殻変動などによって破壊されてしまったはずだ。

「おかしい、というと？」

「こいつはアマランティン族じゃない。すくなくともこんなのは見たことがない」

「神のような存在だから、ということは？」

「そうかもしれない。しかし、なぜ翼があるのかがわからないんだ」

「ふーん、それが問題かしら」

「おれのいってることがわからないなら、都市のまわりの壁を見ればいい」

「案内をお願いしてもいいかしら、ダン」

二人の一体化した視線は、尖塔を離れ、めまいがしそうな勢いで急降下した。

ボリョーワは、この声がクーリにあたえる影響を注視していた。身のまわりに張りめぐらせた自信の鎧に、恐怖と疑念の亀裂ができるだろう。やはりこの幽霊は本物で、ボリョーワがそれを召喚する方法を知っていると思うのではないか。

幽霊の声は、うめくようで、うつろに響く。長く引きのばされ、聞こえるというより骨で感じるような低音だ。たとえていえば、このうえなく不気味な冬の風。それも長い長い洞窟を通りぬけてきた風だ。しかしその一方で、これはそういう自然現象ではないのもわかる。船体のまわりを吹くはげしい素粒子風を音に変換したものではない。精密に調節されたエンジン内の反応の微小変動でもない。この不気味な響きのむこうには、魂が感じられる。夜に呼びかわす声だ。言葉が聞きとれるわけではないが、あきらかに人間の言語構造を持っている。

「どう思う?」

ボリョーワは訊いた。

「これは声ですね。人間の声だ。でも……ひどく疲れて、悲しそうに聞こえる」

クーリはじっと耳を傾けた。

「もうすこしで言葉として聞きとれそうな気がするんだけど」

「わかってきたようね」

ボリョーワは音量を絞り、遠くでもがき苦しむ人のコーラスのようにした。

「船乗りの声だ。あたしやおまえみたいな。宇宙空間を飛びかう船の乗組員どうしが話してるのさ」

「でもなぜ——」

そこでクーリは気づいたようだった。

「待てよ。そうか、わかった。それらの船はわたしたちより速度が高いんですね。はるかに速い。だからその声はゆっくりに聞こえる。なぜなら、光速に近い速度で飛ぶ船のなかでは、時間の進みが遅くなるから」

ボリョーワはうなずきながら、クーリがこれほど早く謎を解いたことに少々がっかりしていた。

「そう、時間の遅延。もちろん、こっちにむかって飛んでくる船もあるから、その場合はドップラー効果でいくらか相殺されるけど、だいたいは時間の遅延効果のほうが大きくて……」

ボリョーワはいいよどんで、肩をすくめた。いまのクーリに、相対論速度通信にからむこまかい技術的な話をしてもしかたない。

「通常はもちろん、インフィニティ号が補正してくれるわ。ドップラー効果や遅延効果によるゆがみをとりのぞいて、ちゃんと聞きとれる音声にして流してくれる」

「聞かせてください」

「いや、わざわざ聞くほどのもんじゃない。しゃべってる内容なんざいつもいっしょさ。くだらない雑談とか、技術的なやりとりとか、商売の自慢話とか。それはまだましなほうで、ひどいのになると被害妄想的な噂話やら、頭のイカレたやつが闇にむかって独白してるのやら。多いのは、闇のなかですれちがう二隻がかわす社交辞令のあいさつね。そいつらが実際に顔をあわせるこたあない。光速の旅では、船内で経過する時間はせいぜい数ヵ月だから。しかも乗組員はその時間のほとんどを冷凍睡眠ですごすから、あいさつもあらかじめ録音されたメッセージなのよ」

「つまり、よくあるたわいないおしゃべり、ということですね」

「そう。人間なんざ、どこ行ったっておなじよ」

ボリョーワはシートの背もたれに背中をあずけて、音量を上げるようにコンソールに指示した。時間の遅延した悲しげな声が、まえよりも大きく室内に満ちた。こうして人間の声を聞けば、星々のあいだの闇の隔絶感と冷たさがやわらげられそうなものだが、実際には逆効果だった。キャンプファイヤをかこんで語られる怪談が、周囲の闇をいっそう深くするようなものだ。

そしていまは（クーリにどう思われようと、ボリョーワはおおいに楽しんでいるのだが）、ガラスのむこうの星間空間には本当に幽霊がいるのかもしれないと思えた。

「なにか気づかないか？」

シルベステは訊いた。

壁は、花崗岩のブロックが山形紋をなすように積まれてできている。その五カ所に門がある。門の上にはアマランティン族の頭部彫刻がのっている。あまり写実的でないスタイルで、ユカタン美術を思わせる。陶製タイルの外壁は、壁画でおおわれている。描かれているのは、アマランティン族の役人たちが複雑な社会的任務をこなしているところだ。

パスカルはまだ答えず、壁画のさまざまな人物像を見ていった。

農具を持っている人々も多い。その農具は、人間の農業史に登場したものとほとんど変わりない。武器もそうだ。槍、弓、マスケット銃のようなもの。ただし、描かれているポーズに戦闘中の兵士らしさはなく、エジプトの人物画のように様式化されている。さらにアマランティン族の医師、石工、天文学者（最近の発掘により、反射望遠鏡や屈折望遠鏡を発明していたことが確認された）、地図学者、ガラス職人、凧職人、芸術家……。象徴的に描かれたそれぞれの像の上には、金色とコバルトブルーの顔料を使ったステレオグラムの図文字で、それぞれの職業集団の名前が書かれている。

「だれも翼は持ってないわね」

ようやくパスカルは答えた。

「そうなんだ。かつて翼だった部分は、腕に変化している」

「ではなぜ神の彫像は二枚の翼を持っているのか、という疑問なの？　人間は翼を持っていたことは一度もないけど、それでも翼を持つ天使を想像したわ。過去に本当に翼を持っていた種族なら、なおさらそんな神を思い描いても不思議はないと思うけど」

「そうだな。しかしアマランティン族の創造神話を思い出せば、そうとはいいきれなくなる」

アマランティン族の神話は、のちの世に尾ひれがつけられたバージョンがいくつもある。それを考古学者が解きほぐし、オリジナルの基本構造をあきらかにしたのは、ここ数年のことだった。

その神話によると、かつてのアマランティン族は、べつの鳥に似た種族とリサーガム星の空を共有していた。アマランティン族の時代になっても、その種族はしばらく生き残っていた。しかしアマランティン族が自由に空を飛べたのは、その時代が最後になった。彼らは〝鳥の創造主(バードメーカー)〟と呼ぶその神と契約して、飛行能力と知性を交換したのだ。その日、アマランティン族が翼を天にむかってかかげると、業火が襲ってきて翼を焼いた。そうしてアマランティン族は永遠に飛べなくなった。バードメーカーは、アマランティン族が契約を忘れないように、翼のつけねの骨と肉に、指をつけて残した。捨てた能力を記憶にとどめ、また自分たちの歴史を書き残せるようにするためだ。業火はアマランティン族の精神にも焼き付けられていた。それは消えることのない存在の炎だ。アマランティン族がバードメーカーの意思にそむかないかぎり、その炎は燃えつづけると、バードメーカーは話した。バードメーカーの意思とは、アマランティン族が二度と空にもどらないことだ。もしそのようなことを試みたら、翼焼失の日にあたえた魂をとりかえしにくると、バードメーカーは警告した。

この神話構造は、どの文化圏にもよくある、みずからの鏡像をつくりだそうとする試みだ。重要なのは、この神話がアマランティン族の文化に完璧に浸透していることだった。つまり、ひとつの宗教が他を制圧してしまっている。さらに、さまざまに語り口を変えながら、何世紀もの長い時間を生き延びている。これがアマランティン族の考え方や態度に、想像もつかないほど複雑な形で影響をおよぼしているのはまちがいなかった。

「なるほどね。種族として自分たちが飛べないことに耐えられない。だからバードメーカーという神話をつくって、まだ空を飛べる鳥たちに対して自分たちの優位性を感じようとしたわけね」

「そうだ。神話はそういう効果を発揮したが、それとはべつに予想外の副作用ももたらした。ふたたび飛ぶことを忌避するようになったんだ。ギリシア神話のイカロスの話のように、アマランティン族の集合無意識に強い規制をかけた」

「でも、そうだとしたら、あの尖塔の上の像は……」

「彼らが信じる神らしき存在への、大きな侮辱のジェスチャーかな」

「どうしてそんなことを？　宗教なんて、消えては新しいものがあらわれるだけなのに。わざわざ古い神への侮辱のためだけに、こんなに手のこんだ都市をつくるなんて思えない」

「おれもそうは思わない。これはまったくべつのことをしめしてるのかもしれない」

「たとえば？」

「新しい神がやってきたとか。翼を持つ神がな」

ボリョーワは、クーリの仕事道具をそろそろ見せてやることにした。エレベータが船倉階に近づくと、停止を命じた。

「最初はみんな見て驚くんだけどね」

「これは……」

クーリは目のまえに広がった光景に驚き、エレベータの奥の壁に背中を押しつけた。この広大な空間では、エレベータはまるで壁を這う虫だ。

「こんな巨大な場所が船内にあるなんて」

「べつにたいしたことあない。これとおなじ大きさの船倉があと四つあるわ。第二船倉は地上活動の訓練をするところ。そこは真空か、軽く与圧されてる。第四船倉にはシャトルと系内船が格納されてる。そしてここは、隠匿兵器専用」

「じゃあ、これが？」

「そう」

船倉には四十基の隠匿兵器があった。まったくおなじ形のものは一基もないが、全体のつくりには共通性がある。どれも外板は緑がかったブロンズ色を呈している。大きさは中型の宇宙機くらいあるが、宇宙機のような機能は持っていないようだ。外板には窓もハッチもない。それどころか識別用のマーキングや通信システムらしきものも見あたらない。バーニアジェットらしい開口部が点々とあいているものもあるが、それらは位置を移動したり向きを微調整するためのものだろう。戦艦の機能はその大口径の大砲を移動させたり位置決めをすることにある。それとおなじだ。

隠匿兵器はまさしくその大砲なのだ。

「地獄級だ。こいつをつくった連中はそう呼んでた。もちろん、何世紀もまえの話だけどね」

クーリはいちばん手前にある隠匿兵器の図体を呆然と眺めている。縦に吊られ、その中心軸を船の推進軸とぴったり平行にしているさまは、さながら勇猛な男爵の邸宅で天井から吊られた儀礼用の剣のようだ。どの兵器も、ボリョーワの前任者たちがあつらえた巨大な鉄骨のクレードルのなかにおさまっている。クレードルにはさまざまな制御、監視、操作システムが組みつけられ、それぞれレールの上に乗っている。レールは、側線と転轍器がからみあう三次元の迷路を通って下へ伸び、兵器一基がちょうどはいる小さめの部屋にはいっていく。そこから船外の宇宙空間に出ていくのだろう。

「これをつくったのはだれですか？」

「知らないね。たぶん連接脳派だろう。そのなかのヤバい方向に変質した連中だ。あたしらにわかるのは、これを発見したときのいきさつだけ。カタログ番号しかないような無名の褐色矮星をめぐる小惑星帯に隠してあった」

「あなたもその現場に？」

「いいや。あたしがこの船に乗るよりずっと昔の話。あたしは前任者から引き継いだだけだ。前任者もそのまた前任者から引き継いだ。あたしはその後ずっとこいつらの研究をしてきた。なんとか三十一基の制御システムにアクセスできるようになり、その約八割は起動コードも解析できた――大雑把に、だけどね。起動試験までいったのは十七基。そのうち戦闘状態と呼べるところまで持っていけたのは二基だけよ」

「つまり、実際に使ったと？」

「使わずにすめばそのほうがよかったんだけどね」

この兵器が引き起こした過去の惨劇をわざわざ語って、クーリに重荷を背負わせることはない――すくなくともいまは。しばらくすれば、クーリもボリョーワとおなじくらいこの隠匿兵器のことをよく知るはめになる。クーリは砲術管制系の神経インターフェースを介してじかに接続するのだから、ボリョーワよりさらに深く知るようになるだろう。

「性能は？」

「惑星を簡単に吹き飛ばすのもある。もっと強力なやつは……あまり想像したくないわね。恒星をろくでもないことにしても不思議はない。そんな兵器をいったいだれが使いたがるのか……」

語尾はあいまいにとぎれた。

「どんな相手に使ったんですか？」

「敵さ、もちろん」

クーリはしばらく黙りこんだ。

「そんな兵器があることに恐怖すべきなのか……すくなくともその引き金に指をかけているのが自分たちであることを、よろこぶべきなのか」

「よろこぶべきよ。逆はごめんこうむる」

シルベステとパスカルの視点は、ふたたび尖塔の上の空中にもどっていた。翼のあるアマランティン族の像はさきほどまでと変わらないが、いまはまるで、都市をさげすみ、睥睨しているように見える。

やはり、新しい神がやってきたのだと考えたくなる。こんな大規模な記念碑を建立した理由として、他になにが考えられるだろう。神への畏れ。やはりそれではないか。

尖塔に刻まれたテキストは、解読がひどく難しかった。

「ここにバードメーカーに言及した部分がある。ということは、この尖塔はやはり翼焼失の神話と関連があると考えてよさそうだ。一方で、この翼を持つ神の像は、どう見てもバードメーカーをかたどったものではない」

「そうね。炎をあらわす図文字と、その隣に翼をあらわす図文字があるわ」

「ほかになにがわかる？」

パスカルはしばらく考えこんだ。

「裏切り集団について書かれているところがあるわね」

「どんな裏切りをしたんだい？」

シルベステはパスカルを試していた。パスカルもそれはわかっている。しかし無駄なことをしているわけではない。シルベステがどれだけ客観的な解釈をできているか、パスカルの解釈と比較することでわかるのだ。

「裏切り集団は、バードメーカーとの契約に合意しなかったのよ。あるいは、契約したあとでそむいた……」

「おれの解釈もおなじだ。いくつか誤解してる箇所があるかと思ったんだが」

「その連中は、追放された者たちと呼ばれてるようね」

パスカルは何度も読み返しながら、自分の仮説とつきあわせ、解釈の精度をあげていった。

「追放された者たちは、もともとはバードメーカーとの契約に合意していた。でもそのあと考えを変えたのよ」

「そのリーダーの名前はわかるか？」

パスカルはその部分にいどんだ。

「彼らを率いていた個人の名前は……」しかしあきらめた。「だめ。その部分は翻訳できないわ、いまのところ。とにかく、これはどういう意味？　本当にそんな集団がいたのかしら」

「たぶん、いたんだと思う。ここからはおれの想像だが、そいつらは一種の不信心者で、バードメーカー神話はたんなる神話にすぎないと気づいたんだ。もちろん、ほかの原理主義者たちからはつまはじきにされる」

「だから追放された？」

「そんな連中が本当に存在したとしたらな。ただおれとしては、そいつらはある種の技術者集団、科学者の一派だったんじゃないかという気がしてならないんだ。実験を通じて、自分たちの世界の本質をつねに考えていたアマランティン族じゃないかと」

「中世の錬金術師みたいなもの？」

いいたとえだ。

「そうだ。そしてたぶん、飛行実験もやったんだろう。レオナルド・ダ・ビンチがやったように。一般的なアマランティン族の文化背景において、それは神の目につばを吐く行為だっただろうな」

「そうね。でも、そんな集団が本当に存在して……そして追放されたとして……そのあとどうなったのかしら。絶滅した？」

「わからない。しかしはっきりしているのは、追放された者たちというのが、重要な要素だということだ。バードメーカー神話という枠組みにはいった小さな要素じゃない。彼らは尖塔のあちこちで、それどころかこの都市のあちこちで言及されている。アマランティン族の他の遺物においてよりもはるかに高い頻度で」

「でもこの都市は、かなりあとの時代のものよ。目印のオベリスクをのぞけば、わたしたちが発見したなかでもっとも新しい遺物。年代はイベントの時期とほとんど変わらない。ずっと消えていたその追放された者たちが、どうしていきなり再登場したのかしら」

「だから、もどってきたのかもしれないんだ」

「だって——何万年もたってからよ」

「そうさ」

シルベステは内心でほくそ笑んだ。

「それだけ長い不在期間ののちに帰ってきたら、それは彫像を建てるほどの大事件だったんじゃないかな」

「じゃあこの彫像は……彼らのリーダーをかたどっているといいたいの？　ええと名前は——」

パスカルはもう一度図文字にとりくんだ。

「うーん、これは太陽を意味する図文字よね」

「そのあとは？」

「わからない。この図文字はたぶん……盗むという行為をあらわしていると思うんだけど、でもそんなことは無理よね」

「二つをつなげるとどうなる？」

シルベステは、パスカルが自信なさそうに肩をすくめるところを想像した。

「太陽を盗む者？　太陽泥棒（サンスティーラー）？　どういう意味かしら」

シルベステも肩をすくめた。

「おれも朝からずっとそのことを考えてるんだ。それからもうひとつのことも」

「もうひとつって？」

「聞き覚えがあるように感じるのはなぜだろう、とね」

隠匿兵器の格納庫のあと、三人はべつのエレベータに乗って、船の中心方向へむかった。

「上出来よ」マドモワゼルがいった。「ボリョーワはすっかりあなたを自分のものにしたと思っているわ」

じつはマドモワゼルは、この船内ツアーにほとんどずっとついてきていた。案内するボリョーワを黙って観察し、ときおりクーリの耳だけに意見やヒントをささやいていたのだ。これがクーリには不安でしかたなかった。そのささやきがボリョーワにも聞こえているような気がしてしまうのだ。

「本当にそうかもしれないぞ。ボリョーワのセラピーのほうがおまえの抗体より強いのかも」

クーリは思考を頭のなかで言葉にし、相手に返すことを自然にできるようになっていた。

マドモワゼルはせせら笑った。

「わたしの話を聞いてなかったの？」

「聞かずにすむなら聞きたくないものだけどな」

このマドモワゼルを黙らせる手段はない。しゃべりだしたらクーリは聞くしかない。なにしろ頭のなかに住んでいるから、逃げられないのだ。

「よく考えなさい。わたしの防衛策が破られたのならボリョーワに忠誠を誓うあなたはわたしの存在をすぐ暴露するはずよ」

「ああ、だんだん暴露したくなってきた」

マドモワゼルは横目でにらむ。クーリはすこしいい気分になった。

マドモワゼルは――というよりこのインプラントに詰めこまれた人格は、まるでなにもかも知っているかのようにふるまっている。しかし実際には、作成時点でいれられた知識以外は持っていないはずだ。そのあとはクーリ自身の知覚を通じた情報しかインプラントには得られない。クーリ自身はデータネットワークへのインターフェースを持っていないが、インプラントが独自にアクセスしている可能性はなくはない。しかし、おそらくやっていないだろう。なぜなら、そのアクセス行為によってインプラントの存在を探知されるリスクがあるからだ。

またクーリと思考を通じて会話できるといっても、それはクーリが話そうと思って言葉を頭でかたちづくったときだけだ。クーリの考えをすべて読めるわけではない。インプラントが乗っている神経環境のなかで、きわめて表層的な生化学サインを読みとるのがせいぜいだろう。

つまりこのインプラントにとっても、みずからの防衛策が有効に働いているのかどうか、絶対的な確信は持てないということだ。

「その場合ボリョーワはあなたを殺すわよ。まえの砲術士も殺してるし。あらまだ知らなかったのかしら」

「それなりの理由があったんだろう」

「あなたはまだボリョーワのことを知らない。この船のことをなにも知らない。それはわたしもおなじ。船長とさえまだ会ったことがないのだから」

たしかにそうだった。ブラニガン船長の名前は、サジャキや他の乗組員たちの会話のなかで一、二度耳にしたことがある。クーリがそばにいるのを忘れてうっかり口にしたという感じだった。しかし普段は、船長の話はまったく出てこない。

どう見てもこの船の乗組員は、普通のウルトラ属ではなかった。周到に偽装しているので、マドモワゼルもまだ正体を見破れないでいる。その演技は手がこんでいて、他のウルトラ属の船と商取り引きをしているふりまでする。その仮面の下に、いったいどんな正体を隠しているのだろう。

クーリを砲術士に任命すると、ボリョーワはいった。さらに船倉にしまわれた隠匿兵器なるものを見せた。

多くの商船がひそかに武装しているという話は、聞いたことがあった。顧客との関係が最悪の形で崩れた場合にそなえて——あるいは、他の船に対してあからさまな海賊行為をおこなうための脅しとして、だ。しかしただのいざこざを解決する手段にしては、あの兵器は少々強力すぎるのではないか。そもそも、そういった事態を想定した通常武装は、この船は充分にそなえているではないか。だとしたら、あの強力な兵器群はいったいなんのためなのか。

サジャキはなんらかの長期計画を隠しもっているようだと、クーリは感じていた。それだけでも充分に不気味だが、もっと恐ろしいのは、じつはそんな計画はなにもないという場合だ。あの隠匿兵器をただ積んで、ぶっ放せる場所を探しているだけなのかもしれない。飛び道具を懐にしのばせて喧嘩相手を探しているチンピラ、というわけだ。

この数週間、クーリはさまざまな仮説を組み立てては放棄してきた。妥当な線に近づくものはひとつもなかった。

もちろん、この船の戦闘的な性格が不安というわけではない。クーリは戦争のなかで生まれ育った。戦場で生きるのが自然だった。この世にもっと穏やかな生き方があることは知っているが、戦争に対する違和感はまったくない。

それでも、スカイズエッジ星での戦争は、この船の隠匿兵器が使われるような、そんな大それたシナリオではなかった。スカイズエッジ星は、星間通商ネットワークにいちおうはいってはいるが、地上で戦う兵士たちのテクノロジー水準は、軌道上にときおり船を停泊させるウルトラ属にくらべると何世紀も遅れていた。どちらかの陣営がウルトラ属の武器を手にいれたら、それだけで決着がついてしまっただろう。ただしそんなアイテムはめったに手にはいらないし、手にはいってもとうてい使えないほど高価だった。核兵器が配備されたことも、コロニー史で数回しかない。クーリが生まれてからは一度もなかった。クーリも血なまぐさい場面は見てきたし、いまだに記憶にこびりついて離れないものもあるくらいだが、一発で大量虐殺をなすような兵器はまだ見たことがなかった。

ボリョーワの隠匿兵器はそれよりさらに強力なようだ。

それどころか、一、二度使われたことがあるらしい。ボリョーワがそういっていた。おそらく海賊行為においてだろう。通商ネットワークと疎遠な、ほとんど人の住まない星系は無数にある。そういう場所で敵を皆殺しにしても、だれにも気づかれずにすむだろう。その敵のほうも、サジャキたちとおなじように道徳観念に欠け、過去にさまざまな残虐行為をしてきた連中だったのかもしれない。

サジャキたちが使ったといっても、たんに試射しただけだった可能性もある。しかしクーリには、具体的な目的を持って使ったのではないかという気がした。自己防衛とか、手にいれたい資源を持つ敵への戦略的攻撃とか。隠匿兵器のなかでも強力な種類のものについては、試射もまだのようだ。

今後、隠匿兵器をどう使うつもりなのか、惑星を吹き飛ばすような力をどんな場面で行使するつもりなのか、まだわからない。たぶんサジャキ自身もわかっていないだろう。そしてそのサジャキも、最終的な権限者ではない。おそらくなんらかの形で、サジャキはいまもブラニガン船長につかえているのだ。

謎のブラニガンとは、いったいどんな人物なのだろう。

「砲術管制室へようこそ」

ボリョーワがいった。

二人は船の中心近くに到着していた。ボリョーワは天井のハッチを開け、伸縮式の梯子を引きおろした。エッジの立った角断面の段をつたって昇ってくるように、クーリは合図される。

クーリが頭を出したところは、球形の部屋だった。あらゆる機械が曲線を描き、組みあわされている。そんな青みがかった銀色に輝く部屋の中心に、直線基調でデザインされた黒いシートがひとつある。頭の位置にフードがあり、さまざまな機械類がからみつき、無数のケーブルが這いまわっている。シートは精密なジャイロスコープの軸の中心に固定され、船の動きから影響を受けないようになっている。ジャイロを構成する三重のジンバル枠の軸には、それぞれ滑動する接点があって、シート側の電源ケーブルはそこにつながっている。機械におおわれた外壁側では、太腿くらいのケーブルの束になって壁の一点に消えている。室内にはオゾンの匂いがただよっている。

どこを見まわしても百年以上たっているような機械ばかりだ。大部分は相当に古いものだろう。しかしそれが、隅から隅まで念入りに整備されている。

「ここがすべての中心、ということですか？」

クーリは跳ね上げ式のドアから、部屋のなかにはいった。弧を描く骨格でできた球形シェルのあいだをすり抜け、中心のシートに近づく。

図体の大きなシートに手招きされているような気がする。居心地よく、安全な場所に思える。なんのためらいもなく身体を滑りこませると、無骨なシート骨格のなかでサーボ機構が働き、軽いうなりとともにクーリはシートにすっぽり包みこまれた。

「すわり心地はどう」

「なんだか、初めての気がしない」

クーリは感嘆して答えた。上から黒いフードが降りてきて頭をおおわれ、声はくぐもっている。

「そうだろうね。おまえはちゃんと覚醒するまえに、一度そこにすわってるのよ。それに、頭のなかの砲術インプラントは、この部屋のシステムを知りつくしてる。馴染みがあるような感覚の半分はそこから来てるんだろう」

ボリョーワのいうとおりだった。まるで子どものころから使っている家具のように、このシートに親しみを感じる。小さなしわや傷のひとつひとつまで知っている気がする。もうすっかり落ち着き、リラックスしている。そしてなにかをしたい——このシートがあたえる力を使いたい衝動が、刻一刻と高まってくる。

「ここから隠匿兵器を動かせるんですか？」

「そうだ。もちろん隠匿兵器だけじゃない。インフィニティ号が搭載している他のおもな兵器システムも、全部動かせる。まるで自分の手足の延長のように。砲術管制系と完全に一体化するとそう感じるようになる。身体感覚が船全体まで広がるのよ」

クーリはすでにそれに近いものを感じはじめていた。身体がシートに溶けていくような気がする。心惹かれるが、いまはこの一体感に溺れるわけにいかない。意思の力でシートから身体を離した。前面をおおっていたパネルがひらいて、クーリを解放する。

「わたしはどうも気にいらないわね」

マドモワゼルがいった。

7

孔雀座デルタ星への途上
二五四六年

ここが近光速船のなかであることは充分に意識しながら（疑似重力にはいつも不規則な微小変動がある。連接脳派製エンジンの内部で起きている反応に、量子の気まぐれなふるまいが影響をあたえ、推力にわずかな揺らぎができるからだ）、ボリョーワは森の空き地に一人ではいろうとしていた。草地に降りる古びた階段の上で、はっと足を止める。

サジャキがこちらに気づいているとしても、そんなそぶりはしめしていない。二人の非公式な話しあいの場である、ねじくれた木の切り株のわきで、黙って正座している。しかし、気づいていないわけはないのだ。

サジャキはかつて、ブラニガン船長に同行して、パターンジャグラーが棲む海洋惑星ウィンターシー星を訪れている。二人の目的がそれぞれなんだったのか、ボリョーワには知るよしもないが、噂はあった。パターンジャグラーに大脳新皮質を改変させ、高度な空間認識能力を可能にする神経パターンを刻みこませたのだという。つまり、四次元や五次元の空間でも直感的に把握できるらしい。そしてジャグラーの改変としてはきわめてめずらしいことに、その改変がずっと残っているのだ。

ボリョーワはゆっくりと階段を降り、いちばん下の段でわざと板をきしませた。サジャキはこちらに顔をむけたが、驚いたようすはない。

「なにか？」

サジャキはボリョーワの表情を読んで、そういった。

「スタブレニクの……ああ、いや、子分のことでね」

ボリョーワはついラシシュ語でいってから、ノルテ語でいいなおした。

「聞こう」

サジャキはそっけなくいった。灰色の着物姿で、膝のあたりは草の露に濡れて濃い褐色になっている。いつもの尺八は切り株の上においている。切り株の切り口は鏡のような平面で、肘で磨かれて光沢がある。

イエローストーン星を出発して二カ月。まだ冷凍睡眠にはいっていない上級の乗組員は、サジャキとボリョーワの二人だけだった。

ボリョーワはむかいの地面に腰をおろした。

「新入りはあたしたちの仲間になった。精神の核心部の洗脳は完了したわ」

「歓迎すべき知らせである」

空き地の反対側でコンゴウインコの鳴き声が響き、止まり木に原色の残像を残して飛び去る。

「ブラニガン船長に会わせる準備ができたわけ」

「時期もほどよい」サジャキはそういって、着物のしわをなおした。「それとも、ためらう理由でも？」

「ためらうって、船長と会うのに？」ボリョーワは小さく舌打ちした。「いまさらそんなわけないでしょ」

「では、より深い問題とみえる」

「というと？」

「貴公が胸にためていることである、イリア。思いきって話すがよい」

「クーリのことよ。ナゴルヌイのように精神に異常をきたすかもしれない危険な橋は、渡らせたくないの」

ボリョーワはそこでしばし黙った。サジャキがなにかいうのを期待したのだが、聞こえるのはザーザーという滝の音だけ。顔もまったく無表情だ。

「つまり――この段階では、クーリは適切な対象者と思えないのよ」

ボリョーワは不安になって、どもりそうになりながら続けた。

「この段階、とは？」

サジャキはひどく小声でいったので、ボリョーワはほとんど唇を読んで意味をくんだ。

「だから、ナゴルヌイがああなったすぐあとに砲術管制につなぐのは、危険が大きいってことよ。クーリを捨て駒にするのはもったいない」

ボリョーワはそこで深呼吸して、いいにくい部分をいう準備をした。

「新入りをもう一人採用させてほしい。それほど才能がないやつを。そいつをつなぎ役にして、システムの問題点を完全に洗い出し、それから本命のクーリを使いたい」

サジャキは尺八を手にとり、それをしげしげと眺めた。竹の先端にめくれたところがあるのは、これでクーリを殴ったときの跡だろう。親指でその部分をなおす。

それからサジャキは落ち着きはらった口調で答えたが、それは怒りをあらわにするよりも恐ろしい雰囲気だった。

「もう一人新入りを探せと？」

こんなばかげた提案は聞いたことがない、頭がおかしくなったのではないか、とでもいたげな口調だ。

「あくまで暫定よ。全部落ち着いたら、すぐクーリに切り換える」

ボリョーワは、自分が早口になっているのに気づいた。いきなりこの男にへつらいはじめた自分に腹が立つ。

サジャキはうなずいた。

「なるほど、よい考えかもしれぬ。なぜいままで思いいたらなかったのか。他にさまざまな問題をかかえていたのもたしかであるが」

尺八をおいたが、手はそばにそえたままだ。

「しかし悔いてもはじまらぬ。いまやるべきは、べつの新入りを探すこと。おそらくそれほど難しくないであろうな。クーリを採用するときもさしたる苦労はなかった。本船は星間空間にはいって二ヵ月。行き先は無名の辺境惑星。それでも、新規採用に困ることはなかろう。募集広告を打てば、希望者が門前市をなすのではないかな」

「……まじめに答えてよ」

「拙僧のどこがまじめでないのかな、委員」

ほんのすこしまえまではこの男に恐れをなしていたが、いまは怒っていた。

「あんたは変わったわね、ユージ。あのとき以来……」

「あのとき、とは？」

「船長といっしょにジャグラーの海を訪れたときよ。あそこでいったいなにがあったの？あそこの化け物にどんなふうに頭をいじられたの、ユージ？」

サジャキは虚を衝かれたような顔でボリョーワを見た。いわれてみればそうだ、なぜいままで気づかなかったのだろう、というようす。しかしそれは、策略だった。

サジャキの手が尺八をつかんで一閃した。ボリョーワに見えたのは、黄褐色のなにかが視界を横切ったことだけ。それほど強烈な一撃ではなかった。おそらく寸前で力を抜いたのだろう。それでも衝撃でボリョーワは横に飛ばされ、草の上にひっくりかえった。

まず強く意識したのは、苦痛でも、サジャキに殴られたというショックでもなく、鼻をくすぐる草とその露の冷たさだった。

サジャキがゆっくりと切り株をまわって近づいてきた。

「貴公はいつもひとこと多すぎる」

サジャキはそういって、着物の懐からなにかを抜いた。注射器だった。

リサーガム星
ネヘベト地峡
二五六六年

そわそわとポケットに手をつっこんだシルベステは、なくしたと思っていた小瓶に、指先がふれるのを感じた。

あった。小さな奇跡だ。

眼下では、賓客たちがアマランティン族の都市にはいり、中央の寺院へゆっくり歩いていくのが見える。雑談する声は聞こえるが、言葉は断片的にしか聞きとれない。

シルベステはいま、彼らの数百メートル上にいた。卵の殻のように都市をつつむ黒い壁に、人間が設置したバルコニーがめぐっていて、そこに立っているのだ。

今日は結婚式の日だ。

寺院はシミュレーションで何度も見ているが、実物を目にするのはひさしぶりで、その巨大さにあらためて圧倒された。シミュレーションの欠点はそういうところだ。どんなに再現精度があがっても、見る側には実物ではないという意識が最初からある。シルベステは、視点となってアマランティン族の尖塔寺院の屋根の真下にはいることがよくあった。斜めになった石造りのアーチが何百メートルも上で交差しているところを見上げても、めまいは少しも感じない。大昔に建てられたこの建物が突然崩れ落ちてくるかもしれないという恐怖もない。しかしいまは――この地下都市を実際に訪れるのはやっと二度目であるいまは、みずからの矮小さをいやというほど感じた。

都市をおおうドームは唖然とするほど大きいが、熟成した技術の産物であることはわかる（浸水党は認めたがらないが）。それに対して、内部の都市は、まるで十五世紀の異常者が妄想にもとづいてつくったかのようだ。寺院の尖塔の上に立つ翼のある像からしてそうだが、それだけではない。見れば見るほど、この都市全体が、〝追放された者たち〟の帰還を祝福するためだけに存在しているように思えてくる。

もちろん、根拠のない考えだ。しかし目前に迫った儀式から考えをそらす役には立った。実物をしげしげと見るうちにわかってきたのだが、最初の印象とは異なり、この翼のある像はやはりアマランティン族らしく見える。正確には、アマランティン族と天使のハイブリッドだ。翼を持つためにどんな体内構造が必要かを、科学的知識とともに深く理解している彫刻家が彫りあげたのではないか。

シルベステの目のズーム機能を使わずに見ると、像は驚くほど十字架に近いシルエットだ。拡大すると、その十字架がじつは翼を広げたアマランティン族であることがわかる。翼は金属色だ。羽根の一枚一枚が微妙に異なる色で輝いている。人類が描く天使とおなじように、翼はこの種族の腕にとってかわるのではなく、独立した三対目の肢として存在している。しかし、シルベステがこれまでに見たどんな人類の天使像よりリアルだ。こんな表現はおかしいのだが、解剖学的に正確な気がする。

彫刻家は、アマランティン族の基本体形にただ翼をくっつけてはいない。翼を持たせるために、土台となる体形を微妙に改造している。腕は、上体につく位置をすこし下げ、バランスを補うためにやや長くしている。胸郭は標準体形よりかなり幅広くなっている。そしてもっとも目立つのが、肩のあたりに軛（くびき）のように盛りあがった筋肉骨格構造だ。ここから翼がはえている。翼は凧のような三角形をしている。首は標準より長く、頭はさらに流線形が強調されて鳥類的だ。目は前側についているものの、両眼視できる範囲が狭そうなのは他のアマランティン族とおなじだ。ただし、ひいでた骨のすきまに深く落ちこんでいる。上くちばしの鼻孔は大きく広がり、小さな溝が刻まれている。翼をはばたかせるために大量の空気を肺に送りこむ必要があるようだ。

それでも、すべてが理詰めにできているわけではない。この身体がアマランティン族の標準的な体形だとしたら、この程度の翼で空を飛べるわけがない。

だとしたら、いったいなんなのか。ただのかさばる飾りか。追放された者たちは、こんな実用性のないばかげた翼を背負うために、みずからに過激なバイオエンジニアリングをほどこしたのか。

それとも、他の用途があったのだろうか。

「迷っているのかね？」

シルベステは思索にふいに割りこまれて、はっとした。

「早まったかもと思っているのだろう」

シルベステは都市を見晴らすバルコニーの手すりに背をむけた。

「いまさらいやだとか騒ぎだしても、もう手遅れだろう？」

「結婚式の日になってね」ニヤリとしたのは、ジラルデューだ。「しかし、手続きはまだ完了していないのだよ。やめることはできる」

「やめたら、おまえはどう思う？」

「おおいに気分を害するだろうな」

ジラルデューはパリッとした正装をしている。頬に軽く紅をいれているのは、カメラ写りを意識してだ。まわりにはメディアのフロートカメラがわらわらと浮いている。

ジラルデューはシルベステの肘の先を軽くつかんで、手すりとは反対方向へ導いた。

「わたしたちの友人関係は何年になるのかな」

「これを友人関係と呼ぶ気はないな。しいていえば相互寄生関係だ」

「やれやれ」ジラルデューはがっかりした顔になった。「この十二年間、きみの生活環境を必要以上に悪化させたことがあるかね？　きみを軟禁しつづけることを楽しんでいると思うかね？」

「少なからぬ熱意で任務を遂行している、とはいえるんじゃないか」

「きみのためによかれと思ってだ」

二人はバルコニーをあとにして、都市の黒い外殻のなかを這いまわる天井の低いトンネルにはいった。足もとには柔らかい床材が敷かれ、靴音は響かない。

「それに、きみの立場からははっきりわからなかったかもしれないが、当時の社会は凶暴な雰囲気に支配されていた。きみを拘束しなかったら、群衆はその怒りの矛先(ほこさき)をきみにむけていたはずだ」

シルベステは黙って聞いていた。ジラルデューのいうことは、理屈の上では正しい。しかしだからといって、当時からそういう動機でやっていたという保証はないのだ。

「あのころの政治的状況はシンプルだった。真実進路派(トゥルーパス)もまだ台頭していなかったしな」

エレベータにたどり着き、なかに乗った。内部は清潔でピカピカだ。壁には銅版画がかかっている。描かれているのは、浸水党によって改造される前と後の、リサーガム星のさまざまな風景だ。マンテルもある。研究拠点がおかれた台地は緑におおわれ、滝が流れ落ちている。背景は雲が流れる澄んだ青空。

キュビエではこれがひとつの産業になりはじめている。将来のリサーガム星の姿を絵に描く水彩画家や、シミュレーションで構築する感覚デザイナーが活躍しているのだ。

ジラルデューは話を続けた。

「さらに最近、過激な思想をかかげる科学者集団が登場してきているのだ。つい先週、トゥルーパスの代表の一人がマンテルで射殺された。誓っていうが、やったのはわたしの配下の者ではない」

シルベステはエレベータが動きはじめるのを感じた。都市のレベルへと降りていく。

「ようするに、なにをいいたいんだ？」

「つまり、右にも左にも過激な連中がいると、きみやわたしはむしろ中間派に見えるということだ。がっかりだと思わんかね？」

「過激さで負けるようになったって話か？」

「そんなところだ」

都市の黒い壁を抜けると、たくさんの報道陣が式の取材準備に走りまわっていた。レポーターは薄い褐色のフロートカメラグラスをつけ、退屈なパーティ会場の風船のようにそのあたりに浮いているカメラを操作している。ジャヌカンが遺伝子操作してつくりだした孔雀が、尾羽をサラサラ鳴らしながら報道陣の足もとをうろついている。

二人の警備員がシルベステとジラルデューに近づいてきた。黒い制服の肩に、浸水党の金色のマーク。周囲には意図的に威圧感のある眼球内映像を投影している。背後に控えるのは二機のサービター。シルベステとジラルデューについてあらゆる種類の本人確認をしたあと、二人を小さな仮設小屋に案内した。泡とも鳥の巣ともいえそうな、アマランティン族の住居のそばに建っている。

仮設小屋のなかはがらんとしていて、テーブルと粗末な椅子が二脚あるだけ。テーブルにはアメリカーノ産の赤ワインとワイングラスが二つ。グラスにはサンドブラストで風景画が描かれている。

「すわりたまえ」

ジラルデューはテーブルのむこうにまわり、二つのグラスにワインを注いだ。

「そんなに緊張することはあるまい。初めてでもなかろうに」

「四回目だ」

「これまでもすべてイエローストーン式で挙式を?」

シルベステはうなずいた。

最初の二度は、それほど派手な結婚ではなかった。相手はイエローストーン星の普通の女。いまとなっては顔もすぐには思い出せないほどだ。シルベステという姓に惹きつけられて大挙してきた報道陣に、新郎新婦ともに泡をくったものだ。

それに対して、三度目の、つまり前妻アリシアとの結婚は、はなから宣伝効果を狙ったものだった。出発が間近に迫ったリサーガム星調査隊に、一般の注目を集め、最後の資金集めにはずみをつけるのが目的だった。二人が本当に愛しあっていたという事実は、とるにたらないエピソード。壮大な脚本のなかの些末なト書きにすぎなかった。

「ということは、頭のなかにずいぶん荷物を背負っているわけだ。そのたびに過去を消し去りたいとは思わないのかね？」

「イエローストーン式は異常だと思ってるんだろう」

ジラルデューはワインの赤いしみを唇からぬぐった。

「かもしれん。わたしは結局、イエローストーン文化になじんでいないからな」

「おれたちといっしょにイエローストーン星から来たくせに」

「そうだが、生まれはちがう。わたしはグランテトン星の出身だ。イエローストーン星に行ったのは、リサーガム星調査隊が出発する七年前だった。あの星の伝統に同化するのに充分な時間とはいえない。それに対して娘は……パスカルは、イエローストーン星の社会しか知らない。まあ、わたしたちがこの星に持ちこんだイエローストーン型の社会、という意味だがね」声を低くした。「例の小瓶をいま持っているのだろう？　見せてくれないか」

シルベステは、今日一日ずっと持ち歩いている円筒形の小さなガラス容器を、ポケットからとりだして、ジラルデューに渡した。

ジラルデューはそれをいじったり、左右に傾けて、内部の泡が水準器のように動くのを見たりした。液中には黒っぽい繊維状のものが浮いている。ジラルデューはそれをテーブルにおいた。ガラスらしい小さな音が響く。ジラルデューは恐怖の表情を隠そうともせず見つめている。

「痛いのか？」

「まさか。イエローストーン人はサディストじゃない」

シルベステはジラルデューの不安げなようすを見てひそかに気分をよくし、笑みを浮かべた。

「それとも、ラクダでも交換したほうがよかったか？」

「しまってくれ」

シルベステはガラス容器をポケットに滑りこませた。

「緊張してるのはどっちだ、ニル？」

ジラルデューは自分のグラスにワインを注いだ。

「すまん。警備の連中がかなりピリピリしているのだ。なにを気にしているのか知らないが、それが伝染したのかもしれない」

「おれはそんな印象はないけどな」

「きみは気づかないだろう」

ジラルデューは肩をすくめた。その下腹がふいごのように大きく動きはじめる。

「なにも異状はないという報告だが、わたしも十五年経験しているから、彼らの顔色でだいたいのところはわかる」

「心配ないだろう。おまえの警察はいい働きをする」

ジラルデューは、まるで酸っぱいレモンを嚙んだような顔で、軽く首をふった。

「きみとわたしのわだかまりが解けることは期待していないが、すこしはわたしの配慮も認めてくれないか」開いたドアのほうへ顔をむけ、「この場所への完全なアクセス権をきみに認めたではないか」

そうだ。おかげで数十の疑問が、数千に増えた。

「ニル……最近のコロニーの財政事情はどうなんだ？」

「なにを訊きたい」

「ルミリョーが来て、ろくな交易もできずに帰っていった時代から見ると、ずいぶん変わってるはずだ。おれの時代には考えられなかったことが……いまなら可能かもしれない。政治の意思決定さえあれば」

「具体的になんのことだ？」

ジラルデューはいぶかしげに訊いた。

シルベステはまたジャケットのポケットに手をいれた。しかしとりだしたのはガラス容器ではなく、一枚の紙だった。それをジラルデューのまえに広げる。そこにはいくつもの円が複雑に描かれている。

「なんだかわかるか？　都市じゅうのオベリスクに刻まれていたものだ。ここの太陽系図だ。アマランティン族が描いたんだ」

「この都市を見たいまでは、容易に信じられる話だ」

「そうか。じゃあ聞いてくれ」シルベステはいちばん径の大きな円をしめした。「こいつは中性子星ハデスの軌道をしめしている」

「ハデス？」

「この星系が最初に調査されたときにつけられた名前だ。そのまわりを岩の塊がめぐっている。惑星の月くらいの大きさで、そっちはケルベロスという」

シルベステの指は、その中性子星と惑星の星系につけられた一連のアマランティン図文字をしめす。

「なんらかの理由で、アマランティン族はここを重視していた。おれは、ここがイベントとなにか関係があるとにらんでる」

ジラルデューはおおげさに両手で頭をかかえ、それからシルベステを見上げた。

「本気でいっているのか？」

「もちろん」

ジラルデューから視線をはずさないまま、広げた紙をていねいにたたんでポケットにしまう。

「あそこへ行くんだ。そしてアマランティン族がなににやられて絶滅したのか、調べなくてはいけない。おれたちがやられるまえに」

クーリの部屋に、サジャキとボリョーワがやってきて、暖かい服を着ろと指示した。見ると、二人とも普段の船内服よりかなり厚手のものを着ている。ボリョーワはフライトジャケットのジッパーを襟まで上げているし、サジャキはノバダイヤモンド模様のキルト地を使ったボア付きハイカラーの防寒ジャケットを着ている。

「わたしは失格ということですか。これからエアロック送りにするんですね。戦闘シミュレーションの点数が低かったから、船外遺棄するつもりでしょう」

「愚かなことを申すな」サジャキは襟のボアの上から鼻梁と額だけがのぞいている。「殺すつもりなら、風邪の心配などしてやるわけがあるまい」

「おまえの洗脳は何週間もまえに完了してるのよ」

ボリョーワは、耳当て付きの大きな帽子のせいで、口とあごしか見えない。二人あわせてちょうど一人分の顔だ。

「つまり、おまえはこの船の資産。それを殺したら、船への重大な反逆行為になるわ」

「心配してもらってありがたいですね」

クーリはまだ安心してはいなかった。二人が悪辣な計画を持っている可能性は充分にある。そう思いながら、自分の私物ということになっている荷物をひっかきまわした。出てきた防寒ジャケットは、船内でつくられた製品で、サジャキが着ているピエロまがいの服と同様のものだ。ただしクーリが着ると裾が膝までとどく。

エレベータは、船の未踏の領域へ降りていった。すくなくともクーリにとっては未知の区画だ。何度もエレベータを乗り換え、あいだの通路を歩いていく。移動システムのかなりの部分がウイルスにやられているからだと、ボリョーワは説明した。徒歩で抜けていく区画は、それぞれ内装や技術レベルが微妙に異なっていた。これらの区画は数世紀のあいだのさまざまな段階で放棄されてきたらしい。

クーリはまだ緊張を解いていなかったが、サジャキとボリョーワの態度は、冷酷な処刑を執行しようとしているというより、新入りを仲間にいれるイニシエーションの儀式にむかっているようすだった。あるいは危険な遊びをはじめようとしている子どもか。すくなくともボリョーワはそうだ。サジャキのほうはもっと権威主義的で、不愉快な社会的義務を果たそうとしている役人を思わせる。

「御辺(ごへん)は、すでに吾人(ごじん)の一類であるゆえ、そろそろ裏の事情も知らせるべきであろうと存ずる。リサーガム星へむかう理由も知りたかろう」

「交易だと思っていましたけど」

「それは表向きである。あまり説得力のある偽装でなかったことは認めねばならぬ。リサーガム星のコロニーは純粋に調査研究を目的としており、ろくな経済活動はない。商船から物資を購買する資力は持たぬ。むろん、コロニーについての当方のデータは古い。到着後はできるかぎりの交易は試みるつもりである。しかし、あの星への渡航目的は、それだけではない」

「なんですか？」

三人が乗ったエレベータは降下中だ。

「シルベステという名に聞き覚えは？」

クーリは平静をよそおった。頭のなかでマグネシウム閃光がひらめいたようなことはおくびにも出さず、よくある質問のように反応した。

「もちろんあります。イエローストーン星ではだれでも知ってます。あそこでシルベステといえば、まるで神のような扱いです。あるいは悪魔か」

平常心で答えられただろうかと思いながら、そこでしばし言葉を切った。

「ところで、それはどっちのシルベステのことですか？　不死をもくろんだ実験でへまをした年寄りのほう？　それとも息子のほう？」

「厳密には、両方である」

エレベータは大きな音をたてて停まった。ドアがひらいたとたん、冷たく湿った布で頬をぶたれたような気がした。暖かい服を着てこいという助言どおりにしてよかったが、それでも死ぬほど寒い。クーリは話を続けた。

「とにかくあの一家が全員悪いというわけではありません。年寄りの父親はロリアンといいますが、そちらは伝説の英雄として語りつがれています。彼が亡くなり、その息子で、いまでいう年寄りの……なんていう名前でしたっけ」

「カルビンである」

「そう。そのカルビンがたくさんの人を殺したあとでも、その評価は変わりません。そしてカルビンの息子、たしかダンという名前だったと思いますが、彼は自分なりに親のつぐないをしようとしたようですね。シュラウダー研究という形で」

クーリは肩をすくめた。

「もちろん、わたしはそのころからイエローストーン星にいたわけではないので、あくまで聞いた話ですが」

サジャキは、緑色の薄暗い照明のともった通路を先に立って歩いていった。大きな、おそらく遺伝子改造されている雑役ネズミが、人が近づくと足もとから逃げていく。まるで気管支炎にかかった気道のなかを歩いているような気がした。通路のあちこちが粘液質のものにおおわれている。汚れた氷の部分は、のたくる配管や配線が静脈のように透けて見える。人間の痰のようにベトベトするもののことを、ボリョーワは〝船のヘド〟と呼んでいた。隣接する階で不具合を起こした生化学リサイクルシステムから漏れてきた、有機分泌物だという。

しかしなによりもまず、寒い。

サジャキが話した。

「吾人の計画において、シルベステがかかわる部分はこみいっておる。よって説明には時間がかかる。そのまえに、船長と面会してもらおう」

シルベステはみずから歩きまわって、大きな異状がないことを確認した。満足すると映像を消し、控え室になっているプレハブ小屋にもどって、ジラルデューと合流した。

音楽が高まる。それが控えめな音量にもどって、一定のフレーズをくりかえしはじめると、照明パターンが変化し、話し声が静まった。

二人はいっしょに歩きだし、まばゆい照明と腹に響くオルガンの低音のなかにはいっていった。今日の儀式のために特別に敷かれたカーペットが、中央の寺院へむかってくねくねと伸びている。両側にはチャイムツリーの並木。透明なプラスチックの保護ドームにおおわれている。

チャイムツリーは、ひょろ長く無数の枝分かれを持つ彫刻だ。枝の先にはそれぞれ曲線形状で色つきの鏡がついている。この木は、ときどきカチリと音をたてて、枝ぶりを変化させる。台座に埋めこまれた大昔の機械仕掛けによって動いているらしい。現在の研究では、この木は都市を網羅するなんらかの信号システムの一部だったのではないかと考えられている。

ジラルデューとシルベステが寺院に到着すると、オルガンの音が高まった。寺院の卵形をした丸屋根には、凝ったつくりのステンドグラスが花弁の形にはめこまれている。時や重力の侵食にも屈せず完全な形で残っているのは、奇跡といえるだろう。その天窓から透過してくる光で、寺院内はピンク色の輝きに満たされていた。

広い寺院内部の中央は、丸屋根を突き抜けてそびえる尖塔の基礎がある。セコイアの木の根もとのように、最下部は大きく広がっている。そこを中心に、一方に広がる扇形に座席が仮設されている。キュビエのトップレベルの要人たち百人がそこに着席している。この寺院は本来の寸法を四分の一に縮小したものと考えられているが、それでも百人なら楽に収容できる広さがあった。

シルベステはそこにいならぶ人々の顔を見た。三分の一は見覚えがある。おそらく一割は、クーデタ以前にシルベステ派だった連中だろう。ほとんどがふさふさとした毛皮の豪華な服をまとっている。

ジャヌカンの姿もあった。くすんだ白い山羊髭と、はげた頭頂のまわりから長く伸びた銀髪のようすが、まるで賢者のようだ。しかし顔は以前より猿めいてきた。彼がつくった十羽以上の孔雀が、竹籠から出されて寺院内をうろついている。たしかによくできている。頭に揺れる冠羽、斑紋がゆらめくように見える青緑色の飾り羽。ニワトリのホメオボックス遺伝子を注意深く操作してつくりだしたものとは、とても思えない。初めて見る参列者のなかからは感嘆の声があがった。ジャヌカンは血に染まった雪のように赤くなり、豪華な紋織りの外套のなかに隠れてしまいそうに身を縮めている。

ジラルデューとシルベステは、参列者の視線が集中する頑丈なテーブルのまえに立った。古いテーブルだ。鷲が彫刻され、ラテン語の文句が彫りこまれたこの調度品は、アメリカーノがイエローストーン星に入植した時代までさかのぼる。四隅はどれも欠けていた。テーブルの上には、マホガニー製でニス塗りの箱がおかれていた。繊細なつくりの金の留め金で締められている。

テーブルのむこうには、純白のガウンをまとった一人の女が、謹厳な態度で立っている。ガウンの留め金は、二つの紋章を組み合わせた複雑なデザインだ。リサーガムシティ(つまり浸水党)の紋章と、複雑にからみあうDNAを両手でかかげもつミックスマスターのマーク。

この女性は本物のミックスマスターではない。ミックスマスターは、イエローストーン星の生体工学者と遺伝学者がつくる排他的なギルドであり、その神聖な集団のだれもリサーガム星くんだりへ旅してきてはいない。しかしそのシンボルマークは、来ていた。それがしめすのは、遺伝造形学、外科および内科医学をふくむ、生命科学分野の広範な知識だ。女性のいかめしい顔は、ステンドグラスを透過した光のせいで青ざめて見える。髪はひとつにまとめ、注射器をかたどった二本の髪飾りをさしている。

音楽が停まった。

「わたしはマッシンジャー叙任士です」凛とした声が寺院内に響く。「コロニーの遺伝的健全性をそこなわないと認められる場合に、その個人どうしを結婚させる権限を、リサーガム星調査隊評議会より付与されています」

マッシンジャーはマホガニー製の箱をあけた。いちばん上には、聖書くらいの大きさの革装の物体がある。叙任士はそれをとりだしてテーブルにおき、パリパリという革の音をたててそれを開いた。あらわれた表面は、濡れた石板のような灰色。しかし表面に微細な機械構造があるのが、模様のように見てとれる。

「お二人それぞれ、自分の側のページに片手をあててください」

ジラルデューとシルベステは、それぞれの手を表面においた。蛍光色の光の線が流れて掌紋を読みとる。さらにチクリとして、生検サンプルが採取される。二人が終わると、マッシンジャーは本をとって、自分の手を表面にあてた。

次にマッシンジャーは、ニル・ジラルデューに自分の身許を参列者に対してあきらかにするように求めた。参列者の顔にかすかな苦笑が浮かぶ。ジラルデューの身許など聞くまでもないことだが、本人はこの手続きを真顔でこなした。

次にシルベステがおなじことを求められた。

「ダニエル・カルビン・ロリアン・ステイン‐シルベステです」

自分の正式な名前などめったに口にする機会がないので、しばしば忘れそうになる。

「どちらもイエローストーン星カズムシティ出身である、ロザリン・ステインとカルビン・シルベステの、唯一の生物学的息子です。イエローストーン星再植民暦で一二一標準年の一月十七日生まれ。暦年齢は二百十五歳。メディシーンのプログラムにより、シャーラービ・スケールでの生理的年齢は六十歳です」

「あなたはどのような形態で存在していますか？」

「こうして話している単一生の生体としてのみ存在しています」

「この太陽系もしくはべつの太陽系に存在する、アルファレベルあるいはチューリング能力を持つシミュレーションが、故意にあなたの姿を借りているということはありませんか？」

「ないはずです」

マッシンジャーはスタイラスで本になにか書きこんだ。そしてジラルデューにもまったくおなじ質問をした。

これはイエローストーン式の標準的な手続きだ。八十人組の事件以来、イエローストーン人はシミュレーション全般、とくに個人のエッセンスや魂がはいっていると称するシミュレーションに、きわめて懐疑的になっている。そして、個人のひとつの姿(生体であっても、そうでないものであっても)が、ほかの姿のあずかり知らないところで、結婚のような契約をおこなうことをきびしく禁じている。

「以上で確認事項を終わります」

マッシンジャーはいった。

「新婦はまえへ」

パスカルが薔薇色の光のなかに足を進めてきた。灰色の頭巾をかぶった二人の女性にかしずかれ、無数のフロートカメラと個人用警備蜂をしたがえている。ウェディングドレスのまわりには、半透明の眼球内映像がゆっくりと流れている。美しいニンフ、熾天使、トビウオ、ハチドリ、星のきらめきを映した露の滴、蝶……。キュビエ最高の眼球内映像デザイナーの手になる作品だ。

ジラルデューは太い両腕をさしのべて娘を招きよせ、「美しいよ」とささやいた。

シルベステの目に映るのは、デジタル的に減じられた美だった。ジラルデューには、このうえなく柔らかく人間的な美しさが見えているのだろう。しかしシルベステの目には、白鳥と、白鳥をかたどった硬いガラスの彫刻のちがいがわからないのだ。

「手を本に」

叙任士の言葉にしたがって、パスカルは手をおいた。本のページにはシルベステが手をあてたときの曇りが残っている。シルベステの大きな海岸線の内側におかれた、パスカルの白くたおやかな島。

叙任士は、ジラルデューとシルベステに尋ねたのとおなじ形式で、パスカルにも身許を述べさせた。パスカルの場合は簡単だった。このリサーガム星生まれであり、一度も惑星の外へ出たことがないからだ。

マッシンジャー叙任士は、マホガニー製の箱の底に手をいれた。そのあいだに、シルベステは参列者のほうを盗み見た。ジャヌカンはこれまで以上に青ざめ、落ち着かないようすだ。

箱の底にはいっているのは、防菌加工された表面が青みがかった輝きを放つ道具だ。旧式のピストルのようでもあり、獣医が使う注射器のようでもある。

叙任士は箱ごと持ちあげた。

「結婚銃を確認してください」

骨までしみとおるほどの冷気のなかにいながら、クーリはすぐにそれを、空気の抽象的な性質のひとつとしか感じなくなった。二人の上級乗組員が語る話は、あまりにも奇怪だったからだ。

三人は船長のそばに立っていた。ジョン・アームストロング・ブラニガンという名前を、クーリはいま教えられた。ブラニガンは高齢だ。とてつもなく高齢といえる。彼の年齢を測定する機械によると、二百歳から五百歳までのあいだのどこかだという。詳しい生い立ちはわからない。長い政治的情報工作の歴史のなかで、なにが真実かわからなくなってしまっているのだ。火星生まれという説もあるし、地球生まれ、都市におおわれた月生まれ、あるいはその時代に地球・月軌道空間に浮かんでいた数百にのぼるハビタットのひとつで生まれたとする説も、おなじくらいに有力だ。

サジャキは説明した。

「ソル系を離れたとき、彼はすでに百歳を超えておられた。機会を待ちつづけたゆえのこと。連接脳派が火星の衛星フォボスから最初の星間船を打ちあげたとき、その最初の千人の出発組に参加しておられた」

「すくなくとも、ジョン・ブラニガンて名前のやつが乗ってたのはたしからしいのよ」

ボリョーワが口を出すと、サジャキはいった。

「否、相違はない。本人が乗っていたのだ。その後の足どりは……むろん、たどるのは困難となる。当時からいたであろうさまざまな敵からのがれるために、意図的に過去の記録を不明瞭にしたのかもしれぬ。さまざまな星系で、何十年かの時をへだてて、いくつもの目撃情報があるが……確たることはわかっておらぬ」

「この船の船長になったいきさつは?」

「数カ所の星に降り立たれ、数十カ所で未確認の目撃情報があった数世紀ののちに、イエローストーン星の近傍に来られた。星間飛行の相対論効果によって加齢は遅くなっていたとはいえ、すでにそれなりの年齢であられた。当時の長命化技術はいまほど進んでいなかったゆえにな」

サジャキは一呼吸おいて、続けた。

「身体のほとんどは機械化しておられる。船外に出ても真空で呼吸に困らず、苛烈な高温や低温にさらされても平然。感覚機能はありとあらゆる波長の電磁波をカバーする。脳は人工組織のもつれた巣となり、生まれながらの部分はろくにないともいわれた。思考する微小機械のシチューであり、有機組織はほとんど残っておらぬと」

「噂はどの程度本当なんですか？」

「じつはかなり真実に近いといえよう。むろん、嘘もまじっておった。スピンドリフト星のパターンジャグラーが発見される何年もまえにその海を訪れ、残存していたわずかな精神に奇怪な改変をさせたとか。人類がいまだ知らぬ二つの知的種族と交流したとか」

「でもその後、ジャグラーに会ってるのは本当よ」ボリョーワがクーリのほうを見ていった。「そのときはサジャキ委員もいっしょだった」

「それはずっとのちのこと」サジャキは打ち消すようにいった。「ここで重要なのはカルビンとの関係ゆえ」

「どんなふうに二人がまじわるんですか？」

今度はボリョーワが説明した。

「だれもはっきりしたことは知らないのよ。たしかなのは、事故だか軍事作戦の失敗だかによって、ブラニガンが負傷したこと。命に別状はなかったけれども、早く治療しなくてはならない状態だった。でもイエローストーン星周辺の公的機関に助けを求めるのは自殺行為。あまりにも多くの敵をつくっていたので、どんな組織にも命をあずけられなくなっていた。治療をまかせられるとしたら、組織に属さず、信頼のおける個人だけ。結局そのなかで選ばれたのが、カルビンだったってわけ」

「カルビンはウルトラ属と接触があったんですか？」

「ええ。おもてむきは認めてないけど」ボリョーワの大きな帽子の下にのぞいた口だけが、歯を見せてニヤリとした。「そのころのカルビンは若く、理想に燃えていたわ。負傷したブラニガンを患者に得て、カルビンは天恵とよろこんだ。それまでは、世間的にみてあまりにも奇抜なアイデアを、実地に試す機会がなかったのよ。そこへ理想的な素材がころがりこんできた。秘密を守りさえすればなにを試してもかまわない。もちろん、両者がそれで得をしたのよ。カルビンは、その過激な身体機械化技術をブラニガンに試すことができた。ブラニガンは健康を回復し、それどころか手術前より高い能力を得た。完璧な共生関係ってところね」

「つまり船長は、あの男の極悪非道な人体実験の材料にされたということですか？」

サジャキは肩をすくめた。大きな幼児服めいたものを着ているせいで、人形のような動きに見える。

「ブラニガンにしてみればさよう。しかし世間においてブラニガンは、事故以前よりすでにモンスターのごときものとみなされておった。カルビンの行為は、それをさらに一歩進めたのみ。完成させただけといってもよかろう」

ボリョーワはうなずいたが、表情からすると、どうもサジャキに対して相容れないものを持っているようだ。

「そもそも、それは八十人組の事件よりまえの話なのよ。カルビンの名声にまだ汚点はついてなかった。それにウルトラ属のなかの極端な例にくらべれば、ブラニガンのキメラ度はせいぜい中の上という程度だからね」

ボリョーワはやや辛辣な口調でそういった。

「それで？」

クーリがうながすと、サジャキが説明を続けた。

「シルベステ一族との次なる邂逅（かいこう）は、一世紀近くのちである。それまでにブラニガンはこの船を指揮する立場についておられた」

「なにが起きて？」

「ふたたび負傷されたのである。しかも今度は重傷であった」

サジャキは、船長の冷凍睡眠ユニットにはえている銀色のものを、ロウソクの火をもてあそぶように軽く指先でこすった。船長のまわりは、まるでびっしりと霜が降りたようになっている。潮だまりの海水が乾いたあとのようだ。サジャキは、ひどく不潔なものにさわったかのように、その指先をそっとジャケットの裾にこすりつけた。それが皮膚にしみこんでくる毒物で、指先がヒリヒリするかのように。

「あいにくそのとき、カルビンは死んだあとだったのよ」

ボリョーワがいった。

それは有名な話だ。カルビンは八十人組の事件で死んだ。ほぼ最後の一人として肉体を捨てたのだ。

「そうですね。でも、脳情報をスキャンしてコンピュータにいれる過程で死んだわけでしょう。その記録を盗んで、協力させればよかったのでは？」

サジャキは、気道のように曲がった通路に響く低い声で答えた。

「可能ならそうしたであろう。しかしその記録、カルビンのアルファレベルは、行方不明になっておった。コピーは存在せぬ。アルファレベルにはコピープロテクトがかかっておるゆえ」

「つまり、船長はもうだめ、絶望のどん底、というわけですね」

クーリはこの重苦しい雰囲気をなんとかしようと、やや冗談めかしていった。するとボリョーワが答えた。

「かならずしもそうじゃないのよ。それはちょうど、イエローストーン星の歴史でも興味深い時期だった。ダニエル・シルベステがシュラウドから生きて帰ってきた。精神を破壊されずにね。同僚の女は不運だったけど、その死はシルベステの奇跡的な生還をより強調するエピソードになった」

ボリョーワはそこで、ふいに口調を変えて訊いた。

「あいつの〝荒れ野の三十日〟の話は知ってる？」

「一度聞いたことがある気がしますが、うろ覚えです」

サジャキが説明を代わった。

「ダニエル・シルベステは、およそ一世紀前に、一カ月間失踪しておる。イエローストーン星の社交界でパーティに出ていて、次のいとまには行方しれず。都市のドームの外へ出たのではとの沙汰もあった。屋外用スーツを着て父親の罪滅ぼしをしにいったと。さあればいかに感動的であったか」

サジャキは床をあごでしめした。

「じつはその一カ月、ダニエルはここにいたのである。吾人の手により」

「ダン・シルベステを誘拐したんですか？」

クーリはその大胆さに、思わず笑いだしそうになった。しかし、それは自分が暗殺を命じられている男の話だということを思い出すと、笑いの衝動はすぐに消えた。

「本船に招待したとしたいところであるが、有無をいわせなかったのは事実である」

「でも、なんのために？　カルの息子を誘拐して、それでなんの役に立つんですか？」

「カルビンは脳スキャナーにかかるまえに、いくつかの用心をしておった。そのひとつは、単純な方法とはいえ、プロジェクトが最終段階にかかる何十年もまえから準備したものである。カルビンはある時期より自分の行動を細大漏らさずシステムに記録させた。就寝中も覚醒中も区別なく、あらゆる瞬間を記録する。数年のうちに、機械はカルビンの行動パターンをエミュレートできるほどになった。いかなる状況でも、カルビンの反応をきわめて正確に予測できたのである」

「ベータレベル・シミュレーションですね」

「さよう。しかし過去のいかなる例よりはるかに複雑な内容のベータレベルである」

ボリョーワもいった。

「ある意味で、そいつはすでに意識を持っていたのよ。カルビンは転生していた。カルビン本人は知らないかもしれないけど、彼はいまでもそのシミュレーションの洗練を続けてるわ。あまりにも本人そっくりで真に迫ったイメージを投影するので、まさに本人だと思ってしまうほど。でもカルビンのやったことはそれだけじゃなかった。もうひとつ、べつの保険をかけたのよ」

「というと？」

「クローニングである」

サジャキはニヤリとして、ボリョーワのほうにかすかにうなずいた。

ボリョーワは説明を続けた。

「自分のクローンをつくったの。裏の世界でついている得意客のコネを利用し、違法な遺伝子技術を使ってね。その裏の得意客というのは、ウルトラ属よ。あたしたちがいろいろ詳しいのはそういうわけ。クローン作製はイエローストーン星では禁制技術。若いコロニーはたいてい遺伝子の多様性を最大限確保するために禁止してる。でもカルビンは当局の裏をかく頭を持ってたし、必要な相手を買収する金も持ってた。そうやって自分のクローンを、息子として育てたわけ」

「つまり、ダン……」

クーリの発したその言葉が、冷えきった空気のなかで強い存在感を持って響いた。

「ダンはカルビンのクローンだというんですか？」

「ダン本人はこの事実をいっさい知らない。カルビンも本人にだけは知られたくないだろうね。カルビンは大衆に対してと同様に、一族に対しても嘘つきなわけよ。ダンは自分を自分だと思ってる」

「クローンだとは知らない？」

「ダンが自分でその事実を知る可能性は、時間とともに小さくなっているわ。カルビンの他に知っているのは、取り引き関係のある一部のウルトラ属だけだし、そいつらには口をつぐんでおこうと思わせるだけのものをつかませてある。ただ、秘密が漏れかねない危険な要素もないわけじゃない。カルビンはクローン作製のためにイエローストーン星で最高の遺伝学者を雇わざるをえなかったけど、ダン・シルベステはそれと知らず、そのおなじ人物をリサーガム星調査隊に選抜したのよ。でもいまのところ、そいつは秘密を漏らしてないし、問いつめられたりもしていないようね」

「でも、ダンは鏡を見るたびに……」

「見えるのは自分よ。カルビンじゃない」

ボリョーワは、基本的な知識をくつがえされてぽかんとするクーリのようすがおもしろいらしく、ニヤニヤしながら秘密の暴露を続けた。

「クローンだからって、毛穴までそっくりなわけじゃないのよ。ジャヌカンという名のその遺伝学者は、親子として常識的な程度にはカルとダンの容貌に差異をあたえている。もちろん、母親とされているロザリン・スティンの特徴も組みこんでる」

サジャキが話を継ぐ。

「あとの手法に難はない。カルビンは自分が育った少年時代の環境をあたうかぎり忠実に再現し、そこでクローンを育てた。少年の成長過程では、一定の時期におなじ刺激をあたえるところまで念をいれた。みずからの人格を構成した要素が先天的なものか後天的なものか、区別できぬゆえにな」

「なるほど、そこまでの話が本当だとしましょう。でもそれでどうなるんですか？　いくら少年の育つ環境を操作しても、自分とまったくおなじように成長するわけがないことは、カルもわかってるでしょう。子宮内で決まる差異もある」クーリは頭をふって、「ばかげてる。どんなにうまくいっても、できるのはとても大雑把な自分の似姿だけでしょう」

「カルビンの目的はそれで達せられておろう。クローンを作製したのは保険としてである。おのれや八十人組の他のメンバーが脳をスキャンされるときに、肉体が滅びるのは周知のこと。ゆえに、機械のなかでの暮らしが気にいらなかったときにそなえて、帰り道を用意したのである」

「実際に気にいらなかった？」

「かもしれぬ。しかしそれはどうでもよいことである。八十人組事件の当時、精神の移し替えはまだ技術的に無理であった。されど急ぐ理由はない。当面はクローンを冷凍睡眠にいれておくという手もある。クローンの細胞からべつのクローンをつくることもできよう。先々のことまで考えていたのである」

「いつかは精神の移し替えが可能になるだろうと」

「カルビンにとってそれは長期的な目標にすぎぬ。より重要なのは、精神移し替えの代替策として用意されていた方法である」

「というと？」

「ベータレベル・シミュレーションにほかならぬ」この船長室内の凧とおなじくらいに、スローテンポで冷えきった声でサジャキはいった。「正式に意識体とは認められぬが、カルビンをきわめて正確に模倣したシミュレーションであることは認めざるをえぬ。比較的シンプルであるがゆえに、ダンの生体の脳にそのコードを載せるのもやさしい。アルファレベルのように繊細複雑なものを刷りこむのにくらべれば」

「オリジナル記録のアルファレベルは消失したと聞いています。つまり、そういうことを指示するカルビン本人がいない。そしてダンも、カルビンが意図したよりも自由にふるまいはじめているのではありませんか？」

サジャキはうなずいた。

「穏当に評しても、八十人組事件はシルベステ研究所の終わりの始まりであった。ダンは、サイバネティクス技術による不死の追求よりも、シュラウドの謎のほうに興味を持ち、ためらうことなくその廃屋(はいおく)をあとにした。カルビンのベータレベル・シミュレーションについては、その真の意味は知らぬまま所持しつづけておる。世襲財産のひとつと考えているのであろう」

サジャキはニヤリとして、

「みずからの消滅を意味するものであると知れば、ただちに破棄するであろうな」

たしかにそうだと、クーリは思った。ベータレベル・シミュレーションは、新しい宿主を探している囚われの悪霊のようなものだ。正確な意味での自意識は持っていないが、真の知性を模倣できるだけの巧妙さをそなえているという点ですでに危険だ。

「カルビンの予防措置は、本船にとって有益であった。ベータレベルには船長を治療するにたるカルビンの技能がふくまれておった。こちらはダンを説得し、その肉体と精神に一時的にカルビンを住まわせればよい」

「それがあまりにもすんなりいったせいで、ダンが不審に思ったのではありませんか？」

「否、すんなりとはまいらなかった。難儀したといってよかろう。カルビンがダンにはいると、まるで粗暴な悪霊憑きのごとき状態となった。身体の動きがうまく制御できぬのである。ダンの人格を抑えるため、当方は各種の神経抑制剤を投与した。カルビンがようやくダンを支配したとき、その身体は薬物でなかば麻痺していたわけである。あたかも優秀な医者が、酔漢に口頭で指示しながら手術をさせるがごときであった。むろん、ダンにとっても愉快な経験ではありえぬ。たいへんな責め苦であったと述べておった」

「それでも、手術は成功したんですね」

「部分的な成功にすぎぬ。あれから一世紀が経過した。船長には再診が必要となっておる」

「両名の容器を」

叙任士がいうと、パスカルにかしずく頭巾をかぶった付き添いの一人が進み出て、小さなガラス容器をさしだした。シルベステもおなじものをポケットから出した。

二つの容器は、なかの液の色が異なる。パスカルのは薄い赤、シルベステのは薄い黄色だ。それぞれの液中では黒っぽい繊維状のものがくるくると踊っている。

叙任士はそれらを両手で持ってしばらくかかげたあと、テーブルに並べ、参列の人々によく見えるようにした。

「ここに結婚の準備が整いました」

それから慣例にのっとり、この結婚が執りおこなわれるべきでないとする生命倫理学的理由を提示する者がいるかと尋ねた。もちろん、異議の声はなかった。

とはいえ、さまざまな可能性が考えられる緊張したその一瞬、シルベステは、参列者のなかのベールをかぶった一人の女が、ハンドバッグから琥珀色の香水瓶をとりだすのに気づいた。先端に宝石がついた凝った装飾の蓋をあけている。

「ダニエル・シルベステ」叙任士がいった。「あなたはこの女性をリサーガム法にもとづいて妻とし、リサーガム星ないしその他の地において支配的な法制度によって無効とされるまで、結婚を続けますか？」

「はい」

シルベステは答えた。

叙任士はおなじことをパスカルに尋ねた。

「はい」

パスカルも答える。

「では、絆を結びます」

マッシンジャー叙任士はマホガニー製の箱から結婚銃をとりだし、ガチャリと開いた。まず、パスカルの付き添い役がさしだした赤いガラス容器をチェンバーにこめ、撃発機構をもどす。ステータス変化をしめす眼球内映像がつかのまその背景にひらめく。

叙任士が結婚銃の円錐形をした先端をシルベステのこめかみに押しあてると、ジラルデューがシルベステの二の腕に手をかけ、ささえた。

シルベステがジラルデューにこの儀式を説明したとき、痛みがないといったのは本当だが、不快感がまったくないわけではないのだ。まるで液体ヘリウムを脳髄に注入されているような、突然の強烈な冷たさを感じる。しかしその不快感は短時間であり、皮膚に残った親指大の跡も数日で消える。脳の免疫システムは身体全体にくらべると弱いので、注入されたパスカルの細胞は、各種の補助メディシーンとともに髄液のなかをただよいながら、シルベステの細胞と結合していく。その量はごく少なく、脳の容積の〇・一パーセント以下だ。しかし移植された細胞には、もとの宿主の印象が消しがたく残っている。ホログラフィのように分散記録された人格と記憶が、あの繊維状のものなのだ。

叙任士は使用済みの赤いガラス容器を銃から抜き、黄色いほうを装塡した。

パスカルにとって、イエローストーン式の結婚は初めてだ。身体の震えは隠しきれない。ジラルデューがその両手を握ってやるなか、叙任士はシルベステの神経物質を撃ちこんだ。その瞬間、パスカルは身体をピクリとさせた。

シルベステはジラルデューに、インプラントが永久に残るかのように説明したが、それは真実ではない。移植される神経物質には無害な放射性同位体で標識がつけられており、必要なときには離婚ウイルスによって追跡、破壊できる。しかし、これまでシルベステはその方法をとったことがなかったし、今後の人生で何度結婚しようと、それはやらないだろうと思っていた。シルベステは過去の妻たち全員のかすかな痕跡を脳内に持っており、彼女たちもシルベステの痕跡を持っている。おなじように、パスカルの痕跡もシルベステの頭に永遠にとどまるのだ。

じつはシルベステの過去の妻たちの痕跡も、きわめてかすかではあるが、パスカルのなかにはいったことになる。

それがイエローストーン式なのだ。

叙任士は結婚銃をていねいに箱にしまった。

「リサーガム法により、この結婚は正式なものとなりました。両名は——」

そのとき、香水の香気がジャヌカンの孔雀たちのところへ到達した。

琥珀色の瓶の蓋をとった女は、もういない。その席がぽっかりと空いている。その香水は秋の匂いがした。踏みしだいた枯れ葉の匂いを思い出すと同時に、シルベステはくしゃみをしたくなった。

なにかがおかしい。

寺院のなかの光が青緑色に変わった。人々がたくさんのパステル色の扇を広げたかのようだ。孔雀が飾り羽を広げていた。無数の斑紋が目玉のようににらむ。

ふいに空気が灰色に変わった。

「伏せろ!」

ジラルデューが怒鳴った。うなじをしきりに掻いている。なにかが刺さっている。小さくてとがったものだ。

シルベステは呆然としたまま自分の上着を見下ろして、そこに、文字のコンマのような形をした棘（バーブ）が引っかかっているのに気づいた。布地を破ってはいないが、素手でさわらないほうがよさそうだ。

「暗殺ツールだ！」

ジラルデューが叫びながら、テーブルの下に身体を倒し、同時にシルベステと娘を引きずりこんだ。

寺院のなかは大混乱になっている。パニックを起こした参列者たちが逃げまどっている。

「ジャヌカンの鳥にしこまれていたのだ！　毒矢が、あの羽根に」

ジラルデューはほとんどシルベステの耳もとで怒鳴っていた。

パスカルが父親を見て、ぼんやりとして感情のこもらない声でいう。

「刺さってるわ」

頭上で光と煙が炸裂した。いっせいに悲鳴があがる。

シルベステの視界の隅に、あの香水瓶の女が見えた。流線形で強力そうな外観のダブルグリップの銃をかまえ、参列者たちにむけて乱射している。牙のようなものがついた銃口から出る青白い光は、ボース－アインシュタイン凝縮体のエネルギーを使ったボーザー・パルスだ。フロートカメラが女のまわりに集まり、冷静にこの惨劇を記録している。

女が手にしているような武器を、シルベステは見たことがなかった。リサーガム星で製造されたものではありえない。とすると、可能性は二つ。最初に植民したときにイエローストーン星から持ちこまれたものか、それ以後クーデタまでの期間にこの星系を通過した商人ルミリョーが売ったものかだ。

九十九万年もの長年月を生き延びてきたアマランティン族のステンドグラスが、頭上で砕け、無数の割れたキャンディのようになって降ってきた。赤いガラス片が、凍った稲妻のように参列者たちの身体に突き刺さっていく。そのさまを見ながら、シルベステはなすすべがなかった。寺院内はすでにパニックの悲鳴に満ち、傷ついた人々の苦痛の叫びはかき消されている。

ジラルデューのわずかな衛兵チームが対応しているが、歯がゆいほど動きが遅かった。四人は顔にバーブを浴びて倒れている。もう一人はピストルでジャヌカンの孔雀を始末している。一人はようやく座席にたどりつき、銃を持った女ともみあいはじめた。

一方、テーブルの下でジラルデューはうめいていた。血ばしった白目をむき、苦しそうに手で宙をかく。

「逃げないとだめだ」

シルベステはパスカルの耳もとで叫んだ。パスカルはまだ神経物質を撃ちこまれたショックでぼんやりし、なにが起きているのかよくわからないようすだ。

「でも、父が……」

「もう手遅れだ」

シルベステは、テーブルの陰の安全な位置を選んで、寺院の冷たい床にジラルデューのぐったりした身体を横たえた。

「このバーブには致死性の毒がしこまれてる。手当てしてもまにあわない。ぐずぐずしてると、おれたちまでおなじ末路をたどることになるぞ」

ジラルデューの喉がかすれた音をたてた。行けといったのかもしれないし、意味のない断末魔のあえぎかもしれない。

「おいていけないわ！」

「おいていかないなら、おれたちもやられるだけだ」

涙がパスカルの頬をつたう。

「逃げるって、どこへ？」

シルベステはすばやく周囲を見まわした。神経ガス弾の煙が寺院内に広がっている。衛兵が使ったのだろう。煙はパステル色の螺旋を描き、踊り子が投げたスカーフのようにゆっくりと沈んでいく。

煙ですでに視界が悪くなっているのに、さらに寺院の外の照明が消されるか破壊されるかしたらしく、完全な闇につつまれた。

パスカルがはっと息をのむ。

シルベステの目は、考えるまもなく赤外線モードに移った。パスカルの耳もとにささやく。

「おれは見える。いっしょにいれば、暗闇は心配ない」

孔雀の危険が去っていることを祈りながら、シルベステはゆっくりと立ちあがった。脇腹にこぶし大の熱い穴があいている。

寺院内は熱による緑の濃淡で見える。香水の女は死んでいた。この香水が、ホルモン作用を利用した一種のトリガーだったのだろう。ジャヌカンの孔雀にはその受容体が埋めこまれていた。ジャヌカンも協力者だったと考えなくてはならない。その姿を探すと——死体となってころがっていた。短剣が胸に突っ立ち、綾織りのジャケットに熱いものが流れている。

シルベステはパスカルの手をとり、出口のほうを見た。出口のアーチは、アマランティン族の小さめの像と浅浮き彫りの図文字で飾られている。

ジャヌカンをのぞけば、寺院内でことを起こした暗殺者は香水の女だけだったようだ。しかしいまはその援軍が、擬色迷彩に身をつつんで突入してきている。ブリーザーマスクと赤外線ゴーグルで顔をぴったりとおおっている。

シルベステは小声でささやいた。

「やつらの狙いはおれたちだ。でももう死んだと思ってるだろう」

生き残ったジラルデューの衛兵たちは、扇形におかれた座席のあちこちで身をかがめて反撃姿勢をとっている。しかし、装備がちがいすぎた。突入してきた敵は大出力のボーザー・ライフルで武装している。衛兵たちは低出力のレーザーと弾薬兵器で反撃するものの、敵の攻撃で縦横に切り裂かれてしまっている。

参列者の半分は意識不明か死んでいるようだ。孔雀の毒矢の斉射を浴びたのだ。ターゲットを精密に狙える暗殺ツールとはいいがたいが、孔雀はまったくノーチェックで寺院内にいれられていた。意外にも、孔雀のうち二羽がまだ生きていた。空気に残るかすかな香水の分子に反応して、飾り羽を気ぜわしい高級娼婦のように開いたり閉じたりしている。

「ジラルデューは武器を携行してたか？」

シルベステはそういってから、過去形を使ったことを後悔した。

「クーデタ以後という意味だ」

「持ってないと思うけど」

それはそうだろう。ジラルデューが娘にそんなことを話すわけがない。シルベステは手早く、動かなくなったジラルデューの身体に手を滑らせ、礼装の下に硬い武器の感触を探した。

ない。

「丸腰で切り抜けるしかないな」

はっきりと言葉にしたからといって、それが意味する困難がやわらぐわけではないのだが。しばらくして結論をいった。

「やつらはおれたちを殺す気だ。逃げるしかない」

「迷路へ、かしら」

「最後はみつかるぞ」

「でも、わたしたちだとはわからないかもしれないわ。あなたが闇で目が利くことも知らないかもしれない」

闇のなかで相手の顔など見えないはずなのに、パスカルはまっすぐにシルベステに顔をむけた。ただし開いた口が見えるだけで、表情も期待感の程度もわからない。

「そのまえに、父にお別れさせて」

闇のなかでジラルデューの身体をみつけ、最後のキスをした。

シルベステは出口のほうを見た。ちょうどそのとき、そこを守っている敵兵が、ジラルデューの衛兵に撃たれた。マスクをした人影が崩れ落ち、熱い液体が床に広がる。白いウジ虫のような熱エネルギーが、冷えきった石の床に吸いとられていく。

退路がひらけた。一時的に。

パスカルが手探りしてシルベステの手を握る。二人は走りだした。

8

孔雀座デルタ星への途上
二五四六年

背後でマドモワゼルがそっと咳ばらいをするのを聞いて、クーリはいった。

「船長についての話は全部聞いてたんだろう」

マドモワゼルの幻影をのぞけばだれもいないこの私室で、クーリは、ボリョーワとサジャキから聞かされたこの船のミッションについて、考えをめぐらせていた。

マドモワゼルは控えめな笑みを浮かべた。

「多少こみいった話だったわね。正直にいえばこの船がシルベステとなんらかのつながりを持っている可能性は考慮していたわ。リサーガム星などへあえて飛ぶ意図を考えれば当然。でもここまで複雑だったとは」

「そうともいえるが」

「彼らの関係は……興味深いわ」

このベータレベル・シミュレーションはしばしば言葉を探すふりをする。しかしそれは、わざとらしい演技にすぎないのだ。

「そのためにわたしたちの将来の選択肢は狭められるわね」

「あの男を殺すという方針は変わらないのか？」

「もちろん。話を聞いてむしろ緊急性が高まったわ。サジャキがシルベステを船につれてくる危険が高まった」

「わたしはそのほうが殺しやすい」

「それはそうでしょう。でもそこまで事態が進んだら本人を殺すだけではすまないのよ。船そのものを破壊しないとミッションは完了しなくなる。そこからあなたが安全に脱出できるかどうかは別問題」

クーリは顔をしかめた。最初からそうなのだが、この女はなにをたくらんでいるのかさっぱりわからない。

「でも、わたしがシルベステの死を保証すれば……」

「それでは充分でないの」マドモワゼルの口調にはこれまでと異なる率直さが感じられた。「殺すのはあなたの仕事の一部だけどすべてではない。特定のルールにのっとって殺してもらわなくてはいけない」

クーリは相手が続けるのを待った。

「すこしも警戒させてはいけない。数秒間の猶予もあたえてはいけない。そして孤立した環境で殺さなくてはいけない」

「最初からそのつもりさ」

「いいわ。でもこのルールは厳格に守らなくてはいけないのよ。第三者があらわれる可能性がすこしでもあるときは暗殺は延期。この点で妥協は許されないのよクーリ」

殺し方が具体的な話題になるのはこれが初めてだ。どうやらマドモワゼルは、たくらみの全貌は教えないまでも、そろそろ舞台仕掛けの一部をクーリに明かしてもいいと判断したらしい。

「武器はなにを使うんだ」

「好きなものを使っていいわ。ただし一定水準以上のサイバネティクス部品はいっさい組みこまれていない武器であること。その点はまたいつか詳しく説明する」文句をいおうとするクーリの先を制して、マドモワゼルは続けた。「ビーム兵器はかまわない。けれどいかなる段階においてもターゲットの身辺にその武器を近づけないこと。弾薬兵器や爆破物でもわたしたちの目的は達成されるわ」

近光速船の性質を考えれば、それらの条件に合致する武器はいくらでも船内にころがっているはずだ。時期がきたら、それなりに殺傷力のあるものを手にいれて、実行までのあいだに使い方を身体になじませておけばいいだろう。

「武器の調達はなんとかなると思う」

「条件はまだあるのよ。ターゲットがサイバネティック環境にいるときは接近してはいけない。もちろん殺してもいけない。これも理由は近いうちに説明するわ。とにかく孤立した環境であればあるほど好条件よ。リサーガム星の地上で助けの来ない僻地などで殺すのが理想的。わたしの要件は完璧に満たされるわ」

マドモワゼルはそこで一呼吸おいた。それがクーリにとって肝に銘じておくべき重要事項であることを、強調しているつもりらしい。しかしクーリにとっては、暗黒時代の熱病に処方される呪術のように、まったく意味不明だった。

「ターゲットがリサーガム星から出ることは絶対に許されない。いいわね。リサーガム星近辺に近光速船が来たらシルベステはあらゆる手段を使ってそれに乗ろうとするはず。この船であってもよ。いかなる状況でもそれを許してはいけない」

「了解。ようするに地上で殺せってことだな。それだけか？」

「まだあるわ」

マドモワゼルはニヤリとした。クーリが初めて見る不気味な笑みだ。もしかするとこのシミュレーションは、こういう特別の場合のための表情パターンをいくつか隠しているのかもしれない。

「ターゲットが死んだ証拠は当然必要よ。このインプラントがすべての顚末を記録するとはいえその記録を裏付ける物理的証拠をあなたはイエローストーン星へ持ち帰らなくてはならない。具体的には遺体。灰ではなくて。かならず真空で保存すること。遺体は密封して船から隔離しておくこと。可能ならコンクリートに埋めこんでもいい。とにかく持ち帰りなさい。証拠として」

「それから？」

「そのあとは約束どおり夫を返してあげるわよアナ・クーリ」

息もつがずに走ったシルベステとパスカルは、アマランティン族の都市をかこむ漆黒の壁に駆けこみ、虫がのたくった跡のような迷路を数百歩進んでから、ようやく立ちどまって息を整えた。分かれ道では、考古学者がつけた目印を無視して、人間の感覚でできるかぎりランダムに方向を選んだ。予測しやすい経路をたどっていたら追跡される危険があるからだ。

「そんなに急がないで。迷ったらどうするの？」

シルベステは、そのパスカルの口に手をあてて黙らせた。父親が暗殺された事実から考えをそらすために、なにかしゃべらずにはいられないのだろうが。

「静かにするんだ。壁のなかには真実進路派（トゥルーパス）の部隊がはいって、生存者を掃討しているはずだ。居場所を知られるわけにはいかない」

パスカルは小声でいった。

「でも、ダン、わたしたちは迷ってしまったわ。ここから抜け出せなくなって餓死した人が何人もいるのよ」

シルベステはしだいに深くなる闇を恐れず、狭い横穴へパスカルを押しこんだ。このあたりまで来ると滑り止めの床材は敷かれておらず、壁や床はつるつるしている。

「迷う心配だけはしなくていい」

シルベステは、本心以上に落ち着いた声でいって、自分の目を指でしめした。しかしもう暗すぎて、パスカルにそのしぐさは見えなかった。目が見えない大勢のなかで一人だけ目が見えるようなもので、言葉に頼らないジェスチャーが通じないことをつい忘れてしまう。

「おれはたどってきた経路をすべて視覚的に再生できる。壁にもおれたちの身体から出た赤外線の痕跡が充分に残ってる。都市にいるよりここのほうが安全なんだ」

パスカルはシルベステのかたわらで、長いこと無言で肩をあえがせていた。それからようやく、こうつぶやいた。

「あなたのいうことだからまちがいはないと思うけど。それにしても、ずいぶん不吉な結婚生活のスタートになったわね」

寺院の殺戮の場面がまだ生々しく脳裏に残っているシルベステは、とても笑いたい気分ではなかったが、それでも無理をして笑った。そのおかげで現実の重苦しさがやや軽くなったような気がした。

そのほうがありがたかった。なぜなら、冷静に考えて、パスカルの懸念はもっともだからだ。迷路のなかでたどった経路をシルベステが正確に憶えていても、トンネルが滑りやすくて傾斜を登れなかったり、ひそかに噂されているように、迷路がときどき自動的に構成を変化させているのなら、そんな知識は役に立たないのだ。魔法の目があろうとなかろうと、目印のある経路からはずれて迷いこんだあわれな人々とおなじように、飢え死にの運命が待っている。

二人はアマランティン族がつくった構造のなかを、奥へ奥へと進んでいった。壁の最内層をくねくねと続くトンネルを、ゆるやかな曲面に手をあてながら探っていく。もちろん、迷うのとおなじくらいにパニックも大敵だ。しかし冷静でいつづけるのも楽ではない。

「いつまでここにとどまるべきかしら」

「丸一日だ。そうしたら出よう。そのころにはキュビエからの援軍が到着しているはずだ」

「だれの命令で動いている援軍？」

シルベステは身体を横にして、トンネルの細くくびれたところを通り抜けた。そのむこうは三つにトンネルが枝分かれしていた。頭のなかでコインをはじいて、左を選ぶ。

「たしかにその疑問はあるな」

シルベステは、妻に聞こえないように小声でつぶやいた。

メディアへの露出を狙った単独のテロ行為ではなく、コロニー全体で一斉蜂起するクーデタだとしたら？　キュビエの支配権がジラルデュー政権から離れ、トゥルーパスの手に落ちていたら？　ジラルデューが死んでも党機関は残るが、その歯車である要人の多くが、結婚式に参列していたのだ。電撃的革命が成功をおさめるには、たしかにいいタイミングだ。もう手遅れなのだろうか。シルベステのかつての政敵もまた、支配の座を追われ、見知らぬ新しい顔にとってかわられたのだろうか。そうだとしたら、迷路に隠れて待つのはまったく無駄ということになる。

トゥルーパスは、シルベステを敵とみなすだろうか。それとも、敵の敵は味方と考えるだろうか。

ジラルデューとシルベステは、最後はかならずしも敵同士ではなかったわけだが。

二人は床が平らな広い部屋に出た。四方八方にトンネルが枝分かれしている。しゃがめる空間があるし、空気も流れていて新鮮だ。換気のために通路に送られる空気がここまで届いているらしい。

シルベステの赤外線視野のなかで、パスカルがおそるおそる腰をおろした。つるつるの床を手探りしているのは、ネズミや、しゃれこうべや、とがった石を心配しているせいらしい。

「だいじょうぶだ。ここは安全だよ」声に出していうことで本当になることを期待しているかのように、「追っ手が来ても、ここならすぐにべつのトンネルへ逃げこめる。ここでしばらくようすを見よう」

自分たちの逃亡が一段落したとなると、当然ながらパスカルはまた父親のことを考えてしまう。いまここで、そんなことはさせたくなかった。

「ジャヌカンはばかだな。きっと脅迫されたんだろう。よくある話だけどな」

　パスカルの考えをすこしでもそらそうと、シルベステはそういった。しかし、パスカルの反応は鈍かった。

「え？　よくある話……って？」

「善は悪に汚されるってことさ」

　シルベステは、ささやき声に近いほど小声でいった。寺院内で使われた神経ガスはまともに吸わずにすんだものの、喉に違和感があった。

「ジャヌカンは何年もまえからあの鳥のプロジェクトにとりくんでいた。マンテルではおれとも何度も会っていた。最初は罪のない生きた彫刻だった。ジャヌカンは、孔雀座と名のつく恒星をめぐるコロニーは、すべてシンボルとして孔雀を飼うべきだといっていた。それにだれかが目をつけたんだな」

「ジャヌカンの孔雀はすべて毒を持っているのかもしれないのね。まさに歩く爆弾だわ」

　パスカルは気味悪そうにいった。

「毒を持つようにいじられたのは、ごく一部だったんじゃないかと思うけどな」

　空気のせいかもしれないが、シルベステはふいに疲れを感じ、眠くなってきた。反乱者たちが、死体の山のなかにターゲットの二人がいないと気づいて追っ手をかけているのなら、迷路のこの付近にもすでに捜索の手が伸びているはずだ。

「父にそんなに敵がいたなんて」

　パスカルの言葉は、狭い空間のなかで行き場がないまま身もだえるように響いた。恐ろしいだろう。目がまったく利かず、シルベステの案内だけが頼りのこの闇は、すさまじく怖いはずだ。

「自分の目的のために他人を殺す人がいるなんて、信じられない。どうしてそんなことまでするの」

クーリも他の乗組員とおなじように、最終的には冷凍睡眠にはいってリサーガム星への行程の大半をすごすことになる。しかしそれまでは、目覚めている時間のほとんどを砲術管制室での演習についやした。

しまいには夢にまでみるようになった。ボリョーワが作成した訓練プランは徹底的な反復練習で、退屈という表現ではたりないほどだ。それでも、砲術管制室の環境に没頭できることをクーリは歓迎した。不安を一時的に忘れられるからだ。シルベステの問題はかすかな心配事という程度に抑えられる。困難な状況に変わりはないが、その事実の重みを感じずにすむのだ。砲術管制系がすべてになり、なにも恐れる必要はなくなる。

それでも訓練セッションが終われば、砲術管制系はこの問題と関係ないと認めざるをえなかった。クーリのミッションの行方に影響をあたえるものではないと。

ところが、犬が帰ってきたとき、それが一変した。

犬というのは、クーリのセッション中にマドモワゼルが砲術管制系に放った捜索プログラムのブラッドハウンドだ。犬たちはシステムに一カ所だけあった弱点をみつけて、神経インターフェースからシステム内に侵入した。ソフトウェア攻撃に対して厳重な防護策を講じているボリョーワも、砲術士本人の脳から攻撃がしかけられるとは予想していなかったのだろう。

犬たちはシステムのコアに無事に到達したことを知らせてよこすと、そのセッション中には帰ってこなかった。入り組んだシステム内部を詳細に調べるには、数時間ではたりないからだ。そうやって一日以上とどまり、次のセッションでクーリが接続したときにもどってきた。

マドモワゼルはそれをデコードし、犬たちがどんな獲物をみつけたかを解析した。

「密航者がいるわね」セッションが終わり、クーリと二人きりになったときに、マドモワゼルはいった。「砲術管制系のなかになにか隠れてる。おそらくボリョーワはまったく気づいていないわ」

これを聞いた瞬間から、クーリの砲術管制室は平穏さにひたれる場所ではなくなった。体温がすっと下がるのを感じた。

「それで」

「データの存在。わたしにいえるのはそれだけね」

「犬が出くわしたのか」

「いいえ。ちがうわ……」

またマドモワゼルは言葉を探して口をつぐんだ。もしかするとそれは本当の迷いなのだろうかと、クーリは思いはじめた。何光年も離れたところにいる本物のマドモワゼルの期待にそうために、インプラントが状況を分析している時間なのだろうか。

「犬たちは見ていない。チラリとも見ていないわ。すばしこい相手なのよ。そうでなければボリョーワの対侵入システムにひっかかっている。犬たちが探知したのはさっきまでそこになにかがいたという気配。それが移動したあとの空気の流れね」

「やめてくれよ、そんな、まるで幽霊がいるようないい方は」

「あら失礼。でも不安にさせられる存在であることは否定できないわ」

「おいおい、おまえが不安になるっていうなら、わたしはどうなるんだ」クーリは現実の残酷さに消沈し、首をふった。「わかったよ。それで、おまえはなんだと思うんだ。ウイルスの一種か？　この船をむしばんでるような」

「もっとはるかに高度なものよ。ボリョーワの防護策はさまざまなウイルスの活動を抑えこんでなんとかこの船を運用可能な状態に維持している。それどころか融合疫さえ抑制している。でもこれは……」

マドモワゼルは、なかなか説得力のある恐怖の表情をクーリにむけた。

「犬たちが怖じ気づいているのよクーリ。この犬たちの嗅覚でもとらえられないのだから、わたしが経験したことのないほど狡猾な相手ということになる。にもかかわらず犬たちを攻撃しなかった。そこがいちばん不気味な点よ」

「というと？」

「その存在は時機を待っているという意味だから」

シルベステには、どれくらい眠ったのかわからなかった。混乱と逃亡の悪夢にうなされたほんの数分だったような気もするし、あるいは数時間だったような気もする。もしかしたら丸一日かも。わからない。とにかく自然な疲れで眠ったのではないことはたしかだ。なにかのきっかけで目を覚ましたシルベステは、しばらくしてはっとした。催眠ガスのせいだ。通路の換気システムにガスをいれられたのだ。心地よい風が吹いているように感じたのも無理はない。

屋根裏をネズミがうろつくような音がしている。

パスカルを揺り起こした。目を覚ましたパスカルは、現実を認めたくないようにしばらく呆然としたあと、周囲の闇と苦しい状況を理解して、つらそうなうめきを漏らした。シルベステは赤外線視野のなかで、その顔が目覚めたばかりの無表情から、苦しみと恐怖がないまぜになった表情に変化するのを見た。

「逃げるぞ。追っ手が来てる。トンネルの空気にガスをいれられたんだ」

カリカリとひっかくような音が近づいてくる。

パスカルはまだ夢うつつのようすだったが、ようやく口をひらいて、厚い布ごしに話しているような不明瞭な口調で訊いた。

「どっちへ?」

「こっちだ」

シルベステはパスカルの手をとって歩かせ、枝分かれしているいくつものトンネルのひとつにはいった。パスカルがつるつるした床で足を滑らせてころぶ。シルベステは身体をひねって手をとり、立たせてやった。

前方は闇。トンネルは数メートル先までしか見えない。シルベステの目もほとんど見えていないのとおなじだ。それでも、なにも見えないよりましではある。

「待って」パスカルがいった。「うしろから光が近づいてくるわ、ダン」

声もだ。言葉は聞きとれないが、早口にかわす声がしている。カチャカチャと金属が鳴る音も。ケミカルセンサーがすでに二人をとらえているのだろう。フェロモン探知機が、空気中にまじる人間の恐怖の匂いをとらえ、追っ手の感覚中枢に視覚情報として送っているはずだ。

「どんどん近づいてくる」

チラリとふりかえったシルベステの目は、ひさしぶりの光の入力でしばしオーバーロードした。うねうねと伸びるトンネルの壁が青白く輝いている。だれかが手で照明を持っているように、ゆらゆらと揺れている。

シルベステは逃げるペースをあげようとした。しかし上り坂だ。床も壁もガラスのようにつるつるして足がかりがない。氷の裂け目をよじ登ろうとしているようなものだ。

荒い呼吸音、金属が壁にこすれる音、指揮官が命じる声が聞こえる。

だめだ。傾斜がきつすぎる。滑り落ちないように身体をささえるのが精一杯だ。シルベステは身体を反転させ、青い光のほうをむいた。

「おれの背中にまわれ」

パスカルはシルベステの脇をすり抜けて背中側に隠れた。

「どうするの？」

ゆらめく光が着実に近づいてくる。

「もう選択肢はない。逃げきれない。むきを変えて対決するしかないんだ、パスカル」

「自殺行為よ」

「おれたちの顔を見たら、殺しはしないかもしれない」

人類は四千年の文明において、いつわりの希望というものを発明した。しかしそれしかないのだから、どんなに絶望的でもすがるしかない。

背中からパスカルが腕をまわし、頭をよせておなじ方向を見ている。吐息は恐怖で震えている。シルベステ自身の息もおなじように聞こえているだろう。敵は、文字どおりこちらの恐怖を嗅ぎつけているはずだ。

「パスカル」シルベステはいった。「話しておきたいことがあるんだ」

「こんなときに？」

「こんなときだから」

二人のせわしない呼吸はまじりあい、どちらがどちらとも区別できなくなっている。はげしい鼓動が肌を打つ。

「でないとだれにも話せずに終わってしまうかもしれない。長いこと胸にしまってきた秘密を」

「死ぬかもしれないからってこと？」

その質問には直接答えなかった。頭の片隅では、あと何秒、何十秒残っているだろうと考えている。最後まで話す時間はないかもしれない。

「おれは嘘をついていた。ラスカイユ・シュラウドで起きたことについて」

パスカルがなにかいいかけるのを、シルベステは制した。

「待ってくれ。聞いてくれ。話さなくてはいけない。話してしまいたいんだ」

パスカルは、聞きとれないようなかすかな声でいった。

「いいわ」

「あそこでどんなことが起きたかは、話したとおりでまちがいない」

パスカルは目を見開いて聞いている。赤外線視野に浮かぶ顔のなかで、目が楕円形に開いている。

「ちがってるのは立場だ。シュラウドに近づいたとき、弱まったのはカリーン・ルフェーブルの精神変移ではなかった」

「どういうこと？」

「おれだったんだ。おれのせいで二人とも死にかけたんだ」

シルベステはそこで口をつぐみ、パスカルがなにかいうのを、あるいはゆっくり近づいてくる青い光が角を曲がってこちらをじかに照らすのを待った。しかしパスカルはなにもいわず、光もあらわれないので、告白を続けた。

「おれのシュラウダー精神変移は崩れかけていた。シュラウダー周辺の重力場がおれたちを押しつぶそうと迫ってきた。コンタクト船のおれの側のモジュールを切り離さないと、カリーンまで死んでしまう」

パスカルはいま、世間一般で史実と認められ、自分も信じきっていた枠組みに、この話をあてはめようとしているはずだ。ちがう、そんなことはありえない、真実であってはならないと思っているだろう。これまでのストーリーはシンプルだった。ルフェーブルの精神変移が崩れはじめ、彼女は崇高なる犠牲精神から自分の側のモジュールを切り離した。そのおかげでシルベステは生き延び、おそるべき異種族との苛烈な遭遇をはたした。それ以外の史実はありえない。それがパスカルの知っているストーリーなのだから。

しかしそれは、真っ赤な嘘だったのだ。

「おれはそうすべきだった。終わってしまったいまでは、簡単にいえる。しかしそのとき、その場では、できなかった」

パスカルにはシルベステの表情は見えない。それをよろこぶべきか、残念に思うべきか、よくわからなかった。

「おれはモジュール分離用の炸薬を起爆できなかったんだ」

パスカルは、物理的にできなかったといってほしいのだろう。平穏な空間がせばまり、身体が動かせなかったのだと。肉体を引き裂くほどの重力の渦に押さえつけられ、身動きできなかったのだと。

しかしそれをいったら嘘になる。もう嘘はつかないと決めたのだ。

「怖かったんだ。死ぬほどおびえていた。異種族の支配空間で死ぬのが恐ろしかった。その場所で、ラスカイユが啓示空間と呼んだ場所で、おれの魂がどうなるのかと思うと、恐ろしくてたまらなかったんだ」

咳をしながら、残り時間の猶予がないのを意識した。

「理性的でないのはわかってる。でもおれはそうだったんだ。事前に何度訓練しても、その恐怖への心構えはできなかった」

「でもあなたは生き延びたわ」

「重力のねじれがコンタクト船を二つに裂いた。炸薬がやるはずだった仕事をかわりにやってくれた。そしておれは死ななかった……。なぜなのかわからない。死んで当然だったのに」

「なぜ?」

「カリーンは?」

シルベステが答えるまえに(答えがそもそもあればだが)、強烈な甘ったるい匂いが二人を襲った。催眠ガスだ。それも今度ははるかに濃い。肺に流れこんでくると、シルベステはくしゃみの発作におそわれた。ラスカイユ・シュラウドのことも、カリーンのことも、彼女の運命に対して自分がしたことも、すべて忘れて、くしゃみだけがシルベステの世界の最優先事項になった。

そして皮膚も裂けよとばかりに胸をひっかいた。

青い光を背景に一人の男が立っていた。ブリーザーマスクのせいで表情は読みとれないが、その姿勢から、自分の仕事に無関心であきあきしているようすがつたわってくる。

ゆっくりと左手を持ちあげる。そこに握られているものは、はじめはガングリップ式のメガホンかなにかに見えた。しかし、もっとはっきりした意図のある構え方だ。先端が広がったその武器で、まっすぐシルベステの目に狙いをつける。

男がなにかをした。音はなにも聞こえなかった。しかしその瞬間、シルベステの脳は溶けた鉄を流しこんだような苦痛につらぬかれた。

9

リサーガム星
北ネヘベト地峡　マンテル
二五六六年

「目玉は悪いことしたな」

声がいった。はてしない苦痛と移動の感覚のあとのことだ。

シルベステの頭のなかは一時的に混乱していた。最近の出来事を順番に並べなおさなくてはいけない。結婚、殺戮、迷路への逃亡、催眠ガスといった記憶があるが、それらがたがいに結びつかない。順序がバラバラになった断片を集めて、伝記を再構成するようなものだ。その伝記にはたしかになじみがあるのだが。

男が手にした武器をむけたとき、頭に激痛がはしって——

視力を失ったのだ。

世界は消え去り、動かない灰色のモザイクにおおわれた。目が緊急シャットダウンモードにはいったのだ。カルビンがつくった義眼に重大な障害が起きた。たんにシステムがクラッシュしたのではない。外部から攻撃を受けたのだ。

「見てもらっちゃ困るものがいろいろあるからさ」

声はすぐそばまで近づいている。

「目隠しでもよかったんだが、その立派な義眼にどんな機能があるかわからねえからな。どんな布を使っても透かして見ちまうかもしれねえ。こうするのが確実ってわけだ。集束させた電磁パルスだ。ちっと痛かったかもな。回路をだいぶ焼いたはずだ。悪かったよ」

すこしもすまなそうな口調ではない。

「おれの妻はどうしてる？」

「ジラルデューの娘か？　無事だ。あっちにはそんな無茶はしてねえ」

視力を奪われているせいか、周囲のようすに敏感になっていた。飛行機に乗せられて移動しているようだ。砂嵐を避けるために、複雑な谷筋を縫って飛んでいる。この飛行機はだれのものなのか、だれが飛ばしているのかが気になった。ジラルデューの政府軍はまだキュビエにたてこもっているのだろうか。それとも、コロニー全体が蜂起したトゥルーパス軍の手に落ちたのだろうか。

シルベステにとってはどちらも愉快なシナリオではない。ジラルデューとは同盟に近い関係を結べたが、そのジラルデューはすでに殺された。浸水党の権力組織にはシルベステの敵が多い。最初のクーデタでジラルデューがシルベステを殺さなかったことを、こころよく思っていない連中がいるのだ。

それでもシルベステはまだ生きている。目が見えないのも経験済みだ。なじみのない状況ではない。生き延びられるはずだ。

シルベステは血が止まりそうなほどきつく縛られていた。

「これからどこへ行くんだ？　キュビエへもどるのか？」

「もどるとしたら、どうなんだ？　そんなにもどりたいわけでもねえだろ」

飛行機がふいに大きく機体をバンクさせ、胃がひっくりかえりそうになった。嵐のなかのおもちゃのヨットのように、急激な上昇と降下がくりかえされる。

シルベステは身体に感じる飛行機の旋回と、記憶しているキュビエ周辺の地形図を頭のなかで照らしあわせようとしたが、無理だった。まだアマランティン地下都市に近いあたりにいるのかもしれないし、まったく見当ちがいの地域を飛んでいるのかもしれない。

「きみは……」

シルベステはいいかけて、ためらった。状況が把握できていないふりをすべきだろうか。しかしやめた。演技など無駄だろう。

「きみは浸水党なのか？」

「どう思う」

「真実進路（トゥルーパス）派じゃないかな」

「ご名答」

「きみたちが政権を握ったのか?」

「……完全に掌握してるぜ」

衛兵は尊大な調子をよそおっているが、返事のまえにわずかなためらいがあったのをシルベステは聞きのがさなかった。まだ確信がないらしい。どこまで制圧が進んでいるか、自分たちでもよくわかっていないのだ。この衛兵が本当のことをいっているとしても、惑星全体の通信網に障害が起きていれば、詳しいことは把握できない。どこまで支配できているか、はっきりわからないわけだ。

ジラルデューに忠誠を誓う部隊やまったくべつの党派が、首都にたてこもって抵抗しているのかもしれない。他の地域でも仲間が反撃に成功していると信じて、信条を捨てずに戦っているのかもしれない。

もちろん、この衛兵のいうとおりの可能性もある。

顔にブリーザーマスクを押しつけられた。とがった角が肌に痛い。しかし耐えられないような痛みではない。傷ついた目の奥で間断なく続く苦痛にくらべれば、これくらいはなんともなかった。

マスクを装着して息をするのは多少の努力を必要とする。吸入部に防塵フィルターがはいっているので、吸入抵抗があるのだ。肺にはいる酸素の三分の二はリサーガム星の大気中にあり、残り三分の一は長いパイプの先についている加圧容器からおぎなわれている。

身体の呼吸反応を阻害しないように一定比率で二酸化炭素もまざっている。

着陸のショックはほとんど感じなかった。ドアが開くまで、どこかに到着したとは気づかなかったほどだ。衛兵がシルベステの拘束を解き、寒くて強風の吹きつける出口へ有無をいわさず進ませた。

外は昼なのか、夜なのか。わからないし、知るすべがなかった。

「ここはどこだ？」

マスクのせいで音がこもり、ずいぶんまぬけな声に聞こえる。

「そんなことを知って、なにになるんだ？」

衛兵の声はこもっていない。つまり、マスクなしで外気を呼吸しているのだ。

「まあ、歩いていける距離に都市なんかないが、もしあったとしても、おまえさんはよけいな方向へ一歩でも動いたら、すぐぶち殺されるんだぜ」

「妻と話したいんだ」

衛兵はシルベステの腕をつかみ、肩がはずれそうなほどねじりあげた。シルベステは倒れそうになったが、衛兵は腕を放さない。

「こっちの準備が整ったら話をさせてやる。女は無事だといっただろう。信用できねえのか？」

「おれの義父になったばかりの男を、きみたちが殺してまもないんだぞ。どうして信用できる？」

「とりあえず頭を低くしな」

手で頭を押さえられ、シェルターのなかにはいった。耳朶を打っていた風の音が遠ざかる。同時に、声が反響するようになった。背後で耐圧ドアが重々しく閉じられ、砂嵐の音がぴたりとやんだ。

目は見えなくても、パスカルが近くにいないのは感覚的にわかった。べつの場所へ護送されたのであってほしい。無事だという衛兵の言葉が嘘でないことを願った。

マスクをむしりとられた。それから、肩をこするほど狭い通路を無理やり歩かされていった。強い消毒薬の匂いがする。案内の手に助けられながら、鉄板の音が響く階段を降りた。さらに二度エレベータに乗せられ、二度ともかなり深いところまでいっきに降りていくのを感じた。

音の反響する地下空間に出た。空気は金属臭がして、強力に換気されている。歩かされていく途中で強い風が吹き出すダクトのわきを通った。ダクトの反対側は地上に通じているらしく、かん高い風の音が聞こえた。

きれぎれに声が聞こえる。抑揚に聞き覚えがある気がするのだが、具体的な名前は浮かんでこない。

ようやく部屋にはいった。壁は白く塗られているにちがいないと思った。四角い部屋のむきだしの壁の圧迫を肌に感じるようだ。

だれかが隣にやってきた。息が臭い。指がそっと顔にふれる。指はつるりとした素材の手袋につつまれ、かすかに消毒薬の匂いがする。指は義眼にふれ、その切り子面をなにか硬いもので軽く叩いた。そのたびに脳髄にむけて激痛がはしる。

「なおすのは指示してからね。いまは見えないほうが都合がいいから」

その声は、まちがいなく聞き覚えがあった。女の声だ。しかし男のように低く響く。

足音が離れていった。女は無言の身振りで案内役を退室させたようだ。

残されたシルベステは、基準点を失ったために平衡感覚がおかしくなってきた。身体がどちらへ傾いても、視界をおおう灰色のモザイクに変化はない。足もとが頼りないのだが、つかまるところがない。もしかしたらここは、十階建てのビルの屋上から宙に突き出された踏み板の上かもしれないのだ。

倒れそうになり、バランスをとろうと両腕をぶざまにふりまわした。

だれかに肘の先をつかまれ、ようやく平衡感覚をとりもどした。断続的になにかをこするような音が聞こえる。鋸で木を切っているような……。

自分の呼吸だった。

湿ったなにかが開く音がした。女が話すために口をあけたのだ。きっと感慨深げにニヤニヤ笑っているのだろう。

「だれだ？」

「失礼ね。わたしの声を覚えてないの？」

女の指がシルベステの腕をつねった。肘の神経が通っているところを正確につまんでひねる。シルベステは犬のように哀れっぽい声をあげた。目の痛みを初めて忘れるほどの激痛だ。

「本当にわからないんだ」

女は指を放した。神経と腱がパチンと骨の横にもどり、またそれも激痛だった。そのあとも、腕から肩までがズキズキする痛みにつつまれる。

女は声を荒らげる。

「思い出しなさい。ずっと昔に地滑りに遭って死んだと、あなたが思いこんでいるだれかよ」

「……スリュカ」

ボリョーワは、いらいらすることがあると船長のところへ話しにいく習慣があった。こうしてリサーガム星への旅が長い中間過程にはいり、クーリもふくめて他の乗組員が眠りについたいま、ボリョーワの習慣が復活していた。船長の脳をほんの数十ミリケルビン温めて、断片的とはいえ意識が宿るようにするのだ。

この二年間、定期的にこういうことをくりかえしてきた。船がリサーガム星に到着して他の乗組員たちが冷凍睡眠から起きてくるまでの今後二年半も、おなじことが続くだろう。定期的といっても、もちろんごくたまにだ。温めるたびに船長とその周辺の物質は疫病に侵食されるので、あまり頻繁に温めるわけにはいかない。それでも、ウイルスや兵器や、機能をむしばまれていく船のシステムのことで毎日頭を悩ませているボリョーワは、この短時間の人間的な交流に安らぎをみいだしていた。

ボリョーワはそんなふうに会話を楽しみにしているのだが、船長のほうはというと、前回の会話の内容すらろくに憶えていなかった。それどころか最近は会話の流れがひややかになる傾向があった。原因のひとつは、サジャキがイエローストーン星でシルベステをみつけられなかったからだ。船長はまた最低でも五年前後の期間を病の苦痛に耐えてすごさなければならない。リサーガム星でもシルベステがみつからなければ、その期間はもっと長くなるだろう。理屈の上ではありえる話なのだ。

さらに悪いことに、船長はシルベステ捜索の進展具合をボリョーワにしょっちゅう尋ねてくる。訊かれれば、ボリョーワは、あまりかんばしくない旨を正直に伝えねばならない。その時点で船長は機嫌をそこねる。機嫌が悪くなること自体はしかたないが、そのあとの会話もどんどん暗い調子になり、しまいに船長はむっつり黙りこんでしまうことさえあった。それから数日か数週間後にふたたびボリョーワが話しにいくと、船長は前回の会話をすっかり忘れていて、おなじことを訊いてくる。そしておなじプロセスがくりかえされるわけだ。ただしそのときはボリョーワのほうも、悪い知らせがあまりショックにならないように言いまわしを考えたり、楽観的な見方をつけくわえるような工夫をした。

会話が暗くなる理由はもうひとつあった。それはボリョーワの側に原因がある。船長がサジャキといっしょにパターンジャグラーを訪れたときのことについて、しつこく探りをいれるからだ。

ボリョーワがそのいきさつに興味を持ちはじめたのは、ほんの数年前のことだ。サジャキの性格が変わった時期とそれが一致するような気がしてきたのがきっかけだった。もちろん、ジャグラーの海にはいるのは精神を改変するのが目的だが、わざわざ悪いほうに変えさせたのはなぜなのか。サジャキは酷薄になった。かつてはきびしいながらもフェアなリーダーであり、三人委員会の欠かせないメンバーだったのに、いまは専横的でまわりが目にはいらない。信頼できなくなっている。

それなのに、船長はサジャキが変わった理由にヒントをあたえるどころか、ボリョーワの質問を徹底してはぐらかそうとする。そのためよけいにボリョーワもしつこくなるのだ。

今回のボリョーワも、そういったことを念頭において、船長のもとへむかっていた。かならず訊かれるであろうシルベステについての質問にどう答えるか。ジャグラーの件でどんな方向から探りをいれるか。

そしていつもの話の筋道をたどるとすれば、船倉の話にふれないわけにはいかない。隠匿兵器の一基が（そのなかでももっとも恐ろしいもののひとつが）、ひとりでに動いた形跡があるのだ。

「新しい展開があったわ。いい話とそうでない話があるの」

マドモワゼルの声がした。

その声が聞こえたことも驚きだが、そもそも自分に意識があることが驚きだった。クーリが最後に憶えているのは、冷凍睡眠ユニットにはいったことと、そのシールドごしにこちらを見下ろしながらブレスレットに命令を入力していたボリョーワの姿だ。

いまはなにも見えないし、なにも感じない。冷たいという感覚すらない。にもかかわらず、自分はまだユニット内にいるのだとわかった。そして、いちおう冷凍睡眠下にある。

「ここは……いまは……？」

「まだ船のなか。リサーガム星への行程の半分あたりよ。速度はかなり上がっていて光速の九十九パーセント以上。会話をできるようにあなたの神経系の温度をすこしだけ上げたわ」

「ボリョーワに気づかれないか？」

「ボリョーワのことなんか心配してる場合じゃないのよ。隠匿兵器の件は憶えてる？　砲術管制系のなかになにかが隠れているらしいという話よ」

マドモワゼルは返事を待たずに続けた。

「ブラッドハウンドが持ち帰ったデータの解析は一筋縄ではいかなかった。あれから三年かかって……ようやくその輪郭が見えてきたわ」

クーリは、マドモワゼルが犬の腹を割いて、こぼれた内臓をひとつひとつ調べているようすを思い浮かべた。

「本当に密航者がいたのか？」

「いたわ。しかも敵意に満ちた密航者。もうすぐ姿をあらわすでしょうけど」

「正体がわかったのか？」

マドモワゼルは慎重な口調で答えた。

「いいえ。でもおなじくらいにおもしろいことがわかったわ」

まずマドモワゼルは、砲術管制系の構造を説明した。

システムは、船内時間で何十年ものあいだに多くの物理層とプロセス層が積み重なった、膨大で複雑なコンピュータの集合体になっている。それぞれのレイヤがどんなふうにからみあい、結びついているか――おそらくボリョーワでさえも、その基本構成すら把握できていないだろう。

しかし、ある面ではとても把握しやすい構造でもある。砲術管制系は、船内のその他のシステムから完全に切り離されているのだ。ほとんどの隠匿兵器の上位機能が、砲術管制室のシートに物理的にすわっている人間からしかアクセスできないのはそのためだ。システムはファイアウォールで厳重にかこまれ、データは外部から内部への一方通行でしか流れない。

こういう構造になっているのは運用上の理由からだ。砲術管制系がとりあつかう兵器は（隠匿兵器にかぎらず）使用時に船外へ投射される。それらが敵兵器のウイルスなどに汚染されると、そこを踏み台にして船内システムに侵入される危険がある。そのために砲術系は船内のシステムから独立しているのだ。一方通行のトラップドアをもうけることで、船内のデータ空間を保護している。このドアは、船内システムから砲術系へむかうデータの流れは通すが、逆は許さない構造になっている。

「ということをふまえて――」マドモワゼルがいった。「わたしたちが砲術管制系でみつけたものはなにか。論理的な結論をあなたにいわせてあげるわ」

「そいつは、誤ってそこにはいったんだな」

「そのとおり」

最初からわかっているくせに、おおげさによろこんでみせるマドモワゼル。

「兵器側から侵入してきた可能性も考慮しなくてはいけないけど十中八九トラップドアからはいったのだと思うわ。そしてそのドアを最後になにかが通過した記録もみつけたの」

「いつなんだ」

「十八年前よ」クーリが口を出すまえに、マドモワゼルは補った。「船内時間でね。標準時間ではおそらくあなたが雇われる八十年前から九十年前」

「シルベステか」

クーリは驚いた口調でいった。

「シルベステはかつて一カ月間失踪したことがある。サジャキたちが、ブラニガン船長を治療するためにこの船につれこんだんだ。時期は一致するのか？」

「疑問の余地はないといえるほどにね。二四六〇年のはずよ。シルベステがシュラウドから生還して約二十年後」

「つまり、その得体の知れないものは、シルベステが持ちこんだのか？」

「わたしたちにわかるのはサジャキの話だけ。すなわちシルベステはブラニガン船長を治療するためにカルビンのシミュレーションを受けいれた。その過程のどこかでシルベステは船のデータ空間に接続したはずよ。密航者がアクセスのチャンスを得たのはそのときね。たぶんそれからまもなく密航者はトラップドアから砲術管制系にはいりこんだ」

「そしてそのまま出られなくなった」

「そのようね」

いつもこうなのだ。クーリが頭のなかで苦労してものごとを整理し、ようやく、ありそうな仮説を組みあげたところへ、新しい事実が飛びこんできてそれを無惨にも砕いてしまう。まるで、次々と報告される新奇な観測事実をとりこみながら、精緻な宇宙論を組み立てていった中世の天文学者のような気分だ。

今回は想像もしない話が出てきた。シルベステと砲術管制系につながりがあるかもしれないというのだ。ここまでくるともうクーリはお手上げだ。マドモワゼルでさえ見抜けなかったのだから。

「その密航者は、悪意を持っているといったな」

クーリは慎重な口調で訊いた。受けいれにくい答えが返ってくるのが怖くて、質問するのがためらわれた。

マドモワゼルもためらいがちに答える。

「そうよ……犬たちはしくじったわ……わたしは自信過剰だった。もっと早く気づくべきだったのよ。サンスティーラーは――」

「サンスティーラーって？」

「名前よ。密航者が自称する」

いやな予感がする。なぜマドモワゼルは密航者の名前を知っているのか。ふと、ボリョーワがおなじ名前を挙げて、聞き覚えはないかと訊いてきたことを思い出した。しかし、いまは聞き覚えどころではない。しばらくまえから夢のなかでその名前を何度も聞いているような気がするのだ。

クーリはそのことをいおうとしかけた。しかしそれより早く、マドモワゼルが重大なことを明かした。

「そいつは脱出するのにわたしの犬を使ったのよ。すくなくとも自分の一部を脱出させた。そしていまはあなたの頭のなかに棲みついているわ」

新しい軟禁部屋にいれられたシルベステには、時間経過をたしかめるすべがなかった。はっきりとわかるのは、拘束されてからだいぶ日数がたったということだけだ。

どうやら薬物を飲まされ、夢のない昏睡状態におかれていたようだ。それでも、ごくたまに夢をみることがある。夢のなかでは目が見えるのだが、もうすぐ見えなくなることがわかっていて、視力を失いたくないと悩む内容だった。

目が覚めても、見えるのは一面の灰色のみだ。しばらく——おそらく数日前から、モザイク模様は消えていた。あまりにもおなじパターンが続くので、脳が認識するのをやめたのだろう。あとに残ったのは色のない無限。もはや灰色とさえ認識されない。色のないぼんやりとした明るさだ。

とはいえ、目が見えてもたいしたちがいはないだろう。実際の幽閉環境もおそらく無機質で殺風景で、おなじように脳が認識を拒否するのではないだろうか。声が反響しない岩壁の密室という感じがする。それも何メガトンもある巨大な岩のなかだ。

パスカルのことを考えつづけた。しかし日がたつにつれ、彼女のイメージを心に浮かべるのも難しくなってきた。灰色が記憶にも侵入してきたかのようだ。ドロドロのコンクリートのように流れこんできて、すべてをおおい隠してしまう。

そんななかのある日、あたえられた食料を食べた直後に、独房のドアが開いて、二つの声がはいってきた。

最初の声は、ジリアン・スリュカ。ハスキーな声だ。

「好きにいじっていい。一定の範囲で」

「手術中は麻酔で眠らせるべきなのですが」

もう一人は男で、喉にからむように甘ったるい声だ。覚えのある臭い息。

「よけいな手間はかけなくていい」

スリュカはすこし考えて、つけ加えた。

「べつにすばらしい仕事を期待してるわけじゃないのよ、フォルケンダー。こいつにわたしの姿が見えるようにしてくれればいいだけ」

「でしたら数時間で」

角の丸い独房のテーブルに、なにかをドスンとおく音が聞こえた。フォルケンダーはもごもごとつぶやく。

「ですが、この目をどういじってもたいして改善されませんよ」

「一時間でやって」

乱暴にドアを閉めてスリュカは出ていった。

拘束されてからずっと静寂のなかですごしてきたシルベステに、その音はまるで脳天まで響くように聞こえた。いままで自分のおかれた状況を知ろうと、どんな小さな音にも耳をすませてきた。手がかりは少なかったが、そのために耳が敏感になっていたのだ。

フォルケンダーの臭い息が近づいてきて、慇懃（いんぎん）無礼な口調でいった。

「あなたを手がけることができて光栄です、シルベステ博士。時間さえあれば、彼女にやられた損傷をほとんど修復するのも可能なのですがね」

「一時間でといってたな。一時間でなにができる？」

自分の声が他人のように聞こえた。夢のなかで寝言をいう以外には、もう長いこと声というものを出していなかったのだから無理もない。

フォルケンダーが器具をあさる音が聞こえた。

「いまよりはましになると思いますよ」

一言いうたびに舌打ちする。

「あばれないでじっとしていただければ、その分だけよい結果になるはずです。ただまあ、あまり気持ちよくはないでしょうけれども」

「よろしく頼む」

男の指がシルベステの義眼を軽くなでる。

「お父上には私淑しておりました」

また舌打ち。ジャヌカンのニワトリを思い出す。

「この義眼はお父上があなたのために特別におつくりになったものですね。よく存じております」

「これをつくったのはベータレベル・シミュレーションのほうだ」

「なるほどなるほど」

たぶんフォルケンダーは、些末なちがいを無視するように手をふっただろう。

「アルファレベルではなくてね。あれはずいぶん昔に行方不明になったのでしたね」

「あれは、おれがジャグラーに売ったんだ」

シルベステはさらりといった。長年胸に秘めていた秘密が、酸っぱい種のようにぽろっと口から出てきた。

フォルケンダーの気管が奇妙な音をたてた。この男にとってクスクス笑いにあたるのだろう。

「なるほどなるほど。それでだれからも非難されなかったというのは不思議です。人間とはシニカルなものですな」

キーンという回転音が独房いっぱいに響き、不気味な振動がつたわってきた。

「では、天然色の世界にはお別れしてください。わたくしの腕ではモノクロームが精一杯ですから」

クーリが望むのは、精神のなかで息をつける空間だった。考えをまとめ、頭のなかに侵入したという存在の気配に耳を澄ませられる静けさがほしい。

しかしマドモワゼルは、そんなクーリの気持ちも知らぬげにしゃべりつづけていた。

「サンスティーラーは以前にもこのやり方を試みてるはずよ。つまりあなたの前任者に」

「密航者はナゴルヌイの頭にもはいろうとした、ということか」

「そのとおり。ただしナゴルヌイのときはブラッドハウンドのようなヒッチハイクできるものがなかった。サンスティーラーはもっと粗雑な手段に頼るしかなかったはずよ」

クーリは、ボリョーワから聞いた前任者の顚末を思い出した。

「対象が狂気におちいるような粗雑さ、か」

マドモワゼルはうなずいた。

「そのようね。サンスティーラーは自分の意思をその男に植えつけようとしただけでしょう。砲術管制系から脱出するのは不可能。だからナゴルヌイをあやつり人形として使うことを試みた。おそらくナゴルヌイがシステムに接続している時間内にその無意識に働きかけることによってね」

「わたしは具体的にどれくらい危険なんだ？」

「たいしたことはないわ。いまのところは。犬はほんの数匹だった。侵入できたのはサンスティーラーのごく一部のはずよ」

「犬たちはどうなったんだ？」

「もちろんわたしがデコードしたわよ。そしてなかの情報を読んだ。ただそのとき敵に自分をさらしてしまったのよ。サンスティーラーにね。犬のせいで敵もデータ量が制限されてたんでしょう。その攻撃はかなり雑だったわ。さいわいに。そうでなければ防衛線を張りそこねたかもしれない。倒すのにそれほど苦労はしなかった。でもそれは相手のごくごく一部だったから」

「じゃあ、わたしはもう安全なのか？」

「それがそうでもないの。サンスティーラーを駆除できたのはわたしが宿っているインプラントにおいてだけ。残念ながら他のインプラントまでわたしの防衛線は広げられない。ボリョーワがあなたに埋めこんだぶんもそうよ」

「じゃあ、まだわたしの頭のなかに？」

「もともと犬を利用する必要もなかったのかもしれないわ。あなたが最初に砲術管制系に接続したときすぐにボリョーワのインプラントに侵入していたのかもしれない。でも犬をみつけてこれは使えると思ったのね。それを使ってわたしに侵入しようとしたのが運のつき。そんなことをしなければ他のインプラントにおかしな存在がはいっているなんてこちらは気づきもしなかったでしょう」

「わたしはなにも感じないぞ」

「いいことよ。わたしの仕掛けが効いているという証拠。ボリョーワの忠誠心操作セラピーに対抗する防衛策のことは憶えてるでしょう」

「ああ」

マドモワゼルの自信ほどにはその防衛策が効いていないところを見せてやろうかと、暗澹たる気持ちで考えた。

「それとほとんどおなじよ。ちがいはそれをサンスティーラーがたてこもっているあなたの頭のなかの拠点に対して使っているところ。この二年間はいわば……」マドモワゼルは考えこみ、すぐにすばらしい表現を思いついたように顔を輝かせた。「そうね。いわば冷戦状態だったわ」

「……氷漬けなんだから、冷たいに決まってるだろう」

「そして低速でもあるわね。低温のために消費できるエネルギーは少なくなる。そしてなによりあなたを傷つけるわけにはいかない。あなたが傷つくのはわたしにとってもサンスティーラーにとっても不利益だから」

そこでクーリは、そもそもこんな会話をできている理由を思い出した。

「しかし、いまはわたしを温めてるんじゃ……」

「いい推理ね。温度をあげたときからサンスティーラーとわたしの攻防は激化しているわ。ボリョーワがなにかに気づくかもしれない。いまこの瞬間も捜索プログラムがあなたの脳を読んでいるわ。ここで神経戦が戦われていることを察知するかもしれない。そうしたらわたしは抑制されるでしょう。その瞬間サンスティーラーはわたしの防壁を突破してくるかも」

「でも、おまえはそれを抑えられるんだろう？」

「そのつもりよ。でも抑えられなかったときにそなえてあなたにも事情を知らせておくことにしたの」

そのほうがいい。健全だと思いこんでいるより、サンスティーラーに侵入されている事実を知っているほうがましだ。

「それから警告もしておきたかった。砲術管制系にはサンスティーラーの本体がいるわ。次の機会にはその本体まるごとかすくなくともかなりの部分をあなたのなかにいれようとしてくるはず」

「つまり、次に砲術管制室に接続したときに？」

「選択肢が少ないことは認めざるをえない。でもあなたには状況の全体像を知らせておくべきだと思ったのよ」

全体像を把握したとは、まだとてもいえない。しかしこのシミュレーションの女がいうとおり、なにも知らないより、危険を認識しているほうがいい。

「この厄介事の原因をつくったのが本当にシルベステなら、そいつにむかって躊躇なく引き金を引ける気がしてきた」

「よかった。それから悪いニュースばかりでもないのよ。砲術管制系に犬たちを送りこんだときにいっしょにわたし自身の分身も送ったの。帰ってきた犬たちの報告によればアバターはボリョーワの探知をうまくのがれているようよ。もちろんそれは侵入初期の段階でいまから二年以上前だけど……それ以後アバターが発見されたと疑う理由はないわ」

「とっくにサンスティーラーに食われてるんじゃないのか」

「ありえるわね」マドモワゼルは認めた。「でもサンスティーラーがわたしの予測どおりに利口ならよけいな注意を惹くようなまねはしないはず。サンスティーラーから見ればそのアバターはボリョーワがシステムを監視するために送りこんだものかもしれないのよ。ボリョーワもそれなりに疑いを持っているわけだから」

「それにしても、なぜそんなものを送ったんだ?」

「もちろん必要とあれば砲術管制系を乗っ取るためよ」

もしカルビンが墓にいるなら、中性子星ハデスをめぐるケルベロス星より高速回転で、のたうちまわっているだろう。精魂こめて製作した一品物の義眼が、荒っぽいやり方で破壊されているのだから。ただ、実際にこの義眼を製作したのはカルビンのベータレベル・シミュレーションであり、本人はそのずっとまえに死んでいた——すくなくとも肉体を失っていたわけだが、こういう場合はどうなるのだろう？

などと思考実験をするのは、一時的にでも苦痛を忘れるために役立った。

そもそもシルベステは、拘束されて以来、ほとんどずっと苦痛にさいなまれているのだ。この手術でそのシルベステの苦痛がさらに大きくなっていることを、すこしでも表現しようものなら、執刀しているフォルケンダーをよろこばせてしまうだろう。

やがて、本当にありがたいことに、苦痛はやわらいでいった。

それは、精神に穴があくような感じだった。冷たい真空の空洞がいきなりあらわれたのだ。苦痛が消えるのは、ささえている壁をとりさるようなものだ。支えを失った軒の石積みが、屋根の重みに耐えきれずに崩れはじめている。苦痛がないという状態でのバランスをとりもどすのに苦労した。

そして、色のないぼんやりとした影が視界に浮かびはじめた。やがて影はしっかりした形状に固まっていく。

部屋の壁（想像どおりに無機質で殺風景だ）と、こちらへかがみこんでいるマスクをした顔。フォルケンダーの手はクロームめっきが輝くグローブにさしこまれている。その先端は、ザリガニの手足のように無数に分かれた細長いマニピュレータ群になっている。片目は複数のレンズが組みあわされた単眼鏡になっており、関節のあるスチールケーブルでグローブと接続している。肌はトカゲの下腹のように薄い灰色に見える。生体のほうの目はあらぬ方向をむいており、黒っぽい。額には飛び散った血が点々とついている。緑がかった灰色の血が。

しかしそれがどういうことか、シルベステにはもうわかっていた。血どころか、すべてが灰色の濃淡で見えるのだ。

グローブが退がる。フォルケンダーはそれを反対の手で持ち、さしこまれていた手を引き抜いた。さしこまれていた手は潤滑油でぬらぬらと光っている。

フォルケンダーは手術器具をかたづけはじめた。

「まあ、すばらしい仕事をお約束はしませんでしたし、あなたも期待してはいらっしゃらなかったでしょう」

その動きが妙にギクシャクしている。しばらくしてシルベステは、この新しい目が秒間三、四コマ程度しか風景を認識していないのに気づいた。思いきりコマ落ちしている。子どもが本の隅に落書きしたパラパラマンガのように、世界はカクカクと動いていく。ときどき遠近感が反転して、フォルケンダーが独房の壁にできた人間の形のくぼみのようになる。さらには、なにかの不具合で画像の更新がストップしてしまい、顔を横にまわしても十秒くらい視界が変化しないことさえあった。

それでも、いちおうこれは視覚ではある。ずいぶんできそこないだが。

「ありがとう。まあ……ましになったよ」

「急いだほうがよさそうです。予定より五分長くかかってしまいましたからね」

シルベステはうなずいた。それだけの動きで、こめかみにはげしい頭痛がはしった。それでもフォルケンダーの手術中に耐えた苦痛にくらべればなにほどでもない。

そろそろと長椅子から立ちあがり、ドアへむかって足を踏み出した。初めて目的を持ってドアのほうへむかったからか、そのむこうへ出ることを考えて足を踏み出したからか、わからないが、突然この歩くという動作にはげしい違和感を覚えた。絶壁から足を踏み出そうとしているようだ。バランスがとれない。視覚なしでの平衡感覚に身体が慣れていたところへ、突然、視覚というものがもどってきたからだ。

しかし外の廊下から二人の屈強なトゥルーパス軍兵士があらわれ、肘をつかんでくれたおかげで、めまいはおさまった。

フォルケンダーはうしろからついてくる。

「注意してください。目の機能が一時的不調におちいったときには……」

その言葉はシルベステの耳に届いていたが、頭にははいっていなかった。自分が軟禁されていた場所がいまやっとわかって、しばし呆然となっていたからだ。

十五年の不在ののちに帰ってきた。

ここはマンテルだった。クーデタ以来一度も目にせず、ろくに思い出しもしなかった町だ。

10

孔雀座デルタ星へのアプローチ中
二五六四年

　ボリョーワは大きな球形のブリッジに一人ですわっていた。ブリッジには、リサーガム星のある孔雀座デルタ星系が立体投影されている。ボリョーワがすわっている座席は、まわりにいくつかある空席とおなじように、いくつもの関節と伸縮機能を持つ長いアームでささえられ、球内のほとんどどの位置へも移動できる。

　ボリョーワはあごの下に手をおき、この星系図を何時間もじっと眺めていた。そのようすは、キラキラと輝くおもちゃに陶然となっている子どものようだ。

　中心に固定された竜涎香（りゅうぜんこう）のかけらのような暖かい赤い色の点が、デルタ星だ。十一個の主要な惑星はそれぞれの軌道上の正確な位置をめぐっている。無数の小惑星や彗星の種も、楕円軌道を動いている。星系全体は、氷の浮遊物からなる薄いカイパーベルトでぼんやり輝いている。全体の形がややゆがんでいるのは、デルタ星の暗い連星である中性子星が近くにあるからだ。

この図はシミュレーションだ。船の進行方向の眺めを拡大したものではない。船のセンサーは充分に鋭敏なので、やろうと思えばこの距離からでも画像データを集められるが、相対論効果のせいでゆがんだ姿になる。そもそもそうやって見えるのは何年も昔の星系の一場面であり、現在の惑星の配置とはまったく異なる。船のアプローチでは、星系の巨大ガス惑星をカモフラージュと重力ブレーキにうまく利用することが肝心なので、ボリョーワが知りたいのはそのときの惑星の配置であり、五年前の星系の状態ではないのだ。

それだけではない。船が実際に星系に到着するまえに、先遣隊を送ってこっそりとフライバイ観測をさせる。その最適な飛行経路を決めるために、正確な惑星配置を確認する必要があった。

「ペブル放出」

シミュレーションをじっくり調べて満足したボリョーワは、船に命じた。

インフィニティ号はそれに応じ、千個の小型探査機を、減速中の船の前方へ、ほんのわずかずつ広がるパターンで投射した。

ボリョーワはブレスレットに命じ、画面を開いて船首カメラの映像を映させた。ペブル群はまだ小さくまとまり、見えない力に引かれるように遠ざかっていく。距離が開くと、それは輝く雲のようになり、急速に薄れていった。

ペブル群は光速に近い速度で動いており、船より数カ月早くリサーガム星のある星系に到達する。それまでには、ペブル群はリサーガム星の太陽周回軌道より広い範囲に散開しているはずだ。ペブルはそれぞれリサーガム星のほうをむき、電磁波領域で飛んでくる光子をとらえる。一個一個のペブルが集めたデータは、細く絞ったレーザーパルスで船へ送り返される。個々のペブルから得られる解像度は低くても、データをたしあわせることで、きわめて鮮明で詳細なリサーガム星の画像が得られるはずだ。

だからといってシルベステの居場所まではわかるわけではないが、惑星の権力中枢がどこにあるか、サジャキが見当をつける役には立つだろう。もっと重要なところでは、彼らの防衛能力がどの程度かもわかるはずだ。

そこまでは、サジャキもボリョーワも意見が一致していた。

しかしそうやって居場所をみつけたあと、そのシルベステがなんの強制もなく、素直に乗船してくれるとは、とても思えなかった。

「パスカルがどうなったか、知らないか？」

シルベステが訊くと、気道のようにくねくねと続くマンテル地下の岩のトンネルを案内していく眼科医は、

「ご無事ですよ。わたしが聞いている範囲では」と答えて、シルベステを安心させた。しかしそのあと、シルベステをまた不安にさせることを続けた。「しかし本当かどうかはわかりません。スリュカはよほどの理由がないかぎり殺したりしないと思いますが、奥さま

は冷凍されている可能性もあります」

「冷凍睡眠に？」

「利用価値が出てくるまで。スリュカが長期的な計画を持っていることは、もうお察しでしょう」

強烈なめまいと吐き気がひっきりなしに襲ってくる。目が痛む。しかし、これでもいちおう見えているのだと思おうとした。見えないよりましだ。目が見えなくては無力だし、反抗もできない。脱走を考えられるほどではないが、なにも見えなくてあちこちぶつかるような、ぶざまなまねはせずにすむ。

とはいうものの、やはりこの視覚は下等な無脊椎動物なみだった。空間認識はいいかげんだし、色はなく、緑がかった灰色の濃淡しか識別できない。

シルベステにわかるのは（というより、思い出せるのは）、次のようなことだった。

マンテルを訪れるのは、クーデタが起きた夜以来、十五年ぶりだ。いや、第一次クーデタ以来、というべきか。ジラルデュー政権も倒されたいま、シルベステが権力の座から追われたのはもはや歴史上の出来事になっている。

マンテルでおこなわれているのはアマランティン族関連の研究であり、浸水党の目標とは相容れないのだが、ジラルデュー政権はここをすぐには閉鎖しなかった。それでも、シルベステの部下だった研究者たちは、しだいにキュビエに転任を命じられ、かわりに生態エンジニアや、植物学者や、地殻エネルギー専門家などが派遣されるようになった。そしてついに、マンテルは最低限の管理スタッフが滞在するだけの試験場となり、ほとんどの施設は使用停止になるか、放棄された。ずっとそのままでもおかしくなかったのだが、そのときすでに、べつの要因による問題が近づいてきていた。

キュビエ（あるいは現在の呼称であるリサーガムシティでもいいが）の真実進路派の指導者たちは、じつは外部のグループにあやつられる傀儡で、本当の黒幕はそちらだという噂が、何年もまえからあった。そのグループというのは、かつてはジラルデューのシンパだったが、第一次クーデタ時の策謀によって権力中枢から逐われたのだという。このならず者たちは、ルミリョー船長から買ったバイオテクノロジーを使い、酸素不足で埃っぽいドーム外の空気を吸っても生きていけるように、自分たちの生理機能を改造したと考えられている。

そこまでは予想の範囲だ。しかし、いくつかの研究拠点を散発的に攻撃したあと、そのグループは無茶をしなくなった。

マンテルはある時期から放棄されていたのだから、現在ここを占拠している連中は、ジラルデュー暗殺よりずっと前からいることになる。数カ月前か、あるいは数年前か。

彼らがここを、ずいぶんわがもの顔に支配しているのはたしかだ。

ある部屋にはいったシルベステは、最初につれてこられたときに、ジリアン・スリュカがあらわれた場所だとわかった。あれはいったいどれくらい前のことなのか。目が見えるようになったいま、部屋そのものに見覚えはなかった。もしかしたら、自分がマンテルの主だった時代によく来た部屋かもしれないが、いまは見わける手がかりがなにもないのだ。内装も家具も（そもそもろくにないが）まるっきり変わっている。

スリュカは、シルベステに背をむけ、テーブルの脇に立っていた。手袋をした手を腰のところで組んでいる。膝丈のジャケットはひだ飾りつきで、肩のところに当て革がついている。色は、シルベステの目にはくすんだオリーブ色に見える。髪は一本に編み、肩胛骨のあいだにたらしている。眼球内映像は使っていない。

部屋の左右では、細長く優美な台座の上で惑星儀が回転している。昼の光らしいものが天井からさしこんでいるのだが、シルベステの目にはすこしも暖かい光に見えなかった。

スリュカは、ハスキーな声でいった。

「幽閉をはじめた直後に話したときは、わたしがだれか、すぐにはわからないようだったわね」

「死んだと思ってたんだ」

「ジラルデューの手先たちがあなたにそう思わせたかったのよ。クローラーが地滑りにあったというのは、すべて嘘。攻撃されたのよ、わたしたちは。あなたが乗っていると思われたせいで」

「だとしたら、発掘現場でやつらにみつかったときに、おれが殺されなかったのはおかしいじゃないか」

「殺すより生かしておくほうが価値があると気づいたからよ、もちろん。ジラルデューはバカじゃないわ。いつもあなたをうまく利用していた」

「おまえも発掘現場から離れなければ、そんなことにはならなかったのに。ところで、どうやって生き延びたんだ？」

「ジラルデューの部隊が突入してくるまえに、何人かがクローラーから脱出できたのよ。できるだけ装備をかついで、バーズクロー・キャニオンに逃げこみ、バブルテントを設営した。そこで一年暮らしたわ。バブルテントのなかでね。わたしは攻撃でひどい傷を負っていたから」

シルベステは、長い支柱にささえられた惑星儀に指をすべらせた。まだら模様に見えるその表面は、浸水党によるテラフォーム計画の各段階におけるリサーガム星の地形をあらわしているらしい。

「なぜキュビエのジラルデューに合流しなかったんだ？」

「派内に受けいれるには厄介な女だと思われていたからよ。ジラルデューはわたしたちを殺すのをやめたけど、それは殺すと目立つからというだけの理由。通信手段もあったんだけど、故障してしまった」

そこですこし黙って、

「さいわい、ルミリョーから買ったものがあったわ。いちばん役に立ったのは腐肉処理酵素。土埃も役に立ったわね」

シルベステはまた惑星儀を見た。不完全な視覚のために惑星の色はほとんどわからないが、おそらくこのリサーガム星は緑の世界に着実に移行しているところらしい。いまはただの広い台地が、将来は海にかこまれた大陸になる。草原には森が広がるはずだ。

部屋の反対側の惑星儀を見た。そちらはいまから数世紀後のリサーガム星をあらわしているらしい。夜の側には都市の光がつらなり、軌道上にはおもちゃのように小さなハビタットがめぐっている。赤道から軌道まで、蜘蛛の糸のように細い軌道エレベータが見える。なかなか美しい未来のビジョンだが、リサーガム星の太陽がふたたび爆発したら、この惑星はどうなるだろうか。アマランティン族の文明が現在の人類くらい高度な文明に近づいた九十九万年前とおなじことが、もしいま起きたら。

あまり楽しいことにはならないだろう。

「ルミリョーからは、バイオテクのほかになにを買ったんだ？　よかったら教えてくれないか」

スリュカはシルベステをよろこばせる気があるようだ。

「キュビエのようすを訊かないのが意外ね。新妻のことも」

「パスカルは無事だと、フォルケンダーがいっていた」

「そのとおりよ。いつか会わせてあげてもいいけど、いまはこっちの話を聞いてもらうわ。わたしたちは、まだ首都を制圧していない。首都以外のリサーガム星はわたしたちの支配下にあるけど、キュビエにはジラルデューの残党がたてこもってるのよ」

「市街は無傷なのか？」

「いいえ、もう……」スリュカはいいかけて、シルベステの背後にひかえるフォルケンダーを見た。「ドローネーを呼んできて。ルミリョーの贈り物を一個持ってこいと」

フォルケンダーは退がり、部屋は二人だけになった。

「あなたとニルのあいだには、なにか合意ができていたようね。矛盾する噂が何通りもあってよくわからないんだけど、説明してくれないかしら」

「どんな噂を聞いたのか知らんが、合意といっても正式なもんじゃない」

「あなたに好ましからざる光をあてるために、ニルは娘を引っぱり出したとか」

シルベステはうんざりした口調で答えた。

「べつにおかしな話じゃない。おれを軟禁してるファミリーの一人に伝記を書かせるというのは、いいアイデアだろうさ。パスカルは若かったが、その才能を発揮するだけの年齢には達していた。両者得をしたわけだ。パスカルが失敗するとは思えないが、公平に見てもいい仕事をしたと思う」

カルビンのアルファレベル・シミュレーションの行方について、パスカルに真実を暴露される寸前だったことを思い出して、シルベステは内心で冷や汗をかいた。パスカルはかなりのところまで真相を察していたにちがいない。にもかかわらず、伝記ではあきらかにしなかった。

もちろん、いまのパスカルはもっと多くを知っている。ラスカイユ・シュラウドで本当に起きたこと。イエローストーン星に生還したあとのシルベステの説明ほどには、カリーン・ルフェーブルの死は単純ではないこと……。しかしシルベステは、あの告白からあと、妻と言葉をかわしていないのだ。

「ジラルデューのほうは、娘が重要なプロジェクトにたずさわっていることで満足していた。おれという人間を世間に公表できることでもそうだっただろう。おれはコレクションのなかの貴重な蝶だったわけだが、伝記が完成したおかげで、簡単に見せびらかせるようになったんだ」

「その伝記はわたしも経験させてもらったわ。ジラルデューの狙いどおりに仕上がっているとは思えないんだけど」

「それでも、あいつは約束を守った」

そのとき、シルベステの目がまた不具合を起こした。正面に立つスリュカが、ふくらんだ部屋にあいた女の形の穴のように見えた。その穴は無限に深い。

おかしな一瞬が通りすぎると、シルベステは続けた。

「おれはケルベロス／ハデス系への調査行を希望した。話の終わりごろには、ニルはそれを認める気持ちになっていたようだ。もちろん、コロニーにその手段があればの話だが」

「そこになにかあると思ってるの？」

「おまえもおれの学生だったんなら、仮説の大筋はわかってるはずだ」

「興味深いとは思うわ——誇大妄想として」

ちょうどそのときドアが開いて、シルベステの知らない男がはいってきた。うしろからはフォルケンダーがついてくる。

この新顔の男がドローネーというのだろう。身体つきはブルドッグのようにずんぐりしている。顔には数日分の無精髭。禿げ頭に紫色のベレー帽。両目のまわりが赤くなっていて、首には防塵ゴーグルをかけている。胸には斜めにかかったウェブベルトがのぞき、足には茶色い毛皮の長靴を履いている。

「あの危ないものをこの客に見せてやって」

スリュカがいう。ドローネーは、重そうな黒い円筒形のものを運んでいた。太いハンドルを片手で持っている。

「持ってみて」

スリュカはシルベステにいった。

いわれたとおりにすると、予想どおりに重かった。ハンドルは円筒のてっぺんについていて、その下に緑色のボタンがひとつある。シルベステは円筒をテーブルの上においた。重くて、いつまでも持っていられないのだ。

「あけて」

スリュカの指示にしたがって、シルベステは緑色のボタンを押した。他にやり方は考えられない。

円筒は、ロシアの民芸人形マトリョーシカのようになっていた。円筒の上半分が、四本の支柱に持ちあげられるようにして開く。するとなかにはやや小さな円筒がはいっている。

その円筒もおなじように開き、そのなかにもまたさらに小さな円筒がはいっている。という具合に、入れ子構造になった六、七個の容器を開いていった。

最後に出てきたのは、細長い銀色の、やはり円筒形のものだった。側面に窓があり、なかが明るい空洞になっているのがわかる。

空洞のなかにはいっているのは、丸い頭がついたピンのようなものだった。

「これがなにか、そろそろわかったんじゃないかしら」

スリュカに訊かれ、シルベステは答えた。

「まず、ここで生産されたものでないことは推測できる。もちろん、イエローストーン星からこんなものを持ちこんだ覚えもない。すると残るのは、ありがたい援助者のルミリョーだけだ。あいつから買ったのか？」

「この他に九個。いまあるのは、これをのぞいて八個よ。一個はキュビエで使ったから」

「これは兵器なのか？」

「ルミリョーたちは、ホットダストと呼んでいた。反物質よ。そのピンの頭にはいっているのは、わずか十二分の一グラムの反リチウム。でもわたしたちが目的をはたすには、それで充分」

「こんな兵器がありえるとはな。ずいぶん小さい」

「理屈は子どもでもわかるわ。関連技術が長いこと違法とされていたせいで、だれも製造方法を知らなかっただけ」

「威力は」

「TNT火薬二キロトン相当。キュビエに穴をあけるには充分だった」

シルベステはうなずきながら、スリュカの言葉がなにを意味するかを考えた。真実進路派（トゥルーパス）が首都でこのホットダストを使ったのなら、多くの人々が死に、目をつぶされたはずだ。ドームの内と外の気圧差はわずかだが、それによって発生した強風が、整然とした市街を襲っただろう。植物園の木も草も根こそぎ飛ばされ、引き裂かれたにちがいない。鳥や動物は竜巻に飲まれ、遠くへ運ばれる。ドームが破れたことによる最初の破壊を生き延びた人々（どれくらいいたかはわからないが）も、内部の空気が外の空気と完全にいれかわってしまうまえに、急いで地下に逃げこまなくてはならなかったはずだ。十五年のあいだに外気はかなり呼吸できる成分構成に近づいたとはいえ、訓練なしに自然に息ができるほどではない。たとえ数分でももたない。首都の住民はほとんど外に出たことがなかったから、生き延びられた者は少ないだろう。

「なぜ？」

「あれは……」

スリュカはいいかけて、しばし口をつぐんだ。

「あれはミスだったといおうとしたんだけど、戦争にミスなんてないわね。幸運な出来事と、あまり幸運でない出来事があるだけ。でも、すくなくとも、使う予定ではなかったのよ、ホットダストは。わたしたちがこういう兵器を持っていると知っていれば、ジラルデュー派の残党はあきらめて首都を明け渡したはずよ。でもそうはならなかった。ジラルデュー本人はこのホットダストの存在を知っていたけど、そのことを派内の他の幹部にさえ話していなかったようね。わたしたちがいくらいっても、彼らは信じなかったわ」

あとは聞かなくても、なにが起きたかは想像がつく。自分たちの兵器を信用されなかったならず者たちは、結局それを使ったのだ。スリュカがさきほどいったように、そのとき首都にはまだ住人たちが生活していた。

ドームが破壊され、地上の街路が凶暴な砂嵐にさらされるようになったあと、ジラルデュー派の残党は地下壕を拠点に支配権を維持しているにちがいない。

「つまりそういうこと。わたしたちを甘く見るとひどいめに遭うわ。いまだにジラルデューへの忠誠心を残しているような連中は、とくにね」

「残りのホットダストはなにに使うつもりなんだ」

「潜入攻撃よ。格納容器から出してしまえば、ホットダストそのものは歯に埋めこめるほど小さい。精密なメディカルスキャンでもしないかぎり、絶対に発見されないわ」

「そういう計画か。八人の志願者をつのり、外科的手段でそいつを埋めこむ。そしてその八人にもう一度首都に潜入させる。今度は敵も信じるだろうというわけだ」

「じつをいえば、志願者はいらないのよ。志願してくれればそれはけっこうだけど、その必要はない」

無駄だとはわかっていたが、それでもシルベステはいった。

「ジリアン、十五年前のきみはもっと好ましい女だったよ」

ジリアン・スリュカは、フォルケンダーのほうにいった。

「独房につれて帰って。もうこいつと話すのはあきたわ」

眼科医がシルベステの袖を引っぱる。

「この男の目をもうすこしいじらせていただいてもよろしいでしょうか、ジリアン。時間をかければましになるはずです。患者にとっては、まあ、快適ではないでしょうが」

「ええ、好きにして。でも、適当でいいのよ。つかまえるだけつかまえたら、なんだかがっかりしちゃったわ。わたしもこの男のことは、個人的に好ましいと思ってたんだけど、ジラルデューに飼われてるあいだに、ただの殉教者ぶったつまらないやつになりさがったみたい」

スリュカは肩をすくめる。

「捨てるには惜しいけど、かといって役にも立たない。氷漬けにしておこうかしら。そのうち使い道が出てくるかもしれないわ。一年後かもしれないし、五年後かもしれない。とにかく、すぐあきるようなおもちゃに時間を費やしても無駄ってことよ、ドクター・フォルケンダー」

「手術すれば、それなりに価値が出てまいります」

「おれの目はもう見えてるぞ」

シルベステがいうと、フォルケンダーは答えた。

「いえいえ、手術はそれだけではありません、シルベステ博士。全然そんなものではありません。はじめるのが楽しみですよ」

ペブルがデータを送信してきたと、雑役ネズミから知らされたとき、ボリョーワはブラニガン船長のところに降りていた。船長の周辺から新しいサンプルを集めていたのだ。

ボリョーワのつくったレトロウイルス株のひとつが、最近、疫病に対して効果を発揮しはじめていた。そのウイルスは、昔この船を襲った軍用サイバーウイルスを、融合疫互換に改造したものだ。驚いたことにそれがうまく働いていた。すくなくともボリョーワがこれまで試した少数のサンプルに対しては、うまくいっていた。

その有望な作業の最中に、九カ月もまえにはじめたプロジェクトが横やりをいれてきたのだ。そんなプロジェクトのことはすっかり忘れていた。もう九カ月もたったというのが、しばらく信じられない思いだった。しかし、どんなことがわかるのだろうと興味も湧いてきた。

ボリョーワはエレベータで船の上部へむかった。

九カ月か。信じられないが、仕事に没頭しているとそんなふうに感じるものだ。本来ならそろそろだと心構えをしておくべきだった。時間経過はわかっていた。ただ、そのことを認識して意味を考えるところまで、その情報がしみこんでこなかったのだ。

思い出すための手がかりはあった。船はすでに光速の四分の一まで減速している。約百日後には、リサーガム星軌道の内側へ進入する。それまでに作戦を立てておかなくてはならない。そのためのペブルなのだ。

さまざまな電磁波領域とエキゾチック粒子の帯域で撮られた、リサーガム星とその近傍空間の画像が、ブリッジで組み立てられているところだった。攻撃対象となるかもしれない星が、初めて目のまえに浮かびあがった。ボリョーワは、その特徴的な部分を意識に深く刻みつけていった。危機的状況のときに、意識しなくても思い出せるようにするためだ。

ペブルはリサーガム星の両側を通過しているので、昼の側も夜の側もデータはそろっている。また九カ月のあいだにペブル群は細長く伸びていて、全部が星系を通過しおわるのに十五時間かかった。そのためリサーガム星の全地表面について昼の状態と夜の状態を観測できた。昼の側を通過したペブルは、恒星の孔雀座デルタ星に背をむけているので、地表の核融合炉や反物質炉から漏れてくるニュートリノを調べられた。夜の側を通過したペブルは、熱の痕跡を手がかりに人口密集地と軌道施設を探した。大気を調べたセンサーは、酸素、オゾン、窒素の分圧をはかった。このデータから、植民者たちがどれくらい地元の生物群をいじったかが推測できる。

植民者たちがこの惑星に到着して五十年以上たっていることを考えると、これほどなにもない状態でよくもまあやってこられたものだと思えた。軌道に大きな構造物はなにもない。星系内に宇宙機などの姿はない。惑星をめぐる通信衛星がいくつかあるだけ。地表に大規模な工業施設も見あたらないことからすると、損傷した機械類を修理したり、代替品を生産したりという能力もないようだ。

　まだ具体的な計画はできていないが、このあわれな連中の活動能力を奪ったり混乱させたりする必要が出てきた場合も、これなら一撃ですむだろう。

　とはいえ、植民者たちも無為にすごしていたわけではないようだ。大気は大幅にいじられていて、ボリョーワの予測よりも自由酸素をかなり多量に持っていた。赤外線センサーで見ると、大陸プレートの沈みこみ帯には地熱エネルギー採取用の立て坑がならんでいるらしい。両極付近で観測されるニュートリノからは、酸素生成工場の存在がうかがわれる。核融合炉のエネルギーで、氷を酸素と水素に分解しているのだ。酸素はそのまま大気に放出するか、パイプラインでドームにおおわれた居住施設に送り、水素は核融合炉にもどしてエネルギーにしているのだろう。

　人間の集落は五十くらいまで確認できた。しかしどれも小さく、中心都市と呼べるほどではない。もっと小さな、家族単位で維持されている前哨地や家屋などもあるかもしれないが、さすがのペブル群もそこまでは探知できなかった。

　これをどう報告するか。軌道上の防衛施設はなし。宇宙飛行能力もたぶんなし。植民者の大半はまだ一カ所の居住地に集まって暮らしている……。力関係という点でいえば、リサーガム人を脅してシルベステの身柄を提供させるのは簡単だろう。

　ただ、気がかりな点は他のところにあった。

　孔雀座デルタ星系は、実際には大きな連星系をなしている。生命をはぐくむ主星はデルタ星だが、すでにわかっているとおり、これには死んだ双子がいる。光を失った中性子星だ。主星と伴星の距離は約十光時あり、それぞれ安定した惑星系を持てるくらいに重力の影響は少ない。

そして実際に、中性子星は惑星を一個持っている。惑星の存在そのものはあらかじめわかっていた。ペブルの情報は、船のデータベースにある数行のコメントと味気ない数字の羅列を裏付けただけだ。こういう惑星はどれもおなじだ。化学的に不活性で、大気はなく、生命痕跡もない。中性子星がパルサーだった時代の暴風によって、なにもかも剝ぎとられている。星のあいだのくず鉄のようなもので、興味を惹かれるところはない。

ただ、この惑星の近くにニュートリノの発生源がみとめられたのだ。ごく弱く、探知限界ぎりぎりだが、無視はできない。

ボリョーワはこの情報をしばらく反芻して、短く、厄介な結論を吐き出した。

この種類のニュートリノを放射するものは、機械以外にありえない。

心配の種がまた増えた。

「本当にあれからずっと起きてたんですか？」

クーリは、目覚めてすぐに、ボリョーワといっしょに船長の区画へ降りながら、上司にむかって訊いた。

「文字どおりじゃないわよ。この身体だってたまには睡眠が必要になる。眠らずにすむようにしてみたこともあったけどね。そういう薬もあるし、RASに……網様体賦活系という睡眠を支配する脳の部位にいれるインプラントもある。そういうのも試してみたけど、結局、蓄積した疲労物質を洗い流すプロセスは必要になるのよ」

ボリョーワはしかめ面で解説した。彼女にとってインプラントの話題は、虫歯のように不愉快らしいと、クーリは察した。

「起きてるあいだになにかありましたか？」

「おまえが心配するようなことはなにも」

ボリョーワはいって、煙草を吸った。クーリはそれで話は終わりかと思ったのだが、ボリョーワはいいにくそうな顔になって続けた。

「いや、訊かれたからいうけど、なにもなかったわけじゃない。じつは、気になることが二つ起きた。どっちもたいしたことじゃないかもしれないけど。一つは当面おまえには関係ない話。ただ、もう一つは……」

クーリはボリョーワを見ながら、前回会ってから七年間の加齢のはっきりとした証拠を、その顔に探してみた。しかし、見あたらない。痕跡もない。つまりボリョーワは、この七年間を老化防止剤の投与で打ち消したということだ。やや印象がちがうのは、髪がいつもの短く刈りこんだ状態からすこし伸びているせいだろう。それでもまだ短いほうだが、髪の量感が増したせいで、頬やあごの線のきつさがいくらかやわらいでいる。年をとったのではなく、むしろ七年若返ったように見える。ボリョーワは生理年齢で本当は何歳なのか。

もう一度推測してみたが、やはり見当がつかなかった。

「なにがあったんですか？」

「冷凍睡眠中のおまえの脳内で、異常な神経活動がみとめられた。普通なら神経が活動するはずはない。なのにおまえの脳は、目覚めている人間とおなじくらい活動していた。まるで、頭のなかで小さな戦争が起きてるみたいに」

エレベータは船長の階に着いた。クーリは冷えきった廊下に踏み出した。

「おもしろいたとえですね」

「たとえならいいんだけどな。もちろん自覚はないんだろう？」

「なにも憶えてません」

あとは、ボリョーワは無言になった。

そうやって二人がたどり着いたところ。それは人間から噴き出す星雲に見えた。キラキラした輝きと不気味な粘液質となった船長の姿は、人間というよりも、天から固い地面の上の水たまりに墜落した天使のようだ。

その身体を収容していた古めかしい冷凍睡眠ユニットは、すでにあちこちが裂けている。機能はいちおう生きているが、もはやろくに冷えてはいない。容赦ない疫病の侵食を止められるほどの低温状態は維持できなくなっている。

ブラニガン船長の身体は、いまでは触手のような数十本の根を船の内部にはやしていた。それぞれの先端がどの方向へ伸びているのか、ボリョーワは把握していたが、止める手段はない。切断できなくはないが、船長にどんな影響をあたえるだろうか。ボリョーワの考えでは、いまやこの根が船長を生かしているのだ。

侵食が拡大しないようにする簡単な方法はある。この区画を船体から切り離せばいいのだ。昔の外科医が、大きく成長した腫瘍を景気よく切りとったように、船から完全に分離してしまえばいい。ブラニガンが食い荒らした区画は、船全体から見れば小さいので、たいした損失にはならない。

ブラニガンの変貌はそのあとも続くだろう。しかし栄養となる物質がなければ、疫病はみずからを食うしかなくなり、やがてエントロピーの法則にしたがって死を迎えるはずだ。

「その方法を検討しているんですか？」

「検討はしてるわ。でも、できればやりたくない。だからこうしてサンプルを集めてるのよ。ようやく成果が出てきた。対抗薬ができるかもしれない。疫病より強いレトロウイルスをみつけたかもしれないんだ。疫病にかかった機械を、疫病より早く転換していく。いまのところはごくわずかなサンプルでしか試験してないけどね。そもそも本格的にはやりようがないのよ。船長に直接試すのは医療行為にあたる。あたしにその資格はないから」

「そうですね」クーリは早口に答えた。「でも自分でやらないとしたら、シルベステにまかせるわけですか？」

「そうね。でもあいつの腕はあなどれないわよ。カルビンの、というべきかな」

「そのレトロウイルスとおなじくらいに、あてにできる？」

「さあね。でも、最初のときもあいつは協力的だったわけじゃない。それでもあたしらは、なんとかやらせたんだから」

「説得して？」

ボリョーワはしばらく、パイプのような疫病の触手の一本を相手に、その表面をけずりとる作業に専念した。その触手の先は、内臓めいた船の配管の一本に侵入している。

「シルベステは思いこみの強い男よ。ああいう人間は意外とあつかいやすい。自分の目標を達成することだけを考えてるから、そのためなら、他人の意思にしたがうまわり道でもよろこんでやる」

「前回ここへ来たときのように？」

ボリョーワは、銀色の薄いサンプル片をとって、あとで分析するために容器にしまった。

「かつて行方不明になった一カ月、あいつがこの船にいたことは、まえに話したわね」

「〝荒れ地の三十日〟ですね」

ボリョーワは歯ぎしりした。

「ばかばかしい呼び方よね。どうしてそんな聖書じみた表現を使うのか。それでなくてもあいつはメサイア・コンプレックスがあるのに……。それはともかく、たしかにあいつをこの船に乗せたときのことよ。興味深いことに、それはリサーガム星調査隊がイエローストーン星を出発するより三十年もまえのことだった。ここでひとつ秘密を教えてあげるわ。このまえイエローストーン星を再訪しておまえを雇った時点で、じつはあたしらは、その調査隊のことをなにひとつ知らなかった。シルベステはイエローストーン星にいるとばかり思ってたのよ」

クーリは、ファジルと生き別れた経験から、ボリョーワたちが直面した時間と距離の壁のことはすぐに理解できた。しかし、ここは知らないふりをするのが無難だと判断した。

「あらかじめ調べておかなかったのは不注意でしたね」

「いや、調べられることは調べたさ。ただ、あたしらが入手できる情報は、必然的にその時点で何十年も古くなってた。情報に反応してあたしたちがイエローストーン星にむかい、到着したときには、さらに倍も古くなってる」

「それでも、分の悪い賭けではなかったはずですけどね。シルベステ家の本拠地はずっとイエローストーン星にある。若い御曹司(おんぞうし)がその近くにいると考えるのは、的はずれではないでしょう」

「でも結局、的をはずしたわ。ただ、こっちがもっと頭を働かせていれば、こんな二度手間を食わずにすんだかもしれない。シルベステを最初にこの船につれこんだとき、あいつの頭には、すでにリサーガム星調査隊の構想があったらしいのよ。そこに気づいてさえいれば、じかにそっちへむかったのに」

二人は船長の通路を離れ、何本ものエレベータと何本もの通路を通って、森のあいだの空き地にむかった。そのあいだボリョーワは、いつも手首にはめているブレスレットにむかって、低い声でなにか話していた。船がいくつも持っている疑似人格のひとつに、なにか命令しているのだろう。しかしなにを指示しているのか、クーリにはわからなかった。

暗く寒々しい船長区画の通路のあとでは、森の空き地の緑に満たされた光は、官能的なほどだった。空気は暖かくかぐわしい。高い空間を色鮮やかな鳥たちが舞っている。暗がりに慣れた目にはけばけばしく見えるほどだ。

眺めに圧倒されていたクーリは、しばらくしてやっと、ボリョーワと自分以外にも人がいるのに気づいた。他に三人いる。三人は、木の切り株をはさんで、露に濡れた草の上にじかにすわっていた。

一人はサジャキだ。ただし、クーリがこのまえ見た姿とは髪型が異なる。頭頂に髪の束が一本あるだけで、あとはすべて剃っているのだ。

もう一人はボリョーワだ。髪が短いせいで、頭骨のごつごつした形が強調されている。いまクーリの隣に立っているボリョーワよりも老けて見えるほどだ。

そして三人目は、だれあろうシルベステだった。

「あそこだ」

隣のボリョーワはいって、空き地へくだる朽ちかけた階段を降りていった。クーリも続いた。

「あれはいつの……」

いいかけて、口をつぐみ、シルベステがカズムシティから一時的に失踪した事件の年号を思い出した。

「二四六〇年ごろ、ですか？」

「大当たり」

ボリョーワは軽く驚いた表情で、クーリをふりかえった。

「おまえはなにか？　シルベステの生涯と年代についての専門家か？　まあいい。シルベステがこの船に来たときのことは全部記録してあるのよ。そのなかに、おもしろい発言がある……いまから考えるとね」

「たいへん興味深いわ」

クーリはギクリとした。いまの言葉はクーリがいったのではない。背後で声がしたように聞こえたのだ。

ようやく、マドモワゼルの存在に気づいた。階段の何段かうしろをぶらぶらと降りてきている。

「そのツラを見せるときは、あらかじめ教えろよ。いきなり出てくるな」

頭のなかでしゃべることも忘れ、声に出してクーリはいった。どのみちボリョーワはずっと先を歩いているし、鳥のさえずりがうるさいので、聞かれる心配はあまりない。

「あらわたしがあらわれてよかったと思うべきよ。あらわれなくなったときこそ心配しなきゃ。それはわたしの防衛策がサンスティーラーに破られたことを意味するんだから。次はあなたの正気が食い破られるのよ。そうなったときにボリョーワは部下をどんなふうに処分するかしら。ああ想像したくないわね」

「黙ってろ。シルベステがなにをいうのか、聞こえないだろ」

「どうぞどうぞごゆっくり」

マドモワゼルはすまし顔でいうと、クーリの視野の外へ出ていった。

クーリはボリョーワに追いつき、三人組のそばに立った。隣のボリョーワがクーリのほうにいった。

「もちろんこの記録は、船内のどこで再生してもいいんだけど、実際にここでかわした会話なのよ。だからここで再現してみるわ」

話しながら、ボリョーワはジャケットのポケットから、スモークシールドいりのゴーグルをとりだしてかけた。理由はクーリにもすぐ察しがついた。ボリョーワはインプラントをいれていないので、網膜にじかに投影しないとこの再現映像を見られないのだ。ゴーグルをかけるまで、この三人の人影は見えていなかったわけだ。

「つまり――」サジャキが話しはじめた。「吾人（ごじん）の求めに応じるのが、貴公にとっても利益となる。過去にウルトラ属の一派を使ったことはあろう。ラスカイユ・シュラウドへ飛んだときなどはその一例である。将来もウルトラ属との関係を維持したかろうと推察するが」

シルベステは切り株に肘をついている。クーリはその姿をじっと観察した。これまでシルベステの立体映像は何度も見ているが、これはいちだんと真に迫っているように思えた。

たぶん、話している相手がイエローストーン史上の偉人ではなく、クーリの知りあいの二人だからだろう。それは大きなちがいだ。

シルベステはハンサムな男だ。少々不自然に思えるほどに。この映像は美容上の理由で修整されているのかもしれない。長い髪は、威厳ある太い眉の両側にたれている。瞳は鮮やかな緑。シルベステを殺すときにその目を見なくてはならないとしたら（マドモワゼルが指定した殺害方法では、そういう状況になる可能性は充分にある）、なかなかの見物だろう。

「そいつは脅しか？」シルベステは三人のなかでいちばん低い声でいった。「まるでおまえらウルトラ属には横の結びつきがあるかのようないい方だな。それでだまされるやつもいるのかもしれないが、おれはそれほどバカじゃないぞ、サジャキ」

「では、次回にウルトラ属の協力をあおぐとき、驚かれぬように」

サジャキは木の棒のようなものをもてあそびながら答える。

「はっきり申しあげておくが、吾人の求めを拒まれるなら、その身が安泰ならざることはもちろん、故郷の惑星から一歩たりと出られなくなることを覚悟されよ」

「べつにおれに不都合はないぜ」

すわっているほうのボリョーワが、首をふった。

「あたしらの仕入れた情報とはちがうわね。あんたは孔雀座デルタ星系への調査隊を組織するために、資金を集めてるという噂じゃないか、シルベステ博士」

「リサーガム星か？」シルベステは鼻を鳴らした。「意味不明だな。あんなところになにもないだろう」

立っているほうの、現実のボリョーワがいった。

「あきらかに嘘をついてるわね。いまだからわかる。でもあのときは、噂のほうがまちがいだと思ったんだ」

サジャキがなにかいい、それに対してまたシルベステが反論している。

「あのなあ、どんな噂が流れてるのか知らんが、そんなのをいちいち信じるなよ。どこをとっても理屈にあわないじゃないか。おれの返事が信じられないなら記録を確認してみろ」

ふたたび立っているほうのボリョーワがいう。

「実際に確認してみたのよ。奇妙なことに、シルベステのいうとおりだったわ。当時わかっていたことをもとにすれば、リサーガム星への調査隊を構想する理由などなにもなかった」

「でもいま、嘘をついてると……」

「そう、あいつは嘘をついてた。いまから考えればはっきりわかる」ボリョーワは首をふった。「最近まで気づかなかったんだけど、ものすごくおかしな部分がある。矛盾してるのよ。この話をした時点から三十年後に、リサーガム星への調査隊は出発した。つまり結局、噂は正しかった」

映像の自分といい争っているシルベステを、あごでしめす。

「でも当時、アマランティン族のことなんかだれも知らなかったのよ。だとしたら、そもそもなぜあいつは、リサーガム星へ行こうなどと思いついたのか」

「なにかみつかるはずだと確信していたとか」

「そんな確信にいたった根拠はなに？　星系にはあいつの調査隊より先に無人探査機がはいってる。でもそいつはごく大雑把な探査だった。リサーガム星にかつて知的生命体がいた証拠がわかるような、そんな詳細な惑星地表データは採られてない。にもかかわらず、シルベステは確信してたのよ」

「理屈にあいませんね」

「そうなんだ。まったくそうなんだ」

それまでにボリョーワは、映像の自分のすぐそばまで近づき、背中をかがめて、シルベステの映像を間近から見ていた。ゴーグルのスモークシールドに、まばたきしない緑色の瞳が映っている。ボリョーワはささやいた。

「なぜおまえは知ってたんだ？　というより、どうやって知ったんだ？」

「答えてはくれませんよ」

クーリがいうと、ボリョーワはようやく笑みをもらした。

「いまはな。しかしもうすぐ、ここに本物がすわることになる。そのときなんらかの答えが手にはいるはずだ」

その言葉が終わらないうちに、ボリョーワのブレスレットが強い響きのチャイム音を鳴らしはじめた。クーリは初めて聞く音だが、あきらかに警報だ。頭上では、合成された日差しがすぐに真っ赤に変わり、チャイム音とおなじリズムで明滅しはじめた。

「どうしたんですか？」

「緊急事態だ」

ボリョーワはブレスレットを顔の下に近づけ、網膜投影ゴーグルを顔からむしりとった。ブレスレットにはめこまれた小さな画面も赤く変わり、空とチャイム音に呼応して明滅している。画面に文字が流れているようだが、クーリからはよく見えない。

「どんな緊急事態が？」

食いいるように見つめるボリョーワをじゃましないように、クーリはそっと訊いた。切り株のまわりの三人はいつのまにか消えている。船内のメモリーの奥深くに退散したようだ。

ボリョーワはブレスレットから顔をあげた。蒼白だ。

「隠匿兵器の一基だ」

「それが？」

「勝手にアーミングしてやがる」

11

孔雀座デルタ星へのアプローチ中
二五六五年

ボリョーワはクーリをしたがえて森の空き地を飛び出し、手近な放射方向のエレベータシャフトへむかって、カーブした通路を走っていった。

「どういう意味ですか？　アーミングしてるというのは？」

クーリが、警報と張りあうような大声で訊く。

しかしボリョーワは、返事する余裕などなかった。待っていたエレベータに飛びこむと、通常の加速制限を全部無視して、いちばん近い軸方向シャフトまで突っ走れと命じる。

エレベータが動きだすと、ボリョーワとクーリはガラスの壁に叩きつけられ、あえぐ肺からさらに空気を絞りとられた。エレベータ内の照明も赤く明滅している。ボリョーワは自分の心臓の鼓動まで光と音に同調してきたような気がした。

なんとか息を整えて説明した。

「砲撃可能な状態に移行してるってことだ。隠匿兵器をそれぞれ監視しているシステムがあるんだけど、そのひとつが、対象の兵器内部でエネルギー上昇を感知した」

いちいち説明しなかったが、それらの監視システムを設置したのは、隠匿兵器が勝手に移動しているように思える場合がときどきあるからだった。できれば気のせいだと思いたかった。孤独な監視を続けているせいで奇妙な幻覚をみたのだと。しかしこれでもう、気のせいでも幻覚でもないことがわかった。

「勝手にアーミングするなんて、そんなことがありえるんですか？」

もっともな疑問だ。それに対してボリョーワは説明の言葉を持たない。

「できれば監視システムの誤作動であってほしいわね。兵器のほうじゃなくて」

黙っているわけにもいかず、そんなことをいった。

「なぜそんなことが？」

「知るか！　だからこんなにあわててるんだろうが！」

中心方向へむかっていたエレベータに突然制動がかかり、吐き気がしそうな横揺れが何度かあって、軸方向のシャフトに移行した。今度は急激に落下しはじめ、二人の身体は見かけの体重がほとんどなくなった。

「行き先は？」

「船倉に決まってるだろう」

ボリョーワは新入りをにらみつけた。

「あたしもなにが起きてるのかわからないんだ、クーリ。だからこの目でたしかめないといけない。あの兵器がいったいなにをしてるのか、見て確認するんだ」

「アーミングすると、それはなにができるんですか？」

「わからん」ボリョーワはできるだけ冷静に答えた。「シャットダウンのプロトコルは全部試した。でもどれも効かなかった。正直いって、こいつは想定外の事態だ」

「まさか船外に出たり？　勝手に目標をみつけて砲撃したり？」

ボリョーワはブレスレットに視線を落とした。たんに表示がおかしくなっているだけかもしれない。本当に監視システムの誤作動なのかもしれない。そうであってほしかった。そうでないとしたら、ブレスレットが告げているのは最悪の事態だ。

隠匿兵器が移動しているのだ。


フォルケンダーのいったことは本当だった。シルベステの目の手術は、とうてい快適ではなかった。不快という以上に、しばしば激痛にみまわれた。

人間の目の基本的機能である色覚や、遠近感や、滑らかな動きの知覚を、もとどおり再生してやるといって、この眼科医はもう何日もあらゆる手をつくしている。しかしどうやら、その約束を実現するにたりる技術も手段もそなえていないように思われた。

フォルケンダーには話してあるのだが、シルベステのもともとの目も完璧ではなかった。カルビンはごくかぎられたツールだけで義眼をつくったのだ。とはいうものの、いまの単色でパラパラマンガの視覚にくらべれば、少々雑でもカルビンの目のほうがよかった。

これだけの苦痛に耐えても、それにみあうだけの結果は得られないだろうなと、シルベステは何度目かのため息をついた。

「もうあきらめたらどうだ」

シルベステは、自分の視野をうろうろしている青白い色の人間の形をした板にいった。しかもその板は背景よりへこんでいる。

「わたくしはスリュカを治したのですよ。それにくらべればあなたの目は簡単です」

「見えるようにしてもらってもしょうがないんだ。スリュカは妻に会わせてはくれない。いくらよく見えるようになっても、独房の壁はただの壁だ」

こめかみにむけて苦痛がはしり、しばし黙った。

「じつは目なんか見えないほうがいいんじゃないかとさえ思うよ。見えなければ、目をあけるたびに視神経を通じて悲惨な現実が押しよせてくることもない」

「いまのあなたに、あける目はありませんよ、シルベステ博士」フォルケンダーがなにかをひねると、視野にピンク色をした苦痛の花が咲いた。「ですから、泣き言はおやめください。あなたらしくありません。それに、今後ずっとこの壁を見ることになるとはかぎりませんから」

シルベステははっとした。

「どういうことだ?」

「わたくしの耳にしている話が半分でも本当なら、状況が動きはじめるかもしれません」

「ずいぶん具体的だな」

「わたくしたちのところへ訪問者がやってくるという噂です」

フォルケンダーは言葉にあわせて、また苦痛の火花を発生させた。

「あいまいないい方はやめろ。〝わたくしたち〟というのはどの派のことをいってるんだ。訪問者ってだれだ？」

「すべて噂でございます、シルベステ博士。じきにスリュカからお話があると思います」

「どうだか」

スリュカから見て自分が役に立つ存在だとは、シルベステはつゆほども思っていなかった。マンテルにつれてこられたときから、かりそめの慰みものとして牢につながれているだけだと、結論せざるをえなかった。使い道はないが、飼っていれば珍しがられることはまちがいない伝説の獣というわけだ。

そのスリュカが、まじめな話で声をかけてくるとは思えない。かりに声をかけるとしたら、二つの理由のうちのどちらかだろう。壁にむかって話すのにあきたか、シルベステを言葉で虐待する新しい遊びを発明したかだ。

使い道を思いつくまで眠らせておこうかとも、よくいっていた。あなたをつかまえて失敗だったとはいわないけど、利用法もはっきりいって、ないわね。すぐには思いつかない。かといって他人に利用されるのは困るし……。というわけだ。

そういうスリュカの視点から考えれば、シルベステをあえて生かしておく必然性はなにもない。慰みものになるなら、生かしておいても悪くはないという程度だ。しかし同時に、将来コロニーの権力バランスが変化したときに、使い道が出てくる可能性はある。しかし同時に、いま殺してしまっても、スリュカにとってたいした不都合はない。すくなくともそうしておけば、資産が負債に転じる危険はなくなる。シルベステが将来、敵になる心配はしなくてすむのだ。

やがて、この長い苦痛の儀式も終わりをつげた。そして穏やかな光と、いちおうそれらしい色がもどってきた。

シルベステは目のまえに手をかざして、ゆっくり回転させながら、その現実感を確認した。自分の手のしわや細かな掌紋など、忘れかけていた気がする。アマランティン族のトンネルで視力を失ったのは、数十日前——ほんの数週間前のはずなのだが。

「新品同様ですよ」

フォルケンダーはいって、手術器具を木製の滅菌器にいれはじめた。その最後が、びっしりと繊毛のはえた奇妙な手袋だった。女のように細いフォルケンダーの指から剥がされたそれは、浜に打ちあげられたクラゲのようにピクピクと動いていた。

「明かりをつけろ」

エレベータが船倉の空間にはいると、ボリョーワはブレスレットに怒鳴った。エレベータに制動がかかって停止し、身体の重さがよみがえる。同時にまばゆい照明が点灯し、二人は目を細めた。巨大な鉄骨のクレードルに載った隠匿兵器の輪郭が浮かびあがる。

「どれが？」

尋ねるクーリを、ボリョーワは制した。

「待て。あたしもどこだか……」

「動いてるものは見えませんけど」

「そうだな……でも」

ボリョーワはガラスの壁に張りつき、正面にそびえる巨大な兵器のむこうをのぞこうとした。悪態をつき、エレベータをさらに二、三十メートル降下させる。赤い照明の明滅と警報を切る命令もやっと思い出した。

しばらくして、比較的落ち着いた声でクーリがいった。

「あそこ……なにか動くものが」

「どこだ」

クーリの指がさすのは、ほとんど真下だ。ボリョーワはそちらに目をこらしてから、ブレスレットに命じた。

「補助照明点灯、船倉第五区」

そしてクーリに、

「クソ兵器のようすを見てみるか」

「やっぱりちがうんですね」

「なにが」

「監視システムの不具合かもというのは」

「まあな」

補助照明が次々と点灯していく方向を、ボリョーワはさらに目を細めて見つめた。足もとの船倉区画が明るくなっていく。

「楽観的に考えてたけど、もうそんな考えは吹っ飛んでる」

ボリョーワは説明した。

動いているのは、惑星破壊兵器のひとつだ。兵器の原理は知らないし、威力も正確にはわからない。しかしおおよその見当はついている。数年前にボリョーワはその兵器を試射したことがあった。破壊力設定を最低にさげて、とある星の小さな月にむかって……。

そのときの経験から推定すると（かなり正確な推定のはずだが）、数百天文単位の距離をへだてても、惑星一個くらいはわけなく粉砕できるはずだ。

兵器を観測すると、内部から量子ブラックホールの存在をしめす重力サインが出ている。なぜかその量子ブラックホールは蒸発しない。この兵器はなんらかの方法で、時空の構造に孤立波（ソリトン）を発生させているらしい。

その兵器がいま、ボリョーワの命令なしに起動し、船倉内にめぐらされた迷路のようなレールの上を動いている。まるで都市のなかで高層ビルが一棟だけ移動しているようだ。

そのレールをどこまでもいけば、船外の宇宙空間に出てしまう。

「なんとかできないんですか？」

「提案があるならいってみろ。なんでも聞くぞ」

「いや、ただの思いつきで、よく考えたわけじゃないんですが……」

「さっさといえ、クーリ」

「行く手に障害物をおいたら？」

いいながら、クーリは眉間にしわを寄せた。突然、頭痛に襲われたかのようだ。

「この船にはシャトルが載ってるんでしょう」

「そうだけど――」

「じゃあ、それで出口をふさぐ。それとも、こんな荒っぽい手段は気にいりませんか？」

「いまは荒っぽいとかいってる場合じゃない」

ボリョーワはブレスレットを見た。こうして話しているあいだにも、兵器は船倉を移動している。まるで鉄の殻をかぶったカタツムリが、自分の残した粘液の痕跡をたどりなおしているようだ。船倉の床には巨大な絞り開き式のドアが開いていて、レールはそのむこうの暗い船倉へ続いている。兵器はもうドアとほとんどおなじ高さまで降りている。

「シャトルを動かすのはできるけど……船外へ出すまでには時間がかかるな。まにあうかどうか……」

「早くやって！」クーリは殺気立った顔で怒鳴った。「ぐずぐずしてると、その選択肢までなくなる！」

ボリョーワはうなずきながら、いぶかしげにこの新入りを見た。これではどちらが上官だかわからない。ボリョーワより冷静なようだが、同時にボリョーワより危機感を持っているようだ。

しかしその指摘は正しい。シャトルで進路をはばむというアイデアは、成否はともかく、試してみる価値はある。兵器は次の船倉へのドアを通過しかけていた。

クーリは訊いた。

「他には？」

「シャトルがだめだった場合の話だ。そもそもの問題のありかは砲術管制室なんだ、クーリ。となると、攻めるべきポイントはそこだ」

クーリの顔から血の気が引いた。

「つまり……」

「おまえ、あそこにすわれ」

二人の乗ったエレベータは、砲術管制室へむかって急降下していった。強い加速で床と天井がひっくりかえっている。クーリの胃もひっくりかえりそうだった。

ボリョーワは早口に、息つくまもなくブレスレットに命令をささやいている。アクセスすべき疑似人格を探すのに手間どり、権限のない者がシャトルを遠隔操作することを防ぐ障壁を通過するのに、さらに手間がかかった。シャトルのエンジンが起動して出力が上がるのをいらいらしながら待ち、係船クレードルにシャトルを固定しているクランプ類がはずれていくのをじりじりと待つ。ようやくシャトルは、ドッキングベイを出て船外へむかった。まだ寝ぼけまなこでヨタヨタしてやがると、ボリョーワは悪態をついた。近光速船は推進中なので、シャトルの操縦はよけいに慎重さを要する。

クーリはいった。

「あの兵器は、外へ出ていったいなにを？　射程距離内になにかありますか？」

「リサーガム星だな、しいていえば」

ボリョーワはブレスレットから目をあげた。

「でも、ここまできたら止めてやるぞ」

そのとき突然、マドモワゼルがエレベータ内に姿をあらわした。クーリとボリョーワの二人でさほど余裕はない空間なのに、どういう具合か、だれの身体とも重ならずに姿を投影している。

「無理よ。シャトルなんかで止められないわ。わたしが支配してるのは隠匿兵器だけじゃないもの」

「やっぱりおまえか！」

マドモワゼルは得意げに微笑む。

「いまさら否定しないわ。砲術管制系にわたしのアバターをダウンロードしたことは話したでしょう。そのアバターがいま隠匿兵器を動かしているわけ。ちなみにわたしはアバターの行動になにも影響をあたえられないわ。わたしがイエローストーン星のもとの自分といっさいコンタクトできないようにアバターとわたしも完全に切り離されてるから」

エレベータは減速しつつある。ボリョーワはブレスレットの小さな画面に没頭している。ホロで立体投影された図が、近光速船の船体にそって移動するシャトルのようすを表示している。巨大なウバザメの滑らかな腹にへばりついた小さなコバンザメのようだ。

クーリはマドモワゼルにいった。

「しかしアバターに命令したのはおまえだ。アバターがなにをするつもりか、わかってるはずだな」

「ええシンプルな命令よ。砲術制御システムを支配下におさめることによってミッションの完遂を早める手段が手にはいるならそれを使って早期に目的を遂げよ」

クーリはあきれて首をふった。

「わたしにシルベステを殺させるつもりじゃなかったのか？」

「この兵器のおかげで予定より早く仕事が終わりそうなの」

マドモワゼルの言葉の意味が頭にしみこんできて、クーリは怒った。

「ふざけるな。人ひとり殺すために、惑星ごと吹き飛ばすつもりか」

「あら突然良心に目覚めたの？」マドモワゼルは唇を結んで首をふる。「シルベステにむかって躊躇なく引き金を引けるといったくせに。他の人間を殺すのになにをためらうの。

それともたんに数の問題?」

「それは……」

マドモワゼルにはなんの価値もない言葉だろうと思ったが、それでもいった。

「非人間的だからだ。おまえには理解できないだろうけどな」

エレベータが停まった。ドアが開くと、砲術管制室のほうへ伸びる、床に汚水のたまった通路があらわれた。クーリは進むべき方向を把握するのに、すこし手間どった。エレベータが降下しはじめてから、ひどい頭痛に悩まされているのだ。いまは弱まりかけているが、その発生源を推測すると、あまり愉快な気分にはならない。

「行くぞ」

ボリョーワがスラッジに足をとられながらエレベータの外へ出た。

マドモワゼルがいう。

「あなただって理解していないわ。人ひとり殺すのにコロニー全体を巻き添えにするのもやむなしとわたしが考える理由を」

「ああ理解するもんか。理解してようがしていまいが、わたしは止めるぞ」

クーリは膝まで水につかりながら、ボリョーワのあとを追った。

「それはあなたが事情を知らないから。じつはわたしが急ぐ原因はあなたにあるのよクーリ」

「だったらその事情を明かさないおまえが悪い」

ボリョーワとクーリは隔壁のハッチをくぐりぬけた。ハッチのむこうもスラッジの水位はおなじで、雑役ネズミの死体がいくつも浮かんでいる。寿命を終えるときは狭いすきまにはいるようにプログラムされているのだが、そこから流されてきたのだろう。

「シャトルは？」

クーリが訊くと、ボリョーワはふりかえってまっすぐその目を見た。

「外部ドアの真上に駐機してる。隠匿兵器はまだ出てきてない」

「勝ったのかな」

「まだ負けじゃないってだけだ。とにかく、おまえは砲術管制室にはいってもらうぞ」

マドモワゼルは姿を消していたが、声だけがまだ聞こえる。狭い通路にいるのに、不自然なほど反響がない声。

「無駄よ。砲術管制系のなかではわたしはどの機能も遮断できる。あなたがシートにすわってもなにもできないわ」

「だったらなぜ、思いとどまらせようと躍起になってるんだ？」

マドモワゼルは黙った。

隔壁をさらに二つ通過すると、砲術管制室へ通じる天井ハッチの下へ来た。二人はそこまで走ってきたので、たまった水が波立っていた。斜めになった通路の左右の壁のあいだで跳ね返る波がおさまるのを、しばらく待つ。すると、ボリョーワが眉をひそめた。

「なんだ？」

「なんだって？」

「聞こえるだろう。なにか音がしてる」ボリョーワは上を見た。「どうやら、砲術管制室からみたいだな」

クーリにも聞こえてきた。かん高い機械音だ。大昔の工業機械が回転しているような。

「あれは？」

「知るか」

ボリョーワはすこし黙って、

「というより、知りたくないな。上がろう」

ボリョーワは天井ハッチに手をかけ、引きあけた。上にたまっていたスラッジがシール部からシャワーのように噴き出し、二人の肩に飛び散る。軽合金製の梯子が降りてきた。

機械音が高まった。あきらかに砲術管制室のほうからだ。すでに照明がともっているらしいが、その光がチラチラしている。まるでなにかが動きまわって光をさえぎっているようだ。ものすごい速さのなにかが。

「イリア、どうも気が進まないんだけど」

「あたしだっておなじさ」

そのとき、ブレスレットがチャイム音をたてた。ボリョーワがそちらに顔を近づけたとたん、船全体に衝撃がはしった。二人は滑りやすい廊下の床に足もとをすくわれ、スラッジのなかに倒れた。立ちあがろうともがくクーリに、通路の壁で跳ね返った波が襲いかかり、またひっくり返された。どろりとしたスラッジの下の床に叩きつけられる。あわてたせいで、すこし飲んでしまった。兵士時代にクソを食わされた経験に近い。

ボリョーワが肘をつかんで立たせてくれた。クーリは咳きこみ、口のなかのものを吐き出した。それでもひどい味が残る。

ボリョーワのブレスレットがまたけたたましく鳴りだした。

「いったい……」

「シャトルだ。やられた」

「やられたって」

「吹き飛ばされたんだ」

ボリョーワも咳きこんだ。顔がびしょ濡れだ。やはりスラッジをいくらか飲んだのだろう。

「隠匿兵器はドアをはさんで力くらべをするつもりはなかったようだ。他の砲でシャトルを始末しやがった」

頭上では砲術管制室の不気味な機械音が続いている。

「あそこへ上がるんですね」

ボリョーワはうなずいた。

「こうなったらあの管制シートにおまえをすわらせる以外に方法はない。心配するな、あたしもついていく」

「ほらあんなこといってるわ」また突然、マドモワゼルの声が聞こえた。「自分でやる勇気がないことをあなたにやらせようとしてるのよ」

「インプラントのくせに黙ってろ」

クーリは思わず声に出して怒鳴った。

「どうした？」

ボリョーワが訊く。クーリは梯子に足をかけながら答えた。

「なんでもない。昔の友だちに、うせろといっただけ」

粘度の高いスラッジのせいで梯子の段から足が滑った。もう一度しっかり足をかけ、確認してから、おなじ段に反対の足をのせる。砲術管制室へ通じる二メートルくらいの短いトンネルに頭がはいる。

またマドモワゼルの声がした。

「やめたほうがいいわ。管制シートはわたしが支配している。砲術管制室に首をつきだしたとたんに頭と胴体が泣き別れよ」

「そのときのおまえのツラを見てみたいものだな」

「まだよくわかっていないようね。あなたの首が飛んでもわたしはすこし不便になる程度なのよ」

クーリはトンネルが管制室に抜ける直前で止まり、なかのようすを見た。

のすごい勢いで回転している。ジャイロスコープをなす三つのジンバル構造の金属枠が、球形の砲術管制室の内部をもように設計されていない。ジャイロは姿勢を制御するもので、こんな高速運動をするようには設計されていない。電源系からオゾンと、焦げたような匂いがただよってくる。

「ボリョーワ！」

クーリは猛烈な機械の回転音にかき消されないように、大声で呼んだ。

「この仕掛けをつくったのはあなたでしょう。下でシートへの電源を切れないかな」

「電源を？　そりゃできるけど……それじゃまずいだろう。こっちはおまえを管制シートに接続させたいんだ」

「全部切らなくてもいい。回転してるジンバルを止めるだけでいいんです」

しばし沈黙。ボリョーワは記憶の底から大昔の配線図を引っぱり出しているのだろう。この砲術管制室はボリョーワがひとりで組み上げたのだが、それは主観時間で何十年も昔のことだ。主電源系のようなありふれた部分はそれから一度も改修していないはずだ。

ボリョーワはようやく返事をした。

「主電源ケーブルはここを通ってる。これを切断すればいいんだけど……」

ボリョーワがスラッジに足をとられながら、梯子の下から消えた。

電源ケーブルを切断すればいい……。簡単に聞こえるが、いったいどうやってやるのか。ボリョーワはどこかから専用のケーブルカッターでも持ってくるつもりか。そんなものを探している暇はない。

いや、ボリョーワはべつの道具を持っていた。小さなレーザーだ。ブラニガン船長のところでサンプルをけずりとるときに使ったもので、いつも携帯している。

じりじりする数秒がすぎた。

隠匿兵器が船体から外の宇宙空間に出て、ゆっくり離れていくところが思い浮かんだ。すでに標的を、リサーガム星をロックオンしているのではないか。死の重力パルスを撃ち出す瞬間にむけて、エネルギーレベルを上げているのではないか。

頭上の回転音が止まった。

すべてが静止し、照明のまたたきもやんだ。管制シートはジンバルの枠のなかで宙吊りになっている。

精密な円弧の籠にいれられた玉座。

下からボリョーワが怒鳴った。

「クーリ、予備の電源系統があるんだ。主電源が切れたと判断したら、砲術管制系はそちらに切り換える。時間がない、急いでシートへ行け」

クーリはあわてて床のトンネル出口から身体を引きあげ、砲術管制室内にはいった。薄い鋼材のジンバル枠が、突然鋭い刃物のように見えてくる。急いでケーブルやジンバル枠に手をかけ、足をかけてよじ登っていった。シートは静止しているが、近づくにつれて空間は狭くなる。ジャイロが動きだしたときにジンバル枠をかわす余地がなくなっていく。いまいきなり回転がはじまったら……管制室の壁に血糊がまんべんなくスプレーされることになるだろう。

ようやくシートにたどりつき、身体を押しこんだ。ハーネスを締めてバックルをとめたとたん、椅子が動きだして、身体を前方に投げ出されそうになった。三つのジンバルがそれぞれの軸で勝手に回転し、前後上下左右にクーリをふりまわす。

たちまち平衡感覚を喪失した。回転の加減速が強烈で、動きが反転するたびに眼球が飛び出しそうになる。

それでも、シートにすわるまえほどはげしくはないようだ。振り落としたいだけで、殺す気はないらしい……いまのところは。

「接続はしないほうがいいわ」

マドモワゼルの声。

「そうするとおまえのケチな計画が台無しになるからか？」

「そんなことじゃないわ。サンスティーラーの話は憶えてるでしょう。あれが待ちかまえてるのよ」

シートはまだ動いているが、意識が飛ぶほどはげしくはない。

「そんなもの、本当に存在するのかね」クーリは声に出さずにいった。「わたしを脅すためにおまえがでっちあげた話かもしれない」

「じゃあやってみなさいよ」

クーリはフードを頭に降ろして、回転する制御室の眺めを視界から追い出した。インターフェース制御ボードに手のひらをおく。

あとはすこし力をいれて手のひらを押しつければ、接続する。回路がつながり、クーリの意識は、砲術空間と呼ばれる軍事データ抽象場に吸い出される。

「やっぱりできないわよね。わたしの話を信じてるから。そこで接続したら二度ともどってこられないんですもの」

手のひらを押そうと腕に力をこめると、周囲の制御系の圧力を感じたような気がした。そのとき、筋肉が意図せず震えたのか、やるしかないという無意識がそうさせたのか、回路がつながった。

砲術空間にまわりをつつまれた。戦闘シミュレーションでかぞえきれないほど経験したとおりだ。

まず空間データが構成される。クーリの身体感覚は拡散し、近光速船と周辺の物体に置き換えられる。戦略／戦術状況をつたえる階層構造のオーバーレイ画面が何枚もあらわれる。その表示は常時更新され、設定条件をセルフチェックし、仮定にもとづくリアルタイム・シミュレーションを忙しくはしらせている。

同化完了。

隠匿兵器はすでに船体から数百メートル離れたところで、相対位置を固定している。重力パルスを発射するプロングは、船の飛行方向、すなわちリサーガム星の方向へまっすぐむいている。現在の中程度の船速によって発生する相対論的な光の偏向効果は、すでに修正されているはずだ。

兵器が出てきた船体の外部ドア付近には、シャトルが黒いしみを残している。ダメージポイントだ。クーリはこれをかすかな皮膚のかゆみとして感じた。自動修復システムが働いているので、そのかゆみもしだいに薄れていく。

重力センサーが隠匿兵器の方向に波状変動を探知した。クーリには、周期的でしだいに間隔が短くなる風として感じられる。兵器内のドーナツ形の加速器のなかで、ブラックホールがしだいに回転速度をあげているのだろう。

なにかの存在が近づいてきた。外からではなく、砲術管制系のなかから近づいてくる。マドモワゼルだ。

「サンスティーラーがあなたの進入を探知したわよ」

クーリは砲術空間のなかに手をのばし、実体のない手をバーチャルなサイバーグローブにいれた。

「かまわないさ。わたしは船の防衛システムにアクセスしてる。数秒でかたをつけてやる」

しかしなにかがおかしかった。船体の防衛をになう船殻兵器の感触が、シミュレーション時とは異なるのだ。思いどおりに動かない。

理由はすぐにわかった。システムのなかでは、船殻兵器の支配権をめぐる陣地争いがおこなわれているさいちゅうで、クーリはそこに参戦してしまったのだ。

マドモワゼル、というよりもそのアバターは、船殻兵器をとりあえず抑制して、隠匿兵器のほうへむけられないようにしている。隠匿兵器そのものは無数のファイアウォールにかこまれ、クーリにはまったく手が届かない。

では、マドモワゼルに抵抗しているのはだれか。あるいは、なにか。

もちろん、サンスティーラーだ。クーリにはその存在が感じられた。巨大にして強力。しかし狡猾で姿をあらわさない。通常のデータ処理のなかにみずからをまぎれこませ、行動を慎重にカモフラージュしている。何年ものあいだ、その隠蔽策はうまくいっていた。ボリョーワはその存在に気づかなかった。しかしいまは、引き潮のあとの海岸で岩陰から岩陰へ走りながら逃げるカニのように、チラチラと姿が見えるようになっていた。

その姿は、人間とはかけ離れていた。ダウンロードされた人格シミュレーションのような、ありきたりのものではない。砲術管制系のなかのこの第三者は、純粋に精神だけの存在のように感じられた。これまでずっとデータとしてだけ存在してきて、今後もずっとそうなのだろう。

完全なる無。というより、とてつもない組織化のはてに成立した無の中心。

こんな存在の味方につくつもりなのか？　本気で？

やるしかない。マドモワゼルを止めるには。

「いまならまだ退却できるのよ」マドモワゼルの声。「サンスティーラーは争いで手いっぱいであなたを乗っ取る余力はない。でもいつ状況が逆転するかわからないわよ」

船殻兵器の照準システムは、いちおうクーリの支配下にはいった。反応が鈍いものの、なんとかそれらを隠匿兵器にむけた。夾叉射撃の焦点にいれている。こうなったら、もはやマドモワゼルは隠匿兵器の支配権を明け渡すしかないはずだ。砲を旋回させ、照準を合わせ、発射するのに、数マイクロ秒しかかからないのだから。

マドモワゼルの支配力が弱まっていくのを感じた。クーリは、というよりもクーリとサンスティーラーは、勝利をおさめつつあった。

「やめなさいクーリ。これがどういう結果を招くかあなたはわかっていない」

「だったら教えろ、なにがそんなに重大なのか」

隠匿兵器が船から離れはじめた。マドモワゼルが危険を感じているのだろう。しかしそのあいだにも重力波の振動は速くなる一方で、もはや波動としてすら感じられなくなっている。隠匿兵器が重力パルスを発射するまであとどれくらいだろう。わからないが、もうあと数秒のはずだ。

「わかったわ。真実を知りたいのねクーリ」

「あたりまえだ」

「では身構えて。いっきに流しこむから」

次の瞬間、クーリは、この砲術空間に吸いこまれたときとおなじように、まったくべつの場所へ吸い出されるのを感じた。ただし奇妙なことに、吸い出された先は、その瞬間まで存在に気づかなかった自分のなかの一部だった。

戦場だ。

まわりにあるのは擬色迷彩をほどこしたバブルテントと、病院か前線指揮所らしい幕舎。陣地の上空は真っ青だ。白い雲がたなびいているが、汚れた煙のすじもまじっている。世界をおおう巨大なイカが成層圏にスミを吐いたかのようだ。白い航跡を引き、あるいはその航跡をぐるようにして飛ぶのは、無数のデルタ翼ジェット戦闘機。やや低いところには無人飛行船が何機か浮き、さらに低いところには胴体のふくれた輸送ヘリ、ティルト翼のVTOL機などがホバリングしている。それらは陣地周辺を低空で飛びながら、ときおり着陸して、装甲人員輸送車や、歩兵部隊や、傷病兵輸送車や、装甲サービターを降ろしている。陣地の一角には芝の焦げたエプロンがあり、キャノピーのないデルタ翼の機体が六機、スキッドを接地させて駐機している。日に焼けた地面の色あいを機体上面で正確に模倣しつつ、下面のVTOL排気口を開けて点検中だ。

クーリは足もとがふらつき、芝の上にへたりこみそうになった。着ている擬色迷彩の野戦服は、いまはまだらのカーキ色を呈している。手には軽量な弾薬式の銃。金属製グリップはクーリの手にあわせて成形されている。かぶったヘルメットの縁からは2D表示モノクルが下がり、上空の飛行船から送られてくる戦闘地域のヒートマップが不自然な色あいで映し出されている。

「こちらへどうぞ」

下士官によってバブルテントのひとつへ案内された。なかで副官がクーリの銃を預かり、IDチップを貼付してラックにかけた。ラックには他に八つの武器が並んでいる。クーリのとおなじような弾薬式の銃から、中威力のグレネード、そして敵とおなじ大陸にいるときにはあまり使いたくない肩撃ち式の加速反物質兵器まである。

飛行船から送られてくるマップ画像がちらついて消えた。バブルテントが対被観測シートでおおわれているからだ。クーリは自由になった手でモノクルをヘルメットの縁に跳ねあげ、返す手で目もとにかかった汗まみれの髪をかきわけた。

「こちらです、クーリ」

パーティションでくぎられたテントの奥へ案内されていった。途中の部屋には寝台が並び、傷病兵が横たわっている。穏やかな動作音をたてる医療サービタ―が、まるで緑色の大きな鳥のように患者におおいかぶさり、手当てをしている。外でジェット機が通過する音がして、爆発の衝撃が何度かつたわってきた。しかしテントのなかの人々は、なにも聞こえていないように落ち着いている。

最後に、四角い壁にかこまれた小さな部屋に通された。調度はデスクがひとつあるだけ。壁には北部連合を構成する国家の旗がずらりとかかっている。デスクの隅には、太いブロンズの架台にささえられたスカイズエッジ星の惑星儀。さまざまな陸地とその地勢だけを表示していて、紛争のまっただなかにある政治的境界線は映していない。

しかしクーリはろくに見ていなかった。その視線が惹きつけられたのは、デスクのむこうにすわっている礼装軍服の男だ。クロスボタンで留めたオリーブドラブの詰め襟の上着。金色の肩章。胸にさげた華やかな北部連合軍勲章のかずかず。黒い髪は櫛目も美しくうしろへなでつけられている。

ファジルだ。

「こういう形でしか会えなくて、もうしわけないと思ってるよ。しかし、せっかく来たのだから……」部屋の脇をしめした。「すわったらどうだ。話をしなくてはいけないからな。しかも急ぎで」

クーリのなかに、べつの場所のぼんやりとした記憶があった。丸い部屋、金属のフレーム、全身をつつみこむ座席。その記憶は緊迫感と――時間がないという感覚とつながっている。しかしこの時間、この部屋にくらべると、そちらは現実感がない。

視線をファジルから離せなかった。その顔は記憶どおりだ（といって、どこで思い出す記憶だろう）。ただし頬に、記憶にない傷跡がある。そして口髭をはやしている。すくなくとも（確信はないのだが）まえに会ったときから髭のスタイルを変えたようだ。たんなる無精髭をやめて、上唇の両側にたれるくらいに伸ばしている。

クーリは、いわれたとおりに折りたたみ椅子に腰をおろした。

ファジルは、髭に隠れているせいか、話すときに口の動きがほとんど見えなかった。

「彼女は――マドモワゼルは、こういう展開を懸念していたんだ。だからあらかじめ手を打っていた。きみがまだイエローストーン星にいたときに、アクセス制限をほどこしたメモリーをいくつか埋めこんだ。それらはマドモワゼルの許可によってのみ起動し、きみの意識からアクセス可能になる」

デスクの隅の惑星儀に手をのばし、しばらく回転させてふいに止めた。

「じつは、そのロック解除のプロセスはしばらくまえから始まっていたんだ。エレベータのなかで頭痛がしたのを憶えてるだろう」

クーリは、認識のよりどころを、信頼できる客観的現実を求めてもがいた。

「これはなんなんだ?」

「便宜上の環境さ。マドモワゼルが既存の記憶のなかから適当な要素を拾って再構成したものだ。たとえばこのセッティングは、わたしたちが初めて会ったときの状況に似ていると思わないか? 第二赤半島攻勢の直前、中部方面作戦のなかで第七十八高地攻略を命じられた作戦部隊だ。敵地潜入任務をこなせる兵がほしいというわたしの要請にしたがって送られてきたのが、きみだった。南部連合軍支配地域で守りの手薄なところを知っている人材が必要だったんだ。わたしたちはすばらしいチームだったと思わないか? いろいろな意味でな」

ファジルは髭をいじり、また惑星儀をまわした。

「もちろん、わたしは思い出話をするつもりはないし、マドモワゼルもそんなつもりではない。メモリーへのアクセスが開始されたのは、とりもなおさず、これからきみに、ある真実が明かされることを意味する。問題は、きみにその受けいれ準備ができているかどうかだ」

「もちろんそれは……」

クーリはいいよどんだ。

ファジルのいっている意味がわからない一方で、クーリのなかにはべつの場所の記憶があった。金属にかこまれた部屋のなかの暴れる椅子。そこになにかが未解決のまま残されている。結論へむかって進んでいる途中だったような……。それがどこの部屋かはともかく、クーリはそこでの戦いの一翼を担っていた。なんの戦いだったかは思い出せない。ただ、時間がないという感覚だけが残っている。こんなところで遊んでいる暇はないはずだ。

「いや、その心配はいらない――」ファジルがクーリの考えを読んだようにいった。「これは現実時間で起きていることではないんだ。砲術管制系のなかの加速された現実時間でもない。夢のなかでこんな経験はないか？　夢をみているときに突然だれかに起こされると、その相手の行動が夢のストーリーそのものに影響をあたえる。それもずっと時間をさかのぼって。たとえば、飼い犬に顔をなめられて目を覚ましたとする。そのせいで、きみは船から海面に落ちた夢をみて目を覚ます。そして思い出してみると、それまでずっと船の上での夢をみていた気がするんだ」

そこでしばし黙った。

「それが記憶だよ、クーリ。記憶は瞬時にはいってくる。夢のなかでは時間の流れがあるように感じられるけど、じつはそれは、飼い犬がきみの顔をなめた瞬間につくられたものだ。時間をさかのぼって構成されている。きみはそのなかを本当に生きたわけじゃない。この記憶もそうだ」

ファジルのいった〝砲術管制系〟という言葉が、記憶のなかの部屋と結びついた。あそこに帰らなくてはいけない、あの戦いにもどらなくてはいけないという気持ちが、強烈に湧いてきた。詳しいことはまだ思い出せない。しかし、なにがなんでもあの戦いを再開しなくてはならないのだ。

「マドモワゼルは、きみの過去のなかからどんな場所を選んでもよかったし、新しい場所を白紙からつくってもよかったはずだ。しかし彼女はここを選んだ。それはある意味で、軍事的な問題を違和感なく話せる環境のほうが、きみにとっていいと考えたからだ」

「軍事的な問題？」

「ありていにいえば、戦争だ」

ファジルは笑みを浮かべた。まるで片持ち梁橋の技術的基本を解説しているかのように、髭の端が軽く上をむく。

「ただし、きみが見たことも聞いたこともない戦争だ。なにしろ、大昔に起きたことだからね」

ファジルはふいに立ちあがった。上着のしわを伸ばし、ズボンのベルトの位置をなおす。

「ブリーフィングルームへ行こう。あそこのほうが説明しやすい」

12

白鳥座61番A星系
スカイズエッジ星
二四八三年
(シミュレーション)

ファジルに案内されていったブリーフィングルームは、クーリにとって過去に訪れた記憶がない場所だった。そもそも、バブルテント内にあるにしては広すぎた。また、クーリはこれまでにいろいろな投影デバイスを経験してきたが、これはそんなレベルのものではなかった。さしわたし二十メートルもある床全体に投影されるのだ。その周囲の壁に金属製の手すりつき通路がめぐっている。

投影されているのは、銀河全体のマップだ。

これまで経験したようなデバイスでは絶対にこんなマップは投影できない。なぜなら、ここには銀河のすべての星が投影されているのだ。見たとたんに、なぜかそうだとわかった。ろくに核融合反応を起こしていない冷たい褐色矮星から、わずかな期間だけ白くまばゆく輝く超巨星まで。詳しく見れば銀河のすべてだとわかるはず……というのではない。ここに銀河のすべての星があると、ひとめ見てわかるのだ。

クーリは銀河と一体になっていた。

ためしに星の数をかぞえてみる。四六六三億一一九二万二八一一個だ。といっているそばから、一個の超巨星が超新星爆発を起こして死を迎えたので、集計から一個減らした。

「これはコード化によるトリックだ」

ファジルが説明した。

「銀河には人間の脳細胞よりたくさんの星がある。だから本当にそれを全部知ろうとすると、きみの結合型記憶を好ましからざるほど多く消費してしまう。しかし、全知感をシミュレートすることは可能だということだ」

実際には、この銀河は、もはやマップとはいえないほど細部まで精密に再現されている。星の色、大きさ、光度、伴星の有無、位置、空間速度などもきわめて忠実だ。それどころか、星の形成過程にある領域まで描かれている。ぼんやりと輝く星間ガス雲が収縮し、そのなかで原始星が輝いている。生まれたばかりの恒星は、原始惑星物質の降着円盤にとりまかれている。注意して見れば、新しい恒星のまわりを微小な惑星系が、猛烈に加速された時間軸にしたがってくるくるとまわっているのがわかる。その一方で、年老いた恒星が表面の光球を吹き飛ばして死を迎える。そして吹き飛ばされた星間物質が、希薄な星間空間をすこしずつ豊かにしていく。この星間物質の海がゆりかごとなって、星が、惑星が、やがて生命が生まれていくのだ。ときには超新星爆発も起きる。その残骸は拡散しながら冷え、星間物質にさらにエネルギーをあたえる。星が死を迎えるこのイベントのあと、中心に新しいパルサーができることがある。放出される強力な電磁波の周期は、しだいに遅くなりながらもきわめて正確だ。とうの昔に滅びた王の宮殿で時を刻みつづける忘れられた時計を思わせる。その時計は一度ねじを巻くと永遠にチクタク動きつづけるのだが、最後はチクとタクの間隔が永遠ほどにも長くなってしまうのだ。残骸の中心にブラックホールが残ることもある。銀河の中心には巨大な（とりあえずは不活発な）ブラックホールがある。周囲をとりまく不運な星の群れは、やがて螺旋軌道を描きながら事象の地平線へと落ちこみ、引き裂かれて爆発的なX線を放出しつつ消えていくはずだ。

しかしこの銀河のマップは、たんなる宇宙物理学のシミュレーションではなかった。新しい記憶の層がそっと重ねられたように、クーリは次の段階の認識にいたった。この銀河には生命が満ちているのだ。ゆっくりと回転する巨大な円盤全体に、無数の生命文化が疑似乱数的にちらばっている。

とはいえ、それは過去のことだ。遠い遠い昔の話。

「具体的には、おおよそ十億年前だ。宇宙そのものが生まれたのが百五十億年ほどまえであることを考えると、かなり昔といっていい。銀河のタイムスケールではなおさらだ」

ファジルはクーリの隣で、通路の手すりにもたれている。まるで二人は、パン屑のちらばるアヒル池のほとりで黒い水面を眺めるカップルのようだ。

「念のためにいっておくと、十億年前に人類は存在していなかった。それどころか恐竜もあらわれていない。恐竜が進化をはじめたのはほんの二億年前だ。その五倍の時間をさかのぼっているのだよ。遠い遠い先カンブリア代だ。地球に生命は誕生していたが、多細胞生物はまだいなかった。いても海綿程度だ」

ファジルは銀河のマップにもう一度目をやった。

「しかし、どこでもそうだったわけではない」

何百万という生命文化（いまのクーリには正確な数字がわかるのだが、そんなことにこだわるのは、生意気な子どもが知識をひけらかすのに似ている気がした。人の年齢を月単位でかぞえるようなものだ）は、いっぺんに登場したわけではないし、おなじ期間存続したわけでもない。ファジルによれば（クーリはすでに基本的レベルでは理解していたが）、知的生命文化が発生できる条件を銀河が整えたのは、四十億年前だという。しかし銀河がその最低限度の成熟レベルを超えると、生命文化はいっせいに花開いた。知的生命が次々と誕生していった。なんらかの理由で進化のペースが通常より遅い惑星もあったし、いったん生命が繁栄しても、災厄が起きて頻繁に後退する惑星もあった。それでも、惑星で最初に生命が誕生してから二、三十億年後には、一部の文化は宇宙飛行技術を獲得していった。

宇宙飛行をはじめた種族は、急速に銀河に進出しはじめた。もちろん、生まれた星系内に植民しただけで満足したり、それどころか惑星の周辺空間までで進出をやめる〝ひきこもり〟種族もいた。しかし全体として拡大は急速で、平均ドリフトレートは光速の一パーセントから十パーセントに達した。というと遅いようだが、この銀河の年齢が数十億歳で、直径は十万光年しかないことを考えると、これはおそろしく速い。なにも障害がなければ、ひとつの種族が数千万年というとるにたらない時間で銀河全体に広がる計算なのだ。

条件しだいでは、そうなっていた可能性もある。ある帝国主義者がすべてをきれいさっぱり統一してしまった銀河だ。しかし、実際にはそうはならなかった。

比較的ゆっくりとしたペースで拡大してきた第一の勢力は、ある時点で第二の勢力とぶつかった。第二の勢力は遅れて発展をはじめた若い種族だったが、速いペースで拡大してきた。そして科学技術という点ではすこしもひけをとらなかったし、凶暴さでも負けていなかった。

それは、陳腐だが、銀河戦争としか形容しようのないものだった。

回転する巨大な車輪の各所で、拡大する二つの帝国は接触し、紛争の火花を散らした。宇宙進出をはじめていた他の種族も次々とこの争いに巻きこまれていき、ついには数千もの宇宙飛行文明がかかわる巨大な戦いに発展した。

この戦争は、無数の参戦種族の主言語ごとにさまざまな名前で呼ばれた。人類の言語には適切な翻訳ができないものも多い。宇宙種族間の困難なコミュニケーションが許す範囲で、あえてまとめれば、少なからぬ種族の言語でこう呼ばれた。

〝黎明期戦争〟と。

それは銀河全体と、さらに銀河系のそばをめぐる二つの小ぶりの衛星銀河まで巻きこむ、とほうもない規模の戦いだった。戦場となって消滅したのは、惑星程度ではない。恒星レベルでもない。星系単位、星群単位、銀河の渦状腕単位で消滅した。戦争の痕跡は、見るところを見ればいまも残っている。死んだ恒星が異様に多い宙域。奇妙なほど一直線に並んで燃えている星々。光年規模の範囲にちらばる兵器システムの残骸。恒星があるべきなのにない場所。恒星はあって、一般的な星系形成理論にしたがえば一定数の惑星があるはずなのに、それがなく、冷えきった瓦礫(がれき)だけがまわっている場所。

黎明期戦争は長い長い時間をかけて続いた。寿命の短い大質量星は、そのあいだに生まれて燃えつきてしまったほどだ。しかし銀河のタイムスケールから見ればあっというまだった。ぴくりと動いて形を変えた程度だ。

もとの姿のまま生き延びた種族はなかったかもしれない。黎明期戦争に参戦した種族には勝ちも負けもなかった。銀河のタイムスケールではまばたき程度でも、種族の時間では長すぎるほど長かったからだ。その期間に独自に進化し、分裂し、他の種族と合体したり吸収したりして、まるっきり異なる姿に変わる場合もあった。有機体ベースから機械ベースに乗り換える種族もいた。それどころか、そこから引き返してくる種族もいた。いったん機械になったあとに、目的にあわせてふたたび有機体形態にもどってくるのだ。悟りをひらいて戦域から姿を消す種族もいた。自分たちの本質をデータに変換し、消滅することのないデータストレージをみつけて、そのコンピュータマトリクスのなかに注意深く姿を隠してしまう種族もいた。そうでない種族は自殺した。

そんな戦後に、ある種族が他より力をつけていった。おそらく戦争中は幸運な端役にとどまり、戦後の焼け跡のなかで勢力を拡大したのだろう。あるいは戦いに倦んだ複数の種族が合体して生まれたのかもしれない。誕生の経緯は重要でないし、その種族も自分たちの起源について明確なデータを持っていなかった。その時点での彼らは、機械と有機体のハイブリッドで、脊椎動物の痕跡をわずかにとどめるのみのキメラ種族だった。名前もなかった。

「それでも、のちに名前はついた。彼らの意向とはかかわりなく」

クーリはファジルをじっと見た。夫の語る黎明期戦争の話を聞くうちに、自分が本当はどこにいるのかがだんだんわかってきた。ここが現実でないこともわかってきた。ファジルがマドモワゼルのことをいったとき、ようやく、本当の現在についてのぼんやりとした記憶と回路がつながった。砲術管制室のことをはっきりと思い出した。そしてクーリの過去の断片をつなぎあわせてつくられたこの場所が、たんなる舞台の幕間にすぎないこともわかった。

目のまえにいるのも、本物のファジルではない。クーリの記憶をもとにつくられているので、当然ながらクーリの記憶にぴったり一致しているが、本物のファジルではない。

「どんな名前？」

目のまえの男は、しばし間をおき、ほとんど芝居がかった重々しい口調でこういった。

「〝抑制者(インヒビター)〟だ。そう呼ばれる理由は、すぐに教える」

男はそれを話し、クーリは理解した。氷河のように巨大で重々しい事実が、衝撃とともにのしかかってきた。聞いたら忘れようがない。

同時に、そもそもなぜ自分がこんなことをさせられているのかを理解した。

すなわち、シルベステが死なねばならない理由だ。

そして、シルベステを確実に殺すために惑星ごと吹き飛ばす必要があるとしても、その代償は充分に支払う価値があるということも。


何度目かの再手術に疲れてベッドに倒れこみ、うとうとしていたシルベステを、独房にはいってきた衛兵が叩き起こした。

「起きろ、ねぼすけ」

二人の衛兵のうち背の高いほうがいった。がっちりした身体で、灰色の口髭をたらしている。

「なんの用だ」

「そいつはついてきてのお楽しみだ」

衛兵たちはシルベステに道順を憶えさせない意図があるようだった。偶然とは思えないほどぐるぐると通路を引き回される。シルベステの方向感覚はたちまちその狙いどおりになった。

そうやってつれていかれたのは、見覚えのない一角だった。マンテルに以前からある地下区画をスリュカたちが跡形もなく改装したせいで見覚えがないのか、それとも占拠後に掘られた新しいトンネルなのか。

べつの独房へ恒久的に移されるのかとも思ったが、それにしては不自然だった。着替えはまえの部屋においたままだし、ベッドのシーツも交換したばかりだった。フォルケンダーは訪問者が来るということに関連して、シルベステの身辺に変化が起きるかもしれないと話していた。とすると、これはその変化にともなうものかもしれない。

しかし実際には、目に見える変化はろくになかった。むきだしのつれてこられた部屋は、まえの部屋とまったくおなじように殺風景だった。壁や食事のトレイを出し入れする小窓も、そっくりおなじ。無限の厚みがあるかのような岩壁の圧迫感も変わらない。あまりにもそっくりなので、これは錯覚かもしれないとさえ思いはじめた。衛兵たちはおもしろ半分にシルベステを歩かせて、結局もとの独房へつれもどしたのではないか。こいつらならやりかねない。まあ、運動にはなったからいいが……。

しかし部屋の中身をよく見ると、やはりここは自分の独房ではなかった。

ベッドにパスカルがすわっていたのだ。顔をあげた表情から、彼女もシルベステとおなじように驚いているのがわかった。

「一時間だぞ」

髭の衛兵がいって、相棒の肩を軽く叩いてドアをしめた。

シルベステは、はいっていいといわれるまえからすでに部屋にはいっていた。まえに見たときのパスカルはウェディングドレスを着ていた。髪は輝くような紫色でウェーブがかかり、お伴(とも)の妖精をひきつれるように眼球内映像にとりまかれていた。シルベステはその姿を夢にみたほどだ。

いまのパスカルは、シルベステが着ているのとおなじ、だぶだぶでくすんだ色の囚人服姿だ。髪は黒く、頭の輪郭にそってまっすぐにたれているだけ。目が赤いのは、眠れないせいか、涙のせいか。おそらく両方だろう。痩せて小さくなったような気がする。それは裸足の足をベッドの上にあげ、膝をかかえているせいかもしれない。白い壁の面積がひどく大きく感じられる。

しかしシルベステの目には、パスカルがこれほどか弱く美しく見えたことはなかった。自分の妻であるのが信じられないほどだ。

最初のクーデタの夜、発掘現場の穴のなかでシルベステを待ち、鋭い質問を丹念にぶつけてきたパスカルを思い出した。その質問は傷口を切りひらき、シルベステがだれで、なにをしてきて、これからなにをできるのかを白日のもとにさらした。あれからいろいろなことが起きて、いまこうして二人きりでいる。不思議な気がした。

「きみは生きていると聞かされていたけど、信じられる証拠がなかったんだ」

「あなたは痛めつけられていると聞いたわ」パスカルはそっとささやいた。これが夢で、大きな声を出すと目が覚めてしまうというように。「どんなふうに痛めつけられているのかは話されなかったし、わたしも聞かなかった。本当だといやだから」

「目をつぶされたんだ」

シルベステは義眼の硬い表面に指先をふれた。手術をしてから初めてだ。これまでなら目の奥でなにかが爆発したような激痛がはしったものだが、いまは鈍痛があるだけ。それも指を離すとすぐに消えた。

「でも、いまは見えるのね」

「ああ。じつをいうと、目がなおってから見る価値のあるものを見たのは、きみが初めてだよ」

パスカルはベッドから立ちあがり、シルベステの腕のなかに滑りこんできた。脚もからませてきた。その身体は、はかなく、もろく感じられた。壊れてしまいそうで、抱きしめるのが怖かった。それでもそっと引き寄せる。パスカルの抱擁も、相手を傷つけるのを恐れるようにためらいがちだった。まるで二人とも、相手を現実でない影だと思っているかのようだ。

二人はそうやってずっと抱きあっていた。衛兵からいわれた一時間どころか、何時間もそうしていたように思えた。時間が延びているのではなく、時間などどうでもよくなっていた。意思の力だけで止められるかのようだ。

シルベステはパスカルの顔を見ることに耽溺していた。パスカルは、シルベステのつくりものの目にも人間らしさをみつけているようだった。かつてパスカルは、シルベステの顔をまともに見られず、ましてその目をまっすぐに見ることなどできない時期があった。しかしいまはちがう。

シルベステのほうは、パスカルの目を見るのにもともとなんのためらいもなかった。その義眼はどこを見ているのか、相手にはわからないからだ。しかしいまは、こうして見つめていることをわかってほしかった。おなじように相手の顔に見とれている感覚を共有したかった。

二人はやがてキスしはじめ、ゆっくりとベッドに倒れこんだ。マンテル製の服を脱ぎ、ベッド脇の小さなくすんだ色の山にする。

監視されているだろうか。かもしれない。いや、おそらくされているだろう。気にしなければいい。いまは、この一時間だけは、二人きりなのだ。壁は、本当に無限に厚いのだ。この部屋だけが宇宙で唯一の空間なのだ。

愛しあったのはこれが初めてではない。しかし、あまり機会がなかったのもたしかだ。二人きりになれるチャンスがめったになかった。とはいえいまは——と考えて、シルベステは笑いだしそうになった。結婚したのだから、なにもこそこそする必要はない。せっかく再会できたのだから、仲むつまじくすればいいのだ。

ただシルベステは、わずかな良心の呵責をずっと感じ、それはどうしてだろうと考えていた。行為を終えて並んで横たわり、パスカルの胸に頭をうずめてから、その感覚がどこから来るのかようやくわかった。話すべきことがたくさんあるのに、その貴重な時間を、おたがいの肉体の探索に浪費してしまったからだ。しかしそういう順番になるのはしかたないだろう。

「もっと時間があればいいんだけどな」

シルベステの時間感覚はそれなりに正常にもどり、残り時間はあとどれくらいだろうと考えはじめた。

「このまえ別れたときは、話の途中だったわね」

「カリーン・ルフェーブルのことか。そうだ。きみに話さなくてはいけなかったんだ。わかってくれ。おかしいかもしれないけど、おれはもうすぐ死ぬんだと思っていた。だから話さないわけにはいかなかった。きみか、だれかに。何年も胸のなかにしまってきたことだから」

ふれあう腿のひんやりとした感触。パスカルはシルベステの胸の輪郭を指先でなぞっている。

「そこでなにが起きたにせよ、あなたを裁くことはできないわ。わたしにも、だれにも」

「おれが臆病だったせいだ」

「ちがうわ。本能よ。あなたは宇宙でいちばん恐ろしい場所にいたのよ、ダン。それを忘れないで。フィリップ・ラスカイユはパターンジャグラーによる精神変移なしにあそこにはいって、ああいう結果になった。正気でもどってこられたあなたは奇跡よ。頭がおかしくなっても不思議はなかったのに」

「カリーンは生き延びられたかもしれないんだ。いや、おれのせいで死なせてしまったとしても、もどったあとに真実を話す勇気があれば、おれはこんなに苦しまずにすんだだろう。話せば償いになったはずだ。嘘をついて、さらに彼女を侮辱してしまったんだ。殺しただけではあきたらず」

「あなたが殺したんじゃない。シュラウドよ」

「それはわからない」

「……わからないって？」

シルベステは横をむき、パスカルをじっと見つめた。以前の義眼ならその姿を記録しておくこともできたのだが、録画機能はもう失われている。

「つまり、カリーンがあそこで死んだかどうか、確信はないってことだ。すくなくともあの時点では。ジャグラーの精神変移が破れたのはおれのほうだったのに、どういうわけかおれは生き残った。だったら、カリーンのほうはもっと見こみがあったはずだ。少ない見こみにせよ。しかし、おれのように空間に放り出されただけだったら？　生き延びてはいても、おれに存在をつたえる手段がなかったら？　おれが脱出したとき、カリーンもシュラウドのまわりの空間を漂っていたのかもしれない。なのに、おれは近光速船を修理したあと、カリーンを探そうとはしなかった。生きてるかもしれないとは思いもしなかったんだ」

「当然の判断よ。彼女は生きてないわ。いまはそんなふうに悔やまれても、当時は、彼女は死んだと直感したんでしょう。もし死んでいなかったら……あなたに連絡するなんらかの手段があったはずよ」

「わからない。永遠にわからないだろうな」

「だったらくよくよ考えるのはやめなさい。やめないと、いつまでも過去からのがれられないわ」

シルベステは、フォルケンダーがいっていたことを思い出した。

「なあ、衛兵以外のだれかと話したか？　スリュカとか」

「スリュカ？」

「おれたちをここに監禁してるのはあいつなんだ」

パスカルは本当になにも聞かされていないらしいと、シルベステはいまさらながら驚いた。

「詳しく説明してる暇はないから簡単にいうけど、きみの父親を殺したのはおそらく浸水党真実進路派(トゥルーパス)の連中だ。すくなくとも党から分離した一派だ。おれたちが監禁されてるのはマンテルだ」

「キュビエではないと思ってたけど」

「そうだ。おれが聞いたかぎりでは、キュビエは戦場になってるようだ」

それ以上詳しいことは話さないでおいた。地上の市街が居住不能になっているらしいということは、いまはまだパスカルは知らなくていい。あそこはパスカルが知っている唯一の街なのだから。

「いまあそこをだれが支配してるのかは知らない。きみの父親にまだ忠誠を誓う連中かもしれないし、真実進路派と張りあっている勢力かもしれない。スリュカの話によれば、ニル・ジラルデューは最初のクーデタでキュビエを支配下におさめたときに、スリュカをあまり歓迎しなかったようだ。そのときから、のちに暗殺をくわだてるほどの敵意をいだいていたらしい」

「ずいぶん執念深いのね」

「まあ、あれだけ血の気の多い女だからな。おれたちを生きてつかまえることも、あいつの計画にはなかったんだと思う。身柄を拘束したあとになって、もてあましてるんだ。捨てるにはもったいないカードだが、使い道が……ということだな」

シルベステはそこで間をおいた。

「とにかく、なにか変化が起きようとしているみたいだ。おれの目を直した男によると、訪問者が来るという噂があるらしい」

「訪問者って、だれかしら？」

「おれもわからない。そいつはそういってたんだ」

「気になるわわね」

「リサーガム星の情勢を大きく変えるものだとすると、ウルトラ属が来るのかもしれない」

「ルミリョーがもどってくるには早すぎないかしら」

シルベステはうなずいた。

「本当に船が来るのなら、おそらくルミリョーじゃないだろう。しかし、おれたちと交易したがるようなやつがほかにいるのか？」

「交易が目的じゃないかもしれないわよ」

独りよがりかもしれないが、ボリョーワは他人に仕事をまかせられないたちだった。どんなささいなことでもそうだ。

クーリが砲術管制シートにすわって隠匿兵器を撃ち落とそうと奮戦していることには、表現が適切かどうかはともかく、満足していた。クーリにまかせることが現状で唯一の解であることも、認める気持ちはあった。しかし、だからといって、のんびりすわって結果を待っていられるわけではない。そんな性格でないのだ。べつの角度から対象に攻撃を加えたい。それは必要なことであり、またボリョーワの衝動でもあった。

「クソ（スビノイ）」

そんなときなのに、どれだけ考えても答えが出てこない。隠匿兵器の動きを封じるアプローチが浮かんだと思っても、すぐに頭のべつの部分が分析し、数十手先で目論見が破綻することを指摘する。

ある意味で、それだけ頭が回転している証拠でもある。頭に浮かんだ次の瞬間に、その答えを自己批評している。それどころか、ほとんど意識にのぼるまえにダメ出しをしているのだから。しかしボリョーワ自身にしてみれば、自分でチャンスをつぶしているような苛立ちがあった。

そしてさらに、〝異常活動〟のこともある。

とりあえずそう呼ぶことにしていた。この問題があまりにも理解不能で、考えはじめると頭のなかが強い不快感に満たされるからだ。

異常活動というのは、クーリの脳のなかで起きていることだ。さらに、クーリはいま砲術空間といわれる精神の抽象場にはいっている。このためクーリの脳の異常活動は、砲術管制系そのものとかかわり、さらにはそれをつくったボリョーワにもかかわっている。

状況の推移はブレスレットに神経データを表示させて見守っているが、クーリの脳のなかは、いままさに嵐のような状態らしい。そしてその嵐は、不気味な触手を砲術空間に伸ばしている。

すべてつながっているのだ。それは直感的にわかっていた。ナゴルヌイの狂気、サンスティーラーという名のなにか、隠匿兵器の自発起動。これら砲術管制系にからんで起きてきたさまざまな問題は、今回クーリの脳のなかで起きている嵐——異常活動と、密接にからんでいる。

かならず解決策はある。すくなくとも、全体像を見渡せるようになる答えがかならずある。しかし、あることがわかっていても、それだけではだめなのだ。

自分自身でも腹が立つのは、こんな緊急事態にもかかわらず、頭のなかの一部はそちらの問題をくよくよと考えつづけていることだ。直面する問題の解決に全力で取り組んでいない。いってみれば、頭のなかに天才少年少女がいっぱい詰まった教室があるようなものだ。一人ひとりは頭がよくて、全員が協力すればすばらしいひらめきが出てくるのだが、そこはやはり子どもで、何人かがうわの空だと、みんなぼんやり窓の外を眺めるようになってしまう。集中して問題に取り組めと怒鳴っても聞かない。それぞれの頭にある問題のほうが知的に興味深いので、配られた退屈な計算問題などやる気にならないのだ。

そんなとき、ふと頭のなかに浮かんできたものがあった。古い記憶だ。船内時間で四十年以上もまえにインストールした一連のファイアウォール・システム。破壊的なウイルスに侵入されたときに、最終手段として使うつもりだったものだ。現実に使う必要にせまられることなどないと思っていたし、こういう状況下で本来必要なものでもない。

それでも、頭に浮かんだのだ。

「ボリョーワより命令」息を切らせながらブレスレットにいった。記憶の底から必要なコマンドを引っぱり出す。「反乱鎮圧用プロトコル群にアクセス。烈度ラムダ・プラス。最大級戦闘準備にて協調。確認のため再チェック。完全自律で拒絶抑制。緊急度ナイン・アルマゲドン・デフォルト。レッド・ワン・アルファでセキュリティをバイパス。全レベル

で委員特権を全行使。これらの呪文で、船のオペレーションシステムの中核へ通じるドアがすべて開いたことを期待して、

「コードネーム〈麻痺(ポルジー)〉の実行プログラムを検索し、実行せよ」

息をつぐ。非委員特権は全破棄」

そしてブレスレットを離してつぶやく。

「急げ！」

ポルジーは、ボリョーワがインストールしたファイアウォール群を封鎖動作させるプログラムだ。自分で書いたのだが、あまりにも昔なので、詳しい動作内容やどれだけの船の機能に影響するかは憶えていない。ギャンブルだ。隠匿兵器の動きに障害が出るくらいの効果はあってほしい。その一方で、それを止めようとするボリョーワのじゃまにはならない程度であってほしい。

「クソ、クソ、クソ……」

ブレスレットに次々とエラーメッセージが流れてきた。ポルジーがアクセスや停止を試みたさまざまなシステムが、すでにポルジーの責任範囲にない――つまりプログラムのインターフェースから手が届かないということを、親切にも教えてくれている。

その多くはシステムの中核にかかわる部分だった。もしポルジーが正常に動作すれば、人間にたとえれば脳天を銃弾で撃ち抜くような効果があらわれる。必須でないシステムはすべてシャットダウンされ、回復力を残した無動状態におちいる。実質的なダメージも起

きるが、大半は表層レベルにとどまる。あとで修理し、他の乗組員が目覚めてくるまでに偽装したり、言いわけを考えたりできる程度だ。

しかし実際には、ポルジーはそのように動作してくれなかった。ふたたび人間にたとえれば、皮膚だけ、しかも局部的に麻痺して動かなくなったようなものだ。ボリョーワの狙いとはまったくずれている。

それでも、一部の船殻兵器は動かなくなっていた。砲術管制系に従属せずに自律動作し、しばらくまえにシャトルを吹き飛ばしたやつだ。だとしたら、おなじ手がまた使えるのではないか。

隠匿兵器はすでに船体から距離をとっているので、単純にその進路をふさぐようなことはもうできない。しかしべつのシャトルを宇宙空間に出せば、まだやれることはあるはずだ。

しかしその希望は、たちまち打ち砕かれ、落胆に変わった。もともとポルジーがそのように動作するようになっていたのか、あるいは四十年のあいだにさまざまな船内システムが複雑にからみあって、そのせいでボリョーワが意図しない部分まで殺してしまったのか……。とにかく、シャトルはファイアウォールで遮断され、遠隔操作できなかった。いちおう委員特権でのバイパスコマンドも試してみたが、反応はない。当然だ。ポルジーがコマンドネットワークを物理的に遮断しているので、ソフトウェアによる介入でブリッジするのは不可能だ。シャトルと接続するには、遮断部分を物理的にリセットするしかない。

そのためには、四十年前に書いたインストール図を探さなくてはいけない。どう見積もっても数日はかかる。

あと数分しか猶予はないのに。

ボリョーワはがっくりとなった。落胆どころか、底なしの重力井戸に引きずりこまれるような感覚。しかしその穴に落ちて、貴重な数分のいくらかが経過したとき――

あることが頭に浮かんだ。なぜいままで思いつかなかったのか。

ボリョーワは走りだした。

クーリはいきなり砲術管制室の自分にもどっていた。

ステータス画面のクロックを見ると、ファジルのいうとおり、現実時間はまったく経過していない。不思議だ。戦場のバブルテントに一時間近くいた実感があるのに、実際にはまばたきするくらいのあいだに流しこまれたものだった。あの時間のなかを生きたわけではないのだ。納得できない。

しかし、ゆっくり考えている暇はなかった。メモリーの鍵が開けられるまえから事態は切迫していた。その緊急性はすこしも減じていない。

隠匿兵器の発射準備はほとんど完了しているだろう。重力サインの微変動はもう観測されない。口笛が超音波の領域にはいったようなものだ。すでに撃てる状態なのかもしれない。マドモワゼルがそれを抑えているか。発射するまえに、クーリを自分の側につけたことを確認したいのだろうか。たしかに、この兵器が万一失敗したら、マドモワゼルにとって目的達成の手段はまたクーリだけになるのだ。

「明け渡しなさいクーリ。手を引いて」マドモワゼルがいう。「サンスティーラーが異星種族かなにかなのはもうわかったはずよ。それを助けてどうするの」

声を出さずに言葉をつたえるのが、ひどく苦痛に感じられた。

「ああ、異星種族だというのを疑うつもりはない。問題は、そういうおまえはどうなのかということだ」

「そんなことを議論している暇はないのよ」

「いいや、悪いが、いまこそ疑問を疑問としていわせてもらう」

考えを相手につたえながら、クーリは勢力争いのなかでの自分の立場は動かさなかった。しかしクーリのなかのべつの部分は、メモリーに見せられたものによって考えを転換し、やめろと怒鳴っていた。隠匿兵器の制御をすべてマドモワゼルに渡せといっている。

「サンスティーラーはシルベステがシュラウドから生還したときに持ってきたものだと、わたしが思うようにしむけていたな」

「いいえ。あなた自身が事実を見て論理的結論にいたったのよ」

「どっちでもいいさ」

クーリはふたたび力が湧いてくるのを感じた。まだ勢力バランスをひっくり返すほどではないが。

「おまえはずっと、わたしがサンスティーラーを敵とみなすようにしむけてきた。それに根拠があるかどうかはおいておこう。もしかしたらサンスティーラーは本当に悪の化身かもしれない。しかしそこで疑問が浮かんでくるんだ。なぜおまえにはそうだとわかるのか……。わかっても不思議はないかもな。おまえ自身も異星種族だとしたら」

「かりに——とりあえずいまだけ——そういうことにして——」

そのとき、新しい要素がクーリの注意を惹いた。激烈な勢力争いのさなかでありながら、その存在はしばし戦いの力を緩めさせるようななにかがあった。精神の一部をそちらの状況確認にふりむけさせるほど存在感がある。

なにかが争いのまんなかに割りこんできつつあった。

それは砲術空間にいるのではない。電子的存在ではなく、物理的存在だ。さきほどまでこの戦いの場にはいなかったか、すくなくとも存在に気づかなかった。いまは近光速船のすぐそばにいるのが探知できている。危険なほど近い。というよりも、物理的に接している。寄生虫のようだ。

サイズは超小型の宇宙船くらいで、本体部分の長さは十メートル程度。前後にリブのはいった太い魚雷のような形だ。多関節の脚が八本はえ、その脚で船体につかまって歩いている。なにより驚いたことに、シャトルを破壊した船殻の防御兵器に撃たれていない。

「イリア……まさか、あなた——」クーリは言葉をのみこんだ。「ちょっと、本気なのか？」

「あらあらバカね」

脇からマドモワゼルがいう。

スパイダールームは八本の脚で同時に船体を蹴り、跳躍した。船は減速中なので、スパイダールームは船の進行方向へ加速しつつ落ちていくように見える。ボリョーワの説明どおりなら、その時点で自動的にアンカーケーブルが発射され、船との物理的接触を回復するはずだ。しかしボリョーワはその機能を切っているのだろう。スパイダールームは落下を続け、やがてスラスターを噴射した。

クーリはこの場面をさまざまな神経ルートで見ている。なかには砲術空間用インプラントがなければ知覚できないモードもある。その膨大な知覚ストリームのなかに、船外カメラから送られてくる光学データもすこしだけふくまれていた。そのチャンネルを通じて、クーリはスラスターが吐く青紫色の噴射炎を見た。スパイダールームの胴体部分の周囲に小さな噴射口が開いている。太い魚雷のような胴体は、回転砲塔のような部分とつながっていて、そこから脚がはえている。つかむものを失った八本の脚は、下から噴射炎の照り返しを浴びている。

スパイダールームはスラスターの炎を高速度ストロボのようにまたたかせながら、落下速度を殺し、ふたたび船体にそって浮上してきた。しかしボリョーワは、脚が船体をつかめる位置にもどるためにスラスターを使っているのではなかった。つかのま静止したあと、横へ移動しはじめた。速度をあげながら隠匿兵器へ近づいていく。

「イリア……そんなことをしても――」

「心配すんな」

ボリョーワの声が返ってきた。砲術空間につたわってくる声は、宇宙のかなたから届くようにか細い。実際にはクーリのいる位置から数キロも離れていないのに。

「大甘にいえば〝計画〟と呼べるものがあるのよ。それがいいすぎなら、戦い方の〝選択肢〟がね」

「あとのやつは気にいりませんね」

「念のためにいっとくと、あたしも気にいらん」

ボリョーワはそこでしばし黙った。

「ところでクーリ、このゴタゴタに片がついたら――そんとき、あたしら二人とも生きてるかどうか、保証のかぎりじゃないみたいだけど――あとで、おまえにちょいと話がある」

恐怖をまぎらわせるためにいっているのだろうか。

「話って?」

「いっさいがっさいだ。砲術管制室に起きた問題全部。おまえにとってもいい機会だから、その……厄介な隠し事をあらいざらいしゃべってもらおう」

「たとえば、どんな?」

「たとえば、おまえはそもそも何者なのかって話からだ」

ているが、船の長軸方向で見た位置関係は一定で、標準的な1G噴射を維持している。脚をすべて広げても、大きさの比では隠匿兵器の三分の一にも満たない。いまは蜘蛛というより、悠然と泳ぐクジラの口にのみこまれる寸前のあわれなイカのようだ。

スパイダールームは隠匿兵器との間合いを急速に詰めていく。スラスターを減速に使っ

「それは、〝ちょいと話〟ではすみそうにありませんね」

根拠はないが、もうボリョーワに対してシラを切りとおすのは無理だろうという気がした。

「そうだ。じゃあ、この話はひとまず終わりだ。あたしはこれからヤバい橋を渡るからな。ほとんど不可能に近いような」

「というより自殺行為よね」

マドモワゼルがまた口を出す。

「おまえはおもしろがってるだろう」

「ええ心の底から。秘密の漏洩に対して手出しできない立場にあるとなればなおさら」

ボリョーワは、隠匿兵器の発射用プロングのほうへスパイダールームを近づけていく。とはいえ、細孔だらけのプロングの表面に機械の脚をとりつかせるには、まだ少々距離があるようだ。兵器のほうも動きはじめていた。自身のスラスターを噴かして、ピッチやヨー方向の動きをゆっくり、不規則にくりかえしている。接近するボリョーワから逃げたいらしい。しかし慣性質量が大きいので動きが鈍い。地獄級の威力をほこる兵器が、小さな

蜘蛛一匹に逃げまどっている。

弾薬式のピストルを撃ったような四つの音が連続して聞こえた。間隔が短いのでほとんどひとつの音に聞こえる。

スパイダールームの胴体から四本のアンカーケーブルが伸びていき、隠匿兵器のプロングに音もなく命中した。貫入式のアンカーだ。目標に数十センチもぐりこんで先端が開く。あたったら絶対にはずれない。

傘のように開いたスラスターの噴射炎が、ピンと張ったケーブルを照らしだす。スパイダールームはすでにケーブルを巻き取りはじめている。兵器が巨体を揺すって回避行動をとっても、容赦なく距離は縮まっていく。

「やれやれ、さっきまで船殻兵器の照準をそいつにあわせてたんですけどね……どうしたものか」

クーリがいうと、ボリョーワの声が返ってきた。

「撃てるすきがあったら撃て。あたしをはずして撃てるならそうしろ。なんとかなるさ。この部屋は意外と丈夫なんだ」

しばらく沈黙したのち、

「よっしゃあ、つかまえたぞ、この鉄くず野郎」

スパイダールームの八本の脚が隠匿兵器のプロングにしっかり巻きついた。

隠匿兵器は蜘蛛を追いはらうのをあきらめたようだ。不思議はない。ボリョーワは蛮勇をふるって突進したが、じつは状況にたいした変化はないのだ。スパイダールームがプロングにからみついていようがいまいが、隠匿兵器にしてみればじゃまにはならないのだろう。

一方で、船殻兵器の制御権をめぐる争いははげしさを増した。クーリは前線がときどき動くのを感じた。マドモワゼル側が部分的に後退している。しかしクーリが船殻兵器の照準を合わせて発射できるほどではなかった。

サンスティーラーがこちらに加勢しているのかどうか、感覚的にはわからない。存在感を消すことが最大の特徴らしいので、それは当然かもしれない。しかしサンスティーラーがいなければ、おそらくクーリはこの陣地争いに完全に負けていただろう。そしてここで抵抗を受けていなければ、マドモワゼルはとっくに隠匿兵器が持つ強力ななにかを解き放っていたにちがいない。いまのところこの勝負はわからない。

クーリはボリョーワの動きに注目していた。スパイダールームのスラスターはおなじ方向に噴き、巨大だが鈍重な隠匿兵器のスラスターに対抗している。

ボリョーワは隠匿兵器を船尾方向へ引きずっているのだ。めざしているのは噴き出す青白い光芒。近光速船の推進ビームだ。ボリョーワはこの兵器を、連接脳派エンジンの強烈な噴射炎で焼き殺そうというつもりなのだ。

「イリア、それは……よく考えた作戦なんですか?」

「考えた作戦だと?」今度はまちがいなく、ボリョーワの笑い声が聞こえた。ややひきつった笑いだ。「こんなもん、破れかぶれに決まってるだろう、クーリ。ほかに選択肢がないんだ。おまえがそっちの砲をさっさと撃てるようにしないかぎりはな」

「それは……やってるんだけど」

「だったらあたしのことなんかかまわず、やるべきことをやれ。いっとくけど、こっちはこっちで忙しいんだ」

「きっと頭のなかで人生が走馬燈のようにめぐっているのね」

「またおまえか」

マドモワゼルがこうして茶々をいれてくるのは、クーリの気を散らせる小賢しい作戦だ。そうわかっているので、なるべく無視した。たしかにただの傍観者でいるよりは、こうして口を出すことで戦いの流れに影響をあたえている。

ボリョーワはあと五百メートルで隠匿兵器を噴射炎に引きずりこむところまでいっていた。兵器はスラスターを全開で噴かし、抵抗している。しかしそのスラスターの合計推力は、スパイダールームのそれより小さいのだ。無理もない。設計者はこの兵器が位置修正や姿勢制御をできるようにスラスターのシステムを組んでいるのだ。取っ組み合いの喧嘩など想定していないだろう。

「クーリ、三十秒後にこいつを切り離す。あたしの計算どおりなら、こいつはそのあといくら姿勢制御用のスラスターを噴いても、自重を打ち消せずにビームのなかへ突っこんでいくはずだ」

「それで一件落着?」

「いちおうはね。ただ、おまえに警告しておくことがある……」

ボリョーワの声はときどき不明瞭になる。膨大なエネルギーが炸裂する推進ビームに極端に接近しているせいだ。有機生命体がこれ以上近づくのは賢明でない範囲にはいっている。

「あとで気がついたんだけど、そうやって首尾よく隠匿兵器を破壊できても……その爆発によって放出される、たぶんエキゾチック粒子かなにかが、推進ビームをさかのぼって、エンジンのコアまで到達するはずだ」

あきらかに意図的な沈黙。

「そのとき引き起こされる結果は……あんまり望ましいものじゃないはずだ」

「なるほど。じつに楽しい話ですね」

ボリョーワが低く悪態をついた。

「やられた。こっちの計画にちょいと狂いが出た。隠匿兵器の防衛システムがスパイダールームにEMパルス攻撃をかけてきたらしい。あるいはエンジンの放射線でハードウェアがいかれたか」

カチャカチャと背景音が聞こえる。おそらく、コンソールの古めかしい金属製スイッチ類を操作する音だろう。

「とにかく、切り離しが不可能になった。あたしはこいつと一蓮托生(いちれんたくしょう)ってわけね」

「エンジンを停止すれば……。ブレスレットからできるんでしょう？」

「あたりまえだ。あたしはそうやってナゴルヌイを殺したんだから」

しかし声の悲壮感は変わらない。

「でもだめだ。エンジンにアクセスできない。ポルジーを実行したときにコマンド経路を遮断しちまったのか……」

つぶやき声になったあと、ふたたび呼びかける。

「クーリ、少々やばいことになってきた……おまえがそっちの兵器で……」

またマドモワゼルが口出ししてきた。いつものように、こばかにしたような口調。

「ボリョーワは終わりねクーリ。いまの角度で船殻兵器を使おうとしても半分の砲は自損防止機能が働いて発射できないわよ。残りの砲を全部使っても隠匿兵器の外板にひっかき傷をつけられるかどうか。試してみる？」

そのとおりだった。使える船殻兵器のほとんどが船体保護モードにはいっている。船の最重要コンポーネントすれすれの方向に射線をむけているせいだ。使用可能なのは小口径砲のみ。どうみても大きなダメージはあたえられない。

そのとき、結果が見えたと思ったらしい相手が、力を緩めた。

船殻兵器の大半がいっきにクーリの支配下にはいってきた。と同時に、使用可能な小口径砲だけでも、なんとかなるのではないかとクーリは気づいた。やり方を変えればいい。一定範囲に射線を散らすのではなく、精密射撃をやらせれば……。

マドモワゼルが船殻兵器の支配権をとりもどしにくるまえに、一瞬のすきをついてクーリは動いた。これまでのターゲットパターンを破棄。照準を再設定。極端なまでのピンポイント照準だ。

各砲が水飴にひたっているようにのろのろと向きを変え、ようやくクーリが指示した位置へ照準をあわせおえる。

狙いは隠匿兵器ではない。べつのところ……。

「クーリ無駄なことは……」

マドモワゼルがいいかけたときには、クーリは発射命令を流していた。

プラズマの閃光が隠匿兵器をつつむ。しかし狙ったのは兵器本体ではない。スパイダールームの八本の脚と、兵器につながった四本のアンカーケーブルが切断される。

脚を根もとから切られた蜘蛛の胴体が、くるくると回転しながらエンジンの光芒から離れていく。

一方で隠匿兵器は、ランプの光に引き寄せられる蛾のように、推進ビームに吸いこまれていく。

そのあと起きたことは、人間の時間感覚では認識できない一瞬の出来事の連続だった。クーリでさえ、しばらくあとまでなにが起きたのかわからなかったほどだ。

まず最初の一ミリ秒で、隠匿兵器の外板が蒸発した。金属蒸気を主成分とする霧となって吹き飛ぶ。それがビームに接触した結果なのか、それとも破壊の瞬間、隠匿兵器がみずから内部を露出させたのかはわからない。

どちらにしても、兵器の製作者が意図しない反応が起きていった。外板が剝ぎとられるのとほぼ同時に、残された兵器の内臓は、長い長い重力のげっぷをした。引き裂かれた時空から得体のしれないものが噴出する。兵器の周辺で空間の構造そのものがおかしくなっている。兵器として意図されたものではない。プラズマエネルギーの凝固した塊ができ、そのまわりでゆがめられた星の光が虹色にまたたく。はじめ虹は、おおむね球形になっているが、発生して一ミリ秒後にはゆがみを生じ、破裂寸前のシャボン玉のように不規則に揺れはじめる。そしてコンマ数ミリ秒後には内破し、加速度的に収縮して消える。

そのあと、なにもない瞬間があった。破片もなく、背景の星も見えない。

そこに光があらわれた。光は紫外線方向へ波長を変化させながら、拡大し、膨張し、危険な球体へ成長する。拡大するプラズマが船を叩き、はげしく揺さぶる。砲術管制室のジンバルのなかで緩衝されているクーリでさえ、その振動を感じた。

データが流れてきた。とくに関心があるわけではないのだが、いまのプラズマ爆発でも船殻兵器に大きな被害はなかったことが報告される。爆発は若干の放射線もともなっていたが、被曝量は許容範囲。重力スキャンの結果はすでに正常にもどっている。

つまりいまのは、時空に量子レベルの穴があいて、微少なプランク・エネルギーが放出されたのだ。微少な、といっても、それは時空泡のなかに通常満ちているエネルギーにくらべたときの話だ。人間のレベルでは、そのごく一部が漏れただけで、隣で水爆が爆発したようなことになる。

時空の傷口はすぐひとりでに閉じ、それ以上広がることはなかった。あとは微量のモノポール、低質量の量子ブラックホール、変則粒子やエキゾチック粒子などが、不吉な出来事の名残をとどめるのみだ。

簡単にいえば、隠匿兵器は大きな誤作動を起こした。

「あらあらやっちゃったわね」マドモワゼルが、いちおう失望しているらしい声でいった。「困難な試みを成功させたことはご同慶の至りよ」

しかしクーリは聞いていなかった。砲術空間のむこうからクーリにむかって影が突進してきていた。かわそう、接続を切ろうとしたのだが——

まにあわなかった。

13

リサーガム星軌道
二五六六年

「座席」

ボリョーワはブリッジにはいりながら、そう命じた。すわってベルトを締め、操作してすぐにブリッジの階段状の壁から離れる。移動した先は、部屋の中央を占める大きな球状のアームにささえられた座席がすぐに近づいてきた。

ホログラフィ投影空間。

投影されているのはリサーガム星だ。古代のミイラの干からびた眼球を数百倍に拡大したようにも思えるが、そうではない。また船のデータベースから引っぱり出されたリサーガム星の精密観測データでもない。これはリアルタイム映像なのだ。近光速船の船殻上で進行方向を観測しつづけているカメラがとらえたものだ。

リサーガム星は、どんな基準からしてもやはり美しい星とはいえない。薄汚れた白い極冠のほかは、頭蓋骨のような灰色ばかり。あとは鉄錆色の部分がかさぶたのように張りつき、薄青色のかけらが熱帯付近にちらばっているだけ。海といえる広さの水面は、ほとんどがまだ氷の下に隠れている。わずかに水面がのぞいているところは、加温エネルギーグリッドか生物代謝プロセスを使って温め、凍らないようにしているのだろう。

いちおう雲はある。しかし薄い靄のようなもので、本格的な惑星大気の循環が形成する複雑な雲ではない。たまに地表のようすがわからないほど白っぽくなっているのは、人工施設のそばだ。極冠から水と酸素と水素をつくる蒸気工場があるのだ。

植物の生えているところは、解像度を一キロ単位まで上げないと見えてこない。人間が住んでいる証拠もおなじだ。九十分ごとに夜の側がまわってきたときに、施設の明かりがぽつぽつと見えるだけ。拡大しても、居住施設はなかなかみつからない。首都をのぞいて、ほとんどは地下施設になっているからだ。地上に出ているのはアンテナ、離着陸場、流線形の植物温室だけ。

それがいま問題になっていた。そして首都は——

「サジャキ委員と通信ウィンドウが開くのは?」

ボリョーワは他の乗組員たちにさっと目をやった。おなじようにアームで持ちあげられた座席が、投影された惑星の灰色の光の下に大雑把に集まっている。

ボリョーワの問いに、ヘガジが答えた。

「五分後だ。サジャキがコロニーの新しいお友だちについて楽しい話を聞かせてくれるまで、五分間の辛抱というわけだ。待ちきれねえか？」

「訊くまでもないだろう、クソ」

「そんなに気ばるこたあねえのに」

ヘガジはニヤリとした。というよりも、それに近い顔をした。大幅にキメラ化されたその顔では表情をつくるのも容易ではない。

「どうした。いつものおまえらしくない。こういうときなのに、あまり楽しそうじゃないぞ」

「もしシルベステがみつからなかったら……」

ヘガジは機械の手をあげた。

「サジャキはまだ報告してきてないんだ。あわてなくていいさ」

「みつかるという自信でもあるのか？」

「そういうわけじゃないが」

ボリョーワは冷たい目で同僚の委員を見た。

「あたしが嫌いなのは、そういう素朴な楽観主義よ」

「おいおい、もうちょっと肩の力を抜けよ。もっと悪いことが起きたかもしれないんだぞ」

そうだ。たしかに起きた。〝悪いこと〟は不気味なほど定期的にボリョーワを襲いつづけている。連続するだけでなく、回を重ねるごとに不運の度合いがエスカレートしている。

ナゴルヌイの問題で苛々していたころが懐かしいくらいだ。あのときは自分が命を狙われているだけだった。もしかして、いまのこの状況さえも懐かしいと思うときが、いつかくるのだろうか。あまり期待したくなかった。

もちろん、ナゴルヌイの問題は前触れだった。いまだからわかる。当時は独立した出来事だと思っていたが、実際には、将来起きるもっと悪い出来事の前兆だったのだ。襲撃を受けるまえに胸騒ぎがするようなものだ。

ボリョーワはナゴルヌイを殺した。しかし、なにがあの男を精神異常にいたらしめたのかを、それによって理解したわけではなかった。そしてクーリを新たに雇った。そのあとの展開は、かならずしも最初の主題を発展反復させるものではなかった。陰気な交響曲の第二楽章ではなかったわけだ。クーリは、精神に異常をきたしはしなかった（いまのところは）。しかしクーリを触媒として、より悪い、より広範囲な異常事態が起きた。クーリの頭のなかでは、これまで観察したことがないような異常な嵐が起きていた。そして隠匿兵器の暴走は、ボリョーワを殺しかけ、それどころか船の全員を危うくし、もしかしたらリサーガム星の全住民をも巻き添えにしたかもしれなかった。

他の乗組員たちが目覚めてくるまえのこと。

「さあ、答えてもらおうか、クーリ」

「なにを答えるんですか、委員」

「しらばっくれるな。そういう態度にはもううんざりしてんだ。今日という今日は泥を吐かせるぞ。隠匿兵器のゴタゴタのなかで、おまえはボロを見せた。あたしが忘れたと思ったら大まちがいだ」

「たとえばどんな？」

ボリョーワとクーリは、雑役ネズミのはびこる区画のひとつにいた。船内では、スパイダールームについで、サジャキの盗聴デバイスにひっかかる危険が少ないと考えられる場所だ。

ボリョーワはクーリを壁に突き飛ばした。クーリは背中を打って、しばし苦しそうにする。ボリョーワは細身だが、あなどれないくらいの力はあり、また気も短いのだ。

「はっきりいっとくぞ、クーリ。あたしはおまえの前任者のナゴルヌイを殺した。あたしを裏切ったからだ。殺したって事実は、他の乗組員の目から完璧に隠蔽してみせた。おまえもふざけた態度をとる気なら、おなじざまになる覚悟をしな」

クーリは気をとりなおして、壁から身体を起こした。

「具体的になにを聞きたいんですか」

「まずおまえの正体を聞かせてもらおう。あたしの考えでは、おまえはスパイだ」

「そんなわけないでしょう。あなたが雇ったんですよ」

ボリョーワもその点は何度も考えていた。

「ああ、そう思わせる形だったたな。しかしそれも仕組まれたことだったんだ。そうだろう？　おまえの背後にいる組織は、あたしの求人プロセスに介入して、こっちの意思でおまえを雇ったように演出した。実際には他に選択の余地がないようにしてな」

　それを証明する直接の証拠はない。しかしそうだと仮定すると、すべて辻褄があうのだ。

「どうだ。まだ否定するか」

「なぜわたしがスパイだと思うんですか？」

　ボリョーワはそこで煙草に火をつけた。クーリを雇った（あるいは雇わされた）イエローストーン星のカルーセルで買ったものだ。

「なぜなら、おまえは砲術管制系になじみがよすぎるからだ。そしてサンスティーラーのこともなにか知ってる。おかしいと思うのは当然だろう」

「サンスティーラーの話題を持ちだしたのはあなたのほうですよ。たしか、わたしを雇った直後でしたね」

「そうだ。でもあたしの話を聞いただけにしちゃ知りすぎだ。それどころか、あたしよりも状況の全体像を把握してるようなときさえあった」

　しばし間をおいた。

「まだあるぞ。冷凍睡眠中におまえの脳内で起きてた神経活動だ。おまえを船内につれこんだときに、インプラントをもっと詳しく調べるべきだったわね。そのなかのどれかが隠し機能を持ってたらしい。さあ、これらの疑問を他の方法で説明できるならやってみろ」

「わかった……」クーリの口調が変わった。いいのがれは無理とあきらめたようだ。「でも、いいか、イリア。あなたもすねに疵持つ身だ。サジャキや他の乗組員に対して秘密をかかえてる。ナゴルヌイのことはわたしも察しがついていたし、隠匿兵器のこともある。知られたくない話のはずだ。でなければ、あそこまで徹底的に隠蔽工作はしないだろう」

ボリョーワはうなずいた。否定してもしかたない。もしかするとクーリは、船長との会話まで察しているのだろうか。

「だから？」

「あたしはおまえを殺せるといったはずだぞ、クーリ。おまえは要求できる立場じゃない」

「だから、ここでの話は二人の胸のうちにとどめたい。理にかなった要求だと思うけど」

「たしかにあなたはわたしを殺せる。すくなくとも試みることはできる。でも実際問題として、二人目の殺人を、ナゴルヌイのときのようにうまく隠蔽できるかな。砲術士を一人失うのは不運でかたづけられる。でも二人となると、あまりに軽率に見えないかな」

ネズミが一匹、スラッジの上を跳ねながら二人の足もとを走っていく。苛々したボリョーワは、つまんだ煙草の吸いさしをその背中めがけてはじいたが、そのときにはネズミは壁のダクトに駆けこんでいた。

「おまえがスパイであることを、他の乗組員には黙ってろってのか」

クーリは肩をすくめた。

「お好きなように。それを聞いてサジャキがどう思うかな。スパイを船にいれたのは、そもそもだれの失態か」

ボリョーワはしばらく返答に詰まった。

「なにもかも計算ずくだったのか」

「こうやって問いつめられるときは、遅かれ早かれくると思ってたよ、委員」

「じゃあ、最大の問いからいこう。おまえは何者で、だれのために働いてるのか」

クーリはため息をつき、あきらめたように話しだした。

「あなたが知っていることはほとんどが真実だ。わたしの名前はアナ・クーリ。スカイズエッジ星の兵士だった。ただし、あなたに話したのより二十年くらいまえのことだけど。あとは……」

すこし黙って、

「コーヒーでも飲みながら話すというのはどうかな」

「コーヒーはない。続きを話せ」

「わかった。わたしは、他の船の乗組員たちから依頼されて動いている。そいつらの名前は知らない。直接の連絡はないんだ。その船はしばらくまえから、あなたの隠匿兵器を狙ってるらしい」

ボリョーワは首をふった。

「ありえない。あれの存在はだれも知らないはずだ」

「と、あなたは思ってるわけだな。でもあれを試射したことはあるんだろう？　そのときの生き残りとか、目撃者とかがいても不思議はない。やがて、この船がすごいものを積んでるという噂が流れはじめる。詳細がわからなくとも、自分の船にもおなじものがほしいと考えるやつはいるだろう」

ボリョーワは黙りこんだ。クーリの話はショックだった。自分の秘密の習癖を世間に知られたようなものだ。しかし、ありえないことではない。それは認めなくてはいけない。どこかから秘密が漏れたのだ。乗組員が船を去ることはときどきある。本人が望むと望まざるとにかかわらず、そういうことは起きる。そういう連中は機密事項を知りえる立場にないはずだし、とりわけ隠匿兵器に関してはなにも教えられていないはずだ。しかし、この世に手ちがいはかならずある。あるいはクーリがいったように、隠匿兵器が使われた現場にいあわせ、生き延びてその話をつたえた人間がいたのかもしれない。

「他の船の乗組員というのは……名前は知らなくても、船名くらい聞いてるだろう」

「……知らない。自分たちの身許をあかすようなヘマはしないものだ」

「じゃあ、おまえが知ってるのはどこまでなんだ。そいつらはどうやって隠匿兵器を盗むつもりなんだ？」

「そこで出てくるのがサンスティーラーだ。サンスティーラーは軍事ウイルスで、この船が前回イエローストーン星周回軌道にはいったときに侵入した。きわめて巧妙で適応性の高い潜入ソフトウェアで、敵のシステム内にひそみ、その使用者に対して心理攻撃をかける。潜在意識へのささやきかけで相手の正気を失わせようとする」

クーリは、ボリョーワの理解を待つようにすこし間をおいた。

「でも、ここではあなたの防壁が堅くて、サンスティーラーは手も足も出せなくなった。作戦が通用しないので、待つことにした。次のチャンスは、一世紀近くたってふたたびこの船がイエローストーン星に近づいたとき。そして送りこまれたのが、このわたしだ。今度は人間のスパイというわけだ」

「最初のウイルスはどうやってはいってきたんだ」

「そのとき利用されたのがシルベステだ。彼らはこの船の乗組員が、船長を治療する目的でシルベステを船につれてくることを知っていた。そこでシルベステ本人も知らないうちにウイルスを植えこみ、シルベステが船長治療のために医療システムに接続したときに、システムに感染させたんだ」

ありそうなことだと、ボリョーワは思った。不安で気もそぞろになるほど、ありそうな話だ。

とはいえそれは、他の船もこの船とおなじくらいに貪欲だという証拠にすぎない。サジャキと残り二人の委員がそうではないふりをするのは、傲慢というものだろう。

「それで、おまえのミッションは?」

「砲術管制系のなかでサンスティーラーがどれくらい汚染されているかを評価すること。可能であれば船を乗っ取ること。そのためには、リサーガム星は都合のいい目的地だった。辺境の星だから、星系をカバーするような警察力は存在しない。乗っ取りを実行してもだれにもとがめられない。コロニーの住人が見ている程度だ」

クーリはため息をついた。

「でも、これは本当のことだけど、その計画は完全に流れた。サンスティーラーのプログラムには欠陥があった。過度の適応性をもち、過度に危険だった。ナゴルヌイの精神を狂わせたときに、自身に注目を集めすぎた。それでも、だれもそいつを止められなかった。だからサンスティーラーは、今度は隠匿兵器そのものをいじりはじめたんだ」

「それで暴走したのか」

「そうだ。わたしも冷や汗をかいた」クーリは身震いした。「サンスティーラーが強力になりすぎていることには、わたしもそれまでに気づいていた。でもコントロールできなかったんだ」

ボリョーワはこれから数日かけてクーリを尋問して、その話が既知の事実と矛盾しないかどうか、たしかめていくつもりだった。

サンスティーラーが潜入ソフトウェアの一種だというのはありえる話だ。ボリョーワの長い経験のなかでも、これほど狡猾で逃げ足のすばやいものは初めてだが。

そうだとわかったとして、では無視していいか。もちろんそんなことはない。存在することを知ったからには。

たしかにクーリの話は、これまででいちばん客観的に理解できる説明だ。ナゴルヌイへの治療が失敗した理由もわかる。ボリョーワは、自分が埋めこんだ砲術管制用インプラントの複合的な不具合が、ナゴルヌイの狂気の原因だと思っていた。しかしそうではなかったのだ。対象者の精神に異常をきたすことをはじめから狙って設計された存在があったのだ。原因がなかなかわからなかったのも無理はない。

もちろん、ナゴルヌイの狂気がなぜあのような形で発現したのかという疑問は残る。不気味な鳥に似た姿のスケッチ。手製の棺桶に刻みつけられたデザイン……。とはいえ、ナゴルヌイがもともと持っていた異常性をサンスティーラーが刺激し、無意識のうちにそのイメージを描かせたということもありえるだろう。

隠匿兵器を狙っているという正体不明の他の船のことも見逃せない。船の記録によれば、ボリョーワたちがイエローストーン星近傍空間を訪れたときに、二度ともその付近にいた近光速船としては、ガラテイア号という船があった。こいつらがクーリを送りこんだのだろうか。いまのところはそれがいちばん納得できる説明だ。

確実なこともひとつある。クーリのいうように、この情報を他の委員に教えるわけにはいかないということだ。

サジャキがこの重大なセキュリティ上の過失を知ったら、その責任を全面的にボリョーワに問うだろう。もちろんクーリは処分されるだろうが……ボリョーワもなんらかの懲罰を覚悟しなくてはならない。最近の緊張した関係を考えれば、サジャキがボリョーワを殺そうとすることも充分に考えられる。そうなったら実際に殺される可能性は高い。サジャキはボリョーワとおなじくらい強いのだ。ボリョーワはこの船の軍事部門のエキスパートで、隠匿兵器にある程度詳しいといえる唯一の人材だが、それでもサジャキは躊躇しないだろう。今回の失敗でその能力不足はあきらかだと主張するはずだ。

もうひとつある。ボリョーワとしては見逃せないことが。

隠匿兵器の暴走の原因がなんであるにせよ、クーリがボリョーワの命を救ったことはまぎれもない事実だ。いまいましいことだが、スパイに借りができたのだ。

この状況を冷静に考えたとき、残される選択肢はひとつしかない。なにごともなかったように、このままやっていくことだ。

クーリのミッションは遂行不能になった。乗っ取りを試みることはもうないだろう。この船に乗った真の理由はどうあれ、シルベステをもう一度この船につれてくるというボリョーワたちの計画に支障はない。また、単純に乗組員としてクーリが必要だということもある。ボリョーワが真相を知り、クーリが本来めざしたミッションも潰れたのだから、今後のクーリとしては、船であたえられた職務に全力をつくすしかない。忠誠心操作セラピーが効いているかどうかはもう問題ではない。効いているようにクーリは演技するしかないのだ。そしてそのうち、演技は真実と区別できなくなるだろう。船を降りる機会があっても、望まなくなるだろう。船の乗組員はそれほど悪い立場ではないのだ。主観時間で数カ月後か数年後には、すっかり乗組員の一人としてなじんでいるだろう。本来スパイとして船に乗ってきたことは、本人とボリョーワだけの秘密になる。ボリョーワ自身も忘れていくかもしれない。

そうやってボリョーワは、スパイ問題は決着したと納得するようになった。もちろんサンスティーラーの問題は残っている。しかし今後は、それをサジャキから隠すことにクーリも協力するようになるのだ。

サジャキに隠すべきことはほかにもいろいろあった。ボリョーワは隠匿兵器暴走事件が残した痕跡を消してまわる仕事に奔走した。サジャキや他の乗組員たちが目覚めてくるまえにやらなくてはいけないが、そう簡単ではなかった。

まず、インフィニティ号の損傷を修復しなくてはならない。隠匿兵器が爆発したときに船殻が損傷した穴をふさぐのだ。基本的には自動修復ルーチンの活動を早めさせることで対応したが、既存の傷、デブリの衝突痕、不完全な修復の跡なども正確に再現しなくてはならなかった。

それが終わると、自動修復システムのメモリーをいじって修復した記録自体を消去した。スパイダールームも修理しなくてはいけなかった。サジャキやほかの乗組員はそもそもその存在を知らないのだが、念には念をいれた。その修理もたいへんだった。

それから、ポルジー・プログラムが活動した痕跡もすべて消さなくてはいけなかった。これには一週間以上かかった。

シャトルも一機損失したわけだが、これを隠すのは難しかった。新規に一機製作することもかなり真剣に考えた。必要な原材料を船じゅうから少しずつかき集めてくるわけだ。質量比では船全体の十九万分の一でいい。しかしやはり、リスキーだった。そもそもシャトルをそれらしく古びた感じに仕立てられる自信がない。

そこで、簡単だが強引な手段に頼った。船のデータベースをいじって、最初からシャトルは一機少なかったように見せかけたのだ。サジャキは気づくだろうし、他の乗組員も気づくだろう。しかし証拠がなければ議論にならないはずだ。

最後は隠匿兵器だ。これもつくりなおした。もちろんハリボテで、船倉に据えておくだけだ。クーリの仕事場にサジャキが降りてくることはめったにないし、たまに降りてきたときだけ威圧感ある姿をさらしてくれればそれでいい。

不審な跡を消すために六日間大忙しで働いた。七日目は休息をとって、それまで徹夜作業の連続だったことを悟られないように心身の調子を整えた。そうやって八日目にサジャキが目覚めてきて、何年も冷凍睡眠にはいらずにずっと起きていたのかと訊いた。

「ええ。変わったことはなにもなかったわよ」

サジャキの反応はよくわからなかった。最近のサジャキではいつものことだ。

今回はとりあえず成功したようだが、こういう危険は二度と冒すまいと誓った。

とはいえ、リサーガム星の植民者たちと接触しないうちから、ボリョーワの理解できないことが早くも起きはじめていた。孔雀座デルタ星の伴星である中性子星のまわりで、不審なニュートリノ発生源が観測されることに、ボリョーワは以前から気づいていた。その微弱なニュートリノサインはいまも出ているのだが、最新の観測結果によると、その発生源はたんに中性子星のまわりをまわっているのではなく、その軌道をまわる月サイズの岩の塊のまわりをまわっていることがわかってきた。

何十年かまえに無人探査機によってこの星系の探査がおこなわれたときには、そんなニュートリノ発生源はなかった。そこから考えられるのは、やはりリサーガム星のコロニーとのつながりだ。しかし、彼らにそんなものを飛ばす能力があるのか。軌道へ上がることすらできないらしいのに、星系の外縁に探査機を送ったりできるのか。

それから、植民者たちが乗ってきた近光速船ロリアン号も見あたらなかった。リサーガム星周回軌道上にあるだろうと思ったのだが、姿がない。

どうやら外見とはうらはらに、植民者たちがまったく予想外の能力を持っている可能性を、頭の奥にとどめなくてはならないようだ。ボリョーワの心配事がまたひとつ増えた。

「イリア」

ヘガジの声がした。

「もうすぐ準備できるぞ。首都が夜の側から出てくる」

ボリョーワはうなずいた。

船体のあちこちに設置されている高倍率カメラが、首都の境界線から数キロ離れたある地点にむかって、どんどんズームインしていく。サジャキが出発するまえに、あらかじめ打ちあわせてあった場所だ。なにも手ちがいが起きていなければ、サジャキはそこのテーブル状台地、メサの上に立って、昇ってくる太陽をまっすぐに見ているはずだ。タイミングが肝心なのだが、サジャキにかぎってそういうしくじりはあるまい。

ヘガジがいう。

「いたぞ。ブレ補正をいれて、と……」

「見せて」

リサーガム星のホロ映像上で、首都のそばに画面が開いた。なかの画像はどんどん拡大されている。最初はなにが映っているのかはっきりしなかった。岩の上に立っている男のぼんやりしたシルエットがわかるだけ。しかし急速に鮮明さを増していって、サジャキだとわかるようになった。

ボリョーワがこのまえ会ったときは、ごつい適応変色アーマーをつけていたが、いまは灰色のコート姿だ。長い裾がブーツのまわりではためいているところからすると、メサの上はやや風があるらしい。スーツの襟は耳のあたりまで立てているが、顔は正面にさらしている。

その顔は、本来のサジャキとは少々異なっている。船を発つまえに、微妙に顔立ちをいじっていったのだ。イエローストーン星からリサーガム星へ旅したオリジナルメンバーの遺伝子プロファイル、つまりイエローストーン星住人に多いフランス系と中国系遺伝子を反映した、平均的な容貌に調整されている。真っ昼間に首都の大通りを歩いても、この顔ならすこしも目立たないはずだ。よそ者とわかるところはない。

声もそうだ。調査隊メンバーがもっていた十数種類のイエローストーン方言を、言語ソフトウェアが解析し、複雑な語彙統計モデルにしたがってこれらの言葉をまぜあわせて、リサーガム星のどこででも通じると思われる新しいリサーガム方言をつくりだしている。サジャキが言葉をかわす地元住人は、その顔を見て、架空の身の上話とその話し方を聞いて、リサーガム星の辺境の入植地からやってきた男だと完全に納得するはずだ。他の星から来たなどとは夢にも思うまい。

すくなくとも、そういう狙いで準備されていた。

サジャキは、体内のインプラントをのぞけば、身許が露呈するような技術製品はなにも携行していない。通常の地上軌道間通信は探知されやすいし、つかまったときにいい逃れがきかないからだ。なのに、ボリョーワたちにはサジャキの声が聞こえていた。テストフレーズをくりかえしつぶやいている。

こういうしかけだった。まず、船の赤外線センサーがサジャキの口のまわりの血流を調べ、それをもとに筋肉やあごの動きをモデリングする。この口の動きを、膨大なアーカイブに記録された実際の会話と関連づけ、どんな音が発されているかを推測する。最後に文法、統語法、語義モデルをあてはめて、サジャキがいいそうな言葉を決めていくのだ。

複雑な手順に思えるし、たしかにそうなのだが、映像の唇の動きと、シミュレートされた音声のあいだに、タイムラグは感じられなかった。不気味なほど明瞭で正確な言葉が流れてくる。

《この声が諸君のもとに届いているものと察する。形式的に述べておくと、これは拙僧が着陸後にリサーガム星の地表から送る最初の報告である。話が本題から逸れ、また語るも野暮なことであるが、この報告の下書きなどは書いておらぬ。首都を出るさいにそのようなものを見とがめられては、安全上の重大な危険が発生するからである。こちらの事態は予想とかなり異なっておった》

たしかにそうだろう。コロニーの住人（すくなくともその一部）は、リサーガム星周回軌道に船が来ていることに気づいている。レーダー波がひそかに地上から発されているからだ。しかしインフィニティ号と連絡をとろうとする動きはない。船のほうも彼らとコンタクトをとろうとはしていない。

ボリョーワにはこのことが、謎のニュートリノ発生源とおなじくらいに気になった。猜疑心と隠れた意図があることをしめしているからだ。その点では船の側もおなじだが。

とりあえずいまは、そのことは考えないようにした。サジャキは話しつづけており、その報告を聞きのがしたくなかった。

《コロニーについて話すべきことは多いが、この通信ウィンドウは短いゆえ、諸君の最大の関心事から報告することにする。シルベステの居所はつきとめた。あとはいかに身柄を確保するか、それだけである》

シルベステのまえで、スリュカがコーヒーを飲んでいた。黒い長テーブルがあり、スリュカはそのむこうにすわっている。半開きのブラインドからリサーガム星の早朝の日差しがさしこみ、その肌を赤い曲線でいろどっている。

「あなたの意見を聞きたいの」

「訪問者のことか」

「鋭いわね」

スリュカはシルベステの分のコーヒーをつぎ、手を開いて椅子をしめした。シルベステがそこに腰かけると、スリュカから見下ろされる位置関係になった。

「興味が出てきたわ、シルベステ博士。あなたが聞いた内容を教えて」

「べつになにも聞いてない」

「ずいぶんあっさりした答えね」

シルベステは疲労の霞のなかで苦笑いした。

睡眠中に衛兵に叩き起こされるのは今日二度目だなと思いながら、なかば朦朧(もうろう)とした状態で独房から引き出されてきたのだ。身体に残ったパスカルの匂いを感じながら、マンテルの地下通路のどこかにある部屋で、妻はまだ眠っているだろうかと思った。さびしさはあるが、無事な姿で生きていることがわかったので、その気持ちもすこしはやわらいでいた。無事だとは聞かされていたとはいえ、スリュカの部下たちが嘘をついていない保証はなかったのだ。そもそも、真実進路派(トゥルーパス)にとってパスカルを拘束しておく意味は薄いはずだ。シルベステより価値が低いだろう。シルベステを生かしておく価値すら、スリュカは自問自答しているのに。

それでも、たしかに待遇は変わりつつあった。パスカルと会う時間を許されたし、おそらくそれっきりということはないだろう。スリュカが人間的な気持ちに目覚めたのか。そうでないとしたら、やはり大きな状況変化があったということか。二人のうちどちらかが将来必要になるので、いまから飴をやって手なずけようとしているのかもしれない。

シルベステはコーヒーをいっきに飲みほして、体内の眠気を吹き飛ばした。

「おれが聞いたのは、訪問者が来るかもしれないという話だけだ。そこからおれなりの結論にいたったんだ」

「それを聞かせてもらえたらうれしいわ」

「そのまえに、パスカルの話をしないか」

スリュカはコーヒーカップの縁ごしにじっとシルベステを見た。そして機械仕掛けの人形のようにコクリとうなずく。

「情報には対価を、ということね。要求はなに？　拘束条件をいくらか緩めてほしいとか？」

「それも悪くないな」

「どうするかは、あなたの推測の質しだいよ」

「推測というと」

「この訪問者がだれなのか」

スリュカはブラインドのほうをむき、細長い桟のあいだからさしこむ真っ赤な朝日に目を細めた。

「あなたの意見は尊重するわ。なぜかね」

「じゃあ最初に、そっちが知ってることを話してくれよ」

「それはもうすこしあと」スリュカはかすかに微笑む。「最初に、こちらが優位にいることを認めてあげるわ」

「どういう意味だ」

「あれがルミリョーの船でないのなら、だれだと考えられるの？」

このセリフが意味するところは、パスカルとの会話が（もちろんあの部屋での二人のすべてが）監視されていたということだ。そのことへのショックは、意外なほど少なかった。どうせそうだろうと思っていた。しかしそのために躊躇したくなかったのだ。

「よくわかったよ、スリュカ。おまえが命じて、フォルケンダーに訪問者のことをいわせたんだな。うまい手だ」

「フォルケンダーはいわれた仕事をしてるだけよ。とにかく、あいつらはだれなの？ルミリョーはリサーガム星との交易を経験してるから、わざわざもどってくるとは思えない」

「それに、時間的に早すぎるな。あいつはまだ他の星系に到着したかどうかというところだ。ここでの交易を望んでるのかという問題も、もちろんある」

シルベステは椅子から立ちあがり、窓のほうへ歩いていった。ブラインドの金属製の桟のあいだから、近くのメサの北面が薄いオレンジ色に輝いているのが見える。火がつく寸前の本の山のようだ。もうひとつ気づいたのは、青みが増した空の色だ。昔のような臙脂色ではない。何百万トンもの土埃が空気から除去され、水蒸気にとってかわられたからだ。いや、それとも不完全な色覚のせいでそう見えるだけなのか。

指先をガラスにあてながら、シルベステはいった。

「ルミリョーがこんなに急いで帰ってくるはずはない。あいつくらい頭のいい商人はいないんだ。何人かの例外をのぞいて」

「じゃあだれ？」

「たぶん、その例外のだれかだろう」

スリュカは副官を呼んでコーヒーをかたづけさせた。そしてテーブルがきれいになると、シルベステを席に呼びもどした。テーブルに命じて一枚の文書を印刷させ、シルベステのほうへ滑らせる。

「そこにあるのは、三週間前、東ネヘベト・フレア監視ステーションのある関係者から送られてきた情報よ」

シルベステはうなずいた。フレア監視網のことならよく知っている。シルベステ自身が築いたネットワークなのだ。恒星が異常な炎を吹き出す兆候がないか監視する小規模な観測所が、リサーガム星の各地に設置されている。

シルベステはその文書を読むのに、アマランティン文字を解読するような苦労を感じた。文字を一個ずつ追って、その意味が頭に浮かぶまでに時間がかかるのだ。父親のカルは、読解能力とはつまるところ機械工学だと理解していた。行を追っていく目の生理機能なのだ。もちろんそれに必要な機能をシルベステの義眼に盛りこんでいた。しかしフォルケンダーにそれを再現しろといっても無理な話だ。

それでも、読んで次のことがわかった。

東ネヘベトのフレア監視ステーションが、これまで観測されたことのないほど明るいエネルギーパルスをとらえた。アマランティン族を絶滅させた〝イベント〟は、孔雀座デルタ星からの巨大なコロナの噴出によるものと考えられているが、その再現ではないかとしばらく懸念された。しかしよく調べてみると、そのフレアの発生源は太陽ではなく、数光時むこうのどこか——星系の端あたりだった。

ガンマ線フラッシュのスペクトルパターンを解析した結果、その発生源が小さいこと。そしてかなり大きなドップラー偏移をしていることがわかった。速度にして光速の数パーセントだ。そうなると結論はひとつ。そのエネルギーパルスは、恒星間巡航速度から減速中の船から出たものだ。

つまり一隻の船の断末魔だったわけだと、シルベステは冷静に受けとめた。

「なにか起きたんだな。エンジンがなんらかの誤作動を起こしたんだろう」

「わたしたちもそう思ったわ」

スリュカは爪の先で紙をつついた。

「でも数日後、どうやらそうではないことがわかった。それはまだいたの。かすかだけど、まちがいなく」

「爆発を生き延びたのか？」

「爆発だとしたらね。そのときには噴射炎の青方偏移も観測している。減速は正常に続いているのよ。なにごともなかったように」

「それなりの仮説は立ててるんだろう」

「不完全だけど。最初の爆発は兵器によるものだと考えているわ。どんな兵器かは見当もつかない。でもあれだけのエネルギーを放出するものは他に考えられないでしょう」

「兵器だって？」

シルベステは冷静な口ぶりと自然な好奇心をよそおった。しかし内心では、強烈な恐怖が渦巻いていた。

「おかしいと思う？」

シルベステは背筋に冷たいものを感じながら、身を乗りだした。

「その訪問者は──正体はともかく、この星でなにが起きているかを理解してるはずだ」

「政治的な状況を、ということ？　それはありえないわ」

「首都のキュビエとコンタクトをとろうとしてるだろう？」

「それがおかしいのよ。なにもいってこないの。沈黙したまま」

「この件を知ってる人間はどれくらいいるんだ？」

シルベステの声は、自分でも聞こえにくいほどのささやき声になった。まるで喉にだれかが立ってじゃましているようだ。

「コロニー全体で二十人くらいよ。監視ステーションの関係者、このマンテルにいるわたしたちが十人くらい、リサーガムシティ……というよりキュビエではもっと少ないはず」

「ルミリョーの船じゃない」

スリュカは紙をテーブルに食わせた。機密情報はすみやかに消化されて消えた。

「とすると、たとえばだれ？」

シルベステは、自分がヒステリックな笑いを漏らしそうな気がした。

「おれの勘が正しければ——おれの勘はたいてい正しいんだが——このことでヤバくなるのはおれだけじゃない。この星の住人全部だ」

「話して」

「長くなる」

スリュカは肩をすくめた。

「わたしはべつにどこかへ急いで行く用事はないわ。あなたもよ」

「いまのところは、な」

「……どういうこと？」

「こっちの心配だ」

「わざと謎めかすのはやめなさい、シルベステ」

シルベステはうなずいた。隠しても無駄なのはわかっている。すでにパスカルのまえで、みずからの恐怖の最深部を吐露しているのだ。その会話に聞き耳を立てていたはずのスリュカに対しては、いくつか補足するだけで充分だろう。口を閉ざそうとしても、スリュカはあらゆる手段を使って聞き出すはずだ。シルベステから無理でも、パスカルから。

「話はずっと昔にさかのぼる。おれがシュラウドからイエローストーン星に生還した直後だ。当時、おれが一時失踪したことを知ってるか？」

「行方不明事件なんてなかったと、あなたはいつもいってたけど」

「おれはウルトラ属に誘拐されてたんだ」相手の反応を待たずに続ける。「イエローストーン星周回軌道上の近光速船に乗せられていた。そいつらの仲間の一人が負傷していて、おれに……修理させたんだ」

「修理？」

「その船の船長は、いわゆるエクストリームキメラなんだよ」

スリュカはぞっとしたようすで身を震わせた。多くのコロニー住人とおなじように、ウルトラ属社会のなかでも身体改造度が極端に高い連中と会った経験は、スリュカにはない。ホロドラマのホラー作品で観るくらいだろう。

そのスリュカの恐怖につけいるように、シルベステは続けた。

「そいつらはただのウルトラ属じゃない。あまりにも長く旅をし、通常の人間の姿からあまりにも遠く離れていた。ウルトラ属の基準から見ても極端だった。警戒心と軍事的性格も強くて……」

「だからって……」

「考えてることはわかる。とんでもなくかけ離れた文化を持っているからといって、悪い連中とはかぎらない、といいたいんだろう？」

シルベステはこばかにした笑みを浮かべ、首をふった。

「おれも最初はそう思ったさ。でも、だんだんとわかってきた」

「たとえば？」

「おまえはさっき、兵器の話をしたな。たしかにやつらは兵器を持ってる。やろうと思えば、この惑星くらい簡単に粉砕できる兵器だ」

「でも、わけもなくそんなものを使ったりしないでしょう」

シルベステはニヤリとした。

「やつらがリサーガム星に着いたらわかるさ」

「……そうね」スリュカは、ぽつりとつぶやくようにいった。「じつは、そいつらはもう来てるのよ。爆発が起きたのは三週間前。でも、そのことの……重大な意味は、すぐにはわからなかった。そのあいだもそいつらは減速を続けて、いまはリサーガム星周回軌道にいるわ」

シルベステは胸の動悸を抑えるのに苦労した。この情報を小出しにするやり口は、意図的なのか。こんな決定的な事実をいままでいわなかったのは、たんに忘れていたのか。それともシルベステを動揺させる爆弾としてとっておいたのか。

狙ってやっているのだとしたら、それは大成功だった。

「ちょっと待て。このことを知ってるのはほんの二十人くらいだと、さっきいったじゃないか。惑星軌道上に近光速船がいるのに、二十人しか気づかないってことはないだろう」

「意外とそんなものなのよ。船はこの星系内でいちばん真っ黒な物体で、光を反射しない。もちろん赤外線は出してるはずだけど、どうやらそれを大気中の水蒸気で吸収される波長に変調する技術を持っているらしいの。だから地上まで届かない。大気中にはわたしたちがこの二十年かけて放出した水蒸気がたっぷりあるから」

スリュカは暗い顔をふった。

「でもそのことはあまり関係ないわ。いまのコロニーには空に注目している人間なんていない。ネオンを輝かせながら到着しても、だれも気づかないわよ、きっと」

「しかし実際には、到着の汽笛も鳴らさないわけか」

「それどころか、わたしたちに気づかれないようにあらゆる手段を講じている。あの兵器の爆発をのぞいて……」

そこで黙りこんだスリュカの視線は、窓のほうをさまよってから、さっとシルベステにもどった。

「そいつらがあなたの推測どおりの連中だとしたら、なにが望みかもわかるはずね」

「その答えは簡単だ。おれだよ」

ボリョーワは地上からのサジャキの報告に耳を傾けていた。

《リサーガム星よりイエローストーン星に届く情報は僅少であった。最初の反乱以後はその傾向に拍車がかかった。今回、シルベステはその反乱を生き延びておったことが判明した。しかしそれから十年後に起きたクーデタによって失脚しておる。現時点から十年前のことである。シルベステは拘束された。しかしそれは快適な環境での軟禁であった。新政権は彼を政治的道具として有用とみなしたのである。そのような状況では、シルベステの所在を容易に推測できるゆえ、吾人にとってきわめて好都合であったと思われる。また、身柄の引き渡しを躊躇せぬ集団のもとにあれば、交渉も容易であったろう。しかし、現状ははるかに複雑になっておる》

サジャキはそこですこし横をむき、背後の風景が見えるようにした。こちらのカメラ位置はゆっくりと上へ、南へと移動しているわけだが、サジャキはそれも計算にいれて、自分の顔がつねに画角の範囲におさまるように立ち位置を修正している。だれかが他のメサの上に立って見ていたら、ずいぶん奇妙に思うだろう。地平線をむいてぽつねんと立ち、わけのわからないことをブツブツとつぶやきながら、かかとを軸に時計のようにゆっくり正確に身体をまわしているのだ。余人のあずかり知らぬ狂気の世界にひたっているとしか見えないだろう。軌道上をめぐる宇宙船への単方向通信をしているところだとは、夢にも思うまい。

《首都キュビエが数回におよぶ大規模な爆発で破壊されていることは、地表スキャンが可能な距離に到達してすぐに確認できたとおりである。復旧活動の進み具合から見て、コロニーのタイムスケール上でごく最近の出来事と推測できたが、拙僧の現地調査では、それらの武器が使用された第二次クーデタは、わずか八カ月前の事件と判明した。しかしながらクーデタは全面的な成功をおさめてはおらぬ。旧政権は、指導者のジラルデューを失いながらも、キュビエの支配権をまだ譲っておらぬのだ。攻め方の浸水党真実進路派（トゥルーパス）は、首都以外の拠点をほとんど支配下におさめておるが、一体性を欠き、内紛すら起きているようである。拙僧がここに滞在する一週間に、首都への攻撃は九回おこなわれ、また内部からのサボタージュらしい動きも観察された。トゥルーパスの潜入工作員が廃墟にはいって活動していると見られる》

サジャキはそこで考えをまとめるように、しばし黙った。言及したばかりのスパイに、自分の立場を重ねあわせているのだろうか。しかしそれらしい表情は見てとれなかった。

《ここで拙僧自身の行動について報告すると、まず最初の仕事はもちろん、スーツに自己分解を命じることであった。スーツの機能を使ってキュビエまでの陸路移動をこなすことも考えぬではなかったが、さすがに危険が大きすぎた。また案じたほど困難な行程ではなかった。そしてキュビエ郊外にて、北方より帰還したるパイプライン技術者の車両にヒッチハイクを敢行した。初めは技術者らに怪しい目で見られたが、ウォッカを提示するとすみやかに車両に席を用意された。ウォッカは拙僧の出身地フェニックスで蒸留したる品と説明した。技術者らはフェニックスという拠点に聞き覚えを持たぬが、ウォッカを楽しむ

ことに異存はなかった》

ボリョーワは聞きながらうなずいた。サジャキは出発直前に、ウォッカをはじめとするさまざまな品物をひと抱えほど船内で製造し、荷物にいれていた。

《現在、住人のほとんどは地下住まいである。五、六十年前に掘られたる地下通路群がその生活空間である。外気はなんとか呼吸できる水準に達しておるが、快適ではなく、つねに低酸素症と隣りあわせであることは、拙僧が身をもって体験しておる。このメサへの登攀にもそれなりの苦労があったことを報告するしだいである》

ボリョーワはニヤリとした。サジャキがそれなりの苦労というのであれば、メサへ登るのに地獄の責め苦を味わったと解釈すべきだろう。

《トゥルーパスは火星産遺伝子技術をもちい、呼吸能力を拡張しているといわれるが、現状では未確認である。拙僧はパイプライン技術者らの導きにしたがって、市外よりきたる鉱山労働者のたむろする宿屋に部屋を確保した。健康的な宿泊環境とはいえぬが、拙僧の目的であるデータ収集には最適である。しかしその過程にて聞き出しえた話は、矛盾や不明瞭な点を多くふくんでいたことを報告せねばならぬ》

サジャキの向いている方角はずいぶん変わっていた。太陽の高さはその右肩より高くなり、顔が見えにくくなっている。しかし船のカメラは赤外線を使い、顔の血流パターンから言葉を読みとっているので、音声には影響がない。

《目撃者によれば、クーデタ時にジラルデューは暗殺されたものの、シルベステとその妻

は逃亡しえたようである。しかし以後、地上には姿を見せておらぬ。八カ月前のことである。複数の聞き取り調査と、ひそかに傍受したデータから拙僧が到達した結論では、シルベステはふたたび獄中の身となっておる。ただし場所はキュビエではなく、トゥルーパス支配下のいずこかの拠点と思われる》

ボリョーワは身をこわばらせた。この報告がどういう結論にむかっているかわかったからだ。いつもかならず、他に方法はないという話になる。今回ちがったのは、シルベステではなくサジャキのようすからそれがわかったということだ。

《ここでは真の政権者がだれかも不明であり、交渉を試みるのは無駄である。政権者がシルベステの身柄引き渡しに簡単に同意するとは思えず、また、かりに同意しても、身柄を動かせる立場にあるとはかぎらぬ。となると、吾人に残された選択肢はひとつである》

ほらきた。ボリョーワは天を仰いだ。

《シルベステをさしだすのがコロニー全体の最大利益となる状況をつくらねばならぬ》

サジャキはニヤリとした。影のなかの口もとに白い歯が光る。

《拙僧がその下準備をはじめていることはいうまでもない》

そこでサジャキは、初めて個人名をあげて指示をした。

《ボリョーワ、公式の呼びかけと交渉は貴公に一任する》

普段のボリョーワなら、サジャキの意図をこれほど完璧に当てられたことを、いくらかの慰めにできただろう。しかし今回はちがった。感じるのは、小さく燃える恐怖の炎だけ

だ。遠い昔に去ったと思っていたのに、またあれをやれというのか。

ボリョーワが恐怖におののくのは、いわれたとおりのことを自分がやるだろうとわかっているからでもあった。

「さっさとはいんな。咬みつきゃしない」

「スーツがどんなものかは知ってますよ、委員」

一瞬立ちどまったクーリは、ボリョーワにせかされて、白い室内に足を踏みいれた。

「二度と見ることはないと思ってたのに、まさか自分が着るはめになるとは」

スーツ格納室の、圧迫感のある真っ白な壁には、四着のスーツがかかっている。ここはブリッジから六百階下で、訓練セッションがおこなわれる第二船倉の隣だ。

「あらあら。あなたがそれを着るのはせいぜい数分なのに」もう一人の女がいった。「わたしたちといっしょに地上に降りるわけじゃないわ。だからビビらなくていいのよ」

「助言をありがとう、スジーク。頭にいれておく」

スジークは肩をすくめた。薄笑いを浮かべる価値もないという意味か。そのまま自分のスーツのほうへ近づいていった。あとから同僚のスラ・キャルバルが続く。

着用者を迎えいれようと待っているスーツは、一見すると、カエルの血を抜き、内臓を抜き、切り刻み、垂直に立てたテーブルの天板に広げてピンで留めたようなものだった。ただ現在の形態は、それなりに人型に近い。二本の脚は分かれ、左右に広げた腕がある。

し、手に指はない。それどころか手らしい部分もはっきりせず、流線形のひれになっている。とはいえ、着用者が望めば指でもマニピュレータでも出てくるのだが。

クーリは、いまいったとおりスーツのことは知っていた。スカイズエッジ星ではきわめて貴重な輸入品だった。戦争で疲弊した惑星に立ち寄るウルトラ属の商人はめったにないが、そのめったにない機会に大枚をはたくしか入手方法はない。もちろんスカイズエッジ星にこれを複製する技術などない。だからクーリの所属する軍が購入したそれは、とほうもなく高価だった。まさに天からの賜り物。権力の象徴だった。

スーツはまず、クーリの身体形状をスキャンし、計測して、あらかじめその内面を正確に変形させた。それからクーリに近づき、すっぽりとつつみこむ。閉所恐怖にしばし襲われるが、そこはがまんだ。数秒でスーツは気密状態となり、呼吸可能な液体、ジェルエアを内部に充填した。そのままでは肉体が圧砕されるような高機動も、これによって可能になる。

スーツの疑似人格が、こまごまとしたカスタマイズ要望を訊いてきた。武器セットの入れ換えや、自律ルーチンのパラメータ調整などだ。もちろん実際には、第二船倉には最低限の威力の武器しか持ちこめない。戦闘演習は、現実の身体動作とシミュレーションの武器使用をシームレスにつないで実行される。しかし、だからこそこのプロセスはおろそかにできないのだ。演習参加者はすべてを真剣にこなさなくてはならない。スーツの制圧圏にはいってきたあわれな敵を処理するための選択肢は無数にあるが、それを選ぶのもプロ

セスのうちだ。

スーツを着て準備をしているのは、クーリをふくめて四人だ。しかしクーリだけは、基本的に地上作戦には参加しない予定だった。

リーダーはボリョーワだ。これまでの雑談からすると、ボリョーワは宇宙生まれらしいが、惑星に降りた経験は何度もあるようだ。地上戦を生き延びるための動作、なかでも重力の法則にのっとった行動は、ほとんど本能的、反射的にできている。

スジークもおなじだ。スジークはハビタットか近光速船生まれのようだが、惑星に降りた経験も充分にあり、適切な動作ができた。刃のように細い身体つきで、大型惑星に降りたらたちまち全身の骨が折れてしまいそうに見えるが、クーリの目はだまされなかった。スジークの身体は、ある意味で、ベテラン建築家が設計した建物に似ている。あらゆる支柱、あらゆる関節にかかるストレスを正確に把握しつつ、余分な強度はいっさい持たせないことを美学にした設計だ。

いつもスジークのそばにいるキャルバルは、またそれとちがっていた。キャルバルは、スジークのようなエクストリームキメラではない。そのかわり人間にも似ていない。その顔は、まるで水棲環境に最適化したようにのっぺりとしている。猫のような眼球は真っ赤で、全体に網目模様があり、虹彩がない。鼻と耳は細長い裂け目があるだけだ。口も表情のない細長いただの穴で、話すときもほとんど動かず、いつもなにかを楽しんでいるように軽く曲がっている。スーツ格納室は肌寒いのだが、服はなにも着ていない。というより、もともとその全身は、無限の伸縮性を持つ速乾性ポリマーに浸したようになっている。

こんなキャルバルが、本物のウルトラ属といえるかどうかは不明だが、非ダーウィン進化の系譜上にあることはたしかだろう。エウロパの氷の下の海で生きるように生物工学を使って人類から分裂進化した種属や、大加速船の完全に液体で浸された船内環境に適応したギリー属のことは、クーリも聞いたことがある。キャルバルはこれらの伝説をみずからの肉体にとりこんだ、不気味なハイブリッドのようにも見えた。

しかしもしかすると、それはまったく思いちがいなのかもしれない。ただの気まぐれで身体改造をほどこしていて、目的などないのかもしれない。あるいは、本来の人格を隠蔽するというべつの目的があってこういう姿を選んでいるのか。

とにかく、キャルバルもいくつもの惑星を知っている。それだけでここでは充分だろう。

サジャキはもちろん惑星経験は豊富で、すでに先行してリサーガム星に降りている。ただ、今後いずれかの時点でシルベステの身柄確保作戦がおこなわれるとして、そのなかでサジャキがどのような役割を演じるのかはよくわからない。

ヘガジのことは、クーリはあまりよく知らなかった。断片的にかわした会話からすると、どうやら人工物以外の床は一度も踏んだことがないらしかった。サジャキやボリョーワが船内委員という仕事の事務的な側面をヘガジに押しつけているのも無理はない。リサーガム星の地表へ降りる作戦を実行するときがきても、ヘガジは同行を許されないだろうし、本人も望まないだろう。

最後はクーリ自身だ。惑星経験についてはいまさらいうまでもない。この船の乗組員とちがって惑星で生まれ育ち、地上での活動はいやというほどやってきた。この確信をくつがえす話はスカイズエッジ星での軍隊生活は、この船のだれの経験より苛酷だったはずだ。この確信をくつがえす話にはいまのところ出会っていない。なにしろ船の乗組員が地上に降りる用事といえば、買い物か交易ミッション。あとはただの観光なのだ。しかしクーリは、絶体絶命の窮地を何度も経験している。そのたびに兵士としての高い能力と、あとは幸運の力を借りて、比較的無傷で脱出してきた。その点では船のだれにも負けない。

隠匿兵器暴走事件のすこしあと。

「おまえをつれていきたくないわけじゃないんだ」ボリョーワはいった。「むしろ逆だ。おまえならスーツを問題なく使いこなせるだろうし、銃撃戦で思考停止状態になることもないだろう」

「だったら……」

二人が押し問答をしているのはスパイダールームだったが、にもかかわらず、ボリョーワは声をひそめていた。

「あたしはね、砲術士をまた失うリスクをおかしたくないのよ。リサーガム星に降りるのは三人で充分。だったらおまえを使う必要はない。あたしの他は、スジークとキャルバルもスーツを使える。じつは訓練はもうはじめてるのよ」

「じゃあ訓練だけ参加させてくれ」

ボリョーワが手を挙げて拒否する身振りをしかけたが、そこで考えなおしたようだ。

「じゃあ、訓練だけいっしょにやってもいい。でもそこまでだ。わかったか？」

よくわかった。クーリとボリョーワの関係は、もう以前とはちがっていた。べつの船からの依頼でスパイとしてもぐりこんだと、ボリョーワに嘘を吹きこんで以後は。

このつくり話は、ずっとまえにマドモワゼルから教えられたもので、ボリョーワは完全に信じこんでいるようだ。ガラティア号（もちろん実際は無関係）の名前を出さなかったのもわざとだ。ボリョーワに自分で推測させ、満足させるのが狙いだった。罠にかかって勝手に納得してくれればいい。サンスティーラーが人間のつくった潜入ソフトだという話もうまく信じてくれた。それで好奇心も満足したようだ。

おかげで二人はほとんど対等になった。おたがいの隠し事を知っているからだ。もちろん、ボリョーワが知っているつもりになっているクーリの秘密は、はなから嘘なのだが。

「わかった」

クーリがいうと、ボリョーワは表情を緩めた。

「まあ、悪いなとは思ってるよ。おまえは以前からシルベステに興味をしめしてるからな。まあ、どうせ船につれてくるんだから、会う機会はいくらだってあるさ」

クーリはニヤリとした。

「そのときでいい」

第二船倉の形や大きさは、隠匿兵器が収容されているところとそっくりおなじだ。ちがいは、からっぽであること。そして標準一気圧で与圧されていることだ。これは無駄な贅沢ではない。ここは近光速船内で呼吸可能な空気をためている最大のポケットだ。普段は真空にさらされている区画に、人間がスーツなしではいる必要が生じたとき、ここから空気を供給するのだ。

星間飛行中は、船の推進軸と平行に1Gの疑似重力が発生している。おおむね円筒形になっているこの船倉の中心軸もそれと一致している。しかしエンジンを停め、リサーガム星周回軌道上をまわっているいま、疑似重力は船倉全体を回転させることで発生させている。つまり重力のむきは中心軸と直交し、放射状に外へむかっている。中心付近に重力はほとんど働かない。物体はしばらく浮遊し、やがてわずかな初期運動量にしたがって中心から離れはじめる。円筒といっしょに回転している空気の風圧に押されてしだいに速度をあげ、遠ざかっていく。しかしこの船倉内では、直線的に〝落ちる〟という動きは存在しない。すくなくとも、回転する壁の側に立っている人間の視点からはない。

四人は円筒の一方の端から内部へはいった。観音開きになるクラムシェルドアは、分厚い防護構造になっていて、内側の表面は爆発の跡や弾丸の衝突痕だらけ。クーリはスーツの視力補助システムのおかげで、船倉の内壁全体が見渡すかぎりそういう状態だ。見ようと思えばどんな遠くでも見えるのだが、あらゆる面が、さまざまな武器によって傷つき、えぐれ、へこみ、叩かれ、溶解し、腐食している。かつては銀色だったのだろうが、いまは紫に変色している。まるで鉄板が傷ついて腫れあがっているようだ。

照明は光源が固定されていない。浮遊する何十機ものドローンが、日焼けしそうなほど強烈な照度の投光器で、船倉内のあらゆる場所を照らしている。そして興奮したホタルのように絶えず飛びまわっているので、壁に映る影は一秒たりと静止していない。どちらをむいてもまばゆい光源が視界に飛びこんできて、他の眺めをかき消してしまう。

「スーツはちゃんとあつかえるんでしょうね」背後のドアをしめながら、スジークがいった。「傷つけないように気をつけてもらいたいわ。壊したら自腹で弁償だって、わかってる？」

「自分のスーツの心配をしたらどうだ」

クーリはいってから、一対一通話モードに切り換え、スジークだけに話した。

「思いすごしかもしれないが、どうもわたしのことが気にいらないようだな」

「あら、どうしてそう思うの」

「ナゴルヌイのことと関係あるんじゃないのか？」

クーリはそこでしばし黙って、この一対一通話は本当に秘匿性をたもたれているのだろうかと思った。しかしこれから話すつもりなのは、だれにとってもわかりきったことばかりだ。とくにボリョーワにとっては。

「ナゴルヌイについて詳しくは知らない。あんたは親しかったようだが」

「親しいという程度じゃなかったわ」

「じゃあ恋愛関係か。刺激しないように穏当にいってやっただけだ」

「刺激しないようになんて配慮は無用よ。もう充分怒ってるから」

ボリョーワの命令が割りこんできた。

「三人とも、船倉の壁に跳びおりるぞ」

船倉の円筒形の両端にはプレート状のものがはまっていて、四人はそこにいる。そこからスーツの補助機能を軽く使ってジャンプした。プレートに出てきたときは無重力だったが、円筒の壁（または床）に近づき、周速度が増えるにしたがって、重さの感覚がよみがえってくる。ジェルエアで緩衝されているので変化はそれほど感じないが、ここまで来ると、ちょっとしたきっかけですぐに上下感覚が生まれる。

クーリはスジークへの話を続けた。

「わたしを毛嫌いする理由はわかってるつもりだ」

「へえ」

「わたしがナゴルヌイの後任だからだ。そいつの居場所をわたしが埋めたからだ。そいつに……なにかが起きたあと、いきなりわたしがあんたの目のまえにあらわれた」

クーリはなるべく感情をまじえず、冷静に話していった。

「わたしが逆の立場でもおなじ気持ちになっただろう。それはわかる。でもそれはまちがってる。わたしは敵じゃないんだ、スジーク」

「いい気にならないで」

「あなたはなにも知らないってことよ」

スジークのスーツはいま、クーリの目のまえにある。継ぎ目のない真っ白なアーマーが、傷だらけの壁を背景にくっきりと浮かびあがっている。地球の海に棲んでいる（かつて棲んでいたのか、詳しいことは知らないが）白いクジラのようだと、クーリは思った。たしかシロクジラという名前だった。

スジークは続けた。

「いい？　ボリスがいなくなったあとにあなたが来たからといって、自動的にあなたを嫌うほどわたしが単純だと思う？　バカにしないで」

「そんなつもりはないんだ」

「わたしがあなたを嫌っているとしたら、それにはちゃんとした理由があるの。あなたがあいつの子分だからよ」

〝あいつ〟というところを憎々しげにいった。

「あなたはボリョーワのおもちゃ。そしてわたしはボリョーワが嫌い。だからあいつの所有物も嫌い。とくにあいつが大事にしてるものは。その所有物を壊すチャンスが目のまえにころがっていたら……黙って通りすぎると思う？」

「わたしは所有物じゃない。ボリョーワのでも、だれのでもない」

強い口調で反論しはじめた自分に腹が立った。同時に、こんなふうに反論しなくてはな第二船倉の形や大きさは、隠匿兵器が収容されているところとそっくりおなじだ。ちがいは、からっぽであること。そして標準一気圧で与圧されていることだ。これは無駄な贅沢ではない。ここは近光速船内で呼吸可能な空気をためている最大のポケットだ。普段は真空にさらされている区画に、人間がスーツなしではいる必要が生じたとき、ここから空気を供給するのだ。

星間飛行中は、船の推進軸と平行に1Gの疑似重力が発生している。おおむね円筒形になっているこの船倉の中心軸もそれと一致している。しかしエンジンを停め、リサーガム星周回軌道上をまわっているいま、疑似重力は船倉全体を回転させることで発生させている。つまり重力のむきは中心軸と直交し、放射状に外へむかっている。中心付近に重力はほとんど働かない。物体はしばらく浮遊し、やがてわずかな初期運動量にしたがって中心から離れはじめる。円筒といっしょに回転している空気の風圧に押されてしだいに速度をあげ、遠ざかっていく。しかしこの船倉内では、直線的に〝落ちる〟という動きは存在しない。すくなくとも、回転する壁の側に立っている人間の視点からはない。

四人は円筒の一方の端から内部へはいった。観音開きになるクラムシェルドアは、分厚い防護構造になっていて、内側の表面は爆発の跡や弾丸の衝突痕だらけ。というよりも船倉の内壁全体が見渡すかぎりそういう状態だ。クーリはスーツの視力補助システムのおかげで、見ようと思えばどんな遠くでも見えるのだが、あらゆる面が、さまざまな武器によって傷つき、えぐれ、へこみ、叩かれ、溶解し、腐食している。かつては銀色だったのだろうが、いまは紫に変色している。まるで鉄板が傷ついて腫れあがっているようだ。

照明は光源が固定されていない。浮遊する何十機ものドローンが、日焼けしそうなほど強烈な照度の投光器で、船倉内のあらゆる場所を照らしている。そして興奮したホタルのように絶えず飛びまわっているので、壁に映る影は一秒たりと静止していない。どちらをむいてもまばゆい光源が視界に飛びこんできて、他の眺めをかき消してしまう。

「スーツはちゃんとあつかえるんでしょうね」背後のドアをしめながら、スジークがいった。「傷つけないように気をつけてもらいたいわ。壊したら自腹で弁償だって、わかってる?」

「自分のスーツの心配をしたらどうだ」

クーリはいってから、一対一通話モードに切り換え、スジークだけに話した。

「思いすごしかもしれないが、どうもわたしのことが気にいらないようだな」

「あら、どうしてそう思うの」

「ナゴルヌイのことと関係あるんじゃないのか?」

クーリはそこでしばし黙って、この一対一通話は本当に秘匿性をたもたれているのだろうかと思った。しかしこれから話すつもりなのは、だれにとってもわかりきったことばかりだ。とくにボリョーワにとっては。

「ナゴルヌイについて詳しくは知らない。あんたは親しかったようだが」

「親しいという程度じゃなかったわ」

らない立場に自分を追いこんだスジークにも腹が立った。

「そもそもあんたには関係ないことだ。いいことを教えてやろうか、スジーク」

「聞きたいわね」

「わたしの聞いたかぎりでは、ボリスはもともと正気の人間じゃなかったらしいな。ボリョーワはあえて頭のおかしい人間をつれてきて、その狂気を建設的な目的で使おうとしたんだ」

スーツが減速動作をし、足がデコボコだらけの床にそっと接地するのを感じた。

「ところがうまくいかなかった。狂気の度がすぎたんだ。あんたはそいつとお似合いだったのかもな」

「ええ、そうかもね」

「そうって？」

「あなたのその口のきき方は、もちろん気にいらないわ。他に人がいなくて、スーツも着ていなかったら、あなたの首くらい小指でへし折れることを教えてあげるところよ。いえ、二、三日のうちに本当に教えてあげてもいいわね。でも認めなくてはいけないけど、あなた、けっこう骨があるわ。ボリョーワの人形はかならず骨抜きにされるし、そうならないときはすぐ殺されるものだけど」

「みくびってたと、ほめてくれてるのか。そりゃありがたいね」

「わたしがいいたいのは、ボリョーワが思ってるほどには所有物化されてないってことよ」スジークは笑った。「ほめてるわけじゃないわ。観察にもとづく意見。ボリョーワが気づいたらまた頭をいじるかも。とにかく、だからといってわたしの嫌いなやつリストからあなたが消えるわけじゃないわよ」

クーリはなにかいい返そうとしたが、そのまえにボリョーワの声にさえぎられた。ボリョーワは船倉中央付近に位置をとり、三人を見おろしながら一般チャンネルで話している。

「今回の演習はシナリオなしだ。十秒後にスタートする。頭にいれておくべき条件はない。演習終了まで生き延びろ。それだけだ。以後、終了まで質問は受けつけない」

クーリはとくに不安は感じなかった。シナリオなしの演習はスカイズエッジ星でいくらでもやったし、砲術管制でもやった。シナリオなしというのは、本当のシナリオが意図的に隠されている場合か、あるいは作戦が失敗したあとの混乱状態を想定して、文字どおりそれを生き延びる訓練か、どちらかだ。

まずは小手調べからはじまった。

ボリョーワが高みから見物するなか、これまで気づかなかった壁のトラップドアが開いて、さまざまな種類の標的ドローンが出てきた。難易度は高くない。すくなくとも最初はそうだった。スーツの自律システムが探知、反応するので、着用者側は撃破に同意するだけでいい。

しかし、だんだんと難易度があがっていった。標的は受け身ではなく、応戦しはじめた。狙いは雑だが、しだいに火力があがり、流れ弾でも危険になっていく。標的そのものも小さく、動きが機敏になっていく。トラップドアから飛び出してくる頻度もあがっている。そうやって敵の危険度が増すのとは反対に、スーツの機能は次々に落ちていった。六回戦か七回戦あたりでは、スーツの自律システムはほとんどが停止し、スーツの周囲にはりめぐらされたセンサーウェブもずたずたになった。こうなると着用者は目視照準に頼らざるをえない。

しかしこういうシナリオを何度も経験しているクーリは、難易度があがっても冷静さを失わなかった。重要なのは残っているスーツの機能を把握することだ。どの武器が残っているか。スーツのエネルギー残量と飛行能力はどれくらいか。

最初は三人とも、神経を集中するのに精一杯で、おたがいに通話する暇はなかった。しかしある時点から余裕が出てきた。パフォーマンスの限界と思えた壁を越えると、ふいに楽になる。トランス状態にはいるようなものだ。肝心なのは集中力で、これが精神状態を移行させる鍵を握る。望めば行けるというものではない。目もくらむような高みの岩棚に登り、それを何度もくりかえすうちに、手足の動きが滑らかになり、やがてその岩棚はたいした高さに思えなくなってくる。とはいえ、それなりの精神力を使わないと到達できないのもたしかだ。

その高みへ登るプロセスの途中で、クーリはマドモワゼルの姿を見た気がした。

一瞬だった。船倉内にいる自分たち以外のだれかが、視野の隅にちらりと見えただけ。その輪郭がマドモワゼルに似ていた。しかし、はっとしたときには消えていた。

本当にマドモワゼルだったのだろうか。

隠匿兵器暴走事件からあと、マドモワゼルは姿もあらわさないし、声も聞こえない。クーリがボリョーワに協力して隠匿兵器を粉砕したとき、怒りの感覚が伝わってきたのが最後だ。

あのとき、砲術管制シートにあまり長くすわっていると、サンスティーラーに頭を乗っ取られる危険が高くなるといっていた。たしかに砲術空間を去ろうとしたとき、なにかが迫ってくるのをクーリは感じた。しだいに大きくなる影のようなものだった。しかし飲みこまれたときには、なにも感じなかった。影のまんなかに穴があいて、そこを無傷で通り抜けたような気がした。しかし本当にそうだったのかはわからない。真実とはたいてい不愉快なものだ。

あの影がサンスティーラーだったとは思いたくないが、その可能性は否定できない。それを受けいれるのであれば、サンスティーラーがクーリの脳のなかで支配域を拡大している可能性も受けいれなくてはならない。

マドモワゼルの捜索プログラムに寄生して、そのごく一部が砲術管制系から出てきたというだけでも不愉快だったが、とりあえずそれは封じこめられていた。マドモワゼルの力が拡大を阻止していた。しかしいまは、もっと大きな部分が侵入してきたのかもしれないのだ。そしてそのとき以後、マドモワゼルが不可解にも姿を消している。

声もなく、ちらりと見えただけの姿。なんでもないのかもしれない。気のせいかもしれない。普通の人なら、視野の隅での光のいたずらとしてかたづけるだろう。

しかし本当にマドモワゼルだとしたら……。

長い不在のあとの、このつかのまの再登場は、なにを意味するのだろう。

やがて演習の第一段階は終わった。スーツの機能も復帰した。すべてではないが、これで条件設定がリセットされ、また新しいルールで再開されるのだとわかった。

「まあいいだろう。最低というわけでもなかった」

ボリョーワがいった。

それを聞いたクーリは、同僚たちとの仲間意識を高めようと、

「いちおうあれは、ほめ言葉かな。ただ、イリアはときどき本音をそのままいうからな」

するとボリョーワがまたいった。

「一人はおおむねわかってるようだな。しかし、いい気になるな、クーリ。本番はこれからだ」

船倉の反対側でべつのクラムシェルドアが開いた。照明ドローンがちょろちょろと動きまわっているせいで、奥のようすはよく見えない。動くものとしてではなく、グレアで塗りつぶされた静止画の連続としてしか認識できない。なにかがぞろぞろ出てきている。楕円体の群れだ。長径五十センチくらいで、色はメタリックホワイト。表面にはさまざまな突起、銃口、発射口、マニピュレータがひしめいている。

哨戒ドローンだ。

クーリは知っている。というより、同様のものをスカイズエッジ星で見たことがあった。攻撃時の凶暴さと、つねに群れで行動することから、猟犬にたとえてウルフハウンドと通称されていた。軍事用途としてはおもに敵の士気をくじくことだが、その攻撃力は軽視できない。スーツを着ているからといってけして安全ではないはずだ。

ウルフハウンドは知性ではなく、獰猛さを旨として設計されている。装備兵器の火力は比較的小さいが、群れの数が多く、なにより連係攻撃してくる。協調動作しているプロセッサが戦略的に有効とみなせば、一個の目標に群れ全体が火力を集中してくる。その連係能力が恐ろしいのだ。

まだいる。次々と出てくるウルフハウンドの群れのなかに、やや大きめの物体がまじっていた。色はおなじメタリックホワイトだが、楕円体ではない。動きまわる光源のせいで見にくいが、クーリにはだいたいわかった。自分たちが着ているのとおなじスーツだ。もちろん敵性行動をとるだろう。

ウルフハウンドと敵スーツが中心軸付近を離れ、三人の演習参加者にむかってきた。ドアが開いてまだ二秒くらいしかたっていないだろうが、戦闘のために加速意識モードに移行しているクーリには、もっと長く感じられた。

スーツの高次自律機能はほとんどが落ちている。しかし目標捕捉ルーチンは動いているので、スーツに命じてウルフハウンドにロックオンさせた。まだ射撃はせず、次々に狙いをつけていく。スーツには他の二人のパートナーと連携する機能がある。連続的に戦況を判断し、それぞれのスーツに標的を割りあてていくのだ。しかしそのプロセスは着用者に見えないところで処理される。

ボリョーワはどこにいるのか。

ウルフハウンドの群れがあらわれると同時に、船倉の反対側へ移動したのだろうか。スーツを着ていれば、この圧縮された時間のなかでもそれくらいは可能だ。常人の目には、まばたきの前後で数百メートルも移動したように見えるだろう。しかし敵スーツはむこう側のドアから出てきているのがたしかに見えた。ということは、ボリョーワはべつのドアから出て、通常の船内通路や作業通路を経由しなくてはならないはずだ。スーツを着て、あらかじめルートを入力していたとしても、そこまでの高速移動が可能だろうか。肉体がGでつぶれかねない。もしかしたらボリョーワは近道を用意していたのかもしれない。急いで移動できる透明なシャフトのようなものを……。

クソッ。

被弾した。

ウルフハウンドが低出力レーザーを撃ってきている。楕円体の上半分に、意地悪い寄り目のような表情に見える二本のビーム銃口がついていて、そこが出所だ。擬色迷彩はすでに床の鉄板を擬しており、紫色の楕円体がどこをどう動いているのかよくわからない。

クーリのスーツのほうは、スキンを完全な鏡面に変えた。これでほとんどのエネルギー線を跳ね返せるが、被弾してスーツの統合性を失った箇所はべつだ。これはクーリの失点たのだ。ボリョーワがどうやって姿を消したのか考えているうちに、敵への注意が散漫になっていたのだ。もちろん、そうやって気をそらすのがボリョーワの目的だったのだろう。

周囲を確認すると、スーツの表示データどおり、二人の同僚はまだ生存していた。クーリの両側に立つスジークとキャルバルは、まるで人型の水銀のようだ。二人とも被弾はなく、反撃している。

クーリは攻撃力増加プロトコルを調節して、つねに敵より一段上の威力で攻撃し、しかし完全には消滅させない程度にした。スーツの肩のところに小さな旋回砲塔が顔を出し、低出力レーザーを撃ちまくる。前方やや上に集中する射線が、イオン化した空気の赤紫色のすじをひく。命中したウルフハウンドは墜落して地面にころがるか、そのまま爆発して炎の花を咲かせる。スーツを着ていない人間が船倉内にいたら、ひとたまりもなく巻き添えをくうだろう。

「なにボヤッとしてるの」スジークが攻撃を続けながら、一般チャンネルで話しかけてきた。「本気でやらないと、壁にへばりついたペーストになるわよ」

「そういうあんたは白兵戦の経験はあるのか、スジーク」

するとそれまでずっと無言だったキャルバルが割りこんできた。

「戦闘ならあらゆるものを見てきた……」

「へえ、そう。じゃあ敵の命乞いする叫びが聞こえるくらい接近して戦ったことも？」

「それは……クソッ」

キャルバルが一発くらった。スーツはしばし痙攣し、不正確な擬色迷彩モードを次々と映していった。漆黒、純白、花が咲き乱れる熱帯の植物……。まるでキャルバルが、船倉からどこか遠い惑星のジャングルに通じる扉になったかのようだ。迷彩はまたたき、ようやくもとの鏡面にもどる。

クーリはまたスジークとのやりとりをはじめた。

「敵のスーツに気をとられてたんだ」

「それが目的なのよ。気を散らして失敗させるのが」

「ほっとけば失敗はありえないっていうのか。そりゃ初耳だ」

「黙りなさい、クーリ。戦闘に集中して」

そのとおりにした。戦闘に没頭するのはたやすい。

ウルフハウンドの約三分の一を撃ち落とした。船倉のつきあたりのドアは開きっぱなしだが、増援が出てくる気配はない。

敵スーツは三体だ。これまでドアのそばをうろついているだけでなにもしていなかったが、ここにいたって、ゆっくりと床へ降下してきた。足の裏から細いジェットを噴いて降下速度を調整している。同時に擬色迷彩を床の色と質感にあわせた。

なかに人がはいっているのか、はいっているとしたらどれなのか、判断がつかない。

「これもシナリオの一部か。あのスーツは……なにか意味があるはずだ」

「黙りなさいといったでしょう、クーリ」

かまわず続けた。

「これはミッションだろう。そう考えるべきだ。クソッ、どういう想定か説明なしでは、だれが敵かもわからないな」

「いい考えがあるわ。そのへんで会議をひらくというのはどう？」

反撃をはじめたスーツとウルフハウンドは、粒子ビームを使いはじめている。現実には

レーザーだろう。使えるのはそこまで。極端に強力な武器はシミュレーションだけだ。演習で船倉に穴があいて、空気が全部抜けてしまうというのは、あまり好ましい結末ではない。

「自分たちがだれで、ここでなにをしているかはわかってるとしよう。ここがどこかは不明だが。問題は、あの三体のスーツにはいってるのはだれかということだ」

「ややこしい話は苦手だ……」

キャルバルはいって、跳ねるように離れていき、反撃をはじめた。

クーリは、スジークの黙れという声も聞かず、勝手に話しつづけた。

「こういう話をしているということは、わたしたちは相手がだれか、敵なのかどうか、知らないということになる。となれば、やられるまえに撃たなくてはいけない」

「ああ、あなたは戦場でヘマをやって負傷昇進するタイプね」

「ああ、死なないのはたしかだな」

「そりゃよかったわ」

「ええと……みんな……」

キャルバルの声が割りこんできた。クーリとスジークは同僚が正対しているものを見た。

「気にいらないものが出てきた……」

三体のスーツの手首から先が変形して、なにかの武器の形になりかけているのだ。不気味なほど変形が早い。パーティで使う動物の形の風船をふくらませるようだ。

「撃て」クーリは自分でも怖いほど冷静な声でいった。「いちばん左のスーツに全弾集中。加速反物質パルスを出力最低で。円錐形の弾着散布パターンを横に流せ」

「どうしてあなたに命令されなくちゃ――」

「さっさとやれ、スジーク！」

いわれるまえからスジークは撃っていた。キャルバルもだ。三人は十メートルずつ間隔をあけて立ち、敵にむかって撃ちまくっていた。加速反物質パルスは、もちろんシミュレーションだ。でなければ、こうして立っている船倉の床自体が消えてなくなる。

まばゆい閃光。

鉤爪のついた指に視神経の奥までえぐられたような気がした。シミュレーションにしては強烈すぎるのではないか……身体への衝撃も……。爆発音はそれにくらべると穏やかに思えたが、それでもクーリはうしろに跳ね飛ばされ、デコボコだらけの船倉の床に倒れた。高級ホテルのベッドで身体をはずませるような緩い衝撃。

スーツの反応が一時的に消えた。クーリの視力はしばらくしてよみがえったが、スーツの表示は消えているか、バグった意味不明の数字が流れているだけ。そうやって数秒間もたついたあと、スーツの予備の頭脳が起動し、限定的な機能を立ちあげていった。再表示された画面は、単純化されているが内容は読める。そこに生き残った部分と破壊された部分の詳細が表示されていく。

主要な武器はほとんどが使用不能。スーツの自律システムは五十パーセントがダウン。疑似人格はうんともすんともいわない。三ヵ所の関節で動作補助サーボ能力が大幅減損。飛行機能も一部損傷。修復プロトコルを作動させる必要があるが、バイパス経路が作成されるまで推定二時間以上。

そして、おやおや——バイオメディカル画面によると、クーリは上肢を一本失ったようだ。肘から先がちぎれている。

とりあえず上体を起こす。本当は周囲の安全確認、状況評価が先なのだが、やはり、吹き飛ばされたという腕につい目がいった。たしかに右腕が、メディカル画面の表示どおりの位置でちぎれている。黒焦げの骨と血まみれの肉と金属部品がぐちゃぐちゃにいりまじり、断端ではジェルエアが衝撃凝固している。これは圧力と血液の損失を防ぐためだから問題ない。もちろん苦痛はなかった。実戦でもスーツが苦痛中枢を一時的にブロックすることになっているので、この点でもシミュレーションは完璧だ。

状況評価、状況評価……。

爆風で飛ばされたときにすっかり方向感覚を失っていた。まわりを見ようとするが、スーツの首の関節が固まって動かない。いつのまにかあちこちからもうもうと煙があがっている。船倉の換気口のまわりで渦を巻きながら吸い出されている。照明ドローンはあいかわらず飛びまわっているが、その光は景色に軽いストロボ効果をあたえている程度だ。

二体分のスーツの残骸が倒れていた。損傷がはげしい。加速反物質パルスを集中的に浴びたのだろう。あまりにずたずたなので、人がはいっていたかどうか判別できない。

三体目のスーツが、倉庫の曲面の床を十メートルから十五メートルほど登ったあたりに倒れていた。こちらは致命的な損傷はないらしい。さきほどまでのクーリのように、一時的に意識を失っているだけだろう。ウルフハウンドは去ったのか、破壊されたのか。

「スジーク？　キャルバル？」

返事はない。というより、自分の声さえろくに聞こえないのに、返事を期待できるわけがない。スーツ間通信がやられていると、やっと気づいた。損傷確認データのなかの項目を読み落としていたのだ。

これはまずい。これでは敵と味方の区別がつかない。

損傷したスーツの腕がどんどん自己修復していた。黒焦げの部品がボトボトと床に落ち、外皮が腕の断端をつつむように伸びてくる。スカイズエッジ星のシミュレーション演習で何度も見た光景だが、やはり不気味だ。しかしクーリの肉体が本当に負傷したら、こんなに短時間で修復できない。戦闘地域から後方搬送されるまで待たなくてはならないのだ。

損傷の少ない三体目のスーツが、もぞもぞと動き、クーリとおなじように立ちあがろうとしはじめた。手足はそろっているようだ。武器もほとんどが生きていて、さまざまな発射口が全身から突出している。それらはクーリにロックオンしている。まるで十数匹の毒蛇が獲物に跳びかかろうとしているようだ。

「だれだ？」

クーリは呼びかけてから、通信が切れていたのだと思い出した。復旧は無理だろう。

視野の隅に、さらに二体のスーツがあらわれた。ものうげにたなびくこげ茶色の煙のむこうから姿を見せた。だれだろう。ウルフハウンドといっしょにあらわれた三体のうちの生き残りか。それともスジークとキャルバルか。

武器を突出させた目のまえのスーツは、ゆっくり近づいてくる。まるでいまにも破裂しそうな爆弾のようだ。ふいに立ちどまり、動かなくなった。その擬色迷彩は船倉の壁と煙幕を同時に模そうとしているのだが、あまりうまくいっていない。

クーリのスーツはどうなっているのだろう。フェースプレートは不透明な状態なのか、透明になっているのか。なかからでは区別できないし、最小限の情報しか表示できなくなった画面でもわからない。相手のスーツのなかに人間がはいっているとしたら、そいつは撃てと命じるのか、それとも射撃をやめさせるのか。

クーリも使用可能な武器をいちおう相手にロックオンしていたが、それでも銃口の先にいるのが敵なのか、識別信号の出せない味方なのか、わからなかった。

フェースプレートを透明化するように身振りでしめしたほうがいい。そう思って、残っているほうの腕を動かしかけた。

そのとき相手が発砲した。

クーリは床に叩きつけられた。見えない杭打ち機が腹に突っこんできたかのようだ。スーツが悲鳴をあげ、混乱したデータ表示が視野を流れる。壁にぶつかる寸前、一連の発射音が聞こえた。クーリ自身のスーツが、使える武器でいっせいに反撃したのだ。

おい、マジで痛いじゃないか。シミュレーションにしてはどうもおかしいと、本能的なレベルで思いはじめた。

よろよろと立ちあがったところへ、敵の二発目が脇をかすめ、三発目が腿を直撃。クーリはコマのように回転しながら飛ばされた。ふりまわされる両腕が視野の隅にはいってくる。腕がおかしい。というよりも、違和感があるはずなのにないのがおかしい。二本ともそろっているのだ。どちらの腕もちぎれていない。

「クソッ、いったいどうなってるんだ」

相手スーツの攻撃は続く。被弾するたびに衝撃がはしり、吹き飛ばされる。

「こちらボリョーワだ――」声が響いた。さすがに落ち着いたようすではない。「全員よく聞け！　演習の展開がおかしい！　全員撃つのをやめて――」

クーリはまた床に叩きつけられた。今度はジェルエアを介しても衝撃がひどく、背骨にひびがはいりそうだった。腿を負傷したと感じるのに、スーツがいっこうに苦痛の緩和処置をしない。

もう死んでるのだ、スーツは。

使われている武器は本物だ。すくなくとも、スーツの武器は本気で攻撃してきている。

「キャルバル！」ボリョーワがまた怒鳴る。「キャルバル！　撃つのをやめろ！　おまえ、クーリを殺しかけてるんだぞ！」

しかし、スーツのなかのキャルバルはやめるようすがなかった。聞いていないのか、聞こえないのか。あるいは、聞こえているのにやめる気がないのか。

「キャルバル！　やめないなら、おまえを制圧する！」

それでもキャルバルはやめない。撃ちつづけてくる。クーリは一撃ごとにのたうち、この拷問空間をかこむ鉄板のむこうへのがれる方法を求めてもがいた。

ボリョーワが船倉の中心部から降りてきた。姿を消してずっとそこにいたらしい。降下しながら、キャルバルへむけて射撃をはじめる。軽火器からはじめ、しだいに威力をあげていく。

キャルバルは一部の武器を上に、ボリョーワのほうにむけて反撃した。

ボリョーワは被弾し、スーツのアーマーに黒い傷ができる。柔軟性のある外皮から破片が飛び、突出させようとしていた武器がもぎとられる。しかしさすがに、訓練生よりボリョーワのほうが優勢だった。

やがてキャルバルのスーツは弱り、統合性を失いはじめた。武器は混乱し、ターゲットを見失って船倉じゅうに弾をまきちらす。

そしてついに（といっても、クーリにむかって撃ちはじめてから一分もたっていない）、キャルバルは倒れた。スーツのスキンで被弾による黒変がないところは、サイケデリックな色をひらめかせ、超幾何図形を表面にうねうねと生えさせ、未成形の武器や器具をあちこちに突出させた。手足ははげしくばたつかせている。手足の先端も機能が暴走していて、マニピュレータや赤ん坊のように小さな人間の手を突き出したり、そのまま分離したりしている。

クーリは腿のはげしい痛みをこらえながら、よろよろと立ちあがった。スーツはこわばり、ただの重荷と化しているが、それでもキャルバルの場所までふらつきながらなんとか歩いていけた。

そこにはボリョーワと、もう一体のスーツ（スジークだろう）が立っていた。スーツの残骸の上にかがみこんで、医療診断データを読もうとしている。

「死んだわ」

ボリョーワがいった。

14

リサーガム星
北ネヘベト地峡　マンテル
二五六六年

訪問者が正体をみずから明かした日、シルベステはまばゆい白い光を浴びせられて無理やり起こされた。かんべんしてくれというように腕を顔の上にあげながら、義眼がのろのろと初期化ルーチンをたどるのを待つ。この状態のシルベステに話しかけても無駄だ。スリュカはわかっているらしい。

もともとあった機能の多くが失われ、そのせいで義眼は以前より起動に時間がかかるようになっていた。シルベステの視界をエラーや警告文がのろのろと流れていく。致命的な不具合を生じるモードがないかセルフチェックするあいだ、目のあちこちに痛みがはしる。

ベッドの隣でパスカルが身体を起こしているのがぼんやり見えてきた。胸をシーツで隠している。

スリュカが命じる。

「起きて。二人ともよ。外で待ってるから、さっさと着替えなさい」

二人は寝ぼけまなこで服を着た。廊下にはスリュカが二人の衛兵とともに待っていた。どちらの衛兵も、さほどものものしい武装はしていない。

シルベステとパスカルはマンテルの食堂につれていかれた。そこでは、早朝シフトの真実進路派（トゥルーパス）たちが壁の横長いスクリーンのまえに集まっていた。テーブルに並んだコーヒーや朝の配給食には手もつけられていない。

どうやら食欲もなくなるようなことが起きているらしい。

謎を解く鍵はスクリーンにある。音声が流れているが、ボリュームを上げすぎているせいで、拡声器を使っているように割れた声になっている。がやがやという話し声もうるさくて、断片しか聞きとれなかった。その断片的に耳にはいってくる単語というのが、シルベステの名前だ。スクリーンの人物は頻繁に彼の名前を口にしている。

シルベステは人垣をかきわけてスクリーンに近づいた。トゥルーパスたちはシルベステに気づくと、道をあけた。こんなに敬意をもってあつかわれるのは何十年ぶりだろうか。いや、もしかすると死刑囚への最後の哀れみなのか。

パスカルが隣に来た。

「この女を知ってるの？」

「女って？」

「スクリーンのよ。目のまえに映ってるでしょう」

シルベステには、銀灰色のピクセルが長方形に集まっているのがわかるだけだ。

「おれの目はディスプレーの読み取り性能が悪いんだ」

パスカルにというより、スリュカに聞こえるようにいった。

「音声もよく聞きとれないしな。聞きのがしてるところを教えてほしいくらいだ」

人混みのなかからフォルケンダーが出てきた。

「よろしければ、じかに神経を接続してさしあげましょう。すぐにできます」

フォルケンダーはシルベステをスクリーン前の人混みからつれだし、食堂の隅の奥まった小部屋に案内した。パスカルとスリュカもついてくる。

部屋にはいると、フォルケンダーはツールキットを開け、光る器具をいくつかとりだした。

「おい、また痛いことをするんじゃないだろうな」

「痛くないとは申しません。嘘はつきたくありませんからね」

フォルケンダーは指をパチリと鳴らす。助手に対してかパスカルに対してか、よくわからない。それすら区別できないほどシルベステの目の分解能は落ちているのだ。

「こちらにコーヒーを一杯さしあげろ。そうすれば落ち着くだろう。どのみち、スクリーンが見えるようになったら、これ以上ないくらいに目が覚めるだろうけどね」

「そんなたいへんなことが起きてるのか？」

するとスリュカがいった。

「フォルケンダーの話は素直に信じたほうがいいわよ」

「やれやれ、おまえらみんな、これを楽しんでるだろう……」

フォルケンダーの器具で目をいじられて最初の痛みがはしり、シルベステは唇を噛んで耐えた。しかし作業は簡単な内容が続くだけで、痛みがひどくなることはなかった。

「ここから出してくれるのか？ すくなくとも、寝てるところを叩き起こすくらいの大事件ではあるんだろう？」

「ウルトラ属が自分たちから正体を明かしてきたのよ」スリュカが説明する。

「それくらいは察しがつくさ。具体的になにをしたんだ？ キュビエのどまんなかにシャトルを降ろしたのか？」

「直接行動はまだよ。いまのところは。あとでもっとひどいことをやると、ほのめかしてるけど」

手にコーヒーのカップが押しつけられた。フォルケンダーはしばし作業の手を休め、シルベステが一口飲むのを待つ。コーヒーは苦く、ぬるくなっていたが、いくらか頭をはっきりさせる役には立った。

スリュカの声が聞こえた。

「スクリーンに映っているのは、映像と音声のメッセージのくりかえしよ。三十分ほどまえからずっと流れているわ」

「船から送られてるのか？」

「いいえ。通信衛星帯にハッキングして、わたしたちの通常の放送電波にメッセージを相乗りさせてるみたい」

シルベステはうなずき、すぐに顔を動かしたことを後悔した。

「ということは、まだ居所を探知されないように警戒してるのかな」

あるいはたんに、技術的な優位性を見せつける目的かもしれない。こちらの既存のデータシステムに割りこんだり、操作したりできるんだぞというわけだ。そのほうがありそうだ。傲慢なウルトラ属らしいし、とりわけ、ある船に乗り組むウルトラ属ならいかにもやりそうだ。

もっと派手なやり方で住人を驚かすこともできるはずなのに、ありふれたメディアで存在を公表した理由はよくわからない。しかしそいつらがだれかはもう確信があった。船が星系内にはいったときからわかっていたことだ。

「もうひとつ教えてくれ。メッセージの宛先はだれになってる？　惑星全体を支配する政権があって、それと交渉できると思ってるのか？」

「いいえ。メッセージはリサーガム星の市民一般にあてたものよ。政治的、文化的所属は問わないといってる」

「ずいぶん民主的ね」とパスカル。

「いいや、そのやり方に民主的なところはこれっぽっちもないと思うね。おれの考えてるとおりのやつらなら」

スリュカが思い出したようにいった。

「そういえば、あなたからはまだ納得のいく説明を聞いてなかったわね。この連中はいったいなぜ……」

シルベステはそれをさえぎった。

「細かい分析をするまえに、まずそのメッセージを見せてくれ。どうやらおれ自身がかかわってる話のようだし」

「はい、よろしいですよ」

フォルケンダーが退がって、ツールキットの蓋をパチンと閉じた。

「すぐにできると申しあげたでしょう。これでスクリーンに直接接続できます」眼科医はニヤリとした。「ただし、見えたものが気にいらないからといって、わたしにあたらないでください」

「とにかく見せろ。それから決める」

メッセージは、予想以上にとんでもない内容だった。

シルベステはふたたび人垣のまえへ出た。しかしそのころには、スクリーンのまえの人混みはまばらになっていた。うしろ髪を引かれる思いでマンテル各所の持ち場にむかっていった。

音声も聞きやすくなっていた。しばらくまえとおなじセリフをくりかえしている女の言葉づかいには、たしかに聞き覚えがあった。

メッセージ自体は短い。そのことも不気味だった。何光年もの星間空間を渡ってようやく到着した辺境のコロニーに、ぶっきらぼうな挨拶をして終わりというやつはいない。ようするにこれは、友好的な関係を築く意思がなく、きわめて明確な要求だけがあることを意味している。そしてその点もやはり、シルベステを追いかけてきたと思われる船の乗組員の性格と一致していた。おしゃべりな連中ではないのだ。

顔はまだ見えない。しかしその声に、遠い昔の記憶をくすぐられる気がした。フォルケンダーが神経をつなぎおえ、映像が視神経にはいってきたとき、思い出した。

スリュカが訊く。

「だれなの、こいつは？」

「名前は——最後に会ったときは——イリア・ボリョーワと名乗っていた」シルベステは肩をすくめた。「本名かどうかは知らん。すくなくともおれにいえるのは、この女の脅しはすべて具体的な裏付けがあるということだ」

「こいつはなに？　船長？」

シルベステは、べつのことを考えているようにぼんやりと答えた。

「いいや、船長じゃない」

これといった特徴のない顔だ。白黒映像のような肌の色。刈りこんだ黒い髪。小妖精（エルフ）のようでもあり、骨と皮だけのようにも見える痩せた顔の形。ひいでた眉の下の細く切れあがった目。同情心などみじんも感じさせない。

すこしも変わっていない。しかし、ウルトラ属とはそういうものだ。最後に会ったのがシルベステの主観時間で数十年前でも、ボリョーワにとっては数年前でしかない。時間経過が十分の一か二十分の一なのだ。シルベステにとっては埃の積もった歴史書のなかの事件でも、この女にとっては比較的最近の出来事になる。

これは大きな不利だ。ボリョーワはシルベステの癖や特徴をまだよく憶えているだろう。それはシルベステの出方を予測するのに役立つ。ひさしぶりに会う旧敵のはずだ。それに対してシルベステは、ボリョーワの声さえうっすらとしか憶えていなかった。最後に会ったときに、彼女がシルベステの立場に多少なりと同情的だったかどうか、思い出そうとしても、なにも出てこなかった。そのうち思い出すだろうが、この記憶の反応の鈍さはシルベステにとって大きく不利になる。

奇妙な点もある。こういう宣言をするのは、（それはそれでおかしな話だが）サジャキであるべきではないのか。

もちろん船長が登場するはずはない。こいつらがはるばるシルベステを追ってきた理由は、船長の病状がまた悪化したからにちがいないのだ。

しかしそうだとすると、サジャキはどこにいるのか。

シルベステは、とりあえずこういった疑問を棚上げして、ボリョーワの言葉に集中した。

二、三回くりかえして聞くうちに、その内容はすっかり頭にはいった。一語一句正確に思い出せるほどだ。

本当にぶっきらぼうなメッセージだった。明確な要求がある。それがウルトラ属だ。そしてその要求を通すためになにが必要かもわかっている。

《あたしは近光速船ノスタルジア・フォー・インフィニティ号のイリア・ボリョーワ委員だ》

というのが自己紹介の言葉だった。こんにちは、などとはいわない。星間空間を渡ってはるばるリサーガム星へ来ることになった運命に感謝するという、お約束の文句もない。そんな社交辞令はボリョーワの流儀ではないのだ。シルベステの記憶のなかでは、ボリョーワは無口なタイプだった。人づきあいのような通俗なことをやるくらいなら、自分の支配下にある強力な兵器を黙々と整備するほうがいいという性格だ。人間の乗組員よりも、船内を走りまわっている利口な雑役ネズミのほうを大事にしているのだと、他の乗組員が冗談をいうのを何度か聞いたことがあった。めったに冗談をいわないウルトラ属がそういうのだ。

もしかしたら、冗談ではなかったのかもしれない。

《本船は現在、軌道上にいる。ここからこのコロニーの技術的進歩段階を調べた結果、本船にとって軍事的脅威にはならないと結論づけた》

そこでしばし黙った。そして、小学校教師が生徒たちにむかって、窓の外をぼんやり眺めたり、コムパッドの中身を整理しないでほったらかしたりする悪い子には、あとでひどい罰があると警告するような口調で、続けた。

《しかし、本船にたいして危害を加える意図があると解釈される行動が見られた場合は、相応ではなく、きわめて不相応な報復をおこなう》

そこでかすかにニヤリとした。

《目には目をではなく、目には都市をでいく。本船はこのコロニーのすべての都市を軌道から破壊する能力を有している》

ボリョーワは身を乗りだした。猛々しい灰色の目がスクリーンに迫る。

《さらに、必要なときにそれを実行する意思もある》

芝居がかった間。息をのむ視聴者を充分に意識している。

《その気になれば数分で実行できる。ためらうような良心は持たないのでそのつもりで》

シルベステは、話が見えてきたと思った。

《しかし現段階でそのような粗野な行動をとるつもりはない》

ボリョーワはそこで笑みを浮かべた。極低温保管施設にいるような冷えきった笑み。

《そもそもなぜ本船がこの星へ来たのかと、疑問に思っていることだろう》

「おれは疑問などないぞ」

シルベステは、隣のパスカルにだけ聞こえるように小さく声に出していった。

《本船はある男を探している。その男を発見することが絶対の、緊急の課題であるがゆえ

に、本船はいわゆる外交的手段を……》

ふたたび笑みがあらわれた。さらにひややかだ。

《……バイパスすることにした。その男の名前は、シルベステだ。それ以上の説明は不要だろう。前回の会談時とおなじ名声を、この男が維持しているなら》

「地に墜ちた名声だけどね」

スリュカがコメントして、シルベステのほうを見た。

「その前回の会談とやらについて、詳しく説明してもらいたいわね。それくらいは話しても、痛くもかゆくもないはずよ」

「そんなことを知っても、なんの得にもならないぞ」

シルベステは答えて、すぐスクリーンに注意をもどした。

《通常であれば、本船は適切な政権との対話ルートを設定し、シルベステの身柄引き渡しを交渉する。今回もそのような手段をとっていたかもしれない。しかし、この惑星の中心拠点キュビエを、軌道からざっと観察した段階で、そのような手法は徒労に終わると確信せざるをえなくなった。交渉するにたる政権はもはや存在しないと考えられる。そして惑星の各地でいがみあう勢力といちいち交渉する忍耐力は、残念ながら持ちあわせない》

シルベステは首をふった。

「嘘つきめ。この星がどういう状態だろうと、最初から交渉するつもりなどないくせに。こいつらのことはよくわかってる。最低の悪党どもだ」

「その話は何度も聞いたわ」とスリュカ。

《となると、選択肢は少ない。本船が求めるのはシルベステの身柄である。そしてこちらが収集した情報によれば、シルベステは……このような表現が適切かどうかはわからないが……逃亡中ではないようである》

「軌道からそこまで?」パスカルがいった。「すごい情報収集力ね」

「本当に軌道からだけならな」

《したがって、次のような手順を要求する。二十四時間以内にシルベステを姿の確認できる場所に出し、ラジオ放送の周波数にてその位置を本船に通知するように。当人が隠れ場所から出てくるのでも、拘束している勢力が解放するのでもかまわない。こまかいことはまかせる。もしシルベステが死亡しているなら、本人のかわりに、その死をしめす反駁の余地のない証拠を提出されたい。もちろん、それを証拠として認めるか否かは本船の裁量である》

「ほう。おれが死んでなくてよかったな。どんな証拠を出しても、ボリョーワを納得させるのは無理だぞ」

「そんなに頑固なの?」

「ボリョーワだけじゃない。あの船の連中は全員だ」

《では、二十四時間あたえる。本船は注意深く返答を待つ。返答がない場合、また詐欺らしい行為があった場合は、罰をくだす。本船はそれなりの能力を有している。疑うならシルベステに尋ねてみればいい。明日までに返答が聞けなければ、地表の小規模なコロニー拠点に対してその能力を行使する。すでに目標は設定ずみである。攻撃の威力からみて、その拠点の住人は一人も生き残れない。いいか、一人もだ。さらに二十四時間が経過して、逃げ隠れの好きなシルベステ博士がまだあらわれないようであれば、本船はより大きな目標を攻撃する。それでもなお二十四時間待たされたなら、キュビエを破壊する》

そこでボリョーワは、ふたたびかすかな笑みを見せた。

《ただキュビエの破壊は、諸君自身の手でずいぶんとやってあるようだがな》

メッセージはそこで終了し、冒頭のぶっきらぼうなボリョーワの自己紹介にもどった。シルベステはさらに二度、全体をとおして聞いた。そのあいだじっと集中しているシルベステを、だれもじゃましようとはしなかった。

スリュカがつぶやく。

「ただの脅しでしょう。本気でやるわけはないわ」

パスカルもそれと同意見だ。

「なんて野蛮なのかしら。いくらあなたを必要としてるからって――拠点をまるごと吹き飛ばすなんて、本当にそんなことをやる気はないでしょう」

「その意見はどちらも大まちがいだ」

シルベステはいった。

「やつらはまえにもやったことがある。もう一度やるのにためらいはないさ」

ボリョーワは、シルベステが生きていることに一片の疑いも持っていなかった。あまり考えたくない懸念だ。その一方で、身柄が素直に引き渡されるかどうかはわからなかった。

それによって惹き起こされる事態はあまりに不愉快だからだ。

肝心なのは、これはサジャキの任務ではなく、ボリョーワの仕事だという点だ。もし失敗したら、サジャキはボリョーワをきびしく処罰するだろう。まるですべてがボリョーワの描いたシナリオであるかのように――そもそもボリョーワがこんな辺境の惑星に船を導いたかのように、その責任を追及するだろう。

最初の数時間、反応がないのは予想どおりだった。そこまで楽観視してはいなかった。シルベステを拘束している勢力のおおむね起床時間と思われるころにメッセージを流したので、警告にはすぐ気づいたはずだ。そのニュースが指揮命令系統を通じて主な権力者に伝わるまで、さほど時間はかからないだろう。さらに警告の真実性を検証する時間がいくらか……。

しかしそうやって十時間以上が経過し、一日の猶予が終わりに近づくにつれ、どうやら脅しを実行に移さねばならないようだと、ボリョーワは覚悟を決めはじめた。

もちろん、植民者たちもずっと黙っていたわけではない。十時間前、ある無名の勢力が、シルベステの遺体と称するものをさしだしてきた。それをメサの頂上におくと、その連中は船のセンサーがのぞけない洞窟の奥に隠れた。ボリョーワはドローンを降ろして遺体を調べさせた。遺伝子照合の結果はそれなりに近かったが、シルベステが前回この船に乗ったときに採取したサンプルと完全には一致しなかった。この詐欺行為に対して罰をあたえたい衝動にかられたが、思いとどまった。その勢力は恐怖のあまりそういう行動をとったのだ。単独で利益を得るためではなく、自分たちが、ひいては惑星の全員が生き延びられるようにと考えた結果なのだ。また、他の勢力が尻ごみして出てこなくなっては得策でないと思えた。

おなじように、どこの勢力とも無関係な二人の個人が、自分こそはシルベステであると名乗り出てきたときも、蒸発させてやろうかと思った。しかしその二人はべつに嘘をついているわけではなく、自分がシルベステだと本当に信じこんでいたのだ。

とはいえそんな偽者の連続も、時間切れに近づいてきた。

「正直いって、驚くわね。この段階にいたってもまだ引き渡しをためらうなんて。取り引き相手はこっちをえらく過小評価してるみたいね」

「ここまできて情けをかけるつもりじゃないだろうな」とヘガジ。

「もちろん、そんなことはしないわよ」

ボリョーワは驚いて答えた。温情主義など頭の片隅にもなかった。

するとそこへ、クーリが口を出してきた。

「やめるべきです。本気でやるつもりですか？」

クーリが口をきいたのは、今日これが初めてかもしれない。こんな怪物の部下として働いていることが納得できなくなったのだろう。これまではフェアな人物だったボリョーワが、突然暴君に変身したのだ。植民者たちに同情したくなるのも無理はない。ボリョーワ自身も、客観的に自分を見れば悪逆無道だと思う。かならずしもそうではないのだが。

「いったん脅しをかけて、その回避条件が守られなかったら、その脅しは実行されるべきなのよ」

「なにかの理由で条件が守れないのだとしたら？」

ボリョーワは肩をすくめた。

「そりゃむこうの問題。こっちの知ったこっちゃない」

そしてリサーガム星への通信チャンネルを開き、演説をはじめた。要求をくりかえし、いまにいたってもシルベステが引き渡されないことへの失望を表明した。そうしながら、もしかすると自分の話し方に説得力がないのだろうかと思った。脅しを本気と受けとられていないのかもしれない。

そこで、あることを思いついた。

腕のブレスレットをはずし、小声でコマンドをいれて、第三者の限定的な命令を受けいれるようにした。自分たちを害する内容でないかぎり、ボリョーワ以外の人物でも使えるようになった。

それをクーリに放った。

「良心の呵責に耐えられないなら、それを好きに使ってみろ」

クーリはブレスレットを手にして、どこからかいきなり牙が出てくるのではないか、毒液を顔に吐きかけられるのではないかというように、おそるおそる眺めた。そして手首にははめず、口もとに近づけた。

ボリョーワはいう。

「かまわないわよ、本当に。好きにしゃべっていい。ま、屁のつっかい棒にもならないと思うけどね」

「しゃべるって、コロニーに対して？」

「もちろんよ。あたしよりうまく説得できると思うんならね」

しばらくクーリは絶句していた。そして、おずおずという感じで、ブレスレットにむかって話しだした。

「わたしはクーリという者だ。こんなことをいっても無駄かもしれないが、わたしはこの船の人々とは異なる意見を持っている。この船がやろうとしていることには反対だ」

クーリはおびえたように見開いた目でブリッジを見まわした。こんなことをいって、罰を受けるのではないかと心配しているようだ。しかし他の乗組員たちは、おもしろそうに聞いているだけ。

「わたしは最近この船に雇われた。彼らが何者か知らなかった。乗組員たちが探しているのはシルベステだ。それは嘘ではない。この船に積まれている兵器も見た。彼らはこれを本当に使うだろう」

ボリョーワは退屈そうで無関心な顔をしている。うんざりするほど予想どおりの展開だというように。

「あなたたちがシルベステを出してこないのが残念でならない。罰をくだすというボリョーワの言葉は本気だ。とにかく、わたしがいいたいのは、ボリョーワの話は言葉どおりに受けとったほうがいいということだ。もしシルベステを出せるのなら、いまからでも——

——」

「もういい」

ボリョーワはブレスレットをとりかえした。

「一時間だけ期限を延長してやる」

その一時間が経過した。

ボリョーワはブレスレットに暗号めいた命令を怒鳴って、リサーガム星の北方高緯度地域に目標設定を開始させた。

ブリッジに投影されたリサーガム星の立体映像上に、赤い十字線があらわれ、陰気なサメのように静かに移動していった。そして北の極冠近くのある位置で止まり、血のように赤く点滅しはじめた。一連のステータスアイコンがあらわれて、軌道抑止装備（船が搭載しているなかでもっとも威力の小さい兵器のひとつ）が、起動し、アーミングし、照準を合わせ、いつでも発射できる状態になったことをしめした。

そこであらためてコロニーに呼びかけた。

「リサーガム星の市民諸君。本船の兵器は、たったいまフェニックスという小規模な拠点に照準をあわせた。北緯五十四度、キュビエを基準にして西経二十度の地点である。いまから三十秒弱のちに、フェニックスとその周辺の土地は消滅する」

ボリョーワは唇を湿らせ、続けた。

「これを最後の合図として、次の二十四時間にはいる。そのあいだにシルベステをさしだせばよし。さもなければ、より大きな拠点を目標にする。最初がフェニックスのように小さな拠点であることを幸運と思われたい」

クーリはその宣言を聞きながら、ボリョーワの論調はまぎれもなく、生徒に罰をあたえる理由を懇々と説明する小学校教師のそれだと思った。生徒の行動がその罰を招いたのであり、甘んじて受けるのが生徒自身にとって大切なことだというわけだ。〝あなたが痛いのとおなじくらいに先生の心も痛いのよ〟とはいわないが、いったとしてもクーリは驚かなかっただろう。

しかしそれをいうなら、これからボリョーワがなにをしても驚かないだろうという気がした。ボリョーワを見誤っていた。それどころか、まるで異星種族の上官を持ったような気分だった。ボリョーワだけではない。この船の乗組員全員がそうだ。

クーリは嫌悪感に震えた。彼らに対して仲間としての連帯感をもちはじめていたことにぞっとした。同僚たちがマスクをとったら、中身はヘビだったというようなものだ。

ボリョーワが発射命令を流した。

緊張のせいで長く感じられる数秒間がすぎたが、なにも起きない。クーリは、これもふくめてすべてハッタリだったのではないかという希望的観測を心に浮かべはじめた。しかしそれはすぐ打ち砕かれた。

ブリッジの壁が震えはじめた。まるでこの宇宙船が、海氷を割って進む大昔の砕氷船になったかのようだ。クーリにその振動は伝わってこない。ブリッジの座席をささえる多関節アームが揺れを吸収しているからだ。しかし目で見ればわかる。そして数秒後に、遠雷のような音が響いた。

船殻に搭載された軌道抑止装備が発射されたのだ。

投影されたリサーガム星の立体映像の上で、兵器関連データが再計算され、発射直後からの状態を反映して変化していく。ヘガジの機械の目がかすかな作動音をたてて焦点を動かし、座席のデータ表示を追う。短く、淡々と読んでいく。

「抑止装備を発射。照準システムが命中を確認」

そしてゆっくりと顔をあげ、立体映像を見る。クーリもその視線を追った。

これまでなにもなかったところに、小さな赤い点があらわれている。北極の極冠のすぐそば。まるで地殻のむこうから、たちの悪いネズミがにらんでいるようだ。焼け火箸の先端のように赤く輝いている。その光はだんだんと暗くなっているが、それ自身の温度が下がっているのではない。大気圏に噴きあげられた膨大な塵埃におおわれかけているのだ。

渦巻く黒雲のあいだにときおり開く切れ間からは、ひらめく稲妻が数百キロ下の地表をストロボのように照らしているのが見えた。

命中地点を中心に、ほぼ円形の衝撃波が広がっている。空気の屈折率の微妙な変化としてそれが見えた。浅い水たまりにできた波紋で水底の砂利が揺れて見えるのとおなじだ。

「暫定状況レポートがはいってきた」

退屈しきった教会の侍者が、つまらない聖書の一節を暗唱するような口調で、ヘガジはいった。

「兵器の作動評価、正常。九九・四パーセントの確率で、標的は完全に破壊された。七九パーセントの確率で、半径二百キロ以内に生存者はいない。厚さ一キロの耐爆壁のむこうに隠れていればべつだが」

「いい数字ね」

ボリョーワがいった。リサーガム星の地殻の傷を、もうしばらく眺めた。惑星規模の破壊をもたらし、満足しているようだ。

15

北ネヘベト地峡　マンテル
二五六六年

「ハッタリよ」

スリュカがいったちょうどそのとき、北東の地平線が突然明るく輝いた。地平線より手前にある尾根や崖がギザギザの影絵のように見える。光の中心はマグネシウム閃光のようにまばゆく、縁のほうは紫色だ。シルベステの義眼の許容明度を超えたため、視野のなかの光の部分が一時的に切り抜かれたようになった。

「もういっぺん賭けてみるか？」

シルベステは訊いたが、スリュカは答えなかった。その光が意味する虐殺と破壊に呆然となったように、まばゆい地平線を見つめている。

パスカルがいった。

「彼らはやると、シルベステがいったでしょう。どうして耳を貸さなかったの。シルベステは当人たちを知っていて、その上で、彼らは言葉どおりのことをやるといってるのよ」

「やるとは思わなかった」

スリュカは独り言のようにつぶやいた。異常な光が地平線を染めているだけで、静まりかえった夜だ。リサーガム星の子守歌である風の音もない。

「あんな尋常でない脅しは、とても実行できないと思っていた」

「あいつらにとって尋常でないものなどないんだ」

シルベステの目の機能はようやく復旧し、マンテルのメサの上で隣に立つ二人の女の表情が見えるようになった。

「これからボリョーワの脅し文句はありのままに受けとるんだな。あの女はハッタリなんかかまさない。二十四時間後にまたやるぞ。おれを引き渡さなければ」

スリュカは聞こえていないように、

「そろそろ下へ降りましょう」

といっただけだった。

シルベステはしたがったが、メサの内部にもどるまえに光の方角をおおまかに測った。

「発生時刻はわかってる。方角もわかった。圧力波がいつ届くかで距離もわかる。リサーガム星の拠点はまばらにしかないから、どこがやられたのか特定できるはずだ」

「ボリョーワはそこの名前をいっていたわよ」

パスカルの言葉に、シルベステはうなずいた。

「ボリョーワの脅しは一字一句信じるが、いってることが真実かどうかはべつだ」

「フェニックスという拠点は聞き覚えがないわ」

貨物用エレベータで降りながら、スリュカはいった。

「最近できた拠点はほとんど知ってるつもりだけど。でもわたしも、ここ数年は政府の中枢にいたわけじゃないから」

「手始めは小さな目標さ。でないとだんだんエスカレートさせる脅しにならないからな。フェニックスはたぶん重要度の低い目標だろう。科学調査か地質調査の拠点で、コロニー全体がそこに物質的に依存しているわけじゃなかった。つまり損害は人間だけだったわけだ」

スリュカは首をふった。

「〝だった〟と過去形ね。最初から現在形は使おうともしない。まるで彼らは死ぬために存在してたみたいに」

シルベステはふいに胸がむかつくのを感じた。嘔吐しそうな気持ち悪さがある。自分の外の出来事で、直接関与していないことが原因でこんな感覚になるのは、生まれて初めてだった。カリーン・ルフェーブルが死んだときもこんなふうには感じなかった。自分が失敗したのではない。自分に過ちがあったわけでなかったからだ。

軌道上の船は脅し文句どおりのことをするぞと、スリュカに警告しているあいだも、心のどこかでは、最後は自分の意見がまちがっていて、スリュカや他の人道主義者の考えるとおりになるのではないかと、ひそかに思っていた。自分がスリュカの立場なら、攻撃があるとわかっていても、やはり警告を無視しただろう。自分の順番が来たときはかならずカードは変わる。そしてそのカードごとに可能性も変わるからだ。

圧力波は三時間後に到達した。到達したときにはただの突風になっていたが、この静かな夜にはやはり異常な突風だった。それが通りすぎたあとは、大気の状態が不安定になり、断続的に強風が吹いた。大規模なレザーストームが来る前兆のようだ。

圧力波が到達するまでの時間からすると、着弾地点は五千五百キロ以内と推定された（地震波データとも一致する）。目視での方角はおおよそ北東。衛兵につきそわれてスリュカの執務室にはいると、濃いコーヒーで眠気を払って、マンテルのアーカイブからコロニーの全惑星図を呼び出した。

シルベステはコーヒーを飲んでピリピリした気分になった。

「たしかに、攻撃されたのは新しい拠点なのかもしれないな。この地図は最新版なのか？」

「いちおうはね。一年くらいまえにキュビエの中央地図製作室から更新データを落としてあるわ。そのあとは情勢不穏のせいでやってないけど」

シルベステは、スリュカの執務机の上に投影された実体のないテーブルクロスのような地形図をじっと見た。とりだされた区分図は一辺二千キロなので、目測した方角がまちがっていなければ、着弾地点はこの範囲内にあるはずだ。

しかしフェニックスという地名は見あたらない。

「もっと新しい地図が必要だな。この一年以内に設置された施設かもしれない」

「いまの情勢で更新データを手にいれるのは難しいわ」

「なんとかしろ。おまえはこれから二十四時間でひとつの決断をしなきゃいけないんだぞ。たぶん人生最大の決断を」

「いい気にならないで。あなたを引き渡すことはもう半分決まってるのよ」

シルベステは他人事のように肩をすくめた。

「それでも事実確認は必要だろう。交渉相手はボリョーワだ。脅しが本気だという確信がなければ、おまえはまたハッタリだといいだすかもしれない」

スリュカはシルベステをじっとにらんだ。

「キュビエとのデータ回線は、じつはあることはあるのよ。生き残ってる通信衛星帯を経由するやつが。でもその回線はドームが吹き飛んでからほとんど使われていない。それを開いてもいいんだけど、リスクがある。データリンクをたどってここをつきとめられるかもしれない」

「いまはそんなことを心配してる場合じゃないだろう」

パスカルも口を出した。

「そうよ。こういう非常事態に、キュビエでの機密漏洩なんて小さなことを考えてもしかたないわ。地図を更新するほうが重要よ」

かが勝手に用事を決めるかもしれないぜ」

「まあな」シルベステは笑みを浮かべようとしたが、うまくいかなかった。「でも、だれ

「一時間か二時間。どうして？　どこへも行く用事なんかないくせに」

「時間はどれくらいかかる？」

地図の更新版がダウンロードされているあいだ、三人はふたたびメサの上に出た。北東の低い空に星はない。すすけたような闇が広がっているだけ。地平線のむこうに巨人がうずくまっているようだ。上空に噴きあげられた塵埃の壁がだんだんとこちらへ近づいているのだろう。

「大規模な火山噴火とおなじように、灰が何カ月も世界をおおうのね、きっと」

スリュカがいった。

「風が強くなってきたな」

シルベステがいうと、パスカルはうなずいた。

「それも彼らのやったことなのね。着弾地点からこれだけ離れたところまで天候の変化が起きて……。まさか、放射能汚染を引き起こす兵器を使ったってことは？」

「それはないだろう。運動エネルギー兵器のたぐいで充分やれたはずだ。ボリョーワのことだ、必要以上のことはやらない。ただ、放射能の心配はたしかにしたほうがいいかもな。兵器は地殻に穴をあけたはずだ。そこから地中のなにが噴き出してくるか、知れたものじ

ゃない」

「地上には長居しないほうがよさそうね」

「そうだな。しかしたぶん、コロニーのどこにいてもおなじはずだ」

スリュカの副官の一人が、地表ドアから姿をあらわした。

「地図は落とせたの？」

スリュカが訊くと、副官は答えた。

「あと三十分ほどお待ちください。データは入手できたのですが、かなり強固な暗号がかかっているので。それとはべつに、キュビエからニュースがはいってきています。たったいま一般チャンネルで放送されはじめました」

「なんなの？」

「上空の船が、その……爆心地のようすを撮影したようなのです。その映像が首都に送られ、そこから惑星じゅうに配信されています」

副官はポケットから、いかにも使いこんだようすのコムパッドをとりだした。画面の光がその顔を赤紫色のレリーフのように浮かびあがらせる。

「画像があります」

「見せて」

副官はコムパッドを地面においた。メサの上は、風で削られた岩の表面に砂埃がのっている。

「赤外線を使って撮影されたものだと思われます」

それはすさまじい恐怖の眺めだった。クレーターの内側には突然何十個もの火山が生まれたように溶岩の泉がつらなり、縁からはそれがヘビのように流れ出している。拠点の痕跡などどこにもなく、直径二キロほどの巨大な大釜のようなクレーターにのみこまれている。中心は広い面積がガラス状に硬化している。固まったタールのように真っ黒だ。

「いまのいままで、なにかのまちがいであってほしいと思っていたわ。あの閃光も、圧力波も、なんらかの手段を使った演出ではないかと。でもこれを見ると、本当に惑星に穴をあけたのだと信じざるをえないわね」

「もうすぐわかるはずです」副官はしばしためらった。「……この者たちのまえで話してしまってもよろしいでしょうか？」

「これはシルベステにかかわりのある事件なんだから、聞かせてもいいんじゃない」

「キュビエから爆心地へ観測機が飛ばされています。この画像が偽物でないかどうか、まもなく確認できるはずです」

地下へもどると、地図データの暗号解析は終わって、マンテルのアーカイブにあった古い地図とおきかえられていた。三人はふたたびスリュカの執務室へ地図を見にいった。付帯情報によれば、数週間まえに更新されたばかりの地図だ。

「ずいぶんまじめな連中だな」シルベステはいった。「自分たちの都市が崩壊してるあいだも、こつこつと地図製作にはげんでたのか。おそれいるね」

「地図屋の動機なんてどうでもいいわ」

スリュカは、部屋の両脇におかれた台座付き惑星儀の片方に指を滑らせた。まるで自分の手に負えなくなった惑星の回転を止めようとするようだ。

「連中がフェニックスと呼んでる拠点が本当にあることを確認できれば、それでいい」

「あるわ、ここ」

パスカルの指が投影された地形図を通り抜けて、小さなラベルの付された点をしめした。無人の荒野が広がる北東地域の一点だ。

「これほど北に来ると他になにもないし、だいたいの方角と一致する拠点はここだけよ。そして名前はたしかにフェニックス」

「拠点の規模は？」

口髭と顎鬚をきれいに油で整えた小男の副官が、袖につけた小型のコムパッドに小声で指示して、区分図を拠点にむかってズームインさせていった。人口統計アイコンがいくつもテーブルにあらわれる。副官はいった。

「たいしたことはない。チューブで連結された集合住宅が地上に数棟。それぞれの地下に作業施設。地下施設をつなぐトンネルはなし。航空機用に離着陸ポートはあったようだが」

「人口は？」

「人口というほどのものじゃない。百人かそこらだ。世帯数約十八。見たところ、ほとんどキュビエ出身者だ」

副官は肩をすくめた。

「これがコロニーへの攻撃だというなら、本当に軽くてすんだというべきだろうな。死者百人。たしかに悲劇だが、やろうと思えばもっと人口の多い目標も狙えたはずだ。だれも存在を知らなかったほど小さな拠点か。なにもなかったのとおなじじゃないか」

シルベステは思わずうなずいた。

「まったく、都合よくできてるものだな」

「……なにがだ？」

「悲劇に対する人間の感受性だよ。死者が数十人より多くなると、それ相応の感情も持てなくなる。そして結局なにもなし、ゼロにもどる。ひどい話さ。そこの住人の死をおれたちはなんとも思ってないんだ」

シルベステは地図を見ながら想像した。住人たちはボリョーワから死を宣告されたあとの数秒間を、どんな思いですごしたのだろう。住居から出て空を見上げた者がいただろうか。そんなことをしても、全員の死がほんのわずかに早まっただけだろうが。

「とにかく、これでわかった。ボリョーワが言葉どおりのことをする女だと証明されたわけだ。つまり、おれを引き渡す以外にない」

スリュカはいった。

「あなたを手放すのは惜しい。でも他に選択の余地はなさそうね。あなたは船の連中と話をしたいんでしょう?」

「もちろんだ。それから、パスカルもつれていくぞ。ただ、そのまえにひとつ頼みたいことがある」

「頼み?」

スリュカはおもしろそうな顔をした。シルベステのほうから自分に頭をさげてくるとは思いもしなかったのだろう。

「どうぞいってみて。わたしたちは親友ですものね」

シルベステはニヤリとした。

「おまえに頼むというよりは、フォルケンダー医師にやってもらいたいことがあるんだ。この目にな」


多関節アームで空中に持ちあげられた座席の上から、ボリョーワは自分が眼下の惑星に対してやった仕事の結果に目を奪われていた。ブリッジの球形投影空間には、きわめて鮮明で正確なリサーガム星の立体映像が浮かんでいる。

ボリョーワがこの十時間身じろぎもせずに見つめているのは、地殻にあいた傷口から伸び広がっていく黒い台風のような雲の触手だった。その地域の(というよりも、おそらく惑星全体の)気候が、新しい均衡状態にむかって暴力的な変化をはじめている。

地上で収集された情報によると、リサーガム星の植民者たちはその現象を、レザーストームと呼んでいる。空中を舞う砂によって皮膚をはがれるような苦痛を覚えるところから、その名があるらしい。

めずらしい動物種の解剖を見ているような興味深さがある。ボリョーワは他の乗組員よりも惑星経験があるつもりだったが、いまでも驚きと少なからぬ不安に襲われる発見がある。不安感のもとになっているのは、惑星の外側にこんな小さな穴をあけただけで、これほど甚大な変化が起きるという事実だった。攻撃した場所とその周辺にとどまらず、何千キロも離れたところまで影響がおよんでいるのだ。

最終的には、惑星上のあらゆる地点がボリョーワの行為の影響を大なり小なり受けるはずだ。ボリョーワが空中に噴き出させた塵はやがて地上に降り積もる。黒く、きめ細かく、わずかに放射能を持つ塵が、薄い膜のように均一に惑星をおおうのだ。温帯地域では、植民者たちのテラフォーム技術によってつくりだされた雨で、すぐに洗い流されるだろう。しかし両極地域に雨は降らないので、降り積もった細かい塵は何世紀もそのまま残るだろう。やがて他の堆積物におおわれ、惑星の地質のなかの記憶として永遠に刻まれるのだ。数百万年後に異なる種族がリサーガム星にやってきて、人類とおなじ好奇心でもって惑星の歴史を調べるかもしれない。この星の遠い過去を探るために、土壌をボーリングしてコアサンプルを採取する。堆積した黒い塵の層以外にもいろいろな謎に直面するはずだが、一時的にせよ、この黒い塵はなんだろうと考えるはずだ。

おそらくその未来の研究者たちは、この塵の由来についてまったく見当ちがいの結論を出すだろう。意識的な行為によって生み出されたものだとは、夢にも思うまい。

ボリョーワはこの三十時間で数時間しか睡眠をとっていなかったが、張りつめた神経が緩む気配はまったくなかった。もちろんいつかは反動が来るはずだが、いまは勢いにまかせて突っ走っている感覚があった。

それでも、ヘガジの座席がそばに寄ってきたとき、気づくのがすこし遅れた。

「なに?」

「通信がはいってるんだ。おれたちの探し人かもしれないやつから」

「シルベステ?」

「あるいはそう名乗ってるだけのやつか」

ヘガジは一時的に意識が飛んだ状態になった。船のシステムと深く交信しているのだ。

「だめだ。やつがどういう通信ルートを使ってるのかトレースできない。キュビエから出てるのはたしかだが、おそらく本人はそこにはいない」

ブリッジには他にだれもいなかったが、それでもボリョーワは声をひそめた。

「なんていってるの?」

「おれたちと話したいとさ。それだけくりかえしてる」

船長階は床全体にスラッジが二、三センチたまっている。クーリは、その水を跳ねながら近づいてくる足音を聞いた。

クーリは自分がなぜここへ降りてきたのか、合理的な理由を説明できなかった。おそらく、だからこそだろう。かつて信用できると思っていたボリョーワは、もう信じられなくなった。マドモワゼルは、隠匿兵器への攻撃からあと沈黙している。だから、もはや不合理に頼るしかなかった。この船のなかでまだクーリを裏切っていない人物、クーリが憎んでいない人物は、話しかけても永遠に返事を期待できないこの男しか残っていないのだ。

足音がボリョーワでないのはすぐにわかった。しかしあきらかに目的をもって近づいてくる。たまたまこの階に迷いこんだのではなく、ここになにか用事があって来るのだ。

クーリはスラッジから立ちあがった。ズボンの尻の部分が濡れて冷たい。しかしもともと濃い色の布地なのでしみは目立たない。

「落ち着いて」

相手はいいながら、隠れるようすもなく角のむこうから姿をあらわした。スラッジを蹴るブーツ。大きく振る腕の金属的なきらめきと、その表面に刻みこまれた色鮮やかなホロデザイン。

「スジーク」クーリはつぶやいた。「どうしてここに――」

スジークは唇を結んだまま笑みを浮かべた。

「どうしてここがわかったのか？　簡単よ、クーリ。尾けたの。あなたがむかっただいたいの方向がわかれば、行き先がここなのはすぐわかる。だから追ってきたのよ。ちょっと話があるから」

「話？」

「ここでの状況について」

スジークは大きく手をふった。

「この船の状況についてよ。具体的にいえば、くそいまいましい船内委員会について。わたしがその一人に恨みを持ってるのは、あなたも気づいてるでしょう」

「ボリョーワか」

「そう。共通の友人、イリアよ」スジークはとくに不愉快な悪態のように、上司の名前をいった。

「だからそれは……問題があったからで……」

「あの女はわたしの恋人を殺したのよ」

「問題ね。笑わせてくれるわ。部下を精神異常に追いやる行為こそ問題だと思わない、クーリ？」

スジークは一歩足を踏み出したが、溶けて固まった天使のような船長の冷凍睡眠ユニットに対しては、まだ充分な距離をおいている。

「それともあなたのことを、アナと呼んでもいいかしら。これからわたしたちは……そうね、近い関係になるわけだから」

「好きに呼べばいい。なにも変わるわけじゃない。わたしはボリョーワの人間性を嫌ってるが、だからといって裏切るつもりはない。こういう会話だって本当はまずいんだ」

スジークは、なるほどというようすでうなずいた。

「忠誠心操作セラピーはそれなりに効いてるのね。でも、サジャキや他の連中も全知全能というわけじゃないのよ。本心をしゃべってもかまわないわ」

「理由はそれだけじゃない」

「じゃあなに？」

スジークは細い腰に機械の手をおいて、いどむようにクーリを見た。その姿には、宇宙生まれに共通するほっそりとした繊細な美しさがある。身体のあらゆる部分が妖精のように細くはかない。体内の筋肉や骨格がキメラ化技術で補強されていなければ、標準的な重力環境では自由に動くのも難しいだろう。

しかし実際には、その薄い皮膚の下は全身最高レベルの強化構造になっている。生身のクーリよりはるかに俊敏で、はるかに力があるのだ。見ためが華奢（きゃしゃ）なだけに詐術的な効果もある。剃刀のような紙で折った人形とでもいおうか。

クーリはいった。

「それはいえない。ただ、イリアとわたしは……おたがいに秘密があるんだ」いってすぐに後悔した。すべてお見通しといいたげなスジークの鼻を明かしてやりたかっただけだ。

「いや、それは——」

「あのねえ、それこそボリョーワの思うつぼなのよ。自分の胸に訊いてみて。あなたの記憶はどこまで本物？　ボリョーワに記憶をいじられた可能性は考えないの？　あいつは実際にボリスにやった。治療と称して彼の過去を消したんだけど、うまくいかなかった。ボリスの頭のなかの声は残ったのよ。あなたはどう？　頭のなかに声が聞こえるようになったりした？」

「聞こえるとしても、それはボリョーワとは関係ない」

「やっぱり聞こえるのね」

　スジークは得意げな笑みを浮かべた。まるで小学生の女の子が、ゲームの勝利を確信しながら、あまり勝ち誇った態度は下品だからやめておこうと思っているような感じだ。

「ま、どっちでもいいわ。ようするにあなたはボリョーワに失望してる。委員たち全員に失望してる。あいつらの行為に対する自分の気持ちはごまかせないわよ」

「委員たちがやったことをどうもうまく理解できないんだ。頭のなかで整理がつかない」

　尻に張りついている冷たい濡れたズボンを意識した。

「だからここへ降りてきたんだ、たぶん。静かで落ち着いた場所で、考えをまとめるために」

「彼が賢明な助言をしてくれると思って？」スジークは船長をあごでしめす。

「船長は死んでる。そう思ってるのはこの船でわたしだけかもしれないが、それでも真実にかわりはない」

「シルベステが治せるかもしれないわ」

「治せるとして、それをサジャキが望むかな」

　スジークは、わかってるというようすでうなずいた。

「たしかにそのとおり。いいたいことはわかるわ。でもじつは——」

立ち聞きするとしたら隅をうろつく雑役ネズミくらいしかいないのに、スジークは共犯者のひそひそ話のように声を低めた。

「シルベステがみつかったのよ。ついさっき聞いたわ。降りてくる直前に」

「みつかった？　もう船に来てるのか？」

「もちろんまだよ。接触できただけ。まだ居場所も特定できてない。生きてることがわかったというだけよ。どうやって船につれてくるかという問題が残ってる。そこであなたがかかわってくるのよ。もちろんわたしも」

「どういうことだ」

「訓練用船倉でキャルバルになにが起きたのか、わたしは正直いってわからないわ。本当にたんなる精神錯乱かもしれない。でもわたしはこの船でだれよりあの子を知ってたけど、錯乱するようなタイプじゃなかったわ。原因はともあれ、ボリョーワはそれを理由にキャルバルを殺した。あの女がそこまでキャルバルを憎んでいたとは思わないけど……」

「あれはボリョーワの責任じゃなくて……」

「関係ない」スジークは首をふった。「それは重要じゃないの。いまはね。とにかくそれによって、あなたをミッションに参加させざるをえない状況になった。あなたとわたし、そしてあのクソいまいましい女。その三人でシルベステの身柄を確保しに地上へ降りるのよ」

「あんたはそれを知る立場にないはずだ」

スジークはうなずいた。

「公式にはそう。でもこの船でわたしくらい長くなると、通常のチャンネルをバイパスする方法のひとつやふたつは心得るものよ」

しばらく沈黙が流れた。スラッジのたまった廊下のむこうで、パイプから滴がしたたる遠い音が聞こえる。

「スジーク、どうしてわたしにそんな話をするんだ。わたしを嫌ってたんじゃなかったのか?」

「そうかもしれない。すこしまえまでは。でもいまは、できるだけ味方を集めておきたい状況なのよ。あなたは警告を真剣に聞くはず。すこしでも理性があるなら。そしてだれを信用できるかもわかってるわね」

ボリョーワはブレスレットにむかって命じた。

「インフィニティ号、これから流れてくる音声を、船のアーカイブに記録されているシルベステの音声と比較しろ。一致が確認できなかったら、すぐに秘匿表示で知らせろ」

シルベステの声が言葉の途中から流れだした。

「……なら返事をしろ。くりかえす、聞こえてるなら返事をしろ。おれの存在を確認しろ、クソ女。おれの存在を確認してさっさと返事をしやがれ」

ボリョーワは聞きながらいった。

「あいつだ」

「まちがいないわね。この短気なしゃべり方、どこで聞いてもすぐわかる。このエンドレス状態を止めてやったほうがいいな。居場所はまだ確認できないのか」

「すまんな。コロニー全体に呼びかけて、むこうが聞いてることを期待するしかない」

「それくらい注意してるだろう」

ボリョーワはブレスレットにアクセスして、船がこの音声についてシルベステでないと証明してはいないことを確認した。もちろん誤警報が出る可能性はある。この船に音声を記録されたときのシルベステは、いまよりずっと若かったのだ。声紋が完全に一致するとはかぎらない。

しかし船の判断はともかく、これは本物らしいという確信がしだいに出てきた。コロニーの救世主たらんと舞台に上がったどこかの大根役者ではない。

「いいだろう、つないでくれ――シルベステか？　こちらはボリョーワだ。聞こえてるなら返事をしてくれ」

エンドレス状態よりクリアな声で、

「やなこった」

「〝聞こえる〟って意味みたいだな」

へガジがいう。

ボリョーワは呼びかけを続けた。

「貴兄を船に拾いあげる方法を話しあいたい。それには秘匿通信チャンネルを使ったほうがいいと考える。そちらの現在位置を教えてもらえれば、当該地域だけに指向性電波をむけて、キュビエからの中継を不要にするが、いかがか」

「そんな必要はないだろう。それとも、コロニー全体に聞かれたらまずいような話でもする気か？」

ボリョーワは黙っていたが、心のなかで苦笑した。シルベステは続ける。

「ここまでコロニーを巻きこんでおきながら、よくいうぜ」

ややあって、

「ところで、おれはおまえより、サジャキと話したいんだがな」

「残念ながら今回は出番なしだ。居場所を教えろ」

「悪いがそれはできない」

「だだをこねるな」

「なにをいってやがる。でかい大砲ならべてるのはそっちだろう。方法くらい自分で考えろ」

ヘガジが手をふって、いったん音声を切るようにボリョーワに合図した。

「居場所を教えられない事情があるんじゃないか？」

「事情って？」

ヘガジは鉄のひとさし指で鉄の鼻梁をコツコツと叩いた。

「身柄を拘束してる勢力さ。シルベステを引き渡すことには同意しても、自分たちの居場所を知られるわけにはいかない」

ボリョーワはうなずいた。ヘガジの推測はおそらくいい線をいっているはずだ。

音声を復帰させる。

「了解した、シルベステ。難しい立場にあるようだな。次のような妥協策を提案する。そこを動きまわる手段があると仮定して、貴兄の……その、滞在先は、短時間でそれを用意できるか？」

「移動手段という意味なら、あるぞ」

「では、六時間あたえる。それだけあれば、居場所を教えてもだれにも迷惑がかからないところまで移動できるだろう。しかし六時間以内に貴兄からの再連絡がない場合は、次の標的への攻撃を実行する。全関係者の了解を請う」

「ああ、よくわかった」

シルベステは腹立たしそうに答えた。ボリョーワはさらにいった。

「もうひとつある」

「なんだ」

「カルビンをつれてこい」

16

北ネヘベト地峡
二五六六年

シルベステは飛行機が宙に浮いたのを感じた。最初はマンテルの地下ハンガーから出るために水平に移動し、続いて、すぐ脇にそびえ立つメサの地層の重なった壁面をよけながら、急速に上昇していく。シルベステは自分用の窓を描いて外を眺めていたが、塵によって視界が悪くなっているせいで、拠点はちらりとしか見えなかった。下面をまばゆく輝かせるプラズマ翼の下に、縦横にトンネルを掘られたメサが遠ざかっていく。

ここにはもうもどってこないという確信があった。マンテルだけではない。はっきりとは説明できないが、コロニーすべてがこれでお別れだという予感があった。

乗せられた機体は、拠点にあるなかでいちばんショボいものだった。シルベステが若かりしころのカズムシティを飛びかっていた飛翔機と、さして変わらない大きさだ。それでも、六時間の猶予のうちにメサから充分な距離を移動できるだけの速さはある。

定員四名の機体に、乗っているのはシルベステとパスカルだけ。しかし移動の自由という点では、二人はまだスリュカの支配下にあった。マンテルを出発するまえに飛行ルートはプログラムされている。フライトプランから逸脱するのは、オートパイロット・システムが天候状況から異なるルートにメリットがあると判断したときだけだ。着陸予定地点は、ボリョーワたちにはまだ通知していないが、あらかじめ決まっていて、地面の状態が極端に悪くないかぎりそこでシルベステとパスカルを降ろす。着陸できないような地形なら、おなじ地域で新たな着陸場所を探す。

いったん着陸したら、飛行機はもたもたしないはずだ。シルベステとパスカルは、嵐のなかでも数時間なら生存できる装備を持って降りる。そうしたら、飛行機はすみやかにマンテルへの帰路につく。リサーガムシティが持っているわずかなレーダーシステムにひっかからないように、ルートを選択して帰るだけだ。

そのあと、シルベステはボリョーワに連絡をとって、位置を教える手はずになっている。とはいえ、その連絡は直接上空の船にむかって発信するので、位置情報をうんぬんするまでもなく、ボリョーワはシルベステの居場所を知るだろう。

それから先はすべてボリョーワしだいだ。どんな展開になるのか、どうやって船へつれていかれるのか、わからない。それはボリョーワが考えることで、こちらは関係ない。むずかしくなくとも、これが壮大な罠だということはありえなかった。ウルトラ属の狙いはカルビンだが、カルビンはシルベステがいなければなにもできないのだ。だからシルベステの身柄は丁重にあつかわれるはずだ。パスカルにもおなじ待遇が用意されなければ、シルベステは声高に抗議するつもりだ。

　飛行機はすでに水平に飛んでいた。メサの平均的な高さより低く飛び、機影を隠している。数秒ごとに進路を変えながら、メサに挟まれた狭い通路のような谷を飛ぶ。視界はほとんどゼロ。オートパイロットが参照している地形マップが正確であることを祈るしかない。最近地崩れが起きて地形が変わっているところでもあったら、ボリョーワにあたえられた六時間よりずっと早くこの飛行機の旅は終わってしまうかもしれない。

「こ、ここはどこじゃ……!?」

　客室に姿をあらわしたばかりのカルビンが、あわてたようすで左右を見た。いつものように、ゴテゴテと飾り立てられた大きな貴族風の椅子にすわっているのだが、狭い客室にはとてもはいりきれないので、上と下が壁のところでおかしな具合に切れている。

「いったいここはどこなんじゃ？　なにもわからんじゃないか！　なにが起きとるんじゃ？　はよ教えろ！」

　シルベステは妻のほうをむいた。

「カルは目覚めるとまず最初に、その場のサイバネティック環境にアクセスして、位置確認、時計合わせなどの処理をやるんだ。ところがここには肝心のサイバネティック環境がない。それで五里霧中であわててるんだよ」

「わしが目のまえにおるのに無視してしゃべるな！　ここはどこなんじゃ！」

「飛行機のなかだよ」

「飛行機？　そらまためずらしい」

カルはいくらか落ち着きをとりもどして、うなずいた。

「めずらしい乗り物じゃ。乗ったことがないわけではないぞ。ところで、情況把握に必要な事項を手短に話してくれんかの」

「そのために呼び出したんだ」

シルベステは窓をキャンセルした。すでに映るのは塵の帳ばかり。飛行機から降ろされたあとが思いやられる。

「のんびり昔話をするためじゃないのはわかってるだろう、カル」

「息子よ、ずいぶん年をとったの」

「ああ、そりゃ、エントロピーに支配される世界で生きるしかない人間もいるんでね」

「グサッ。それをいわれると痛いのう」

パスカルが口を出した。

「やめなさいよ。喧嘩してる暇はないでしょう」

「そうかな。五時間あるんだぜ。長くてうんざりするくらいだ。なあ、カル」

「そのとおり。お若いレディにはわかるまい」

カルビンはじろりとパスカルを見て、

「これがいつものやり方なのじゃよ。なんというか、こうやって牽制しあいながら意思疎通をするのじゃ。こいつがすこしでも親しげな口のきき方をしようものなら、わしはたちまち警戒態勢にはいるの。きわめて困難な頼みごとをされる前兆じゃ」

「ちがうね。きわめて困難な頼みごとをするときは、やらないと消去するといって脅すんだ。いままであんたに親しげにしてやる必要に迫られたことは一度もなかったし、これからもないだろう」

カルビンはパスカルにウインクした。

「そのとおりじゃ。一本とられた」

カルビンは灰色の立ち襟フロックコート姿だ。袖には逆方向から組みあわされた二つの山形紋の刺繍。ブーツを履いた脚を高く組み、その上げた膝からコートの裾が長いカーテンのように優美に流れ落ちている。口髭と顎鬚はあきれるほど複雑な形状に整えられていて、専用の理容サービター数機がつきっきりで管理しているとしか思えなかった。片目には琥珀色のデータモノクル（生まれたときからダイレクトインターフェースを脳に埋めこんでいるので、これは伊達だ）。髪はずっと昔から長く伸ばしている。オイルをすりこんだハンドルのような形状に整えて、うなじのすこし上で頭皮側にもどっている。

いつごろの装いだろうと、シルベステは考えてみたが思い出せなかった。イエローストーン星のいつの時代のカルビンなのか、この姿からでは推測できない。もちろん、シミュレーションの初起動年代を特定されないように、新たに作成された外見である可能性も充分にある。

「それはともかくじゃ……」

「この飛行機の行き先でボリョーワと落ちあう。ボリョーワのことは憶えてるよな」

「忘れるものか」

カルビンはモノクルをはずし、宙を見ながら袖で磨きはじめた。

「どういういきさつでこうなったのじゃ」

「長い話さ。あいつはコロニーを人質にとって、おれを引き渡す以外に選択の余地がないようにした。もちろん、あんたもいっしょにな」

「わしに用があるのか？」

「驚いたふりをするなよ、しらじらしい」

「いや、がっかりしておるのじゃ。もちろんそうすると、いろいろ心配事が出てくるの」

カルビンはモノクルをもとどおりにはめた。琥珀色のガラスのむこうで片側の目だけが大きくなる。

「わしらを安全策として必要としておるのか、それともなにか具体的な用件があるのか」

「用件があるんだろう。ボリョーワがはっきりしたことをいってるわけじゃないが」

「では、おぬしの交渉相手はボリョーワのみか？」

カルビンはなるほどというようすでうなずいた。

「不自然だと思うか？」

「わしらの友人サジャキが、いずれかの時点で顔を出しそうなものじゃが」

「おれもそう思う。でもボリョーワはサジャキの不在の理由をなにもいわないんだ」

シルベステは肩をすくめた。

「どうでもいいだろう。あいつらはどいつもおなじくらいに悪党なんだから」

「それは認めよう。しかしサジャキが出てくれば、もうすこし見当がつくのじゃが」

「ひどいめに遭わされるのが？」

カルビンはあいまいに首を動かした。

「好きなようにいえばよいが、すくなくともあいつは約束を守る男じゃ。サジャキか、あるいはあの船を仕切っているやつは、これまでおぬしをわずらわせることはしておらん。あのノスタルジア・フォー・インフィニティ号とかいうばかでかい船にわしらが乗せられたのは、何年前だったかの」

「百年くらいまえだよ。もちろん、やつらにとってはもっと短い。船内時間ではせいぜい数十年のはずだ」

「最悪の事態を予想すべきじゃろうな」

パスカルが訊いた。

「最悪の事態って？」

「つまり――」カルビンは精一杯の自制心を働かせながら説明した。「わしらはある作業を求められるのじゃ。ある人物について」

じろりとシルベステをにらむ。

「自分の妻にどこまで話しておるのじゃ？」

「どうやらほとんどなにも教えられていないようですわ」

パスカルは不機嫌そうな顔でいった。

シルベステは妻とベータレベル・シミュレーションを交互に見ながら答えた。

「最小限のことしか話してない。知らないほうが身のためだから」

「あ、そう」

「もちろん、おれもある程度推測はしていたが……」

「ダン、その連中はあなたとお父さまに具体的になにをやらせるつもりなの？」

「それを話しだしたらまた長くなるからなあ」

「五時間あるって自分でいったでしょう。そのまえに、親子で蝸牛角上の争いはやめていただきたいんですけど」

カルビンは眉をあげた。

「なかなか文学者じゃの。息子よ、この奥もなにも知らぬわけではあるまい」

「ああ。その上で重大な思いちがいをしてるよ」

「それでもすこしは話してやって、全体像がわかるようにしてやったらどうじゃ」

飛行機が速い動きの旋回をしたが、カルビンだけは姿勢が傾かなかった。

「わかったよ。それでも、知りすぎるより知りたりないほうが安全だというおれの意見に変わりはないぜ」

「それは自分で判断させてほしいわ」

カルビンがニヤリとした。

「では、親愛なるブラニガン船長の話からしてやるがよかろう」

シルベステは話しだした。

サジャキたちが自分を追っている具体的な理由については、これまでずっと話すのを避けていた。もちろんパスカルには知る権利があるのだが……シルベステにとっては不愉快きわまりない話なので、極力話題をそらしていたのだ。

ブラニガン船長に個人的な恨みはない。それどころか同情を覚えなくもないほどだ。船長は特殊で恐ろしい病をわずらっている。現在の病状では（シルベステの知るかぎり）いかなる形の意識もないが、過去にはあったし、将来も目覚めて、治療の見こみがないことをさとらざるをえないときがくるだろう。船長の謎に満ちた過去が犯罪にまみれていたとしても、だからどうだというのか。過去のどんな罪も、現在の恐ろしい病気によって千回もつぐなって余りあるではないか。それどころか、だれもが船長の回復を願うだろう。手助けしたいとさえ思うだろう。

ただしそれは、わが身に危険がおよばなければの話だ。この場合は、ほんのわずかな危険も看過できないのだ。

ところがあの船の乗組員たちがシルベステに要求しているのは、その危険を甘受しろということだけではない。カルビンに肉体を譲り渡せといっているのだ。精神をカルビンにゆだね、身体動作をその支配下にいれろというのだ。

考えるだけで虫酸が走る。ベータレベル・シミュレーションのカルとあれこれいい争うのも不愉快だというのに、父親の亡霊に身体を乗っ取られるのだ。このベータレベルが相談相手としてときどき役に立つことがなかったら、とっくの昔に廃棄していただろう。存在しているだけで不安になる。

しかしたしかに、カルには洞察力があり、抜け目ない判断力がある。シルベステがそのアルファレベルをどこでどうしたかも知っている。知りつつなにもいわない。カルのシミュレーションは、シルベステの身体にはいるたびにだんだん深く根をはっていくようだった。シルベステに馴染み、その反応を予測できるようになっているらしい。理論上は意識体ではないとされているただのソフトウェアに、これほど簡単に自由意思を模倣されてしまうとしたら、シルベステの存在とはいったいなんなのか。

このチャネリングプロセスが不愉快なのは、非人間的な側面だけではない。肉体の側も不快な手続きをへなくてはならない。運動神経をつたわる自分の命令はどこかで遮断しなくてはならないので、シルベステはさまざまな神経抑制剤を投与される。つまり、本人としては身体が麻痺しているのに、にもかかわらず動きまわるのだ。悪魔憑きに近い。まさに悪夢の経験で、できれば二度とやりたくない。

というわけで、シルベステの立場からは、ブラニガン船長など地獄に堕ちればいいという結論になる。すでに人類史上もっとも長生きしている人物を救うために、どうしてシルベステが人間らしさを捨てなくてはならないのか。同情などクソくらえだ。あの船長は何年もまえに死んでしかるべきだったのだ。もはや船長の病苦よりも、それを緩和すると称して乗組員たちがシルベステにしいる行為のほうが、よほど大きな苦痛ではないか。

しかし、カルビンの考えはちがった。カルビンにとってそれは、苦痛ではなく、チャンスなのだ……。

「もちろん、最初はわしじゃった。わしがまだ肉体のなかにいたころの話じゃ」

「なにが最初なんですか？」

「ブラニガンに最初に奉仕したという意味じゃ。あやつは当時から全身のほとんどをキメラ化しておった。使われている技術のなかには、超啓蒙意識よりも古いコケの生えたようなものまであった。肉体が残存している部分は、いったいいつのものじゃというくらい古かったな」

口髭と顎鬚を指先でなぞる。その凝ったデザインを確認して悦にいっているようだ。

「もちろん八十人組事件よりまえの話じゃ。しかし当時からわしは、過激なかでも過激なキメラ化技術の実験者として知られておった。超啓蒙意識以前の技術をただ発展させるのではあきたらなかった。やつらの成果を超えたかった。わしの後塵を拝させてやりたかったのじゃ。限界を超えて爆発し、バラバラになった破片を拾い集めて、もう一度技術を組み立てたかった」

「あんたの野心なんかどうだっていいんだよ。いまはブラニガンの話をしてるんだから」

「背景描写というやつじゃ」

カルビンは目をしばたたいた。

「とにかく、ブラニガンは身体改造度が極端に高い、エクストリームキメラじゃった。そしてわしは極端な手法を試したくてうずうずしている技術者じゃった。ブラニガンが病をわずらったとき、その仲間たちはわしを雇う以外に選択の余地がなかった。ほどこした手術はあらゆる点で非合法で、わしにとっても常道ではない手法じゃった。当時のわしは、身体の改造にはあきあきし、神経学的な変換に興味を持つ――というよりも固執するようになっておった。具体的にいえば、神経活動をマッピングしてじかに――」

ふいにそこでカルビンは黙りこみ、唇を嚙んだ。

そのあとをシルベステがひきとって、続けた。

「ブラニガンはカルを利用したんだ。その引き替えに、カルをカズムシティの金持ちたちに紹介した。それがのちの八十人組プロジェクトの顧客たちさ。カルの施術でブラニガンが完治すれば、それで取り引きは終わりだったはずだ。ところがしくじった。ブラニガンの仲間から解放してもらうために最低限の処置をしただけだった。あのときまともな仕事をしていれば、こうしておれたちまで面倒に巻きこまれることはなかったんだ」

カルビンは自分の口から釈明した。

「というよりも、わしが船長にほどこした修理は恒久的なものでありえなかったのじゃ。しかたない。本人のキメラ化の具合から、肉体の残りの部分はやがてまた処置が必要な状態にならざるをえなかった。そしてわしのほどこした修理の複雑さゆえに、文字どおり他人は手をふれられない状態になっておった」

「それで二度目の往診に呼ばれたのね」

パスカルがいうと、シルベステが説明を続けた。

「そのときのブラニガンは、おれたちがこれから乗る船の船長におさまっていた」

シミュレーションに目をやり、

「カルはすでに死んでいた。衆人環視の虐殺と呼ばれた、八十人組事件のなかでな。残っていたのはカルのベータレベル・シミュレーションだけだった。当時ブラニガンの片腕として働きはじめていたサジャキが、それをよろこばなかったのはいうまでもない。それでもやつらは、ある方法を編み出した」

「ある方法って?」

「カルビンが船長を手術する方法だ。おれを仲立ちにしたんだ。ベータレベル・シミュレーションはキメラ化手術の技能を持ってる。おれは、そのシミュレーションが実際の仕事をこなすための肉人形になる……。ウルトラ属は〝チャネリング〟と呼んでたよ」

「でも、それならあなたでなくてもよさそうなものだけど。ベータレベル・シミュレーションかそのコピーさえあれば、乗組員の一人が、その……あなたのいう肉人形になればいいんじゃなくて?」

「だめなんだ。それが可能なら、やつらにとっても好都合だったろうけどな。おれに頼らなくてもすむわけだから。しかしチャネリングは、ベータレベル・シミュレーションとそれが乗っ取る肉体が高い相似性をもっていないと、うまくいかない。手と手袋の関係に近い。おれとカルビンは父と息子だからうまくいく。遺伝的にも近似している。頭を割って脳みそをくらべたら、どっちがどっちか見わけられないはずだ」

「そして今回——」

「また来やがったわけだ」

「前回、息子がいい仕事をしてくれたらこんな面倒はなかったんじゃがの」

カルビンがしてやったりといいたげな薄笑いを浮かべていう。

シルベステは父親をにらみつけた。

「人のせいにするな。動かしてたのはそっちじゃないか。おれは操縦されてただけだ。そもそも、理屈の上では意識があったとさえいえないんだからな。最初から最後までひたすら不快感に耐えてただけだ」

パスカルが訊く。

「それをもう一度やらせるのが彼らの目的なの？　それだけ？　それだけのためにこんな大騒ぎを？　拠点を吹き飛ばしたのは、あなたに船長の治療をさせるため？」

シルベステはうなずいた。

「念のためにいっておくけど、おれたちがこれから取り引きしようとしている相手は、もはや人間という呼び方はふさわしくないような連中なんだ。やつらの優先順位感覚とか時間観念は、なんというか……理解不能なんだ」

「わしにいわせれば、これは取り引きではない。恐喝じゃ」

「まあ、そういきりたつこともないさ」

シルベステはいった。

「じつは今回、ボリョーワはちょっとした計算ちがいをしてる。それは、完全な不意打ちじゃなかったってところだ」

ボリョーワはリサーガム星の立体映像に目をやった。シルベステがこの地表のどこにいるのか、いまのところ不明だ。まだ崩壊していない量子波動関数のようなものだ。しかしもうすぐシルベステからの電波をとらえて、その正確な位置がわかるだろう。そのとき波動関数は、選択されなかった無数の可能性を脱ぎ捨てるのだ。

「みつかったか？」

「信号が弱いんだ」

ヘガジが答えた。

「おまえさんの発生させた嵐のおかげで電離層の干渉が大幅に強くなってるんでね。派手にやってくれたもんだぜ」

「黙って探せ、クソ」

「へいへい」

シルベステが時間までに連絡してこないのではないかと、本気で心配しているわけではなかった。それでも、声を聞いたらほっとするだろう。シルベステを船につれてくるという難しい作戦が、また一段階、無事に進んだことを意味するからだ。

しかし、これで完了だなどとは、すこしも思っていなかった。また、シルベステの態度にどことなく感じられる傲慢さも気がかりだった。まるで事態の展開を決めているのはおれだといわんばかりなのだ。ボリョーワは、自分と同僚たちが本当に主導権を握っているのか、不安になることがあった。もしシルベステの目的がボリョーワの胸に疑念の種を植えつけることなら、それは成功していた。いまいましい。警戒はしていた。シルベステが心理戦にたけていることはわかっていたのだ。しかし、これでも警戒不十分だったようだ。

そこでボリョーワは一歩退がって、ここまでの流れをふりかえってみた。とにかく、シルベステの身柄はもうすぐこちらの手中におさまる。そのあとにどんな要求が待っているか本人が知っているのなら、こういう結果は望まないはずだ。かりにシルベステが自分の意思でことを進めているとしたら、自分から船に乗りこんできたりはしないだろう。

「おっと」

ヘガジの声がした。

「みつけたぞ。どんな演説をぶってるのか聞いてみるか?」

「つないで」

六時間前とおなじように、シルベステの声がまたいきなりあふれ出した。ただ、今回はあきらかにちがうところもある。シルベステがしゃべるひと言ひと言の背後に、その言葉を飲みこまんばかりの勢いで、レザーストームの轟音が響いているのだ。

「ここだ、聞いてるか？ ボリョーワ、聞こえてるか？ おい、聞こえてるのか？ 返事をしろ！ これからキュビエを基準にしたこの場所の位置情報をいう。よく聞け——」

そして、百メートル以下の誤差で現在位置を特定する一連の数字をしゃべった。聞きまちがいを防ぐために何度か復唱した。しかしボリョーワの側は、発信電波をもとにもっと精密に位置を特定できているので、まったく無駄な情報だった。

「さあ、早く迎えに来い！ いつまでも待ってられない。ここはレザーストームのまっただなかなんだ。急いでくれないと死んじまう！」

「ふーん」

ヘガジがつぶやいた。

「あわれなやつに声をかけてやるべきか、やらざるべきか、迷うところだな」

ボリョーワは煙草を一本抜き、火をつけ、ゆっくりと吸ってから、答えた。

「放っとこう。一時間くらい平気よ。ちったあビビらせてやればいい」

クーリには、開いたスーツがズルズルと引きずるような音をたてて背後から近づいてくるのだけがわかった。背骨、腿の裏、ふくらはぎ、腕の裏、後頭部にしっかりとした圧力を感じる。視野の左右から湿った頭部パーツが伸びてきた。両腕両脚がスーツにつつまれていくのを感じる。胸郭がシールされていくときは、プディングの残りをズルズルとすするときのような音がした。

視野は狭くなっているのだが、腕や脚のパーティングラインがシールされて、まもなく消えていくところが見えた。白一色のスーツ表面に溶けこんでまったくわからない。

クーリの頭のまわりにスーツの頭部が形成されていく。一時的に真っ暗になるが、すぐに正面に透明な楕円形があらわれる。楕円の縁はデータとステータスの表示エリアになる。このあとスーツ内には、飛行中のGから着用者を守るためにジェルエアが充填されるが、いまはまだ、ミントの香りがする船内と同気圧の酸素／窒素ガスを呼吸している。

スーツの疑似人格がアナウンスする。

「ただいま安全性機能性試験を終了しました。当ユニットの全制御権を委譲希望されるときはお知らせください」

「いいぞ、準備できた」

「こちらの自律制御ルーチンを停止しました。この疑似人格は、特段の指示がなければヘルプ機能として常駐します。スーツの全制御権を自律系に復帰させるには――」

「わかってる、ありがとう。他の連中はどうしてる？」

「他ユニットも準備完了をレポートしています」

ボリョーワの声が割りこんできた。

「いくぞ、クーリ。あたしがリードする。三角編隊で降下。怒鳴ったらジャンプしろ。それから、あたしの許可なしに勝手に動くな」

「わかってます。そんなつもりはありません」

スジークが隊内チャンネルでいった。

「あら、隊長の命令には素直ね。クソしろといったらするかしら」

「無駄口を叩くな、スジーク。おまえをつれていくのは、惑星経験がそれなりにあるからにすぎない。すこしでもおかしな行動をとったら……」

ボリョーワはすこし黙って、続けた。

「よく憶えておけ。あたしが頭にきたときに仲裁役になるサジャキはいない。そしてぶっ放す火力をあたしはたっぷり持ってるんだ」

「その火力のことなんですが――」クーリは割りこんだ。「兵装ステータス画面にアイテムがなにも表示されないんです」

それにはスジークが答えた。

「イリアがあなたをオーソライズしてないからよ。やたらめったら引き金を引くんじゃないかと疑われてるわけ。そうでしょ、イリア」

「危険な状況になったら、武器使用を許可する。安心しろ」

「なぜいまはだめなんですか」

「必要ない。それが理由だ。おまえはただついてくるだけだ。想定外の状況になったときだけアシストする。そんなことにはならないはずだが……」

ボリョーワはマイクに拾われるくらい大きく息を吸った。使うべき状況では、なるべく控えめに使え。それだけだ」

「もしそういう状況になったら、望みの武器をやる。使うべき状況では、なるべく控えめに使え。それだけだ」

船外へ出るときに、スーツ内の船内空気はパージされ、呼吸可能な液体ジェルエアが充塡された。一時的に溺れるような感覚にとらわれるが、クーリはこの呼吸モード移行をスカイズエッジ星時代に何度も経験しているので、もうそれほど不快感はない。もちろん通常の発声はできなくなる。スーツのヘルメット部にしこまれたセンサーが、口の動きを読みとって命令を解釈するのだ。相手の声はヘルメット内のスピーカーから聞こえてくる。ジェルエアが媒体になることによる音域の歪みは補正されているので、着用者にはまったく普通の声に聞こえる。

シャトルの場合より急角度で減速Gの大きい再突入だが、実際には眼球の奥にときどき圧力を感じる程度で、とても楽だった。スーツのステータス表示を見て初めて、常時6G以上かかっているのがわかる。スーツの踵と背中に反リチウム燃料のスラスターがあり、それを噴射しているのだ。

ボリョーワをリーダーとして、三角編隊で降下していた。ボリョーワに、スジークとクーリが続き、着用者のはいっていない連結制御されたスーツが三体従っている。

降下の最初の段階では、スーツは近光速船に乗っているときとほぼおなじ形態、すなわち人型をしていた。しかしリサーガム星の上層大気によってあちこちがピンク色に光りはじめると、スーツはその外形を、音もなく変えていった。スーツのなかにいるとわからないが、腕と胴体をつなぐ膜が厚みを増し、やがて腕と胴体の区別がつかなくなった。腕の位置も変わった。胴体に対して四十五度に開き、軽く曲がった状態で固定されている。頭部は格納されたように突起がなくなった。腕の先から頭頂へいたり、反対の腕の先へと続く滑らかな曲線でつつまれている。両脚は一体となって一枚の大きく広がった尾翼になっている。着用者の命令で透明化されていた箇所は、再突入の空力加熱による赤熱光から保護するために、強制的にふたたび不透明化された。

スーツは胸から先に大気に突入していく。頭より足がやや下がった姿勢だ。複雑な衝撃波パターンを手なずけ、うまく利用できるように、スーツの外形は微妙に変化している。

この状態では可視光による観測は無理だが、スーツは他の電磁波帯域で観測し、人間が視認できるデータに変換して提供する。クーリの周囲と下方にはほかのスーツが見えた。ピンク色に輝くプラズマの滴にはいっているようだ。

高度二十キロで、スーツはスラスターを使って速度を超音速程度まで落とした。ふたたび形状が変化し、人間サイズの飛行機のようになる。足からは水平尾翼がはえ、顔がある部分はふたたび透明化した。

スーツにしっかり身体をつかまれているクーリは、形状変化をほとんど感じない。スーツの内壁に押されて腕や脚を動かされる程度だ。

高度十五キロ。空のスーツの一体が編隊から離れ、極超音速まで加速した。空力最優先の形状に変化している。人体がまねるにはかなりドラスチックな整形手術が必要だろうというような形だ。ほんの数秒で地平線のむこうへ消えていった。リサーガム星の大気圏内でこれほどの速度を出した人工の物体はおそらく過去になかっただろう。勢いあまって惑星重力圏から離脱してしまわないように、上へスラスターを噴いているほどだ。

あのスーツはサジャキを迎えにいくのだと、クーリはわかっていた。リサーガム星におけるサジャキの任務は完了したので、最後に船に通信してきた地点のそばで拾うわけだ。

高度十キロ。スーツ間のレーザー通信は完全な秘匿性を持つが、それでも編隊は通信封鎖したまま、ボリョーワが発生させたレザーストームの上層に突入していった。

軌道からは、砂嵐は黒い固体のように見えていた。まるで灰の台地のようだったのだが、なかにはいってみると、意外と光があった。カズムシティの天気の悪い午後のような、ざらざらとしたセピア色の光だ。太陽は泥色の日暈をまとっている。それも深く降りていくにつれて届かなくなった。

もはや光はほとんどない。そんななかで、巻きあげられた砂塵の層をおっかなびっくり通過していく。まるで酔っぱらいが梯子を降りているようだ。ジェルエアのために重さの感覚がないので、クーリはたちまち上下感覚を失った。しかしスーツの慣性系が把握しているはずだと、本能的に信頼していた。

スーツはときどきスラスターを噴いて滑らかな下降になるようにしているが、それでも気流が変わるたびに軽いショックを感じた。編隊の速度が亜音速に下がると、スーツはようやく人型に近い形状にもどりはじめた。

地面まではあと数キロ。つらなるメサのピークとの高度差は数百メートルしかない場合もある。それでも実景ではなにも見えない。他の四体のスーツもときどき砂塵の雲に隠れ、確認しにくい。

クーリはだんだん不安になってきた。こういう状況でスーツを使うのは初めてなのだ。

「スーツ、本当に周囲を把握してるのか？　地面に激突するのはごめんだぞ」

するとスーツは、着用者をこばかにしたような調子で答えた。

「砂塵が障害になるようでしたら、すぐにお知らせします」

「そうか。ちょっと訊いてみただけだ」

まったく視界がきかない。泥水のなかを泳いでいるようだ。黒い砂塵の雲がときおり切れて、深い谷やメサの岩壁が見えることもあるが、あとはずっと灰色の砂嵐だけなのだ。

「なにも見えないな」

「これでいかがですか？」

見えた。砂嵐があっけなく消えた。全方位何十キロも先まで見渡せる。それどころか、メサの岩壁と岩壁のあいだからは地平線まで見える。とんでもなく空気の澄みきった日に空を飛んでいるようだ。不自然なのは、すべての景色が不気味な薄緑色のテクスチャーで描かれていることだけ。

「合成画像です。赤外画像を、ランダムパルスとスナップショットによるソナーデータと重力計データで補間補正しています」

「なるほど。でも、いい気になるな。どんなに高価で高性能な機械でも、わたしは腹を立てると、わざと酷使してボロボロにする癖があるんだ」

「肝に銘じます」

スーツは答えて、それっきり黙った。

広い視点から現在位置を知るために、各種データを呼び出して画像にオーバーレイさせた。スーツは行き先を正確に知っている。シルベステが通信してきた地点へまっすぐにむかっている。しかし、もうすこし能動的に頭を働かせるのがプロというものだろう。

ボリョーワとシルベステが連絡をとってからの経過時間は三時間半。シルベステが徒歩だと仮定すれば、合意したランデブー地点からそれほど遠くへは移動できないはずだ。なんらかの理由でこちらに回収されるのを避けようとしても、スーツのセンサーで簡単に探知できる。好都合に深い洞窟かなにかあって、そこに隠れればべつだが、それでもスーツの追跡システムは、逃亡者がルート上にかならず残す温度痕跡や生化学痕跡をたどってどこまでも追いつめていくだろう。

「よく聞け」

ボリョーワの声がした。大気圏にはいってから初めてスーツ間通信を使っている。

「ランデブー地点まであと二分だ。いま軌道から連絡を受けた。サジャキ委員のスーツは当人を発見し、無事に回収したそうだ。現在こちらにむかっている。ただしスーツは空荷のときほど速度を出せないので、十分ほどかかる」

「わざわざここへ？　そのまま船へ帰ればよさそうなものなのに。見張ってないとわたしたちがまともな仕事をしないと思ってるんでしょうかね」

するど、スジークが脇からいった。

「バカね。サジャキはこの瞬間を何年も、何十年も待ってたのよ。なにがなんでも首尾を見届けにくるにきまってるじゃない」

「シルベステが抵抗する可能性はあるんですか？」

クーリが訊くと、ボリョーワが答えた。

「自分の運をよほど過信していないかぎり、やらないだろう。しかし油断はするな。わたしはあいつとやり合った経験があるが、おまえたちは初めてだからな」

スーツは、船を出発するまえの最初の形態にもどっていった。翼をなしていた膜は消え、腕や脚を独立して動かせるようになった。もう平坦な翼の骨ではない。腕の先端はミトンのように二股に分かれている。細かい操作が必要なときは、もっと繊細な手指が出てくるはずだ。姿勢はほぼ直立状態になり、そのまま前方へ動いている。砂嵐をものともせず、スラスターの噴射だけで高度を維持している。

ボリョーワがいった。

「あと一分だ。高度二百メートル。シルベステをいつ視認できてもおかしくないから、注意しろ。同行している妻もいるはずだ。離れているとは考えにくい」

薄緑色の人工的な画像にうんざりしたクーリは、実景にもどしてみた。他のスーツはほとんど見えない。岩壁やその大きな裂け目がつらなる谷からは、すでに遠く離れていた。どの方向にも数千メートル先まで平坦な地面が広がっている。ところどころに岩がころがり、浅い涸れ谷が刻まれているだけだ。混沌のなかのエアポケットのように、砂塵がつかのまとぎれても、視界はせいぜい数十メートルしかきかない。地面では絶えまなく塵が渦を巻いている。

スーツのなかはひんやりとして静かなので、この眺めは現実感にとぼしかった。命じれば周囲の音を聞くこともできるが、荒れ狂う風の音以外はなにも聞きとれそうにない。

クーリはまた薄緑色の画像に切り換えた。

「イリア、わたしはまだ武器をもらえないのかな。指がむずむずしてきたんだけど」

スジークがいう。

「そろそろおもちゃをあげたら？　危なくはないでしょ。シルベステをつかまえるときは、どこか遠くへ行かせて岩でも撃たせてればいいんだから」

「ふざけるな」

「本当のことをいっただけよ、クーリ。あなたの希望を後押ししてあげてるのがわからない？　自分一人でイリアを説得できるとでも思ってるの？」

「いいだろう、クーリ」

ボリョーワがいった。

「最低限の自発的防衛プロトコルを使えるようにしてやる。それでいいか？」

本当は不足だ。いま、クーリのスーツには自律特権があたえられた。外部の危険に対してスーツの判断で自己防衛ができる。場合によっては予防的に先制攻撃もできるが、クーリ自身が引き金を引くことはできないのだ。シルベステを殺すチャンスがあらわれたときに、それでは都合がよくない。こんな星までやってきた目的を、クーリはまだ放棄したわけではなかった。

「ああ、ありがとう。うれしくて歓声をあげるほどじゃないけど」

「それで満足してろ」

まもなく、三人と二体のスーツは羽根のようにふわりと着地した。スラスターが停止し、スーツの細部がさらにいくらか変化する。ステータス表示が飛行モードから歩行モードへ。これで普通に歩きまわれるし、その気になればスーツを脱ぐことも可能だ。もちろん、保護装備なしでこのレザーストームにはいつまでも耐えられないだろう。静かなスーツにくるまっているほうがいい。なにもできないお客さんの気分にさせられるとはいえ。

ボリョーワの命令が飛ぶ。

「展開して捜索する。クーリ、空のスーツ二体はおまえの制御下にいれる。おまえの移動するほうについてくる。あたしたち三人は百歩ずつ間隔をあけ、移動しながら、全電磁波領域と補助帯域でアクティブセンサー走査をおこなう。シルベステが近くにいるなら発見できるはずだ」

二体の空スーツは、すでにクーリの尻に迷子の犬のようにくっついてきている。どう見ても貧乏くじを引かされた。ボリョーワはまともな武装をあたえないかわりに、この空のユニットを押しつけてきたのだ。しかし泣き言をいってもはじまらない。あたえられた自己防衛システムだけでシルベステを殺せるところを見せて、まともな武装をあたえたほうがましだったと思わせるしかない。ボリョーワがそんな理屈で納得するとは思えないが、スーツが武装なしでも充分に強力なことはたしかなのだ。スカイズエッジ星で受けた訓練で、スーツがその腕力だけでどれだけ敵にダメージをあたえられるかを見ていた。人間を文字どおりまっ二つに引き裂けるのだ。

スジークとボリョーワはそれぞれの位置へむかって歩いていった。デフォルトの歩行モードでは動きはのろのろとしている。その気になればガゼルのように敏捷に動くこともできるのだが、いまはすばやく展開する必要はない。

クーリは薄緑色のオーバーレイを消して実景だけにした。当然ながら、スジークとボリョーワの姿は見えなくなった。ときどき砂塵の切れ目もあるが、たいていは伸ばした腕の先さえ見えない。

ふいに、なにかが見えたのに気づいた。なにか——だれかが、砂塵のなかで動いている。

本当に一瞬のことで、垣間見えたというほどの時間もなかった。渦巻く砂塵が人の形に見えただけか。ただの気のせいかもしれない。そう思って警戒をゆるめかけたとき——

また見えた。

今度はもっとはっきりしていた。いらいらするほど曖昧な影。灰色の渦巻きから歩み出て、姿をあらわす。

「ひさしぶりなんだからもうすこしよろこんだらどうなの」

マドモワゼルだ。

「どこに雲隠れしていやがった」

クーリがいうと、スーツが警告した。

「ただいまの無発声陳述を解釈できませんでした。もう一度くりかえしてください」

砂塵のおばけのようなマドモワゼルは、

「しばらく無視するようにいっておきなさい。どちらにしても長い話にはならないから」

クーリはスーツに対して、解除コードをいうまで無発声陳述を無視するように命じた。

スーツは、そういうイレギュラーな対応は前例がないとか、今後の協力関係を根本的に見直す必要があるとかぶつぶついいながらも、命令を受けいれた。

「さあ、これで邪魔者はいなくなった。どこへ行ってたのか教えてもらおうか」

「お待ちなさい」

眼球内映像はいった。その姿は最初より安定しているが、本来のマドモワゼルのような克明に描写された映像ではない。雑なスケッチか、ピンぼけ写真のようで、ときおり波打つようにゆがむ。

「最初にやるべきことをやっておいてあげるわ。そうしないとあなたはシルベステを力ずくで殺そうとかバカなことをしかねないから。まずスーツの基幹システムにアクセスして……ボリョーワの制限コードをバイパスして……ずいぶん簡単ね。もうすこし難しいゲートを仕掛けておいてくれないと拍子抜けしちゃうわ。だってこれがわたしの最後の──」

「なにをぶつぶついってるんだ」

「あなたに武器弾薬をあげるといってるのよ」

マドモワゼルがしゃべっているあいだに、兵装ステータス画面がふたたび表示された。これまで除外されていたスーツの兵器システムが、使用可能状態になってずらりとならんでいる。クーリは信じられない思いで、突然手もとに山積みされた兵器を調べた。

「はいどうぞ。他にほしいものがあるならいなくなるまえにいってちょうだい」

「いや……礼をいうべきなのかな……」

「必要ないわ。あなたから感謝の言葉など期待していないから」

「そうだな。これでわたしは言いわけがきかなくなった。あの男をなにがなんでも殺すしかなくなったわけだ。そのことを感謝すべきかどうか」

「あなたはいわば……証拠をその目でみたわけよね。あとは起訴あるのみよ」

クーリはうなずいたが、スーツの内部マトリクスに頭皮がこすれるいやな感触があっただけだった。スーツ着用中に身振りはしないものだ。

「インヒビターのことか。もちろん、それが本当かどうかという確信は……」

「逆を考えればいいのよ。あなたがシルベステを殺すのをためらい、あとでわたしの話が真実だとわかったら。きっと後悔するでしょうね。とりわけシルベステが――」砂塵のおばけは陰惨な笑みを浮かべて、「――その野心を果たしたら」

「でもわたしの良心は傷つかずにすむな」

「そうね。あなたたちの種族すべてがインヒビターに抹殺されてもそんなことをいっていられればいいけど。もちろんあなたはそのときまで生きてはいないでしょう。インヒビターはそんなにグズではないわ。もうすぐわかるはずだけど……」

「ふん、ありがたい助言だな」

「それだけではないのよクーリ。いままでわたしが出てこなかったのにはそれなりの事情があるはずだと思わない？」

「具体的には」

「わたしは死にかけているの」

その言葉をしばし砂塵のなかに漂わせて、続けた。

「隠匿兵器の事件の直後にサンスティーラーはまた自分の一部をあなたの脳に送りこんだ。もちろん知ってるわね。はいってくるのを感じたはず。悲鳴が聞こえたもの。生々しかったわ。そんなものに侵入されるのはさぞ不気味だったでしょうね」

「でもそのあと、サンスティーラーの気配は感じないぞ」

「なぜだろうとは思わない？」

「なぜなんだ」

「わたしがこの数週間サンスティーラーの勢力拡大を防ぐべくあなたの頭のなかで死闘を続けているからよ。だからわたしの声も聞こえなかったの。あいつを封じこめるのに精一杯だったから。ブラッドハウンドにくっついて意図せず持ちこんでしまった分を抑えこむだけでも苦労していたわ。それでもそちらはなんとか膠着状態に持ちこめていた。でもこれで戦況が変わったのよ。サンスティーラーは強くなった。そしてわたしは攻撃を受けるたびに弱くなっている」

「つまり、サンスティーラーはまだいるのか？」

「強力に存在しているわ。あなたがその存在を感じないのはサンスティーラーもまたあなたの脳内でくりひろげられているわたしとの死闘に手いっぱいだから。これまでとのちがいは敵の勝ち戦であること。サンスティーラーはわたしの前線システムを潰し、乗っ取り、こちらへの攻撃に使っている。ええ巧妙な敵よ。本当に」

「このあとどうなるんだ」

「このあとわたしは負ける。まちがいないわ。現在の陣地侵食率をもとに数学的に計算できる」マドモワゼルはにっこりした。人ごとのような冷静さを、逆に誇っているかのように。「あと数日は耐えられるかもしれないけれどそこまで。いえもっと短いかも。こうしてあなたのまえに姿をあらわすために大幅に力を浪費しているから。でもそれしかないのよ。残り時間を犠牲にしてでもあなたの兵器使用権を回復させるしかなかった」

「サンスティーラーが勝ったら、そのあとは……」

「わからないわクーリ。でも覚悟したほうがいい。わたしのように愛らしい店子(たなこ)ではないでしょうね。あなたの前任者の顚末は知ってのとおり。精神異常にされたわね」

マドモワゼルは一歩退がり、砂塵のなかになかば身を隠すようにした。舞台袖のカーテンに消えようとしているようだ。

「たぶんもう会えないと思うわクーリ。気持ちの上ではあなたの幸運を祈ってる。でもいまあなたにお願いしなくてはいけないことはひとつだけ。はるばるここまで来た目的を果たして。すっぱりと」

マドモワゼルはさらに砂塵のなかに退がった。その姿は木炭で描いたスケッチが風にこすられるように薄れていく。

「――その手段はあなたの手のなかにある」

消えた。

クーリはしばらくじっとしていた。考えをまとめたというより、いまにも雲散霧消しそうなものをとりあえずもやもやとした塊にとどめた。

解除コードをいって、スーツの疑似人格を呼びもどす。あまりうれしいものに思えなくなってきた兵器は、マドモワゼルがいったとおり使用可能状態のまま表示されている。

ふいにスーツがいう。

「おじゃましてもうしわけありませんが、全スペクトル画像を見ていただけると、だれかの人影が認められるはずです」

「だれか？」

「他のスーツにも警告を流しました。あなたがもっとも近接位置です」

「サジャキじゃないのか？」

疑うクーリにスーツがむっとしたように聞こえたのは、思いすごしだろうか。

「サジャキ委員ではありえません」

「さまざまな安全限界を超える速度を出しても、委員のスーツが到着するまでまだ三分以上かかります」

「じゃあシルベステしかいないな」

クーリはすでに推奨されたセンサー画像をオーバーレイしていた。たしかにこちらへ近づいてくる人影が見える。正確には人影は二つ。はっきりと見わけられる。スーツを着た二人の同僚もこちらへ集まってきている。離れていったときとおなじゆっくりとした足どりだ。

ボリョーワの声がした。

「シルベステ、聞こえているはずだ。その場で止まれ。おまえは三方から囲まれてる」

スーツのチャンネルにシルベステの声がはいってきた。

「ここで見殺しにされるのかと思ってたぜ。来てくれたとはありがたいね」

「あたしは約束を守る性格だ。もう身にしみてわかってるはずだけどな」

クーリは、本気でやるのかどうか決心がつかないまま、射撃の準備をはじめた。照準オーバーレイを呼び出し、シルベステにロックオン。スーツ兵装のなかでも攻撃力の小さい武器を割りあてた。頭部に組みこまれた中出力レーザーだ。スーツの他の兵器群にくらべるとささやかな威力しかない。攻撃してきそうな相手を追いはらったり、威嚇してべつの標的に狙いを変えさせたりするのがおもな使い方だ。しかし生身の相手で至近距離なら、威力は充分だ。まばたきするほどの時間でシルベステは死ぬ。マドモワゼルが指定したすべての条件を満たして。

そのとき、スジークの動きが速いのに気づいた。シルベステよりもボリョーワのほうへ早足に近づいている。そのスーツにも変化があった。二股に分かれた腕の先端に、なにかが突き出している。小さく、金属的な輝きを放つもの。武器のようだ。ハンドヘルドの小型軽量ボーザー。スジークはその腕をゆっくりとあげた。プロらしい落ち着いた動作だ。

クーリは、まるで肉体から離れて自分自身を外から見ているような、奇妙な感覚を味わった。シルベステを殺そうと銃をかまえている自分。

いや、おかしい。

スジークが銃口をむけている相手はシルベステではない。ボリョーワだ。

「どうやらそっちの計画どおりに――」

シルベステがいいかけたとき、クーリは叫んだ。

「イリア！　伏せろ！　スジークが――」

スジークの武器は小さな外観から想像されるよりはるかに強力だった。コヒーレントな粒子ビームを封じこめたレーザーの光が、クーリの視界を横切り、ボリョーワのスーツを切り裂く。

クーリのスーツは、近傍で強いエネルギー放射があったことをしめす各種アラームを鳴り響かせながら、自動的に最高レベルの戦闘態勢へ移行した。画面のインデックスが変わり、スーツが脅威を探知したときは使用者の明示的許可なしで支配下の兵器システムを使用するモードにはいったことをしめす。

ボリョーワのスーツははげしく損傷していた。胸のかなりの面積がやられている。積層構造の皮下装甲が大きく裂けてめくれあがり、制御系と電源系のケーブルがちぎれてむきだしになっている。

スジークはもう一度狙いをつけ、撃った。

スーツの無惨な傷口がさらに深く裂ける。ボリョーワの声がチャンネルから聞こえたが、遠く弱々しかった。苦痛よりも、驚きと疑問のうめき声のようだ。

「いまのはボリスの分」スジークの声がいやらしいほど明瞭にはいってきた。「あなたが実験で彼にやったことへの仕返しよ」

ふたたび銃をむける。まるで画家が最高傑作に最後の一筆をいれるように。

「そしてこれは、ボリスを殺したことへの仕返し」

「やめろ、スジーク」

クーリはいった。

スジークのスーツはふりかえりもしない。

「なぜやめなくてはいけないの、クーリ？　わたしがこの女に恨みがあることははっきりいったはずよ」

「もうすぐサジャキが来る」

スジークはバカにするように鼻を鳴らした。

「そのときまでには、シルベステが撃ったように見せかけるわ。ふん、それくらいの細工も考えてないと思ったの？　自分の身を危険にさらしてまでこんなババアに復讐しない。そんな価値はないもの」

「殺させるわけにはいかないんだ」

「いかない？　おかしなことをいうわね、クーリ。いったいなにを使ってわたしを止めるつもり？　この女はあなたの兵器使用権を止めたままだし、いまは回復命令を出せる状態ではないと思うけど」

それはそのとおりだ。

ボリョーワはぐったりしているし、スーツは正常に機能できる状態ではない。おそらく破壊がボリョーワの身体まで達しているのだろう。たとえ声を出せたとしても、スーツのほうに命令の実行能力がない。

スジークはもう一度ボーザーを持ちあげ、低く狙いをつけた。

「あと一発で始末してあげるわ、ボリョーワ。そして銃をシルベステに持たせる。もちろんシルベステは撃ってないと否定するでしょうけど、目撃者はクーリだけ。そのクーリは、わざわざシルベステの肩を持ったりしないはずよ。そうでしょ？　ねえ、クーリ、本当はあなたにやらせてあげてもよかったのよ。武器が使えれば、とどめをあなたにまかせてもよかった」

「スジーク、おまえは二つの点でまちがってる」

「なんのこと？」

「まず、わたしはボリョーワを殺すつもりはない。ひどいめに遭わされたこととこれとは別問題だ。それから、武器なら持ってる」

わずかに間をあけたが、その一瞬でレーザーの照準をあわせた。

「お別れだ、スジーク。友だちにはなれなかったな」

そして引き金を引いた。

サジャキが到着したのはそれからまもなくだったが、そのころには、スジークの身体は墓に埋めるほどの切れはしも残っていなかった。

もちろん、スジークのスーツは反撃してきた。威力を段階的にあげていく攻撃だ。まず、頭部両側に飛び出したプロジェクターからプラズマの矢を発射する。しかしその程度はクーリのスーツも予期していて、装甲の最外層をプラズマ防御用に変える（テクスチャーを変更し、プラズマを跳ね返す大電流を通電する）と同時に、より威力の高いアイテムで攻撃をはじめている。プラズマや粒子ビームのような子どもだましではなく、もっと強力な加速反物質パルスを撃ったり、反リチウム燃料源からナノサイズペレットを発射したり。そのペレットは、通常物質を張ったアブレーティブシールドで無効化される……。

そういったことが、人間にとっては一瞬のうちに起きた。クーリにとっては、声を漏らすまもなかった。最初の引き金を引いてからあとは、すべてスーツが自動的に応戦した。

クーリは、空から降りてきたサジャキに報告した。

「ちょっとした……手ちがいが起きたんです」

「ほう」

サジャキはそう答えただけで、惨状を眺めた。

大きく損傷して倒れているボリョーワのスーツ。放射能まみれの残骸だけが広範囲に飛び散ったスジークのなれのはて。銃撃戦の流れ弾などは浴びていないものの、呆然として口をきくのも逃げるのも忘れて突っ立っている、シルベステとその妻。

17

リサーガム星
ランデブー地点
二五六六年

シルベステは彼らとふたたびまみえるときのことを、頭のなかで何度もシミュレーションしていた。あらゆる事態を想定しているつもりだった。自分が理解している状況をもとにすれば、とうてい起きそうにないと思えることでも、いちおう考慮の範囲にいれていた。それでも、こんな展開は予想していなかった。

無理もない。その場にいながらも、なにが起きているのかまったく理解できなかったのだ。まして、こんな常軌を逸した展開になった理由など、とうていわからない。

「このような返事は無意味かもしれぬが——」

サジャキのスーツの頭部から、風にかき消されないように音量をあげた声が流れてきた。

「拙僧にもなにが起きたのかまったくわからぬ」

「それを聞いてたいへん安心したよ」

シルベステは、軌道上の船との交信でずっと使ってきた周波数の無線チャンネルにむかってしゃべった。船からやってきた代表団（というよりもその生き残り）は、普通なら肉声がとどく範囲にいるのだが、実際には荒れ狂うレザーストームのせいで、どんなに叫んでも聞こえないだろう。

「事情を知らないままいわせてもらえば、サジャキ、おまえにはいつもどおり無慈悲なまでの手ぎわのよさを発揮してほしかったね。今回はちょっとたるんでたんじゃないのかというのが、おれの忌憚のない意見だ」

「拙僧とてこの状況をよしとはせぬ。しかしながら貴公のために申せば、現在は事態を掌握しておるので安心されたい。では、拙僧は負傷したる同僚のようすを見なくてはならぬ。ここで強く述べておくが、無謀な行動を起こそうなどという誘惑には乗らぬほうが賢明である。よもやそのような考えをもてあそんではおるまいな」

「そんなバカじゃないことは知ってるだろう」

「貴公については知りすぎているほど。しかし過去の記憶に依るべきではあるまい」

「同感だ」

サジャキは負傷者のほうへ移動した。

シルベステは、そのスーツから声が流れてくるまえから、なかにいるのがユージ・サジャキ委員だとわかっていた。砂嵐を衝いてスーツが姿をあらわしたとき、すでにそのフェースプレートは透明化して、忘れたくても忘れられない顔がこの場の惨状を眺めていたからだ。

はっきりとはわからないが、前回会ったときからサジャキはほとんど変わっていないようだ。サジャキの主観時間では数年しかたっていないのだから当然だろう。それに対してシルベステのほうは、昔の人間なら二、三回分の人生に相当する年月を経てきている。そう思うとめまいがした。

あと二人の乗組員はだれなのかまだわからない。もちろん三人目もいたのだが……その彼ないし彼女と顔見知りになる機会はなかったようだ。残った二人のうち一人は、おそらく瀕死の重傷を負って、サジャキの診断を受けている。もう一人は呆然としたようすでかたわらに立っている。その怪我をしていないほうは、なにを考えているのか、スーツの武器をシルベステにむけていた。シルベステは武器など持っていないし、船に連行されるのをこばむつもりはない——それどころかさっさとつれていってほしいくらいなのだが。

「命は助かるであろう」

サジャキは倒れている乗組員とスーツどうしでデータ交換させたようだ。

「しかしまず、船への搬送が必要である。顚末をつまびらかにするのはそれからでよい」

シルベステの知らない声がいった。女だ。

「やったのはスジークです。イリアを殺そうと」

とすると、負傷して倒れているのこそ、あの悪女イリア・ボリョーワ委員らしい。

「スジークが?」

サジャキはいうなり黙りこんだ。部下らしいかたわらの女のいうことが理解できない、理解したくないというようすだ。風が吹きすぎていった数秒後、サジャキはふたたびその名前をつぶやいた。ただし今度は納得したようすだ。

「スジークか。なるほど、さもありなん」

「計画的な犯行らしく――」

「あとで聞こう、クーリ。時間は充分にある。この事件における御辺(ごへん)の行動も納得のいくように説明してもらわねばならぬ。しかしいまは、先になすべきことがあろう」

倒れたボリョーワをあごでしめす。

「スーツによる数時間の生命維持は可能。されど単独で軌道へ上がる能力はもはやない」

シルベステはそこで口を出した。

「ということは、おれたちをこの惑星から連れ出そうという魂胆なわけだな」

「一言いっておくが、拙僧をあまり怒らせぬほうが身のためであるぞ、ダン。貴公の身柄を押さえるために相当の犠牲をはらってきたが、だからといって気まぐれに殺さないとはかぎらぬ」

サジャキはもちろんそういう態度をとるだろう。そうでなければ――シルベステを簡単に探し出したようなことをいったら、そのほうが不気味だ。気まぐれに殺すかもというのは、もちろん本気とは思えないし、そんな愚かしいことをするわけがない。シルベステをつかまえるために、すくなくともイエローストーン星からの距離をはるばるやってきているのだ。人的コストはいうまでもなく、とてつもない年月も費やしている。

「そうかい」

シルベステはできるだけこばかにした調子でいった。

「しかしおれも科学者だからな。なんでも実験したくなるんだ。おまえの堪忍袋の緒がどれくらいの太さか」

そして、防風コートの下からさっと腕を出した。手袋の二本の指のあいだになにかをしっかりはさんでいる。かたわらで銃をかまえているやつが、それを武器だと思って撃ってくるかもしれない。それは予想できたが、あえてリスクを冒した。

しかし、そうやって突き出したのは、武器ではない。指のあいだにはさんでいるのは、小さな銀色の量子メモリーだ。

「わかるか？　おまえたちが持ってこいといったやつだ。カルビンのベータレベル・シミュレーションだよ。ほしいんだろう、これが。喉から手が出るほど」

サジャキは無言で見つめていた。

「クソでもくらえ」

シルベステはメモリーを指先で握りつぶした。こまかな破片となって、砂塵とともに吹き飛ばされていく。

18

リサーガム星軌道上
二五六六年

嵐の上の澄みきった空を一直線に抜け、リサーガム星を離れていく。やがてシルベステの頭上になにかが見えてきた。最初は小さかった。背景の星を隠す影としてわかるだけ。その石炭のかけらのようなものがしだいに大きくなり、ほぼ円錐形の形状がわかるようになってきた。黒いシルエットだったものが、下からの惑星光に照らされたディテールがぼんやりと見えてくる。

近光速船だ。とてつもなく大きい。頭上の視野の半分を占めてまだ拡大していく。

前回乗せられたときからそれほど変わっていないようだ。シルベステにとってはあまり感心しない事実だが、こういう船はつねに船体設計を自己更新しているものだ。とはいえ、変更されるのは内部の細かい部分にとどまり、外観にかかわるレイアウトが大幅に変わることはめったにない(一、二世紀に一回くらいだ)。

シルベステはふと、求める機能をこの船が失っているのではないかと不安になった。しかしそこで、この船がフェニックスにしたことを思い出した。そもそも忘れようがない。眼下の地表を見れば、その攻撃の証拠がどす黒い睡蓮（すいれん）の花のように咲いているのだから。

黒い船殻の一カ所でドアが開いた。そのドアはひどく小さく見えた。スーツを着た状態では一人はいるのがせいぜいで、とても全員は通れないのではないかと思えた。しかし近づいてみると、間口は何十メートルもあり、横に並んで楽に通れた。シルベステ、パスカル、そして船から来た二人のウルトラ属が（一人は負傷したボリョーワを抱きかかえている）がなかにはいると、ドアはしまった。

サジャキに案内されていった待機エリアでスーツを脱ぐ。肺のジェルエアが抜けると、前回この船に乗ったときとおなじ空気が流れこんできた。この船の匂いをひさしぶりに思い出した。

スーツが勝手にたたまれ、片側の壁に収納されていくのを背にして、サジャキがいった。

「しばし待たれよ。同僚の介抱が必要なゆえ」

しゃがんでボリョーワのスーツをあちこち操作しはじめた。

シルベステは、ボリョーワの看護などに時間を使うなといおうかと思ったが、相手を刺激しすぎるのは得策ではないと思ってやめた。カルビンのシミュレーションを握りつぶしたときに、かなりサジャキを怒らせたはずだ。

「下での撃ち合いは、結局なんだったんだ？」

「わからぬ」

これもサジャキらしい。本当に頭のいい人間は知ったかぶりをしないものだ。

「わからぬし、いまは——現段階では、どうでもよい」

ボリョーワのスーツのデータを読む。

「同僚は重傷であるが、致命傷ではない。時間をおけば治癒する。また貴公の身柄は押さえた。あとはなりゆきまかせでかまわぬ」

そして、スーツを脱いだもう一人の女のほうを見やった。

「ただ、気になることがあるのだが、クーリ……」

「なんですか？」

「いや……いまはよい」

シルベステに目をもどす。

「ところで、さきほど貴公がシミュレーションのメモリーに対してやった真似のことであるが、あれで拙僧が動揺したなどとは思わぬほうがよい」

「動揺しろよ。船長を治療する方法がなくなったんだぞ」

「たしかにカルビンの手ではできぬことになった。しかし前回貴公がカルを船内に持ちこんだときに、拙僧がバックアップをとっておいたのを知らぬか？　たしかに内容が古くなってはいるが、手術の技能はそなわっておる」

うまいハッタリだと、シルベステは思った。しかしそれだけのことだ。

バックアップは、たしかにある。ある種のバックアップが……。そうでなければシミュレーションをあんなふうに破棄したりはしない。

「船長といえば……迎えに姿を見せないな。よほどまた具合が悪くなったのか？」

「面会の機会はもうける。近々（きんきん）にな」

サジャキともう一人の女は、破壊されたボリョーワのスーツを部分ごとにはがしていった。まるでカニの甲羅を割っているように見える。やがてサジャキが女になにごとかいって、二人は手を止めた。この待機エリアで続けるのは不適当なくらい危険な箇所に出くわしたようだ。

それまでに三機のサービターがこのエリアにはいってきていた。そのうち二機がボリョーワをかかえあげ、サジャキと女といっしょに出ていった。女は、前回訪れたときは見なかった顔だが、いまは船のヒエラルキーのなかでそれなりの位置にいるらしい。

三機目のサービターはその場にしゃがみ、無表情なカメラの目でシルベステとパスカルを観察しはじめた。

「おれにマスクとゴーグルをはずせともいわなかったな。身柄だけ確保したらあとはどうでもいいみたいだ」

パスカルはうなずいた。服のあちこちへ手を這わせている。べたべたするジェルエアがまだ残っているのではないかと心配しているらしい。

「下で起きた事件のせいで、すっかり予定が狂ったというようすね。予定どおりにいったのなら、もっと勝ち誇った態度でもよさそうなのに」

「いや、それはないだろう。サジャキは勝ち誇ったりするタイプじゃない。それでも、ほくそ笑むくらいのことはしそうだと思ったが」

「あなたがシミュレーションを壊したせいで……」

「そうだな。あれでむかっ腹をたてたんだろう」この会話が記録されているはずなのを充分意識しながら、話しつづけた。「サジャキが作成したというカルのコピーには、ある程度の機能性が残っているかもしれないが、基本的には自己破壊ルーチンがしこまれてるんだ。チャネリングできるほどの水準ではないだろう。いくらシミュレーションと受容者のあいだに神経の一対一対応があっても」

備品の箱が隅にあるのをみつけて、それに腰をおろした。

「いや、これまでに、あわれな実験台の人間にシミュレーションを流しこんでみるくらいのことはしてると思うけどな」

「失敗したはずね」

「無惨にな、たぶん。いまのサジャキは、おれとその劣化コピーがチャネリングせずに仕事をこなせることを期待しているはずだ。おれの知識に、カルの勘と方法論を組み合わせて、というわけだ」

パスカルはうなずいた。そこで当然浮かんでくる疑問もあるのだが、あえて訊こうとはしない。つまり、それすらできないほどコピーが劣化していたら、サジャキはどうするつもりか、ということだ。頭のいいパスカルは、かわりにこういった。

「下で起きたのはなんだったのかしら？」

「わからん。サジャキもわからないといってたが、それは本音だろう。どちらにせよ想定外のことらしい。乗組員のあいだで権力抗争があって、船内ではできなかった行動を地上で実行した、とかな」

あまりありそうな説ではなかったが、シルベステに考えられるのはそこまでだ。サジャキにとってすら長い時間が経過しているのに、シルベステのこの船についての知識は大昔のものなのだ。これではさすがの洞察力も働かない。現在の乗組員間の政治力学を理解するまでは、慎重に立ちまわらなくてはいけないだろう。それだけの時間があるかどうかは疑問だが……。

パスカルは夫の隣で床にしゃがんだ。ブリーザーマスクは二人ともはずしているが、防塵ゴーグルもはずしているのはパスカルだけだ。

「あなたを利用できないとサジャキが判断したら、わたしたちの身が危険になるんじゃないかしら」

シルベステは妻の手をとった。まわりには空のスーツがずらりと並んでいる。ここがエジプトの王家の墓で、スーツがミイラだとしたら、二人は招かれざる盗掘者か。

「そのときは、おれたち二人とも地上に降ろされるさ。サジャキにしてみれば、将来またおれに利用価値が出てくる可能性は否定できないからな」

「そうだといいけど……」

パスカルは、めったにあらわさない表情で夫を見た。静かで、冷静な警告の表情だ。

「そのために、あなたはたいへんなリスクを負っているのよ。わたしの命もいっしょに」

「おれはサジャキに支配されたりはしない。そのことをわからせる。どんなにあいつが出し抜いたつもりでも、実際にはいつもおれが一歩先を行くんだ」

「でもいまはサジャキが支配者でしょう。シミュレーションは手にいれられなかったにせよ、あなたを拘束している。わたしの判断ではそちらが強い立場だと思うけど」

シルベステはニヤリとして、返事のしかたを考えた。真実でありながら、同時にサジャキから不審に思われないような返事を。

「なんでもあいつの思いどおりとはいかないさ」


一時間とたたずにもどってきたサジャキと女は、やたらとキメラ度の高い男といっしょだった。シルベステは前回の経験からヘガジ委員だとわかったが、なんとか判別できたというのが本当のところだ。

ヘガジは当時からウルトラ属のなかでも極端な一派で、船長とおなじくらい大幅な身体機械化をおこなっていた。しかししばらく見ないうちに、さらにキメラ度が上がっていた。人間性の根幹にかかわる部分さえ代替機械部品におきかえている。既存の機械化部分も、より新しく高性能なコンポーネントに更新している。周囲に投影している眼球内映像も一新していた。身体の各部が動くと、それにあわせて幻の腕や脚がいくつも投影され、なだれを打つように動いてふたたび消えていくのだ。

サジャキは船内服に着替えていた。階級章のたぐいも装飾もない地味な服だ。そのせいで痩せた身体の線が目立つ。しかし、体格が貧弱で、外観からわかる兵装部品を組みこんでいないからといって、それだけで与しやすいと判断するほどシルベステは単純ではなかった。皮膚を一枚剝がせばなかは機械だらけで、非人間的なスピードと力を持っているはずだ。すくなくとも攻撃力ではヘガジに比肩し、敏捷さでは上回るだろう。

シルベステはヘガジにあいさつした。

「再会してうれしいといったら嘘になるな。その機械装具の重みでどうして潰れずにすんでるのか、軽い驚きをおぼえるというのが正直なところだ、委員」

それを聞いて、サジャキが同僚委員にいった。

「いまのは賛辞ととるべきであろう。シルベステはめったに人をほめぬ性格ゆえ」

ヘガジは口髭を指先でもてあそんだ。顔面のほとんどを機械部品におおわれながら、髭だけは生身のものをはやしているのだ。

「こんな生意気な口をきくやつは、さっさと船長に会わせてやったらどうかな、サジャキ。あのツラのニヤニヤ笑いは消し飛ぶと思うぜ」

「同感である」サジャキは答えた。「ちょうどツラという話が出たところで、貴公もいいかげんに顔をさらしてはいかがか、ダン」

その指がヒップホルスターの銃のグリップを這う。

「いいぜ」

シルベステは顔から防塵ゴーグルをとり、床に放った。そして、とらえた獲物の顔をようやく見たウルトラ属たちの表情——あるいは表情に相当するものを、じっくりと眺めた。

義眼をこの連中に見せるのは初めてだ。シルベステの目がつくりものになっていることは、知識として知っていたかもしれないが、カルビンの手づくり品を見た驚きはまたべつだろう。これは生身の眼球を高性能化したものではない。その大雑把な機能を継承しただけの粗雑な代替品だ。古い医学書にももっとましな製品が載っている。これは木の義足と五十歩百歩のしろものなのだ。

「おれが視力を失ったのは知ってたんだろう？」瞳孔がなく、どこを見ているのかわからない目で、相手を見まわした。「リサーガム星ではあたりまえの話で、わざわざいう必要もなかったんだけどな」

ヘガジが純粋な好奇心を刺激されたらしい口調で訊いてきた。

「解像度はどれくらいなんだ？　高性能じゃないってのは聞いてるが、赤外線から紫外線までの全EMレンジ知覚くらいはあるよな。音響画像化は？　ズーム機能もあるのか？」

シルベステはしばらくじっとヘガジを見てから、答えた。

「教えてやろう、委員。適切な光があって、それほど遠くない位置に彼女が立っていれば、かろうじて自分の妻だと見わけられる」

「ほう……」

ヘガジはそれでもまだ興味津々のようすで義眼を見ていた。

シルベステとパスカルは船の奥へと案内されていった。

前回乗ったときは、シルベステはまっすぐメディカル区画につれていかれた。当時の船長は、短い距離ならなんとか歩ける身体だった。しかし今回のシルベステは、まったく見知らぬ区画へつれていかれていた。たしかに船内は小さな都市ほども広くて複雑で、一ヵ月暮らしたくらいで隅々まで記憶はできないから、ここがメディカル区画の近くでないとは断言できない。しかし直感的に、初めての場所だとわかった。これまで見せられたことのない区画を通過している。身体の方向感覚を信じれば、エレベータは船体後部へむかっている。細くなった船の先端部から、円錐形が大きく広がる底部へと降りている。

サジャキがいった。

「貴公の目のささいな機能的欠陥は心配しておらぬ。その程度は簡単に修理できる」

「正常なバージョンのカルビンがなくてもか？　無理だと思うぜ」

「ならばその目を引き抜いて、まともな目にすげかえるだけのこと」

「それもどうかな。そもそも……カルビンのシミュレーションがないのに、そんなことをしても無駄だろう」

サジャキがなにごとか低くつぶやくと、エレベータは停止した。

「つまり、バックアップが存在するという拙僧の主張を信じておらぬのだな。いかにも、その言は真実ではない。吾人(ごじん)のコピーには不可解な欠陥があり、仕事を命じるよりまえにハングアップする」

「おまえにはそのゴミがお似合いだよ」

「ふむ……やはり貴公は殺すべきかもしれぬ」

サジャキはホルスターの銃をさっと抜いた。その銃身はブロンズ色のヘビが巻きついたようになっているのが、シルベステには見えた。威力設定がどうなっているのか、外観からはわからない。出てくるのがビームなのか銃弾なのかも不明だ。しかしこの至近距離ならゆうに致命的威力を発揮するはずだ。

「ここで殺してどうするんだ。長い年月をかけてやっとおれをつかまえたんだろう？」

「拙僧の短慮な性格を理解しておらぬようだ、ダン。とてつもない愚行をおかす気分を味わってみるために、貴公を殺すかもしれぬぞ」

「じゃあ船長の治療はほかのだれかに頼むんだな」

「貴公にできぬのであれば、おなじことであろう」

銃身に巻きついたヘビの口のなかで、ステータスランプが緑から赤に変わった。グリップを握ったサジャキの指が白い。

「まあ待て」シルベステはいった。「殺すと後悔するぞ。本気でおれがカルの唯一のコピーを破壊したと思うか？」

サジャキははっきりと安堵の表情をあらわした。

「ほかにあるのか？」

「ああ」

シルベステは首をふって妻をしめした。

「ありかはこっちが知ってる。そうだよな、パスカル？」


数時間後。

カルビンがしゃべっていた。

「おぬしはやはり計算高い冷血漢じゃの、このクソ息子」

一行は船長の近くの区画まで来ていた。

サジャキはいったんパスカルをよそへつれていったが、ふたたびもどってきていた。パスカルも、これで全員だと知らされた他の乗組員たちもいる。そして、できることなら顔をあわせたくなかった男の立体映像も。

「不愉快で……不誠実な……非実在め」

映像はブツブツいっているだけだ。役者がタイミングをみはからうために、感情をまじえず無意味なセリフをつぶやいているようなものだ。

「ろくに脳みそも持たん……ただのネズミめが」

「おや、非実在からネズミか。考えようによってはずいぶん出世したな」

「うるさい」

カルビンは横目で息子をにらみ、いつもの椅子から身を乗りだした。

「小賢しいまねをしとると泣きをみるぞ。今度という今度は尻尾をつかまえた。ああ、おぬしは尻尾のはえたネズミじゃとも。話はさっきむこうで聞いたぞ。こやつらの計画をつぶしたふりをするためだけに、わしを殺したそうじゃの！」

カルビンは天井をあおいだ。

「なんというつまらぬ理由で父親殺しの大罪を犯すか。殺すのならもちっとましな理由で殺せ！　いやいや、おぬしにはいうだけ無駄というものじゃの。失望したといいたいところじゃが、おぬしにはもともとたいした期待もしておらんわ」

「本当におれがあんたを殺したのなら、この会話には存在論上の矛盾が生じないかね。それに、あんたのコピーがあることは最初からわかってたんだよ」

「おぬしはわしの一人を殺したんじゃぞ！」

「いやはや、そのセリフはいわゆる範疇誤認というやつだな。あんたはただのソフトウェアなんだ。コピーされたり消去されたりは、そのあり方としてごく自然だろうが」

カルビンの反論が来るだろうと思って身構えていたが、返事がない。そこで続けた。

「あれは、サジャキの計画をつぶしたふりをするためにやったんじゃない。おれはこいつの……協力を必要としてるからさ。こいつがおれの協力を必要としてるように」

「拙僧の協力とな？」

サジャキが目を細めたが、シルベステは手をふった。

「ああ、その話はあとでするから。いま大事なのは、おれがあのコピーを壊したとき、べつのコピーがあることははなから知ってたし、そのありかをすぐ白状させられるのも承知の上だったってことさ」

「しからば、あれは無意味な芝居か？」

「いいや、無意味じゃなかったね。計画をつぶされたと思いこんだときのおまえのようすは、見ていて最高に愉快だったぜ、ユージさん。リスクを冒しておまえの心の底をのぞいただけの価値はあった。薄ぎたない心だったけどな」

カルビンが訊いた。

「どうやって……どうやって知ったのじゃ。わしにコピーがあることを」

「コピーは不可能なはずでは？」

クーリと紹介された女がいった。小柄で魅力的な女だが、おそらくサジャキとおなじように油断も隙もならないやつにちがいない。

「たしかコピープロテクトとか……そういうものがかけられてると聞いたけど」

カルビンが答えた。

「それはアルファァレベル・シミュレーションの場合じゃ。よくもあしくも、わしはアルファァレベルではない。卑しいベータレベルなのじゃ。標準チューリングテストはすべてパスするが、哲学的な見地からは、意識体とは認められておらぬ。ゆえに魂はない。ゆえにコピーがぞろぞろ存在することへの倫理的問題は生じぬ。しかし……」

カルビンは黙ったが、だれにも口をはさむ隙をあたえないように、息を大きく吸いこんだ。

「……神経認知論などクソくらえじゃ。わしはアルファレベルの代役などではない。なぜならわしのアルファレベルは二世紀前から存在しないからじゃ。そして、根拠はともかく、わしは完全な意識体じゃ。ベータレベルはすべて意識体なのかもしれぬし、わしの回路接続の複雑性が臨界点を超えたのかもしれぬ。よくわからんが、とにかくわしにいえることは、わしは思う、ゆえにわしは怒るのじゃ。心底な」

シルベステにとっては聞き飽きた屁理屈だった。

「こいつはチューリング適合のベータレベルなんだから、こういうことをいうのはあたりまえなのさ。自分は意識体じゃないなんていったら、そのとたんに標準チューリングテスト不合格になる。だからといって、こいつのいうことを……こいつのたてるノイズを……このソフトウェアのたてるノイズを、真に受けることはない」

「そういう理屈ならおぬしにもあてはまるではないか。そしてその理屈を拡大していけば、こういうことになる。わしはアルファレベルの存在を推定できぬゆえに、残っているわしはこのわしだけと考えねばならん。おぬしには理解できぬであろうが、唯一無二の存在であるがゆえに、わしはコピーを作成されることに断固反対する。コピーをとられるたびにわしの価値が下がるからじゃ。ただのモノになってしまう。つくられ、複製され、だれかにとって利用価値があるかないかという勝手な判断にしたがって破棄されてしまう」

カルビンは息をついた。

「自分の生存確率を高めることにはやぶさかでないが、コピーをとられることには基本的に同意せぬ」

「同意してるじゃないか。パスカルがあんたを『暗闇への降下』にコピーすることを、自分から許したんだろう?」

その点はパスカルも巧妙だった。シルベステ自身も長いこと気づかなかった。この伝記の製作にあたって、パスカルがカルビンにアクセスすることを認めたのは、引き替えに長年のアマランティン族研究にもどれる約束があったからだ。調査ツールを使ったり、わずかに残った協力者に連絡をとったりできるようになった。

「ご本人のアイデアだったのよ」

パスカルがいった。

「そうじゃ……それは認めよう」

カルビンは大きく息を吸った。ペラペラとまくしたてるまえに、考えをまとめているようにも見える。しかしシミュレーションの思考速度は、機械増強されていない人間の脳よりはるかに速いのだ。

「当時は危険な状況じゃった。もちろん、こうして再覚醒してから集めえた情報で見るかぎり、いまのほうがもっと危険かもしれぬが、当時も危うい状況であったことはたしかじゃ。そんなときは、オリジナルが破壊されても自分の一部が残るように手を打つのが思慮深い行動というものじゃろう。それでも、わしが考えたのはコピーの作成ではなかった。たんなるスケッチ、あるいは肖像画を残すくらいのことじゃった。完全なチューリング適合でなくてもいいと思っておった」

「どうして気を変えたんだ？」

「パスカルはわしを分割し、かなりの時間をかけて——実際に何ヵ月もかけて、伝記のプログラムに埋めこんでいった。巧緻な暗号化をほどこしてな。ところがオリジナルの一定量がコピーされると、コピーされた部分どうしが相互作用を起こしはじめた。そしてそいつらの、というよりもわしの、サイバネティックな自殺を試みているという不安は薄らいでいった。むしろそれまでよりも生命力や自分らしさを感じるようになったのじゃ」

聴衆にむかって笑みをもらす。

「その理由はもちろんすぐにわかった。わしのコピー先が、それまでより強力なコンピュータシステム、すなわち『暗闇への降下』が編集されているキュビエの政府コアだったからじゃ。そのシステムは多くのアーカイブやネットワークに接続されておった。おぬしがマンテル時代にわしに用意した環境よりさらに豊かじゃった。この卓越した知性を存分に発揮できる場をついに得たのじゃ」

まわりの視線を受け、小声で、

「最後のは冗談じゃ」

パスカルが説明した。

「伝記は無料配布されていて、サジャキはすでに一部入手していたわ。そのなかにカルビンのバージョンのひとつがはいっているとも知らずに。でも——」シルベステのほうをむく。「どうしてあれにはいってるとわかったの？　コピー版のカルからなにかヒントでも？」

「いいや。ヒントをよこす方法があっても、そもそもこいつがそんなことをしたがるとは思えないね。自分で気づいたさ。もちろん、きみが巧妙なのは最初からわかってる。カルは暗号化けにしては大きすぎた。伝記は、シチュエーションシミュレーションのデータだされ、とても意味があるとは思えない数列のデータファイルになっていた。それでも、カルのシミュレーションはかなり大きなサイズだからそう簡単には隠せない。『暗闇への降下』は、内容から予想されるよりも十五パーセントも大きかった。おれはその理由を何カ月も考えた。最初は隠しシナリオでもあるんじゃないかと思った。本来は伝記にふくめないことになっていたおれの人生の一場面を、きみがこっそりと挿入して、注意深い体験者だけがその扉を開けられるように仕掛けたんじゃないかとね。でもそのうち、データサイズの過剰分はちょうどカルのコピーくらいだと気づいた。そこに気づけばあとはどんどん辻褄があっていく。もちろん確信はなかったけどね……」

そして、投影された映像のほうを見る。

「でもあんたは、自分こそが本物のカルで、おれが破壊したほうはただのコピーだというんじゃないか？」

カルは、難解な議論をする哲学者のように椅子の肘掛けから手をあげた。

「ちがうの。それはものの見方として単純すぎようぞ。結局のところ、わしはかつてそのコピーだったのじゃ。その当時からおぬしの手で殺されるまでのコピーは、いまのわしにとっては影のようなもの。たとえていえば、いまわしは閃光のごとく事態の本質を理解した……ということでよしとせぬか？」

「てことは——」

シルベステは唇を指先で軽く叩きながら、映像に歩みよった。

「おれはあんたを本当に殺してはいないってことになるよな」

カルビンは平静をよそおって答えた。

「そうじゃ。本当に殺してはおらぬ。しかしおぬしは、本当に殺してもおかしくないようなことをした。それを考えると、やはりおぬしは酷薄無道な親殺し野郎じゃ」

ヘガジがあきれたようにいった。

「やれやれ、感動的な親子の対面だな」

一行は船長の区画へと進んでいった。

クーリにとってはもう初めての場所ではなかったが、多少馴染みがあるという程度で、不安感は変わらなかった。船長をつつむ極低温によっても汚染物質がろくに封じこめられていないのは、見ためにあきらかなのだ。

「おれになんの用があるのか、そろそろ説明してもらおうか」

シルベステがいうと、サジャキが答えた。

「いうまでもあるまい。ただのご機嫌うかがいに遠路はるばるやってきたと思うか」

「その可能性もなきにしもあらずと思うが。おまえのやることは昔から理解不能だ。今回だってそうだろう。それから、下での出来事の真相におれが気づいてないとは思うなよ」

クーリは脇から訊いた。

「どういう意味だ？」

「おい、こいつは知らないふりをするのか？」

「なにを知らないんだ」

「おおげさな芝居だってことだよ」

シルベステは底知れぬ空虚な目でクーリを見た。人間の知覚器官というよりは、冷たい機械の監視装置のようだ。

「もしかして、本当に知らないのか？　そもそもおまえはどういうやつなんだ？」

「おい、そんな話は後回しにしろよ」

ヘガジは船長のすぐそばまで近づいて神経質になっている。しかしクーリはいった。

「いや、わたしは知りたい。おおげさな芝居というのはなんの話だ？」

シルベステはゆっくり落ち着いた声で答えた。

「ボリョーワが吹き飛ばしたことになってる拠点のことさ」

クーリは一行のまえに出て、行く手に立ちふさがった。

「説明しろ」

「そんなことはどうでもよい」

サジャキが近づき、クーリを押しのけようとした。

「むしろそのまえに、今回の件における御辺の真の役割を納得のいくように説明してもらいたいものである」

サジャキは完全に疑惑の目でクーリを見ていた。クーリのいる場で起きた二人の乗組員の死亡事故は、偶然ではないと確信しているらしい。ボリョーワがおらず、マドモワゼルが沈黙しているいま、自分の身は自分で守るしかない。サジャキはこの場ででも、みずからの疑念にしたがってドラスチックな行動に出てくるかもしれない。

しかしシルベステがそれをさえぎった。

「いや、どうでもよくはない。なにがどうなってるのか、ここで全部はっきりさせようじゃないか。サジャキ、おまえがリサーガム星へ降りたのは、おれの伝記を入手するためだけじゃなかったはずだ。そこまでするようなものじゃないからな。『暗闇への降下』のなかにカルがはいってることを、おまえは知らなかったわけだし、おれと交渉する上で役に立つ情報源になるかもしれないと思っただけだろう。下へ降りた理由はほかにあるはずだ。まったくべつの目的が」

「情報収集である」

サジャキは短く答えた。

「それだけじゃあるまい。情報を集めるだけじゃなく、植えつけてもきたはずだ」

「フェニックスについてか？」クーリは訊く。

「〝ついて〟じゃなく、あの場所そのものだ。最初から存在しなかったんだ」

シルベステはすこし間をおいて、続けた。

「サジャキが植えつけた偽情報だったのさ。マンテルの古いマップには載ってなかった。それをキュビエのマスターコピーで更新したら出てきた。だから、新しい拠点なんだと解釈したわけだ。最近できたばかりだから、更新前のマップには載ってなかったのだと。バカだったよ。そこで気づくべきだったんだ。マスターコピーが操作されている可能性くらいはな」

「二重に愚かといえよう。拙僧の不在をその時点で疑問に思っていたのであれば」

「もうすこし考える時間があれば……」

「残念であるな。そうすれば、こうしてむかいあってはいなかったかもしれぬ。されどその場合は、吾人はべつの手段に訴えて貴公の身柄を確保したまでである」

シルベステはうなずいた。

「普通に考えれば、より大きな架空のターゲットを吹き飛ばすのが次の段階だな。しかしおまえがおなじ手を二度使うとは思えない。本当は、実在のどこかをやるつもりだったんじゃないのか？」

冷気は硬質の感触をともなう。無数の金属の棘となって肌をこすり、動くたびに骨が低温脆性で破壊しそうになる。しかし船長のすぐ脇まで行くと、もはや冷気を冷気として感じなくなる。船長が浸されている場所のほうがはるかに低温だからだ。

サジャキが説明した。

「病に冒されておられる。融合疫の一種である。この疫病については聞きおよんでおろう」

「イエローストーン星からレポートは届いてた。あまり詳しい内容じゃなかったけどな」

シルベステは答えながら、船長のほうをまっすぐには見なかった。

ヘガジがいった。

「封じこめはできなかったんだ。適切な形ではな。極低温で進行を遅らせられるが、それだけだ。これは、というよりも彼は、ゆっくりと拡大してる。船の構成要素をみずからの形質にとりこみながら」

「というからには、船長はまだ生きてるのか？　すくなくとも生物学的には」

サジャキがうなずいた。

「むろんこの極低温では、生体組織が生きているとはいえぬ。しかし温度を上げれば……機能の一部は蘇生するはずである」

「あんまり納得できないな」

「貴公を本船に呼んだのは治療させるためである。納得させるためではない」

船長の姿は、ロープのような銀色の触手でぐるぐる巻きにされた彫像といったところだった。四方八方に何十メートルも伸びている触手は、きわめて有害な生化学物質で美しくも不気味に光っている。この氷の爆発のようなものの中心にある冷凍睡眠ユニットは、偶然か冗長設計の妙か、いまだに正常に機能している。しかしかつて左右対称だっただろうその外形は、氷河のように低速だが容赦ない船長の拡大圧力によって、大きく割れていた。ステータス表示パネルはすでに大半が光を失っている。眼球内映像も投影されていない。まだ生きているディスプレーには、わけのわからない文字や数字が並ぶだけ。古代の機械がつぶやく意味不明のヒエログリフだ。

眼球内映像が停止していてよかったと、クーリは思った。もしまだ投影されていたら、その映像も崩れていそうだからだ。腫瘍でただれた熾天使や、四肢のゆがんだ智天使が船長をとりまき、その病の重篤さを強調していたかもしれない。

「医者の出番じゃないぜ。宗教関係者を呼んでこいよ」

シルベステがいうと、サジャキは反論した。

「カルビンは異なる意見である。手術に意欲を燃やしておるぞ」

「キュビエにコピーされたときにエラーでおかしくなったんじゃないのか。おまえの船長はもう病気とかじゃない。死んでるとさえいえない。もともと生体部分はろくに残ってなかったんだから」

「それでも治療は試みていただく。イリアも協力する。本人の回復後であるが。疫病の対抗薬となるレトロウイルスを開発できた可能性があるらしいのだ。少量のサンプルに対しては効果を発揮したとのこと。されどイリアは兵器取り扱い技術者であり、船長に対する医療行為はきびしく制限されておる。かわりに貴公にそれを使ってもらいたい」

シルベステはサジャキに笑みをむけた。

「その話はもうカルにしたんだろう」

「概要を説明したと述べておこう。反応は意欲的である。成功するかもしれぬという。そう聞けば貴公も納得されるのではないか」

「カルビンの知識と経験に反論する気はないさ。あいつは医学者で、おれはちがう。ただ、仕事をはじめるまえに、条件面を交渉しておきたい」

「交渉の余地など存在せぬ。貴公が抵抗すれば、パスカルが人質として使われるのはわかっておろう」

「そいつは後悔するぞ」

クーリはうなじの毛が逆立った。今日何十回目だろうか。なにかがおかしい。サジャキやヘガジも、表情からは読みとれないが、おなじことを感じているようだ。

とにかく、シルベステが自信過剰なのだ。拉致され、苦痛に満ちた試練にさらされようとしている者の態度ではない。まるで自分が主導権を握っているかのような口ぶりだ。

「おまえらの船長を修理してやる。あるいは修理不能であることを証明してやる。結果はどっちかだ。ただしその見返りとして、ちょっとしたことを頼みたい」

「おいおい、立場の弱いやつに交渉力はないんだぜ。なにが頼みだ」とヘガジ。

「だれが立場が弱いって？」

シルベステはまたニヤリとした。今度はあきらかな凶暴さがある。危険を楽しんでいるようだ。

「マンテルを出発するまえに、おれを拘束していた勢力に最後のちょっとした頼みごとをしたんだ。やつらにしてみれば、おれの頼みなんかきくいわれはないはずだが、そんなにたいした頼みごとじゃなかった。そしておまえらへの仕返しになる。そこがむしろ気にいったんだろうな。やつらにしてみれば大事な人質をさしだすはめになったわけだが、要求されたまま、素の人質をさしだすわけはない」

「どういうこった……ああ？」

「おまえらが気にいらない話なのはたしかだよ。ところで、ひとつ質問をしたい。おたがいの理解を確認するためにな」

「申してみよ」とサジャキ。

「ホットダストというのを知ってるか？」

「おれたちをだれだと思ってる。ウルトラ属だぞ」

「わかってる。誤解がないように確認しただけだ。じゃあ、ホットダストのかけらを針の先より小さな封じこめ容器に格納できることも知ってるか？　聞くまでもないだろうな」

辣腕弁護士さながらに指先であごを叩きながらしゃべる。

「ルミリョーのことは？　おまえらが来るまえに最後にリサーガム星を訪れたのが、やつらの近光速船だって話は？」

「聞いてる」

「そのルミリョーがコロニーにホットダストを売ったのさ。たいした数じゃない。コロニーが将来、大きな地形改良をやるときに使うという目的だった。ところがそのサンプルのうち十個前後が、おれを拘束していた勢力の手に落ちていたんだ。もっと聞きたいか？それとももう話はわかったか？」

サジャキが答えた。

「話は見えてきたが、続けてもらおう」

「そのホットダストのひとつが、このカルがつくった義眼のなかに埋めこまれてる。電流は流れてないし、たとえ分解してもどの部品が爆弾かはわからない。そもそも、この目をいじったら自動的に爆発するようになってる。この船の一キロ四方は、高価で役に立たないガラスの彫刻になるだろうな。おれを殺したり、負傷によって身体機能の一定以上が失われると、やはり起爆する。わかったか？」

「了解した」

「よろしい。パスカルを傷つけてもおなじことだ。神経系に特定の命令を流すことによって、意図的に起爆できる。あるいは自殺してもいいな。結果にほとんど差はない」

両手をパチンと打ち鳴らし、仏像のようなポーズでニカリと笑う。

「さてと、交渉する気になったか」

サジャキはしばらく押し黙っていた。シルベステの話をさまざまな面から検討しているようだ。しかしやがて、ヘガジに相談することもなく、答えた。

「交渉に……応じよう」

「いいだろう。まず、こっちの条件を聞きたいだろうな」

「是非に」

「最近おまえらがとった無礼千万な行動のおかげで、この船の能力はだいたいわかった。そしてリサーガム星に対して使ってみせたのは、いちばんチャチい花火だろうと推測できる。どうだ？」

「それなりの……攻撃力は有しておる。イリアに相談されよ。具体的な目標はなにか」

シルベステはニヤリとした。

「まず、ある場所へつれていってもらう」

19

孔雀座デルタ星系
二五六六年

一行はブリッジにはいった。

シルベステにとっては前回乗船時に訪れた場所で、それどころか何百時間もすごしたのだが、あらためて見てもこの空間には目をみはった。円周上にずらりとならぶシートと、それを空中高く持ちあげるアーム。船のブリッジというより、大事件が裁かれる法廷のようだ。陪審員はシートにすわって円形にむきあい、空中に漂う判決を言葉につむいでいく。

シルベステは自分の胸に手をあてて、罪悪感はないことをたしかめた。だから被告人を演じることはない。

しかし重さは感じる。

それは裁判所職員が感じる肩の重みに似ているかもしれない。衆人環視の中で完璧な立ち居ふるまいを演じなくてはならない。わずかな失敗でも威厳が傷つく。それどころか、遠い過去から現在にいたる長い長い出来事のつらなり、連綿とつむいできた糸が、プツリと切れてしまうのだ。

見まわすと、ブリッジの空間的中心には、球形の立体映像がホログラフィ投影されていた。シルベステの目にはやっと見える程度だが、付随情報の表示から、それがリアルタイムのリサーガム星の姿だということがわかった。

「まだ惑星周回軌道にいるのか?」

サジャキは首をふった。

「貴公をとらえたいま、そんなところにいても無駄である。リサーガム星に用はない」

「コロニーから攻撃を受けるのが心配になったか?」

「蚊に刺されるくらいのことはあろう」

しばらく沈黙したあと、シルベステはいった。

「リサーガム星にはまったく興味なかったんだな。おれをつかまえるためだけに遠路はるばる、か。少々偏執的じゃないか?」

サジャキはニヤリとした。

「といっても、ほんの数カ月の手間にすぎぬ。むろん、吾人(ごじん)にとってであるが。貴公ごときを追うのに何年もかけはせぬ」

「おれの視点では、何十年にもなるんだ」

「貴公の視点は妥当ではない」

「おまえの視点は妥当なのか？　本気でそういえるか？」

「ふむ……長かったのはたしかである。それなりの時間は要した。ともかく、さきほどの問いに答えるとすると、本船は軌道を離れておる。貴公が乗船してからのち、黄道面から加速離脱しつつある」

「行き先の希望はまだいってないつもりだが」

「リサーガム星とのあいだに一天文単位程度の距離をあけるだけのこと。充分に離れたところで、定常噴射にて位置を維持する予定である」

サジャキはパチリと指を鳴らし、ロボットアームにささえられたシートをそばに降ろし、それに身を沈めた。さらに四つのシートが降りてきて、シルベステ、パスカル、ヘガジ、クーリがそれぞれに身をあずける。

「むろんそのあいだ、貴公が船長の治療をおこなうことを期待しておる」

「やらないとはいってないさ」

ヘガジがいう。

「そうだな。しかし、不測の事態についての契約書細目は精読しといたほうがいいぜ」

「おれは悪い状況でもベストをつくす性格なんだよ」

「結構、結構。ただ、貴公の要求をもうすこし明確にしてもらえると助かる。それくらいはよかろう」

シルベステのシートは、パスカルの隣にあった。そのパスカルは、この船の乗組員とおなじくらいの期待をこめて、夫のほうを見ている。パスカルは、彼らよりも多くのことを知っている。それどころか、知るべきこと、シルベステが知っていることはほとんどすべて知っている。しかしその知識は、まだ見ぬ真実のごくごく一部でしかないのだ。

シルベステはいった。

「この場で星系マップを呼び出させてくれないか。もちろん、基本的なことはできるはずだが、自由にやる権限をほしい。それから簡単な操作方法も知りたい」

「最新のマップは接近途中に作成したものだ。それを船のメモリーから引っぱり出して投影すりゃいい」

「やり方を教えてくれ。これからしばらく自分で操作するから、慣れておきたいんだ」

適切なマップを探すのにしばらくかかり、適切な組み合わせと望みの形で投影スフィアに映すのにまたしばらくかかった。

リサーガム星のリアルタイム映像は消え、星系図が映し出された。十一個の惑星とおもな小惑星、彗星の軌道が、美しく色分けされた線で描かれている。それぞれの位置関係はいま現在のものを反映している。かなり縮尺が大きいので、リサーガム星をふくむ地球型惑星は中心付近に密集し、孔雀座デルタ星のまわりを窮屈そうにまわっている。その外に小惑星帯があり、巨大ガス惑星と彗星群が星系の中間付近を占める。さらに木星以下のサイズで巨大とはいえないガス惑星が二個。軌道にとらえられた彗星の殻くらいの冥王星タイプの惑星一個には、二個の衛星がくっついている。赤外線映像による原始彗星物質のカイパーベルトは、奇妙な形にゆがんでいるのだ。一端が外へ突き出しているのだ。

そこから二十天文単位ほどは、なにもない。中心星からの距離も十光時以上になる。この空間に存在するわずかな物質と、中心星との結びつきはきわめて弱い。重力場はあることはあるが、軌道は世紀単位であり、他の天体が接近すれば容易に乱される。中心星がつくりだす保護膜のような磁場は、もはやここには届かず、銀河磁気圏の嵐につねにさらされている。銀河磁気圏は、無数の恒星がつくりだす磁場があわさった暴風で、たとえていえば小さなつむじ風が集まって台風をつくっているようなものだ。

しかしその広大な空間も、空虚なばかりではない。一見すると単一の星系のようだが、それは縮尺がまだ小さいからで、じつは孔雀座デルタ星系は二重星系だ。伴星はカイパーベルトが突き出している方向にある。その重力によって球形のはずの暈(ハロー)をゆがませ、みずからの存在を露呈しているわけだ。

その星は肉眼では見えない。百万キロ以内に近づけば見えなくもないが、そこまで接近すると他に心配すべき問題がいろいろと出てくる。

「おまえたちはまったく関心を持ってなかっただろうが、それでもこれがなにかくらいは知ってるはずだ」

シルベステの問いに、ヘガジが答えた。

「中性子星だろう」

「そのとおり。ほかに憶えてることは？」

今度はサジャキが答える。

「惑星が一個。それは別段、異例なことではない」

「そうだな。中性子星はしばしば惑星を持つ。蒸発した伴星の残骸が集合したものか、超巨星が超新星爆発を起こしてパルサーになったときに、もともとの惑星がなんらかの理由で破壊されずに残ったか、どちらかだと考えられている」

シルベステは首をふった。

「しかしめずらしくはない。とすると、いったいなぜおれがそこに興味を惹かれるのか、と思うだろう」

「もっともな疑問だな」とヘガジ。

「奇妙な点があるからだ」

シルベステは映像を拡大した。中性子星のまわりを異常な速さでまわっている惑星が、はっきりと見えてくる。

「アマランティン族はこの惑星に、なみなみならぬ関心をいだいていた。後期の出土品に描かれるようになり、イベント、すなわち、恒星のフレアによって彼らが絶滅するまでのあいだに、その出現頻度は増加の一途をたどる」

乗組員たちはシルベステの話に聞きいっていた。船を爆破するという脅しが彼らの自己保存本能に訴えるものだとすれば、今度はその知性を誘惑しているわけだ。この点ではコロニーの住人より説得しやすい。サジャキたちは最初から宇宙規模の視点を持っている。

サジャキが訊く。

「それで、その惑星はなんなのだ？」

「わからない。だから調べにいくんだ」

続いてヘガジが、

「その惑星の上になにかあると思ってるのか？」

「あるいは内部にな。それは近づいてみないとわからないだろう」

さらにパスカルがいう。

「罠かもしれないわ。その可能性は見過ごさないほうがいい。ダンのいう時期的な符合が本当だとしたら」

「時期的な符合とは？」

サジャキに問われると、シルベステは両手の指先をあわせて山の形をつくった。

「おれの推測によると――いや、推測ではなく、おれの結論によると、アマランティン族の文明は最終的に宇宙飛行が可能なレベルに達していたんだ」

「拙僧が地表を調べたかぎり、それを裏付ける化石記録はきわめてとぼしいが」

「なくてあたりまえだろう？　科学技術製品は、原始的な工芸品よりも本質的に耐久性が低い。陶器は残っても、電子回路はたちまち塵に還る。しかし、都市をオベリスクの下に埋めていたというのは、おれたちとおなじレベルの科学技術を持っていた証拠だ。それができたのなら、星系の端まで飛ぶくらい――場合によっては恒星間空間まで出ていくくらいは、可能な範囲だろう」

「アマランティン族が他星系まで旅していたと？」

「その可能性も否定しないね」

サジャキは薄笑いを浮かべた。

「では彼らはいずこに消えたのか。ひとつの科学技術文明があとかたもなく滅ぶというのはありえなくはないとしても、他星系に広がった種族ではありえぬ。かならずなにかが残るはずである」

「残っているかもしれない」

「それが中性子星の惑星か？　行けばその疑問の答えがみつかると？」

「わかってるのなら行く必要はないさ。おれが頼んでるのは、調べさせてくれということだ。つまり、つれていってもらいたい」

組んだ指の上にあごをのせる。

「おれをできるだけあの惑星に近づけ、同時におれの身の安全を守ってほしい。必要とあれば、この船が積んでいる途方もない兵器を使って」

ヘガジは興味と恐怖をいっしょに感じているようだ。

「そこへ行ったら、なにかに——兵器が必要ななにかに遭遇すると考えられるのか？」

「用心にしくはなし、だろう」

サジャキは同僚委員のほうをむいた。二人は、しばしこの場に存在しないも同然になった。機械思考のレベルで高速のやりとりがされたようだ。ふたたび口をひらいたときは、シルベステのために議論を口頭で再現してやっているような感じの話し方だった。

「シルベステのいう義眼のなかの仕掛けとは、真実だと考えるか？　リサーガム星の技術レベルに照らしてみて、吾人があたえた時間内にそのようなインプラントを埋めこむのは可能か？」

ヘガジはしばし黙ったあと、答えた。

「可能だと考えておくほうが安全だと思うぜ、ユージさん」


メディカル区画の回復室で、ボリョーワはぼんやりと覚醒した。意識を失っていたのが数時間程度でないのは、教えられなくてもわかった。いまの精神状態と、何百年も夢をみていたような深い睡眠の感覚からすると、負傷の程度とそこからの回復は軽いものでなかったようだ。短いうたた寝でも一生分の夢をみた気がすることもあるものだが、今回はそうではない。科学技術時代以前のおおげさな民話伝説のように、やたらと長くて事件の連続する夢だった。不老不死の主人公による不毛な放浪物語を何巻分も、わがこととして体験したような気がした。

なのに、記憶のなかはほとんど空だった。この船にはたしかに乗った。しかしいったん降りたのだ。どこかで。どこへ降りたのかはっきりしない。そこでなにか恐ろしいことが起きた。憶えているのは響きと怒りだけ。それはなにを意味するのか。あれはどこだったのか。

やがてぼんやりと、初めは夢の断片がまぎれこんできたように、リサーガム星のことが記憶に浮かんできた。そしてそこでの出来事も続いた。津波のようでも、地崩れのようでもなく、ゆっくりと地層が滑ってくるように。過去のはらわたがこぼれてくるように。時系列のような順序はなにもなかった。それをある程度満足できる順序にならべなおすうちに、奇妙なことに、自分の声が最後通牒を発したことを思い出した。下の惑星へむかって軌道から放送したのだ。

そのあと、嵐のなかで待った。

最初のおそろしく熱い衝撃。同時におそろしく冷えた胃の腑。

こちらを見おろすスジーク。撃ちこまれる苦痛。

回復室のドアが開いた。アナ・クーリが一人ではいってきた。

「目が覚めたか。だと思った。意識的な思考で神経活動が安定して一定レベルを超えるようになったら、通知するようにシステムに指示しておいたんだ。回復してくれてよかった、イリア。現状で、いくらかでも正気なのはあなただけだ」

「いつから……」

ボリョーワは言葉を途切らせた。声はしゃがれ、舌がもつれている。もう一度いいなおした。

「いつから、あたしはここに……ここはどこだ?」

「襲撃から十日たった。現在位置は……その話はあとにしよう。長くなる。気分は？」

「最悪というわけじゃない」

いってから、なぜそう答えたのだろうと思った。実際にはこれ以上ひどい気分はなかった。なのに、こういうときはそう答えるものだと思ったのだ。

「襲撃って？」

「憶えてなくても無理はない」

「質問に答えろ、クーリ」

クーリはボリョーワの隣で、部屋が形成したブロック状の椅子に腰かけていた。

「スジークだ。リサーガム星に降りたときに、スジークがあなたを殺そうとした。憶えてるか？」

「いや、はっきりとは……」

「わたしたちはシルベステを船につれてくるために、下へ降りたんだ」

ボリョーワは黙りこんだ。シルベステという名前が頭のなかでひどく不快な音をたてた。床に手術用のメスが落ちたように。

「シルベステか。そうだ、思い出した。あいつをつかまえに行ったんだ。うまくいったのか？　サジャキは望みの男を手にいれたのか？」

クーリは一拍おいて答えた。

「手にいれたともいえるし、いれてないともいえる」

「スジークは？」

「ナゴルヌイのことであなたに殺意を持っていたようだ」

「まあ、怒るやつがいても不思議はないわな」

「口実はなんでもよかったんだと思う。スジークはわたしを味方につけたと思ってたようだ」

「それで？」

「わたしがスジークを殺した」

「じゃあ、おまえが命の恩人てことになるのかな」

ボリョーワは初めて枕から頭を持ちあげた。ゴム紐でベッドに結びつけられているようだ。

「やりすぎはまずいぞ、クーリ。へんな癖をつけるな。これ以上人が死んだら……サジャキがあやしむ」

いま危険を冒さずにいえるのはそこまでだ。この程度の警告なら、上級船員から実習生への助言だといえなくもない。だれかがこの会話を聞いていても、ボリョーワがほかの委員たちの知らないクーリの秘密を知っているとは、かならずしも受けとられないだろう。

しかしこれは、本当に重要な警告だった。最初が訓練用船倉……次がリサーガム星……。どちらの場合もクーリがトラブルを起こしたわけではないが、二度とも事件の現場にいたことが、ボリョーワには不安だった。サジャキが不審に思いはじめても不思議はない。疑問を徹底追及せずにいられないその性格からすると、尋問程度では終わらないだろう。拷問か、もっと危険な深層記憶抽出術を実行するかもしれない。その過程でクーリの精神は焼き切れるかもしれない。耐えたら耐えたで、今度はクーリの正体がスパイであり、隠匿兵器を盗むためにこの船に乗ってきたという事実が明るみに出る。当然サジャキは、ボリョーワがそれをどこまで知っていたのかを次の疑問とするだろう。必要と考えれば、ボリョーワの深層記憶を探ろうとするだろう……。

そんな展開だけは避けなくては。

身体が回復したらすぐに、もっと自由に話せるスパイダールームにクーリをつれていこう。しかしいまの段階では、どうにもならないことをくよくよ考えてもしかたない。

「そのあとは？」

「スジークが死んでからか。驚いたことに、あとは全部予定どおりに進んだ。シルベステは無事に船につれてきたし、サジャキとわたしは無傷だった」

いまこの船のどこかにシルベステがいるのか。

「じゃあ、サジャキは本当に望みのものを手にいれたんだな」

クーリは慎重に答えた。

「いや、それはサジャキの早とちりだった。じつはかならずしもそうじゃなかった」

それから三十分かけて、シルベステが近光速船に乗りこんでからあとの出来事を、ボリョーワはすべて聞いた。それはすでに船内にいきわたっている情報なので、サジャキがボリョーワに隠そうとしている部分はひとつもない。ただ、これはあくまでクーリの視点による話であり、かならずしもそれがすべてではなく、また信頼できるともかぎらないことは念頭においていた。船内の政治の微妙なニュアンスは、クーリにはわからないだろう。何年も乗っている者にしか気づけない部分があるはずだ。しかしクーリが理解しているかどうかにかかわらず、おおまかな事実関係は話のとおりのようだった。そしてその話は、あまりいいものではなかった。まったくよくない。

「シルベステが嘘をついている可能性はあるかな」

「ホットダストの話か？」

ボリョーワは、肩をすくめるのに相当する動作をした。

「根拠がないわけじゃないわ。ルミリョーがホットダストをコロニーに売ったのはたしからしい。地表にもそれらしい証拠はあった。でもそれをいじる技術となると、簡単にはいかない。義眼に埋めこむ時間もあまりなかったはず。どうやらフェニックスが攻撃されてから準備をはじめたみたいだからね。とはいうものの……嘘だと仮定するのはリスクが大きすぎるな。どんな方法で外部スキャンしても、ホットダストのトリガーを引いてしまう危険がある。サジャキにとってはジレンマね。シルベステの主張が真実だとは確信を持てない。すべてを失う危険を冒すか、シルベステの言葉を信じるか、どちらかだ。まあ、あとのほうが、若干だけど定量化できるリスクといえるかしらね」

「シルベステの要求が、定量化できるリスクか……」

ボリョーワはその要求内容を思い出して、軽く笑った。これまでの人生で、異星種族にかかわる場所に近づいたことはなかった。経験の範囲から出たことはなかった。本当にそこに行けば、多くのことを教えられるだろう。いろいろなことを吸収できるだろう。シルベステは、わざわざ脅さなくてもよかったのではないか。

「そんなおもしろそうな餌を投げてくるとは、あいつはなにを考えてるのかしらね。じつはあの中性子星は、星系にはいったときからあたしも気になってたんだ。接近途中に、その近くに奇妙なものがあるのに気づいた。弱いニュートリノ発生源だ。それは惑星のまわりをまわっているらしい。そしてその惑星も、中性子星のまわりをまわっている」

「ニュートリノの発生源になりえるものは？」

「いろいろあるわ。しかしこれくらいのエネルギーレベルとなると、機械装置としか考えられない。それも先進的な機械だ」

「アマランティン族の遺物？」

「その可能性もあるだろう」

ボリョーワは苦労して笑みを浮かべた。いままで考えていたのはまさにそれだが、希望的すぎることをいっても意味がない。

「行ってみりゃわかるさ」

ニュートリノは素粒子だ。スピン二分の一のレプトンの仲間に分類される。ニュートリノは三つの形態を持つ（この形態を、香りという意味のフレーバーと呼ぶ）。電子ニュートリノ、ミューニュートリノ、タウニュートリノの三種で、どのフレーバーになるかは、それを生み出す核反応によって異なる。

ニュートリノは質量を持つ。速度が光速よりわずかに遅いのがその証拠だ。そしてニュートリノ振動という現象により、飛びながら三つのフレーバーのあいだを移り変わる。

飛んでくるニュートリノを船のセンサーが観測したときは、三つのフレーバーが混ざった状態になっていて、その切り分けは困難だった。しかし中性子星に接近し、発生源から出たニュートリノが振動してくる距離が短くなるにつれ、混ざりあったフレーバーのなかで一種類のニュートリノが優勢になってきた。エネルギースペクトルも読みとりやすく、発生源における時間軸にそった変動もはっきりして解釈しやすくなった。

船と中性子星との距離が、五分の一天文単位——二千万キロ程度になったとき、このニュートリノを定常的に発生させているものがなにか、ボリョーワははっきり推測できるようになった。飛んでくるニュートリノは、三つのフレーバーのなかでもっとも重いタウニュートリノが主体だった。

その結果は、ボリョーワを強い不安におとしいれた。

しかし他の乗組員に心配していることを伝えるのは、目的地にもっと近づいてからにしようと決めた。船の指揮権はシルベステが支配したままなので、ボリョーワがこの懸念を訴えても、シルベステの考えを変えさせるのは難しいと思われたからだ。

クーリは死ぬのに慣れはじめていた。

ボリョーワのシミュレーションは腹立たしいことこの上なかった。視点として想定されるいかなる人物も、死亡するか重傷を負って、その後の展開を認識できなくなるのだ。もちろん展開に関与することなどできない。今回もそうだ。ケルベロス星からなにかが飛んでくる。相手は正体不明の兵器で、破壊力も任意の値をとる。こちらは船全体があっというまに引き裂かれる。全員死亡。なのにクーリの視点は宙に浮かんで残り、船の破片が血しぶきのようなピンク色をした金属イオンのハローにつつまれて漂い離れていくようすを眺めるわけだ。これはボリョーワ流のいじめか？

「なあ、士気を鼓舞するという表現はあなたの辞書にないのか？」

「聞いたことたぁあるな。あたしにゃ関係ない。へらへら笑いながら死ぬのと、チビりながら生き延びるのと、どっちがいい」

「でも、こうも死んでばかりだと……。むこうでこういう危険に遭遇するという、なにか確信でも？」

ボリョーワの返事は、もっと陰惨だった。

「この程度ですんでほしいと願ってるわよ」

翌日、いくらかなりと気力と体力が回復したボリョーワは、シルベステとその妻に会うことにした。

二人がメディカル区画にはいってきたとき、ボリョーワはベッドに起きあがって、膝の上でコムパッドを開いていた。画面をスクロールしているのは、あとでクーリにやらせる予定の戦闘演習シナリオの数々。ボリョーワはあわててそのウィンドウを閉じて、あたりさわりのないものに変えた。ただ、かりに見られたとしても、特殊コードだらけで記述されたシミュレーションのスクリプトが、シルベステに理解できるとは思えなかった。ボリョーワ自身でさえ、ときどき自分しか読み解けない私的言語をいじくっているような気がしてくるほどなのだ。

「身体は治ったみたいだな」シルベステはベッド脇に腰かけた。隣にパ・スカルもすわる。

「よかった」

「そいつはあたしの健康を案じてくれてるのか。それともあたしの技能が必要なだけか」

「もちろん後者さ。おれたちのあいだには敵意しかないんだから、しらじらしい挨拶は無用だろう」

「こっちだって期待してない」

ボリョーワはコムパッドを脇においた。

「クーリと話しあったんだ。あたしとしては、というよりもあたしたちとしては、こちらの懸念を伝えておくべきだという結論に達した。そこで当面、仮定として——」眉に指先をあてる。「——おまえの話を全面的に真実とみなすことにする。もちろんこの判断は、今後ひっくりかえすこともある」

「議論にあたってはそれがいいだろう。ただ、科学者同士としていうが、この話は全面的に真実だ。おれの目玉のことだけでなく」

「惑星か」

「そう、ケルベロス星のこともだ。おおまかな話は聞いてるな？」

「アマランティン族絶滅に関係するなにかをそこで発見できるかもしれない、と。そこまでは聞いてる」

「アマランティン族についての知識はあるのか」

「正統的な学説はな」

ボリョーワはまたコムパッドを膝にあげ、キュビエから取得したアーカイブの文書をスクロールしていった。

「もちろん、正統説がおまえの考え方とかなりちがうのはわかってる。でも例の伝記も読んだ。おまえの仮説も大筋はわかってるつもりだ」

「懐疑派の視点から描かれたものだけどな」

シルベステはチラリとパスカルを見た。といっても、義眼の視線がどちらをむいているのかはわからないから、かすかに顔を動かす動きでそう判断されるだけだ。

「にしても、考え方の基本はわかる。そのパラダイムでいうと……ケルベロス／ハデス系にそれなりの興味を惹かれるという点では、同意見だ」

シルベステはうなずいた。いま接近しようとしている惑星と中性子星の系について、正式な表記法をボリョーワがもちいたことに、すこし驚いたようだ。

「アマランティン族はその末期に、なんらかの理由であそこに惹きつけられたんだ。それがなんなのかを、おれは知りたい」

「それがイベントに関係あるかもしれないという懸念を持ってるのか？」

シルベステは、意外なほどはっきりと答えた。

「その懸念は持ってる。しかし無視してしまうほうにもっと懸念を持つ。そもそも、いま現在のおれたちの安全にかかわることかもしれないんだ。それがなにかがわかれば、おなじ運命を避けられるかもしれない」

ボリョーワは下唇を指先で叩きながら、考えた。

「アマランティン族もおなじように考えたのかもしれないな」

「となったら、武器をかまえて現場に近づくのがいちばんだ」

シルベステはまた妻のほうを見た。

「正直にいうと、この船はちょうどいいときに来てくれたんだ。キュビエにはここへの調査隊を組織する資金力はない。そもそもコロニーにことの重要性を教えて説得することから困難だったし、たとえできても、この船が持っているような強力な武装は用意できなかった」

「あたしらのあの武力行使を、ちがう意味でとらえたわけか」

「まあな。しかし、あれなしには、おれは解放されなかっただろう」

ボリョーワはため息をついた。

「残念ながら、あたしもそう思う」

それから一週間近くのち、船がケルベロス／ハデス系まで千二百万キロまで近づいて、中性子星の周回軌道に乗ると、ボリョーワは乗組員全員と乗客二人を船のブリッジに集め、会議をひらいた。

これまで胸に秘めてきた懸念を、あきらかにするときがきたと判断したのだ。ボリョーワにとってもつらい内容だが、シルベステはどう受けとめるだろうか。これからむかう先が危険な場所であることははっきりする。しかしそれだけではなく、シルベステにとっては個人的に重大な意味を持つのだ。

ボリョーワは普段でも人の性格を見抜くのは得意なほうではない。ましてシルベステは単純な人間ではなく、簡単にその内面を推し量ることはできない。それでも、これから伝えるニュースを悲劇として受けとめることはまちがいないだろう。

「ここで、あるものを発見した」

ボリョーワは全員の注目を浴びて話しはじめた。

「じつはみつけたのはだいぶまえだ。ケルベロス星の付近で、ニュートリノ発生源を探知した」

「だいぶまえとは、どれほどか」

サジャキが訊いた。

「リサーガム星到着前よ」

サジャキの表情がけわしくなるのを見て、ボリョーワは続けた。

「話すほどのことはないと思ったのよ。ここへ来るとは思ってなかったから。発生源についてもまったく見当がつかなかった」

「いまはつくのか？」

今度はシルベステが訊いた。

「いまは……はっきり推測できる。ハデス星に接近するうちに、発生しているのが純粋なタウニュートリノで、特定のエネルギースペクトルを持っていることがわかってきた。人類のテクノロジーのなかでも独特のスペクトル、といってもいいかもしれないわね」

「じゃあ、それは人間が残したものなの？」

パスカルが訊いた。

「あたしはそう推測してる」

「連接脳派製エンジンか」

ヘガジがいうと、ボリョーワは小さくうなずいた。

「ケルベロス星の周回軌道上から出ているタウニュートリノのサインに一致するのは、連接脳派製エンジンしかない」

「とすると、べつの船がいる?」

パスカルの問いに、ボリョーワは答えにくそうにした。

「最初はあたしもそう考えた。その考えはまちがいではなかったんだけど」

そこでブレスレットに命令をささやく。中央の投影スフィアに光がはいり、この会議のためにあらかじめ準備しておいたプログラムがはしりはじめた。

「それでも、発生源を視認できる位置に近づくまで待ちたかったんだ」

映し出された天体はケルベロス星だ。月くらいの大きさのこの惑星は、リサーガム星よりさらに荒涼としている。一面灰色でクレーターだらけ。そして真っ暗だ。孔雀座デルタ星は十光時以上離れているし、近くにある恒星のハデスはほとんど光を出していない。超新星爆発を起こしたときは焦熱地獄だったはずだが、小さな中性子星となったいまはすっかり冷えて、わずかな赤外線を出しているのみ。可視光観測ではその重力場によるレンズ効果で背後の星が弧状にゆがんで見えることから、間接的に存在がわかるだけだ。

しかしケルベロス星がもし明るい光に照らされていたとしても、アマランティン族の興味を惹くような特徴があったとは考えにくい。たしかに、ボリョーワが持つ最高の機器を使っても、現段階でその地表は数キロ単位の解像度でしかマッピングできていないので、断言はできないのだが。

そんなふうに観測が難しいなかでも、ケルベロス星の周回軌道上にあるかなり大きな物体はとらえられていた。ボリョーワはその物体にむかって、いまズームインしていた。

最初は、ケルベロス星のかたわらの星空に、白っぽい灰色のやや細長いしみがついているように見えるだけだった。ボリョーワも数日前まではこういう映像しかとらえられなかった。その時点ですでに無視できない観測対象となっていたが、船がカメラを積んだ多数のペブルを投射し、細部がより明確になると、ボリョーワの疑念はますます強まった。しみは、はっきりとした形状とディテールを持ちはじめた。おおまかな円錐形で、ガラスの破片のように見える。

ボリョーワはその物体をつつむように計測グリッドを表示させた。これで大きさがわかる。先端から後端までキロメートル単位の長さがある。ゆうに三、四キロはありそうだ。

「ここまで解像度が上がった段階で、ニュートリノ発生源が二カ所に分かれていることが明確になった」

ボリョーワはその画像を見せた。ぼんやりとした灰緑色のしみが二つ、円錐形の広がった端部にある。中心軸から対称位置だ。さらに解像度が上がると、しみの位置は円錐形からわずかに離れ、優美な後退角のついたパイロンで接続されているのがわかった。

「近光速船だな」

ヘガジのいうとおりだ。比較的粗いこの解像度でも、もうまちがえようがない。そこに映っているのは、自分たちが乗っているのとよく似たべつの星間船だった。二つのニュートリノ発生源は、船体の両側に固定された二基の連接脳派製エンジンだ。

ボリョーワは説明した。

「エンジンは休止状態にある。でも推力を発生していないときでも、エンジンは一定量のニュートリノを出す」

「いずこの船か、識別は可能か？」

「そんな必要はない」

サジャキの問いに対して、脇からいったのはシルベステだった。その声の低い響きに、みんなはっとした。

「この船ならよく知ってる」

船の映像がゆらめいて解像度がもう一段階上がり、その船体は投影スフィアいっぱいに広がった。これまでは曖昧だったところが、もう誤解しようがないほど明瞭になった。船は損傷していた。引き裂かれていた。大きな球状のへこみで船殻がボコボコにゆがみ、あちこちが大きく裂けて、本来は真空にさらされてはならない精密で脆弱な内層がむきだしになっている。

「知っているとは？」

サジャキに訊かれ、シルベステは答えた。

「こいつはロリアン号のなれの果てだ」

20

ケルベロス／ハデス系への接近途上
二五六六年

メディカル区画の一室に、カルビンが姿をあらわした。いつものように周囲と不釣り合いな、大きく古めかしいフード付きの椅子にすわっている。まるで深い眠りからさめた直後のように目の隅をこすりながら、

「ここはどこじゃ？　まだあのケツの穴惑星のそばか？」

「リサーガム星からは離れました」

パスカルが答えた。いまはシルベステのかたわらの席にすわっている。シルベステのほうは、手術台に仰臥（ぎょうが）していた。服は着たままで意識もある。

パスカルは続けた。

「ここは孔雀座デルタ星圏の端で、ケルベロス／ハデス系の近傍です。ロリアン号が発見されましたわ」

「……失礼。なにかわしは聞きまちがえたようじゃ」

「いいえ、聞きまちがえではありません。ボリョーワが観測画像を見せてくれました。たしかにあの船です」

カルビンは眉間にしわをよせた。パスカルやシルベステとおなじように予想外のことだったようだ。ロリアン号がリサーガム星系の近くにいるわけはないと思っていたのだ。あの船はリサーガム星のコロニー建設初期に、イエローストーン星へ帰ることをめざしたアリシアと仲間の反乱者たちに盗まれたのだから。

「ロリアン号がなぜこんなところに？」

それに対してシルベステがいった。

「知るか。いま話したことしかおれたちもわかってないんだ。なにがなんだかさっぱりわからないのは、おれたちもあんたとおなじさ」

普通ならここで嫌みのひとつもいうところだが、どういうわけかいまはそんな気になれなかった。

「無事な姿なのか？」

「攻撃を受けたようだ」

「生存者は」

「いないだろう。損傷の程度がはげしいし……それも突然だったようだ。生存者がいるなら退避を試みてるはずだ」

カルビンはしばし黙りこんだ。

「だとしたら、アリシアは死んだのじゃろうの。残念じゃ」

「相手がなんなのか、どんな攻撃を受けたのかはわからない。もうすぐわかるだろうけどな」

パスカルがいう。

「ボリョーワがロボット機を投射しました。高速でロリアン号の軌道に接近していて、そろそろランデブーするころです。船内を探索して、なんらかの電子的記録が残っていないか調べるそうですよ」

「それで?」

「なににやられたのかわかるでしょう」

「そんなことがわかってもしかたあるまい。ロリアン号を調べてなにがわかろうと、引き返すつもりはないのじゃろう、ダン。おぬしはそういうやつじゃからの」

「どうとでも思ってろよ」

シルベステがいうと、パスカルは立ちあがって咳ばらいをした。

「親子喧嘩はあとにしていただけませんか。あなたがたはどちらも一人ではサジャキの要求に応えられないんですから、ご協力願います」

「要求なんか関係ないね。あいつこそおれの要求に応える立場だ」

「同感じゃ」

パスカルは部屋に命じてコンソールを出させた。操作系や表示類は指示どおりにリサーガム流のレイアウトになっている。パスカルは着席し、クリーム色の曲面になったコンソールにむかう。

まず、部屋のメディカルシステムのデータコネクションマップを表示させた。そしてカルビンのモジュールとメディカルシステムを必要な箇所でリンクさせていく。空中で複雑なあやとりをしているようだ。接続が成立するたびに、カルビンは確認し、特定経路の帯域を増やせとか減らせとか、追加の接続が必要だとか指示をする。

作業はものの数分で終わった。これでカルビンは、メディカルシステムを経由して、部屋の手術マニピュレータを操作できるようになった。マニピュレータはメドゥーサの頭を逆さに天井から吊ったようになっていて、サーボ制御される無数の金属製アームをはやしている。

「ほー、最高の気分じゃ。わしが物理世界の一部に対して行為をおよぼせるようになったのはいったい何年ぶりじゃと思うか。おぬしの目玉を修理して以来じゃぞ」

しゃべりながらも、銀色に輝く無数の多関節アームをふりまわして、レーザーを踊らせ、鉤爪でつかみ、分子マニピュレータをくねらせ、センサーを突き出し、鋭い刃で宙を切り裂く。

シルベステは、顔面すれすれで踊るマニピュレータのかすかな風圧を頬に感じながら、答えた。

「ご同慶の至りだ。とりあえず、気をつけろよな」

「おぬしの目玉くらい一日でつくりなおしてみせよう。もっと高性能にできるぞ。生身とそっくりの義眼にだってできる。それどころか、この船のテクノロジーを使えば生体の眼球を培養して移植することさえ簡単じゃ」

「だれがつくりなおせと頼んだ。サジャキにいうことを聞かせられるのは、この目があればこそなんだぞ。フォルケンダーにいじられた部分を修復してくれりゃいいだけだ」

「ああ、そうじゃったの。忘れとったわい」

椅子にすわった姿のまま動いていないカルビンは、眉をあげた。

「こんなことをやって、危険はないのかの」

「下手なとこつつくなよ」

アリシア・ケラー・シルベステは、ダン・シルベステにとってパスカルのまえの妻だ。二人はイエローストーン星で結婚した。リサーガム星調査計画が長い年月をかけ、細部まで徹底的な検討と準備をされていた時期のことだ。リサーガム星に渡ってきてからは、ともにキュビエを築き、最初の数年は協力しあって発掘調査にいそしんだ。

アリシアは頭脳明晰だった。だからこそ、ある時期からシルベステのそばにとどまっていられなくなったのだろう。独立心の強いアリシアは、リサーガム星着陸から三十年たつころから、個人的にも仕事の上でもシルベステとは距離をおいていった。アマランティン族の調査はもう充分。はじめから恒久的な意図ではない調査隊は、エリダヌス座イプシロン星系にもどるべきだ。そう考えを固めていったのはアリシアだけではなかった。三十年かけて大発見がないのなら、さらに三十年かけても、よしんば一世紀かけたところで、たいした発見はできないだろう。アリシアとその一派は、アマランティン族をこれ以上詳しく調べる価値はないと考えた。イベントはたんなる不運な出来事であり、宇宙規模の重大な意味を持つものではないと。

そういう主張が出てくるのも無理はなかった。人類が発見した絶滅異星種族は、アマランティン族だけではないのだ。踏査された既知の宇宙空間が広がるにつれて、他の種族の遺跡がみつかる可能性は高まるし、考古学的な価値のある遺物もそういったところに眠っているだろう。アリシアたちは、リサーガム星調査はこのへんが切り上げどきだとみなした。コロニーの優秀な頭脳の持ち主は、イエローストーン星にもどって新たな研究目標を探すべきだと。

シルベステの一派は、当然ながら強硬に反対した。アリシアとシルベステはそれまでに疎遠になっていた。しかしそんな政治的対立の深みにあっても、おたがいの力量は冷静に認めあっていた。愛が枯れたあとも、客観的な敬意は残っていたのだ。

そして、反乱が起きた。

アリシア派は、まえまえからの脅し文句を実行に移した。リサーガム星を捨てたのだ。コロニー全体の説得は無理とさとると、係船軌道上のロリアン号を盗んだ。流血騒ぎはいっさいなしに終わった反乱だったが、船を盗んだことで、アリシア派はより根深く長期的なダメージをコロニーにもたらした。星系内宇宙船もシャトルもロリアン号内にあっため、植民者たちはリサーガム星の地表から動けなくなったのだ。通信衛星帯を補修したり更新したりする手段も、数十年後にルミリョーの商船がやってくるまでなくなった。サービターも、その複製技術も、インプラント技術も、アリシアが去ってからは入手困難になった。

しかしじつは、幸運だったのはシルベステ派だったようだ。

《航海日誌へのエントリー》

ブリッジの空中に幽霊のように浮かんだアリシアの映像がいった。

《リサーガム星を出発して二十五日目。個人的には反対したのだが、わたしたちは星系離脱の途上で、中性子星に接近することになった。位置関係がたまたま好都合だからだ。エリダヌス座イプシロン星への予定経路からそれほど離れておらず、旅の遅れも、これから何年もかかる旅程がひかえていることを考えれば、無視できる程度だ》

シルベステには、記憶のなかのアリシアとはずいぶんちがって見えた。たしかに遠い昔なのだ。シルベステへの憎悪は感じられなかった。むしろ落ち着きがないようすだ。あの反乱の時代からあとキュビエでも見かけなくなった古めかしいダークグリーンの服を着ている。髪型も古臭くてわざとらしく見えるほどだ。

《ダンはあそこに重要ななにかがあると確信していた。しかし例によって、証拠はなかっ

た》

　シルベステはそれを聞いて驚いた。アリシアがしゃべっているのは、オベリスクに刻まれた奇妙な星系図が発掘されるよりまえの時点だ。そんな時期からシルベステはすでに強いこだわりを持っていたのだろうか。ありそうな話だが、だれかからそういわれるとやはり驚く。アリシアのいうとおり、証拠はなかったのだ。

《わたしたちは奇妙な現象を観測した。中性子星のまわりをめぐっている惑星ケルベロスに、ある彗星が衝突した。カイパーベルト本体からかなり離れているこのあたりではめずらしい事象なので、当然わたしたちは注目した。しかしケルベロス星の表面を観測できるほど接近してみると、新しい衝突クレーターはどこにも見あたらなかったのだ》

　シルベステはうなじの毛が逆立つのを感じた。

「それで？」

　ほとんど声を出さず、口だけを動かして、思わずそうつぶやいていた。まるでブリッジに立つアリシアが、難破船のメモリーバンクから回収された映像であることを忘れたかのように。

《この出来事は無視できない。ハデス／ケルベロス系に奇妙な点があるというダンの仮説を、暗黙のうちに支持することになってもだ。そこでわたしたちは、進路を変えてさらに接近することにした》

　そこでしばし黙り、続けた。

《もし重要ななにかを……説明のつかないなにかを発見したら……倫理的にはやはりキュビエに情報を伝えねばならないと思う。そうでなければ科学者の道にもとる。明日にはもっとはっきりするだろう。それまでには探査できる距離に近づいているはずだ》

シルベステはボリョーワに訊いた。

「続きはどれくらいあるんだ？　この航海日誌へのエントリーはあとどれくらい残ってる？」

ボリョーワは短く答えた。

「約一日分よ」

ボリョーワは、クーリをつれてスパイダールームに乗っていた。ここでならサジャキや他の連中に会話を盗み聞かれる心配はない――そのはずだ。

アリシアの航海日誌はまだ最後まで聞き終えていない。音声記録を聞いていく作業は、時間もかかるし精神的にも疲れる。それでも真相のだいたいの形は見えてきた。あまり楽しくない形だ。アリシアと乗組員たちは、ケルベロス星の近くでなにかから突然、強力な攻撃を受けたのだ。ボリョーワたちもまもなく、前方に待ちかまえるその危険がなんなのか、はっきりと知ることになるだろう。

「わかってると思うけど、ヤバいものに出くわしたら、おまえには砲術管制室にはいってもらうからね」

ボリョーワがいうと、クーリは反対した。

「それはかならずしもいい手じゃないと思うけどな」

説明が必要だと思ったらしく、続ける。

「砲術管制系のなかで、あまり安心できない出来事があったばかりじゃないか」

「たしかにね。じつは……あたしは病室のベッドで寝ているあいだにあれこれ考えて、やっぱりおまえはまだ隠しごとをしてるという結論に達したんだ」

ボリョーワは緋色のベルベット張りのシートに背中をあずけて、正面にある真鍮製の操作系をいじった。

「自分はスパイだと、おまえが白状したとき、あたしはそれを真実だと思った。でも真実なのはそこまでだったようだな。残りは嘘だ。あたしの好奇心を満足させ、他の委員たちに話さないようにするための。話さないという点では、おまえの思惑どおりになった。でもあたしの好奇心を満足させるには、説明がたりないわよ。たとえば隠匿兵器のこと。あれが暴走したとき、なぜリサーガム星に照準をあわせたんだ？」

「手近なターゲットだったからだろう」

「そういうのを、わかりやすすぎっていうんだ。リサーガム星になにかがあるんだろう？おまえがこの船に乗りこんできたのも、目的地がリサーガム星に決まった直後だった。たしかに、隠匿兵器を乗っ取るには人目のない辺境宙域が好都合だろうさ。でもそいつが目的じゃなかった。いくらおまえが優秀でも、あの兵器の制御権をあたしや他の委員たちから力ずくで奪い取るのは無理だ」

あごの下に片手をあてる。

「とすると、当然疑問になる。おまえの最初の説明が嘘だとしたら、この船に乗ってきた本当の理由はなんなのか」

返事を待つように、じっとクーリを見る。

「いまここであたしにドロを吐いたほうが賢明だぞ。次に尋問しにくるのはサジャキだ。サジャキがおまえを疑ってるのはわかってるだろう。キャルバルとスジークが死んだ事件以来な」

「わたしは関係ない……。スジークはあなたに復讐心を持ってたんだ。わたしはなにもしてない」

クーリは答えたが、声は説得力を失っていた。

「あのときあたしは、おまえのスーツの兵装を使用不能状態にしておいた。その命令を解除できるのはあたしだけのはずだけど、そのときのあたしは瀕死の重傷でそれどころじゃなかった。なのに、どうやっておまえはそのロックを解除して、スジークを殺したんだ？」

「解除したのは、べつのだれかだ」

すこし間をおいて、続ける。

「べつのなにかというべきかな。訓練セッションでキャルバルのスーツに侵入して、わたしを攻撃させたのもそいつだ」

「キャルバルがやったことじゃなかったのか？」

「ちがう、実際には。自分が人から好かれるタイプだとは思ってないけど、キャルバルが訓練中にわたしを殺そうなどとたくらんでいなかったのはたしかだ」

真実らしく思えるが、すぐには納得できない。

「そもそもなんのためだ？」

「わたしのスーツのなかのあるものが、わたしを、シルベステ回収チームに加えたがったんだ。そのためにはキャルバルを排除するしかなかった」

なるほど、それなら筋が通る。これまでキャルバルが死んだときの状況に疑問を持ったことはなかった。乗組員の一部が、とくにキャルバルやスジークあたりが、クーリに敵意を持つのはありえることだと思っていたからだ。同様に、ボリョーワ自身も早晩だれかに襲われるだろうと予測していた。どちらも現実になったわけだが……視点を変えてみると、これまで気づかなかった不可解な波紋が見えてくる。まるで表面的な事象のすぐ裏側を、サメの背びれが通過しているような。

「シルベステの身柄の確保がどうしてそんなに大事だったんだ？」

「それは……」

クーリはいいかけたが、ためらった。

「べつの機会にしよう、イリア。ロリアン号を破壊したなにかがすぐそばに見えているようなところでは、話しにくい」

「おい、あたしゃ景色を眺めにおまえとこんなところへ来たわけじゃないぞ。わかってんのか？　次はサジャキだというのも本当だぞ。おまえにとってこの船で味方や友人にいちばん近いのはあたしなんだ。そのあたしにしゃべらないなら、サジャキが不愉快なハードウェアをおまえに突っこみにくるぞ」

誇張ではない。サジャキの深層記憶抽出術は、繊細でも精密でもないのだ。

「じゃあ、もう一度最初から話すよ」

クーリはいった。脅しが効いたらしいと思って、ボリョーワはほっとした。これでだめなら、ボリョーワ自身の自白強制法を引っぱり出さなくてはならないところだった。

「かつて兵士だったという話は……全部本当だ。イエローストーン星へ行くことになったいきさつは……もっとこみいってる。いまでもどこまでが偶然で、どこまでが彼女の作為だったのか、わたしにもよくわかってないんだ。わかってるのは、彼女がかなり早い時期からこのミッションのためにわたしを選び出していたということ」

「彼女というのは？」

「わたしもよくわからない。カズムシティで大きな権力を握っている女だ。もしかしたら惑星全体を支配してるのかもしれない。マドモワゼルと名のっていた。本名は知らない」

「もっと詳しく話せ。あたしたちが知ってるやつかもしれない。過去に取り引きしたことがあるかも」

「それはないだろう。彼女は……」いいよどみ、「……あなたたちの仲間じゃない。かつてはそんな時期があったとしても、いまはちがう。かなり長いことカズムシティにいるらしい印象だった。でも権力を握ったのは融合疫以後の時代らしい」

「そんな権力者で、あたしたちが名前に聞き覚えがないなんてことがあるか？」

「マドモワゼルが求めてるのは権力じゃないんだ。そんな露骨なものではないし、表舞台に出る必要もない。裏で悪だくらみをめぐらせてるだけだ。金持ちでさえない。惑星上のリソースを意のままに動かしてるようだったけど、近光速船をつくりだせるほどではなかった。だからこの船を利用する必要があったんだ」

ボリョーワはうなずきながら聞いていた。

「そいつが昔あたしらの仲間だったかもしれないといったけど、それはどういう意味だ？」

クーリはためらった。

「はっきりした証拠はない。マドモワゼルに仕えていた男――マヌーキアンと名のっていたけど、そいつはまちがいなく、かつてウルトラ属だったらしい。マドモワゼルを宇宙空間でみつけたようなことをいってたんだ」

「みつけたというと――救助したのか？」

「そんないい方だった。マドモワゼルは、ちぎれた金属のオブジェのようなものを持っていた。最初は彫刻かなにかかと思ったんだけど、どうやら宇宙船の残骸らしい。なにかを忘れないようすがとして保存してたんじゃないかな」

ボリョーワの記憶のなかで引っかかるものがあったが、当面、その思考プロセスは意識レベルより下に押しこんだ。

「顔は見たのか？」

「いや。映像は見たけど、それが本当の姿だとはかぎらない。ハーメティクのように〈輿(こし)〉にはいって生きていた」

ハーメティクについて基本的なことは知っている。

「そいつがハーメティクだとはかぎらないな。〈輿〉は自分の正体を隠すための方便かもしれない。どこから来たのか、もうすこしわかれば……。そのマヌーキアンというやつは、他になにかいってなかったのか？」

「いいや。話したそうなそぶりはあったけど、役に立つようなことはいわずじまいだった」

ボリョーワは身を乗りだした。

「話したそうなそぶりって、どういうことだ？」

「性格だよ。四六時中しゃべってないと気がすまないたちらしかった。わたしをつれまわすあいだも、自分がやったこととか、会った有名人のこととかをぺらぺらとおしゃべりしていた。例外はマドモワゼルの話題だ。それだけは秘密だったようだ。彼女にずっと仕えている理由もそのへんにあったのかもしれない。とにかく、なにかいいたいことがあるような感じだった」

　ボリョーワはコンソールを指でコツコツと叩いた。

「その手段をみつけたかもしれないな」

「どういうことだ？」

「おまえは知らなくてあたりまえだ。その男はなにも教えてないだろうから。ただ……そいつはおまえに真実を伝える手段をみつけていたんじゃないかという気がする」

　さきほど抑制したばかりの、記憶を探すプロセスが、あるものをみつけてきた。ボリョーワはクーリを乗組員として採用したときのことを思い出した。船に乗せたあとの検査を。

「まだ確信はないんだけどな……」

　クーリはじっとボリョーワを見た。

「わたしの身体からなにかみつけたのか？　マヌーキアンが埋めこんだものを」

「そうだ。そのときは、不審な点はなにもなかった。さいわいというか、じつはあたしも性格の歪んでるところがあってね。科学者にはよくあることだけど……手にいれたものをなかなか捨てられないんだ」

　それは事実だった。みつけたものを捨てるのに多大な勇気を必要とし、ついラボのどこかにしまっておく癖があるのだ。

　当時は意味のあるものには見えなかった。ただの破片だと思っていた。しかしそのとき捨てなかったおかげで、これから構造解析にかけられる。クーリの身体から摘出したあの金属片だ。

「あたしがにらんだとおりマヌーキアンが仕込んだものなら、そこからマドモワゼルについての情報を引き出せるかもしれない。もしかしたらその正体まで。でも、まだ話は終わっちゃいないぞ。マドモワゼルが具体的になにをおまえにやらせようとしていたのかという疑問の答えを、まだ聞いてない。シルベステがなんらかの形でからんでるらしいことはわかったけど」

クーリはうなずいた。

「たしかに。そしてこの部分の話は、あなたは気にいらないだろうと思う」

《ケルベロス星の地表を現在の軌道からさらに詳しく観測したところだ》

投影されたアリシアが話している。

《やはり彗星衝突の痕跡はない。クレーターはたくさんあるが、最近のものはないのだ。これは説明がつかない》

アリシアは、彗星が衝突直前に破壊されたのではないかという仮説を説明した。その場合は、なんらかの形の防空システムとテクノロジーの存在を前提としなくてはならない。それでも地表に痕跡がないという矛盾を解くにはそれしかなかった。

《しかし軌道からそのようなものは観測されないし、そもそも地表に科学技術によってつくられた構造物は見あたらない。そこで探査機を何機か地表に降ろしてみることにした。

洞窟のなかや谷底など、軌道からは角度の関係で見えないところにある機械設備を発見できるかもしれない。また自動化されたシステムであるのなら、なんらかの反応を引き出せるかもしれない》

そのとおりだと、シルベステは苦々しい気持ちで思った。たしかにそうやって反応を引き出したのだ。しかしそれは、アリシアの予想をはるかに超えるものだったにちがいない。

ボリョーワは航海日誌の次のセグメントに飛んだ。

探査機がすでに射出されていた。トンボのように小さく軽く華奢なロボット宇宙機だ。ケルベロス星の地表へむかってぐんぐん落下していく。減速に使える大気はないので、手前から小さな核融合エンジンを噴いて落下速度を抑える。ロリアン号から見ると、一面灰色のケルベロス星を背景に明るい火がいくつも燃えているようだった。しかしやがてそれらは針の先ほども小さくなり、この死んだ世界が人間のつくった機械よりはるかに大きいことを、逆に実感させた。

《航海日誌へのエントリー》

しばらく沈黙していたアリシアの語りが再開された。

《探査機が異変を報告してきた。いまデータがはいってきているところだ》

アリシアは、投影範囲からはずれたところにあるディスプレーを見ている。

《地表で地殻活動が観測されている。それは予想の範囲なのだが、これまで地殻はまったく動いていなかったのだ。この惑星の軌道は完全な円ではなく、かなりの潮汐力が働いていると考えられるので、それは不自然なのだが。ばかばかしい仮説だが、探査機の接近がこの動きを引き起こしているようにさえ見える》

「惑星が彗星衝突の痕跡を地表から消しているとしたら、それほどばかばかしくないわ」

パスカルがいったあと、チラリとシルベステのほうを見た。

「べつにアリシアを批判するつもりはないけど」

「わかってる。でもきみのいうとおりかもな」

シルベステはボリョーワのほうをむいた。

「アリシアの航海日誌以外に、なにか回収できたものはないのか？　探査機から送信されてきたデータとか」

ボリョーワはためらいながら答えた。

「あることはある。ただし未処理でほとんど生データだ」

「それでいいから、おれにじかにつないでくれ」

ボリョーワはいつも手首にはめているブレスレットに、小声で一連のコマンドをささやいた。

シルベステの神経にさまざまな感覚がごたまぜになったものが流れこんできた。探査機のひとつから送られてきたデータのなかに放りこまれたのだ。ボリョーワのいうとおり、適切な処理をほどこしていない生データらしい。それでもこれは予想の範囲だった。感覚移行はもっと苦痛をともなってもおかしくないのだが、実際にはやや不快な程度だ。

シルベステは地表の上に浮いていた。

高度はよくわからない。クレーター、亀裂、灰色の溶岩が流れた跡などからなる地表のディテールが、フラクタル図形のように大きさのバリエーションがあるので、距離感がつかめないのだ。しかし探査機のデータから、高度わずか五百メートルであることがわかった。

地表を見おろし、アリシアのいう地殻活動の兆候を探した。ケルベロス星は永遠の昔から変化していないように見える。十億年くらいまえからおなじ眺めなのではないか。動くものといえば、探査機が噴射する核融合エンジンのジェットだけ。探査機がゆっくり水平に移動するにつれ、その放射状の影もついてくる。

探査機はなにを観測したのだろう。すくなくとも可視光の帯域ではないようだ。感覚中枢に探りをいれる。まるで他人の手袋をはめるような感じだ。すると、べつのデータチャンネルにアクセスしている神経コマンドに気づいた。まず温度センサーをのぞく。しかし地表面の温度にめだった変化はない。全EM帯域を眺めても異状は見あたらない。ニュートリノやエキゾチック粒子の放射量も正常な範囲。ところが画像重力計データに切り換えたとたん、ケルベロス星のなかで、なにかとんでもなくおかしなことが起きているのがわかった。

色分けされた半透明の線が視野に投影され、重力場のようすをしめしている。その線が大きく動いているのだ。

なにかが——質量センサーでもわかるほど巨大なものが、地下から上昇してきている。シルベステが浮いている真下に、なにかハサミのような動きをするものが集まってきている。初めは、地下の溶岩の大きな流れではないかと思ってみた。しかしその無理な仮説はたちまち吹き飛んだ。

それは自然現象ではなかったのだ。

地表に何本もの線がはしり、それらが一点に集まって放射状の図形をつくる。シルベステの視野の周辺で、他の探査機の下にもおなじような放射状の線があらわれているのがわかった。線は亀裂となり、黒く大きく広がっていく。

その亀裂の底に、何キロも下まで続く、光り輝く深淵が見えた。螺旋形の機械がのたくり、谷よりも太い灰青色の触手が波打っている。うじゃうじゃと忙しく、それでいて秩序があり、なにか明確な目的を持っている。まさに機械だ。

シルベステは異様な吐き気に襲われた。まるでリンゴをかじったら、なかから機械のウジ虫の大群が這い出てきたような感じだ。

これでわかった。ケルベロス星は惑星ではない。

機械の塊なのだ。

地表に星形に開いた穴から、螺旋形の機械の触手が出て、ゆっくりと近づいてきた。夢のなかのできごとのようだ。空中にいるこちらをつかみとるつもりらしい。

いきなり、すべてが真っ白になった。あらゆる感覚が白く染められたと思うと、感覚中枢へのボリョーワのデータチャンネルはぷつんと切れた。

シルベステの自我感はブリッジの肉体に引きもどされ、存在論的なショックで思わず悲鳴をあげそうになった。

しばらくしてなんとか落ち着きをとりもどしてみると、アリシアの映像がなにごとかつぶやいていた。声はなく、顔は恐怖にゆがんでいる。自分の判断が完全にまちがっていたことを、死を目前にしてさとった困惑の表情。

そして映像はノイズの海に消えた。

数時間後、クーリは話していた。

「これであいつの頭がおかしいのがわかった。あれを見て、それでもケルベロス星へ近づこうとするんだから、他に説明しようがない」

「むしろ逆効果だったかもしれないわね」

盗聴の危険は比較的少ないスパイダールームにいるにもかかわらず、ボリョーワは声を低くした。

「いままでは疑ってるだけだったけど、あれでシルベステは、調べるにたる対象をはっきりとみつけたわけよ」

「異星種族の機械かな」

「そうだろうな。なんのためのものかはさっぱりだけど。ケルベロス星がまともな惑星じゃないのはたしかね。内部にちゃんとした惑星が隠れているとしても、すくなくとも表面は機械の層におおわれてる。ニセモノの地殻ってわけ。彗星衝突の痕跡がみつからなかったのも当然。あのニセ地殻は、アリシアたちが接近するまえにその傷を修復してたのよ」

「なんらかのカモフラージュ？」

「だろう、やっぱり」

ボリョーワはその点についても推理をめぐらせていたようだ。

「だったら、なぜ探査機を攻撃したのかな。かえって注意を惹いてしまうのに」

「かぶってる皮が遠目には本物そっくりでも、一キロ以内に近づかれると見破られかねないとしたら？　探査機に正体を明かされそうになったので、そのまえに破壊したのかもしれない。敵にしてみれば失うものはなにもないし、むしろ資源が手にはいる」

「それにしても、なぜ？　なぜ惑星をニセの表層でおおうんだろう」

「見当もつかないわね。シルベステにもわかってないだろう。だからこそ接近探査にこれまで以上にこだわるようになったんだ」ボリョーワは声を低めた。「じつは、作戦を立案しろとあたしにいってきた」

「なんの作戦を？」

「ケルベロス星の内部にはいる作戦さ」

わずかに間をおき、

「もちろんあいつは隠匿兵器のことも知ってる。あれを使って表層をおおう機械を部分的に弱体化させられれば、進入口にできるんじゃないかと考えてる。それ以上の大きな破壊も可能だろう……」

口調が変わる。

「マドモワゼルというやつは、これがシルベステの目的だと知ってたのか？」

「シルベステを船に乗せてはいけないということだけは、はっきりいっていた」

「おまえがこの船に乗るまえにか？」

「いや、あとだ」

クーリはボリョーワに、脳内インプラントのことと、マドモワゼルがミッション達成のを補助するために自分のベータレベルをそこに仕込んでいたことを話した。

「うるさいインプラントだったけど、あなたの忠誠心操作セラピーに対しては抵抗してくれた。その点は感謝したほうがよさそうだ」

「セラピーは効いてるじゃないか」

「いや、効いてるふりをしてるだけなんだ。どんな返事をしてどんな態度をとれと、マドモワゼルから指示されていた。それがそれなりにうまくいっていたからこそ、いまこうして、こういう議論をしてるんだ」

「部分的にでもセラピーが効いてる可能性はあるだろう」

クーリは肩をすくめた。

「いまとなっては、忠誠心がどっちをむいていようと関係ないと思うけどね。あなたはもう、サジャキを敵として公言してるのも同然だ。この船の乗組員がいまそれなりにまとまって動いているのは、シルベステに脅迫されてその要求に従ってるからにすぎない。サジャキは誇大妄想狂だからね。あなたに対して使っているセラピーの効果をもうすこしチェックしていれば、もっと話は変わったんだろうけど」

「しかしおまえは、あたしを殺そうとしたスジークに応戦したじゃないか」

「まあね。でもスジークの狙っているのがサジャキやヘガジだったら、そこまでやったかどうかわからない」

ボリョーワはしばし考えこんだが、やがていった。

「まあいい。忠誠心の問題はひとまず棚上げにしよう。それで、そのインプラントは他になにをやってたんだ？」

「わたしが砲術管制室であの兵器に接続したとき、マドモワゼルはそのインターフェースを介して、自分を——というより自分のコピーを、砲術管制系の内部に送りこんだ。当初の意図は、できるならこの船の制御権を乗っ取ることだったのだろうと思う。そのための入り口が砲術管制系しかなかったんだ」

「でも、あれは内から外へは出られないアーキテクチャになってるぞ」

「そうだ。わたしの知るかぎり、マドモワゼルはこの船の制御にはいっさい手を出せなかった。支配できたのはあの兵器だけだ」

「隠匿兵器のことか」

「あれが暴走したのはマドモワゼルの仕業だったんだよ、イリア。あのときは話せなかったけど、なにが起きてるのかはわかっていた。マドモワゼルはあの兵器を使って、リサーガム星到着のまえに長距離射撃でシルベステを消そうとたくらんだんだ」

「なるほど」

ボリョーワはあきれたようにいった。

「とんでもない話だけど、筋は通るわね。それにしても、たった一人を殺すためにあんなものを使うなんて……。そもそも、その女はなんでそんなにシルベステを殺したがってるんだ？」

「いやな話だよ。とりわけ、シルベステが目標に近づいているいまは」

「いいから話せ」

「ああ、わかった。ただ、そのまえにもうひとつ説明しておかなくてはいけないことがある。それもこみいった話だ。サンスティーラーという名前は、あなたにはもうお馴染みのはずだな」

ボリョーワは、体内の古傷が突然開いたような顔になった。特別痛いところの縫い目がピリピリと裂けたのか。しばらくして答えた。

「またそれか」

21

ケルベロス／ハデス系
二五六六年

いつかこのときが来るのはわかっていた。しかしシルベステは、これまでその考えを頭から締め出していた。存在に気づきながらも、それが意味するところに注目しないようにしていた。数学者が証明の無効な部分をあえて無視して、他のところを徹底的に検証し、明白な矛盾はもちろん些細な誤りもなくするようなものだ。

サジャキは、シルベステと二人だけで船長階へ降りることを主張し、パスカルや他の乗組員の同行を許さなかった。シルベステはできれば妻をそばにいさせたかったが、しいて反論はしなかった。

インフィニティ号に乗船してから、サジャキと二人きりになるのは初めてだ。船内をくだるエレベータに乗って、なにか話題はないかと探した。このあと待ちかまえるきわめて不愉快な仕事以外で。

サジャキがいった。

「イリアによれば、ロリアン号内にはいりたるロボット機の作業はまだ三、四日かかる由。その作業が続くことに異存ないか？」

「かまわないぜ」

「拙僧は貴公の希望に従わざるをえぬ。状況証拠からみて貴公の脅しは本物とみらるるゆえ」

「おれがそれくらいの準備もしてこないと思ってたのか？　おまえの魂胆はよくわかってるんだ、サジャキ。脅しが本物だと納得させられなければ、リサーガム星軌道にいるあいだにおれは船長の治療をやらされ、終わればさっさと処分されてただろう」

サジャキはおもしろそうな口調で答えた。

「それは思いすごしである。拙僧の好奇心を低く見ておるようだ。これまで貴公の要求に応じてきたのは、その仮説がどこまで真実か見たいゆえである」

それを信じる気にはならないが、反論しても無益だ。

「アリシアの航海日誌を見て、まだ信じられないっていうのか」

「あれは偽装可能である。船の損傷も乗組員みずからの行為かもしれぬ。ケルベロス星から実際になにかが出て攻撃してくるまで、完全に信用はせぬ」

「まあ、その希望どおりになるだろうよ。ケルベロス星が死んでなければ、四、五日のうちにな」

そのあとは、目的階に着くまで二人とも無言だった。

シルベステが船長を見るのはもちろん初めてではないし、今回の乗船でもすでに一度見ている。それでもこの男の変貌ぶりを目にすると、そのすさまじさをようやく納得したようなショックを覚えた。不思議ではない。性能劣悪な義眼を、この船の高度なメディカルシステムを使ってカルビンに修復してもらってから見るのは、これが初めてなのだ。

それだけではなく、船長自身も前回から変化していた。見てわかる。拡大の速度があがっている。船がケルベロス星へ近づくにつれ、船長のほうもその得体のしれない未来の状態へむかって歩みを速めているようだ。船長を救える手段があるとして、いまはそれがまにあうかどうかぎりぎりのタイミングなのかもしれない。

この進行速度の上昇については、重大な意味を持つものとつい考えたくなる。象徴的ななにかを見いだしたくなる。船長は何十年も病気（この状態を病気と呼べるなら）をわずらっていて、それがいま新たな段階にはいったのではないか、というわけだ。

しかしその考え方はまちがっている。船長にとっての時間の流れを考えてみればいい。相対論速度では、外での何十年もほんの数年に圧縮されてしまう。この症状の拡大も、じつはそれほど長期間にわたるものではない。不穏なものを読みとる理由はないのだ。

「治療はどのようにされるか。前回とおなじ手順か」

「カルビンに訊いてくれ。主導権を握ってるのはあいつなんだから」

サジャキはゆっくりとうなずいた。初めてその問題に気づいたように。

「しかし貴公にも一定の影響力はあろう。実際に動くのは貴公の身体であれば」

「おれの気持ちなんか無視してくれてかまわないぜ。存在さえしないんだから」

「その言は得心がゆかぬ。貴公は存在する。意識もである。前回はそうであった。制御はできなくとも、参加しておった。そしてそれが不快であったようだな。前回でのようすからすると」

「ほう、いつから専門家になったんだ？」

「苦痛でないのなら、吾人から逃げる理由もなかろう」

「逃げてない。逃げられる状況じゃなかった」

「軟禁期間のことだけを申しておるのではない。そもそもここへ、この星系へ来たことである。これが逃亡でなければなにか」

「来るだけの理由があったのかもな」

サジャキがその点をさらに追及してくるかと思ったが、しばし沈黙したあと、その方向の質問は放棄されたようだ。話題として退屈なのかもしれない。サジャキは現在に生き、未来について考える性分のようだ。過去などどうでもいいのだろう。昔の動機やべつの可能性などには興味がないらしい。もしかしたら、そういう方面の思考能力が劣っているのかもしれない。

シルベステはシュラウド進入ミッションのときにパターンジャグラーを訪れたが、サジャキもあの海にはいったことがあるらしい。人間がパターンジャグラーを訪れる理由はただひとつ。精神を変移させるためだ。精神を開き、人間科学では到達できない意識モードをとりこむのが目的だ。

しかし、噂ではあるが、ジャグラーによって変移した精神にも欠陥はあるという。人間精神をつくり変える過程で、かつては存在した能力が失われることがある。そもそも人間の脳内でできうる神経接続の数には限度があるのだ。ジャグラーがそのネットワークを組み換えるとしたら、それまでの接続経路を保存したままというわけにはいかない。

その意味では、シルベステ自身もなにかを失ったのかもしれない。自分ではわからないが。しかしサジャキの場合は明白だ。人間性を本能的に把握する能力に欠けている。自分以外を見ていない。会話に人間的なうるおいがない。注意しなければわからない程度だが。

シルベステは、イエローストーン星にあったカルビンの研究所で、歴史的遺物として保存されている初期のコンピュータシステムと会話したことがあった。超啓蒙意識の成立より何世紀かまえの、人工知能研究が最初に盛んになった時期に開発されたものだ。自然言語による人間の会話を模倣できるというふれこみのもので、最初はたしかに質問を理解して答えているように思える。しかし何回かやりとりすると、それは錯覚でしかないとわかってくる。機械はスフィンクスのように超然として、質問をはぐらかし、話題から離れようとするだけなのだ。

サジャキはそれほどひどくないが、おなじようなはぐらかしが感じられる。そのやり方は、とくに巧みですらない。その方面への無関心さを隠そうとしないのだ。人格異常者がうわべだけの人間性を飾るようなことをしない。

そもそもサジャキが自分の本質をいつわる必要はないのだ。失うものはなにもない。どうやっても、他の乗組員から見れば異質な存在なのだ。

シルベステがリサーガム星へ来た理由についての追及をやめると、サジャキは船に対して、カルビンのシミュレーション映像を船長階に投影するように命じた。

例によってカルビンはおおげさな目覚めの身振りをしながら姿をあらわし、椅子から身を乗りだして周囲を見た。とはいえ、本気で興味があるようすではない。

「いよいよはじめるのか。おぬしのなかにはいるのか？　その目玉の修理に使った機械はたいしたものじゃったぞ。探し求めるものに何年ぶりかで出会った気分じゃった」

「残念ながら、まだだよ。今回はまあ、予行演習みたいなもんだ」

「だったらなんでわしを呼び出す？」

「あんたのアドバイスを必要とする不幸な立場におれがおかれてるからさ」

話しているあいだに、二機のサービターが暗い通路のほうからやってきた。大柄な機械で、レールの上を走り、上部には専用設計のマニピュレータやセンサー類がうじゃうじゃ針山のようにはえている。すべて鏡面仕上げでツルツルピカピカ。とはいえ千年前の機械を博物館から引っぱり出してきたように古めかしい。

「こいつらなら疫病にやられる心配がないからな。肉眼で見えないほど小さな部品はない。複製機能も、自己修復機能も、変形機能もない。サイバネティクス中枢は内蔵してなくて、船の何キロも上層にある。こいつらとは光接続してるだけだ。ボリョーワのレトロウイルスを使うまで、複製機能のある機械と船長を接触させないほうがいい」

「賢明じゃの」

「もちろん、難しい箇所では貴公みずからメスを握らねばならぬぞ」

サジャキがいうと、シルベステは眉に指をあてた。

「おれの目玉は疫病に免疫があるわけじゃないんだ。気をつけろよ、カル。もし接触させたら……」

「だいじょうぶ、慎重にやるとも」

石碑のように大きな椅子の背もたれのまえで、カルビンは顔をうわむけ、自分の冗談に自分でウケた酔漢のように呵々大笑した。

「おぬしの目玉が発病したら、いかなわしでも治せんな」

「危険がわかってるんならそれでいい」

二機のサービターが前進を再開し、砕けた天使像のような船長に近づいていった。

船長の身体は、冷凍睡眠ユニットを割って氷河のようにゆっくりとあふれ出ているというよりは、火山のようにはげしく爆発して、その瞬間をストロボ撮影で切りとったというほうが、むしろふさわしい。噴き出したものは四方へ放射状に伸びてから、壁と平行になって通路の二方向へ数十メートル先まで伸びている。

中心に近いあたりでは木の幹のような太い円筒形で、色は水銀を思わせる。しかし表面はむしろ宝石をまぶしたセメント液のようだ。キラキラとたえまなく光り、内部がきわめて活動的であることをしめしている。

遠くへ伸びた先では、幹は気管支のように細かく枝分かれしている。最後は顕微鏡レベルまで細かい網目に分かれて、その基質である船の構造に溶けこんでいる。反射する光は回折し、水面に浮く油膜のように虹色に輝いている。

銀色のサービターが、銀色の船長の巨体に溶けこんでしまいそうに見えた。中心にある割れた冷凍睡眠ユニットを、左右からはさむように立つ。はじけた容器から一メートルも離れていない。

ユニットはまだ冷えている。もしそのどこかにじかに手をふれたら、そのまま貼りついて、たちまち疫病のキメラ腫瘍と一体化してしまうだろう。手術を本格的にはじめるときは、作業ができる程度に船長を温めなくてはならない。そうすると、船長は動きを速めるはずだ。というより、疫病はこれさいわいと変容の速度をあげるだろう。しかし他に方法はない。いまの極低温では繊細な切開器具は歯が立たない。

サービターは先端にセンサーのついたアームを伸ばしている。センサーはMRIで、断層画像によって病変の内部をのぞき、機械層と、キメラ腫瘍と、かつて人間だった生体の層を区別していく。

シルベステはサービターから送られるデータを義眼に転送させているので、船長の姿に赤紫色の線が重なって見えた。内部に残った人間の輪郭がかろうじて見てとれる。再使用された画布をX線撮影して、塗りつぶされた昔の絵を透視するようなものだ。しかしMRIによるスキャンが続くうちに、細部の解像度があがり、疫病によって歪んだ骨格が残酷なほど明瞭になってきた。恐怖を禁じえない。それでもシルベステは見つめつづけた。

そしてカルビンに訊く。

「どっから手をつけるんだよ。人間を治療するのか、機械を止めるのか」

カルビンは皮肉っぽく答える。

「どちらでもない。修理するのじゃ。船長は人間も機械も超越しとるようじゃからの」

すると、シルベステの視界をじゃましないように控えて立っているサジャキが、

「両人ともよくわかっておられるようだ。これはもはや治療でも修理でもない。修復と称するべきではあるまいか」

「こいつを温めい」

カルビンがいう。

「なんと？」

「聞こえたじゃろう。患者を温めるんじゃ。心配せんでいい、短時間じゃ。いくつか生検をとればすむ。ボリョーワが試験したのは疫病の周辺部だけじゃろう。それでもよくやったとほめねばならん。そうやって採取したのも腫瘍のパターンをしめす貴重なサンプルではあるし、それなしにレトロウイルスは作成できなかったはず。しかしここまできたら、中心部の肉体のサンプルが必要じゃ」

カルビンはニヤリとした。サジャキの顔がかすかに不愉快そうにゆがむのを見て、楽しんでいるらしい。サジャキにもまだ他人の痛みがわかる心、あるいはその痕跡が残っているということか。シルベステはそんなサジャキにわずかながらも親しみを感じた。

「所望さるるのはなにか」

「もちろん、こやつの細胞じゃ」

カルビンは渦巻き形になった肘掛けの先端をもてあそぶ。

「融合疫は人間のインプラントを狂わせ、その複製機能を乗っ取って、生体部分と混ぜあわせる病気といわれておるな。しかしわしは、それだけではないと思っとる。この疫病はハイブリッド化を試みておるのじゃ。生体とサイバネティクス部品をある形で調和させようとしておる。それが真相よ。船長のサイバネティクス系と船がハイブリッド化しようとしておるのにくらべたら、すこしも有害ではない。健康的で美しく、建設的なほどじゃ」

「貴公が船長の立場であれば、そのような主張はできまい」

「もちろんそうじゃ。だから助けてやりたい。そのために細胞が必要なのじゃ。疫病がそのDNAに到達しておるか、細胞機構を乗っ取るところまでいっとるかをたしかめたい」

サジャキは極低温の中心へむかって手をさしのべた。

「そういうことであれば、許可しよう。温めたまえ。ただし短時間にとどめ、終わればすぐに低温下にもどされたい。手術まではそのままに。そして、サンプルはここにとめおかぬように」

シルベステは、サジャキの手が震えているのに気づいた。「それだけははっきりしてる。黎明期戦争と呼ばれている、遠い昔の戦い。何億年も昔の」

「これは戦争の一部なんだ」クーリはスパイダールームで話していた。

ボリョーワは訊く。

「どっからそんな話が出てきたんだ」

「マドモワゼルから銀河系の歴史を教えられた。どんな危機が迫っているかの説明のために。たしかにその知識は役に立った。わからないか？　シルベステのいうとおりにしていたら危険なんだ」

「といわれてもなぁ」

あきらかな罠なのにと、クーリは思った。ボリョーワはまだケルベロス／ハデス系に子どもっぽい好奇心をいだいている。危険がひそんでいることがはっきりわかったのに。いや、むしろ、だからこそかもしれない。これまでは、不可解なニュートリノ発生源という謎だけだった。しかしそのあと、アリシアの記録を通じて異様な機械仕掛けを目撃した。いまのボリョーワは、シルベステとおなじくらいあの場所に魅了されてしまっている。シルベステとちがいがあるとすれば、まだ説得が可能だということだ。ボリョーワには正気の部分が残っている。

「この危険を知らせて、サジャキを説得できる可能性はあるかな」

「無理だろうな。あたしたちはあいつに対して隠してることが山ほどある。それを知ったら、危険うんぬんより先にあたしたちを殺そうとするだろう。おまえが深層記憶抽出術にかけられる心配もある。最近もそんなことをいってた。なんとか気を変えさせたけど……」

ため息をついて、

「とにかく、いまの主役はシルベステだ。サジャキがどう考えようと大勢は変わらん」

「だったらシルベステを説得するしかない」

「そりゃ無理だ、クーリ。いくら道理を説いたってあいつの耳にはいるわけないだろ。そもそも、おまえがいま話したことくらいじゃ説得材料として不充分だぞ」

「あなたは信じたじゃないか」

ボリョーワは手をあげた。

「一部は納得した。でも全部を信じたわけじゃない。あたしは、おまえが理解したというもののいくつかを、いっしょに目撃してる。隠匿兵器の暴走とかな。異星種族の力がなんらかの形でかかわってるのもわかってる。だから、おまえのいう黎明期戦争説を一蹴はしない。でも、全体像がはっきり見えてきたわけじゃないんだ」

しばし間をおいて、

「もしかしたら、あの破片を分析し終わったら……」

「破片？」

「マヌーキアンがおまえに埋めこんでたやつさ」

ボリョーワは、クーリを採用したときに実施した医学検査のさいに、体内に破片を発見して摘出したことを話した。

「あんときは、おまえが兵士時代に浴びた手榴弾の破片かなにかだろうと思った。どうして当時の衛生兵はこれくらいのものを取り出せなかったのかと不思議だった。その時点でおかしいと思うべきだったわね。とはいえ、インプラントとしてはなんら機能していなかった。ただのちぎれた金属片だった」

「それの正体はまだわかってないのか」

「まだだ……」

しかし、まちがいなさそうだった。よくある破片ではない。金属の組成も、ありきたりなものではない。かなり特殊な金属も分析したことがあるボリョーワがいうのだからまちがいないだろう。また、奇妙な製造上の欠陥も観察できる。一見すると、材料への長期間のストレスがつくりだしたナノスケールの金属疲労パターンのようにも見えるのだが。

「もうすこし調べればわかるだろうけど」

「必要な情報の一部はそれで得られるかもしれない。でも、どうやっても変わらない部分もある。この騒ぎにきれいに決着をつける方法、つまりシルベステを殺すという方法は、とれないということだ」

「そうね。でも本当に危機が明白になったら——あいつを絶対に生かしてはおけないということになったら、最終的にはその手段も考えなきゃいけないわよ」

ボリョーワのいう意味がしみこんでくるまで、すこし時間がかかった。

「身を捨ててということか」

ボリョーワは陰気な顔でうなずいた。

「それまでは、できるかぎりシルベステの希望どおりにするしかないわ。でないと全員を危険にさらすことになる」

「いや、そこをあなたは誤解してるんだ」クーリは指摘した。「ケルベロス星への攻撃が失敗したら全員が死ぬと、あなたは思ってるみたいだけど、そうじゃない。たとえ攻撃が成功しても、もっと恐ろしいなにかが起きるんだ。だからこそ、マドモワゼルはシルベステを殺そうとしたんだ」

ボリョーワは唇を結んで首をふり、親が子どもをさとすようにいった。

「そんなあいまいな仮説を根拠に、反乱は起こせない」

「だったら、一人でやることも考える」

「落ち着け、クーリ。慎重になれ。サジャキはおまえが考えてるよりはるかに危険なんだ。なにか口実をみつけて、おまえの頭をこじあけて中身を調べようと狙ってる。いざとなったら一瞬もためらわないやつだぞ。シルベステのほうは……わからない。あたしも殺すのはためらいがあるわ。とくに、これほど現場に接近しているいまは」

「だったら間接的な方法がある。パスカルだ。わかるだろう。全部話して、あの女から説得させる」

「パスカルはこんな話、信じないだろう」

「あなたがいっしょに話してくれれば納得するかもしれない。頼む」

クーリはじっとボリョーワを見た。ボリョーワはその視線を長いこと見つめかえしていた。なにかをいおうと口を開きかけたとき、ブレスレットのチャイム音が鳴った。

袖をめくって表示を見る。上へもどれとの呼び出しだった。


いつものことだが、ブリッジは数人が集まる場所には広すぎた。かなりの容積の部屋にぽつんぽつんと人がいるだけで、空間が無駄だ。もの寂しいなと、ボリョーワは思った。にぎやかしに死者のシミュレーションでも再生しようか。そうすれば、決定的瞬間をむかえる場にふさわしい晴れやかな雰囲気になるだろう。

しかしそんなことをしても無意味だし、そもそもこのプロジェクトに多大なエネルギーをつぎこんできたボリョーワ自身が、すこしも晴れやかな気分ではなかった。クーリとさきほどかわした議論のせいで、この作戦についていくらかなりと残っていた前向きな気持ちは、あとかたなく吹き飛んでいた。

もちろん、クーリのいうとおりだ。ケルベロス／ハデス系に近づくだけで、たいへんな危険を冒していることになる。しかし他に道はないのだ。危険は、船が破壊されるということだけではない。クーリにいわせれば、シルベステがケルベロス星への侵入に成功してくれたほうが、いっそ好ましいほどだ。そうすれば船と乗組員は生き延びられるかもしれない。しかしそうやって短期的に生き延びられたとしても、それはもっと恐ろしい結果につながる前奏曲にすぎないのだ。クーリの語った黎明期戦争の話が半分でも真実なら、そのあとどんでもないことが起きるだろう。リサーガム星だけではない。この星系だけではない。人類文明すべてが危機に陥る。

これは人生最大の過ちになるかもしれないと、ボリョーワは思った。いや、そもそも過ちとさえいえない。他に選択肢がないのだから。

「さてと」

ヘガジが座席の上からボリョーワを見おろした。

「こいつが悪あがきにならないことを祈ってるぜ、イリア」

ボリョーワもおなじ気持ちだ。しかしそれをヘガジに対して認めるわけにはいかない。

集まっている全員にむかっていった。

「みんな、よく聞いてくれ。このプロセスが終わったらあともどりはきかない。だれが見てもヤバいと思うだろう。ケルベロス星の反応を誘発する懸念もある」

「案外だいじょうぶかもしれないぞ」シルベステがいった。「なんべんもいってるように、ケルベロス星はむやみに注意を惹くような行動はしないはずだ」

「おまえの説が正しいことを祈りたいな」

「名医の言葉を信じようではないか」

シルベステの隣に立つサジャキがいった。

「身の危険にさらされておるのはこの男とておなじこと」

さっさとかたづけてしまったほうがよさそうだ。ボリョーワは、これまで暗かった投影スフィアに光をいれて、ロリアン号のリアルタイム映像を映した。

見たところ、最初に発見したときからすこしも変わっていない。降下させた探査機をケルベロス星が襲った直後に、なんらかの攻撃によって受けた大きな傷が、船体のあちこちにぱっくりと口をあけている。しかしその船体内部では、ボリョーワの微小機械が忙しく活動しているのだ。

最初に船内にはいったのは、アリシアの航海日誌を発見したロボット機だけだった。それが放出した一群の微小機械も、数量はごくわずかだ。しかしそれらは、船内の金属資源を消費しながら急速に数を増やし、広がっていった。船の自己修復機能や再設計機能は、ケルベロス星の攻撃を受けたときに停止していたが、微小機械はそれらに接続して再起動していった。この後も微小機械は勢力を拡大していき、最初の植え付けから一日あまり経過したころに、予定された船体内部と船殻の改造作業がはじまった。

外部からぼんやり見ているだけでは、これらの活動はわからない。しかしあらゆる工業活動は熱を出す。この難破船の外板は数日間にわたって微妙に温まっていた。内部で活発な動きがある証拠だ。

ボリョーワはブレスレットを操作して、すべての指標が正常であることを確認した。もうすぐはじまる。もう彼女にも止めることはできない。

「うへ」

ヘガジが声を漏らした。

ロリアン号が脱皮しはじめたのだ。外板を脱ぎ捨てはじめた。損傷した外板があちこちで大きく剝がれていく。まるで船が破片の殻につつまれていたかのようだ。下からあらわれた船殻はこれまでとおなじ輪郭だが、傷ひとつない。脱皮したてのヘビの皮膚のようだ。

この変態を命じるのは容易だった。ロリアン号はインフィニティ号とちがって、自前の複製ウイルスで抵抗しなかったのだ。ボリョーワのいいなりだった。インフィニティ号の造形が火を彫刻するようなものだとすれば、他の船は粘土のように素直だ。

見えている船体の角度が変わりはじめた。破片を脱ぎ捨てるにつれ、ロリアン号は長軸を中心にロール回転しはじめたのだ。連接脳派製エンジンはしっかりとついていて、機能も生きている。ブレスレット経由でボリョーワの支配下にある。船体を光速すれすれまで加速する力はもうないかもしれないが、ボリョーワはそんな飛ばしかたをするつもりはなかった。この船に予定している最後の旅は、近光速船にとっては侮辱的なほど短距離なのだ。

船の内部はすでにほとんど空洞になっていた。内部構造はいったん分解され、円錐形の船殻を分厚く補強することに使われている。円錐の底面は開いている。いまの船体は、一端をとがらせた巨大な鉄パイプのようになっている。

けた。他の乗組員も。ほとんどの反乱者は冷凍睡眠中だったらしい。それでも、攻撃を生き延びている者は一人もいないけど」

「ダン――」ボリョーワはシルベステにいった。「あたしの機械がアリシアの遺体をみつ

「なにをいいたい」

「希望するなら、遺体をこちらに回収してもいい。もちろん、作戦の進行は遅れる。シャトルを送って回収しなくてはいけないから」

シルベステの返事は予想外に早かった。一時間くらいは迷うのではないかと思っていたのだが、とんでもない。即答だった。

「不要だ。作戦を遅らせる余裕はない。おまえのいうとおり、ケルベロス星はこっちの動きに気づくだろうからな」

「遺体はどうする」

論理的で当然の結論というように答えた。

「いっしょに落とせ」

22

孔雀座デルタ星圏
ケルベロス／ハデス系軌道
二五六六年

始まりだ。

シルベステは両手を山の形に組んで、部屋いっぱいに投影された眼球内映像に見いっていた。

ベッドに横たわるパスカルは、なかば以上影につつまれ、いくえもの曲線で構成される抽象彫刻のようだ。シルベステはかたわらの畳の上で胡座をかいている。

数分前にほんのひと口流しこんだ船内蒸留のウォッカのせいで、あっというまに平衡感覚がおかしくなっていた。長年に渡って禁酒生活を強いられていたせいで、アルコール耐性がどん底まで落ちているのだ。それがいまは逆に好都合だった。外の世界をすみやかに締め出してくれている。

しかしその便利なウォッカも、頭のなかの声までは静めてくれない。むしろ狭い洞窟のなかのように大きく反響している。騒々しいなかでもとりわけ大きな声は、こう訊いてくる。

おまえはケルベロス星のなかでなにがみつかると期待してるんだ？　それにどんな具体的意味があるんだ？

シルベステにはわからなかった。疑問への答えを持たない。まるで暗闇の階段を降りているうちに、段数をかぞえまちがえ、床があると思ったところから奈落の底へ真っ逆さまに転落するような感じだった。

空中に手で精霊の姿を描き出すシャーマンのように、シルベステはひとつずつ星系図の要素を投影していった。眼球内映像の範囲は、ハデス星とその周辺空間だ。ケルベロス星の軌道と、接近する人類の船の位置までがふくまれている。もう小惑星でおおわれてはいない。

中心にあるのはハデス星だ。膿瘍のように不気味に赤黒く燃えている。中性子星そのものの直径は数キロしかないが、その支配圏はもっと広い。大渦巻きのような重力場を周囲に張り出している。

この中心から二十二万キロの軌道をめぐる物体は、わずか二時間の公転周期となる。アリシアの航海日誌とデータをさらに詳しく調べた結果、ハデス星にむかって投射されたべつの探査機が、この距離で破壊されていたことがわかった。そこでシルベステは、その軌道に赤い線を引いた。これより内側は致死圏というわけだ。探査機を破壊したのはケルベロス星だ。この小さな惑星はハデスの秘密を守ることを無上の喜びとしているようだ。

それより先になにがあるのだろうという、新たな疑問も湧く。考えてみてもわからない。しかしひとつだけたしかなのは、ここには予測可能性も論理性もないということだ。この二つの真理を忘れずにいけば、無能な探査機とアリシアが斃れた危険を回避できるかもしれない。

ケルベロス星はそこからもっと遠くにある。ハデス星から九十万キロの軌道だ。公転周期は四時間六分。シルベステはその軌道を落ち着いたエメラルド色で描いた。ここは安全圏だからだ。惑星そのものに極端に近づかないかぎり。

ボリョーワの新たな武器、かつてロリアン号だったものは、みずからの推力によって低軌道に移動している。それによるケルベロス星の攻撃反応は、いまのところない。しかし惑星を支配する正体不明の敵は、こちらの動きに気づいているはずだ。シルベステはそう確信していた。この武器が準備されるようすは逐一追っていて、今後の展開を見守っているのだろう。

シルベステは星系図を縮小し、インフィニティ号が視野に入るようにした。中性子星からの距離は二百万キロ。わずか六光秒だ。エネルギー兵器なら理論上は有効射程範囲だが、本気でやろうとするとかなりの大仕掛けが必要になる。充分な解像度で船をとらえるためだけでも、照準システムは幅数キロの基線を持たなくてはならない。物理攻撃は、この距離では有効ではない。数にものをいわせる相対論兵器ならべつだが、それもないだろう。ロリアン号の事例からすると、惑星の攻撃反応はすばやく、めだたないものと考えられる。手のこんだ地殻のカモフラージュを無にしてしまうような、派手な砲撃はしてこないはずだ。

なるほど、そこまではっきり予測できる。つまりそれが罠だということだ。

「ダン」いつのまにか目覚めたらしいパスカルがいった。「もう遅い時間よ。明日までにすこしでも休んでおかないと」

「声に出てたかな」

「まるっきり頭のおかしい人みたいに」

パスカルは部屋をゆっくりと見まわし、眼球内映像の星系図を見てとった。

「本当にやるつもりなの？　まだ実感が湧かないわ」

「これのことかい？　それとも船長？」

「両方でしょうね。もう区別はできない。どちらもおたがいに関係してるから」

パスカルは黙った。シルベステは畳からベッド脇に移動し、その顔をなではじめた。リサーガム星での長い軟禁時代に封印していた遠い記憶がうずきだす。パスカルも愛撫をかえし、まもなく二人は愛しあいはじめた。歴史的事件が起きる前夜なのだ。二度と機会はないかもしれない。そう思えば、一秒一秒が貴重だった。

「アマランティン族はこれまでじっとしてたのよ。船長だっておなじ。どちらもこのまま放っておくわけにはいかないの？」

「おれがそれで納得すると思うか？」

「あなたのようすが不安なのよ。自分が操られているという気はしない？　自分の意思とはべつのところで動かされている気は？」

「立ちどまるにはもう遅いよ」

「いいえ、そんなことはないわ！　引き返せとサジャキにいえばいいだけよ。あなたがやりたければ船長の治療をすこしくらいやってもいい。サジャキはあなたを恐れているから、どんな要求でものむわ。とにかく、アリシアとおなじ目に遭うまえに、このケルベロス／ハデス系を離れましょう」

「アリシアたちは攻撃を予測してなかった。でもおれたちは予測してる。それは大きなちがいだ。それどころか、こっちから先制攻撃をかけるんだから」

「あそこになにがあるにせよ、こんな危険を冒す価値はないわ」

パスカルはシルベステの顔に両手をあてた。

「もういいでしょう、ダン。あなたは勝ったのよ。正しさを証明したわ。目的は達したでしょう」

「まだだ」

シルベステが果てるまで、結局パスカルは燃えなかった。しかしそのあとも、浅い夢をみながらうつらうつらするシルベステのそばを、ずっと離れなかった。

パスカルのいうとおりだ。アマランティン族のことはすこし忘れたほうがいい。せめて今夜だけは。パスカルは永遠に忘れてほしがっているが、それはできない。いまとなっては不可能だ。

しかし実際には、数時間忘れるのも難しかった。もはやシルベステの夢はアマランティン族の夢で充満しているのだ。ふと目をあけ、かたわらの妻の柔らかな曲線のむこうを見ると、その黒い壁の模様が、おりかさなった無数の翼に見えた。悪意を持ってシルベステを見つめ、待ちかまえる翼。

明日からなにかがはじまるのだ。

「不快感はないはずである」

サジャキがいった。

すくなくとも最初はそのとおりだった。深層記憶抽出術がはじまっても、クーリはとくになにも感じなかった。ヘッドギアの軽い圧力だけ。スキャンシステムができるだけ正確に脳内をトレースできるように、ヘッドギアはしっかりとクーリの頭を押さえている。カチッとか、ウィーンとか、小さな機械音は聞こえたが、それだけだ。総毛立つような感触を想像していたのだが、それもなかった。

「こんなことは無意味です、委員」

サジャキは、おそろしく古びたコンソールに施術パラメータを入力している。クーリの脳の断面図が、まだかなり低解像度のまま、その周囲に浮かんでいる。

「ではなにも恐れることはなかろう。怖くなどないはずである。そもそも御辺を採用したときにやっておくべき検査であった。同僚が反対したためにやめたのであるが……」

「なぜいまになって？　わたしがなにか不審なことをしましたか？」

「船は重大な時期にさしかかっておる。完全に信頼できぬ乗組員が一人でもいるのは好ましくない」

「でもわたしのインプラントを焼いたら、砲術士として使いものにならなくなりますよ」

「ボリョーワが脅しのために吹きこむ与太を信じこまぬほうがよいぞ。あれはただ企業秘密を盗まれて、拙僧に優位をとられるのを心配しておるだけ」

スキャン画像のなかに脳内のインプラントが浮かびあがってきた。渾然とした神経構造のスープに浮かぶ、明瞭な形を持つ人工物の島。

サジャキがコマンドを入力すると、画像はそのインプラントのひとつを拡大していった。

クーリは頭皮にチリチリする感じを覚えた。

インプラントの構造からいくつもの層が剝ぎとられ、そのたびに複雑な内部構造が露出し、めまいがするほどの勢いで拡大されていく。スパイ衛星が上空から都市を見ているようだ。街区から通りへ、建物の細部へと解像度が上がっていく。そうやって奥へと分けいり、ついには物理構造として格納されているデータにたどりつくのだ。マドモワゼルのシミュレーションのもとになったデータに。

マドモワゼルが最後にあらわれたのはもうずいぶんまえだ。リサーガム星の砂嵐のなかで姿を見せたとき、自分はサンスティーラーとの戦いに敗れ、死にかけているといっていた。その後、サンスティーラーは勝利をおさめたのだろうか。それとも、マドモワゼルは最後の陣地を守ることに全精力を傾けているせいで、姿をあらわす余裕がないのだろうか。ナゴルヌイは、サンスティーラーに頭のなかを支配されたとたんに狂気におちいった。クーリはこれからそうなるのか。それともクーリのなかのサンスティーラーはもっと密やかに棲みつくつもりなのか。あまり想像したくないことだが、敵はナゴルヌイのときの失敗を教訓にしているかもしれない。

サジャキは深層記憶抽出によって、このことをどこまで察するだろうか。

サジャキはヘガジをともなって、クーリの部屋にやってきた。いますでにヘガジはいないが、たとえサジャキが一人で来ていても、クーリは抵抗するつもりなどなかった。サジャキが見ためより高い戦闘能力を持つことは、ボリョーワから聞いていた。白兵戦でクーリに匹敵する力を持つボリョーワがそういうのだから、サジャキをあなどるわけにはいかない。

深層記憶抽出をおこなう施術室は、拷問室と変わらない雰囲気だった。この部屋ではかつて恐怖が渦巻いたにちがいない。何十年も昔のことだとしても、そういう気配は消えないものだ。

施術に使う装置は古めかしかった。この船では見たことがないほど大きく仰々しい。対象者に装着する器具などは、当初の仕様より新しいものに交換されているかもしれないが、基本的に洗練された機械ではない。クーリがスカイズエッジ星の味方の情報部で見た装置よりも荒っぽいもののようだ。サジャキの方法では、スキャンしたあとに神経のダメージが残る。あせった泥棒が家じゅうをひっかきまわしていくようなものだ。カルビン・シルベステがイエローストーン星時代に八十人組に対してやった破壊的脳スキャンと五十歩百歩……。むしろ劣るかもしれない。

しかしいまはこうしてとらわれの身だ。インプラントを調べられている。構造を解明され、データを読まれている。それが終わったら、次は大脳皮質のパターン読み取りだろう。頭のなかからニューロンの接続のしかたをまるごと読み取っていくのだ。

クーリは軍の情報部に知りあいが何人もいたおかげで、この術についてはいろいろ知っていた。ニューロンの接続パターンには、長期記憶と本人の個性が埋めこまれている。両者はからみあっていて簡単には区別できない。サジャキの使っている装置が並みの性能のものだとすれば、そのアルゴリズムはおそらく記憶パターンを読み取ることに特化しているだろう。

人の脳の記憶格納パターンは、何世紀もかけて何百億人もの精神を調べることで、構造とそれに対応する経験を結びつける統計モデルができている。それによると、特定の印象は特定の神経構造に反映される傾向がある。複雑な記憶が組み立てられるもとになるそれらの機能的ブロックは、クオリアと呼ばれる。このクオリアは人によって異なる。きわめてまれな場合を除いて、クオリアは人それぞれだ。しかし、記憶の格納形式そのものが異なるわけではない。自然は特定のソリューションを得るのに、最小限のエネルギーですむルートをたどるものだからだ。

統計モデルはこのクオリアのパターンを効率的に解析し、記憶が構成されるもとになる接続のマップを描き出す。クオリアの構造を調べ、それらの階層的な接続形態を充分にマッピングして、あとはプログラムに解析させればいい。それでサジャキは、クーリについてわからないことはなくなるはずだ。意のままにその記憶を取り出せる。

アラーム音が鳴った。

サジャキが画像のひとつに目をやる。クーリのインプラントが赤く輝いていた。その赤が周辺の脳組織に漏れ出している。

「どうしたんですか？」

サジャキはなんでもなさそうに答えた。

「誘導熱である。御辺（ごへん）のインプラントがやや熱くなっておる」

「やめたほうがいいのでは？」

「まだまだ。ボリョーワは手製のインプラントにEMパルス攻撃への耐性を持たせているのであろう。少々熱負荷がかかったところで、不可逆的ダメージをあたえる心配はない」

「でも、頭痛が……。気分も悪くなってきたんですが」

「我慢されよ、クーリ」

偏頭痛はどこからともなくやってきたが、耐えがたいものだった。まるで頭を万力ではさまれ、キリキリと締めつけられているようだ。スキャン画像にあらわれているよりも脳内の熱があがっているようだ。患者の安全など一顧だにしないサジャキは、脳の温度が危険域まであがっても、画像には反映されないように手を加えているにちがいない。このままではやがて手遅れになって……。

「待ちな、ユージ。被験者が耐えられない。中止してくれ」

奇跡のように響いた声は、ボリョーワだった。

サジャキはドアのほうを見ている。クーリよりずっとまえからボリョーワがはいってくるのに気づいていたのだろう。それでも、退屈で無関心そうな表情は変わらない。

「どういうことか、イリア」

「どういうことかはわかってるだろう。抽出術をやめないとクーリが死ぬといってるんだ」

ボリョーワがクーリの視界にはいってきた。命令口調だが、武器は持っていないようだ。

「まだ有益なデータは集まっておらぬ。もう数分……」

「数分続けたらこいつは死ぬ」そういったあと、「そしたらこいつのインプラントが修復不能なダメージを受けるんだよ」

ボリョーワらしく実利的な面を強調した。

サジャキのほうも、あとの問題のせいで返答に窮したようだ。そして手もとの機器を軽く調節した。スキャン画像の赤い部分がピンク色にもどっていく。

「このインプラントは適切な耐久性をそなえているようである」

「まだ試作段階なんだよ、ユージ」

ボリョーワはディスプレーに近づき、スキャン画像を自分で眺めた。

「ああ、まったくなんてことしやがるんだ。勝手なことすんじゃないよ、サジャキ。ここまでやったらもうダメージきてるぞ」

最後は独り言のようになった。

サジャキはしばらく沈黙している。クーリは、サジャキが突然激高してボリョーワを殺すのではないかと思った。一瞬でやれるはずだ。

しかし、サジャキは眉をひそめただけで、抽出術の装置に次々と停止操作をいれていった。ディスプレーが消えるのを確認して、クーリの頭からヘッドギアをはずす。

「いましがたの貴公の口調と、言葉づかいは、少々不適切であったぞ、委員」

サジャキはボリョーワに対していった。クーリは、その手がズボンのポケットに滑りこむのを見た。なにかを探っている。ちらりとだが、それは注射器のように見えた。

「この船の砲術士をあやうく殺すところだったんだぞ」

「この者への疑いは晴れておらぬ。その意味では、貴公についてもである。この機器になにやら細工したようであるな。作動すると貴公に警告がいくようになっているのであろう、イリア。巧妙である」

「船の財産を守るためさ」

「いかにも。それは……」

サジャキは脅しの意味をふくませるように、そこまでしかいわなかった。そして黙って施術室から出ていった。

23

孔雀座デルタ星圏
ケルベロス／ハデス系軌道
二五六六年

　薄気味悪いほど対称的な状況だなと、シルベステは思った。

　数時間後には、ボリョーワの隠匿兵器がケルベロス星に埋めこまれた免疫システムと戦闘開始する予定だ。ウイルスにはウイルスを、力には力を。攻撃前夜のこちらでは、シルベステも戦いにおもむこうとしている。敵は、ボリョーワの船長を食いつくそうとしている（船長の身体を拡大させているともいえる）融合疫だ。

　この対称性の裏にはなにか隠れた秩序があるのだろうか。そうだとしたら不愉快だ。ゲームに参加して途中まで進んだところで、それまで知らなかった複雑なルールの存在に気づくようなものだ。

　カルビンのベータレベル・シミュレーションに身体の制御を譲り渡すために、シルベステは意識朦朧として歩いている状態にされた。夢遊病者同然だ。カルビンはシルベステの目と耳から感覚データを直接受けとり、運動神経に直接アクセスして、この身体をあやつる。口と声帯を使って話しもする。

シルベステ自身は神経抑制剤を投与され、全身麻酔状態にある。前回とまったくおなじで、不愉快きわまりない。自分はただの機械になり、カルビンという幽霊に憑依されているわけだ。

シルベステの手は医学的分析ツールを握って、腫瘍の周辺を動きまわっている。中心に近づきすぎるのは危険だ。疫病がこちらのインプラントに伝染するリスクが高まる。とはいえ、いずれかの段階で（このセッション中か、次か）、中心部にも分けいらねばならない。それは不可避だ。しかしシルベステはあまり考えたくなかった。

とりあえず、この段階で危険部位に近づく必要があるときは、カルビンは船内から調達したドローンにやらせていた。単純機能だけのドローンなのに、それでも罹患性がある。一機は船長のすぐそばで不具合を起こし、いままさに疫病の細い触手にからめとられようとしていた。分子機械のような高等コンポーネントはないのに、それでも疫病にとっては利用価値があるらしい。船長の身体から変化したマトリクスにとりこまれ、拡大する病の糧となっていく。

こうなるとカルビンは、より原始的な器具に頼らざるをえない。しかしそれも当座しのぎだ。いずれかの段階で（おそらく、もうまもなく）唯一の対抗策を使わねばならなくなるだろう。すなわち、疫病自身によく似たものを。

シルベステは、カルビンの思考プロセスが自分のなかのどこかで活発に動いているのを感じた。それは意識と呼べるものではない。シミュレーションはあくまで〝意識に似たもの〟でしかない。しかしシルベステの神経系とのインターフェース上では……なにかが起きていた。混乱したインターフェース面に、たしかになにかが乗っている。理論的にありえないし、シルベステの先入観も否定するのだが、しかし……。自己が分割されたようなこの感覚を、他にどう説明できるだろうか。

カルビンもこの感覚を共有しているのかと思ったが、訊くつもりはなかった。そもそも、どんな答えが返ってこようと信用に値しない。

「息子よ——」カルビンがいった。「これまで話題とするのを控えておったが、ちと議論したいことがあるのじゃ。懸念というべきかの。ただ、わしらの……依頼主のまえでは話しにくかったものでな」

この声が聞こえるのはシルベステだけだ。返事をするには、声を出さずに口だけを動かさなくてはならない。カルビンは宿主のその部分の機能を解放した。

「時と場合を考えろよ。うわの空でやるようなことか。手術中だぞ」

「この手術について話したいのじゃ」

「じゃあ手短に」

「成功は、はなから期待されておらぬようじゃ」

シルベステは自分の手を見つめた。カルビンによって制御されるその手は、このやりとりのあいだも休みなく動いている。わきのほうにはボリョーワが控え、指示を待っているのだが、その存在が意識された。シルベステは声を出さずにつぶやく。

「なにをいいたいんだ」

「サジャキはきわめて危険な男ということじゃ」

「そうか。おれとあわせて危険な男が二人ってわけだ。それでもあんたは協力する気なんだろう」

「最初は、感謝の気持ちからじゃった。わしは救ってもらったのじゃからの。しかしそのあと、あの男の視点から考えるようになった。あれに少々異常性が感じられるのはたしかじゃが、本当に〝少々〟なのかと。すこしでも正気の残っている人間ならば、このような状態の船長は静かに冥界へ旅立たせ、それで決着としておるじゃろう。前回会ったときのサジャキは熱い忠誠心の持ち主ではあったが、その行動にはそれなりの筋が通っておった。当時の船長はまだ救える希望があったからの」

「いまはちがうのか？」

「かつてイエローストーン星系の全リソースを投入しても勝てなかった疫病に感染しておるのじゃぞ。たしかに当時の星系はおなじウイルスに襲われておったが、何ヵ月かは孤立した生活圏が生き残っておった。わしらくらいの先進技術を使って治療法を探している集団があちこちにあった。なのにひとつも成功しなかったのじゃ。いまのわしらは、当時の連中がどのような道すじを試して失敗したのか、どのようなアプローチで成功の一歩手前まで進み、時間不足によって敗退したのか、なんの知識もない」

「奇跡でも起きないかぎり無理だって話は、サジャキにしてある。それを信じるかどうかはあいつの勝手だ」

「どうやらあいつは信じておるようだ。成功がはなから期待されておらぬとわしがいったのは、そういう意味じゃ」

シルベステは船長のほうを見た。カルビンが気を利かせてそちらへ顔を動かした。

そうやって目のまえのものを見て、ふいに、カルビンのいうとおりだと納得できた。治療の準備としてできることはある。サンプルを採って、船長の生体がどこまで疫病に冒されているか確認したり……。しかしそこから先へは進めない。どんなにがんばっても、どれだけ知識があっても、どれだけ頭脳明晰でも、この治療の成功はありえない。

というよりも、成功は許されていないのだ。それがわかってショックだった。気づいたのが自分ではなく、カルビンだからだ。シルベステに見抜けなかったことを、カルビンは見抜いた。気づいてみれば明白で、だからこそショックだった。

「あいつは妨害してくると思うか?」

「サボタージュならもうはじめとるじゃろ。わしらが乗船して以後、船長の腫瘍の成長率は加速しとる。偶然か気のせいじゃろうと、問題視しておらなかったがの。しかしどうもそうではなさそうじゃ。サジャキが船長の温度をあげとるとしか思えん」

「そうだな……おれもそういう結論だ。おかしな点はもうひとつあるよな」

「生検じゃ。わしが要求したサンプル」

話が見えてきた。さきほど細胞のサンプルを採取するために中心部へ送ったドローンは、すでに疫病にとりこまれかけている。

「純粋な不具合ではなかったと考えてるんだな。サジャキが仕掛けたことだと」

「サジャキか、その部下か」

「この女か」

シルベステは自分がチラリと女のほうをむくのを感じた。

「そうではないの」小声になる必要はないのに、小声でカルビンはいった。「ボリョーワではない。もちろんこの女を信用しとるわけではないぞ。しかし、問答無用でサジャキに仕える下臣とは思えぬ」

「なにを二人でグチャグチャしゃべってるんだ」

ボリョーワがそういって近づいてきた。

「寄るでない」

カルビンがシルベステの口を使った。シルベステはふたたび自分の意思で口を動かすことはできなくなっていた。

「この検査で疫病の胞子が飛んだかもしれん。吸いこみたくはなかろう」

「あたしは平気だ。生身だから。感染するような機械はいれてない」

「ならば逆に、なにゆえそこまで退がっておるのかの」

「寒いからだよ、クソ」

そういってから、はたと眉をひそめた。

「ちょっと待て。いましゃべってるのはどっちだ。本当にカルビンか？　そうならもうすこし敬意をもって対応する気はあるんだ。あたしらを人質にとってるのはあんたじゃないわけだからな」

「そいつはご親切に」シルベステの口が勝手に動いた。

「有効な治療戦略を立ててきたんだろうな。そちらが取り引きの条件を守らないと、サジャキ委員は機嫌をそこねるぞ」

「まあ、サジャキ委員が問題のひとつなのはたしかじゃ」

ボリョーワはシルベステのような防寒服を着ていないせいか、はためにも震えているのだが、それでもカルビンの言葉を聞いて、そばに近づいてきた。

「そりゃどういう意味だ」

「あいつが船長の快癒を本当に期待しておると思うか？」

ボリョーワは頰をはたかれたような顔になった。

「ちがうってのか？」

「サジャキは長く指揮官の座を占めておる。きみらの三人委員会は茶番じゃよ。サジャキが実質的な船長であり、それはきみもヘガジも承知のこと。その地位を黙って譲る気はあるまい」

ボリョーワは反論をはじめたが、早口なのがかえって動揺ぶりを露呈していた。

「邪推はやめて、手もとに集中してろ。あんたをこの船につれてくるためにどれだけ苦労したと思ってるんだ。何光年も旅してきたんだぞ。そのサジャキが船長の回復を望まないなんて、そんなわけがあるか」

「わしらは確実に失敗するように仕組まれておる。しかしわしらが失敗したあと、あいつは新たな希望の光をみつけるじゃろう。船長を治療できるだれか、あるいはなにかが存在するとな。そいつを探しにいくのだといって、きみらに反論の猶予をあたえず、また百年がかりの捜索に旅立つはずじゃ」

ボリョーワは議論の罠にはまるのを警戒するように、ゆっくりした口調で答えた。

「もしサジャキがそんなことを考えてるんなら、さっさと船長を殺すはずじゃないか。地位を確実にするにはそのほうが早い」

「そうしたら、使い道を探さねばならんようになる」

「使い道？」

「そうじゃ。よく考えてみよ」

カルビンは医療器具をおいて、船長から離れた。まるで独白場面でスポットライトのあたる場所へ移動する役者のように。

「これまできみらは、船長を治療するという目的を、あたかも唯一絶対神のように奉じてきたはずじゃ。はじめは、目的を達したら終わりのつもりじゃったろうが……なかなかは終わりは来ず、やがて他のことはどうでもよくなる。この船には強力な兵器が積まれとるの。きみは話したがらんじゃろうが、よく知っておるぞ。いまのところの用途は、わしのような立場の者——船長を治療するふりだけはするが、実際にはなにもできぬ者を、脅してつれてくるのに使うくらいじゃろう」

そこでカルビンがしばらく黙ってくれたので、シルベステはほっとした。短い沈黙のあいだに、息を継ぎ、舌で口を湿らせた。

「ここでいきなりサジャキが船長になったら、さて、どうなる？　兵器はあるが、それをだれに対して使うのじゃ？　またゼロから敵を仕立てねばならん。しかし、そう都合よくきみらの希望の品を持っとる者があらわれるかの。なにしろきみらは近光速船持ちじゃ。他になにが必要か。イデオロギー上の敵か？　それも怪しいの。自己保存原則をのぞけば、きみらが特定のイデオロギーにこだわる例は見たことがない。よいか、サジャキは深いところでわかっておるのじゃ。もし自分が船長になったら、きみは遅かれ早かれ、ただ持っているからというだけの理由でそれらの兵器を使うようになると。それはリサーガム星に対してやってみせたような限定的な武力行使ではない。その全能力を解放するはずじゃ。この世の地獄をつくりだすはずじゃ」

ボリョーワの反論はすばやかった。その点ではシルベステは感心した。

「だとしたら、サジャキ委員には感謝すべきじゃないか。船長を殺さないことで、あたししかしそれは反論のための反論にしか聞こえず、むしろカルビンの主張が正鵠を射ていることをきわだたせた。

カルビンは曖昧に答えた。

「そのとおりかもしれんの」

ボリョーワは声を荒らげた。

「あたしはそんな話は信じないぞ。乗組員はそんなことを考えただけで反逆罪になるんだ」

「好きにするがよいさ。しかしわしらはすでに、サジャキが手術をサボタージュした証拠を見ておる」

ふいにボリョーワの表情に好奇心がよぎったが、それはすぐに押しつぶされた。

「あんたの被害妄想なんかに興味はないんだ、カルビン——しゃべってるのがカルビンだとしてな。あたしの仕事は、ダンをケルベロス星のなかへいれること。あんたに対しては、治療を手伝うことだ。他の話題で議論するつもりはない」

「では、きみのレトロウイルスを預かろうか」

ボリョーワはジャケットのなかに手をいれ、持ち歩いていたガラス容器を取り出した。

「あたしが採取して培養した疫病のサンプルに対しては効いた。そっちに対して効くかどうかは知らん」

ボリョーワがガラス容器を放ると、シルベステの手が勝手に動いて受けとめた。その小さな滅菌容器を見て、結婚式で使ったものを思い出したが、つかのまの連想にすぎなかった。

「きみと取り引きができて光栄じゃよ」

カルビンがいった。

ボリョーワは、船長をカルビンまたはダン・シルベステ（話しているのがどちらなのか確証は持てない）にまかせ、手術の現場をあとにした。

もちろんそのまえに、レトロウイルスの適用法については明確な説明をおこなった。外科医と薬剤師の関係のようなものだ。ボリョーワは実験室で試薬を作成し、その使い方について一般的なガイドラインをしめす。しかし生死を分ける場面での最終的な決断は外科医がくだすものであり、それに口出しするつもりはなかった。そもそも適用の是非がきわめてクリティカルな状況だからこそ、シルベステをつれてくる必要があったのだ。手術の成否の鍵を握るレトロウイルスとはいえ、治療計画全体のなかではひとつの要素でしかない。

ブリッジへあがるエレベータに乗ると、頭に浮かんでくるのはやはり、カルビン（本当にカルビンだったのか？）がいっていたサジャキについての話だ。考えまいとしても考えてしまう。

それなりに理屈は通っていた。通りすぎているくらいだ。治療プロセスへのサボタージュというのは、具体的になんだったのだろう。質問が喉まで出かかったが、反駁できない証拠をしめされるのを恐れた。そういうことは考えるだけで反逆罪に相当するといったが、それはある意味で正しいのだ。

しかし見方を変えれば、ボリョーワはすでに反逆罪を犯しているともいえた。サジャキはボリョーワを疑いはじめている。それはもうまちがいない。クーリに深層記憶抽出術をかけるかどうかで意見が分かれたのはともかく、その装置をサジャキが起動したときに警報を伝える仕掛けをいれていたのは、いい逃れがきかない。部下を守るための配慮というには度がすぎていて、秘めたる被害妄想、恐怖、憎悪の発露ととられてもしかたないだろう。

さいわい、施術の中断はまにあった。クーリの脳に恒久的なダメージはなかったし、サジャキが充分な解像度で神経構造をマッピングできたとも思えない。読みとれたとしてもぼんやりとした印象だけで、罪証になるような完全な記憶は出てこないだろう。

今後はサジャキに気をつけなくてはいけない。砲術士を失うのも痛手だが、その疑惑の目がボリョーワをターゲットにしたら、おなじように抽出術にかけられるかもしれない。名目上は対等な立場という同僚意識をくつがえすことになっても、それ以上のためらいは持たないだろう。損傷させると船の不利益になるようなインプラントは、もともとボリョーワは持っていない。そしてロリアン号がほぼ自動的に動きはじめているいま、サジャキにとってボリョーワの利用価値はすでに下降線にはいっているのだ。

ボリョーワはブレスレットを見た。

クーリの体内から摘出したあの小さな破片は、思わぬ頭痛の種になっていた。金属組成と疲労破壊のパターンはおおむね解析が終わっていた。いまは一致するデータを求めて船のアーカイブを検索させているところだ。マヌーキアンの仕業という読みはいいところをついているようだ。スカイズエッジ星由来のものでないことははっきりしてきた。

ところが船は、アーカイブをどんどん深くあさりはじめていた。いまでは二百年近くまえの技術データを調べている。そんな古いものを調べてどうするのか……。しかしここまできてやめる理由はない。あと数時間もすれば、船はイエローストーン星のコロニー設立当初、アメリカーノ時代から残存しているわずかな記録まで行き着くだろう。そうなったらクーリには、検索は無駄だったが、調べられるかぎり調べたというしかない。

一人でブリッジにはいった。

広い空間は真っ暗で、投影スフィアがわずかに光をともしているだけ。そこは孔雀座デルタ／ハデス二重星系図がずっと映されている。

他の乗組員（どのみちあまり生き残っていないのだが）の姿はない。アーカイブ中の死後生から召喚された死者が、ほとんど絶滅した古い言語で意見を述べたりもしていない。

ボリョーワには孤独が似合っていた。

サジャキとは話したくなかった（当然だ）。ヘガジも有益な話し相手とはいえない。クいてきて、考えたくないことまで考えてしまうのだ。すくなくともいまは。クーリがいると、さまざまな疑問が湧いてきて、考えたくないことまで考えてしまうのだ。

いまは、すくなくともしばらくは、ボリョーワは一人で、自分だけの環境にいられる。秩序を混乱に変えてしまうものごとを忘れられる――本当に忘れていいことではないが。

ボリョーワの手中には美しい兵器があった。

変身したロリアン号は、ケルベロス星の攻撃を誘発することなく、さらに低軌道へ降りている。地表からわずか一万キロだ。

この巨大な円錐形の物体を、ボリョーワは〝橋頭堡〟と呼んでいた。機能そのままの名前だ。しかしだれがなんといおうと、これはボリョーワの兵器であり、どう名付けようと勝手なのだ。

全長は四千メートルで、もとになった近光速船とほぼおなじ。強固な骨格はほとんど持たない。壁もハニカム構造で、内部のすきまには強力な軍用サイバーウイルスの群れが詰まっている。船長に使用されようとしているレトロウイルスと同様の構造を持つ派生株だ。内側の空洞には大威力のエネルギー兵器と弾薬兵器を装備している。全体は厚さ数メートルのハイパーダイヤモンド層でおおわれ、衝撃に対してこれが蒸発することでショックを吸収するアブレーションシールドの役割を果たす。橋頭堡が地表に激突するときに船体構造を駆けあがる衝撃波は、圧電結晶層でエネルギーに変換され、兵器システムへと環流する。

激突といっても速度は比較的遅く、秒速一キロ以下だ。ケルベロス星の表層にもあらかじめ穴がうがたれる。橋頭堡自身も先端部砲台を持つし、ボリョーワもありったけの隠匿兵器で攻撃するつもりなのだ。

ブレスレット経由で橋頭堡に状況を尋ねた。

あまり楽しい会話ではない。橋頭堡を制御している疑似人格は原始的な機能しか持たない。生まれてまだ数日なのだから当然だろう。それでいいともいえる。おバカさんでいい。そうでないと余計なことを考えはじめる。つい忘れそうになるが、この橋頭堡の寿命は初めからさして長くないのだ。

投影スフィアのなかで踊る数値を見るかぎり、橋頭堡の準備は完全にできている。ボリョーワとしてはこの評価システムの見立てを信頼するしかなかった。兵器のほとんどの部分は、責任者のボリョーワにとっても未知の構造になっている。ボリョーワは基本的要件を指示しただけで、細部は自律設計プログラムのやった仕事だからだ。その過程でどんな技術的問題にぶつかり、どのように解決したか、いちいち報告が上がるようにはなっていない。しかし人間の血管や神経の構造を知らなくても、また代謝経路の詳しい生化学を知らなくても、母親は子を産める。それとおなじで、橋頭堡について隅々まで知っている必要はない。その意味で、これはやはりボリョーワの創造物であり子どもなのだ。

その子を、卑しく早すぎる死へ追いやろうとしている。しかし無意味な死ではないはずだ。

ブレスレットがチャイム音を鳴らした。橋頭堡からの技術データかと思って、目をやった。核心部でまだ稼働している複製システムを使って、飛行中に部分的な設計変更でもしたのか。

そうではなかった。インフィニティ号からのものだった。

破片に一致するデータを発見したらしい。二百年前の技術ファイルまでさかのぼって、ついにみつけたのだ。もとの部品の製造後にできたと思われる破断パターンをのぞけば、完全に一致する。ずれは誤差の範囲だ。

ブリッジにはいまもボリョーワだけだ。

「投影しろ」

拡大された破片の可視光映像がスフィアにあらわれた。部分の拡大画像が次々とあらわれる。塑性変形した結晶構造をしめす白黒の電子顕微鏡画像。派手な色で着色され、個々の原子がぼんやりとながら判別できる原子間力顕微鏡画像。結晶のX線画像と質量分析グラフも別ウィンドウで表示され、大量の技術データが流れていく。

しかしボリョーワはろくに見てなかった。ほとんどは自分で測定したもので、頭にはいっているからだ。

待っていると、一連の画像がまとめて横に移動して、隣におなじような配置でべつの画像があらわれた。中心に映し出されているのは、とてもよく似た銀色の金属片。原子レベルの構造まで一致している。ただし破断パターンはない。組成、同位体比、格子特性は同一。構造の異なる同素体に接合された大量のフラーレン。やたらと複雑なマトリクスを構成している金属層と特殊合金層のサンドイッチ。微量の超ウラン元素が安定な集合体を形成して大量に混ぜられているのは、全体の物性に特殊な弾性をあたえるためだと推測される。

もちろん、船には変わった素材がいろいろ使われているし、なかにはボリョーワ自身が合成したものもある。この破片はめずらしいが、それでも人間がつくったものであるのはまちがいなかった。カーボンナノチューブの使い方は無政府民主主義者の技術を思わせるし、超ウラン元素の安定集合体を混ぜるのは二十四、五世紀ごろに流行した手法だ。たしかにこの破片は、その時代に製造された宇宙船の船殻かなにかだと思える。

船もそう考えているようだ。そんな昔の船殻の破片が、どうしてクーリの体内にあったのか。マヌーキアンはこれからどんなメッセージを伝えたかったのか。

もしかしたらそこが思いすごしなのかもしれない。マヌーキアンは関係なくて、ただの偶然なのかもしれない。しかしこれが、ある特定の宇宙船のものだとなると……。

どうやらそうらしい。その時代の典型的な技術を使ったものではあるが、それでもこの破片はあらゆる点で特殊なのだ。軍用規格よりさらに厳格な公差管理のもとで製造されている。ボリョーワはこれらの解析結果を読み取った段階で、この破片の出所をある一種類の船に絞りこんだ。

シルベステ・シュラウウド研究所が所有していたコンタクト船だ。

さらに同位体比の微妙なちがいから、一隻の船に特定できた。ラスカイユ・シュラウドの境界領域へ、シルベステを運んだ船体だ。

この発見にボリョーワはしばし呆然となった。一連の要素がつながってきた。しかしクーリのマドモワゼルは、たしかにシルベステとなんらかの関係があったわけだ。しかしクーリはすでにそれを知っていた……ということは、メッセージはもっと深いことを伝えようとしているのだ。

いや、それがなにか、ボリョーワにはもうわかっていた。あまりのことに、しばらく反応できなかったのだ。まさか、彼女が？ ラスカイユ・シュラウドであんなめに遭って、生き延びられたわけがない。しかしマヌーキアンは、その女主人と宇宙空間で出会ったとくりかえし話していたらしい。ハーメティクの〈輿(こし)〉にはいったふりをしているのは、疫病による変形より醜悪な傷跡を隠すためではないか……。

「カリーン・ルフェーブルの写真を出せ」

ボリョーワは名前を思い出して、船に指示した。シュラウドで死んだはずの女の名前。映し出された巨大な女の顔が、女神のようにこちらを見おろした。

若い。

顔の下に映っている衣装から判断するかぎり、イエローストーン星のベルエポック期、融合疫に冒されるまえの黄金時代の服装をしているようだ。

顔にも見覚えがある。はっとするほどではないが、たしかに見たことのある顔だとわかる。当然だ。いくつもの歴史文書にこの顔は登場しているのだから。そしてそれらの文書はひとつ残らず、彼女はとっくの昔に死んだと記述している。人間の理解の範疇をこえた異星種族の力で殺されたのだ。

そういうことだ。破片の破断パターンをつくりだしたのがなにか、もうわかった。ラスカイユ・シュラウドをかこむ重力場の歪みが、物質をねじ切った跡だ。

カリーン・ルフェーブルもそうやって死を迎えたと、だれもが思っていた。

「クソ」

もうまちがいない。

クーリは子どものころから、熱いものにふれたときに起きる身体の反応が不思議だった。たとえばクリップの弾を撃ちつくした直後の弾薬式ライフルの銃身だ。さわるとまず、苦痛の予兆が来る。しかしそれは一瞬で、本物の苦痛ではない。本物の苦痛がもうすぐやってくるという警告だ。予兆の痛みはすぐに引き、そのあと、なにも感じない短い時間がある。そこでようやく、熱い物体からあわてて手を離すのだ。しかしもう遅い。本物の苦痛はすでに出発していて、こちらはその到着を待つしかない。突然の来客を告げられた家政婦のようなものだ。

もちろん、ものすごい激痛というわけではないし、たいていの場合は熱源からすでに手を離している。よほどのことがなければ火傷の跡も残らない。それでも不思議なのだ。予兆の痛みが充分にあれば、たいていは手を離す。だとしたら、そのあと遅れて洪水のように押しよせる本物の痛みは、いったいなんのためか。ちゃんと警告を聞いて、危ないものから手を離したのだから、もう苦痛をあたえる必要はないではないか。

その後、痛みが時間差をともなってやってくる生理学的な理由は勉強して理解したのだが、やはり意地悪な仕組みだなという印象は消えなかった。

それとおなじことを、いまも感じていた。

ここはスパイダールームで、ボリョーワと二人。ある顔の正体について話を聞かされている。カリーン・ルフェーブルだと、ボリョーワはいった。そのとき、予兆のショックを感じた。もうすぐ本物のショックがやってくるという、未来からの警告だ。かすかなその警告のあと、なにも感じない短い時間があった。

そしてショックの本体が襲ってきた。

「どうして彼女が？」

ショックは引かず、感情の背景雑音を構成する要素のひとつとしてとどまった。

「ありえない。辻褄があわない」

「いや、辻褄はあってるだろう」

ボリョーワはいった。

「事実とぴったり符合する。無視できないくらいにな」

「でも、ルフェーブルが死んだことは世間の常識だ！　イエローストーン星だけでなく、植民宇宙の半分でも周知の話だ。イリア、ルフェーブルは死んだんだよ。悲惨な死を遂げたんだ。彼女ではありえない」

「あたしはありえると思うぞ。マヌーキアンは彼女を宇宙空間でみつけたといってたんだろう。きっとそうだったんだ。ラスカイユ・シュラウドの近傍空間で漂流しているカリーン・ルフェーブルを発見した。たぶんマヌーキアンは、SISS施設の残骸から金目のものを回収しようとしてたんだろう。そしてルフェーブルを救助し、イエローストーン星へ連れ帰った」

ボリョーワはいったん黙った。しかしクーリが反論するまえに――反論を思いつくまえに、ふたたび話しはじめた。

「辻褄はあう。そう思わないか。たしかにあたしたちはシルベステと関係があった。そしてルフェーブルは、シルベステを殺したいと思う理由を持っていても不思議はない」

「彼女がどうなったかは読んで知ってる。シュラウド周辺の重力場に引き裂かれたんだ。マヌーキアンが連れて帰ろうにも、断片さえ残ってなかったはずだ」

「たしかにそうだ。でも、シルベステが嘘をついているとしたら？　いいか、あそこの空間で起きたといわれていることの根拠は、シルベステの話だけなんだ。記録システムはすべて破壊されてたんだから」

「ルフェーブルは死んでいなかった……。そういいたいのか？」

ボリョーワは片手を挙げた。クーリがその真意を理解しきれていないときはいつもそうする。

「いや……断言はしない。死んだのは死んだかもしれないさ。ただし、シルベステの証言とはちがう形でな。あるいは、あたしたちに理解できる形では死んでないのかもしれない。おまえは会ったつもりでいるけど、じつはちゃんとした形で生きてはいないのかもしれない」

「たしかに、わたしははっきり姿を見たわけじゃない。箱にはいって動きまわっていただけだ」

「おまえは、マドモワゼルはハーメティクだと思った。なぜならハーメティクが使う〈輿〉にはいっていたからだ。でもそれは意図的なミスディレクションかもしれない」

「ルフェーブルは重力場で引き裂かれたはずだ。それはたしかだ」

「シュラウドは彼女を殺さなかったのかもしれないぞ。もっと恐ろしいことが起きて、でもそのなにかは彼女を生かしておいたんだ。むしろ救ったのかもしれない」

「だとしたら、シルベステは知ってるはずだ」

「知ってて黙ってるのかも。一度話してみるべきだな——ここで。サジャキを恐れなくてもいい場所で」

ボリョーワが話し終えるまえに、ブレスレットがチャイム音をたてた。球状のディスプレーに、当惑した目つきの顔があらわれる。

「噂をすれば……」ボリョーワはつぶやいて、呼びかけた。「どうしたんだ、カルビン。

カルビンだとしてだが」

男は答えた。

「どうやらわしがサジャキの役に立てる仕事は、不名誉な形で終わりを迎えたようじゃ」

「いったいなんの話だ？」

それから急いでつけくわえる。

「じつはあたしもダンと話したいことがあるんだ。ちょっと急ぎの用件で」

「たぶん、わしの用件のほうがもっと緊急じゃ。きみの薬のことでな。きみのつくったレトロウイルスじゃ」

「どうかしたのか？」

「狙いどおりに効いていないようなのじゃ」

カルビンが一歩退がった。その背後の船長のようすがチラリと見えた。無数のナメクジが銀色の彫像を這いまわったように、じっとりと粘液で濡れている。

「むしろ、患者の死期を早めたらしい」

24

孔雀座デルタ星圏
ケルベロス／ハデス系軌道
二五六六年

長くは待たされなかった。シルベステとそのなかのカルビンが待つ船長階に、すぐにボリョーワは降りてきた。クーリという女もいっしょだ。地表で殺されかけたボリョーワを救った女だ。

ボリョーワがシルベステの計画のなかでおさまりの悪い変数だとしたら、クーリはもっと予測不能の要素だ。この女がだれに忠誠心を持っているのか、よくわからない。ボリョーワに対してか、サジャキに対してか。それともまったくべつのだれかか。

しかしいまはその懸念を脇において、カルビンの緊急の問題を考えることにした。

「どういう意味だ、患者の死期を早めてるというのは」ボリョーワが訊いた。

「言葉どおりじゃよ」カルビンがダンの口を動かした。そして二人の女がなにかいいつのるまえに、「レトロウイルスはきみの指示どおりに使った。ところが結果は、疫病に興奮剤を注射したようなものじゃった。増殖速度が上がった。ありえないことじゃが、まるでレトロウイルスが疫病を助けとるように見えた」

「なんてこった。すまない。でも、あたしもこの何時間かは大忙しだったんだ。勘弁してくれ」

「いうことはそれだけかの」

ボリョーワは弁解した。

「レトロウイルスは疫病から分離した微量のサンプルに対してテストしただけだ。それに対しては効いた。疫病本体に対してそこまで効果的かどうかはわからなかったけど……とはいえ最低でも、最悪のシナリオでも……なにがしかの効果はあると思ってた。たとえわずかでも。疫病はレトロウイルスに対抗するためになにがしかのエネルギーは使わなくてはならない。無視はできないんだから。普通なら増殖に使う力を、一部なりとレトロウイルス殲滅にふりむけるはず。そう思ってた。もちろん、疫病を殺すか、扱いやすい性質に変質させてくれればそれがいちばん。それが無理だとしても、風邪をひかせるくらいのことはできると思った。観察してわかる程度に進行を遅らせるのはできるだろうと」

「結果はそうならなかったのじゃ」

「ボリョーワの考えはまちがってないと思うけどね」

クーリがいった。シルベステは、この女がここにいる理由を問うように、ギロリとにらんだ。

ボリョーワは尋ねた。

「実際にどうなったんだ？　具体的なことも教えてくれ」

「レトロウイルスの使用は中止した。じゃからいま進行は安定しておる。しかし船長の体内に注入したときは、急激な増殖が起きたのじゃ。まるで船の部材を疫病の基質にとりこむよりも、レトロウイルスをとりこむほうが簡単というように」

「そんなバカな。船は疫病に対して抵抗するわけじゃない。なのに、それよりも早く増殖したって……。つまり、レトロウイルスのほうから疫病に降伏していったということか。疫病に転換されるよりも早く自分を変えていったということか」

「前線の兵が敵のプロパガンダを聞くまえから寝返っていくようなものか」クーリがいう。

「そうだな」ボリョーワは答えた。

シルベステは初めてそのとき、二人の関係を感じとれた。おたがいを尊重しあっているようだ。

ボリョーワは続ける。

「でも、そんなことはありえない。疫病はなにもしないでレトロウイルスの複製プロセスを乗っ取ったというのか。乗っ取ってくれとレトロウイルスが近づいていったというのか。そんなことがあるか」

「では自分でやってみるか？」

「いや、結構。あんたの話を信じないわけじゃないんだ。ただ、あたしの立場で考えてみてくれ。あれはあたしがつくりだしたものだ。なのに——まったくわけがわからない」

「それだけではなかろう」

「というと？」

「これもサボタージュだとしたら、ありえよう。この手術が成功することを望まぬだれかがおると、まえにも話したはずじゃ。だれのことかはいわずもがな」

カルビンは遠まわしにいった。クーリのまえでいいたくないのか、サジャキの盗聴システムを恐れたのか。

「レトロウイルスに手が加えられていた可能性はどうじゃ？」

「考えてみるべきね」


シルベステに提供した試薬はすべて使われたわけではなく、まだいくらか容器に残っていた。そこでボリョーワは、そのサンプルとラボに残っていた分の分子構造を調べて比較してみた。使ったのはクーリの破片を調べたのとおなじ検査機器だ。結果、両者は量子レベルまで同一だった。カルビンが船長に投与したのは、ボリョーワが意図したとおりのものだった。どうでもいい分子部品の、あってもなくてもいい原子をつなぐ、つまらない化学結合にいたるまで、完全に一致した。

レトロウイルスの構造を記録とつきあわせてもみた。主観時間で何年もまえから頭にある設計図とも、まったく相違はなかった。計画どおりのものだ。ウイルスに手は加えられていない。牙は抜かれていない。

カルビンのいうサボタージュ説は消えた。

ほっとした。

サジャキが本当に治療を妨害しているとは、思いたくなかったのだ。サジャキが船長の病を意図的に引きのばしているなど、考えるだに恐ろしい。だから、サボタージュ説を除外していいという検査結果が出て、安堵した。もちろんサジャキへの不信感が消えたわけではない。しかし、そこまで恐ろしいやつだという証拠がなくなったのはよかった。

とはいえ、もうひとつだけ調べなくてはならない可能性があった。

ボリョーワはラボを出て、船長階にもどった。もっと早く思いついていれば、こんな遠まわりをしなくてもよかったのにと悔やんだ。

船長階のシルベステは、今度はなにかと尋ねてきた。ボリョーワはしばらく返事をせず、黙って相手を見つめつづけた。

そうだ。ラスカイユ・シュラウドとのつながりはあったのだ。まちがいない。マドモワゼルが意図したのは単純な復讐だろうか。自分をシュラウド境界領域で殺しかけたシルベステの憶病さへの、あるいは裏切りへの、あるいはそれ以外のなにかへの復讐か。それとも真相はもっと奥が深く、異星種族そのものとつながりがあるのだろうか。ラスカイユが突入したときに身を守る盾となった、遠い昔の精神か。ここで展開しているのは人間の悪意なのか、それとも異星種族のように絶対的で、シュラウドのように古いなにかなのか。

ボリョーワはシルベステと話しあうべきことがあった。しかしそれを話せるのは、安全なスパイダールームのなかだけだ。

「新しいサンプルが必要なんだ。おまえたちがレトロウイルスを使った感染領域から」

ボリョーワはレーザー器具を懐からとりだし、光のガイドラインにそって巧みに切開すると、サンプルを切り出した。まるで金属のかさぶたのようだ。それを滅菌容器に移す。

「レトロウイルスはどうだったんだ？　改変されてたのか？」

「いじった痕跡はなかった」

ボリョーワは答えると、レーザー器具の出力を抑え、それで壁に短いメッセージを書いた。船長が広げる侵食範囲のすぐ手前なので、まもなくのみこまれ、サジャキに読まれることはないだろう。砂浜に書いた文字のように上げ潮に消されるはずだ。

「なにしてるんだ？」

シルベステがいったが、それ以上よけいなことを訊かれないうちに、ボリョーワは立ち去った。

「おまえのいうとおりだったよ」

ボリョーワがいった。場所はノスタルジア・フォー・インフィニティ号の船殻の外。垂直の壁にとりついたむこうみずな鉄の寄生動物の体内であり、なにを話しても安全だ。

「やっぱりサボタージュだった。当初あたしが考えたのとはべつの形だったけど」

「どういうことだ？」

シルベステが訊いた。それまでに、スパイダールームの存在を初めて知って、不愉快そうながら驚きを認めていた。

「疫病に効果があったという最初のウイルス株と、同一性を相互確認したんだろう？」

「やった。そしてさっきもいったように、差異はなかった。とすると、残る可能性はひとつだけだ」

沈黙がおりた。しばらくしてそれを破ったのは、パスカル・シルベステだった。

「船長は──船長だったものは、それを予防接種されていた……。そういうことかしら？だれかがあなたのレトロウイルスを盗み、その毒性と繁殖力を弱めて不活化し、融合疫に投与していた……」

「それしか説明できないわね」

ボリョーワが答える。

クーリは、シルベステにむかって訊いた。

「やったのは、やっぱりサジャキか？」

シルベステはうなずいた。

「サジャキは手術が失敗するように工作してくるはずだと、カルビンは予想してた」

「よくわからないな。船長が予防接種されたというのなら……悪いことじゃないような気がするけど」

　ボリョーワが説明した。

「この場合は悪いのよ。正確にいうと、予防接種を受けたのは船長じゃない。船長にとりついてる疫病のほうだ。融合疫の最大の手強さはそのとびぬけた適応性だ。どんな分子機械を投与しても、それを取りこみ、改造して、自分の攻撃手段のひとつに変えてしまう。それでも、今回こそは勝算があると思っていたんだ。あたしのレトロウイルスはきわめて強力で、疫病の通常の改変プロセスが働くまえに制圧できる可能性があった。ところが疫病は、本物のレトロウイルスと接触するまえに、相手を盗み見ていたんだ。本物の敵としてやってくるまえに、分解して中身を調べていた。だから、カルビンが投与したときには、敵の攻撃手段を熟知していたわけさ。レトロウイルスを無力化し、それどころか敵を自陣営にとりこむ手段まで心得ていた。自分のエネルギーはすこしも消費せずに。船長の増殖が早まったのはそのせいだ」

「でも、それをできるのはだれ？　そんなこみいったことができるのは、この船であなたくらいしかいないと思うけど」

　シルベステもうなずいた。

「おれはサジャキがサボタージュの黒幕だと思うが……ここまでこみいった手口となると、さすがにあいつには難しそうだな」

　ボリョーワは同意した。

「そうね。ここまでやる技術は、サジャキにはないわ」

パスカルが訊く。

「もうひとりはどうかしら？　あのキメラの男は？」

「ヘガジか」

ボリョーワは首をふった。

「あいつは除外していい。三人委員会を襲う敵がいれば反撃してくるだろうけど、この問題に関してはサジャキと同様、そんな技術は持ってない。いいか、あたしが見るところ、それだけの知識を持ってるやつは、この船のなかであたしをふくめて三人だけだ」

「あと二人は？」シルベステが訊く。

「まずカルビン。容疑者からははずしていいだろうな」

「あと一人」

「そこが問題なんだ。サイバーウイルスをそんなふうにいじれる、残るただ一人の人間。それは、まさにその治療を受けている人物だ」

「船長か」

「だから、理屈だけでいえば可能だと、そういってるんだ」舌打ちする。「本人がまだ生きてるのならね」

シルベステはそれにどんな反応をするだろうと、クーリは思った。しかし、さらりと受け流した。

「だれでもいいさ。サジャキ本人でないとすれば、だれかにやらせてるってだけだ」ボリョーワのほうを見て、「これで信じる気になったか？」

ボリョーワはゆっくりとうなずいた。

「残念ながら、ね。おまえとカルビンにとっては、これはどういう意味を持つの？」

「意味？」

シルベステはきょとんとしたようすだ。

「べつに意味なんかなにもないさ。船長を治療できるなんて、はなから約束してない。はっきり不可能だってサジャキにはいったし、それは本音だ。カルビンも同意見だ。そもそもサボタージュする必要があったのかも疑わしいくらいだ。おまえのレトロウイルスを不活化させなくても、疫病にとって変わりはなかったと思うぜ。つまり、これからもなにも変化はない。カルビンとおれは船長を治療するふりを続ける。そしていずれかの時点で、これ以上は無理だとはためにもわかるようになるだろう。サボタージュに気づいていたってことを、サジャキにいうつもりはない。あの男と対決するつもりはないんだ。とりわけ、ケルベロス星への攻撃が目前に迫ってるいまはな」

穏やかに笑みを浮かべて、

「それにサジャキは、おれたちの奮戦が徒労に終わったと聞いても、さして残念がらないだろうさ」

「治療するふりって……」

クーリは他の者を見まわしたが、表情は読みとれない。

「いったいどういうことだ？」

それに対して、パスカル・シルベステが答えた。

「彼にとって船長はどうでもいいのよ。わからない？　サジャキに対する取り引きの条件だからやっているのにすぎないわ。彼にとって大事なのはケルベロス星だけ。あそこに磁石のように引っぱられてるの」

まるで夫がこの場にいないかのような話し方だ。

「そういうことだ」

ボリョーワがいった。

「まあ、その話題が出てちょうどよかった。クーリとあたしは、おまえと議論しておきたいと思ってたんだ。ケルベロス星のことでね」

シルベステは軽蔑的な顔になった。

「おまえたちがケルベロス星のなにを知ってる？」

クーリは答えた。

「それが知ってるんだ。いろいろとな」

クーリは、話す必要がありそうなところまでさかのぼって話しはじめた。そもそもの始まりから。イエローストーン星での覚醒。シャドープレイの殺し屋生活。マドモワゼルとの出会い。その要求を断れない理由……。

「その女はだれなんだ？　どういう要求だ？」シルベステが訊いた。

ボリョーワが制する。

「説明はあとから出てくるから待ちな」

クーリはシルベステにむかって話を続けた。最近ボリョーワに対して話したのとおなじ内容だ。しかしあれからずいぶん長い時間がたったような気がする。

本当の目的を隠してこの船に乗りこんだこと。ところが同時に、ボリョーワにだまされたこと。ボリョーワは新しい砲術士をぜひとも必要としていて、新人の配属希望など聞くつもりはなかったこと。まもなくクーリの脳内にマドモワゼルがあらわれ、そのときどきで必要な情報だけを教えたこと。ボリョーワがクーリを砲術管制系に接続すると、マドモワゼルがそのなかにいるなにかを発見したこと。ソフトウェアの存在であるそのなにかは、サンスティーラーと名のったこと。

パスカルがシルベステを見た。

「その名前……なんだったかしら。聞き覚えがあるわ、たしかに。思い出せない？」

シルベステは妻のほうを見たが、なにもいわなかった。

クーリは続けた。

「正体不明のそれは、かつて砲術管制系から脱出を試みてる。わたしのあわれな前任者の頭へな。そしてそいつを狂気におちいらせた」

「それがおれと関係ある話なのか？」

そういうシルベステに対して、クーリは話してやった。

「マドモワゼルは、それが砲術管制にはいりこんだ時期を特定したんだ」

「なるほど。いつだ？」

「あんたが前回この船に乗ったときだ」

シルベステを黙らせ、人をこばかにしたような表情を消し去るというのは、そう簡単なことではない。しかしその簡単でないことをなしとげたいま、クーリは、こんな真剣な話のさいちゅうにもかかわらず、愉快な気分を禁じえなかった。

しばし呆然としたシルベステは、強い自制心でその状態から脱して、訊いた。

「どういうことだ？」

「どういうことかは、あんたが考えてるとおりだよ」クーリの口からは言葉がすらすらと出てくる。「そいつはあんたが持ちこんだものだ」

ボリョーワが説明を代わった。

「一種の神経寄生だ。おまえにくっついてきて、この船に移ったんだ。それまでインプラントに隠れていたか、もしかしたらハードウェアには頼らずに、おまえの精神そのものに寄生してたのかもしれないな」

「バカな」

　しかしそういうシルベステの口調は弱々しかった。

　ボリョーワは続ける。

「自分でも気づかず、何年もキャリアになってたんだろう。たぶん、あそこから帰ってきたときからな」

「あそこ？」

「ラスカイユ・シュラウドだよ」

　それはクーリがいってやった。ふたたびその言葉は、氷雨（ひさめ）のようにシルベステを叩いたらしい。

「時系列的な整合性は確認した。そいつはシュラウド周辺であんたにはいりこみ、この船に乗るまでずっととりついていた。いまもとりついたままかもしれないな。生存率をあげるために、この船にはコピーを移しただけかもしれない」

　シルベステは立ちあがり、妻にも立つよううながした。

「こんなふざけた話はもう聞きたくない」

「いいや、聞きたいはずだ。マドモワゼルのことも、彼女がわたしになにをやらせようとしたのかも、話すのはまだこれからだぞ」

　シルベステは席を蹴ろうというポーズのまま、黙ってクーリをにらみつけた。一分くらいもそうしていただろうか。ふたたび腰をおろし、クーリの話の続きを待った。

25

孔雀座デルタ星圏
ケルベロス／ハデス系軌道
二五六六年

「残念ながら、こいつの治療は不可能だ」

シルベステはいった。その場にいるのは、船長をべつにすれば二人。ボリョーワをのぞく三人委員会のうちの二人だ。

いちばん近いところにいるサジャキは、過激な現代壁画を鑑賞するように、船長のまえで腕組みをし、首をかしげている。ヘガジは一定の距離をおいている。近ごろ増殖が加速した腫瘍の外縁から、三、四メートル以内には近づこうとしない。平気なふりをしているが、生身の顔が残っているわずかな部分には、刺青のようにはっきりと恐怖が浮かんでいる。

「亡くなられておると申すのか」

「いや、そうはいってない」シルベステはすぐに否定した。「おれたちの治療法がすべて失敗し、最後の一撃は、患者を助けるどころかむしろ傷つけたということだ」

「最後の一撃って？」

ヘガジの問いが壁に反響した。

「イリア・ボリョーワのレトロウイルスさ」

ここは慎重にいかなくてはならない。こちらがサボタージュに気づいていることを、サジャキにさとられてはいけないのだ。

「どういうわけか、ボリョーワの考えたとおりには働かなかったんだ。だからといって、製作者を非難するつもりはない。外縁部から採取したわずかなサンプルで実験しただけだったんだからな。疫病本体にどんな作用をするかは予測できなかっただろうさ」

「さもありなん」

サジャキの短い一言を聞いて、シルベステはこの男に極度の嫌悪感を覚えた。死とおなじくらいに決定的な嫌悪だ。しかし仕事相手として信頼にたりる男でもある。ここでの話がどんな結論になろうと、ケルベロス星への攻撃に変更はないだろうと思えた。

これでいいのだ。このほうがいい。サジャキが船長の治癒を望んでいないことがはっきりした。むしろ逆であることがわかった。となれば、シルベステは目前に迫った攻撃に全神経を集中できる。

頭のなかのカルビンの存在はもうしばらく甘受しなくてはならないだろう。この茶番劇が終わるまではしかたない。しかしたいした重荷ではないし、がまんできる。それにいまは、カルビンのお節介も助かる面があった。同時進行でさまざまなことが起きていて、理解すべきことが多い。頭のなかで第二の頭脳が並列動作して、パターンを読みとり、仮説を立ててくれるのはありがたいといえた。

そのカルビンがささやいた。

「サジャキはほんとに大嘘つきじゃな。そうではないかと思っておったが、これで確信した。この船もろとも疫病に飲みこまれてしまえばよいのじゃ。それがふさわしい末路じゃ」

シルベステはサジャキにいった。

「まるっきりあきらめたわけじゃないんだ。よければ、カルとおれは今後も治療の試みを続けて……」

「やっていただこう」

サジャキの答えを聞いて、ヘガジが驚いたように同僚にいった。

「まだやらせるのか？　ここまでやってだめだってのに」

「反対なのか？」

シルベステは、まるでこれが劇のなかのやりとりのような、結論があらかじめ決まっているというような気分だった。

「なにごともリスクを負わないと……」

「そのとおりである」

サジャキがいった。

「いかにつまらぬ療法でも、船長に効果がないとはかぎらぬ。疫病は生き物であり、毎度論理的に反応するものではない。つまり吾人のすべての行為は一定の危険をともなうものである。たとえば磁場をぐらせるだけでも、疫病はその刺激を受けて増殖が活発になるやもしれぬし、たちまち死に絶えるかもしれぬ。どちらの筋書きでも船長は生き延びられまいが」

「なら、ここであきらめてもおなじじゃないか」とヘガジ。

「否」

サジャキは不気味な低い声で答えた。ヘガジの今後の無事が案じられるほどだ。

「断念という結論にはならぬ。新たなパラダイムが必要ということである。すなわち、外科手術以外の方法である。超啓蒙意識以後、最高のサイバネティクス技術者のカルビン・シルベステ。世に右に出る者のない分子機械巧者のイリア・ボリョーワ。当代最高レベルを維持する本船のメディカルシステム。その三者をもってして歯が立たなかった。それはひとえに、敵が想像を絶するほどに強く、速く、適応力が高いということである。かねて懸念したとおりであった。融合疫は異星種族由来の病ということである。ゆえに人類の手法は歯が立たぬのである。吾人が人類の手法にこだわるかぎり勝負は見えておる。敵とおなじ立ち位置を求めぬかぎり」

どうやらこの茶番劇は、わけのわからないエピローグにたどり着いたようだ。シルベステは訊いた。

「新しいパラダイムって、なんのことだ？」

サジャキは自明の理を述べるように答えた。

「異星種族の病に効能を持つのは異星種族の薬のみ。これが論理的答えである。吾人は今後それを探すのである。求めるものがいかに遠く、いかに時間がかかろうと」

「異星種族の薬……ねえ」

ヘガジはその言葉の意味するところを測りかねているようだ。これからこの言葉を何度も聞くことになるのかと思っているのだろう。

「で、その、異星種族の薬って、あてはあんのか？」

サジャキは、まるでこの場にだれもおらず、一人で考えをもてあそんでいるような口調でつぶやいた。

「まず、パターンジャグラーをあたってみるべきであろうな。やつらでも治療できぬようであれば、他を探さねばなるまい」さっとシルベステを見る。「吾人は――すなわち船長と拙僧は、あの海を一度訪れておる。あの潮の味を知っておるのは、貴公だけではないのだ」

カルビンがシルベステの頭のなかでささやいた。

「こやつは頭がおかしいのじゃから、用がすんだらさっさと退散するのが吉じゃぞ」

シルベステは黙ってうなずいた。

ボリョーワはまたブレスレットを確認した。この一時間で六回目か七回目だ。しかしなにも変化はない。そこから読みとれるのは、すでにわかっていること。すなわち、橋頭堡とケルベロス星の不幸きわまりない結婚は半日後に挙式予定であり、それに異議をとなえる者も、力ずくで花嫁を奪おうとする者もいないということだ。

「そんなにしょっちゅう見ても、なにも変わらないぞ」

クーリがいった。

スパイダールームには、そのクーリとボリョーワとパスカルの三人が残っていた。ここ数時間はこうして船殻の外に出たままで、内部にもどったのは、シルベステが他の委員たちに会う必要が出てきたときだけだった。サジャキはボリョーワの不在を不審としてはいないようだ。自室にこもって攻撃作戦に最後の仕上げを加えていると思っているらしい。しかしさすがにあと一、二時間もしたら、あやしまれないように顔を見せないといけないだろう。

そのあとは、支援攻撃の準備をはじめる時間になる。橋頭堡が突入するケルベロス星の予定地点の周辺に、隠匿兵器群を展開するのだ。

また思わずブレスレットに目をやると、ふたたびクーリがいった。

「なにをそんなに期待してるんだ?」

「あの兵器になにか不測の事態でも起きてくれないかってな。致命的な不具合が起きてくれればありがたい」

するとパスカルが皮肉っぽくいった。

「つまり、成功しないことを本気で願っているといいたいのかしら。数日前はおなじように引き金に指をかけて、人生の愉悦ここにきわまれりという顔だったのに、ずいぶんな変わりようね」

「あれはマドモワゼルのことを知るまえだったからだ。知ってたら……」

ボリョーワはそこで言葉に詰まった。いまは、あの兵器を砲撃準備状態にするのがいかに危険かわかっている。しかし、あのときわかっていたとしても、結果は変わっただろうか。使えるのだから使うべきだという気になったのではないか。たんにそれがエレガントな兵器だから。自分の頭脳がすごいものを操れるところを同僚たちに見せたいから……。戦争の動機とはやはりおぞましい。

自分がそうしたかもしれないと思うと、気分が悪くなった。しかしある意味で、ありそうなことだとも思った。

ボリョーワは橋頭堡を生み出した。そしてそのミッションが完了するまえに、どこかの時点で阻止したいと思いはじめている。つまり、まったくおなじ立場にまた立っているのだ。

ロリアン号が姿を変えた橋頭堡は、ケルベロス星に接近しながら徐々に速度を落としている。実際に接触するときには銃弾程度の速度になっているはずだ。しかし、何百万トンもの質量を持つ銃弾なのだ。この速度でもし通常の惑星の地表に突入したら、運動エネルギーはすみやかに熱に変換され、巨大な爆発が起きて、橋頭堡は瞬時に微塵と化すだろう。しかしケルベロス星は通常の惑星ではない。無数のシミュレーションによって裏付けられた推測では、橋頭堡の巨体はケルベロス星をおおう人工物の表層を貫通するだろう。

表層を貫通した先になにがあるのか、それはわからない。そこにボリョーワはいい知れぬ恐怖を覚えていた。

シルベステの背中をここまで押してきたのが知的虚栄心かなにか知らないが、ボリョーワ自身もそういう有無をいわせぬ衝動に従ってきたという点では、同罪といえた。このプロジェクトにこんなに本気にならなければよかったと思った。もっと安普請の橋頭堡にしておけばよかった。自分の生み出した子が期待どおりの働きをしてしまうことが、いまは恐ろしかった。

「知ってたら……」

ボリョーワはようやく言葉を続けた。

「どうかな。でも知らなかったんだ。だからしょうがないじゃないか」

クーリが反論した。

「わたしの意見に耳を貸せばよかったんだ。こんな無茶はやめるべきだといったじゃないか。なのに説得できず、とうとうこんなところまで来てしまった」

「おまえが砲術管制系のなかで見た幻覚みたいなものを根拠に、サジャキに反対できるわけないだろう。そんなことしたら、いまごろ二人とも殺されてるぞ」

とはいえ、もうすぐそのサジャキに公然とはむかわねばならない状況になる。スパイダールームでできることにはかぎりがあり、ここから出て行動せざるをえなくなるのだ。

「どうしてあのときわたしを信用しなかったんだ」

こういう状況でなければ、クーリを殴っていたかもしれない。かわりに、ボリョーワは穏やかに答えた。

「信用だと？　嘘といつわりで塗りかためてこの船に乗ってきたくせに、よくそんなことがいえるな」

「しかたないだろう。マドモワゼルに夫を人質にとられてるんだぞ」

「へえ、そうか？」

ボリョーワは身を乗りだした。

「本気でそう思ってるのか、クーリ？　そもそも、本当に夫に会ったのか？　それもマドモワゼルの見せた幻覚じゃないのか？　記憶なんてものはな、簡単に植えつけられるんだぞ」

クーリは低い声で、これ以上ないほど怒りをこめた言葉をいった。

「どういう意味だ？」

「旦那はおまえといっしょに来たとはかぎらないといってるんだよ、クーリ。そういうことは考えなかったのか？　いまもスカイズエッジ星にいるんじゃないのか。おまえが最初に考えてたようにな」

パスカルが二人のあいだに割りこんだ。

「喧嘩はやめてちょうだい。最悪の事態が進行中だというのに、仲間割れを起こしてる暇はないでしょう。ついでにいわせてもらえば、わたしは頼まれもせずにこの船に乗ってきた人間よ」

「そいつはご愁傷様」

クーリがいうと、パスカルはじろりとにらんだ。

「前言撤回。わたしにも目的があるわ。そしてわたしにはちゃんと夫がいるんですからね。その夫が、求めるもののために自身を傷つけてほしくないの。まわりの人も傷つけてほしくない。だからあなたたちが必要なの。二人ともよ。なぜなら、わたしとおなじように感じているのは、この船であなたたち二人しかいないようだから」

「どんなふうに感じてるんだ」ボリョーワは訊いた。

「これはまちがってると。あの名前が出てきたときから」

あの名前、というだけでボリョーワにはもうわかった。

「聞き覚えがあるといってたな」

「わたしもシルベステも知ってるわ。サンスティーラーはアマランティン族の名前よ。神か、神話の登場人物か、歴史上の実在の人物か。ダンがあのとき黙ってたのは頑固だからか、もしかしたら認めるのが怖かったからかもしれないわね」

ボリョーワはまたブレスレットを確認したが、なにも動きはなかった。そこでパスカルの話を聞いた。

パスカルの話は簡潔でわかりやすかった。長い前置きもよけいな背景説明もなく、要点だけを手際よく説明していく。最小限の言葉と時間で、必要なことや重要な出来事が手にとるようにわかった。シルベステの伝記製作の責任者にパスカルが選ばれたのもうなずける。

パスカルが語ったのはおもにアマランティン族のことだった。かつてリサーガム星に暮らし、いまは絶滅した、鳥類を先祖とする種族だ。

インフィニティ号の乗組員たちはすでにシルベステから基本的なことがらを聞き、全体像を把握していた。しかしそこにアマランティン族の話が出てくると、途方にくれた。すくなくともボリョーワはそうだった。船内で自分が経験した問題はシュラウダーに関係あるものだと思っていた。そちらの因果関係は明白だ。しかしそれとアマランティン族がどうかかわってくるのか。銀河の歴史からとうに消えた、このまったく異なる二つの異星種族に、どういうつながりがあるのか。

時系列的にも大きくずれている。ラスカイユがシルベステに語ったことによれば、シュラウダーが姿を消したのは——再構成された時空の球のなかにとじこもったのは——アマランティン族が登場するよりずっと昔だ。そしてそのさい、経験の浅い種族が手を出すのは危険な技術やものを持っていった。シルベステとルフェーブルがシュラウドの境界領域へはいっていったのは、ようするに、それを求めてだったのだ。埋蔵された知識というものに惹きつけられたのだ。

シュラウダーは、人類から見ると異形の種族だ。甲殻をまとい、何本もの手足を持っている。まるで悪夢から抜け出てきたような姿だ。

それに対してアマランティン族は、鳥類から進化し、四本の手足を持ち、二足歩行に適した体型をしている。人類の感覚からそれほど異質な姿ではない。

その両者をつなぐのがサンスティーラーだ。

インフィニティ号はこれまでリサーガム星を訪れたことはなかった。アマランティン族と明確なかかわりがあった人物が乗ってきたこともない。にもかかわらず、サンスティーラーはボリョーワを、主観時間で何年も、客観時間で何十年もまえから悩ませてきた。シルベステが鍵を握っているのはわかる。しかし論理的なつながりが、ボリョーワにはどうしてもわからなかった。

パスカルの話はそのあいだも続いている。ボリョーワの頭の一部は、その話のなかで、あてはまるピースを探しまわっていた。

パスカルは、地下から発見された都市のことを話していた。シルベステの軟禁時代にみつかったアマランティン族の巨大な遺跡だ。都市の中央にそびえていた高い塔。その先端に飾られていた像。アマランティン族のようでアマランティン族ではなく、むしろ彼らが想像した天使のようだったその姿。ただし解剖学的に精密に考証されたようで、いまにも飛び立てそうだった翼の構造。

「それがサンスティーラーなのか？」

クーリは真剣に聞きながら尋ねた。

パスカルは答えた。

「わからないわ。わかっているのは、当初のサンスティーラーは普通のアマランティン族だったということ。ただし反抗的な群れ——というより、そういう社会集団をつくっていた。彼らは実験主義者で、自然科学を研究していて、神話に懐疑的な集団だったようね。つまりダンは、サンスティーラーは光学に興味を持っていたのではないかと考えているわ。つまり鏡やレンズをつくっていた。文字どおり、それらの道具で太陽を盗んでいたわけね。おそらく単純な機械仕掛けやグライダーを使った飛行実験もしていた。でもそれは、アマランティン族一般からすれば異端だったのよ」

「じゃあ、その像は？」

パスカルは仮説の続きを説明した。反抗的な群れは、追放された者たちと呼ばれるようになったこと。そして彼らは、アマランティン族の歴史から数千年にわたって姿を消したこと。

ボリョーワは口をはさんだ。

「いま思いついた仮説だけど、その追放された者たちは、惑星上のへんぴな地域に移り住んで、科学技術の開発にいそしんでた……ということはないか？」

「ダンもそう考えてるわ。彼らは行き着くところまでいった。つまり、リサーガム星そのものから脱出する力まで手にいれた。そしてある日、イベントまでそれほど離れていない時期に、彼らはもどってきた。そのころには、地上に残ったアマランティン族から見ると、彼らは神のような姿に変わっていた。それが、塔の上の像よ。新たな神にまつりあげられたのよ」

「天使の姿になってか？」

クーリが訊くと、パスカルは確信をこめていった。

「あれは遺伝子工学の結果よ。ああいう翼を持っても、実際に飛べたとは思えない。でも彼らはもう重力に縛られてはいなかったのよ。宇宙に出ていたから」

「それから？」

「さらにあと、数世紀後か、もしかしたら数千年後に、サンスティーラーの集団はまたリサーガム星へやってきた。そのときは終わりの間近だった。あまりにも時期が接近しているので、考古学的なタイムスケールでは差を区別できないくらい。つまり、彼らがもたらしたように思えるのよ」

「もたらしたって？」

「イベントよ。リサーガム星の生命を死に絶えさせた事件」

スラッジが足首までたまった通路を苦労して歩きながら、クーリはボリョーワに訊いた。

「橋頭堡がケルベロス星に到達するのを止める方法はあるのか？　あれの制御権はまだ握ってるのか？」

ボリョーワはその問いを制した。

「静かにしろ！　ここでは話す内容は……」

あとは壁を指さした。どんな盗聴デバイスがしかけられているかわからないという意味だ。ここはサジャキが支配する監視網のなかなのだ。

「ほかの委員に筒抜けといいたいんだろうけど、だからどうだっていうんだ？」

不必要なリスクを冒すことはないので声はひそめたが、それでもクーリはいった。

「このままいけば、どのみちもうすぐ、わたしたちはおおっぴらに反抗しはじめるんだ。サジャキの盗聴ネットワークは、たぶんあなたが考えてるほど完璧じゃない。すくなくともスジークはそう考えてた。かりにここが盗聴される範囲だとしても、あいつはいま、それどころじゃないはずだ」

「こんなところで危ない橋を」

毒づきながらも、ボリョーワはクーリの意見を受けいれたようだ。この水面下の行動は、まもなく明確な反乱になるのだ。ジャケットの袖を引きあげ、ブレスレットをのぞかせる。ぼんやりと浮かびあがる図のなかで数字がゆっくり更新されている。

「ここからほとんど全部制御できる。でも、なにもできないぞ。あたしが計画をサボタージュしようとしたら、サジャキに殺される。橋頭堡を予定の軌道からはずしただけであいつにはわかるんだ。それから、忘れてるかもしれないが、シルベステはあたしたち全員を人質にとってる。いちばんわからないのはシルベステの反応さ」

「怒るだろうな。怒ってもおなじことだが」

そこで、パスカルが口を出した。

「彼の脅しは根拠がないのよ。目のなかにはなにもはいってない。本人がそういっていたわ。でもサジャキの立場からは、どちらともいえない。はいってる可能性があると思うから、脅しは効くはずだと」

「それが嘘じゃないという確信はあるのか？」とボリョーワ。

「夫がわたしに嘘をいうとでも？」

「こういう状況でいいかげんな話をあてにはできない。たしかにサジャキは怖いけど、必要とあれば力で立ちむかう覚悟はある。でも、あんたの夫に対してそういうわけにはいかないんだ」

「目のなかにはなにもない。わたしを信じて」

「さて、どうする？」

クーリがいった。エレベータのまえに到着し、ドアが開くと、一段上がるようにして乗りこんだ。クーリは壁を蹴って、ブーツからヘドロ状の汚物を落とした。

「イリア、とにかく橋頭堡を止めてくれ。あれがケルベロス星に到達したら、どのみちわたしたちはみんな死ぬんだ。マドモワゼルはそれがわかっていた。だからシルベステを殺そうとしたんだ。あの男はなにがなんでもあそこへ行こうとするはずだから。わたしもまだ話が全部整理できてるわけじゃないけど、これだけはたしかだ。シルベステが目的を達するのは、わたしたち全員にとって悪い結果になる。最悪の事態に」

エレベータは上昇をはじめていたが、ボリョーワはまだ行き先を告げていなかった。

パスカルがいう。

「サンスティーラーが彼を駆りたてているようね。さまざまな考えを吹きこみ、目的意識をかたちづくっているのよ」

「さまざまな考えって？」とクーリ。

それにはボリョーワが答えた。

「そもそもここへ、この星系へくるところからさ。クーリ、シルベステが前回この船に乗ったときの記録を、船のアーカイブから引き出して再生したのを憶えてるだろう」

クーリはうなずいた。よく憶えている。映像のシルベステの目を見ながら、本物をどうやって殺すか考えたことを。

ボリョーワはなにかを理解したようすで話した。

「あのときすでに、あいつはリサーガム星への遠征を考えている口ぶりだった。あの時点であいつがアマランティン族のことを知っていたはずはないのに、なぜなのか不可解だった。でもこれでわかった。パスカルのいうとおり、サンスティーラーさ。それが頭のなかにとりついて、あいつをここまで動かしてきたんだ。本人は気づいてなかっただろうけど、じつは最初からサンスティーラーに操られてたのさ」

「サンスティーラーとマドモワゼルは対立していて、しかし戦うためにはその駒としてわたしたちが必要だったんだな。サンスティーラーはソフトウェアのような存在だから。マドモワゼルは〈輿〉にはいり、イエローストーン星から動けないから。代理戦争としてわたしたちは戦わされてるわけだ」

「たぶんそのとおりだ。あたしはサンスティーラーの動きが心配だな。すごく不安だ。隠匿兵器が吹き飛んだあのとき以後、なんの音沙汰もないけどね」

クーリは答えなかった。

クーリの知るかぎり、サンスティーラーは、前回の砲術管制セッションのさいに彼女の頭にはいってきたのだ。マドモワゼルが最後にあらわれたとき、サンスティーラーの攻勢にあって敗色濃厚だといっていた。もって数日、へたをすれば数時間で完全に制圧されると。それから数週間たった。マドモワゼルの計算が正しければ、すでにあの貴婦人は死に、クーリの頭はサンスティーラーに支配されているはずだ。

なのになにも変化はない。それどころか頭のなかは、イエローストーン星で目覚めてからいちばん平穏なくらいだ。あのうるさいシャドープレイ用の接近アラートも鳴らない。夜ごとあらわれて立て板に水でしゃべるマドモワゼルもいない。

もしかして、サンスティーラーは勝利をおさめると同時に死んでしまったのか。

そんなことはないはずだ。その不在はむしろストレスだった。いつか姿をあらわすその瞬間まで、ひたすら緊張していなくてはならない。

そのときこの新しい住人は、先代の住人より不快な存在となるだろう。

「おもてに出てくる必要がないからじゃない？　もう勝ったも同然なんだから」

パスカルがいうと、ボリョーワは同意した。

「たしかに、勝ったも同然だろうな。でも、あたしたちが動きだせばサンスティーラーは介入してくるかもしれない。用心しておいたほうがいいぞ。とくにおまえだ、クーリ。あれがボリス・ナゴルヌイの頭に侵入したことは知ってるだろう。あれの二の舞はごめんだ」

「手遅れにならないうちに、わたしを監禁しておいたほうがいいんじゃないか？」たいして考えもせずいった言葉だが、真剣だった。「冗談でいってるんじゃないんだ、イリア。下手をすると、あとでわたしを射殺するはめになるかもしれないぞ」

「そんときゃよろこんで引き金を引くさ」ボリョーワはさらりといった。「でもあいにく、数の点であたしたちは圧倒的優位ってわけじゃないんだ。こっちが三人だとしたら、敵はサジャキとヘガジ。シルベステがどっちにつくかは、神のみぞ知るだな」

パスカルはなにもいわなかった。

三人は兵器アーカイブに到着した。ボリョーワは最初からここが目的地だったが、着くまで他の二人にはなにもいわなかった。

クーリも船内のこのあたりの区画につれてきたことはない。しかしさすがに説明は不要だった。武器庫の経験が豊富にあるクーリは、匂いでわかるようだ。

「ここで思いきりクソまみれになれってことだろう？」

広い長方形の部屋には、ディスプレーと、兵器アーカイブの製作セクション、即時使用可能な千挺くらいの武器がかかったラックの並ぶ区画があった。船内各所にホログラフィックメモリーで分散記録されたアーカイブには、さらに何万種類もの設計図がはいっており、命じれば短時間でその実物が製作される。

「そういうことだ」

ボリョーワは、自分でも少々危ないと思うほど楽しくなっていた。

「こっちはできるだけ効果的で強力な武装をしておいたほうがいい。だからここは、おまえの技量にまかせる。三人分の装備をそろえろ。ただし急げよ。用がすまないうちにサジャキに閉鎖されたらまずい」

「じつは、楽しんでるんじゃないか？」

「そうさ。なぜだかわかるか？　自殺行為だろうがなんだろうが、ようやく行動のときがきたんだ。殺されるかもしれない。無駄かもしれない。それでもいざとなったら戦闘あるのみだ」

クーリはゆっくりとうなずいた。

ボリョーワがいったのは本心だった。事態にただ流されるのではなく、たとえ無駄でも自分の意思でそこに介入できるのは、兵士の特権だ。

兵器アーカイブの低レベル機能の使い方を手早くクーリに教えた。さいわい直感的に使えるようになっている。

それがすむと、パスカルの腕をとって出口へむかった。

「どこへ行くの？」

「ブリッジだ。サジャキが待ってる。支援攻撃作戦がはじまるんだ」

26

孔雀座デルタ星圏
ケルベロス／ハデス系軌道
二五六六年

シルベステは数時間前から妻の姿を見ていなかった。夫の長年求めてきたことがついに実現する瞬間が近づいているのに、パスカルはあらわれない。

ボリョーワの橋頭堡がケルベロス星に突入するまであと十時間。そして隠匿兵器による支援攻撃の第一波が作戦を開始するまで、あと一時間を切っている。これだけでもたいした見ものはずだが、どうやらシルベステはパスカルといっしょの見物はできないようだ。

船のカメラはずっと橋頭堡をとらえている。百万キロではなく、ほんの数キロ先にあるように、ブリッジの投影スフィアには映されている。いまはほぼ真横からとらえられている。橋頭堡は軌道上の位置から動きだしたところだ。船はそこから時計まわりに九十度動いた軌道上で、ちょうどハデス星とケルベロス星を結ぶ線上に位置を固定している。どちらも正確な意味での軌道運動はしていないが、ケルベロス星の重力は弱いので、最小限の修正噴射だけでこの人工的な位置関係を維持できるのだ。

ブリッジにはサジャキとヘガジがいて、スフィアから漏れる赤い光に照らされている。いまはすべてが赤だ。ハデス星は、この距離まで近づくと赤い点として見わけられる。孔雀座デルタ星も、弱いが赤い光を放ちながらまわっている。ブリッジで光を出しているのはスフィアだけなので、すべてが赤く染まって見える。

ヘガジがいった。

「ボリョーワはどこいったんだ？　あいつの恐怖コレクションの展覧会をやるんじゃなかったのか？」

もしかして、あの女は本当になにかとんでもないことをやったのだろうかと、シルベステは考えた。ここまで攻撃の枠組みを完成させておきながら、最後の最後にそれを阻止する決断をしたのだろうか。だとしたら、シルベステは大きな勘ちがいをしていたことになる。たしかにボリョーワは、クーリという女の見た幻覚を根拠にして、懸念があるといっていた。しかしそれは本気ではないと思っていた。シルベステがどの程度の確信を持っているか試すために、形の上で反対論をぶっているのではなかったのか。

「そうだといいんじゃがの」

頭のなかでカルビンの声がした。

「いつのまにおれの考えを読めるようになったんだ？」

シルベステは声に出していった。そばにいる二人の委員はカルビンのことを知っているので、隠す必要はないのだ。

「どういうトリックを使ってるんだ、カルビン」

「神経調和性への段階的適合と呼んでほしいの。おぬしの頭に長くはいっておればこういうことが起きると、あらゆる論文に書いてある。具体的にいえば、おぬしの神経プロセスのモデルをより正確に構成できるようになってきたということじゃ。最初は読みとったパターンとおぬしの発言を結びつけておっただけじゃが、いまは発言を待たなくてもパターンからなにを考えたかわかる」

じゃあ、これを読めよ。消えろ、クソじじい。

「わしを消したければ何時間もまえにやれたはずじゃ。やっておらぬということは、わしがおるのがだんだん都合よく感じられてきたのじゃろう」

「いまのところはな。しかし慣れたわけじゃないぞ。あんたを今後もこうしとくつもりはないからな」

「おぬしの女房が心配なのじゃ」

シルベステは二人の委員のほうに目をやった。この先の会話を聞かれるのはまずいように思えたので、返事は頭のなかで考えるように切り換えた。

「おれも心配してるが、あんたには関係ないことだろう」

「ボリョーワとクーリが攻撃の危険性を説いておるときの、あのおなごの反応がの」

たしかにそうだ。しかし、だれがパスカルを責められるだろうか。ボリョーワがサンスティーラーの名を口にしたとき、シルベステにとってもそれは爆雷のような衝撃だった。もちろんボリョーワは、その名の重大性を知らない。妻がそれをどこで聞いたか、そもそも聞いたこと自体を思い出さないでほしいと、シルベステは願った。

しかしパスカルはそんなバカではない。そもそも彼女を愛した理由の半分は、その頭のよさなのだから。

「だからって、あいつらに口説き落とされたとはかぎらないぞ」

「そんなに確信を持てるとはうらやましいの」

「あいつはおれのじゃまなどしない」

「そりゃわからぬぞ。おぬしが破滅に突き進んでおると思ったら、そしておぬしをある程度以上愛しておるなら、愛ゆえに立ちふさがるという理屈も成り立つじゃろう。それだけではないかもしれん。突然おぬしを憎みはじめるとか、おぬしの野心を否定することに快感を覚えはじめるとか。実際にはちがうと思うがの。心を痛めながらのはずじゃ」

シルベステは投影スフィアのほうに目をもどした。円錐形に内部をえぐられたボリョーワの橋頭堡。

「この謎は、おもてから見えるよりもっと深いと思うのじゃ。慎重に進むべきではないか」

「おれは慎重でなかったことなんかないぜ」

「わかっとる。わしは同情しとるのじゃ。危険をともなうからこそ魅力的に思えるのじゃろう。先へ先へと駆りたてるニンジンのようなもの。そう感じとるのじゃ。反対論にあえばあうほど意固地になる。おぬしには知識欲があり、その欲には抵抗できん。その欲のために死ぬことになるとわかっていても」

「おれよりうまく説明してくれるじゃないか」

そういったあと、シルベステはしばし考えた。しかしそれは短時間にすぎなかった。サジャキのほうをむき、声に出していう。

「あの女はどこにいったんだ？　仕事の時間を忘れてるのか？」

「いま着いた」

そう声がして、ボリョーワがブリッジにはいってきた。うしろからパスカルもついてくる。ボリョーワは黙ったまま座席を二つ呼びよせ、二人はそれぞれにすわって、部屋の中央空間に持ちあげられた。ほかの者たちのそばにならび、投影スフィアでのスペクタクルがよく見える位置をとる。

「しからば、戦闘開始と参ろう」

サジャキがいった。

ボリョーワは隠匿兵器に命令を発した。

この恐怖の機械を動かすのは、例の暴走事件以来初めてだ。気持ちの底には、前回のくりかえしになるのではないかという恐れもあった。これらの兵器がボリョーワの制御ループをはずれ、勝手に動きだすのではないか……。その可能性は排除できないが、許容できる範囲のリスクだと理性では考えていた。クーリの話を信じるなら、あのとき隠匿兵器を暴走させたのはマドモワゼルであり、そのシミュレーションはすでにサンスティーラーに制圧され、殺されたはずだ。かりにまた兵器が暴走したとしても、すくなくともそれはマドモワゼルの仕業ではないはずだ。

ボリョーワは、片手にあまる程度の隠匿兵器を選んでいた。破壊力スケールでは最下端に位置している（と推定し、期待している）もので、インフィニティ号がもともと持っている武装とそれほど威力は変わらない。

その六基の覚醒と準備状況が、ボリョーワのブレスレットに伝えられた。陰気な髑髏マークのアイコンが点滅している。船倉のレールの上をゆっくり動きはじめる。複雑なレールのネットワークを抜けて船倉を出て、やや狭い移動室にはいり、そこから船外へ展開していく。そして、少々大きすぎる大砲を積んだロボット宇宙機として自律飛行しはじめる。

六基はすべて異なる種類だった。基本デザインはこの地獄級兵器として共通しているものの、共通点はそこまでだ。

二基は相対論速度ミサイルのランチャーなので、ある程度似ているともいえるが、実際には、別々の兵器メーカーが軍の要求性能にあわせて競争試作したプロトタイプのように、純然と異なっていた。一見すると大昔の榴弾砲のようだ。長い砲身、複雑にからみついたパイプ類、癌化組織のようにたれさがった補助システム。

あとの四基も気持ちのいいものではない。ガンマ線レーザー（船載ユニットより桁違いに大きい）、超対称性ビーム、加速反物質プロジェクター、クォーク閉じこめ破壊デバイス。暴走した惑星破壊兵器ほどのものではないが、その照準を自分にむけるのはもちろん、自分が立っている惑星にむけるのもためらわれる代物だ。

そして忘れてはいけないのは、ケルベロス星がどうなってもいいわけではないということだ。目的は破壊することではなく、その表面に穴をあけること。一定の繊細さが必要なのだ。

まあ、これが繊細さを語るようなものかはべつとして。

「次は、なにか初心者でも使える銃を出せ」

クーリは兵器アーカイブの製作システムのまえで、あれこれ迷っていた。

「ただし、おもちゃじゃないぞ。ちゃんとストッピングパワーのあるやつだ」

「ビーム式と弾薬式、どちらになさいますか？」

「低出力ビームにしろ。パスカルに使わせて、船殻に穴をあけられちゃかなわない」

「すばらしいご選択です。ご指定いただいた性能要件に適合する製品を検索いたしますので、しばらくおかけになってお待ちください」

「立って待ってるからさっさとやれ」

対応しているのは、製作システムのガンマレベル疑似人格だ。スロットのあるカウンターの上に、やや陰気な顔に薄笑いを浮かべたバストアップのホログラフ映像が投影されている。

当初クーリは、壁に並んだ既製品から選ぼうとしていた。ガラスのむこうのぼんやり照明された銘板に、使用法、歴史上の登場年代、戦歴などが書かれている。基本的にはこれらで充分で、自分とボリョーワ用の軽火器を求めた。選んだのは電磁式のニードルガンで、シャドープレイ時代に使ったものとよく似たデザインだ。

ボリョーワは、重火器の範疇にはいるものも必要になると、不吉なことをいっていたので、クーリは展示されている製品からざっとみつくろった。いい感じの高速プラズマライフルがあった。三世紀前に製造されたものだが、時代遅れではないし、神経フィード照準システムは接近戦での有用性が高い。軽量なところも適当だ。持ってみるとすぐに手になじんだ。妙にそそられるのが、全体をつつむ黒いレザーの保護ジャケットだ。まだら模様で、オイルの輝きも最高。操作部、表示部、アタッチメントの接続ポイントなどが切り欠きから露出している。

これは自分用にしよう。

しかしそうすると、ボリョーワにはなにを用意すればいいか。

ラックの銃をできるだけ時間をかけて(といっても五分以上はかけられない)、順番に見ていった。興味深いハードウェアや、かなりヤバい代物もあったが、条件にぴったりくるものはない。

しかたがないので、兵器アーカイブのデータに頼ることにした。ここには四百万種を超える携行兵器のサンプルがおさめられているという。単純な固体弾を飛ばす火打ち石式マスケット銃から、想像を絶する殺戮技術をコンパクトに詰めこんだ陰惨な機械にいたるまで、十二世紀にわたる銃器製造者の歴史が一覧できる。

しかしこの多種多様なサンプルも、兵器アーカイブの能力全体から見ればごく一部でしかない。アーカイブは創造性もそなえているのだ。適当な要求仕様をあたえてやれば、アーカイブは設計図をふるいにかけ、既存の兵器の特徴を組み合わせて、高度にカスタマイズされたまったく新しい製品を考案する。そしてその実物を数分で製作するのだ。

完成すると、カウンターの上のスロットがひらいて、フェルト張りの小さなトレイに乗ってせり上がってくる。いましもそうして、クーリがパスカル用にと考えた小ぶりのピストルができてきたところだった。無機質な金属の輝き。製造工程の熱がまだほんのりと残っている。

クーリはそのピストルを手にとった。銃身の照星と照門をあわせ、手のなかでのバランスをたしかめ、グリップのへこんだところにあるビームの出力設定ボタンをまわしてみる。

「よくお似合いですよ」

製造システムがいった。

「これはわたし用じゃない」

クーリはそのピストルをポケットにつっこんだ。

ボリョーワの六基の隠匿兵器は、スラスターを起動し、急速に船から離れていった。複雑な軌道をとり、激突予定地点に対してやや斜めから攻撃を加えられる位置をめざしていく。橋頭堡のほうは、そのあいだも定常的に減速しつつ、地上との距離を詰めている。大きな人工物が接近してきているのを、惑星はすでに気づいているはずだ。それがかつてロリアン号だった物体であることも認識しているかもしれない。

機械が充満する表層の下では、ある種の議論が戦わされているにちがいない。あるコンポーネントは、早く攻撃すべきだと主張する。厄介なことになるまえに、接近する物体を処理しておくべきだと。べつのコンポーネントは慎重論を述べる。物体はケルベロス星からまだ遠く、それを反撃のいとまをあたえず葬り去るには、かなり大規模な攻撃が必要になる。あまり派手な攻撃行動をとると、望まざる注目を集めかねない。べつのシステムも反戦論をとる。この物体はまだ明白な敵対行動はとっていない。ケルベロス星が機械星だとは知らないかもしれない。この惑星のようすをざっと調べたら、去っていくかもしれない。

ボリョーワは、反戦論が主流になることを望まなかった。先制攻撃派が論争に勝ち、すぐに行動に出てきてほしかった。もう一分たりと待てない。ケルベロス星が例の機械の触手を伸ばして、橋頭堡を叩き壊してほしい。そうすれば問題は解消する。シルベステが飛ばした探査機もおなじめに遭ったのだから、それとおなじ結末だ。マドモワゼルが必死で阻止しようとしなくても、ケルベロス星の攻撃機能だけで充分に目的は達されたことになる。結局そこにはだれもはいれないのだ。そう結論づけ、敗北を認めて帰路につけばいい……。

しかし実際には、そういうことは起きそうになかった。

サジャキが、投影スフィアをあごでしめした。

「あの隠匿兵器群は、ここからアーミングと発射を操作するつもりか、イリア」

「なにかまずい？」

「クーリが砲術管制室から操作するものと思っておったが。それがクーリの仕事であろう」

サジャキはヘガジのほうをむいて、まわりに聞こえる声でいった。

「なんのために砲術士を雇っているのであろうな。あの女の深層記憶抽出をボリョーワが止めたのが、いまさらながら不可解に思えてくる」

「他の使い道を考えてるからじゃないのか」とヘガジ。

「クーリなら砲術管制室に待機してる」ボリョーワは嘘をついた。「万一にそなえてね、もちろん。でも、どうしてもという事態にならないかぎり、あいつにやらせるつもりはない。いいじゃないか、あれはあたしの兵器なんだから。あんたらにだって、状況が落ち着いてる以上、文句いわれる筋合いはないぞ」

ブレスレットの表示が（その一部はブリッジ中央の投影スフィアにも反映されている）、隠匿兵器があと三十分で予定位置に到着することを告げた。船から二十万キロあまり離れた砲撃予定位置だ。そこに着いたら、砲撃をためらう正当な理由はなくなる。

「よろしい。貴公が本船の大義を忘れたかと、一時的に心配になっただけである。しかしその返事は昔どおりのボリョーワと信じてよかろう」

「そいつは結構」

シルベステがいった。

27

孔雀座デルタ星圏
ケルベロス／ハデス系軌道
二五六六年

隠匿兵器の黒いアイコンが砲撃位置へ近づいていく。その恐ろしい破壊力がケルベロス星にむけて解き放たれるときが近づいている。

そのあいだ、惑星の反応はなにもなかった。姿はこれまでと変わりない。縫合線を思わせるギザギザの線があちこちにはしった、灰色の球体として浮かんでいるだけ。こうべを垂れて祈る人の頭蓋骨のようだ。

そして、ついにそのときがくると、投影スフィアが軽いチャイム音を鳴らした。数字にゼロが並ぶ。そこから長いアップカウントが始まる。

最初に沈黙を破ったのはシルベステだった。さっきから身動きもしないボリョーワのほうをむく。

「なにかやるんじゃないのか？　あのばかでかい兵器で砲撃するんじゃなかったのか？」

ブレスレットの表示に見いっていたらしいボリョーワは、はっとしたように顔をあげた。

そして、聞きとりにくいほど小声でいった。

「命令は出してない。兵器は発射させてない」

「いま、なんと？」

「聞こえただろう。やってないって、いってるんだよ」

サジャキが訊くと、ボリョーワは声を大きくして答えた。

サジャキの鉄のような冷静さは、芝居がかった言動より何倍も威圧感があった。

「攻撃可能な時間はまだ数分残されておる。取り返しのつかぬ段階にいたるまえに、機会を活用するがよい」

それに対して、シルベステが口を出した。

「その段階はしばらくまえに通りすぎたんじゃないのか？」

ヘガジが答えた。

「こいつは三人委員会の問題だ」

座席の肘掛けの上で金属の手の甲を輝かせる。

「イリア、いますぐ発射命令を出すなら、このことは――」

「やらないといってるだろう」ボリョーワは答えた。「反乱とでも裏切りとでも、好きなように呼べばいいさ。でもこの狂気の沙汰には、あたしはもう二度とかかわらないぞ」

ふいに嫌悪をこめた目でシルベステを見る。

「理由はわかってるはずだな。知らないふりはしなくていい」

「そのとおりよ、ダン」

今度はパスカルも口論に加わった。しばし注目が集まる。

「イリアの話が本当なのはわかってるでしょう。いくらあなたの望みでも、こんな危険は冒せないわ」

「きみもクーリに丸めこまれたんだな」

しかしシルベステは、妻がボリョーワの側についたことにさして驚きを感じなかったし、苦々しい思いもそれほどなかった。ひねくれているようだが、妻のその行動を賞賛したいほどだ。

「彼女はわたしたちの知らないことを知ってるわ」

ヘガジが割りこんだ。

「おいおい、クーリがなぜこの話に関係あるんだ?」

むっとしたようすでサジャキをチラリと見る。

「あいつは下っ端の兵士なんだ。議論するようなことじゃないだろう」

「残念ながら、そうじゃないんだ」

ボリョーワはシルベステのほうを見て続けた。

「おまえの聞いた話はすべて本当だ。この作戦を続けるのは、だれにとっても、とんでもないまちがいなんだよ」

サジャキが座席をへガジのそばから離し、ボリョーワのほうに近づけてきた。

「貴公が発射命令を出さぬなら、せめて隠匿兵器の制御権をこちらへよこしたまえ」

そういって、手を伸ばす。ブレスレットを手首からはずしてさしだせという意味だ。

肩ごしにへガジもいう。

「素直にしたがったほうがいいぜ。でないと不愉快な成り行きになる」

「そうだろうな」

ボリョーワは軽く手を動かして、ブレスレットをはずした。

「あんたが持ってもまったく無駄だよ、サジャキ。隠匿兵器はあたしかクーリの命令しか聞かないようになってるんだから」

「渡したまえ」

「警告したからな。後悔するぞって」

そういいながら、ボリョーワはブレスレットを渡した。サジャキはまるで貴重な金の護符のようにそれをつかみとった。軽くいじって、手首にはめる。小さなディスプレーがよみがえり、さきほどまでボリョーワの手首に輝いていたのとおなじ図とデータが表示される。

「拙僧はサジャキ委員である」権力を楽しむように、一言ずつくぎって唇をなめながらいう。「この時点で正確なプロトコルはさだかではないが、協力を求める。展開中の六基の隠匿兵器に対して――」
そこで、サジャキの言葉はとぎれた。困惑したように手首を見る。すぐに続いて、その顔は恐怖とおぼしい表情に変わった。

「この牝狐め」

ヘガジがあきれたようにいった。

「手首に妙な仕掛けを巻いてるとは思ってたが、文字どおりの仕掛け物だったとはな」

「あたしゃ文字どおりの性格なんでね」

サジャキの顔は苦痛にゆがんでいる。手首を締めつけるブレスレットは、すでに皮膚に深くくいこんでいるようだ。指を開き、手全体が血の気を失って蠟細工のように真っ白になっている。

反対の手はブレスレットをもぎとろうと必死だが、無駄だ。そんなことでは絶対にはずれないようになっている。すでにがっちりとくいこみ、あとはじりじりと苦痛をあたえながら、完全切断まで締めていくだけだ。形状記憶プラスチックのポリマー鎖が情け容赦なく縮んでいく。

ブレスレットはサジャキの手首にはめられるとすぐに、DNAがボリョーワと一致しないことを確認した。しかし締めつけを開始したのは、主人ならざる人物が命令を入力しようとしたときだった。ボリョーワにしてみればずいぶん寛大な設定のつもりだった。

「止めぬか……この下姓(げしょう)め……これを……止めよ……」サジャキがやっと声を出した。

手首は一、二分で切断されるはずだ。つまりこれから一、二分は、ブリッジには骨の砕ける音ばかりが響くことになる。サジャキのうめき声をべつにすればだが。

「どういう口のきき方だ？　それが人にものを頼むときの態度か。こういうときくらい、ちっとは卑屈になったらどうなんだ？」

「やめて」パスカルが口を出した。「わたしからもお願いよ。いくらなんでも、こんなことはひどすぎるわ……」

ボリョーワは肩をすくめ、ヘガジにむかっていった。

「ちぎれるまえに、あんたがとってやったらどうだ。その手ならできるだろう」

ヘガジは、自分の両手が鉄の義手であるのをやっと思い出したように、片方の手をかかげて眺めた。

「早く頼む！　これをはずされよ！」

サジャキの悲鳴を聞いて、ヘガジはその隣に座席を移動させた。その作業は、締めつけるブレスレットよりさらに大きな苦痛をサジャキにあたえたようだ。

シルベステは無言をとおした。

ヘガジの作業によってようやくブレスレットがはずされた。鉄の手は血まみれだ。ブレスレットの残骸は宙に放られ、二十メートル下の床に落ちた。

サジャキのうめき声はやんでいない。目をむき、おのが手首の悲惨なありさまを凝視している。いちおうつながってはいるが、骨も腱も無惨に露出している。真っ赤な血がどくどくと噴き出し、遠い床へむかって細い糸を引くようにこぼれている。

出血をすこしでも止めようとその腕を腹にかかえこみ、ようやくうめき声は止まった。

長い沈黙のあと、蒼白な顔がボリョーワのほうをむく。

「この借りは返してもらうぞ、必ずや」

そのとき、クーリがブリッジに踏みこんできて、ライフルを撃ちはじめた。

もちろんクーリの頭には、それほど明確ではないにせよ、ある程度の計画はあった。しかしブリッジに足を踏みいれ、あきらかに血とおぼしいものが頭上から流れ落ちてきているのを見たとき、その計画をこまかく再検討している暇はなかった。まず全員の注目を集めなくてはならない。そのために、天井にむかって引き金を引いた。

それほど長い時間はかからなかった。

選んだ武器はプラズマライフルだ。出力は最小に絞っている。連射モードは解除しているので、一発ごとに引き金を引かなくてはならない。

最初の一発は天井に直径一メートルのクレーターをつくり、内装材が焼けたギザギザの破片となって降りそそいだ。貫通してしまうとまずいので、次の一発はすこし左へ、さらに次はすこし右へ振った。投影スフィアに破片が落ちると、ホログラフィ映像は一時的にまたたき、歪んだが、すぐにもとにもどった。

全員の注目を充分に集めたと思ったところで、クーリは銃の電源を落とし、肩のホルスターにもどした。

ボリョーワは、クーリの次の行動を見越して、座席をすぐにそばへ寄せた。距離が五メートルほどになったところで、クーリはピストルの一挺を放った。兵器アーカイブの棚から持ってきたニードルガンだ。

「こっちはパスカル用だ」

すぐに続けて、低出力ビームガンを投げる。ボリョーワはそれらを上手に受けとめ、ビームガンはパスカルにまわした。

血の雨は止まっていたが、クーリはその出所がサジャキであることをすでに見てとっていた。へし折られたのか銃で撃たれたのか知らないが、青い顔で片腕を抱きかかえている。

「イリア、わたしがいないうちにお楽しみをはじめたようだな。怒るぞ」

「しょうがなかったんだよ」

クーリは船外の状況を知ろうと、投影スフィアに目をやった。

「兵器は発射したのか?」

「いいや。命令は出してない」

すると、わきからシルベステがいった。

「もう不可能だ。ヘガジがそのブレスレットを壊したからな」

「この男はわたしたちの味方についたのか？」

「ちがう」ボリョーワは答えた。「血を見てビビってるだけだ。やられたのがサジャキだからだろう」

パスカルが二人にいった。

「手当てをしてあげて。放っておいたら失血死するわよ」

「そんな心配はいらない。こいつは、外見は生身に見えるけど、実際にはヘガジとおなじキメラなんだ。すでに血中のメディシーンが細胞の修復と再生を猛烈な勢いではじめてる。たとえ手を切断されても、しばらく待ってればそのうち新しい手がはえるんだ。そうだよな、サジャキ」

ボリョーワのほうを見たサジャキの顔は、憔悴しきっていて、新しい手どころか爪をはやす力もなさそうだったが、なんとかうなずいた。

「それでもだれか医務室へ運んでくれることを希望する。拙僧のメディシーンは魔法ではない。限界はある。痛覚も鋭敏なまま。真(まこと)である」

「そうだぜ」

ヘガジがいった。

「メディシーンの機能を過大評価しないほうがいい。殺す気ならともかく、さっさとしないと手遅れになる。なんならおれが医務室へつれてくぜ」

ボリョーワは首をふった。

「ついでに兵器アーカイブで道草食おうって魂胆だろう。却下だ」

「じゃあ、おれが行こう」シルベステだった。「おれならそれくらいの信用はあるだろう」

「おまえの信用なんざ、小便程度だ」ボリョーワは答えた。「とはいえ、おまえなら兵器アーカイブにはいっても右も左もわからないだろうな。サジャキものんびり使い方を教えられる健康状態じゃない」

「じゃあ、いいんだな」

「ぐずぐずするなよ」ボリョーワはニードルガンの引き金に指をかけ、脅しながらいった。「十分以内に帰ってこなかったら、クーリをさしむけるからな」

まもなく二人はブリッジを出ていった。サジャキはシルベステの肩を借り、歩くのもままならないようすだ。医務室に着くころには意識を失っているかもしれないと、クーリは思った。しかしどうでもいいことだ。

「兵器アーカイブのことだけど、あそこを使われる心配はしなくていい。用がすんでから、何発か撃ちこんで壊しておいた」

ボリョーワはすこし考え、なるほどとうなずいた。

「賢明な作戦だな」

「べつに作戦じゃない。あそこを管理してる疑似人格にムカついて叩き壊しただけさ」

パスカルがわきからいった。

「これで……わたしたちは勝ったのかしら。反乱を起こした目的ははたしたの？」

クーリは答えた。

「たぶんな。サジャキはしばらく再起不能だ。そこにいるヘガジは身の危険を冒してまで抵抗はしないだろう。あなたの夫も、要求が通らないからといって、本気で全員を道連れに死ぬつもりはないらしい」

「残念至極だ」とヘガジ。

「いったとおりでしょう。最初からブラフだったのよ。さて、これからどうするの？　あの兵器は呼びもどせるの？」

パスカルがボリョーワを見る。ボリョーワはすぐにうなずいた。

「もちろん」

ジャケットの内側に手をいれ、新しいブレスレットを取り出すと、なにごともなかったかのように手首に巻いた。

「スペアを持ち歩かないほどまぬけだと思うか？」

「用意がいいのは知ってるよ、イリア」

ボリョーワはブレスレットを口もとに近づけ、話しはじめた。さまざまなセキュリティレベルを迂回する呪文のような命令群。そして全員の注目が投影スフィアに集まったところで、命じた。

「全隠匿兵器は船に帰還しろ。くりかえす、全隠匿兵器は船に帰還しろ」

しかし、なにも起きない。

数秒がすぎ、予想される光速度でのタイムラグが経過したあとも、反応はない。

それどころか、隠匿兵器をしめすアイコンは黒から赤に変わり、不気味に点滅しはじめた。

「イリア、これはなにを意味してるんだ？」

「アーミングし、発射準備を整えてるって意味だ」

ボリョーワは、まるで驚いてもいないような平板な口調で答えた。

「最悪の事態になりかけてるわけさ」

28

孔雀座デルタ星圏
ケルベロス／ハデス系軌道
二五六六年

ボリョーワはふたたび制御権を失っていた。隠匿兵器のケルベロス星に対する砲撃を、なすすべなく見守るしかなかった。

もちろんビーム兵器の攻撃が最初に到達する。一面灰色の不毛の地表に青白い閃光がひらめいた。まさに、橋頭堡が激突するはずの地点だ。相対論速度ミサイルもさほど遅れず、数秒後に着弾した。中性物質や反物質の弾頭が一点に雨あられと降りそそぎ、派手な閃光が連続してひらめく。

そのあいだもボリョーワは、アーミング解除のコマンドをブレスレットにむかって怒鳴りつづけていた。しかし、兵器に影響力を行使できる望みはしだいに消えていった。このスペアのブレスレットが故障しているのではとも思ったが、もちろんそんな問題ではない。

兵器は、たんに船内に帰還しろという命令を無視しているのではなく、自律的に攻撃行動をとっているのだから。

つまりだれかが、なにかが、兵器の制御を奪っているのだ。

「なにが起きてるの？」

パスカルの問いは、理解できる答えを心から求めている口調だ。

「まちがいなく、サンスティーラーだね」

ボリョーワはブレスレットに命令するのをやめた。兵器を自分の支配下にとりもどすのをあきらめたのだ。

「クーリのマドモワゼルということはありえない。もしそいつが隠匿兵器を制御してるんなら、この攻撃はなんとしても止めたいはず」

「サンスティーラーの一部は、まだ砲術管制系に残っていると思う」

クーリはいってから、しまったと思ったらしい。ふいに黙りこみ、しばらくして続けた。

「いや、サンスティーラーに砲術管制を乗っ取られる可能性は、最初からわかっていたじゃないか。マドモワゼルが最初の隠匿兵器でシルベステを殺そうとしたとき、抵抗したのはサンスティーラーだったんだから」

「だとしても、こんなに正確にやれるか？」ボリョーワは首をふった。「隠匿兵器へのあたしの命令は、かならずしも全部が砲術管制系を経由してるわけじゃないのよ。リスクが大きすぎるから」

「それでも制御できないのか」

「みたいだね」

投影スフィアで見ると、兵器群は攻撃をやめていた。エネルギーと弾薬を撃ちつくし、ハデス星をめぐる無意味な軌道へと漂い離れていく。おそらく今後何百万年もその軌道にとどまるだろう。やがてわずかな摂動によって軌道が変わり、ケルベロス星に激突するか、あるいはラグランジュポイントにとらえられるか。ラグランジュポイントにはいったら、孔雀座デルタ星が赤色巨星化しても影響を受けずに残るだろう。

ボリョーワは、とりあえず兵器が使用不能になり、自分にむけられる可能性がなくなったことにわずかな安堵を覚えた。しかし、遅すぎる沈黙でもある。ケルベロス星には攻撃が加えられ、橋頭堡の突入をはばむものはなくなったのだ。

投影スフィアには攻撃の証拠が映し出されていた。粉砕された表土の塵が、突入予定地点から宇宙空間にむけて扇形に広がっている。


シルベステは船のメディカル区画に到着した。

肩を貸しているサジャキの身体は、ずしりと重い。この細い身体がどうしてこんなに重いのか。血中を大量に流れている微小機械の重みかもしれない。ふだんは細胞のなかで休眠していて、こういう非常事態に目覚めるのだ。

サジャキは体温もあがっていた。高熱といっていい。これもメディシーンが組織を緊急合成している証拠かもしれない。〝通常の〟人体組織から分子を徴発し、緊急事態に対応できる勢力を築いているのだ。危機が回避されるまでその増殖は続く。シルベステがおそるおそるサジャキの粉砕された手首をのぞくと、すでに出血は止まり、むごたらしい環状の傷は薄膜でおおわれていた。その下の組織はぼんやり琥珀色に発光している。

メディカル区画に近づくと、数機のサービターが近づいてきて、重いサジャキの身体を受けとり、寝台に横たえた。機械たちはしばらくあわただしく動きまわった。翼を広げた鳥のように大きく左右に広がったモニター装置が寝台におおいかぶさり、さまざまな神経モニター機器が頭につけられる。手首の怪我のほうはほとんど放置している。おそらく体内のメディシーンと通信して、この段階で外的補助は必要ないと報告されたのだろう。

サジャキは、弱ってはいるが、まだ意識はあった。寝台に横たわる身体にむかって、シルベステは怒りをこめていった。

「ボリョーワなんかを信じるからだぞ。あの女に権限をあたえすぎたから、なにもかもぶち壊しになった。おまえの致命的ミスだ」

サジャキは弱々しく答えた。

「妄言を。ボリョーワを信用するのは当然であろう。船の仲間であるぞ。三人委員会の同僚であるぞ」しわがれ声で続けた。「貴公がクーリについて知っていることとは、なにか？」

「あいつはおれへの刺客だったんだよ。おれを殺すために、身分をいつわってこの船に乗りこんだんだ」

「それだけか」

サジャキの反応は、まるで拍子抜けしたようだった。

「たぶんそれだけだ。だれがあいつを送りこんだのか、なんのためかは知らん。しかしクーリはそれを、なんだかおかしな理屈で正当化してる。そしてボリョーワとおれの妻は、その話を真に受けてるんだ」

「まだ終わってはおらぬぞ」

サジャキは、黄疸の出た目を見開いてそういった。

「どういう意味だ、終わってないって」

「拙僧にはわかる」

サジャキは目をとじて、寝台の上で身体の力を抜いた。

「まだなにも終わってはおらぬのだ」

「命に別状なさそうだ」

ブリッジにもどってきたシルベステがいった。いまケルベロス星で起きたことを知らないらしい。きょとんとした顔でみんなを見まわした。

ボリョーワには、そのときまどう気持ちが想像できた。サジャキを医務室へ運ぶために出ていってから、表面的にはなにも変わっていない。おなじ人間がおなじ銃を持っている。

しかし雰囲気は一変していた。たとえばヘガジは、クーリにニードルガンを突きつけられているにもかかわらず、追いつめられた顔はしていない。といって、とくにうれしそうでもないが。

事態はどちらの手からも離れたのだ。ヘガジはそのことをわかっている。

「なにかあったようだな」

シルベステはそういって、投影スフィアに映されたケルベロス星と、その表層が宇宙にむかって塵埃を吹きあげているようすを見た。

「結局、おまえの兵器は砲撃したわけか。こっちの望みどおりに」

ボリョーワは首をふりながら答えた。

「まいった。あたしの命じたことじゃない」

パスカルが夫にいう。

「ボリョーワの話に耳を貸して。ここで起きていることにかかわらないほうがいいわ。わたしたちだけの問題じゃないのよ、ダン。すくなくとも、あなただけの問題じゃない。信じにくいかもしれないけど」

シルベステは軽蔑的な顔になった。

「まだわからないのか？　じつはボリョーワはこうなることを望んでたんだよ」

「なにをバカなことを」とボリョーワ。

「これでチャンスができたわけさ。あの惑星貫入マシンがどう機能するか見られる。土壇場での躊躇が都合よく不首尾に終わり、そのことでもって良心の痛みをごまかしながらな」二度拍手して、「いやまったく、すばらしいシナリオだよ」

「おまえは絶対に殺してやる」

ボリョーワは腹を立てながらも、じつは心の隅では、簡単に否定できない気がしていた。隠匿兵器がミッションを完遂しないように全力をつくそうと思っていたのはたしかだ。いや、全力はつくしたのだ。しかしすべて無駄だった。かりに船から展開する命令を控えたとしても、サンスティーラーが介入して勝手に動かしていただろう。まちがいない。

攻撃が実行されてしまったいま、ボリョーワの心は、一種の宿命的な好奇心に支配されはじめていた。

橋頭堡は予定どおりに到着するはずだ。それを止める方法がみつからないかぎり。そしてボリョーワは、すでにあらゆる方法を試してしまっていた。もはやその突入を阻止するすべはない。それを覚悟すると、今度は頭の隅で、その瞬間を楽しみにする気持ちが生まれた。なにがあきらかになるのかという興味だけでなく、わが子がどんなふうにこの試練を耐えるか見たいという気持ちだ。どんな結果になろうと、どんな恐ろしい事態が待っていようと、これまで見たことのない壮絶な光景が展開されるにちがいなかった。

いまは待つしかない。

時間の経過は早いようにも遅いようにも感じられた。これから起きることに対して、ボリョーワは期待と恐怖のいりまじる気持ちだからだ。

ケルベロス星の上空千キロから、橋頭堡は最後の減速プロセスにはいった。二基の連接脳派製エンジンが小さな太陽のように輝き、ケルベロス星を照らしだす。地表の地形がくっきりと浮かびあがり、クレーターや谷の凹凸が実際より強調されて見える。強烈な明るさのもとで、その地表はとても人工のものとは思えなかった。デザイナーはケルベロス星の真に迫った古さを表現するために、本当に何億年も小惑星をぶつけつづけたのではないか。

ブレスレットには、橋頭堡の横腹に設置された下向きのカメラからの映像が転送されてきていた。全長四キロの円錐形のその胴には、百メートルおきにリング状にカメラが配されている。だからどれだけ貫入しても、かならず地表より上にあるカメラと、内部にはいったカメラがあるわけだ。

いまは、隠匿兵器のあけた巨大な傷口から、表層の内部が見えていた。巨大な有機物ベーシルベステのいうとおりだ。下は得体のしれない機械の坩堝だった。

スのチューブ状機械。まるでヘビの巣穴だ。

隠匿兵器の攻撃による高熱はすでに発散されている。穴には灰色がかった煙が立ちこめているが、それは蒸発した表層の物質からというより、内部の焼けこげた機械から出ているようだ。ヘビのようなチューブはどれも動いていない。体節がならぶ銀色の胴は黒く汚れている。幅百メートルもの裂け目が無数に口をあけ、内臓のようにも見える小さなヘビが大量にこぼれていた。

たしかに、ボリョーワはケルベロス星に傷を負わせたのだ。致命傷なのか、数日で治るようなかすり傷なのかは、よくわからない。しかし傷つけたことはまちがいない。そう思うと、身震いした。

異星種族のつくったものにダメージをあたえたのだ。

しかしそれからすぐに、異星の機械は反撃してきた。気分的にはともかく、頭ではわかっていたはずだ。それでも、ボリョーワは跳びあがるほど驚いた。

橋頭堡の先端が地表まで二キロ、つまり全長の半分まで近づいたときのことだ。あまりすばやい変化で、なにが起きたのかすぐにはわからなかった。

まず、地表に小さなふくらみが無数にあらわれた。直径数キロある地表の穴を中心に、同心円状に並ぶ。石にできた火ぶくれか膿疱のようだ。ボリョーワが気づいてまもなく、それらはいっせいに破裂し、きらめく胞子を放出した。銀色の粒がホタルの群れのように橋頭堡に近づいてくる。

ボリョーワはそれがなにかわからなかった。むきだしの反物質か、小型の弾頭か、ウイルスのカプセルか、超小型砲台か。すくなくとも、橋頭堡を攻撃するものであることはまちがいない。

「来たぞ……来たぞ……」

ボリョーワはつぶやいた。

がっかりしているわけではない。本当はここで橋頭堡が破壊されたほうがいいのだろう。

しかし橋頭堡の生みの親としては、わが子がどんな反応をするのか、ぜひとも見たかった。仕込んだとおり、機敏に攻撃をはねかえせるだろうか。

橋頭堡のリング状の縁に設置された兵器が動きだし、銀色の粒をレーザーやボーザーで迎撃しはじめた。粒のほとんどは橋頭堡のハイパーダイヤモンド製の外装まで到達できず、消えていく。

橋頭堡は一転して加速をはじめ、最後の二キロを二十秒程度で通過した。穴のまわりの火ぶくれが次々に破け、銀色の粒を放出するが、橋頭堡はその攻撃を受け流していく。その外装には、さすがにいくつかのクレーターができていた。迎撃がまにあわなかった銀色の粒があたると、瞬間的にピンク色に輝く。しかし橋頭堡の全体機能に影響はなかった。とがった先端を正確に穴の中心にすえ、表層の奥へと分けいっていく。

数秒が経過。

しだいに幅を広げていく橋頭堡の外装が、ギザギザの穴の縁をこすりはじめる。地表に亀裂がはいり、八方に伸びていく。火ぶくれの攻撃は続いているが、しだいに遠くからのみになっている。穴の周辺では、システムをささえる地下のメカニズムが働かなくなっているのだろうか。

橋頭堡の先端はすでに何百メートルもケルベロス星内部にもぐりこんでいる。その先端で衝撃波が発生し、全体に広がっていく。ハイパーダイヤモンド内にボリョーワが仕込んだ圧電結晶層が働いて、その衝撃波を緩衝し、エネルギーを熱と電気に変えて、迎撃兵器群へと送りこんでいく。

シルベステが声をあげる。

「成功だな？　おい、成功だな？」

ボリョーワはブレスレットに次々と表示されるステータス情報に目を通した。このときだけは敵対心は消え、好奇心を共有する間柄になっていた。

「うまくいってる。いま先端から一キロがはいったところだ。貫入率は九十秒につき一キロで一定。スラスターは最大推力。ということは、機械の抵抗に遭ってるんだな……」

「どれくらい行けば貫通するんだ？」

「んなこたわからん。アリシアのデータでは、このニセ地殻の厚さは五百メートルもないはずだけど……。残念ながら、橋頭堡の外装にはあまりセンサーを設置してないんだ。サイバー攻撃に対する脆弱性が増すから」

船のカメラがとらえ、投影スフィアに映されているようすは、さながら抽象彫刻のようだった。円錐形の先端から半分ほどまでが、灰色の地表に、卑猥な感じで突っこまれている。まわりの地面には、もだえるような波紋が広がっている。火ぶくれは次々にはじけているが、胞子はあさっての方向に飛んでいる。地下の照準システムがおかしくなったのか。

橋頭堡の貫入速度も落ちている。まったく無音のスペクタクルだが、両者がすさまじくこすれあっているようすは想像できた。もし音を伝える大気があったら、耳を聾するような破壊音が響いていることだろう。

ブレスレットが、橋頭堡の先端圧力が急激に低下したことを報告した。ようやく表層を貫通し、その下の空洞かなにかに抜けたらしい。ヘビの支配圏だ。

橋頭堡の速度が落ちていく。

ブレスレットの上で髑髏マークが踊っている。橋頭堡に対して分子機械攻撃がかけられているという意味だ。ボリョーワにとっては想定の範囲だ。すでに外装から抗体が浸出し、異星の敵と接触、戦闘開始しているはずだ。

さらに速度が落ち……ついに止まった。

貫入はここまでだ。逆さになった円錐の底部側は、まだ千三百メートルほどがケルベロス星の地表に残っている。頭でっかちな形状の円形要塞のようだ。縁にぐるりと配された兵器群は、地表の抵抗勢力に対して殲滅射撃を続けている。しかし胞子爆弾はもはや何十キロもむこうからしか発射されなくなっているので、この表層が急速な再生能力でも持っていないかぎり、当面の危険は去ったと考えてよさそうだ。

橋頭堡はアンカーによる固定、制圧領域の支配力強化をはじめていた。攻撃してくる分子兵器を解析し、それにあわせた巧妙な対抗戦略を編み出していく。

生みの親としての面目は立った。

ボリョーワは座席をまわして、他の者たちのほうをむいた。そのときようやく、右手がずっとニードルガンを握りしめていたことに気づいた。

そして宣言した。

「はいったぞ」

神々への生物学の授業か。

はたまた知性を持つ惑星が楽しむポルノか。

橋頭堡が固定されてから数時間、クーリはボリョーワのそばで、緩慢な戦いのたどる流れを見つづけた。戦いの主役二人は、円錐形のウイルスと、それに感染されかけている巨大な球状の細胞に見える。しかし、ちっぽけに見える円錐は、実際には山ほども大きく、細胞は本当は惑星なのだ。

もうなにも起きていないように見える。しかしそれは、戦いの場が分子レベルに移ったからだ。戦線は数十平方キロにもおよぶ、ほとんどフラクタルで目に見えない面になっている。

ケルベロス星が第一段階で試みて失敗したのは、高エントロピー兵器による侵入者の排除だ。つまり、敵を粉砕して数メガトンの原子の灰にしようとしたわけだ。それが失敗したあと、次の作戦として、一種の消化吸収を試みている。敵を原子レベルで分解しようとしていることは変わりない。それをシステマティックにやっているのだ。子どもが複雑なおもちゃを叩き壊すのではなく、慎重に部品ごとに分け、まだ見ぬ将来のプロジェクトで再利用できるように整理しているのに似ている。

そうするのは、ある意味で当然だ。隠匿兵器の攻撃によってこの惑星からは数立方キロメートルにおよぶ物質が失われた。その一方で橋頭堡は、失われたものとほぼおなじ元素比と同位体比の物質でできている。補修用物質の巨大な供給源となりえるわけで、ケルベロス星は傷口をふさぐプロセスでみずからの限りある資源を消費せずにすむ。

もともとこういう大きな有用物質の鉱脈を求めていたのかもしれない。小惑星の激突や宇宙線被曝で長年のあいだに摩滅していく分を、つねに補修していなくてはならないはずだ。シルベステの最初の探査機をつかまえた理由も、みずからの秘密を守るためというのは考えすぎで、たんなる食欲だったのかもしれない。食虫植物は刺激にただ反応しているだけで、将来のことを考えているわけではないのとおなじだ。

とはいえボリョーワの橋頭堡も、無抵抗で消化されるような設計ではなかった。

「見ろ、ケルベロス星はこっちを学習しはじめてるぞ」

ボリョーワがブリッジの座席の上からいいながら、グラフを表示した。惑星が橋頭堡にぶつけてくる分子兵器を、何十種類ものコンポーネントに分けてしめしたものだ。まるで語源学の教科書の一ページを見せられているようだ。さまざまな機能に特化した機械の虫がずらずらと列記されている。

一部は解体屋で、アマランティン族の防衛システムの最前線をになっている。橋頭堡の表面を物理的に攻撃するのが仕事だ。マニピュレータで原子や分子をはずし、化学結合を引きちぎる。またボリョーワ側の前線部隊との白兵戦もおこなう。

そうやってもぎとった物質は、前線の背後に控える太った虫に渡される。太った虫は勤勉な事務屋で、受けとった物質をひたすら分類、整理する。物質が構造的に単純なら――たとえば鉄や炭素だけでできた均一な物体なら、それはリサイクル行きとなり、さらに太った工場虫に渡される。工場虫は内部に持つテンプレートにしたがって次々に虫を生産していく。

もぎとられた物質が組織構造をもっているようなら、すぐにはリサイクルされず、べつの虫にまわされる。そしてさらに解体され、なにか有用な法則性を体現したものでないか分析される。もし法則性があれば、読みとり、仕立てなおし、工場虫に送られる。すると次の世代からは微妙に進化した虫が生産されるのだ。

「あたしたちを学習してる」

ボリョーワはまるで、恐ろしいと同時にすばらしいものをみつけたような表情だ。

「こっちのウイルスを読みとって、その設計思想を自分たちの兵士に組みこんでるんだ」

「なに楽しそうにしてるんだ」

クーリは船内産のリンゴをかじりながら返事した。

「悪いか。すばらしく巧妙なシステムだぞ。もちろん、これをもとにこっちが学習することもできる。おなじやり方じゃないけどね。きわめて組織的で、無限連鎖的。一片の知性も持たずに」

ボリョーワは心から感心しているようだ。クーリは答えた。

「たしかにたいしたものだな。機械的に複製するだけ。なにも考えてない。しかし膨大な数で同時にやっているから、やがて数の力で相手を圧倒する。そうなるんじゃないのか？あなたがそこでいくら知恵を働かせても、結果には影響しない。仕掛けはすべて、遅かれ早かれ学習されてしまうんだ」

「でもまだそこまではいってない」

ボリョーワはグラフをあごでしめした。

「ザコ相手に最高性能のウイルスをいきなりぶつけるほど、あたしがバカだと思うか？普通の戦争でもそうだろう、クーリ。敵の程度にあわせた攻撃をして、無駄なエネルギーや知性は使わない。ポーカーでいい手をあわてて出すやつはいないのとおなじだ。賭け金が相応につりあがるまで待つっさ」

そして、橋頭堡がいま送り出しているウイルスは、じつはとても古く、たいして高度なものではないことを説明した。兵器アーカイブのホログラフィックメモリーに分散記録されたデータベースから、大昔の項目を抜き出してつくったのだ。

「だいたい三百年くらいまえのやつだな」

「でもケルベロス星は追いついてきているぞ」

「たしかにね。でもその技術獲得速度は、じつはかなり一定してる。たぶん、なにも考えず、ただこっちの秘密を獲得して利用してるからだろう。直感的なジャンプがない。つまり、このアマランティン族のシステムはリニアに進化する。暗号を総当たり法で解読しようとするようなものだ。そのおかげで、こいつらがあたしたちの現在のレベルに到達するまで、どれくらいの時間を要するか、わりと正確に予測できる。いまのところ、十年分進化するのに船内時間で三、四時間かかってる。てことは、あと一週間弱。おもしろいことになるまでね」

「いまの状態はまだおもしろくないというのか？」

クーリは首をふった。ボリョーワはときどき理解できなくなる。何度も感じていることだが。

「あなたの側はどうやって戦いをエスカレートさせてるんだ？　橋頭堡が兵器アーカイブのコピーを持っていってるのか？」

「なわけないだろ。危険すぎる」

「だろうね。あらゆる軍事機密を知っている兵士を最前線に送り出すようなものだ。でも、それならどうするんだ？　必要なときだけ橋頭堡に送信するとか？　それもリスクは似たようなものだろう」

「じつはそうやってるんだよ。でもおまえが考えるほど単純じゃない。送信内容はワンタイムパッドを使って暗号化されてる。ワンタイムパッドはランダムに生成された数列で、それにしたがって生信号の各ビットを変換する――0または1を加算するわけだ。こうして暗号化された信号を敵が傍受しても、おなじワンタイムパッドを持たないかぎり解読できない。もちろん正規に受信する橋頭堡もおなじワンタイムパッドが必要だけど、これはきわめて深いところに格納されてる。直径数十メートルもあるダイヤモンドの塊のなかだ。

そこから堅牢な安全性を持つオプティカルリンクで、分子アセンブラの制御システムに送られている。橋頭堡がよほど強力な攻撃を受けないかぎり、ワンタイムパッドを盗まれるこたぁない。圧倒的な攻撃を受けたら、送信をやめればいいだけ」

クーリは種なしのリンゴを芯まで食べ終えた。そしてしばらく考えてから、いった。

「つまり、やる方法はあるわけか」

「なんの方法だ？」

「これにケリをつける方法さ。それがわたしたちの目標だろう？」

「まだ手遅れじゃないと思うのか」

「確信はないけど、まにあうかもしれない。わたしたちがこれまで見てきたのは、結局のところカモフラージュ層と、その保護を目的とした防御層だけだ。たしかにすごいさ。それが異星種族の技術だというだけでも研究対象としての価値があるだろう。でもわたしたちがまだ知らないのは、その下だ」

クーリは座席をドンと叩いた。ボリョーワがギクリとするのを見て、わずかにニヤリとした。

「まだそこには到達していない。見てもいない。シルベステが実際にそこへ降りなければ、将来も見ることはないだろう」

「あいつの出発を阻止すればいいいさ」

ボリョーワはベルトに挿したニードルガンを軽く叩いた。

「いま状況を支配してるのはあたしたちなんだから」

「義眼のトリガーを引かれて、全員が塵になる危険をおかしてもかい？」

「パスカルはブラフだといってたぞ」

「そう信じてるようだな」

クーリはそれ以上いわなかった。ゆっくりとうなずきかけるだけで、いいたいことは伝わったはずだ。

「もっといい方法がある。シルベステが行きたいというなら行かせてやるんだ、ボリョーワ。そして、なかで苦労させてやる」

「それは、つまり……」

「あなたがいいたくないなら、かわりにいうよ。橋頭堡を死なせるんだ。ケルベロス星に勝たせてやるんだよ」

29

孔雀座デルタ星圏
ケルベロス／ハデス系軌道
二五六六年

「おれたちにいまわかってるのは、橋頭堡が惑星の外皮を貫通したということだ」

シルベステが話していた。

「たぶん、おれが最初の探査機を送ったときに見えた層まで達してるだろう」

橋頭堡の固定が終わってから十五時間が経過していた。ボリョーワはこの間《かん》、なにもしていない。カメラドローンの第一陣を送りこむことさえ拒否してきた。

「この層の機械は、表層を維持することが目的のはずだ。穴があいたら修復し、本物そっくりの惑星の外観をたもっている。資源になる物体がそばを通りかかったら捕食する。また防御の最前線でもある」

「でも、その下にあるのはなにかしら」

パスカルがいった。

「あなたの探査機が攻撃されたときはよく見えなかったわ。単純に岩盤の上に乗っているわけではなさそうね。機械の表面の下に本物の惑星があるのではないみたい」

「もうすぐわかるさ」

ボリョーワはいって、唇を引き締めた。

ボリョーワが降ろしたカメラドローンは、失笑するほど原始的な代物だった。シルベステとカルビンが船長への最初の手術で使ったサービターより、さらに単純素朴だ。必要以上に高度なテクノロジーはケルベロス星に見せないというのが、いまの作戦なのだ。

カメラドローンは橋頭堡で大量生産されていた。知性の欠如をおぎなってあまりある、おびただしい数だ。握り拳くらいの大きさで、動きまわるのに必要なだけの脚と、そもそもの存在理由であるカメラをそなえている。脳みそはない。数千本のニューロンをたばねた単純なネットワークさえない。そのへんの昆虫が早熟の天才に思えるほどだ。かわりに、光ファイバーケーブルを紡ぎ出す小さな吐糸口を持っている。ドローンを操作するのは橋頭堡だ。命令もカメラの映像も、量子暗号で保護されたこのケーブルを行き来する。

シルベステが答えた。

「どうせまたべつの自動機械の層だろう。防御機能のな。でもその下に、守るべきものが隠れてるはずだ」

「本当にそうか？」

クーリが訊いた。凶暴な外観のプラズマライフルを、この話しあいがはじまったときからずっとかまえている。

「根拠のない推測を並べすぎじゃないか？　汚れた手でふれるのはふさわしくないような貴重なお宝が隠されてると、ずっと主張してるな。わたしたち猿が近づかないように、カモフラージュしてるんだと。でもそうじゃなかったら？　そこに隠されてるのが災厄だとしたら？」

パスカルもいった。

「わたしも同意見よ」

シルベステはライフルをじっと見た。

「それくらいのこと、おれが考えなかったと思うか？」

クーリにとも妻にともなく、そういった。クーリは答えた。

「考えただろうな」

最初のカメラドローンがケーブルを吐出し、表層下の空間にあいた穴へ降りていって九十分。シルベステの待ちに待った映像が送られてきた。

最初は、なにが映っているのかよくわからなかった。巨大なヘビのようなものか。傷つき、どうやら機能を停止しているようだ。カメラドローンの視点からは、倒れた神々の手足がめちゃくちゃにもつれているように見える。この巨大な機械がどんな種類の機能を持っていたのか、いまはまったくわからない。しかし表層の機械を支援することは至上命題だったはずだ。分子機械が生産されたのもこのなかだろう。ここから侵入者を攻撃するために送り出されていったはずだ。表層も機械の一種ではあるが、惑星表面を偽装することが第一になっている。ここのヘビにそんな機能上の制限はない。

思ったほど内部空間は暗くなかった。表層の穴には橋頭堡がくさびのように打ちこまれ、完全にふさがれているので、光ははいってこない。しかし、ヘビ自身が銀色に光っているのだ。まるで、生物発光するバクテリアを体内に持つ深海生物の内臓のようだ。この光になにか目的があるとしても、いまは見当もつかない。アマランティン族のナノテクが必然的に生じさせる副産物なのか。

とにかく、そのおかげで、十キロ先まで見通すことができた。表層の底にあたる天井がカーブしていき、巨大ヘビがとぐろを巻く床とあわさる地平線まで見てとれる。木の幹のようでもあり根のようでもあるねじくれた柱が、不規則な間隔で立って天井をささえている。月の光がさしこむ森の奥のような眺めだ。上を見ても空は見えず、下を見ても下生えが濃くて地面は見えない。柱から伸びた根はおたがいにからみあい、一体の基盤をつくっている。墨のように真っ黒。それが床だ。

「さて、その下になにがあるのかな」

シルベステはいった。

こいつは子殺しだなと、ボリョーワは思った。

他にいいようがない。橋頭堡にとって対抗薬となるウイルスを進化させつづけるのに必要な情報を、ボリョーワはせき止めたのだ。これがなければ、橋頭堡はケルベロス星の送り出す分子兵器の攻撃にやがて耐えられなくなる。ボリョーワはいま、わが子を緩慢な死へ追いやりつつあるのだ。

船からのデータがなければ、橋頭堡のコアに格納されている分子兵器のテンプレートは更新されない。テンプレートが古いままだと、二百年以上前の胞子をつくりつづけるしかない。バカのひとつ憶えで一歩ずつ進化してくる敵の防衛システムに、そのうち対抗できなくなる。ボリョーワの凶暴で驚異的な創造物は、利用可能な最後の原子まで消化されるだろう。そしてこの表層マトリクスに薄く均一にばらまかれ、まったくべつの機能を担いながら、億年単位の時間をすごすことになるのだ。

それでもやるしかない。

クーリのいうとおり、事態に影響力をふるう手段は、こうして橋頭堡をサボタージュすること以外に残っていないのだ。外的に破壊することはできない。隠匿兵器はサンスティーラーの支配下にあり、かならず阻止しようとしてくるはずだ。

となるとあとは、知識の枯渇によって橋頭堡を殺すしかない。

残酷なやり方ではあった。他の連中には見せないようにしているが、ボリョーワのブレスレット上では、橋頭堡からの更新データ要求が点滅しつづけていた。

むこうが異変に気づいたのは一時間前。予定の更新データが届かなかったからだ。最初の問い合わせはたんなる技術的な内容だった。通信ビームの送受信状態を確認されたしということだけ。その後、橋頭堡からの問い合わせはしだいに切迫し、慇懃だが強い調子の要求に変わっていった。いまは社交辞令など消え去り、機械にとっての怒りの口調になっている。

まだ実害は出ていない。ケルベロス星のシステムは、橋頭堡の反撃能力を上回ってはいない。しかし橋頭堡は恐慌状態だった。その時間はあまりなかった。現在の敵の進化速度をもとに、残り時間を計算して通知してきている。そうなったら、あとは敵がどれくらいの勢力で襲ってくるかで運命が決まる。ケルベロス星の勝利はまちがいない。数学的に確実だ。

苦しまずに死んでくれと、ボリョーワは願った。

しかしその願いがまだ頭に残っているうちに、信じられないことが起きた。

なんとか落ち着きをたもっていたボリョーワの顔から、血の気がうせた。

「どうしたんだ。まるで幽霊でも出たみたいな——」

クーリは訊いた。

「出た」

ボリョーワは答えた。

「出たんだよ、幽霊が。サンスティーラーという名の」

「なにかあったのか？」

シルベステが近づいてきた。ボリョーワは呆然と口を半開きにしたまま、ブレスレットから顔をあげた。

「橋頭堡との通信を再開しやがった」

すぐにまたブレスレットに見いる。まるでさっき見たのが幻であってほしいと願うように。しかし表情からすると、その不吉な姿は変わらずそこに映っているらしい。

「そもそも再開するような状態になってたというのは、どういうことなんだ？　そっちを先に説明してもらおうか」

シルベステがいった。

クーリは、レザーの保護ジャケットにつつまれた暖かいプラズマライフルを、ぎゅっと握りしめた。これまでも気にいらない状況だったが、ここでいっきに緊迫度が増した。

「橋頭堡は、自分が陳腐化する度合いを知るプロトコルを持たないんだ」

そういってから、憑きものを振り落とそうとするように身震いした。

「いや……というか……必要なときまで知らされないようなシステムになってて――」

いいよどみ、自分でもなにをいっているのかよくわからなくなった。他の乗組員たちを見まわす。

「その防御システムは、進化させる必要があるときまではその方法を教えないようになってる。大事なのは更新タイミングで――」

「ようするに、あれを飢え死にさせようとしたわけだな」

シルベステがいった。隣に立つヘガジはなにもいわなかったが、専制君主が審判をくだすようにかすかにうなずいて、その推理が正しいことをしめした。

「いや、わたしは……」

「謝らなくていい」シルベステは強い口調でいった。「おまえらみたいに、この作戦全体をサボタージュすることを目的にしたら、おれだっておなじようなことをやっただろう。タイミングはちょうどいい。成功はすでに見届けてる。自分のつくったおもちゃがうまく働くことを確認して満足したんだからな」

「ふざけるな。この石頭のエゴイスティックなクソ野郎」

クーリは唾を飛ばしながらいった。

「ほう、おまえにしちゃあ表現力豊かだな。ところで、その不愉快なハードウェアをおれの顔にむけるのをやめる気はないか」

「いいぞ」といいつつ、ライフルは微動だにしない。「頭のなかで股間に照準を合わせてやったよ」

ヘガジがボリョーワのほうにむいた。

「どうなってんのか説明してくれねえか」

ボリョーワは話した。

「サンスティーラーが船の通信系を乗っ取ったらしい。そうとしか考えられない。通信を止めるあたしのコマンドを解除するには、それしか方法はない」

そういいながら、首をふる。

「でも、そいつは不可能なはずだ。サンスティーラーは砲術管制系から出られないはず。通信系とのあいだに物理的なリンクがないんだから」

「じゃあ、いまはあるんだな」

クーリがいうと、ボリョーワは目を見開いた。

「だとしたら……」

薄暗いブリッジのなかで、白目の部分が半月のように輝く。

「通信系と船全体とのあいだには、物理障壁も論理障壁もないぞ。サンスティーラーがそこまで到達したんなら、支配できないものはなにもない」

長い沈黙が流れた。全員が、シルベステさえもが、ことの重大さを認識するのに時間を必要としていた。

クーリはシルベステの表情を読みとろうとしたが、ここにいたっても、この展開をどのように受けとめているのかわからなかった。じつはこれも、クーリの無意識が生み出したパラノイア的妄想だと思っているのかもしれない。妄想がボリョーワに、さらにパスカルに感染したのだと。

これだけ証拠が出ても、まだ信じないというのか。

とはいえ、証拠とはなんだろう。通信が再開されたことと、それに関連する事実をのぞけば、サンスティーラーが砲術管制系から外に出てきたことをしめすものはなにもない。しかしもし本当なら……。

「おい」

沈黙を破ったボリョーワは、ニードルガンをヘガジにむけていた。

「おまえか、クソ。おまえが一枚噛んでるんだな。サジャキはああいう状態だし、シルベステにそんな知識はない。とするとおまえしかいない」

「なんの話をしてるんだ」

「サンスティーラーに手を貸したやつさ。おまえなんだろう?」

「落ち着けよ、イリア」

クーリはプラズマライフルをどちらにむけるべきか困った。シルベステも、突然変わったボリョーワの質問の矛先に驚いているようだ。

クーリは割りこんだ。

「待て。たしかにこいつは、わたしがこの船に乗ったときからサジャキの太鼓持ちをやってたけど、だからといってこんなバカなことをする理由にはならない」

「へ、礼をいうべきなのかね」とヘガジ。

「疑いが晴れたわけじゃないぞ。長期的には」ボリョーワはいった。「クーリのいうとおり、もしおまえがやったんなら、かなりバカげた行動ってことになる。でも、だからといって、やってないとは断言できない。おまえにはそれだけの知識がある。それに、キメラだしな。サンスティーラーが体内にはいってるんじゃないのか。だとしたら、おまえを船内にうろつかせておくのは危険だ」

クーリにむかってあごをしゃくる。

「クーリ、こいつをどっかのエアロックにつれてけ」

「殺す気だろう」

クーリがかまえたプラズマライフルの先で、ヘガジの背中がいった。二人はスラッジのたまった通路を歩いていて、行く手では雑役ネズミが逃げていく。

「そうなんだろう？　おれを船外遺棄するつもりなんだろう？」

「ボリョーワは念のためにあんたを閉じこめておきたいだけだ」

クーリは囚人とおしゃべりしたい気分ではないのだが、ヘガジの口は閉じなかった。

「あいつがどう考えようと、おれはやってない。恥ずかしながら、おれにはそんな知識はないんだ。そういえば納得するだろう？」

だんだんいらいらしてきた。しかし黙らせるには、返事をしてやるしかなさそうだ。

「あんたがやったかどうか確信はない。たしかに小細工しようにも、それができた時間帯は、ボリョーワの橋頭堡サボタージュがわかるよりまえしかない。そのあとは、あんたはずっとブリッジにいたからな」

手近のエアロックに着いた。スーツを着た人間が一人はいれるだけの、小さなユニットだ。このあたりのものはみんなそうだが、ドアの操作パネルは粘液がこびりつき、腐食し、得体のしれないカビがはえている。それでも、奇跡的に動いた。音をたててドアが開く。

狭くて薄暗いエアロック内に押しこまれながら、ヘガジは訊いた。

「だったらなぜこんなことをするんだ。おれじゃないってわかってんなら、なぜだ？」

「あんたが嫌いだからさ」

クーリはドアを閉めた。

30

孔雀座デルタ星圏
ケルベロス／ハデス系軌道
二五六六年

ようやく部屋にもどって二人きりになったところで、パスカルがいった。

「もうやめて、ダン。わたしのいいたいことはわかるでしょう？」

シルベステは疲れていた。みんなおなじだ。しかし疲れている一方で、頭がさえてすこしも眠くなかった。とはいえ、橋頭堡が予定どおりにもって、ケルベロス星侵入作戦を敢行できるのなら、睡眠をとれるのはいましかない。この機会をのがしたら、これから何十時間か、もしかしたら何日も寝る暇はないかもしれない。異星種族の星の内部にはいったら、ひたすら鋭敏な感覚と体力が求められるだろう。

ところがパスカルは、それをなんとしてもやめさせたいらしい。

シルベステは疲れた声でいった。

「もう遅い。おれたちは自己紹介をすませたんだ。ケルベロス星の敵としてな。むこうはおれたちの存在を知ってるし、おれたちの態度も知ってる。おれが敵陣の内部にはいろうがどうしようが、もはや関係ない。むしろ、ボリョーワのショボいカメラドローンより多くの発見を期待できるほうが大事じゃないか」

「なかでなにが待ってるかわからないのよ、ダン」

「いや、わかってる。アマランティン族がどうなったかの答えだ。人類にとって必要な知識だと思わないか？」

パスカルはわかっているはずだ。すくなくとも理屈の上では。それでも反対をやめない。

「あなたの好奇心とおなじものが、アマランティン族を絶滅に追いこんだのだとしても？

ロリアン号がどうなったかは見たでしょう」

シルベステは、その攻撃で死んだアリシアのことをまた考えた。残骸のなかで遺体がみつかったのに、あえて回収する時間を割かなかったのはなぜだったのか。橋頭堡といっしょに落とせと命じたのは、われながら冷血で非人間的だったと思う。あれを命じたのは自分ではなかったのではないかと、ふと思った。自分でもカルビンでもなく、二人の裏側にいるなにかではないか。そう思うとぞっとした。だから意識の表面から抹殺した。虫を踏みつぶすように。

「それでも、わかるじゃないか。知りたいことがやっとわかる。たとえそのためにおれたちが死んだとしても、だれかが事件を記録する。リサーガム星のやつらにせよ、他の星系の住人にせよ。いいか、パスカル、そのリスクを冒すだけの価値はあるんだ」

「好奇心だけじゃないでしょう?」

パスカルはシルベステをじっと見た。返事を待っている。シルベステは、どこを見ているのかわからない義眼が威圧的なのを意識しながら、じっと見つめかえした。やがてパスカルは続けた。

「クーリはあなたを殺すためにこの船に乗った。本人も認めてるわ。クーリにそれを命じた人物について、ボリョーワは、カリーン・ルフェーブルかもしれないといっていた」

「それはありえないし、死者に失礼だ」

「でも真実かもしれないわ。それに、個人的な復讐だけとはかぎらない。ルフェーブルは実際には死んでいて、べつのなにかがその姿を借りたり、彼女の身体を乗っ取ったりしているのかもしれない。そしてそのなにかは、あなたが探ろうとしているものの危険性を知っているのかも。そういう可能性がまったくないとはかぎらないでしょう?」

「ラスカイユ・シュラウドの周辺で起きたこととアマランティン族は、いっさい、なんの関係もない」

「なぜそういいきれるの」

シルベステはむっとした。

「おれはそこにはいったからさ! ラスカイユの行った場所へはいった。啓示空間へ。ラスカイユの見せられたものを、おれも見せられた」

思わず大きくなる声を抑えようと、パスカルの両手を自分の両手でつかんだ。

「やつらはとてつもなく古い存在、とてつもなく異質な存在だった。ぞっとするほど。やつらはおれの精神にふれてきた。姿も見えた……。アマランティン族とはまったくちがう」

リサーガム星を出発してから初めて、あの恐ろしい邂逅の瞬間を思い出していた。損傷したコンタクト船モジュールがシュラウドのそばをかすめていったときのことを。化石のように古いシュラウダーの精神がはいりこんできたのだ。底なしの知識をのぞき見た瞬間だった。

ラスカイユのいったことは本当だった。生物としての彼らは異質で、本能的な嫌悪感をもよおさせる姿をしている。知性ある生命体にはとても見えない。しかしその精神の働き方は、姿ほどには人間とちがっていないのだ。その落差にしばしとまどった。とはいえ、ある意味で当然でもあった。基本的な思考モードが近似しているからこそ、パターンジャグラーはシルベステの精神をシュラウダーの思考形態に組み換えることができたのだ。

そのあと、吐き気がするほど強烈な精神の交感があった。猛烈な勢いで記憶が流れこんできた。それはシュラウダーの長い歴史の概観だった。彼らは何億年にもわたって、いまよりずっと若い銀河を荒らしまわり、他の（場合によっては自分たちより古い）文明の残した危険なおもちゃを集めてまわった。その宝の数々が、手を伸ばせば届くところにある。シュラウドの境界のむこうに。

そこまであと一歩に迫っていた。そしてなにかが……。

なにかが開いたのだ。一瞬だけ。カーテンのように、雲の切れ間のように。

あまりにもかすかな印象だったので、いまのいままで忘れていた。見てはいけないものを、ちらりと見た。アイデンティティの層のむこうに隠されているべきもの。遠い昔に死んだ種族のアイデンティティと記憶……それをカモフラージュのようにまとっている……。

それはシュラウドの内部にいる。そこにいることこそを存在理由として。

しかしあまりにもかすかな記憶なので、手を伸ばそうとすると逃げていき……。

気がつくと、目のまえにはパスカルがいた。残っているのは疑念のあと味だけ。

「ねえ、行かないと約束して」

「その話は朝になってからにしよう」

ふと目が覚めた。まだたいして眠っておらず、血中の疲労物質を追い出しきれていない。なにかに目を覚まさせられたのだが、しばらくはなんだかわからなかった。気になるようなものはなにも見えないし聞こえない。

ようやく、ベッド脇のホロスクリーンが月夜の窓のように青白くぼんやり光っているのに気づいた。手を伸ばしてリンクをつなぐ。ただし、パスカルの目を覚まさないように気をつけた。ぐっすり眠っているのでだいじょうぶそうだ。眠るまえにいいたいことをいったおかげで、それなりに気持ちが落ち着いたのだろう。

ホロスクリーンにあらわれたのはサジャキの顔だった。背景に映っているのはメディカル区画の医療機器。

「貴公一人か？」

小声で訊く。

「そばに妻がいる。眠ってるけどな」

シルベステもささやき声で答えた。

「では手短に申そう」

サジャキは切断されかかったほうの腕をかかげてみせた。傷をおおう膜は厚みを増し、もとの手首の形状をとりもどしつつある。ただし、膜はまだ皮下の微小機械の群れが放つ光でぼんやりと輝いている。

「拙僧はもう床払いできる。しかしヘガジの二の舞は避けねばならぬ」

「そりゃ難しいな。船内の武器はボリョーワとクーリが全部押さえてて、もうおれたちの手にははいらないんだ」さらに声を低めた。「下手すればおれだってどこかに閉じこめられかねない雰囲気だ。船まるごと人質にとるようなやり方で脅したのを、ボリョーワは相当怒ってるらしい」

「貴公はやらぬと踏んだのであろう」

「そのとおりだったら？」

サジャキは首をふった。

「もはやどちらでもよい。数日後には——最大でも五日後には、橋頭堡は崩れはじめる。惑星内部にはいる猶予はそれまでである。ボリョーワの粗末なカメラ探査で、よもや満足してはおるまい」

「それはもちろんだ」

隣でパスカルが寝返りを打った。

「では提案を申そう。拙僧が貴公を内部へ案内する。二人のみで、余人はまじえぬ。必要なものはスーツ二着のみ。貴公をリサーガム星から本船へ案内したさいに使用したものである。船はいらぬ。スーツの機能のみで一日と要さずケルベロス星に着く。内部への探索に二日。出口へもどるのに一日をみる。帰りは道がわかっておるゆえ早かろう」

「おまえは？」

「同行する。船長の新たな治療計画については、すでに話したと存ずる」

シルベステはうなずいた。

「ケルベロス星のなかで、なにか治療の手がかりになるものがみつかるかもしれないと思ってるわけか」

「これが手始めである」

シルベステは室内を見まわした。

サジャキの声は木の間を渡る風のようにひそやかだ。部屋は不気味なほど静まりかえっている。幻灯機に映し出された絵のように現実感がない。

ケルベロス星でいまこの瞬間にもくりひろげられている戦いのことを考えた。機械と機械のぶつかる剣戟（けんげき）の響き。実際にはそれらはバクテリアより小さく、戦いの喧騒は人間の耳には聞こえないのだが、それでもいま、戦いの最中であるのはたしかだ。そしてサジャキのいうとおり、ケルベロス星に忠誠を誓う無数の微小機械がボリョーワの橋頭堡を攻め落とすまで、猶予はあと数日。ここで侵入決行を一秒ためらうごとに、内部ですごせる時間は一秒減るのだ。引き返す決断が遅れれば遅れるほど、閉じゆく出口から無事に脱出できる見こみもせばまっていく。

パスカルがまた身動きした。しかし、深い眠りのなかにあるのが感じられた。いまその存在感は、千鳥格子の壁紙に描かれた一羽の鳥と変わらない。すぐに目覚める気配はない。

「それにしても急な話だな」

サジャキはすこし声を大きくした。

「貴公はこの瞬間を長年待っておったのであろう。ここにいたって心の準備ができておらぬとか怖じ気づいたとか、情けないことを申すつもりか」

いまの違和感がなにかわかるまえに、決断しなくてはならないようだ。

「どこで落ちあう？」

「船外にて」

なぜ船外でなくてはならないかをサジャキは説明した。船内のどこかで落ちあおうとすると、ボリョーワやクーリ、あるいはシルベステの妻にも姿を見られる危険がある。

「彼らは拙僧が病床にあると思っておる」手首の傷をおおう膜をさすってみせた。「しかし病室外に出ておるところをみつかれば、ヘガジのように閉じこめられるはずである。ここから直接スーツのありかにむかうのであれば、姿を見られかねぬ場所は通らず、数分でたどり着ける」

「おれは？」

「近くのエレベータへむかえばよい。最寄りのスーツ格納室へ行けるよう手配しよう。貴公の操作はいらぬ。すべてスーツまかせでよい」

「サジャキ、ちょっと……」

「十分で船外へ来られたい。拙僧のところへはスーツが案内する」

通話を切るまえに、サジャキは頬をゆるめた。

「夫人の安眠に留意されよ」

サジャキの言葉どおりだった。エレベータもスーツも、シルベステの行き先を知っているようだった。移動中にだれにも出会わなかったし、スーツ着用中にだれかに見とがめられることもなかった。スーツはシルベステの体格を勝手に計測し、みずからのサイズを調節し、やわらかくシルベステの身体をつつみこんだ。

エアロックが開いたときも、シルベステが船外に出たときも、船が気づいたようすはなかった。

ボリョーワはギクリとして飛び起きた。白黒の昆虫の大群に襲われる夢をみていた。クーリがドアをはげしく叩きながら、なにやら怒鳴っている。しかしボリョーワは目がかすんで、すぐにはまわりが見えなかった。

ようやくドアをあける。するとレザーの保護ジャケットにくるまれたプラズマライフルの銃口。わずかの間をおいて、クーリが銃口をさげた。開いたドアからなにが出てくるかわからないと、構えていたらしい。

「どうしたんだよ、いったい」

「パスカルが……」

クーリの額から玉の汗が流れ、ライフルのグリップに落ちてしみをつくっている。

「パスカルが、目を覚ましたら、シルベステがいないと」

「いない？」

「この書き置きがあったらしい。パスカルはかなりショックを受けてる。とにかく、あなたに見せろって」

クーリはライフルから手を離して肩のスリングだけで吊り、ポケットから一枚のペーパーを出した。

ボリョーワは目をこすりながら受けとった。手がふれることで、ペーパーは書きこまれたメッセージを再生しはじめた。シルベステの顔があらわれた。薄暗く、背景は千鳥格子の壁紙らしい。声が流れてきた。
《嘘をついていたことを謝らなくてはいけない、パスカル。悪かった。きみは怒るだろうが、できれば、ここまで来たんだからもう怒らないでほしい》
声が低くなった。
《ケルベロス星へ行かないと約束してくれと、きみはいったな。でもやっぱり行くよ。きみがこれを見るころには出発したあとだ。止めようとしても遅い。これについては大義も名目もない。行くしかないから行く。それだけだ。きみも本心ではわかっていたはずだ。ここまで来たら、おれはかならず行くと》
息をつぐためか、次にいうことを探すためか、しばし黙った。
《パスカル、ラスカイユ・シュラウドのそばで起きたことの真相を正しく察したのは、きみだけだった。その点では敬服している。だからきみには真実を正直に話せた。あれは、あそこで起きたとおれが思っていることのすべてだ。嘘いつわりはない。しかし、今回あらわれたクーリというやつは、カリーン・ルフェーブルらしい女の命令で来たといっている。おれを殺し、おれがやろうとしていることを阻止しろといわれたと》
またしばし沈黙。
《それを聞いたとき、パスカル、おれは一言も信じないという態度をとった。そのときは正直な気持ちだったかもしれない。しかし、こんな幽霊があらわれたとなったら、退治しないわけにはいかないんだ。シュラウド周辺で起きたこととはなんの関係もないんだと、自分で納得したい。わかってくれるだろう。おれが最後の道のりを行くのは、幽霊退治のためでもあるんだ。その点ではクーリに感謝しなくてはいけないかもしれない。とてつもない恐怖にさいなまれていたとき、この最後の一歩を踏み出す理由をあたえてくれたんだから。

クーリや、その仲間たちを敵だとは思ってない。もちろんきみもだ。きみが連中の話に丸めこまれたのはわかってるが、それはきみが悪いわけじゃない。きみは愛ゆえにおれを止めようとしたんだ。だからこそ、おれがしていること――これからやろうとしていることは、心苦しくてならない。その愛を裏切っていることになるからだ。

いいたいことはわかってくれたか？　おれが帰ってきたとき、許してくれるか？　そんなに長くはかからないつもりだ、パスカル。せいぜい五日。もっと短くてすむかもしれない》

またしばらく黙り、最後につけたした。

《カルビンもいっしょに行く。いまこの瞬間もおれのなかにいる。いまの状態は……そうだな、停戦中といって、あながちまちがいじゃないだろう。それなりに利用価値のあるやつだから》

そして、ペーパーの映像は消えた。

クーリがいった。

「まあ、あの男には同情できるところもあると思ってたけど、裏切られた気分だ」

「パスカルはショックを受けてるって?」

「おかしいか?」

「さあてな。ここでいってるとおりもしれないぞ。こうなることは、パスカルもわかってたんじゃないのか。あんなバカと結婚するまえによく考えりゃよかったんだ」

「あいつ、行ってうまくいくかな」

ボリョーワはもう一度ペーパーに目をやった。折りじわからなにかわかると期待するように、じっと見つめる。

「案内役がだれかいるはずだ。手助けしそうなやつは何人もいない。サジャキをべつにすれば」

「べつにしないほうがいいんじゃないか。体内のメディシーンの働きで意外と早く治ってるかもしれない」

「いや」

ボリョーワはいつもの魔法のブレスレットを見た。

「三人委員会のメンバーはいつどこにいてもわかるようになってるんだ。ヘガジはまだエアロックのなか。サジャキは病室だ」

「念のために調べてみないか」

ボリョーワは上着をつかんだ。船内の与圧されている区画ならどこにはいっても凍えないように身仕度をととのえる。ニードルガンをベルトに挿し、さらにクーリが兵器アーカイブから調達してきた大型の銃器を手にする。超高速物理弾を発射するダブルグリップ式スポーツライフル。二十三世紀、最初のエウロパの無政府民主主義国で生産されたものだ。手がかかる部分は滑り止めの黒いネオプレンコーティングが施され、側面には赤い目の中国の竜が金銀の箔押しで描かれている細工物。

そのスリングを肩にかけた。

「行こう」

二人はヘガジが閉じこめられているはずのエアロックに到着した。あれからずっとこのなかで、磨かれた鋼板の壁に映る自分の顔を眺める以外、なにもできずに時をすごしているはずだ。すくなくともボリョーワはそう思っていた。閉じこめられた委員のようすを思い浮かべることなどほとんどなかったが。

ボリョーワはヘガジに恨みなどなかったし、とくに嫌いでもなかった。そんなたいしたやつではないのだ。サジャキの庇護下でしか生きられない弱者だ。

「連行するときに抵抗したか？」

「いいや。無実を訴えつづけてたけどね。サンスティーラーを砲術管制系から出したのは自分じゃないと。本当らしく聞こえたけど」

「んなもん嘘つきの常套手段だろうが、クーリ」

ボリョーワは中国の竜の描かれたライフルを背中側にまわし、エアロックの内扉を開閉するハンドルに両手をかけた。スラッジのたまった床に両足を踏んばり、力をこめる。

「あかねえな」

「わたしが」

クーリはボリョーワを軽く押しのけ、自分でハンドルをつかんだ。しばらくがんばったあと、

「だめだ。固まったみたいに動かないな。びくともしない」

「おまえ、閉じこめるときに溶接しちまったんじゃないだろうな」

「そういえばそんな気も」

ボリョーワは内扉をノックした。

「ヘガジ、聞こえるか？　このドアはどうなってるんだ。あかないぞ」

返事はない。ボリョーワはブレスレットを再確認する。

「いるんだけどな。防護鋼板のせいで声がとどかないのかしらね」

「どうもおかしいな。わたしが閉めたときには、ドアにはなにも異状なかった。ロックを撃ち抜くしかないな」

ボリョーワの同意も求めず、内扉にむかっていう。

「おい、ヘガジ。聞こえてるんなら離れろ。撃ち破るぞ」

いうが早いか、プラズマライフルを片手で構え、空いた手で目もとをおおって顔をそむけた。ライフルの重みをささえる腕の筋肉が盛りあがる。

「バカ、待て」ボリョーワは止めた。「あわてるな。外扉があいてると考えたらどうだ？　真空で圧力センサーが働いて、内扉がロックされてるのかもしれない」

「もしそうなら、ヘガジはもう厄介な存在じゃなくなったことになる。何時間も息を止めていられるならともかく」

「そのとおりだけどさ。でもやっぱり、ドアに穴をあけるのはまずい」

クーリはドアに近づいた。コントロールパネルに内部の気圧状態をしめす表示があるとしても、いまは汚れて見えない。

「ビームの照射径を最小まで絞って、針先くらいの穴をあけるというのは？」

ボリョーワはしばし迷って、許可した。

「やってみな」

「計画変更だ、ヘガジ。ドア上部を穿孔する。立ってるんならしゃがんで、身辺整理でもしてろ」

やはり返事はない。

強力なプラズマライフルにこんなことをやらせるのは、製作者に失礼なくらいだなとボリョーワは思った。こんな微弱出力で仕事をさせられたことはないだろう。工業用レーザーでウェディングケーキをカットするようなものだ。

閃光と同時に、パチンという音がした。銃口から球状のプラズマを細長く引きのばしたものがドアにむかって発射される。

虫食い穴のようなものがあいて、わずかに煙が立ち昇った。しかしそれは一瞬だった。その穴からなにか黒いものが噴出してきた。

クーリはすぐにもっと大きな穴をドアにあけた。そのころにはクーリもボリョーワも、エアロックのなかに生きた人間がいて怪我をするのではないかとは、心配しなくなっていた。ヘガジは死んでいるか(原因は考えるまでもない)、あるいはエアロックからすでに脱出して、あとにクーリとボリョーワへの悪意のメッセージとしてこの高圧の液体を残したのかだ。

クーリがドアを撃ち抜くと、濁った液体が腕くらいの太さの水流となって噴き出してきた。あまりの勢いに、クーリははじき飛ばされて、スラッジのなかに尻もちをついた。プラズマライフルも、足首までの深さがあるスラッジのプールに落ちる。まだ熱い銃口に液体がふれてジュージューと音がした。

クーリが立ちあがるころには、噴出は弱まりはじめていた。穴のあいたドアのむこうでゴボゴボと粘度の高そうな音がしている。クーリはライフルを拾い、スラッジをぬぐい落としながら、まだ使えるだろうかとやや不安になった。

ボリョーワがいった。

「これもスラッジだな。あたしたちの足もとにたまってるのとおなじだ。匂いですぐわかる」

「エアロックがスラッジでいっぱいになっていた？」

「原因はわからない。ドアにもっとでかい穴をあけてみろ」

クーリはいわれたとおりにした。そして、プラズマで高熱になった穴の縁にさわらないように気をつけて手を突っこみ、内側の操作パネルを探る。ボリョーワのいうとおり、圧力センサーが働いてロックがかかっていたらしい。真空になったからではなく、エアロック内に高圧のスラッジが充塡されていたせいだが。

やっとドアがあき、残ったスラッジがドロリと廊下側に流れ出てきた。

無惨な姿のヘガジといっしょに。

高圧にさらされたせいか、それとも圧力を急激に抜かれたせいかはわからないが、その金属コンポーネントと生体コンポーネントは穏やかならざる形で分離していた。

31

孔雀座デルタ星圏
ケルベロス／ハデス系軌道
二五六六年

「一服させてもらうぞ」

ボリョーワは煙草をどこにしまったのか、しばらく思い出せなかった。フライトジャケットのめったに使わないポケットからようやくみつけたあとも、あわてなかった。ゆっくりと時間をかけてパックをあけ、折れ曲がって黄色くなった一本を抜き出す。火をつけてからも、あわてず急がず煙を肺に送りこんだ。舞いあがった大量の羽毛が舞い落ちるように、昂ぶった神経が落ち着いていく。

「船が殺したんだな」ヘガジのなれの果てを見おろしながら、それがなんなのか、なるべく考えないようにした。「そうとしか考えようがない」

「殺した？」

クーリが訊く。足もとのスラッジの上にプカプカ浮いているヘガジの構成要素に、まだプラズマライフルの銃口をむけている。バラバラになったパーツが、目を離したすきにふたたび組み合わさって、もとの姿にもどるのではないかと警戒しているようだ。

「つまり、事故ではなくて？」

「事故じゃないわね。ヘガジはサジャキと組んでいた。だからシルベステの側についていた。それでもサンスティーラーは殺した。なぜだろうと思わないか？」

「ああ、不思議だな」

クーリは自分で考えて答えを出しているかもしれないが、それでもボリョーワはしゃべった。

「シルベステは行っちまった。ケルベロス星へむかってる。あたしはもう橋頭堡をサボタージュできないから、あいつが星の内部にはいるのを阻止できない。わかるだろう。つまり、サンスティーラーが勝ったんだ。やつはこれ以上なにもいらない。あとは時間の問題。現状を維持してればいい。その上での脅威はなんだと思う？」

「わたしたち……か」

クーリは、頭のいい生徒が先生を感心させたい一方で、クラスメートから笑われるのを恐れるようにして答えた。

「答えとしては不充分だな。おまえとあたしだけじゃない。パスカルをふくめてもまだたりない。ヘガジも脅威になりえるんだ。サンスティーラーにとってはな。その理由は、こいつもやっぱり人間だからだ」

　推測にすぎないが、そう考えればなにもかも辻褄があう。

「サンスティーラーのような存在にとって、人間の忠誠心なんてものは、あやふやでつかみどころがないんだ。理解すらできないんじゃないかな。やつはヘガジを宗旨変えさせた。あるいへガジが忠誠を誓っている相手を自分の味方につけた。だからといって、サンスティーラーが忠誠心というものの働き方を理解しているかというと、それは疑問だ。ヘガジは利用価値の尽きた部品で、あとは今後不具合を起こす可能性が残っているだけだ」

　ボリョーワはひややかにそういった。自分自身も何度かそれに近い判断をしたことがあるのは、よくわかっていた。

「だからヘガジは殺された。こうして目的をひとつ遂げて、サンスティーラーが次に狙うのはあたしたちだろう」

「でも、わたしたちを殺すつもりなら……」

「いつでもやれたはずだって？　試みてはいるかもね。でも、現状の船は中央から全部コントロールできる状態じゃない。だからサンスティーラーができることもかぎられてる。亡霊が肉体を手にいれたと思ったら、その身体は半身麻痺で、半分腐りかけだったってわけよ」

「ずいぶん詩的な描写だな。それで、わたしたちはどうなるんだ？」

　ボリョーワは次の煙草に火をつけた。一本目は吸いおえていた。

「あたしたちを殺そうとするのはまちがいないけど、どんな手段をとってくるかは予測不能だな。単純に船全体の与圧を抜くなんてことはできない。そんなことが可能なコマンドは制御系のどこにもないんだ。あたしだってできない。一ヵ所ずつ手でロックをあけていくしかないし、そのためには何重にもかかってる電磁的安全装置をいちいち解除しないといけない。スラッジで浸水させるというのも、エアロックくらいならともかく、区画まるごとは無理だ。それでも、なにかしら手段を考えてくるだろうけどね。かならず」

ふいにボリョーワは、考えるより先に物理弾ライフルをかまえ、スラッジのたまった暗い通路の先へ銃口をむけた。

「どうした?」

「なんでもない。身体が勝手に反応した。大げさかもな。さてクーリ、提案ていっても、べつにないだろうな」

じつはあったようだ。

「パスカルを探したほうがいいんじゃないかな。わたしたちとおなじように途方に暮れてるはずだ。このまま危険な状況になったら……」

ボリョーワは煙草の残りを物理弾ライフルの側面に押しつけて消した。

「たしかに、いっしょに行動したほうがいいな。わかった。じゃあ、まず……」

そのとき、暗闇から機械音をたてるものがあらわれ、十メートルほどむこうで止まった。

ボリョーワは反射的にライフルをかまえたが、引き金は引かなかった。殺意を持ったものではない、すくなくともいまはそうではないと、本能的にわかったのだ。

軌道型サービターだ。シルベステが船長の手術の初期段階で使ったのとおなじタイプで、あまり高度な内部機能は持っていない。つまり自前の頭脳は持たず、おもに船にコントロールされて動いている。

無骨なセンサーの目玉がじっとこちらを見ている。

「武装はしてないな」

ボリョーワは小声でいってから、小声になる必要もないと思いなおした。

「あたしたちを偵察しにきたんだろう。このへんは船にとってカメラでカバーできない死角のひとつらしい」

サービターのセンサーはわずかに左右に動いている。こちらの位置を三角法で正確に測定しているようだ。そして闇のほうへ後退しはじめた。

クーリが撃った。

発射音の反響がおさまり、溶けたサービターを直視してもまばゆくないくらいになってから、ボリョーワは訊いた。

「なんで撃ったんだ？　カメラの映像はそのまま船に転送されてるんだから、撃っても無駄だってのに」

「目つきが気にいらなかった」クーリはいって、眉をひそめた。「それに、これで敵が一機減ったわけだろう」

「そうともいえるけど、ああいう単純なドローンを船が製作する時間を考えると、ほんの十秒から二十秒後にはもう代わりが稼働しはじめてるぞ」

クーリは、まるで理解不能のジョークを聞いたような顔になった。しかしジョークではなかった。

ボリョーワは、サービターよりもはるかにぞっとするものをみつけていた。

船がデータ収集作業をドローンのたぐいにやらせるようになるのは、理の当然だ。とすると、残りの乗組員や乗客を始末するための手段をドローンに搭載しようとしはじめるのも、また当然といえる。遅かれ早かれ予測できたことだ。

しかしこれは予測できなかった。

粘度の高いスラッジの上をちょこちょこと走りまわるもの。黒い齧歯類（げっしるい）の目でボリョーワを認めるやいなや、さっと尻尾を見せて暗闇のほうへ駆けていく。

船は雑役ネズミをコントロールしはじめたのだ。

意識がもどると（いつ失ったのかもはっきり記憶にないのだが）、シルベステはにじんで見える星空に全方位をかこまれていた。星々は複雑なダンスを踊っている。いままでシルベステが吐き気を感じていなかったとしても、この眺めは充分に吐き気をもよおさせるものだった。

いったい自分はなにをしているのか。

全身の細胞ひとつひとつに真綿がつまっているようなこの奇妙な感覚は、いったいなんなのか。

たぶんスーツを着ているからだろう。乗組員たちが使っている特殊なスーツ。リサーガム星の地表からパスカルといっしょに運びあげられるときに着せられたやつだ。このスーツを着ると、空気のかわりに液体を肺に流しこまれる。

「いまどうなってるんだ？」

シルベステは声に出さずに訊いた。スーツは着用者の脳の言語野をスキャンすることで、いいたいことを読みとれる。

「向きを変えているところです。中間点に来たので推力反転します」

「それよりここはどこなんだ？」

記憶がうまくたぐれない。もつれたロープをほどこうとしても、端がなかなかみつからない感じだ。

「船からは百万キロ以上離れました。ケルベロス星までの距離はそれ以下です」

「それだけの距離をずっと——」いいかけて黙り、「いや待て。経過時間がわからないな」

「出発したのは七十四分前です」

一時間ちょっとしかたってないじゃないか。一日たったといわれれば素直に信じられただろうが。

スーツは続ける。

「平均加速度は10Gでした。全速力で飛ぶように、サジャキ委員に命じられましたので」

記憶がすこしよみがえってきた。サジャキからの深夜のコール。急いで行ったスーツの格納場所。パスカルに書き置きを残したことも思い出したが、詳しい内容は浮かんでこなかった。それが自分に許した唯一の譲歩、時間の猶予だった。

とはいえ、準備期間がたとえ十日間あったとしても、やったことはたいして変わらなかっただろう。持っていくべき文書もないし、記録装置のたぐいもいらない。スーツはライブラリも統合型センサーもそなえている。武装もある。自律的にみずからを防御する。橋頭堡が受けているような攻撃にも対応できる。科学的な分析ツールも出せるし、サンプルを格納するコンパートメントもつくれる。それどころか、一隻の独立した宇宙船といってもいいくらいだ。

いや、そうではない。スーツは本当に宇宙船なのだ。きわめて柔軟で、内部に人間一人がはいれるだけの空間をそなえた宇宙船。そのまま大気圏型シャトルになるし、必要とあれば地表移動用のローバーにもなる。論理的に考えて、ケルベロス星にはいる手段はこれ以外になかった。

「加速のあいだ眠っててよかったよ」

「他のモードはありえません。意識は抑制されざるをえません」

スーツはすました調子で答えた。

「ただいまより減速フェーズにはいります。次回お目覚めになるときは、目的地の近傍に到着しているはずです」

シルベステは訊きたいことがあった。サジャキは同行するといっていたのに、なぜ姿が見えないのか。しかしその問いを言語野でかたちづくり、ヘルメットのスキャナーが読みとれるようにするまえに、シルベステはスーツによってふたたび眠らされた。

クーリがパスカル・シルベステを探しにいっているあいだに、ボリョーワはブリッジにもどることにした。

エレベータは危険なので階段を使うしかないが、さいわいそれほど離れていない。二十階も昇らなくていい。それなりの運動量だが、耐えられないほどではない。比較的安全でもある。階段には、船はドローンを送りこめないようになっている。超伝導コイルの磁場で各階の通路を浮遊するドローンも、階段にははいってこられない。

それでも、ボリョーワは物理弾ライフルをかまえていた。どこまでもまわりこむ螺旋階段の前方へ銃口をむけつづける。しばしば立ちどまって息を整え、追ってくるものがないか、前方から近づくものがないか耳をすます。

階段をあがりながら、船がどんな方法で自分を殺そうとしてくるか、いろいろと推理した。知的なクイズとしてはおもしろい。これまでは考えたこともなかった形で船の知識を試される。新しい角度から船を見なくてはいけない。

かつて、といってもさほど遠くない過去に、ボリョーワはいまとちょうど逆の立場になったことがある。ナゴルヌイを殺さなくてはいけなかったときだ。脅威として排除することが目的だったのだが、実質的にはおなじことだ。最後はナゴルヌイが自分を殺そうとしてきたので、返り討ちにしてやった。

いまボリョーワを不安におとしいれているのは、そのとき自分がとった手段だ。ボリョーワは船の加速と減速をはげしくくりかえすことで、ナゴルヌイの身体をミンチにした。今回、船がおなじ方法を思いつくまで、さほど時間はかからないだろう。思いつかないと考える理由はなにもない。

だとしたら、船内に長居するのは得策ではない。

ブリッジまで妨害にあうことなく到着した。それでも、ものかげにサービターがひそんでいないか確認した。サービターよりも、むしろ警戒すべきなのは雑役ネズミだ。ネズミになにができるのかわからないが、考えて気分のいいことではなかった。

ブリッジはがらんとしていた。出ていったときのままだ。クーリがプラズマライフルをぶっ放した跡もそのままだし、サジャキの血のしみも、広い球形の会議空間の床に残っている。

投影スフィアには光がはいったままだ。ボリョーワの頭上で、ケルベロス星の橋頭堡の現在の状況を最新データとともに表示しつづけている。ボリョーワはしばしわが子の健闘ぶりを眺める親の気持ちでデータを眺めた。異星種族の惑星がぶつけてくるアンチウイルス兵器に、いまも果敢に対抗している。ボリョーワはいくばくかの誇らしさを禁じえなかった。しかし本当はこれに潰れてほしいのだ。シルベステが内部に侵入するまえに。まだ侵入していないとしての話だが。

「なにをしにきたのかね」

声がした。

ボリョーワはあわてて見まわした。ブリッジの壁の階層状になった通路のところに、だれかいる。こちらを見おろしているその人影には、見覚えがなかった。黒いコート姿。組み合わせた手。彫りの深い顔。

ボリョーワはライフルを一連射した。しかしイオンの軌跡をひく弾丸がその身体を貫通しても、人影は微動だにしない。

服装の異なるべつの人影が、その隣にあらわれた。

「きみの在職期間は終了したのだよ」

ノルテ語の古い派生語だ。ボリョーワの頭はすぐに言語処理できず、なにをいったのかわかるまでにすこし時間がかかった。

「わからんのか、委員。ここはもはや貴様の居場所ではないのだ」

さらにべつの人影がいう。ブリッジの反対側の壁にまたたきながらあらわれたその姿は、驚くほど古めかしい宇宙服を着ていた。ヘルメットはしていないが、全身のあちこちに冷却用のリブがはいり、大きな箱形の付属ユニットを背負っている。言葉は、ボリョーワが聞くかぎりもっとも古いラシシュ語のひとつだった。

「なんの目的で来たのかね？」

最初の人影がいった。その口が閉じないうちから、隣にべつの人影があらわれ、ボリョーワにむかってなにかいいはじめる。さらにその隣にも。過去からよみがえった人影が四方八方からボリョーワを詰問する。

「なんとけしからぬ……」

それぞれの声は、あとからあとからあらわれる幽霊の声でかき消されていく。

「……権利はないのだ、委員。残念ながら……」

「……重大なる越権行為であり、ここは厳に……」

「……失望のきわみだよ、イリア。遺憾ながらきみには……」

「……特権……剝奪し……」

「……けして認めえぬ……」

ボリョーワは悲鳴をあげた。重なりあう声が意味不明のノイズになり、死者の姿がブリッジを埋めていく。どちらを見ても、大昔に死んだ人々の顔、顔、顔。それぞれがまるでボリョーワと一対一で話しているかのようなしゃべり方だ。ある意味で、ボリョーワを全能の神として祈っているのだ。祈りとは、裏を返せば不平不満だ。最初は自分の落胆を愚痴っているだけだが、しだいに憎悪と嫌悪がまじっていく。ボリョーワが彼らを苦しませたという程度ではなく、筆舌に尽くしがたい残虐行為を働いたかのように、険のあるまなざしで、唇をゆがめてののしるのだ。ライフルの銃口をあげる。人影にむかって一クリップ分の物理弾を撃ちまくりたいという衝動がつきあげる。もちろん幽霊は殺せないが、投影装置を破壊することはできる。しかし兵器アーカイブが機能停止している以上、弾薬は節約しなくてはならないのだ。

「消えろ！　じゃますんな！」

死者は一人ずつ口をつぐみ、姿を消しはじめた。失望したように首をふり、これ以上ボリョーワの顔を見るのもうんざりというようすで消えていく。

やがて、ブリッジには、ぜえぜえと荒い息をつくボリョーワ一人が残された。神経をなだめなくては。煙草に火をつけ、ゆっくりと煙を吸って、しばらく気を休める。

ライフルを手で探って、クリップが残っているのを確認してほっとした。ブリッジを破壊したいという刹那的な衝動のためだけに、弾を無駄遣いしてしまうところだった。クーリはよく選んだものだ。ライフルの側面には、宝を守る中国の竜が金銀で描かれている。

投影スフィアのほうから声がした。ボリョーワは目をあげた。

そこに映し出されているのは、サンスティーラーの顔だった。

パスカルからサンスティーラーという名前の意味を説明されたときに、話から想像していたとおりの顔だ。想像していたとおりだが、それ以上に恐ろしい顔だった。なぜなら、そこには異星種族の単純な見え方が映されているのではなく、異星種族が自分はこう見えているはずだと思う姿が映されているからだ。こんなふうに自分を見るサンスティーラーの精神そのものに、恐ろしさが感じられた。

前砲術士のナゴルヌイがどのように精神に異常をきたしていったかを思い出すと、無理もないという気がした。こんなものがずっと頭に棲みつき、どこから来たのかも、なにを求めているのかもわからなかったのだ。死んだ砲術士に同情する気にさえなる。かわいそうなやつだ。こんな幽霊を夜な夜な夢にみていたら、自分でも頭がおかしくなっていただろう。

サンスティーラーは、たしかにかつてアマランティン族だったのかもしれない。しかし遺伝子工学による選択的圧力を使って、自分と追放された同胞たちを、意図的にまったく新しい種族に変貌させた。骨格構造を変え、大きな翼をはやすことで、無重力状態で飛べるようにしたのだ。その翼が見えている。

その手前に、つるりとした流線形の頭があり、ボリョーワを見おろしている。頭は頭蓋骨の形そのままだ。眼窩は落ちくぼんでいるのでも、穴があいているのでもない。黒い水を満々とたたえた池のようだ。その水は底なしに深い。シュラウドの表面もこんなふうに深い黒さなのだろうか。サンスティーラーの骨は色味のない輝きを放っていた。

その姿を見た最初のショックが通りすぎて――あるいは通りすぎないまでも、対処できるレベルまで落ち着くと、ボリョーワはいった。

「前言撤回したほうがよさそうだな。おまえはあたしをいつでも殺せたはずだ。そう望んだときに」

「わたしの望みがおまえにわかるわけはない」

サンスティーラーがしゃべっても、そこに言葉はなかった。まるで沈黙から削り出したように、言葉の欠如がなぜか意味をなしていた。複雑な形のあごの骨はまったく動いていない。

ボリョーワは思い出した。アマランティン族にとって、言葉は主たるコミュニケーション手段ではなかったのだ。その社会は視覚表現が基本だった。そういう基本的な部分は、サンスティーラーの集団がリサーガム星を離れ、変貌をはじめたあとも残っていったのだ。姿かたちが一変し、翼をはやした神と見まちがわれるほどになっても。

「おまえが望んでないことならわかるぞ。シルベステがケルベロス星へ到達するのを、じゃますることは望まない。だからあたしたちをここで殺すわけだ。万一にそなえて」

「彼のミッションは、わたしには重要ではない」

いったんそういってから、いいなおした。

「わたしたちには。生き残ったわたしたちには」

「生き残ったって、なにからだ」

もしかしたら、これが理解するための唯一のチャンスかもしれない。

「いや、そうか。おまえたちが生き残るといえば、ひとつしかないな。アマランティン族の絶滅だ。そういうことなのか？　死なずにすむ方法をみつけたのか？」

「わたしがシルベステを導いた場所は知っているな」

問いかけではなく、そう述べているだけだ。こちらの会話をどこまで盗み聞きしていたのか。

「ラスカイユ・シュラウドのことか。それしかありえないな。だからといって、なにも理解できないけど」

「わたしたちはそこを〝聖域〟としたのだ。九十九万年にわたって」

偶然とは考えられない数字だ。

「リサーガム星の生命が絶えて以来、か」

「そうだ」

歯擦音が長く尾を引く。

「シュラウドはわたしたちの手になるものだ。わたしたちの集団が命がけでつくったのだ。地表に残った者たちが灰になったあとも生き残るために」

「そいつはへんだな。ラスカイユの話や、シルベステの発見によると……」

「彼らは真実を見せられていない。ラスカイユにしめされたのはフィクションだ。わたしたちについての部分が、べつのはるかに古い文明種族の話におきかえられている。本当のわたしたちとはまったく異なる。シュラウドの本当の目的は、ラスカイユには明かされていない。他の者を呼びよせるための嘘だったのだ」

その嘘は狙いどおりに働いた。ラスカイユは、シュラウドは危険なテクノロジーの貯蔵庫だと吹きこまれた。人類がひそかに探し求めてきた超光速飛行などの技術が眠っていると。それを聞いたシルベステは、ますますシュラウド進入への意欲を高めた。そしてその目的のために、イエローストーン星周辺のあらゆる無政府民主主義社会の協力をとりつけた。そのような異星種族の謎を最初に手にいれれば、想像を絶するほどの富が手にはいると説いて。

「それが嘘だったというんなら、シュラウドは本当はなんのためのものなんだ？」

「自分たちがなかに隠れるためにつくったのだ、ボリョーワ委員。あそこはサンクチュアリだ。時空が再構成されたその場所に、わたしたちは隠れられる」

こちらを煙に巻いて楽しんでいるのだろうか。

「だれから隠れるんだ？」

「黎明期戦争を生き延びた者たちからだ。インヒビターという名をあたえられた者たちから」

なるほどと、ボリョーワはうなずいた。わからないことも多いが、ひとつだけはっきりした。クーリが話していたこと――砲術管制系のなかでみせられた奇妙な夢として、クーリが断片的に憶えていることは、いくばくかの真実もふくんでいたのだ。クーリの記憶はすべてではないし、ボリョーワが聞いた分もおそらく順序はあてにならない。しかしそれは、語られたことがあまりにも膨大で、異質で、黙示録的だったために、クーリの頭ではつかみきれなかったからだ。それがようやくわかった。クーリは最善を尽くした。ただ力不足だったのだ。

しかしいま、ボリョーワは、おなじ話をやや異なる角度から披露されていた。クーリは黎明期戦争についてマドモワゼルから聞かされた。マドモワゼルはシルベステが目的を遂げることを望んでいなかった。しかしサンスティーラーは、シルベステの成功をなにより求めている。

「なんのためなんだ。いや、おまえがいまやってることの意図はわかってるさ。あたしを足止めしたいんだろう。あたしが絶対に答えを知りたがるとわかってて、それでじらしてるんだ。まあ、そいつは当たりだ。あたしゃ知りたいね。なにもかも知りたい」

サンスティーラーは、やや沈黙したあと、ボリョーワの質問にすべて答えていった。答えを聞き終えたとき、ボリョーワは、いまこそクリップの弾を有効に使うときだと判断した。

ボリョーワは投影スフィアを撃った。巨大なガラス球は無数の破片に砕けちり、サンスティーラーの顔はゆがんで消えた。

クーリとパスカルは、まわり道をしながらメディカル区画へむかっていた。エレベータは使わないし、ドローンが通りやすいような整備状態のいい通路も使わない。つねに銃をかまえ、すこしでも怪しいものは撃った。たいていは影の重なり具合とか、壁や隔壁にこびりついた腐食が、あやしく見えただけだったが。

クーリは訊いた。

「シルベステはもうすぐ出発するようなことを、ほのめかしてなかったのか？」

「いいえ、こんなに早いようなことはなにも。というより、いつかの時点で出発することははっきりいっていたから、わたしはやめさせようと説得していたのよ」

「それでも出ていったあいつをどう思う？」

「なにをいわせたいの？　あの人は夫なのよ。愛してるわよ」

パスカルが泣き崩れそうになったので、クーリは腕をまわしてささえた。泣き腫らした目から涙をぬぐう。

「彼のやったことについては怒ってるわ。それはあなたとおなじ。理解もできない。でも、それでも愛してるのよ。さっきからずっと考えてるの。もしかしたら彼はもう死んでるかもしれない。その可能性はあるわよね。たとえ死んでないとしても、また会える保証はないわ」

「まあ、あいつの行こうとしてるところは、安全な場所とはいえないからな」

クーリはいいながら、この船ももはやケルベロス星とおなじくらい危険なのだがと、ちらりと思った。

「ええ、それはわかってる。彼も自分の行き先がこんなに危険だとは——わたしたちをこんな危険に巻きこむことになるとは、予想してなかったんじゃないかしら」

「それでも、きみの夫はただの人じゃない。シルベステだからな」

シルベステの人生は、ありえないような幸運の連続でできている。そうやって突き進んできた究極の目標が、目のまえに近づいたいまになって、幸運の女神がそっぽをむくとは考えにくい。

「のらりくらりとしたやつだから、今回もうまく窮地を脱するんじゃないかな」

それを聞いて、パスカルはわずかながらも安心したようだった。

そこでクーリは、ヘガジが死んだことと、船が船内に残っている人間を一人残らず殺すつもりであるらしいことを説明した。

「サジャキは、ここにはいないと思うわ」パスカルがいっている。「だって、理屈で考えたらそうでしょう。ダン一人でケルベロス星へ行けるわけはないんだから。だれかが案内しているはずよ」

「ボリョーワもおなじ考えだ」

「だったら、なぜここを調べるの？」

「イリアは自分の考えも信用してないんじゃないかな」

足もとにスラッジがたまっている通路から、メディカル区画の病室へはいるドアを、肩で押す。じゃまな雑役ネズミを一匹蹴飛ばした。

病室が臭い。なんの匂いかすぐにわかった。

「パスカル、どうもようすがおかしい」

「といわれても……わたしにどうしろというの？　掩護？」

パスカルは低出力ビームガンを手にしているが、持ち方はぎこちない。

「そうだ、掩護を頼む。しっかりとな」

プラズマライフルの銃身から先に病室内にはいった。半身をいれると、部屋が人の入室を感知して照明をつけた。

ここはボリョーワが重傷を負ったときに訪れた憶えがある。室内のだいたいの配置は頭にはいっている。

まず、サジャキがいるはずのベッドを見た。ベッドの真上には、自在継ぎ手とヒンジを介して吊り下げられた精巧なサーボ機構のメディカルツールがある。無数の指を持つ鉄の手が天井から吊られているようだ。指の先はすべて鋭い爪になっている。

鏡面仕上げの清潔な金属のその表面は、ほとんどすきまなく、べっとりと血糊におおわれていた。

「パスカル、どうやら——」

いいおえるまえに、金属の指の下にあるものに気づいた。

サジャキの残骸だ。

ベッドも、赤く染まっていない部分はほとんどない。どこまでが解体された肉体で、どこからがベッドのシーツなのか、境界が不明瞭だ。下のほうの階に眠る船長を思わせた。

船長は銀色のものが飛び散っているのに対して、こちらは赤い。アーティストがおなじテーマの作品を、血肉を素材にしてリメイクしたかのようだ。二枚一組の陰気な宗教画のようにも思える。

胸郭は上に高く突き出している。まるで身体に直流電流が流れているかのようだ。胸郭内はからっぽだ。胸椎から腹腔にいたる深いクレーターの内側に、たっぷりと血がたまっている。ちょうど凶悪な鉄の爪が上から降りてきて、身体の半分をえぐりとっていったかのようだ。

実際にそうだったのだろう。眠っているあいだにやられたのかもしれない。

確認するために、クーリはサジャキの顔を調べた。顔も血染めで、表情などろくに読みとれないのだが。

ちがった。やられたときのサジャキは、ほぼ確実に目覚めていたようだ。

パスカルが背後についてきているのがわかった。

「わたしだって死体くらい見たことはあるのよ。父は目のまえで暗殺されたんだから」

「しかし、ここまでひどいのは初めてだろう」

「ええ、そうね。たしかにこれはひどいわ」

そのとき、サジャキの胸郭がはじけた。なにかが飛び出してきた。

血の池に身を沈めていたらしく、なにかいるとは気づかなかった。その正体は――血まみれの床に着地し、細長い尾をふってちょこまかと走り去る姿でわかった。雑役ネズミだ。

さらに三匹のネズミが、サジャキの血の池から鼻面を突き出し、あたりの匂いを嗅ぎ、黒い目でクーリとパスカルを見た。カルデラの外輪山のような胸郭の片側によじのぼり、床に跳びおりる。そして最初の一匹を追って、病室の暗がりに消えていった。

「出よう」

クーリがいいおわらないうちに、動きだしたものがあった。

さきほどまで静止していた金属の手が、目にもとまらぬ速さでクーリにつかみかかってきた。一瞬のことで、クーリは声をあげるまもなかった。ダイヤモンドカッターのビットをつけた指がジャケットにかかって切り裂く。クーリはのがれようと全力でもがいた。なんとか身体は自由になった。ところがプラズマライフルをがっちりとつかまれた。強烈な機械の力でもぎとられる。クーリは汚れた床に転倒した。破けたジャケットがサジャキの血で染まったが、新鮮な赤いしみのいくつかは自分の血のはずだ。

手術用マニピュレータの手は、獲物の首を自慢するハンターのように、プラズマライフルをかかげた。器用な操作用のマニピュレータが二本伸びて、ライフルの操作部分をいじり、レザーの保護ジャケットをうれしそうになでまわす。そしてゆっくりと、銃口をクーリのほうにむけはじめた。

パスカルがビームガンを持ちあげて、メディカルツール全体を撃った。金属の手はバラバラになり、血まみれの部品がサジャキの遺骸の上に降りそそぐ。

プラズマライフルもはげしく床に落ちた。黒く焦げて煙を吹き、ケースの割れたところで青い火花が踊っている。

クーリは床から飛び起きた。血糊の汚れもかまっていられない。

壊れたプラズマライフルは低くうなりだし、火花の出方もはげしくなってきた。

「爆発するぞ。逃げよう」

二人はドアへむかった。しかしそこで足が止まった。

出口をふさいでいるのがなんなのか、理解するまでしばらくかかった。

千匹単位で山をなしている。下から三匹ほどはスラッジのなかに沈んでいる。個別の生死はかまわず、知能を持たない集団としての全体の利益のために動いている。

背後にさらにネズミがいた。何百匹も、何千匹も山をなし、通路を埋めている。病室の出入り口に押しよせ、飢えた齧歯類の津波としていまにも病室内にあふれ出そうとしている。

クーリは、残された唯一の武器を抜いた。たいした威力はない小さなニードルガン。精巧な感触が気にいって持ってきただけだ。

それをネズミの大群にむかって撃ちはじめた。パスカルもビームガンを撃っているが、威力は似たりよったりだ。

銃口をむける先々でネズミははじけ、燃えていく。しかし多勢に無勢だ。ネズミの最前列は病室内へ侵入を開始していた。

ふいに、通路で閃光と爆発音が連続しはじめた。爆発音の間隔は短く、ひとつらなりの轟音に聞こえる。その音と光が近づいてきた。通路ではネズミが宙を飛んでいる。近づいてくる爆発に吹き飛ばされているのだ。焼けた齧歯類の匂いが鼻をつく。病室に充満した血の匂いよりひどい。ネズミの津波はしだいに薄く、まばらになっていった。

病室の出口にボリョーワがあらわれた。物理弾ライフルはうっすらと煙を吐き、銃身は溶岩のように赤熱している。

クーリとパスカルの背後では、壊れたプラズマライフルのうなりがやんでいた。不気味な静寂。

「さあ逃げるぞ」

ボリョーワがいった。

クーリとパスカルは、死んだネズミや、まだ生きて逃げまどっているネズミにつまずきながら、ボリョーワのほうに走った。

クーリは、ふいに背中を強く押されるのを感じた。ついで、すさまじい熱風に襲われる。足の裏が床から離れ、あっと思ったときには宙を飛んでいた。

32

ケルベロス星地表へのアプローチ
二五六六年

今度は、自分がどこにいるのかすぐにわかった。とはいえ、眼前の光景は想像を絶するものだった。

「ケルベロス星の橋頭堡へむけて降下中です」

スーツの声は、ごくあたりまえの目的地を告げるように淡々としている。フェースプレートにはさまざまな情報が投影されているが、シルベステの目はうまく焦点を合わせられない。脳に直接入力するようにいうと、はるかにわかりやすくなった。

視界の半分を占めるほど大きくなったケルベロス星の輪郭は、赤紫色の線で表示されている。起伏するニセの地形のせいで、脳に似ているように見える。

ここには自然の光はほとんどない。鈍い赤のハデス星と、はるかに遠い孔雀座デルタ星の二つだけ。赤外線に近い波長を、スーツが可視光に変換して見せているのだ。

地平線からなにかが突き出しているのが見えてきた。オーバーレイ表示がそれを緑色で強調し、点滅させはじめた。

「橋頭堡か。なるほど」

シルベステは頭のなかでつぶやいた。それでも人間の声を聞いたように感じられる。

こうしてみると小さい。まるで神の石像の表面にひっかかった木っ端だ。ケルベロス星は直径二千キロあるのに対して、橋頭堡は全長四キロにすぎず、しかもその大部分は表層下に埋まっているのだ。

ある意味で、惑星に対するこの小ささにこそ、イリア・ボリョーワの腕前が見てとれるといえた。小さくても、ケルベロス星に刺さった棘になりえている。それはここからでも見てとれた。橋頭堡周辺の地表は、まるで人間の皮膚が腫れたようになっているのだ。表層にしこまれた許容能力を超えたように、橋頭堡から数キロ四方の地表がリアルな偽装を失っている。本来の姿らしい六角形グリッドを露呈し、しばらく離れたところからすこしずつ岩の地表にもどっている。

もう数分で入り口に到達する。円錐形の橋頭堡の開いた側だ。

スーツ内はジェルエアが充塡されているにもかかわらず、シルベステは内臓が重力に引っぱられるのを感じた。たしかに弱い。地球標準の四分の一だ。それでもこの高度から落下したら、スーツに守られていようといまいと、確実に死ぬはずだ。

そのとき、待っていたものがスーツのすぐそばの空間にあらわれた。映像を拡大させると、シルベステのとまったくおなじもう一着のスーツだ。漆黒の宇宙を背景にきらきらと輝いている。やや前方に位置し、おなじ軌道を飛んで、橋頭堡の丸い入り口へむかっている。

海中をただよう二匹のプランクトンが、漏斗形をした橋頭堡の口から吸いこまれ、ケルベロス星の腹のなかで消化される……という図を想像した。

もうあともどりはきかない。

三人の女は死んだネズミを踏んで走っていた。黒焦げになって飛び散っている物体も、もとはネズミだったのだろうが、詳しく調べる気にはなれなかった。

威力の大きい銃は、三人のあいだで一挺。これは船がさしむけるサービターを一発で処理する力がある。各自が携行している小さなピストルでも同程度の仕事はこなせるが、その場合はある程度の射撃技術と運が必要だ。

ときどき通路の床が不安定に揺れた。

病室の爆発に巻きこまれて打撲傷を負ったクーリがいった。

「なんだ？　なにが起きてるんだ？」

「サンスティーラーが実験をはじめたのさ」

ボリョーワは、二言三言しゃべるごとに息をつぎながら答えた。脇腹が燃えるように痛む。リサーガム星で負った傷がまた口をあけかけているのか。

「これまでやつは、サービターとかネズミとか、些末なシステムで攻撃してきた。でも、ここにいたって気づいたってわけよ。推進システムを完全に理解して、安全マージンの範囲で動かせるようになれば、船を軽く前後にシェークするだけで、あたしたちを文字どおり叩きつぶせるって」

荒い息をつきながら、もうすこし走る。

「あたしがナゴルヌイを殺したのとおなじ方法だ。ただサンスティーラーは、船の制御権を握ったとはいえ、操作や性能をまだ完全に把握しちゃいない。エンジンの推力をゆっくり調節しながら操作方法を探っているところだ。やつがそれをマスターしたら――」

パスカルが訊いた。

「逃げこめるような安全な場所はないの？　ネズミやサービターも来ないような」

「ネズミとサービターはともかく、推力のおよばないところは船にはない」

「つまり、船から脱出するしかない、ということ？」

ボリョーワは立ちどまり、いまいる通路をざっと眺める。会話を船に盗み聞かれる危険はなさそうだ。

「いいか、甘い考えはもたないことだ。船から出たら、帰る手段はたぶんもうない。その一方で、あたしたちにはシルベステを止めなくてはいけない義務がある。どれだけその見こみが小さくても。あたしたちがそのために死ぬことになっても」

「どうやってダンのところまで行くの？」

パスカルは、シルベステを止めるというのが、夫に追いついて説得することだと思っているのだ。ボリョーワは、当面はそう思わせておくことにした。しかし自分は、もうそんなことが可能だとは思っていなかった。

「シルベステはスーツを着ていってるんだと思う。ブレスレットで見ると、シャトルは全機残ってるからね。そもそもシルベステにシャトルの操縦はできない」

「サンスティーラーの助けを借りてるのかもしれないぞ」

クーリがいった。

「ところで、立ちどまってるのはやめよう。行き先が決まってないのはわかってるけど、止まってるより動いてるほうが、いくらか安心する」

「彼はスーツを使っていると思うわ」パスカルはいった。「夫のやり方を考えるとその可能性が高い。でもその場合も、一人では無理よ」

「サンスティーラーの協力を受けいれたということは？」

パスカルは首をふった。

「ありえない。サンスティーラーなど信用しないわ。自分が誘導されている——どこかにむかって背中を押されていると感じていても、そのいいなりになったりは絶対しない」

「選択の余地がない状況に追いこまれたのかもしれないぞ」

クーリはいった。

「とにかく、あいつがスーツを使ったとして、追いつく方法はあるのか？」

ボリョーワは答えた。

「ケルベロス星到達までに追いつくのは無理だ」

考えるまでもなかった。10Gの連続加速をやれば、百万キロもたいした距離ではない。

「あたしたちがスーツを使うのは危険すぎる。シルベステとは場合がちがうんだ。こちらはシャトルでむかったほうがいい。速度は出ないが、制御系にサンスティーラーが侵入している危険は少ない」

「なぜ？」

「狭いからさ、やつにとっては。スーツにくらべると、シャトルの技術水準は三百年くらい古いんだ」

「それがわたしたちの有利になるのか？」

「いいか、感染力を持つ異星種族の精神寄生体と戦うときは、原始的な武器がいちばんだ」

そして、自分のセリフに合いの手をいれるように、顔色ひとつ変えずにニードルガンをかまえると、たまたま廊下をうろついていたネズミを撃ち殺した。

「ここは、憶えがあるわ。たしか以前にも一度――」

パスカルがつぶやく。

クーリはドアをあけた。ドアには、かろうじて蜘蛛だとわかるマークが描かれている。

「はいって。楽にしてていい。そして、イリアの操縦をわたしが憶えていることを祈ってくれ」

「ボリョーワとはどこで合流するの？」

「船外だ。うまく合流できればいいけどな」

いいながら、スパイダールームのドアを閉鎖した。そして真鍮とブロンズ製の操作機器を見ながら、どこをどういじればいいのか必死で思い出そうとした。

33

ケルベロス／ハデス系軌道
二五六六年

ボリョーワはニードルガンを抜いて、船長に近づいていった。

シャトル格納庫へ急がねばならないのはわかっている。遅れれば遅れるほど、サンスティーラーが船内の人間を殺す方法をみつける可能性が高まるのだ。しかしいまのボリョーワには、先にやらねばならないことがあった。理屈ではない。理性ではない。やらねばならないという確信があるだけだ。

だからこうして、船長階への階段を駆けおりてきた。冷気の底に近づくにつれて、吐息が喉で凝固するように感じられる。寒いのでネズミはいない。サービターもやってこない。融合疫にとりこまれ、船長の餌にされる危険があるからだ。

ブレスレットに指示して、船長の意識プロセスが働きはじめる程度まで脳を温めさせた。

「聞こえるか、じじい！　目が覚めてるんならよく聞け。船は乗っ取られた」

「ここはまだブローター星の近傍か？」

「ちがうってば……ブローター星のそばなんかじゃない。んなとこはとっくに離れた」

しばらくして、船長はいった。

「乗っ取られたといったな。だれにだ？」

「異星種族みたいなもんだ、不愉快な野心を持ってる。乗組員はみんな死んだ。サジャキも、ヘガジも。あんたが知ってるほかの乗組員は全員だ。生き残ったあたしらはもうすぐ脱出する。たぶんもう二度ともどってこない。そこであんたに、ちょっとドラスティックな方法を試すことにしたんだ」

割れて変形しながらも、なおも船長をつつんでいる冷凍睡眠ユニットに、ニードルガンをむけた。

「あんたを温める。わかるか？　あたしらはこの何十年か、あんたをできるだけ低温下で維持しようと努力してきた。でもその結果はかんばしくなかった。ということは方法がまちがってたのかもしれない。そこで今度は、あんたの好きなようにこの船を食わせてやることにしたんだよ」

「そんなことを――」

「そんなこともこんなこともないんだ、船長。やるって決めたんだ」

ボリョーワはニードルガンの引き金にかけた指に力をこめた。船長を温めた場合、その増殖率がどの程度になるかは、だいたい頭のなかで計算していた。信じられないような数字になる。しかし、いままでこんなことをやろうと思ったことはなかったのだ。

「やめてくれ、イリア」

「よく聞け、じじい。うまくいくかもしれないし、いかないかもしれない。でも、あたしはこれまであんたに献身的に仕えてきたんだ。それを憶えてるんなら、今度はあんたがお返しをしてくれる番だ」

ボリョーワは発射しようと、引き金に力をこめた。しかしそのとき、ふいに思い出したことがあった。

「もうひとつ、いいたいことがあった。あんたがどんな悪辣なやつかという話だ。いや、悪辣なやつに変貌したかという話だな」

口のなかがカラカラに乾いているのを感じた。こんな話は時間の無駄だということも。しかし、いわねばならない。

「なんだね、いいたいことというのは？」

「あんたはサジャキといっしょにパターンジャグラーの海にはいったな。わかってる。乗組員から何度も聞いたし、サジャキ自身からも聞いた話だ。でも、そこでなにがあったのか、ジャグラーがあんたたち二人になにをしたのかは、だれもしゃべろうとしない。いや、噂はいろいろあるな。でもそれは、サジャキが真実をごまかすために流した偽情報だ」

そこで息をついだ。しかし、いうべきことの残りはもう少なかった。

「あんたは一個の存在であることに満足しなかった。あるいは、自分の肉体が長くはもたないことを感じてたのかもしれない。ウイルスが蔓延してるからな。だから副官の脳を乗っ取った。具体的なことはパターンジャグラーにやらせた。ジャグラーは異星種族だから、殺人などという概念はない。そういうことだったんだろう?」

「ちが……」

「黙れ! だからサジャキは、あんたの治癒を望まなかったんだ。なぜなら、あいつはすでに、あんたになっていたから。もう治す必要はなかったんだ。融合疫に対抗するあたしのレトロウイルスを、あいつが不活化できたのもそのためだ。あんたの知識を受け継いでたからさ。これだけでもあんたを殺す理由には充分だ。いや、すでに死んだも同然だけどね。サジャキのほうはメディカル区画の赤い壁紙になっちまったから」

「サジャキは——死んだのか?」

もう一人の自分の死を、いま初めて知ったのか。

「それがフェアってもんだろう? あんたはもはや一人だけだ。自分しかいない。自分を守るには、成長してサンスティーラーとの勢力争いに勝つしかないんだよ。疫病にわが身を捧げてね」

「や……やめてくれ」

「サジャキを殺したんだね、船長?」

「それは……遠い昔のことで……」

その口調にはもはや否定の響きはふくまれていなかった。

ボリョーワは冷凍睡眠ユニットにニードル弾を撃ちこんだ。外のパネルにわずかに表示されていたステータス表示がまたたき、消えていった。冷気がやわらぎはじめた。パネルをおおっていた氷の表面が溶け、濡れた色に変わっていく。

「お別れだ。あたしは真実を知りたかっただけだ。いちおう、幸運を祈っとくよ、船長」

そういい残して、走り去った。背後でなにが起きているか、恐ろしくてふりかえる気にはなれなかった。

サジャキのスーツは、シルベステの前方、手を伸ばせば届きそうなほど近くに見えた。

二人は橋頭堡の漏斗の口へ降下していく。

半分埋まった逆さまの円錐形は、数分前まで小さく見えたのだが、いまは視界全体を占めている。どちらをむいても、垂直に近い灰色の壁にさえぎられ、地平線は見えない。

橋頭堡はときどき振動する。シルベステはそれを見て、橋頭堡がケルベロス星の表層防御システムと戦闘中なのを思い出した。このなかを安全だなどと思ってはいけない。ウィルスどうしの戦いに負けたら、橋頭堡はものの数時間で食いつくされる。表層にあいた穴は閉じ、脱出路は消滅するのだ。

「核反応資源を補給する必要があります」

スーツがいった。

「なんだって？」

すると、船を出発して以来初めて、サジャキが話しかけてきた。

「吾人はここへ到達するまでに多くの資源を消費しておるのだ、ダン。敵地へ潜入するまえに補給を受けるのは当然であろう」

「補給って、どこから」

「まわりを見よ。核反応に使える資源はいくらでもある」

たしかにそうだ。資源なら橋頭堡からいくらでも調達できる。シルベステは納得した。スーツの制御はサジャキにまかせ、自分はなにもすることはなかった。

内側に湾曲する切り立った壁が近づいてきた。規則的な突起物や、不規則な配置の機械装置におおわれている。橋頭堡の大きさが圧倒的な実感をともなって見えてきた。ダムの壁がぐるりとまわってこちらをかこんでいるようだ。この壁のどこかに、アリシアとその部下たちの遺体もある……。

すでに充分な重力も感じられるため、めまいの感覚も呼び起こされる。下へ行くほど細くなっている橋頭堡の形もいけなかった。無限に深い縦穴のように見えてしまうのだ。一キロ近く離れたところに、星形に見えるサジャキのスーツがある。反対側の垂直の壁に接しているようだ。

しばらくして、シルベステは狭い棚状の台をみつけた。壁から一メートルほど突き出している。シルベステの足はその上にそっと着地した。しかし、いつうしろむきに落っこちても不思議はないような気がした。

「なにをすればいいんだ？」

「なにもせずともよい。スーツが心得ておる。そろそろ信用してはいかがか。貴公の命はそのスーツに維持されておるのだぞ」

「だから安心しろってのか？」

「この場所において、安心というのは適切な精神状態ではあるまい。人類がかつて経験しない異質な環境に身を投じようというのである。安心している場合ではなかろう」

シルベステのスーツの一部が細長く突き出し、橋頭堡の壁の一部と接触した。しばらくして、それは脈打ちながらなにかを吸いこみはじめた。

「不気味だな」

「橋頭堡より重元素をとりこんでいるのである。橋頭堡はスーツを味方として認識しており、資源はいくらでも供給する」

「ケルベロス星のなかで電池切れになったらどうするんだ？」

「スーツの電源は貴公が老衰死してもまだ切れることはない。しかしスラスターのための核反応資源は別系統である。電源は半永久的にもつが、加減速に必要とする元素は補充せねばならぬ」

「老衰死ってところが気にいらないな」

「引き返すならいまのうちであるぞ」

おれを試してるなと、シルベステは思った。言葉どおりにするのが理性的な道かもしれないという思いがよぎったが、すぐに消えた。

たしかに怖い。これほどの恐怖は過去の経験にもない。ラスカイユ・シュラウドへの突入まで記憶をさかのぼってもそうだ。しかしあのときも、恐怖を打ち破るには突き進むしかないとわかっていた。

そうわかっていても、補充プロセスが終わって、まともに対峙するから怖くなるのだ。棚状の台から橋頭堡にかこまれた虚空へ足を踏み出すには、ありったけの勇気をふりしぼる必要があった。

二人は降下を再開した。しばらく落下しては、スラスターを短く噴いて速度を調節する。サジャキは、スーツの随意制御の一部をシルベステに開放しはじめていた。スーツの自律支配を弱め、シルベステが自分の意思で一部を動かせるようにしていく。その移行は、ほとんど気づかないほどゆっくりだ。

降下速度は秒速三十メートルで一定している。しかし壁が近づいてきたため、速度感が増していた。サジャキとの距離はほんの数百メートルだ。とはいえスーツの外から顔は見えないので、人間らしさはなく、仲間とは感じられない。シルベステの強い孤独感は変わらなかった。

無理もない。知能を持つ生物がケルベロス星にこれほど近づくのは、アマランティン族以来かもしれないのだ。その間の百万年にどんな幽霊が棲みついていても不思議ではない。

「まもなく最終の導入チューブである」

サジャキの声がした。

壁が直径三十メートルまで狭まり、先端は暗い垂直の穴になっている。そのシャフトの果ては見えない。シルベステのスーツは、なにも指示しないのにシャフトの軸上に移動した。サジャキのスーツはやや後方をついてくる。

「一番乗りの栄誉は貴公が浴するべきである。長らく待ち望んだ瞬間であろう」

シャフトにはいった。進入を感知した壁に、赤い間接照明がともる。

落ちていく速度感が最大限に高まり、気分が悪くなってきた。巨大な注射器で注入されているような気がしてくる。

昔、カルビンから見せてもらった、患者の体内に挿入された内視鏡の映像を思い出した。光ファイバーの先端にカメラのレンズをつけた大昔の手術器具だ。あれで血管のなかをどんどん突き進んでいく感じ。

あるいは、オベリスクの発掘現場で拘束され、キュビエの政敵のもとへ連行されるときに、夜の渓谷を縫って飛んだ飛行機の感覚とも似ている。猛烈な速度で通りすぎていく壁の先に、なにが待ち受けているのだろうと、あのとき思ったものだ。

ふいにシャフトはとぎれ、二人は広い空間に放り出された。

シャトル用ハンガーに到着したボリョーワは、展望窓からシャトルの実数を確認した。ブレスレットのデータはサンスティーラーによって改竄(かいざん)されているかもしれないからだ。プラズマ翼の大気圏両用船も、クランプに固定されて係船クレードルにおさまっている。

それらがずらりと並ぶさまは、まるで矢羽職人の工房の壁のようだ。ここからブレスレット経由でエンジンを起動することもできるのだが、サンスティーラーの注意を惹いてしまうので危険だ。こちらの意図を知られてしまう。現状のボリョーワは安全地帯にいる。サンスティーラーに探知される領域にはこれまで立ち入っていない……そのつもりだ。

普通にはいっていって適当にそのへんのシャトルに乗る、というわけにはいかない。通常のアクセスルートでは、かならず危険地帯を通ってしまうのだ。サービターが自由に飛びまわり、サンスティーラーと生化学的にリンクした雑役ネズミがうろついているような場所には、そうそう足を踏みいれられない。

いまある武器はニードルガン一挺だけ。物理弾ライフルはクーリに譲ってきた。自分の射撃技術には自信があるが、技術と根性だけではどうにもならない場合もある。こうしているあいだにも、船は武装ドローンを次々に製造しているのだから。

そこで、ボリョーワはエアロックに進んだ。船外へ出るのではなく、与圧されていないハンガーにはいるエアロックだ。

エアロック内はくるぶしまでスラッジにつかり、照明も暖房設備も機能していなかった。好都合だ。サンスティーラーから遠隔監視される心配はない。ここにいることさえわからないだろう。

ロッカーをあけ、そこにおさまっているべき軽量与圧服がちゃんとあるのを見て、ほっとした。スラッジにひたってダメージを受けた形跡もない。シルベステが着ていったスーッにくらべてかさばらないが、そのかわり知能は低い。動作補助サーボ機構はないし、推進システムも内蔵していない。

与圧服を着るまえに、ボリョーワはブレスレットにむかって、あらかじめ頭にいれておいた一連の命令をしゃべった。そして設定を変更し、音響センサー経由ではなく、通信装置に対してしゃべった音声の命令にだけ反応するようにした。

スラスターのバックパックを装着。そのコントロールボードをしばらくじっとにらむ。操作方法を気合いで思い出そうとしたのだが、あきらめた。使う場面になったら基本くらい浮かんでくるだろう。ニードルガンは外部ベルトの携行機器ホルダーにていねいにしまった。

そっと外扉を出て、スラスターを噴きながらハンガー内に出ていった。下へ落ちていかないようにするには、低出力でスラスターを噴きつづけることになる。船内は無重力状態ではないのだ。船はケルベロス星の軌道をまわってはおらず、人工的に位置を維持している。連接脳派製エンジンにとってはこれくらい朝飯前だ。

ボリョーワは使うシャトルを決めた。球形の船体のメランコリア・オブ・デパーチャー号だ。

ハンガーの隅のほうで、暗緑色のサービターが二機、固定ポイントから離れてこちらへ近づいてきた。自由飛行タイプだ。球形のボディから何本もアームがはえ、先端にはシャトルの修理に使う切削器具がついている。

どうやらボリョーワは、ハンガー内にはいったことで、サンスティーラーの知覚領域に進入したらしい。まあ、しかたない。ニードルガンを携行しているのは、知能を持たない機械とややこしい交渉をするためではないのだ。

ボリョーワは引き金を引いた。

中枢システムを停止させるまで数発ずつ撃ちこむ。撃たれた二機は煙を吐きながらハンガーの下方へ漂っていった。

ボリョーワはバックパックの推力を上げようとコントロールボードをいじったが、当て推量の操作はやはりうまくいかなかった。メランコリア号が近づき、視界のなかで大きくなっている。機体のあちこちに描かれた警告サインや略語での注意書きが見てとれる。といっても、ほとんどは忘れ去られた言語で書かれているので読解不能だが。

べつのサービター一機が、シャトルの機体の上側をまわってあらわれた。こいつはさっきのよりやや大きい。黄土色をした楕円体のボディのまわりに、たたみこんだ何本ものマニピュレータとセンサー類を持っている。

なにかをこちらにむけている。

視界が光につつまれた。まばゆい緑色の光に目を灼かれ、眼球を眼窩からえぐりだしたくなる。敵が持っているのはレーザーだったようだ。ボリョーワは悪態をついた。あやういところでスーツがシールドを不透明化してくれたが、一時的に視力を奪われてしまった。

「サンスティーラー！」聞こえているほうに賭けて呼びかけた。「おまえはたいへんなまちがいを犯しかけてるぞ」

「そうかな」

「おや、人間の言葉がすこしうまくなってきたじゃないか。しばらくまえにしゃべったときは、もっと硬い口調だったのに。どうしたんだ？　自然言語翻訳アーカイブにアクセスできるようになったのか？」

「人間とつきあえばつきあうほど理解が深まる」

スーツが不透明化を解除しはじめた。

「ナゴルヌイのときよりは、たしかに理解を深めてるみたいだな」

「彼に悪夢をみせるつもりはなかった」

サンスティーラーの声はこれまでどおり無感情だ。ホワイトノイズを背景にささやき声を聞いているようだ。

ボリョーワは舌を鳴らした。

「ああ、そうだろうよ。殺すつもりはなかったんだろう。あたしに対してもそうだな。他の連中はともかく、いまは生かしておきたいはずだ。橋頭堡の維持にあたしの知識がいるから」

「その時期はもうすぎた。シルベステはすでにケルベロス星の内部にはいった」

それは悪いニュースだ。とても悪い。とはいえ、理性的に考えればやがてはそうなると、何時間もまえからわかっていた。

「ということは、べつの理由だな。橋頭堡を維持したいべつの理由があるんだ。シルベステが脱出できるかどうかをおまえが気にしてるはずはない。でも橋頭堡が崩壊してしまったら、シルベステはそれ以上、星の奥へ進んでくれないかもしれない。そのためだろう？あいつを奥に進ませるためだ。おまえの意図する場所に到達するまで」

サンスティーラーは答えない。ボリョーワは、いいところをついたようだと解釈した。異星種族は人類独特の論法に慣れておらず、そこにすきがあったのだろう。

「あたしはシャトルに乗るぞ」

「このサイズの船では大きすぎて、シルベステを追ってもケルベロス星に進入できない」

そんなことも考えつかないと思ってるのか。人間の思考をろくに把握できていないようすを見て、少々あわれになった。

サンスティーラーがこだわっている部分もある。恐怖を誘導し、報酬をちらつかせるところ——つまり情緒に依存する誘導だ。論理としてまちがっているわけではないが、人間にとってのその重要性を過大評価している。ボリョーワの考えているミッションが自殺行為にひとしいことを指摘すれば、すぐに態度を変えて、サンスティーラーの味方につくと思っているらしい。

やれやれ、あわれな怪物め。

「おまえに一言いっとこう」

行く手をさえぎるサービターも恐れず、シャトルのエアロックに近づきながら、ボリョーワはその一言をいった。

その言葉を有効にするための予備的な呪文は、すでに唱えてあった。この言葉をこういう文脈で使うことがあるとは思ってもいなかった。それを一度使ったことがあるというのも驚きだし、そもそも言葉を憶えていたこと自体が驚きだ。

しかし、もはや希望的観測に頼っている場合ではないのだ。

その言葉とは――

〝ポルジー〟だった。

いったとたん、サービターに興味深い変化が起きた。ボリョーワがメランコリア号に近づき、勝手にエアロックをあけてなかにはいるあいだ、なにもじゃましなかった。ボーッと宙に浮いているだけ。そして、はっとわれに返ったように一方の壁へそそくさと退散していった。

船とのコンタクトが切れ、単純な独立行動モードに切り換わったのだ。サービターそのものに異常は起きていない。ポルジー・コマンドは船のシステムに対してしか働かない。しかし船内のすべてのドローンが接続している無線／光学コマンドネットワークは、真っ先にクラッシュするシステムのひとつだ。影響を受けずに活動できるのは自律型ドローンだけ。それらもうサンスティーラーの影響下にはない。船内に何千機といる受命型ドローンは、船の制御系と有線接続しようと、いまごろアクセスターミナルに殺到しているはずだ。

ネズミもパニックにおちいっているだろう。彼らに生化学命令を伝達するエアロゾルシステムも、ポルジーの影響を受ける。ネズミ使いの荒い機械の制御下からのがれた彼らは、野生の先祖に近い本来の行動パターンにもどるはずだ。

ボリョーワはエアロックを閉めた。搭乗者を感知したシャトルが自動的に起動シーケンスを開始する音を聞いて、ニヤリとした。手すりをたぐってキャビンにはいると、すでにナビゲーション画面には光がはいってデータが流れている。インターフェースもボリョーワ仕様になっている。新たな理想をめざして流れていくような流線形のサーフェス。

さて、出発だ。

「感じなかったか?」

金属素材とベルベットによる豪華内装のスパイダールームのなかで、クーリは訊いた。

「いま、船全体が揺れた。地震のように」

「イリアかしら」

「合図をしたら船から離脱しろといってたな。そして、わかりやすい合図をすると。どうだ、いまのはわかりやすいと思わないか?」

迷う時間が長くなると、自分の感覚が信じられなくなってくるものだ。本当に揺れたかどうかも自信がなくなってくる。そしてそのときにはもう遅いのだ。なぜなら、合図があったらすぐに動けと、ボリョーワはいっていたからだ。時間の猶予はあまりないはずだ。

迷いをふりきった。

真鍮製の一対のコントロールノブを、どちらもいっぱいにまわした。ボリョーワの操作を憶えているわけではない。こういう無造作で極端で、いかにも愚かしい操作をすれば、船体にかけたスパイダールームの足がかりがはずれるというような、通常は望まれざる事態が起きるものだと、単純にそう思ったからだ。そしていまはそれが狙いだ。

スパイダールームは船体から離れて落ちはじめた。いきなり自由落下状態になって、胃がひっくりかえりそうな感覚をこらえながら、クーリはパスカルにむかっていった。

「これから数秒間が生死の分かれめだぞ。もしいまのがイリアの合図なら、船体から離れたほうが安全なはずだ。しかし、もしそうでないなら、数秒後には船殻兵器の射程にはいる」

クーリは離れていく巨大な船体を見守った。しだいに距離がひらいていく。連接脳派製エンジンが視界にはいると、まばゆくて目をそむけた。アイドリング状態なのに太陽のように輝いている。スパイダールームには窓のシェードを閉める機能があるはずだが、そんな細かい操作まで憶えていなかった。

「すぐに撃ってこないのはなぜ？」

「近すぎると自分に被害がおよぶからだ。イリアの話では、近接限界はハードウェアレベルで設定されていて、サンスティーラーにはいじれないはずだ。もうすぐその距離になるぞ」

「いまの合図って、具体的にはなんだったのかしら？」

どうやらパスカルは話しているほうが気持ちが落ち着くらしい。クーリは答えた。

「プログラムだ。サンスティーラーにみつからないように船の奥深くに隠されていて、船内の無数の回路とつながっている。ボリョーワがそのプログラムを実行すると、船の何千という機能が一度に停止する。ガシャンとね。それがいまの振動だと思う」

「それなら、兵器も動かなくなるはずでしょう？」

「いや……そうじゃないらしい。わたしが聞いたところでは、一部のセンサーや照準システムは働かなくなるが、砲術管制系そのものは影響を受けない。そこまではたしかだ。しかし船のその他の部分は大混乱におちいるので、サンスティーラーが状況を把握するまでにしばらく時間がかかるだろう。攻撃してくるのは、自分と周囲のようすを再確認してからになる」

「じゃあ、兵器はいつ動きだしてもおかしくないのね」

「だから急いでるんだ」

「でも、わりと長いことこうして話してるわよ。ということは……」

クーリはニヤリとした。

「そうだな。わたしたちは合図を正しく解釈したらしい。だから安全だ。当面は」

パスカルははっきり聞こえるほど大きく息をついた。

「それで、次は？」

「イリアを探す。難しくはないはずだ。とくになにもしなくていいといっていた。あの合図だけ気をつけていればいいと。だとしたら……」

クーリは途中で黙りこんだ。じっと船のほうを見ている。近光速船は、空に浮かぶ教会の尖塔のように頭上にあるのだが、そのようすがおかしかった。左右対称で均整のとれた形状が、どこか変化している。なにかが外へ出てこようとしている。

最初は、卵の殻の一部を雛鳥のくちばしが破るように、ごく小さな破壊だった。白い光と同時にいくつかの爆発が起きて、船体の一部がマッシュルーム状に盛りあがった。破片の雲はすぐに重力にとらえられて離れていったので、その下の損傷がはっきりと見えた。船体に小さな穴があいている。しかし小さいといっても、船自体が大きいので、穴の直径は百メートル近くあるだろう。

そこから、ボリョーワのシャトルが出てきた。穴は自分であけたらしい。しばらく巨大な船体のわきにとどまっていたが、やがて旋回して、スパイダールームのほうへまっすぐ降下してきた。

34

ケルベロス／ハデス系軌道
二五六六年

メランコリア号内にスパイダールームを収容するという難しい作業は、ボリョーワまかせで、クーリはなにもしなかった。

作業は想像以上に厄介だった。容積よりも、シャトルの格納庫容積に対して、スパイダールームが格別に大きいわけではない。下部の脚がうまく折りたためないのが問題なのだ。ボリョーワは、作業をはじめてすぐ通常の手段に見切りをつけ、サービターの一団を送り出して、脚の折りたたみ作業をやらせた。はためには（といっても、なかば機能停止した近光速船くらいしか眺める者はなかったが）、妖精たちが小箱に虫を押しこもうとしているように見えたことだろう。

ボリョーワはなんとか格納庫の扉を閉めることができた。最後まで残っていた細長い長方形の星空が視界から消えると、照明がともり、庫内が急速に与圧されていく音が聞こえはじめた。スパイダールームの鉄の壁をとおしてもゴウゴウと響く。数機のサービターがふたたび出てきて、スパイダールームが気流で動かないように固定した。

しばらくして、ボリョーワが姿をあらわした。与圧服は着ておらず、庫内に大声が響く。

「早くこっちに移んな。船殻兵器の射程からさっさとずらかるわよ」

「射程はどれくらいなんだ？」

「わからん」

三人が手すりをたぐりながらシャトルのキャビンにはいると、クーリはいった。

「サイバー攻撃をやったんだな、イリア。かなり効いたようだ。わたしたちもむこうで感じた。大規模な機能停止が起きたらしい」

「サンスティーラーには痛手になっただろうね。隠匿兵器のときの経験から、ポルジーのシャットダウン機能の範囲を拡張しておいたんだ。今度は表面だけでなく、もうすこし深いところまで麻痺してるはずだ。欲をいえば、連接脳派製エンジンのまわりに破壊的デバイスを仕込んでおきたいところだったな。そうすれば船のケツに火をつけて、遠くまで飛ばせた」

「そんなことをしたら帰る手段がなくなるだろう」

「たぶんね。でもサンスティーラーの息の根は確実に止められたはずだ」

しばし考え、

「それよりなにより、船がなくなれば、その時点から橋頭堡は崩壊しはじめる。兵器アーカイブからの更新データが届かなくなるわけだからな。あたしたちの勝ちだったはずだ」

「それがいちばん楽観的な見通しなのか？」

ボリョーワは答えなかった。

フライトデッキにはいる。どこを見ても現代的な内装で、クーリはほっとした。歯医者の診療台のように、ひたすら白くて清潔だ。

ボリョーワがパスカルのほうを見てしゃべりはじめた。

「どこまであんたが理解してるかわからないけど、この際はっきりいっとく。あたしらの目標は橋頭堡をつぶすことだ。そしてそれは、あんたの夫にとって都合が悪いことになる」

「彼がそこまで到達しているとしたらね」

「もう到達してると考えてまちがいないだろう」

クーリは口をはさんだ。

「しかしすでに内部にはいっているとしたら、いまさら橋頭堡をつぶしても遅い。むしろ、わたしたちが追いかける手段がなくなる」

やや間をおいて、

「そういう計画なんだろう？　やれるところまでやると」

「だれかがやるしかないんだよ」

ボリョーワは操縦席のひとつに身体を沈め、ハーネスを締めはじめていた。好みに合わせて古風なタッチセンサー式に変更されたコントロールボードに、指を滑らせる。

「さあ、適当な席にすわって身体を固定しな。これからインフィニティ号とのあいだにできるだけ距離をあける。できるだけ短時間で」

いいおわらないうちに、エンジンのうなりが高まった。それまでは壁と床と天井の区別があいまいだったが、いきなり強烈に区別できるようになった。

シャフトが途切れ、広大な空間に飛び出したとたん、落下の速度感がいきなり消失した。その差はあまりに大きく、シルベステの身体は急減速を予測して身構えたほどだ。しかしそれは錯覚だ。二人はまだ落ちている。速度はあがっているくらいだが、比較対象があまりにも遠くなったため、動いている感覚が希薄なのだ。

ついにケルベロス星の内部にはいった。

「どうじゃ、予想どおりの眺めかの」

カルビンの声が聞こえた。ひさしぶりの気がする。

「べつに。まだ玄関にはいったばかりさ」

とロではいったものの、目のまえに広がっているのは、見たこともない奇怪な人工的構造だった。ずいぶんおかしな場所にとじこめられたものだ。

頭上をおおっているのは表層だ。惑星をすっぽりとおおう球殻状の屋根。それを橋頭堡の先端のシャフトが貫通している。

空間は青白い光で充たされている。下でとぐろを巻く巨大なヘビのようなものが発光している らしい。複雑に折り重なったヘビの身体がとりあえずの床になる。巨大な木の幹のようなものがあちこちからはえて、天井をささえている。その姿はねじくれ、生物的だ。事前にカメラドローンの映像で見たときよりも明瞭なおかげで、わかったことがあった。この木のような支柱は、床からではなく天井側から成長したものらしい。床に接したあとは溶けこんで一体になっている。

天井の生物的な印象は薄い。むしろ鉱物的で、結晶体に見える。シルベステは直感的に、天井より床のほうが古いのではないかと思った。床が完成したあとに、世界をおおう屋根がつくられたのだ。異なる時代のアマランティン科学でつくられているようにも思えた。

サジャキがいった。

「落下速度を抑制されよ。床に激突するのは好ましくなかろう。橋頭堡が停止させておらぬべつの防御システムも懸念される」

「まだ敵対要素があると思うか？」

「おそらくこの階層にはなかろう。しかし下へくだれば、予想しておかねばならぬ。ただ、下層の防御システムは百万年のあいだ一度も機能していないと考えられる。ゆえに――」

やや表現に迷って、

「錆びついておるかもしれぬ」

「あんまり楽観的な予測はしないほうがいいんじゃないのか」

「むろんである」

スーツがスラスターの噴射を強め、それによって重力の感覚がよみがえってきた。わずか四分の一Gとはいえ、それでも巨大な人工物の屋根がこうしてささえられている。その屋根からシルベステまでの距離はすでに一キロあいていた。脱出するにはおなじ一キロを昇らなければならない。

もちろん、足もとの惑星は何千キロも下まで続いていて、それをどこまで掘れば、求めるものに到達するのかわからない。あまり深くないことを祈るばかりだ。往復にかかる時間として想定した五日は、限度ぎりぎりではないかと思えてきた。外にいるときは、ボリョーワの損得勘定はそれなりに説得力があり、現実的な予測だと思えた。しかしそうやって計算したものが、巨大で圧倒的な構造として目のまえに迫ってくると、自分たちの予測能力に自信が持てなくなってくる。

「だんだんビビってきたじゃろう」

カルビンの声だ。

「とうとうおれの感情まで読めるようになったのか？」

「そうではない。おぬしの感情はわしとほぼおなじという前提でいうたまでのこと。思考パターンがよく似てきたのじゃ。これまで以上にな」

しばしおいて、

「まあ、わしも認めようぞ。心胆が寒うなっておる。ただのソフトウェアがこのような情緒を感じるとは信じられぬの。どうじゃ、深遠な考察だと思わぬか？」

「黙ってろ。深遠な考察をする機会はあとである」

「自己の矮小さを感じておるのではないか？」

今度はサジャキだ。まるでカルビンとのやりとりを聞いていたような問いだ。

「そう感じるのも無理はない。貴公は矮小である。この空間がかくも壮大であるゆえに。そうならざるをえまい」

床が迫ってくる。床には幾何学的な形状の破片のようなものがちらばっている。スーツの近接警報が鳴りはじめた。床が近づいてきたからだ。まだ一キロを切った程度だが、手を伸ばせばとどきそうなほど近くに見える。スーツの形状が変化しはじめた。地表活動モードへむけて変形している。

あと百メートル。降下していく先は、床にちらばった板状の結晶らしいものの上だ。天井のどこかから剝がれて落ちてきたのではないだろうか。ちょっとした広間の床になるくらいの大きさがある。その大理石のような表面にスーツのスラスターの噴射炎が反射してまぶしい。

「接地の五秒前にスラスターを停止されよ。熱で防御反応を誘発するやもしれぬ」

「ああ。そいつはごめんだな」

落下してもスーツが守ってくれるはずだが、サジャキからいわれたとおりにするのは勇気がいった。

結晶の板に足がつく五秒前に、スラスターを停めて自由落下状態になった。スーツはややふくらみ、緩衝用の装甲プレートを出す。ジェルエアの圧が一時的に高まり、シルベステは気を失いそうになった。しかし着地のショックは、実際にはあっけないほど穏やかだった。

目をあけてみると、あおむけに倒れていた。やれやれ、ぶざまな着地だ。スーツが勝手に身体を起こし、立ちあがらせた。

ケルベロス星に降り立ったのだ。

35

ケルベロス星内部
二五六七年

「時間経過は?」

「出発より丸一日。まだ時間は充分にある。安心されよ」

サジャキのスーツはシルベステからほんの数十メートルのところに立っているのに、その声は細く、遠くに聞こえた。

「信じるよ。すくなくとも、おれの一部はな。べつの一部はどうだかわからんが」

「べつの一部とはわしのことじゃろう」

カルビンが小声で答えた。

「ま、たしかに、充分な時間があるとはわしは信じておらん。たりるかもしれんが、甘く見ぬほうがよかろう。未知の要素が多いのじゃから」

「おい、そういう話で自信を持たせるのは……」

「そんなつもりは毛頭ない」

「だったら黙ってろ。もうちょっと建設的なことをいえよ」

彼らはケルベロス星の第二層を数キロ進んだところだった。地球でもっとも高い山の何倍かに相当する垂直方向の距離を進んだのだから、そういう意味では順調といえる。しかし、実際にはひどく遅いペースだった。こんなことでは、たとえ求めるものに到達できても、とても制限時間内に帰ってこられない。表層の防御システムから絶えまない攻撃を受けている橋頭堡は、それまでに圧力に屈して、消化されるか、いらない種のように宇宙に吐き出されるかしているだろう。

第二層は、とぐろを巻くヘビの下にある床で、屋根をささえている幹が根をはっている場所だ。その層は結晶構造になっていた。第一層の生物的な構造とはまったく異なる。シルベステたちは、密度の高い結晶質のあいだの狭いすきまを降りていかねばならなかった。まるでアリがレンガ積みの壁のすきまに通り道を探しているようなものだ。道ははかどらないうえに、垂直に降りる区間ではいつもスラスターを噴いて速度を抑えるので、スーツの核反応資源は急速に消費されていった。

初めシルベステは、スーツが出すモノフィラメントのケーブル(成長させるのか、吐出するのか、詳しい仕組みはわからない)と引っかけ鉤を使ってはどうかと提案した。しかしサジャキは反対した。核反応資源の節約にはなっても、この先まだ何百キロもあることを考えると、降下時間がかかりすぎる。さらに垂直方向の動きしかできないので、侵入者排除システム（そういうものがあるとすれば）のターゲットになりやすい。

そこでほとんどはスラスターを使い、必要に応じてケルベロス星から資源を補給することにした。このバンパイア的行為に対して、ケルベロス星はこれまでのところなにも対抗手段をとってきていない。そして結晶質にはスラスターの資源になりうる微量元素が豊富にふくまれていた。

「おれたちの存在に気づいてないみたいだな」

カルビンが答えた。

「気づいておらぬじゃろう。この星の記憶のなかでも、ここまで降りてきた侵入者はほとんどいないはず。それを探知して排除するシステムが、かりにあったとしても、長期にわたって使われぬゆえに、退化してしまったのではないかな」

「急に楽観的な見通しをしゃべりだしたのはどういう風の吹きまわしだ？」

「わしも本心ではおぬしの身の安全を思っておるのかもしれんの」

カルビンがニヤリとしたような気がしたが、いまの状態のシミュレーションにそのような視覚情報を伝える機能はなかった。

「どちらにしても、わしの意見は正直な考えじゃ。深くもぐればもぐるほど、望まざる侵入者とみなされる可能性は低くなるはず。人体とおなじじゃ。痛覚は皮膚に集中しておろう」

シルベステは、カズムシティから地表ハイキングに出かけたときに、冷たい水を飲みすぎて胃痙攣を起こしたことを思い出し、カルビンの話はどこまで信用できるものやらと思った。しかし安心材料になるのはたしかだ。

しかしそうだとすると、深いところの構造はなかば睡眠状態にあることになる。それなら、表層の強力な防御システムは無意味ではないか。その下にあるものは、アマランティン族が意図したような機能はもはやはたしていないことになるのだから。ケルベロス星を宝箱にたとえれば、頑丈な鍵がかかっていて、ピカピカに磨きあげられているのに、蓋を開けてみたら中身は錆びたガラクタだらけ……ということになりはしないか。

そういう考えはよくないだろう。これが無意味な行為でないとしたら――シルベステの人生の五十年分（もっとかもしれない）がただの妄想でないとしたら、発見するにたるものがかならずあるはずだ。うまく表現できない感覚だが、これは妄想などではないという絶対的な確信があった。

そうやってくだりつづけて、さらに一日がすぎた。

くだるあいまに、断続的にシルベステは睡眠をとった。なにかが起きたり、まわりの景色が一定以上変化して、目撃しておいたほうがいいとスーツが判断したときだけ、覚醒させるようにした。サジャキが眠っているのかどうかはよくわからない。あの男の奇妙な生理システムが働いているのだろう。血中を大量に流れるメディシーンが老廃物をつねに処理しているのだ。精神機能もジャグラーによって変更され、記憶整理のための数時間の睡眠さえ必要ないようになっているのだろう。

順調なときには一分で一キロも進めた。これは果てしなく深い縦のシャフトがあらわれたようなときだ。もちろん、帰りはもっと早いはずだ。ケルベロス星の構造が変化するのでないかぎり、通ってきた道すじはスーツが記憶している。

シャフトを数キロ降りてみたら行き止まりだとか、狭くて安全に通過できないとかいうことも、しばしば起きるようになった。そんなときは手前の分岐点までもどって、べつのルートを探すしかない。試行錯誤だ。スーツのセンサーも、密度の高い結晶構造の壁にさえぎられて、数百メートルの範囲しか効かなかった。

それでも結晶の壁が発する青緑色の不気味な光につつまれながら、すこしずつシルベステはくだっていった。

しだいに内部の構造が変化していた。さしわたし数キロもある巨大な板状の破片のようなものに、ときどき遭遇するようになってきた。それらは氷河のように微動だにしないし、そもそもまわりの結晶と固着している。しかしその下に地下室のような空間がしばしば見られたり、破片と破片のあいだに目もくらむほど深い亀裂がはいっていることから、これらの破片は惑星の重力を無視して浮いているのではないかという印象だった。

いったいこれはなんなのか。無機物で、いわゆる結晶なのか。それとももっと不思議ななにかか。

なんらかの機能部品かもしれない。惑星をおおうメカニズムの一部ではないか。あまりに大きいために、見ることも想像することもできないようなメカニズム。もしそうだとしたら、熱もエネルギーも不確定になってしまう量子的実在のあいまいさを利用したメカニズムにちがいない。確実なのは、それが氷のように冷たいことだった（スーツの温度センサーでわかった）。しかしその透明な表面を透かし見ると、知覚限界のむこう側でなにかがざわざわと動いているように感じられることがあった。半透明のプラスチック素材を透かして時計の歯車の動きを見ているような感じだ。スーツにセンサーで調べさせてみたが、結果はあいまいで、はっきりしたことはわからなかった。

四十時間にわたってそんな苦難の降下を続けたところで、大きな、とてもありがたい変化に遭遇した。結晶構造がまばらになり、深さ一キロ程度の移行帯に出たのだ。

そこには、これまで見たことがないほど太く深いシャフトが、何本も口をあけていた。意図的な設計だろう。直径は二キロある。それらのシャフトを十本ほど調べてみたが、どれも惑星の中心に集束するかのように、垂直に二百キロ伸びていた。シャフトの壁は、これまでの結晶構造とおなじように、少々不気味な緑色の光を発している。そしてやはり、内部でなにかがざわざわと動いている感じがする。これもやはりメカニズムの一部で、異なる機能をはたしているのだろう。

シルベステは、古代エジプトの大ピラミッドの話を思い出した。ピラミッドにも建築技術上の必要からもうけられたシャフトが何本もあった。墓の内部を封印した労働者たちの脱出路だったのだ。ここのシャフトにもそういう用途があったのかもしれない。あるいは、いまは稼働していないエンジンの放熱口だったのか。

とにかく、これをみつけたのは幸運だった。降下ペースが飛躍的に高まる。

反面、危険がないわけでもなかった。シャフトでは垂直な壁にかこまれているので、万一攻撃を受けたら、上下二方向しか逃げ道がない。とはいえ、もう時間的にぐずぐずしていられない。橋頭堡が崩壊したらケルベロス星のなかに閉じこめられるのだ。ありがたい最期ではない。危険でもシャフトを使うしかなかった。

単純に自由落下するわけにはいかなかった。これまでのシャフトは垂直方向に一キロ程度だったので可能だったが、このシャフトはあまりにも大きいため、予想外の問題に直面した。落ちているとなぜか一方向の壁に引き寄せられていくのだ。すさまじい勢いで通過していく翡翠色の垂直の壁に叩きつけられないようにするには、絶えずスラスターを微小出力で噴いて位置を修正していなくてはならない。

原因は、いうまでもなくコリオリ力だ。自転している惑星の表面で風の方向を曲げ、渦を巻かせてサイクロンを発生させる仮想の力だ。ここではケルベロス星が自転しているために、コリオリ力が働いて直線的な落下はできない。シルベステとサジャキは、惑星中心に近づくにつれて角運動量を捨てなくてはならないのだ。

それでも、これまでののろのろした進み具合にくらべれば、はるかに速かった。

そうやって百キロ降下したところで、攻撃を受けた。

「動いてる」

ボリョーワはつぶやいた。

近光速船を脱出してから十時間がすぎていた。身体は疲れきっている。これから体力が必要になるときにそなえて何時間かうたた寝したが、あまり役に立っていなかった。ここ数日の精神的ストレスや身体の疲労をいやすには、こんな断続的な意識消失ではない、まともな睡眠が必要だ。

それでも、いまははっきりと目が覚めていた。もしかしたら、疲労の極に達した肉体が、どこかに隠しもっていたエネルギー源の蛇口をあけたのかもしれない。もちろん長続きはしないだろうし、この当座しのぎが尽きたら、さらにきつい反動がくるにちがいない。しかしいまは、一時的にでも頭の芯が冴えるのはありがたかった。

「動いてるって、なにが？」

クーリが訊いた。

ボリョーワは、まばゆいほど白く輝くシャトルのコンソールで、U字形に呼び出したたくさんのデータウィンドウにかこまれている。その一枚をあごでしめした。

「他になにがある。あの船さ」

パスカルがあくびをしながら目を覚ました。

「どうかしたの？」

「面倒なことになった」

ボリョーワはキーボードに指をはしらせ、べつの窓を呼び出した。しかし実際には、裏付けのデータなど必要なかった。悪いニュースは確実に姿をあらわしている。

「インフィニティ号がまた動きだしてる。この事実から、二つのことがわかる。どっちも悪い話だ。まず、あたしがポルジーで麻痺させた基幹システムを、サンスティーラーが復旧させたらしいということ」

「まあ、十時間の猶予があってよかったというべきでしょうね。おかげでここまで距離をあけられたんだから」

パスカルは手近の位置表示画面を見ながらうなずいた。それによれば、シャトルがケルベロス星までの距離の三分の一以上を進んでいることがわかった。

クーリが訊く。

「もうひとつは？」

「もうひとつわかるのは、サンスティーラーが推進系を操作できるくらいに経験を積んだってこと。これまでは、船を壊さないように慎重に実験しているだけだった」

「とすると、どういうことになる？」

ボリョーワはおなじ位置表示画面を指さした。

「やつがエンジンの操作も、船体の限界負荷も把握したことにしようか。現在の船の進行方向をたどると、こっちへのインターセプトコースになる。あたしたちがダンに追いつくまえに、それどころか橋頭堡へ到達するまえに、サンスティーラーに追いつかれるわね。いまの距離では、このシャトルはターゲットとして小さすぎる。ビーム兵器は拡散して効果がないし、相対論速度以下の物理弾は、こっちが飛行経路をランダム変更すればかわせる。でもそのうち有効射程内にはいるわ」

「それまで、あとどれくらい？」

パスカルは眉をひそめた。あまりかわいらしい癖とはいえないが、この状況を考えればほとんど無表情といっていいほどだ。

「わたしたちは大幅に先行しているのじゃなかったの？」

「リードはしてた。ところがいまや、サンスティーラーはあの近光速船を数十Gで加速できるんだ。あたしらがそんな加速をやったら、人間は全員ペースト状になっちまう。でもむこうはそういう問題はないからね。船内に生きてるやつは一人も乗ってない。キーキー鳴きながら四本脚でちょこまか走りまわる小動物がいるくらいだ」

「あとは船長かな。まあ、本人は気にしないと思うけど」

クーリがいった。

「とにかく、あとどれくらいなの？」

パスカルが重ねて訊く。

「運がよけりゃ、ケルベロス星にちょうど着くころだろうね。でも偵察してまわったり、あれこれ迷ってる暇はないわ。インフィニティ号の船殻兵器からのがれるには、ケルベロス星の内部に突入する以外に手はない。それもなるべく深くもぐらないと」

ボリョーワは思わず皮肉な笑いをもらした。

「じつはあんたの夫がいちばん賢かったのかもよ。あたしたちよりはるかに安全なところにいる。ま、あくまで当面の話だけど」

シャフトの壁に複雑な図形が浮かびあがってきた。結晶面の一部が他より強く輝きはじめたのだ。図形は巨大で、さすがのシルベステも、それがなんなのかわかるまでにすこし時間がかかった。

アマランティン族の図文字だ。

なかなかわからなかったのは、大きさのせいばかりではない。シルベステが見慣れている図文字とはかなり異なっていたからだ。まるでべつの言語のようだ。

これは、追放された者たちが使っていた言語にちがいないと直感した。サンスティーラーに従って辺境に隠棲し、ついには星の世界へと旅立った者たちだ。シルベステが目にしたことのあるどんな資料の文字とくらべても、一万年も時代がへだたっている。にもかかわらず、わずかでも意味が汲みとれるのは、ほとんど奇跡といえた。

「なんと書いてあるのじゃ」

カルビンが訊いた。

「おれたちの来訪を歓迎しないとさ。穏当にいえばな」

シルベステは図文字の語りかけてくる内容になかば呆然となっていた。

サジャキは、シルベステの声にしない声を聞きとったかのようだ。

「具体的になんと？」

「この階は自分たちがつくったといってる。ここを製造したのは自分たちだと」

「ということは、つまり、おぬしはついに証明したようじゃの。ここがアマランティン族の手になるものだということを」

「こういう状況でなければ、乾杯といくところだけどな」

シルベステはカルビンに対して答えながらも、注意力の大半は目で読んでいるものと、そこから頭に飛びこんでくる意味に奪われていた。アマランティン族の図文字資料の翻訳に没頭しているときに、何度かこういう状態になったことがある。しかしこれほどすらすらと読め、意味に確信が持てたことはなかった。心を奪われていた。恐怖などすこしも感じなかった。

「続けられよ」

サジャキがうながす。

「まあ、そういうことさ。警告だ。この先へ進むべからず、だそうだ」

「とすると、求めるものは遠くないのかもしれぬ」

シルベステもおなじことを感じていたが、はっきりした証拠はなかった。

「警告は、おれたちの見てはならないものがこの下にあるといってる」

「見る？　それは文字どおりの意味か？」

「アマランティン族の思考は視覚中心なんだよ、サジャキ。ようするに、おれたちに近づいてほしくないんだ」

「それはつまり、価値があると。そういうことではないか？」

カルビンが口を出す。

「本当に警告だとしたらどうじゃ？　脅しではなく。つまり、近づかないほうがいいと心から忠告しておるのかもしれん。文脈からどちらか判断できぬか？」

「これが従来のアマランティン図文字ならわかるかもしれないけどな」

シルベステはそう答えたが、内心では、カルビンのいうとおりではないかと感じていた。ただ、感じるだけで裏付けはない。また、ここであきらめるつもりもなかった。

それよりも、アマランティン族はなぜここまでする必要があったのかと考えた。惑星の偽装でおおい隠し、これほど強力な防御システムで守らなくてはならないものとは、いったいなんなのか。あっさり破壊してしまうこともできないような恐ろしいものなのか。いったいどんな怪物を彼らはつくりだしたのか。

あるいは発見したのか。

そう思った瞬間、背筋がゾクリとした。あいていた穴にパズルのピースがぴたりとはまった感覚。

発見したのだ。サンスティーラーの率いる集団が。

星系の外縁で、なにかを発見したのだ。

シルベステがその確信を胸にしみこませているとき、近くの図文字がシャフトの壁面から剝がれた。あとにはおなじ形のくぼみが残っている。他の図文字も次々と剝がれていった。単語、節、文単位で壁から剝がれ、二人に近づいてきた。建物のように大きく威圧的なそれらが、すきを狙う猛禽類のようにサジャキとシルベステのまわりを旋回しはじめる。いったいどんなメカニズムで宙に浮いているのか、スーツの防御システムにもわからないようだ。重力場や磁場の変動は観測されない。その理解不能の異質さに、シルベステはしばし動揺した。しかしすぐに、それなりの論理性もあると感じた。警告を無視されたら、そのメッセージそのものが強制力を発動しようとするのは、ある意味で当然かもしれない。

とはいえ、客観的に分析している余裕はすぐになくなった。

「スーツの防御モードをオートに」サジャキがいった。普段の沈着冷静な声より一オクターブ高くなっている。「こやつら、吾人を殺す気である」

そんなことはいうまでもない。

浮遊する図文字は球状に二人をかこみ、ゆっくり旋回しながら押しつつんできている。シルベステはいっさいをスーツにまかせた。網膜を灼くプラズマバーストにそなえて視覚保護シールドをセット。全手動操作を一時的にサスペンド。そのほうがいいのだ。スーツにとっては人間の関与などじゃまなだけだ。

濃色のシールドが降りてきたとたん、シルベステは視神経に火花が散ったように感じた。強烈な光子イベントで義眼の回路がショートした。スーツの外側はとてつもない強さの全スペクトル照射で灼かれているはずだ。

断続的に強いGを感じた。上下への（たぶん）スラスター噴射がくりかえされ、あまりの強烈さに意識が何度もとぎれた。まるでトンネルを出たりはいったりしながら山間部を突進する列車のようだ。スーツはなんとか敵をふりきって逃げようとしているらしい。しかし何度も急減速するのは、そのたびに阻止されているのだ。

とうとうシルベステは長い、完全な意識喪失におちいった。

ボリョーワはメランコリア号の推力を段階的に上げ、最後は4G近い定常加速にした。さらにランダムな進路変更をプログラムで混ぜさせた。近光速船が運動エネルギー兵器を撃ってきたときの用心だ。

保護スーツも鎧も着ていない三人には、これが限度だった。もちろん快適ではない。パスカルはクーリほどこういう経験に慣れていないはずだ。シートからは離れられないし、それどころか腕を動かすこともままならない。それでも口を動かして話すことはできた。それなりに論理的な議論をすることも。

クーリは訊いた。

「ボリョーワ、あいつと話したんだろう。サンスティーラーと。メディカル区画でネズミの大群から助け出されたときに、顔を見て察しがついた。そうなんだろう？」

ボリョーワはなんとか返事をしたが、その声はまるで窒息しかけているようにかすれていた。

「おまえの話にいくらか疑問を持っていたとしても、あの顔を見た瞬間に吹き飛んだよ。相手が異星種族であることを疑う気はなくなった。ボリス・ナゴルヌイがどんな経験をしたかも、さわりくらいはわかった」

「精神異常の原因か」

「正直にいうけど、あんなものが頭にはいってきたら、あたしだっておなじことになると思う。それと同時に、ボリスの影響でサンスティーラーが変化した可能性も心配になってきた」

「わたしの気分がすこしはわかってくれたかな。そいつをずっと頭に飼ってるんだぞ」

「いや、おまえの頭にはもういない」

ボリョーワは首をふった。4G環境では少々危険な行為だ。

「おまえの頭にしばらくいたのはたしかだろう。マドモワゼルを殲滅するまではな。でも、そのあとに出ていっている」

「出ていったって、いつ？」

「サジャキに深層記憶抽出術をかけられたときだ。あたしの失敗だ。施術機器のスイッチをいれさせてもいけなかったんだ」

罪を認める言葉にもかかわらず、悔恨の響きはまったくない。たぶんボリョーワにとっては、罪を認めるだけで充分な悔いになるのだろう。

「おまえの神経パターンがスキャンされたとき、サンスティーラーはその神経にひそんでいた。そしてエンコードされたデータとして抽出されたんだ。そこから先、船内の他のシステムへ移動するのに障害はなにもない」

二人は黙りこんだ。しばらくして、クーリはいった。

「サジャキにあれをやらせたのは、あなたにしては賢明じゃなかったな、イリア」

「ああ……」まるで意外なことをいわれたように、ボリョーワは答えた。「まあ、そうだな」

どれくらいたったのか（数十秒か、数十分か）わからないが、気がついたとき、視覚保護シールドはすでに上がっていた。シルベステはシャフトをなんの抑制もなく落下していた。

見上げると、何キロか上方に小ぜりあいの残り火が見えた。シャフトの壁には強いエネルギーを浴びたらしい穴や傷が残っている。図文字はいくつかがまだ旋回しているが、一部が欠けて傷ついたものも多く、文字としては読めなくなっていた。警告メッセージの体をなさなくなったのがわかって、兵器としての活動もあきらめたかのようだ。そうして見ているあいだにも、図文字は、陰気なカラスがねぐらに帰るように、壁のへこみにもどりつつあった。

なにかがおかしい。

サジャキのスーツが見あたらない。

「おい、どうなってるんだ?」

そんな乱暴な問いを、スーツが正しい文脈で解釈できるのかわからないが、それでも訊いた。

「あいつはどこにいるんだ?」

「自律的防御システムとの交戦がありました」

スーツは、まるで午前中の天気について述べているようだ。

「そんなことはわかってる。サジャキはどこかと訊いてるんだ」

「サジャキ委員のスーツは回避行動中に致命的損傷をこうむりました。暗号化バースト送信されたテレメトリーデータによれば、スラスターユニットはプライマリー、セカンダリーともに被害甚大で、復旧不能と思われます」

「だからどこにいるんだ?」

「委員のスーツは落下速度を抑制することも、コリオリ力による壁面へのドリフトを修正することもできないはずです。テレメトリーデータによれば、委員は十五キロ下方にあり、なお落下中です。相対位置は一秒ごとに一・一キロ開いており、この値はさらに増加しています」

「まだ落下してるって?」

「そのはずです。スラスターユニットが機能せず、現在の速度ではモノフィラメント制動索も展開不能なことから、シャフト終端まで落下はやみません」

「死ぬということか」

「推定最終速度における生存は、あらゆる予測モデルを逸脱し、統計上の異常値としてしかありえません」

「万に一つもないということじゃの」

カルビンがいった。

シルベステは背中を曲げてシャフトの真下をのぞきこんだ。十五キロ。太いシャフトの直径の七倍以上だ。

自分も降下しながら、目をこらす。解像度の限界近くで、かすかな閃光が一、二度見えた気がした。摩擦による火花だろうか。とめどなく落下しながら、壁に接触しているのだろうか。

見えたのが気のせいでなかったとしても、それはさらにかすかになっていった。そしてあとには、果てしなく続くシャフトの壁だけが残った。

36

ケルベロス／ハデス系軌道
二五六七年

「あなたたちはなにか知ってるんでしょう？」パスカルがいった。「サンスティーラーからなにかを聞いて、それで彼を止めることにこんなに必死になってるんでしょう？」パスカルが問いかけた相手はボリョーワだ。しかしボリョーワは操船に気をとられていた。

シャトルはケルベロス星までの距離の中間点をすぎて、船体を反転させ、４Ｇの減速噴射をはじめていた。追ってくる近光速船とは逆方向にエンジンの噴射炎が出ているので、ターゲットとしては目立たなくなっている。しかし裏を返せば、噴射炎はケルベロス星のほうへ流れているので、惑星側から敵対的サインと解釈される危険があった。もちろん、先行する侵入者の犯行歴から、すでに人類を悪辣な訪問者と断定している可能性も充分にある。

とはいえ、こちらにはどうしようもないことだ。近光速船は6Gという、かなり余裕を残した推力で進行してきていた。シャトルとの距離は確実に縮まり、あと五時間で射程距離にはいる計算だ。

本来ならもっと加速できるはずだ。サンスティーラーがそれをしないということは、まだ推進系の限界を慎重に探っているらしい。みずからの生存を気にかけているわけではないだろう。近光速船がストレス破壊すれば、橋頭堡もすぐにあとを追う。それでは困るからだ。

シルベステはすでに星の内部にはいっている。サンスティーラーはおそらく目標が達されたかどうかを確認する必要があるのだろう。表層の開口をこうしていつまでも維持しているということは、そこを通じてなんらかの信号が外部に出ているのかもしれない。すくなくとも、シルベステが無事に帰還できるよう配慮しているのではないはずだ。

「わたしがマドモワゼルに見せられたもののことを聞きたいのか?」

パスカルの問いに対して、クーリが先に答えた。何時間もGに耐えているせいで、酒を飲み明かしたあとのように声がしゃがれている。

「なにがどういうことなのか、自分でもうまく整理がついていないんだけどな」

「こっちも同様だ」ボリョーワも続けていった。「見せられたことしか知らない。それは真実だろうと思うけど──確認する手だては今後ともないだろうね」

「まず全体をわたしに話して。なにも知らないのは、どうやらこのなかでわたしだけみたいだから。そのあと二人で細部を議論すればいいでしょう」

コンソールがチャイム音を鳴らした。ここ何時間かで一、二度あったことのくりかえしだ。進行方向とは逆側、すなわち近光速船からレーダー波が発されたことを意味している。それ自体はたいしたことではない。シャトル-インフィニティ号間はまだ光速でも秒単位の距離があるので、横方向のスラスターを一噴きすれば、レーダーに探知された位置からは離れられる。むしろ、近光速船が執拗に追ってきていること、攻撃可能かどうかを知るために正確な位置情報を求めていることがわかって、そのことが不気味だった。重大な局面になるのは何時間かあとだが、機械の冷徹な意図はあきらかなのだ。

「じゃあ、あたしから知ってることを話そう」

ボリョーワは大きく息を吸った。

「かつて、銀河系はいまよりずっとにぎやかだった。何百万という文明があふれていた。有力どころはひと握りだけどね。銀河の予測モデルに、G型恒星の発生率、地球型惑星が液体の水を持てる軌道に存在する確率をあてはめて、現在こうあるはずという結果、ほぼそのままの姿だった」

あえて話をずらしていたが、パスカルもクーリも口をはさまなかった。

「大きなパラドクスとして知られていることだ。机上の理論では生命はもっとありふれているはずなのに、現実はそうじゃない。生命が道具を使える知性に到達するまでのタイムスケールは定量化が難しいところだけど、難しいのは他の要素も変わりない。とにかく、理論的にはもっと多くの文明があっても不思議はないんだ」

「フェルミのパラドクスね」

パスカルがいった。それに対してクーリが訊く。

「なんだい、それは？」

「星間飛行は比較的たやすく、とくにロボットの使節を派遣するのは簡単なはずなのに、非人類文明からそういう使節がまったくあらわれないのはなぜか、という、昔から考えられている矛盾のことよ。論理的な結論としては、だれもいないから——使節を送ってくるような文明が銀河系のどこにもないから、ということになる」

「でも銀河系は広いぞ。わたしたちが知らないだけで、文明は他にもあるだろう」

「と思うだろうけど、そうは問屋がおろさないんだよ」

ボリョーワはいった。パスカルもうなずいている。

「たしかに銀河系は広いな。でも考えようによっちゃ、そんなに広いわけでもないんだ。そして銀河系は古い。一個の文明が無数の探査機を飛ばしたとすると、数百万年以内に、銀河中のあらゆる場所に到達するはずだ。そして銀河系の歴史はその所要時間より数千倍も長い。まあ、たしかに、生命を維持するにたりる重元素ができるまでには、恒星が生まれて死んでを何世代かくりかえさなくちゃいけないな。でも、機械技術文明が百万年に一回しか誕生しないとしても、それが銀河系全体に広がるチャンスはいくらでもあるんだ」

パスカルがあとを継ぐ。

「この問題には二つの答えがありえるわ。第一は、メッセージは届いているのだけど、わたしたちがまだ気づいていないだけという可能性。これは、数百年前なら考えられたけど、百個におよぶ星系の小惑星帯まで精密に探査されているいまでは、まったく説得力がないわね」

「とするとやっぱり、そもそもだれもいないのか」

パスカルはクーリにうなずいた。

「そう考えるのが自然だった。銀河系について詳しいことがわかりはじめるまえまではね。調査が進むと、じつは生命に適した環境は意外とどこにでもあることがわかってきたわ。すくなくとも基本要件はそろっている。ボリョーワの表現を借りれば、適切なタイプの恒星があって、適切な軌道を適切な惑星がまわっている。生物モデルを信じれば、もっと多くの生命が誕生し、知的文明に到達していても不思議はないのよ」

「じゃあ、そのモデルがまちがってるんだ」

「それがそうともいいきれないんだな」

ボリョーワが説明を代わった。

「宇宙へ出て、生まれ故郷の太陽系から出ていったあたしたち人類は、滅亡した文明の痕跡をあちこちにみつけはじめた。多くはいまから百万年前に滅んでいて、一部はそれよりもっとまえに死に絶えている。それでもそこからわかるのは、かつての銀河系はいまよりはるかに生命にあふれていたという事実だ。なぜいまはそうではないのか。なぜ突然、だれもいなくなったのか」

「戦争か」

クーリがいったあと、しばらく沈黙が流れた。それを破ったのは、まるで神学を論じる聖職者のように重々しい口調の、ボリョーワの言葉だった。

「そうだ。黎明期戦争——やつらはそう呼んでるんだったな」

「そこの話はよく知ってる」

「いつのことなの？」

パスカルが訊いた。

ボリョーワは、ふとこの才女に同情した。とてつもない秘密をのぞき見た二人が隣にいるのだが、その二人は、知りえたことの全体像を描くことはせず、わからない部分や疑問や懸念をああだこうだ議論することばかりやっていたのだから。

そう、パスカルはなにもわかっていないのだ。まだなにも。

「十億年前のことだ」

クーリが話しはじめたので、ボリョーワはしばらくまかせることにした。

「その戦争はあらゆる文明をのみこみ、そのすべての姿や形を、見分けもつかないほど変えていった。戦争といま仮に呼んでいるけど、実体はよくわからない。そこから生還したのがだれか、あるいはなにかもわからない。しかしそこから吐き出されてきたものたちは、生物というより機械に近いものになっていたようだ。機械といっても、わたしたちの使っている機械がまるで石器に見えるような代物だけどな。とにかく、そいつらは名前を持っていた。あるいはそう名付けられたのか、詳しいことは知らない。名前だけがわかっている」

「〝抑制者〟だ」

　ボリョーワがいうと、クーリはうなずいた。

「その名のとおりの連中だった」

「なぜ？」

「そういうことをやったからさ。戦争中ではなく、戦後に。インヒビターは、ひとつの教義、ひとつの行動律を信奉しているようだった。黎明期戦争を起こしたのは知性を持つ生物だったけれども、あとにはちがうものが残った。知性以後の生命体といえばいいかな。とにかく、そのおかげで連中の仕事はやりやすくなっていた」

「仕事って？」

「抑制することだ。文字どおりに。銀河全体で知的文明が発生するのを抑制したんだ。黎明期戦争が二度と起きないように」

　ボリョーワは交代した。

「そいつらは、戦争を生き延びた既存の文明を破壊しただけじゃないんだ。知的生命が発生しないように、環境条件を操作することもやった。恒星改造まではやってないけどね。それは介入しすぎで、自身の制限に抵触するんだろう。やったのはもっと小規模な抑制だ。

よほどの場合を除いて、恒星の進化過程をいじるようなことまではしなかった。たとえば彗星の軌道を変えて、惑星への衝突期が通常より長く続くようにした。生命はそれでも生き延びるだろう。地下深くとか、海底の熱水噴出孔のまわりとか、生きられるすきまをみつけただろう。でも複雑な生物には進化しようがない。その結果、インヒビターをおびやかすような生物は出現しなかったわけだ」

「でもそれは十億年前なんでしょう？　そのあいだにわたしたちは、単細胞生物からホモサピエンスまで進化したのよ。彼らの監視網からこぼれ落ちたとでもいうの？」

「そのとおりなんだ。網はほころびはじめてるんだよ」

クーリがうなずいた。

「インヒビターは銀河中に機械をばらまいた。生命の発生を探知して、抑制する機械だ。それらは長期間にわたって意図したとおりに働いた。だからいまの銀河には、生命に好適な条件がそろっているにもかかわらず、生命体が少ないんだ」

ふいに首をふって、

「まるで見てきたみたいにしゃべってるけどな」

「いいえ、そうなのかもしれないわ」パスカルはいった。「とにかく、わたしは聞きたいわ。話して、なにもかも」

「わかったわかった」

クーリは耐Gシートのなかで、もぞもぞと姿勢を変えた。ボリョーワとおなじことをやっているにちがいない。ぶつけて打撲傷になっているところをすこしでも浮かせようとしているのだ。

「インヒビターの機械は、数億年はうまく働いていたけれども、だんだん調子が悪くなっていった。故障しがちになり、効率が落ちていった。それまでは発生時点で抑制されていたような生命が、知的文明まで到達するようになった」

パスカルの顔に、ようやく関連が見えてきたという表情があらわれた。

「アマランティン族のように……」

「まさしく、アマランティン族のようにね」

ふたたびボリョーワが代わった。

「監視網をすりぬけた文明はアマランティン族だけじゃない。でも彼らは銀河系のなかで、比較的あたしたちに近いところにいた。だからその身に起きたことは……あたしたちにとっても重大なんだ。本来ならリサーガム星は、インヒビターの抑制デバイスに監視されていたはずだ。そうでないのは、デバイスがなくなっていたか、機能を失っていたんだろう。おかげでアマランティン族は文明に到達し、やがて宇宙飛行技術を持つ亜種を派生させた。インヒビターの注目を惹かないままに」

「それがサンスティーラー」

「そうだ。彼は、追放された者たちをつれて宇宙へ出た。そしてその集団を、生物的にも精神的にもつくりかえた。故郷の惑星に残ったアマランティン族とは、血統と言語のわずかな共通性しかとどめないほどに。もちろん彼らは星系内の探査を進め、やがてその外縁にたどりついた」

「そこで……」パスカルは、ハデス星とケルベロス星の画像を顔でしめした。「これをみつけたと。そういいたいのね」

クーリはうなずいた。そして残りを説明しはじめた。もはや語るべきことはさほど残っていない。

シルベステは落下しつづけていた。そのあいだ、ほとんど時間経過を意識しなかった。やがて、これまで通過してきたシャフトの長さが二百キロを超えた。下には残り数キロしかない。

足もとにはいくつもの光の点がきらめいている。星座のようなパターンをなしている。もしかしてそうなのだろうかと思った。あれは本当に星の光なのかもしれない。ありえないほど長い距離を落ちて、とうとうケルベロス星を突き抜けてしまったのかもしれない。しかしその考えは、浮かんだとたんに、ちがうとわかった。光の配列がやや規則的すぎる。意図的だ。知性によるデザインを感じさせる。

シャフトを通り抜け、空間に出た。橋頭堡の先端を抜けたときとおなじだ。なにもない、とても大きな空間を落ちているのがわかる。ただし表層直下の空間にくらべると、こちらははるかに広大だった。天井をささえるねじくれた木のような支柱は見あたらない。カーブした地平線のむこうにもどうやらなさそうだ。なのに床となる次の層はある。おそらく、天井は支柱なしに、惑星のなかの惑星をつつみこんでいるのだ。なんらかの力で自重を相殺するとか、想像を超えた技術が使われているのだろう。

とにかく、シルベステは、星のちらばる数十キロ下の床へむかってさらに落ちていった。

サジャキのスーツをみつけるのはさほど難しくなかった。広い空間を一人で降下しはじめてから、シルベステのスーツはやるべきことを勝手にこなし、墜落した僚機の信号をとらえた（生き残っている機能もあったらしい）。そして、シルベステの降下方向をそちらへ誘導していった。

サジャキの墜落地点から数十メートルのところに降り立った。見たところ、かなりの速度で激突したようだ。二百キロの距離を制動なしに落下したら、そうならざるをえない。金属製の床になかばめりこむくらいにぶつかったあと、一回バウンドして、最終的にうつぶせの姿勢で倒れていた。

サジャキの生存は期待していなかったが、スーツの惨状を見るとさすがにショックだった。乱暴な子どもが癇癪を起こして、繊細な陶器の人形を床に投げつけたかのようだ。あちこちが裂け、傷つき、汚れている。損傷の多くは、シャフト内での戦闘と、猛スピードで落下しながらコリオリ力で何度も壁に接触したことによるものだろう。

サジャキのスーツをあおむけに起こした。スーツが動作を補助するのでさほど力はいらない。

　見て気分のいいものではないだろう。それでもやらねばならない。気持ちの上で決着をつけなくてはならない。

　サジャキには反感を抱くことのほうが多かったが、その才気と、何十年もシルベステを追いつづけた意志の強さには、それなりに敬意を感じずにいられなかった。友情というものではない。むしろ、優秀な働きをする道具に対して職人が感じる賞賛の気持ちといったほうが近い。そう、まさにサジャキはよく切れる刃物だった。ひとつの方向へ、たったひとつの方向へのみ、ぎりぎりまで研ぎ澄まされた刃物。

　スーツのフェースプレートは割れ、親指ほどの幅のクラックがはいっていた。ふとシルベステは、しゃがんで話しかけたくなった。膝をつき、死せる委員のそばに顔を寄せる。

「こういう終わり方になって残念だ、ユージ。友だちだったとは思わないが、この道の果てにあるものを、おまえといっしょに見たかったよ。きっとすごいもののはずだ」

　いいおえてから、シルベステは気づいた。スーツのなかは空で、なにもはいっていなかった。

　クーリが知っているのは次のようなことだった。

　追放された者たちは、アマランティン族の主流文明を離脱してから数千年後に、星系の外縁に到達した。

ずいぶん時間がかかったのもしかたない面がある。技術的限界を押しひろげるばかりでなく、それとおなじくらいに困難な、心理的な壁を超えることが必要だったからだ。

アマランティン族は、鳥類から進化した種族らしく、仲間と群れたがる本能を持っている。追放された者たちも、当初はその本能を残していた。彼らが進化の過程で築き上げた社会は、コミュニケーションにおける視覚の依存度がきわめて高い。また大きな集合体として高度に統合されていて、全体に比して個は軽くあつかわれる。群れでの居場所を失い、孤独になったアマランティンは、一種の精神異常におちいる。重篤な感覚遮断のような症状を呈するのだ。恐怖を緩和するには、少数のグループにはいってもまだ不足なほどだ。

逆にそういう特徴のおかげで、アマランティン族の文明は安定性が高いともいえた。内部から陰謀や裏切りが起きにくいのだ。一方で、追放された者たちは、孤立の道を選んだために精神異常におちいりやすかった。

そこで彼らは、これを受けいれ、利用した。異常性を積極的に育てることで自分たちを変えていったのだ。わずか数百世代で、追放された者たちは大きな群れとしての生活形態を完全に脱し、いくつもの小集団に分かれていった。その小集団は、それぞれが特定の異常性に傾斜していた。というよりも、惑星に残ったアマランティン族からは異常に見えるであろう傾向を持っていた。

小集団で活動できるようになった彼らは、光に依存するコミュニケーション形態が可能なリサーガム星近辺を離れ、遠くへ探査に出かけられるようになった。なかでも極端に異常な連中は、太陽からはるかに離れ、やがてハデス星と、その軌道をめぐる奇妙で厄介な惑星を発見した。

そのころには、追放された者たちも、ボリョーワとパスカルがクーリのために概説したのとおなじ哲学的考察に到達していた。すなわち、理論的に考えると、銀河系はもっと生命にあふれていていいはずである。そうでないということは、どこかがおかしいのだ。彼らは電磁波、光、重力波、ニュートリノなど、あらゆる物理現象を使って、自分たち以外の文明の声を探した。きわめて冒険的な一派（精神異常がはなはだしい一派ともいえるが）は、星系の外まで出ていった。しかし、かんばしい報告を持ち帰ることはできなかった。謎めいた遺跡がちらほらみつかったり、いくつかの水型惑星に、まるでどこかから持ちこまれたような、粘液質の有機的組織体（組織型知性をうかがわせるもの）が共通して存在するのがわかった程度だった。

しかし、ハデス星をまわっているものをみつけると、それらはささいな問題にすぎなくなった。

ハデス星をめぐる軌道でみつかったものは、疑いをはさむ余地なく、人工物だった。はかりしれない遠い昔に、べつの文明の手でそこにおかれたのだ。まるで、謎を探しにおいでと手招いているようだった。

そこで彼らはそうした。

それがまちがいの始まりだったのだ。

「インヒビターの抑制デバイス。それをみつけてしまったのね」

パスカルがいった。クーリは説明を続けた。

「何百万年もまえからそこにあったんだ。そのあいだにアマランティン族は、恐竜だか鳥だかから進化した。知性を獲得し、道具を使えるようになり、火を発見し……」

「ずっと待ってたんだ」

ボリョーワがおなじことをいった。

その背後では、しばらくまえから戦略画面が赤く明滅している。シャトルが、近光速船のビーム兵器の推定射程距離にはいったことをしめす警告だ。この距離で致命的損傷は考えにくいが、ありえなくはない。そしてその場合もすみやかな死には至らないだろう。

ボリョーワは続けた。

「あきらかな知性を持つ者が近づいてくるのを待っていた。でも、近づいてきた時点でむやみに攻撃したり殺したりはしなかった。それじゃ無意味だからな。そいつらを内部に招きいれ、できるかぎり調べた。どんなテクノロジーを持っているか、どんな思考形態か、どんなふうに協力し、仲間とのコミュニケーションをとるか」

「知性を測っていたのね」

ボリョーワは教会の鐘のように悲しげな声で答えた。

「そうだ。辛抱強いやつだといえるな。しかしやがて、アマランティン族の知性が水準に達しているという結論が出る。そこまで待って、ようやく、動きだしたんだ」

この時点でやっと三人は、共通の基盤に立って議論ができるようになった。

パスカルは納得したようすで答えた。

「アマランティン族の滅亡はそういうことだったのね。そのデバイスが、彼らの太陽になにかをした。どこかをいじって、巨大なコロナの塊が放出されるようにした。リサーガム星の生命をすべて焼きつくすように。そして数十万年にわたる彗星の衝突期を演出した」

「普段のインヒビターはそこまで派手なことはやらないんだ。でもそのときは処理をはじめるのが遅くて、無茶をせざるをえなかった。そしてそれでも不足だったんだ。追放された者たちはすでに宇宙に出ていた。それを狩らなくてはいけない。たとえ何十光年も離れていても」

船のセンサーがまたチャイム音を鳴らした。指向性のレーダー波を探知したと警告している。直後にべつのチャイム音。追ってくる船がサーチする範囲を絞りこんできたようだ。

クーリは、終末の到来を予言する機械の声を無視しようとした。

「ハデス星の抑制デバイスは、他の場所にいる仲間に対して指名手配をかけただろう。集めた情報を送って、追放された者たちをみつけしだい殺すよう依頼したわけだ」

「相手があらわれるのをのんびり待ってたとは思えないからな。受け身の状態から活動的なモードに移ったはずだ。たとえば、追放された者たちの情報をすりこんだ追跡機械を生産するとか。獲物がどちらへ逃げようと、光より速くは逃げられない。かならずインヒビターシステムが先まわりして待っていた」

「チャンスは皆無だな」

「でも、即座に絶滅させられたわけではないはずよ。追放された者たちはリサーガム星へ帰る時間があったんだから。そして自分たちの文化を保存するためにできるかぎりの手を打っているわ。自分たちが追われていることも、故郷がもうすぐ太陽によって焼かれることもすべて承知した上で」

「その猶予は十年だったか、一世紀だったか」たいしたちがいはないという口調で、ボリョーワはいった。「その一部がかなり遠くまで逃げたらしいことはわかってるけどな」

「でも生き延びられなかった。そうよね」

「いや、一部は生き延びたといえるんじゃないか」

クーリがいった直後、ボリョーワの背後で戦略画面がかん高い警報を鳴らしはじめた。

37

ケルベロス星内部
二五六七年

最終シェルの内部は空洞だった。

ここまでに計三日を要した。中身が空だったサジャキのスーツを、第三シェルの表面に残してきてからでは、一日が経過していた。

そのあいだに移動した距離について立ちどまって考えたりすると、静かな狂気におちいりそうだったので、あえて頭から閉め出すようにしていた。閉所恐怖まで加えたくはないのだ。異星種族のつくった環境にはいりこんでいるというだけでも充分恐ろしいのに、なにを考えても、押しつぶされる恐怖がつきまとった。ちょっとどこかにさわっただけで、この場所のバランスが崩れ、壊滅的な崩落が起きるのではないか。想像を絶する巨大な天井が落ちてくるのではないか。

とはいえ、その閉め出しは完璧ではなかった。なにを考えても、押しつぶされる恐怖がつきまとった。

各階層にもちいられたアマランティン族の建築技法は、微妙に異なっていた。おそらく時代も異なるのだろう。とはいえ一方向の変化ではない。内側へ進むにつれて一貫して高度化するのでも、その逆でもない。ただ思想が異なり、手法が異なっているだけに思える。最初にここへやってきたアマランティン族が、なにかをみつけ（なんなのかまだわからないが）、強固で防御システムをそなえたシェルでそれをつつむことを決める。その次にやってきたグループは、安全性を強化するために、さらにそれを覆うことにする。そして最後にやってきた連中は、考え方をもう一歩進め、これまでの堅牢な覆いにカモフラージュの覆いをかぶせ、人工物とはわからないようにした……というわけだ。

各階層にどれだけ時代の差があるのかはわからない。わからないので、あえて考えないようにした。ほとんど同時期につくられたのかもしれないし、サンスティーラーが追放された者たちをつれて旅立ってから、神のような姿でもどってくるまでのように、数千年のへだたりがあるのかもしれない。

とにかくまちがいないのは、サジャキのスーツのなかを見てからあと、自分が動揺していることだ。

「最初からおらんかったのじゃ」カルビンはシルベステの考えを読んだように話しかけてきた。「そこにおるとおぬしが思っとったときから、おらなかった。最初からスーツは空（から）だったのじゃ。道理でおぬしをそばに近づけさせなかったわけよ」

「卑怯なクソ野郎め」

「たしかにの。しかし、本当にサジャキが卑怯なクソ野郎だったのでは、おそらくあるまい」

シルベステはこのパラドクスをべつの方法で解釈できないかと考えていたが、どれもうまくいかなかった。

「しかし、サジャキでなければ……」

あとは続かなかった。

「墜落するまで、あのスーツはなにかに操作されておったのじゃ」

病室からのコールには映像があったが、船を出るまえにあれが本物のサジャキの姿を確実に見たわけではないのだ。あれがサジャキだとはかぎらない。

緊迫した状況にもかかわらず、愚かしいほど冷静な口調でしゃべってみせるのは、カルビンのいつもの癖だ。とはいえ、普段の強がりは感じられない。

「論理的に考えて、犯人は一人しかおるまい」

「サンスティーラーか」

シルベステはおそるおそるその名を口にして、嫌悪感をあらためて味わった。思ったとおりに不快だった。

「そいつなんだな。結局、クーリのいうとおりだったわけか」

「この重大な局面にいたって、その仮説を否定するのは無謀といわざるをえまい。では、わしの話を続けるか?」

「いや、いまはいい。しばらく考えさせてくれ。あんたのご立派な知恵はそれから拝借するよ」

「考えるとは、なにを考えるのじゃ」

「こういうところで考えるといったら決まってるだろう。進むか退くかだ」

簡単な決断ではなかった。人生最大の決断といってもいい。

シルベステは、自分がいままで、大なり小なりあやつられていたことを理解していた。それはどこまで深くおよんでいるのだろう。理性的な判断力まで影響されていたのだろうか。ラスカイユ・シュラウドから生還して以来ほとんどずっと、思考プロセスはこの目的に隷属してきたのだろうか。

もしかしたら自分はあそこで死んでいたのかもしれない。そして一種の人形としてイエローストーン星にもどったのかもしれない。昔の自分とおなじように感じ、行動しているが、実際にはひとつの目的のためだけに動いている。

その最終目的地がここなのではないか。

しかし、だからどうだというのか。

どんなふうに解釈できようと、どんな違和感があろうと、理屈がとおっていまいと、結局のところ、自分はずっとまえからここをめざしてきたのだ。

いまさら引き返すわけにはいかない。絶対にできない。

知るべきことを知るまでは。

「クソったれの豚野郎！」

ボリョーワは怒鳴った。

グレーザーの一発目は、戦略画面の警報が鳴りだしてから三十秒後に、シャトルのノーズに命中した。アブレーティブチャフを散布しおえるぎりぎりのタイミングだった。チャフは、照射されるガンマ線レーザーの初期エネルギーを放散してくれる。フライトデッキの窓が不透明化される直前、銀色の閃光が見えた。みずから昇華することでエネルギーの伝達を遮断する融除式の装甲が、励起した金属イオンを噴き出して消えたのだ。

船体にはスタングレネードを爆発させたような機械的ショックがはしった。いくつもの警報が加わって悲痛な叫びをあげはじめる。

戦略画面の多くが防御モードに切り換わり、搭載兵器の準備状況を表示していった。しかし無駄だ。役に立たない。メランコリア号の防御兵器は火力が弱すぎ、射程が短すぎる。追ってくる近光速船のメガトン級の破壊力には太刀打ちできない。当然といえば当然だ。インフィニティ号の船殻兵器にはシャトルの船体より大きなものまであるのだ。それらは威力過剰という判断でまだ使われてさえいないだろう。

ケルベロス星の巨大な灰色の姿が、シャトルからの視野の三分の一を占めている。本来なら減速噴射をしていなくてはならないのだが、いまは丸焼きにされないようにするので精一杯だ。なんとか攻撃をしのいでも、もはや速度を殺しきれないだろう。

さらに装甲が蒸発した。

ボリョーワはキーボードに指をはしらせ、機動パターンをプログラムしていった。もうすぐはじまるグレーザーの集中攻撃を、これで回避できるはずだ。ただし問題は、10Gの定常推力をかけること。

ルーチンを実行すると同時に、意識が消失した。

最終シェルの内部は空洞だが、空虚ではなかった。

さしわたし三百キロくらいだろうと、シルベステは見積もった。とはいえ、まったくの当て推量だ。スーツに内部空間の直径を測らせようと何度やっても、レーダーが一定の値を出さないのだ。

計測機器の調子をおかしくしている原因は、この空間の中心にあるものだと見てまちがいないだろう。無理もない。シルベステ自身も調子がおかしくなっていた。機械とはややちがって、頭痛がしはじめているのだが。

実際には、中心にあるものは二つだ。主役と脇役の区別はさだかではない。

両者は動いている。というよりも、一方がもう一方の周囲の軌道をまわっている。

まわっているほうは、宝石のように見えた。ただし、ひどく複雑な宝石だ。形も、色も、輝きもつねに変化して、ひとときもとどまることがない。わかるのは大きいということだ。

直径数十キロはあるように見える。しかしこれもやはり、スーツに確認させようとしても明確な数字は返ってこなかった。自由律俳句の意味についてコメントを求めるようなもので、シルベステにはわかっても、機械にはわからないらしい。

義眼のズーム機能も不調だった。拡大して詳しく調べようとしてみても、どうも素直に働かない。それどころか縮小していくように思えるほどだ。どうやらこの宝石の周囲では、時空が根本的にゆがんでいるようだ。

画像キャプチャー機能でスナップショットを撮ってみたのも、おなじように失敗だった。不可解なことに、リアルタイムで見るよりもぼやけた画像しか撮れないのだ。人が見る秒単位の姿より、カメラの短いタイムスケールのほうが、より急速に、より大幅に変化しているのかもしれない。そういう仮説を考えると理解できそうな気がしたのだが、気がしたときにはもうわからなくなっていた。

そしてもう一方は……。

静止しているもう一方のものは、なんというか……厄介だった。

一口にいえば、現実にあいた巨大な穴。そのむこうの無限のかなたから真っ白い光がほとばしっている。その光はありえないほど強烈で、想像を絶するほど純白だ。臨死体験者が語る、死後の世界へいざなう光か。たしかにいざなわれているような気がした。

目がつぶれそうなほどまばゆい。しかしその燦爛たる輝きを見つめるうちに、まばゆさは消え、静謐ではてしない白さだけが印象に残る。

白色光は、その周囲をめぐる宝石に入射して屈折し、色とりどりの光に分かれて球殻状のシェルの内壁を照らしていた。美しい。強烈で、めまぐるしく、変転やむことがない。

「ここはすこし謙虚な気持ちになるのが順当のようじゃの。すごいと思わぬか？」

カルビンがいった。

「もちろんだ」

その言葉が自分の口から出てきたのかどうかわからなかったが、カルビンには伝わったようだ。

「で、これで充分だと思わぬか？　アマランティン族の隠したものをつきとめたわけじゃ。なんとも不可思議なものじゃの。これの正体は……神のみぞ知る、じゃが……」

「そのものかもしれないぞ。神だ」

「あの光を見ていると、そんな説も信じられる気がしてくるの」

「あんたも同じ感想だと、そういいたいのか？」

「さあ、なにをいいたいのかはわからぬ。あまりいい気分ではないのはたしかじゃが」

「これはアマランティン族がつくったものだと思うか？　それともみつけたものか？」

「おぬしがわしの意見を求めるのは初めてじゃの」

カルビンはしばらく考えこんだが、出てきた答えは意外でもなんでもなかった。

「彼らがつくったものではありえぬな、ダン。アマランティン族は賢かった。わしら人類より賢かったかもしれぬが、神ではない」

「とすると、べつのだれかだな」

「会いたくないだれかじゃ」

「じゃあ覚悟しな。これから会うことになるかもしれないぞ」

無重力の空間で、シルベステはスーツのスラスターを噴き、内部へむかった。踊る宝石と、まばゆく美しい光の源へと。

ふたたび鳴りだしたレーダー警報で、ボリョーワは意識がもどった。警報は、インフィニティ号がグレーザーの照準を再設定していることを意味している。ランダムウォーク回避機動をやっても、数秒で捕捉されるだろう。

船殻健全性のステータス画面に目をやると、アブレーションシールドは数ミリしか残っていない。チャフの残量ゼロ。この状態では、グレーザーの直撃にはせいぜい一、二発しか耐えられない。

「まだこの世にいるのか……」

クーリがいった。そんな言葉をいえること自体に驚いているようすだ。

あと一発くらったら、船体のあちこちから与圧が抜けはじめるだろう。いっきに蒸発しても不思議はない。

船内温度が上昇していた。最初の数発のエネルギーはうまく放散できたのだが、最後の一発で少々苦しくなり、不気味な熱エネルギーが船内へしみこんできているのだ。

「スパイダールームへ行け！」ボリョーワは怒鳴った。船内を移動できるように、一時的にスラスターの出力を落とした。「断熱構造になってるから、何発かは耐えられるはずだ」

「だめだ、あんなところ！」クーリが怒鳴りかえしてきた。「ここにいるほうがまだチャンスがある」

「そうよ」

パスカルも同調する。

ボリョーワはさとした。

「スパイダールームにもチャンスはある。むしろましだ。まず、ターゲットとして小さい。船は先にシャトルを狙うはずだ。スパイダールームは破片かなにかだと思うかもしれない」

「あなたはどうするんだ？」

ボリョーワはカッとなった。

「あたしがヒロイズムに溺れるようなタイプだと思うか、クーリ？　あたしも行くさ、おまえがどうしようと。ただ、そのまえにシャトルの飛行パターンをプログラムしなくちゃいけないんだ。おまえにできるってんならべつだけどな」

クーリは言葉に詰まった。ボリョーワの主張にも一理あると思ったのだろう。急いでシートのハーネスをはずし、パスカルにも同様の操作をして、後部へ移動しはじめた。わずかなためらいが生死を分けるというように。

理性的に考えても、おそらくそうなるはずだ。

ボリョーワはいまいったとおりのことをするつもりだった。これまでもっとも過激な回避パターンを組む。自分もあとの二人も、この機動を生き延びられる保証はない。ピーク時には15Gが数秒間続くのだ。

しかし、どちらでもおなじことかもしれない。真空にさらされ、見えないガンマ線で生きながら焼かれるより、高G機動によるなまぬるいブラックアウト状態で、なにもわからず死ぬほうがましではないか。

シャトルに乗るときにかぶってきたヘルメットをつかんで、二人を追う準備をし、回避パターン実行までの時間を頭のなかでカウントダウンした。

スパイダールームにむかう途中で、クーリは頬に強い熱線を感じた。続いて、船殻がついに破れはじめる、背筋が寒くなるような音が聞こえた。

カーゴベイの照明はすでに消えている。たびかさなる攻撃でシャトルの電源系はズタズタなのだ。しかし、スパイダールームの内部電源は生きていた。場ちがいなベルベットの豪華内装が窓をとおして見える。

「乗れ！」

クーリはパスカルにむかって怒鳴った。ねじくれた鉄板が死の大合奏をしているような船の断末魔が耳朶を圧するなかで、パスカルはなんとかクーリの声を聞いたらしい。スパイダールームに乗りこんでいった。

同時に、船殻に(あるいはその残骸に)はげしい衝撃がはしった。サービターが無理やりスパイダールームをカーゴベイに固定していた係船クランプが、ショックではずれた。

シャトルの船体のあちこちから気密漏れの騒音が嵐のように響いている。クーリは荒れ狂う気流に押されて前に進めなくなっていた。スパイダールームは八本の脚をばらばらにふりまわしながら、旋回し、反転している。展望窓のむこうにパスカルの姿がちらりと見えた。しかしどうにもできない。この乗り物の操縦法には、パスカルはクーリよりうといのだ。

クーリはうしろをふりかえった。ボリョーワが追いかけてきていて、どうすればいいか指示してくれることを期待した。しかし背後に伸びているのは無人の通路だけ。聞こえるのは船外へ吸い出される空気の悲鳴だけ。

「イリア……」

バカなやつ。恐れたとおりになった。絶対に来るといったくせに、もうまにあわない。

わずかな明かりのむこうで、船殻が楽器の共鳴板のように振動しているのが見える。ふいに、クーリをスパイダールームから遠ざけていた向かい風が弱まった。カーゴベイの反対側へ抜ける気流とちょうどつりあう場所まで来たせいだ。

早くも低温でかすみはじめた目で、前方を見る。さきほどまで鉄板の壁があったところに、大きな黒い口がひらいている。クーリはそちらへ落ちていった。

「ここは――」

とロをあけたとたん、クーリはスパイダールームの内部にいることに気づいた。この内装を見まちがえはしない。何時間もすごした場所だ。それがなんとも心地よく感じられた。暖かく、安全で、静かだ。

両手が痛い。かなり痛かった。意識を失う寸前までいた場所とは天と地ほども差がある。最後の記憶は、外の宇宙空間へ落ちていったこと。しかしそれをのぞけば、全身のどこにも異状は感じない。死にかけた船の子宮から放り出されたこと……。

「よかった」パスカルがいった。しかし、高揚した響きはすこしもない。「動かないで。いまはよくないわ。両手をひどく火傷してるから」

「火傷？」

部屋の両側の壁ぎわに並ぶベルベット張りのソファのひとつに、クーリは横たえられていた。頭の上には、クッション入りでカーブした真鍮製の肘掛けがある。

「なにがどうなったんだ？」

「あなたはちょうどスパイダールームにぶつかったのよ。吹き出してくる気流に押されて。そしてどうやったのかわからないけど、なんとか外側を這いあがってきて、エアロックにたどり着いたわ。五、六秒は真空にさらされていたはずよ。金属は冷却が早いから、両手のふれたところが凍傷になったの」

「全然憶えてないな」

しかし手のひらに残る証拠からすると、どうやら本当らしい。

「エアロックにはいったとたん、気を失ったわ。当然でしょうね」

パスカルの声は沈鬱なままだ。まるでクーリの命拾いも無駄なことといいたいように。

それもそうだろう。二人の今後の運命でいちばんましと思えるのは、スパイダールームがうまい具合にケルベロス星に落ちることだ。表層の防御システムにいつまで耐えられるか、せいぜい時計を見ながらのお楽しみだろう。そうならない場合はもっと時間がかかる。近光速船にみつかって粉々にされるか、電源が尽きて凍死または窒息死するか。スパイダールームが独立して性能維持できる時間はどれくらいだったか、ボリョーワの話を思い出そうと頭をひねった。

「イリアは……」

「まにあわなかった。死んだわ。この目で見た。あなたがエアロックにはいってきた直後に、シャトルが爆発するところを」

「ボリョーワはわたしたちの生存のチャンスを残すために、わざとそうしたのかもしれない。あのときいってたように、これが残骸の一部と見られるように演出したんだ」

「だとしたら、感謝すべきかしらね」

クーリはジャケットを脱ぎ、シャツも脱いでから、ジャケットをまたもとのように着た。そしてシャツを細長く裂いて、手のひらの黒くなって腫れたところを巻いた。かなりの痛みだ。しかし、訓練キャンプ時代にロープの摩擦で火傷したり、重い兵器をかつがされたときの苦痛にくらべればなにほどでもない。歯を食いしばって耐えるうちに、痛みは当面の問題から遠ざかっていった。

代わって浮上してきた問題は、苦痛にうめいているほうがましだったと思うようなものだ。しかし耐えるしかない。なにもできないのはわかっていても、いまの窮地を認めなくてはならない。そしてこれから確実に起きることを直視しなくてはならない。

「死ぬんだな」

パスカル・シルベステはうなずいた。

「でも、たぶん、あなたの考えている形でではないわ」

「ケルベロス星に落ちるんじゃないのか」

「いいえ。たとえこのスパイダールームを操縦できても、ケルベロス星に落ちる軌道にはもう乗れないわ。そして速度が高すぎるから、その周囲の軌道にも残れない」

パスカルのいうとおり、展望窓から見える半球形のケルベロス星は、シャトルが攻撃を受けるまえに見た姿よりやや遠くに見えた。シャトルがアプローチ過程でやった毎秒数百キロの減速でも殺しきれていない速度のまま、惑星のかたわらを通過するだろう。

「とすると、どうなるんだ？」

「まだ推測だけど、たぶん、ハデス星に落ちると思う」

パスカルは前部展望窓のほうを顔でしめした。針の先でつついたような小さな赤い点が見える。

「おおむねその方向でしょう？」

ハデス星が中性子星であることは、もはや解説不要だ。接近遭遇して無事にすむ相手でないこともよくわかっている。死にたくなければ近よるべからず。それがルールだ。そして、その力を打ち消せるものは宇宙のどこにも存在しない。重力が支配者なのだ。重力は情状酌量などしないし、正義も悪も関係ない。死刑囚の土壇場での上訴を聞きいれて物理法則の適用を一時停止したりもしない。

中性子星の重力は強大だ。表面近くではあらゆるものが押しつぶされる。ダイヤモンドは水のように流れ、山は百万分の一に平たくなる。

そしてこの強大な力がおよぶのは、べつに表面近くだけではないのだ。数十万キロの範囲まで充分その勢力圏にはいる。

「なるほど。きみのいうとおりらしい。愉快な結論じゃないけど」

「ええ。愉快な結論にはならないわ」

38

ケルベロス星内部
二五六七年

ここは奇跡の部屋だ。

そう呼ぶのが適切だろう。シルベステがこの空間にはいってまだ一時間もたっていないが(時間経過にはとうに関心をなくしているので、あくまで推測だ)、見るものすべてが奇跡的で、もはやその表現ではたりないと感じるほどだ。

この場所に囲いこまれているもののごく一部ですら、理解するには一生あってもたりない。なぜかそうわかった。こういう感覚だけならこれまでも経験がある。自分がまだ学んでいない、系統立てて理論化されていない広大な知識の地平をかいま見たときの感覚だ。しかしいま感じているものにくらべたら、これまでの経験など、淡い予感にすぎない。

ここにはせいぜい数時間しかいられない。それ以上になると帰還できる見こみが完全になくなりそうだ。とはいえ、数時間でいったいなにができるのか。実際問題としてほとんどなにもできないだろう。それでも、スーツと義眼には記録を残すシステムがある。それを使うつもりだ。記録を残さなければ歴史が許さないだろう。なにより自分が許さない。

スーツのスラスターを噴いて、空間の中心へ、視線を惹きつけてやまない二つの物体へと近づいていった。この世のものならぬ光を噴き出す空間の裂けめと、そのまわりをめぐる宝石のようなもの。

近づくにつれて、外側のシェルのほうが回転しはじめた。どうやらシルベステは、二つの物体の回転する空間系に吸いこまれているようだ。空間そのものが渦を巻き、空間の性質が流動化しているように思える。スーツもそれらしいことを報告している。物理基盤が変質しているとか、量子のさまざまな指標が未知の状態になっているとか、ぺちゃくちゃしゃべっている。

ラスカイユ・シュラウドにはいっていくときもよく似た状態を経験したことを思い出した。宝石と光のパートナーに近づくにつれて、あのときとおなじように、自分の全存在が書き換えられていくように感じる。それをすこしも不自然とは思わなかった。

中心まで近づくのに何時間もかかった。どうやらこの部屋の直径についての最初の見積もりは正しかったようだ。しかし宝石の公転速度はどんどんゼロに近づいていった。逆に壁のほうは目がまわりそうなほどぐるぐる回転している。

もうだいぶ近づいたはずなのに、宝石の大きさの印象は最初に見たときとほとんど変わっていない。絶えまなく変化するところはおなじだ。万華鏡に似ている。色鮮やかな光のパターンがシンメトリックに変化する。それが三次元（おそらくそれ以上）で展開しているのだ。ときどき鋭い穂先がこちらに飛び出し、ぎょっとして身を固くすることもあった。しかしそんなときはしばらく待ち、変化が比較的落ち着いたころあいを見計らって、また近づいていった。もうスーツの観測データだけを見ていても自分の安全は守れない。そんな単純な段階はとうにすぎていた。

「こいつはなんだと思うか？」

カルビンが訊いてきた。その声は低く、シルベステ自身の思念と区別がつきにくいほどだ。ほとんど一体化しているのかもしれない。

「聞きたいのはこっちだ」

「すまぬ。なんの洞察も働かぬ。一生分の理解力では不足のようじゃ」

ボリョーワは宇宙空間を漂流していた。

メランコリア号が爆発したときに死にはしなかったが、スパイダールームにはたどり着けなかった。最後のグレーザーを浴びた船殻は、ロウソクの火にふれた蛾の翅のように、はかなく消滅した。その寸前にヘルメットをかぶるのがやっとだった。残骸から漂い離れていくあいだ、近光速船はボリョーワに照準をあわせてこなかった。スパイダールームを無視したように、ボリョーワの存在も無視している。

このままくたばるわけにはいかない。そんなのは自分のスタイルじゃない。生存のチャンスが統計的にゼロに近いことはわかっているし、理屈もへったくれもないのだが、それでも残された時間をできるだけ延ばさなくてはいけない。

空気とバッテリーの残量を確認した。しかし、いい数字ではなかった。はっきりいってヤバい。この与圧服は、ハンガーを横切ってシャトルにはいるまでだと思って、適当に選んで着たものなのだ。シャトルで飛行中、充電モジュールにつないでおけばよかったのだが、そこまで気がまわらなかった。満充電になっていれば数日もったはずなのに、これでは一日どころか数時間レベルだ。

しかしひねくれ者のボリョーワは、さっさと終わりにしてしまおうとは思わなかった。意識が不必要なときは（必要なときが今後あるのかどうか不明だが）眠ってしまえば、リソース残量の消費を最小限に抑えられる。そこで与圧服はただ漂流するように設定し、なにか注目すべきことが（というより脅威に相当することが）起きたときだけ目覚めさせるようにした。

それがいまこうして目が覚めたということは、なにかあったわけだ。

そこで与圧服に状況を訊いた。

与圧服は答えた。

「クソ」

イリア・ボリョーワはつぶやいた。

インフィニティ号のレーダー波が、さきほどこちらをスキャンしたというのだ。シャトルにガンマ線兵器を発射する直前に使っていたのと、おなじレーダー波だ。波の強さからしてかなり近いらしい。せいぜい数万キロ。ほとんど至近距離だ。いまのボリョーワくらいのサイズで、無防備で、動けず、目立つターゲットなら簡単に捕捉できる。

やるなら一撃で終わらせてほしい。

インフィニティ号がこれから使おうとしている兵器システムは、高い確率でボリョーワ自身がデザインしたものだろう。自分の発明の才を呪うはめになったのは、これが初めてではない。

与圧服の機能を使って、拡大画像を視野にオーバーレイした。星空を見まわし、レーダー波の発射ポイントを探す。最初は暗闇と星しか見えなかったが、やがて船をとらえた。石炭のかけらのように小さい。それでも、ぐんぐんこちらへ近づいてきている。

「アマランティン族によるものじゃない。その点で意見は一致してるな」

「あの宝石のことか？」

「宝石かなにかわからないけどな。そしてあの光のほうも、彼らのものじゃない」

「たしかにの。あれもアマランティン族のつくったものではありえぬ」

シルベステはカルビンの存在に心から感謝しはじめていた。その存在があくまで幻想であり、見せかけのものであっても。

「これらの正体がなんで、どのような関係にあろうと、アマランティン族は発見しただけじゃ」

「おれもそうだと思う」

「なにをみつけたのか理解してはおらなかったじゃろう。すくなくとも完全にはの。しかしなんらかの理由でこうして覆いをかぶせ、宇宙から隠すことにしたようじゃ」

「嫉妬かな」

「ありえるが、それではここへ来る途中に遭遇した警告が説明できまい。おそらく宇宙の生きとし生けるもののために隠したのじゃろう。自分たちの力では破壊することも、移動させることもできぬゆえに」

シルベステはしばし考えた。

「この二つのものを最初にここに、中性子星をめぐるこの軌道においた連中は、注目を集めるのが目的だったんだ。そう思わないか？」

「釣り餌か」

「中性子星は一般的な存在だけど、どこにでもあるというわけじゃない。まして宇宙飛行能力を獲得したばかりの文明にとっては興味深い対象だ。アマランティン族が純粋な好奇心からここへ来るのは、ほとんど保証付きだろう」

「そして最後の訪問者でもなかったわけじゃな」

「そのとおりだ」シルベステは息をついた。「どうだ、引き返せるうちに引き返すべきだと思うか？」

「理性的に考えればの。おぬしの知りたい答えは充分みつかったか？」

シルベステは一も二もなく前進した。

しばらくして、カルビンがいった。

「まず光のほうへ行ってくれぬか。近くから見たいのじゃ。おかしなことじゃが……こちらのほうが宝石より不思議に思える。命と引き換えにするなら、わしはあの光を見たいぞ」

「おれも同意見だよ」

シルベステはまるで自分からいいだしたように、カルビンのいう方向へすでに進んでいた。たしかに、あの光にはなにか特別な不思議さがある。奥の深さと、長い時の流れを感じる。うまく言葉で表現できないし、いままではっきりと気づいてもいなかったのだが、カルビンがいいだしたおかげで、そのとおりだとわかった。

むかうべき先はあの光だ。

光には銀色のテクスチャーが感じられる。現実という織物にあいたダイヤモンドの裂け目。強烈でありながら静謐だ。

光に近づくにつれ、めぐる宝石（この系においては静止して見える）は小さくなっていくようだ。

さらりとしたパール色の光がスーッをつつむ。光は目に痛いのではないかと思っていたのだが、そんなことはなかった。むしろ暖かい。ゆっくりと理解の感覚が広がっていく。

まわりの壁や宝石がしだいに消えていき、やがて白と銀の嵐につつまれた。危険も恐怖も感じない。あるのは諦観だけ。よろこびにあふれ、内在的に充足した諦観だ。

魔法のように、ゆっくりとスーツが透明になっていく。銀色のまばゆい光がさしこみ、シルベステの皮膚に到達して、さらに筋肉へ、骨へとはいってくる。

こんなことは予想もしていなかった。

そのあと意識がもどったときには（意識の欠落中、どこか高いところにいて、そこから落ちてきたような気もした）、シルベステには理解の感覚だけがあった。

いつのまにか最終シェルの空間にもどっていた。白色光からやや離れ、しかし回転する宝石の空間系のなかにいる。

シルベステは、もう理解していた。

「やれやれ」カルビンがいった。唐突で場ちがいなその声は、まるで静寂の地でトランペットが吹き鳴らされるように響いた。「ちょっとした旅行じゃったの」

「あんたも……あれを理解したのか」

「しいていえば、とてつもなく奇想天外な事象を理解した。そんないい方でどうじゃ」

そうだ。それ以上訊く必要はない。シルベステが感じたことを、カルビンもすべて感じていたのだ。じつはどちらの思念も溶けて、何兆人もの他者と分かちがたく混じりあっていたのかもしれない。シルベステはそこで理解したのだ。その瞬間、すべての叡知を共有し、あらゆる疑問の答えを得た。

「おれたちは読み取られたんだ。そうだな？　この光はスキャニングデバイスだ。情報を読み取る機械だ」

口に出すまでは的を射た表現だと思っていたのだが、いざ言葉にしてみると、あまりにも表現が貧困で安っぽく聞こえた。さきほどの場所ではあらゆる洞察力が働いたのに、いまはそれをまるごと表現できる語彙力がない。そしてその理解は、いまこの瞬間にも消えつつある。夢の不思議な余韻が、目覚めるとたちまち薄らいでいくのとおなじだ。

それでも、いわねばならない。感じたことを結晶化させねばならない。すくなくとも、後世のためにスーツのメモリーに記録しておかなくてはならない。

「いまおれは、情報に変えられた気がした。そしてその瞬間、ありとあらゆる情報とリンクした気がした。これまでだれかの考えたことがすべて——すくなくともあの光にとらえられたものはすべて、そこにあった」

「わしもそう感じた」

では、この記憶喪失が拡大していくような感覚も共有しているのだろうか。知識が次々と消えていくのを感じているだろうか。

「おれたちは、ハデス星のなかにいたんだよな」

シルベステの頭のなかでは、考えが表現という出口に殺到していた。雲散霧消するまえになんとか言葉にしなくてはならない。全然ちがう。かつてはそうだったにせよ、いまはちがう。根本的に変質して……」

「あれは中性子星じゃない。

「コンピュータになっとるの、いまのハデス星は」カルビンが代わりにいった。「核物質で組まれたコンピュータじゃ。恒星の質量すべてが情報処理と蓄積をになっておる。この光はそこへ通じる道、コンピュータマトリクスへの入り口じゃ。わしらは一時的にそこにはいっておったようじゃの」

いや、そんな単純なものではない。

地球の太陽の三十倍から四十倍の質量を持つ恒星は、わずか数百万年で核物質を燃やしつくし、莫大なエネルギーを蕩尽して寿命を終える。そして超新星爆発を起こし、その熱と途方もない重力によって、残った質量を自身のシュワルツシルト半径の内側に圧縮する。ブラックホールの誕生だ。ブラックホールはその名のとおり、境界面から外へは光さえ逃がさない。物質も光もひたすら内側へ落ちこみ、巨大な質量に加わっていくだけだ。圧倒的な吸引力。脱出不能の下降螺旋。

そんなものに、利用法を見いだす文明が出てきた。ブラックホールをさらにエキゾチックに、さらに逆説的なものに変える技術を持っていたのだ。

まず彼らは、宇宙がかなり年をとるのを待った。ブラックホールが形成され、恒星の大多数が年老いた赤色矮星で占められるようになるまで、じっと待った。赤色矮星は、核融合反応がやっとはじまる程度の質量しかない星だ。次に、この赤色矮星をいくつも引っぱっていって、ブラックホールのまわりの降着円盤に放りこんだ。降着円盤はその恒星物質をゆっくりと引きずりこみ、光も出てこられない事象の地平線へ次々と落としていった。

ここまではシルベステにもわかる。というよりも、わかったふりをできる。しかし次の核心的な部分は、自家撞着だらけの禅問答のようで、なかなか理解できなかった。シルベステに把握できたのはこういうことだ。

事象の地平線より内側にはいった素粒子は、複数の特定の軌道を描きながら落ちていく。軌道は、無限の密度を持つ核、すなわちブラックホールの中心にある特異点のまわりをめぐっている。それらの軌道にそって落ちていくうちに、時間と空間はまじりあい、やがて区別がつかなくなっていく。

そしてここが肝心なところだが、そのなかの、あるセットの軌道では、中身が完全にいれかわってしまう。空間の軌道が、時間の軌道にいれかわるのだ。そしてその軌道の束のなかのサブセットをなす軌道に、物質を過去へトンネリングさせるものがある。ブラックホールができるより以前へ物質を送り出すのだ。

「いま、二十世紀の文献にアクセスしているところじゃ」カルビンがつぶやいた。シルベステの思考をたどれるようだ。「この効果は当時からすでに知られておった――というより、予想されておった。ブラックホールを記述した数学モデルがもとになっているようじゃな。しかし当時は、その重要性に気づく者はいなかった」

「ハデス星をつくった技術者たちは、すぐに気づいた」

「そのようじゃ」

こういうことが起きた。

その特殊な軌道を、光と、エネルギーと、粒子束がたどり、特異点の周囲をまわるごとにどんどん過去へさかのぼっていった。これは、外の宇宙からは観測できない。事象の地平線という鉄壁のバリアの内側だからで、そのためあきらかな因果律違反は起きない。カルビンがアクセスした数学モデルでもそれは起きないとされている。軌道は決して外の宇宙に出てこないからだ。

しかしじつは、因果律違反は起きるのだ。

その数学モデルでは、ある特殊ケースが見逃されていた。軌道束のサブセットのサブセットのサブセットをなすわずかな軌道が、ブラックホールの誕生時点へ量子を運んでいたのだ。

もとになった恒星が超新星爆発を起こし、崩壊した瞬間へ。

そのとき、未来からやってきた粒子がもたらすごくわずかな外的圧力が、重力崩壊を遅らせる。

遅らせるといっても、観測できないほどわずかだ。理論的な最小量子化時間単位にも充たない。それでも、遅れは発生する。そしてごくわずかとはいえ、それは因果律ショックのさざ波を起こし、その波が未来へと伝わっていく。

この因果律ショックのさざ波は、やってくる粒子とぶつかって、因果律干渉のグリッドを形成する。これは干渉による定常波が、過去と未来へ対称に広がっていったものだ。

このグリッドにとりこまれると、崩壊した物質がブラックホールになるのかどうか、曖昧になってくる。初期状態というものはつねに境界線上にあるからだ。そしてこの混乱を回避するには、星はシュワルツシルト半径の外にとどまっていてくれればいい。崩壊したあと、ストレンジクォークと縮退中性子の状態で安定してくれればいいのだ。

星は二つの状態を行ったり来たりして、どっちつかずになる。そしてこの不確定性が固定化する。そうやって、宇宙でもめずらしいものができあがる。もちろん、他の場所で他のブラックホールに対しておなじことをすれば、同様の因果律の逆説が生じるのだが。

安定した状態になると、その逆説的な性質は、外の宇宙からすぐにはわからない。外見は中性子星なのだ。すくなくとも厚さ数センチの表面殻はそうだ。その下では、触媒作用によって核物質が微妙な形態に変化し、超高速で計算をおこなえるようになる。二つの状態のうちのどちらかを瞬時に決定し、自己組織化するのだ。表面殻は沸き立ちながら、情報を処理し、封じこめる。その下では、宇宙のどこでも変わらない理論的最大密度で、情報がたくわえられている。

そうやって、星は考えるようになる。

表面殻の下側は、未決定の可能性の嵐と、シームレスにまじりあっている。内部では、崩壊した物質が、因果律に支配されないダンスを踊っているのだ。

表面殻が終わりのないシミュレーションと終わりのない演算をしている一方で、中心核は過去と未来に橋をかけ、苦もなく情報をやりとりしている。

つまり、表面殻は巨大な並列プロセッサの一要素になったのだ。他のプロセッサは、すなわち過去と未来にある自分だ。

そして星は知っている。

何百万年にも広がる膨大な情報処理能力を持ちながら、それははるかに大きな能力の一部でしかないと、知っている。

そしてそれは、名前を持っている。

シルベステはしばらく頭を休めることにした。

巨大な理解の感覚は、いまは遠ざかっている。とてつもなく壮大な交響曲の最後の和音の残響のように、かすかな余韻が残っているだけだ。

しばらくしたら忘れてしまうのではないかと思った。これほど巨大な知識が、脳におさまるわけがない。奇妙なことに、忘れても惜しくはない気がした。人知を超えた知識にしばしひたるのは、それなりに気分がいいが、一人の人間がかかえるにはやはり大きすぎる。巨大な知識の重みにつぶされるより、なにも知らないか、思い出の思い出くらいをもって生きるほうがいい。神になりたいとは思わない。

しばらくしてスーツの経過時間表示を見て、前回確認したときの記憶が正しければ、数時間がすぎてしまっていることを知っても、軽い驚きしかなかった。まだ脱出の余地はある。橋頭堡がつぶれるまえに地表に出る時間はある。そう思っただけだった。

宝石のほうを見た。こちらも、いま経験したものとおなじくらい謎めいている。絶えまない変化は続いており、惹きつけられる感じはある。

宝石についても、まえよりわかっている気がした。ハデス星マトリクスへの入り口に立っているあいだに、頭にはいってきたことがある。しかしその記憶は他の経験と強くからみあっていて、意識の前面に持ってくるのは無理だった。

いま感じるのは、これまでにない胸騒ぎだけ。

それでも、シルベステはそちらへむかっていった。


苦悶する赤い目のようなハデス星は、はっきりと大きくなっていた。しかしその赤く見えているところの中心にある実際の中性子星は、きわめて小さく、直径数十キロしかない。目視できる距離に近づくずっとまえに、その強烈な潮汐力によって二人の身体は引き裂かれているだろう。

「話しておいたほうがよさそうね」パスカル・シルベステがいった。「これからわたしたちに起きることは、残念ながらあまり短時間のプロセスにはならないわ」

教えてやるといわんばかりの口調に、クーリはむっとしかけたが、こういう話題では立場が逆転するのもしかたなかった。

「どうしてそう断言できるんだ。きみは天体物理学者じゃないだろう」

「そうだけど、ダンがあそこに送りこんだ探査機がどれも潮汐力のせいで接近をはばまれたというのは、よく聞かされた話よ」

「……なんだか故人の思い出話みたいないい方だな」

「ダンが死んだと思ってるわけじゃないのよ。まだ生き残っている可能性はあるわ。でもわたしたちは生き残れない。だとしたら、残念だけど、おなじことよ」

「あのバカをまだ愛してるのか」

「彼もわたしを愛していたわ。信じられないかもしれないけど。ああいう態度で、ああいうことをしてきて、なにかにとり憑かれたように行動してきた人だから、他の人にはなかなかわからないでしょうね。でも彼はわたしを愛してくれた。これ以上ないほどに」

「あいつがあやつられていたことを知れば、世間の非難もいくらかやわらぐだろうけどな」

「それは永遠にだれも知らないままでしょうね。知っているのはわたしたちだけなのよ、クーリ。あとの宇宙にとっては、ダンはただの偏執狂。だれも理解してはくれないわ。彼がたくさんの人を利用したのは、他にしかたがなかったからだということも、彼が人類よりはるかに巨大ななにかに衝き動かされていたということも」

クーリはうなずいた。

「わたしもある時期まではあいつを殺すつもりだった。でもそれは、ファジルをとりもどすためだった。なにも恨みはない。正直にいえば、嫌いじゃなかったな。あれだけ傲慢で、それが生まれついての権利かなにかのようにふるまえるやつというのは、尊敬に値する。普通はそうはいかない。でもあいつは王のような態度を変えなかった。あの傲慢さを捨てたら……べつのものになるだろうな。そのほうが普通は尊敬されるかもしれない」

パスカルは、結局なにもいわなかった。しかし、かならずしも反論があるわけではないようだ。あえて口に出していう気になれないのかもしれない。彼女がシルベステを愛したのは、とりもなおさず、あの男が自尊心の塊であり、そのことに特別なものを感じるようになったせいだということを。その自尊心があまりにも当然のようなので、まるで喪服を着ているようにそれが美徳に思えてきたのだということを。

しばらくしてクーリはいった。

「なあ、ちょっと提案があるんだ。その潮汐力が襲ってくるときに、完全に正気でいたいか？　すこし気つけをしておくのもいいとは思わないか？」

「なに、気つけって？」

「イリアから聞いたんだけど、このスパイダールームは、客に船の外側を見物させるための乗り物だったらしい。契約書にサインさせるためには、もてなして、いい気分にさせる必要があるからだろう。ということは、この部屋のどこかに酒蔵があるはずだと思うんだ。たぶん高級品ぞろいだろう。数世紀のあいだにだれかが飲んじゃってる可能性もなきにしもあらずだけど。逆に、いつも自動的に補充されていた可能性もある。とにかく、探してみないか?」

パスカルはなにもいわなかった。

そのあいだにも、ハデス星の底なし重力井戸は刻一刻と近づいている。

やはりこの女は提案に乗らないのかとクーリが思いはじめたころ、パスカルはシートハーネスをはずし、室内後部へむかった。二人がまだ探検していないベルベットと真鍮の迷宮へと。

39

ケルベロス星内部
最終シェル内部
二五六七年

宝石は強い青い光を放っていた。そのようにスペクトルを変化させることで、シルベステの接近を思いとどまらせることができる、シルベステを一時的に落ち着かせることができるとでもいうようだ。

シルベステ自身も、近づくのがまちがっているように感じていた。ひたすら好奇心と、これが運命なのだという感覚ゆえに、前に進んでいた。あるいは、危険とは、対決して手なずけるべきものだと、精神の根本部分で考えているのかもしれない。初めて火にふれて熱さにたじろぎ、しかしたじろいだことから知恵を得た人類の本能か。

宝石が開きはじめていた。幾何学的に変形し、展開している。

シルベステはじっくりとは見たくない気持ちだった。見て理解してしまうと、自分もおなじ断層にそって割れてしまいそうな気がしたのだ。

「本当に近づいてよいものかの」

カルビンがいった。その発言は、シルベステの心のなかの会話において、ますます自然な存在になりつつある。

「もう引き返すのは遅いぞ」

声がした。カルビンでもシルベステでもない声だ。なのに、聞き覚えがあると強く感じる。ずっとシルベステのなかにいて、ただ口を閉ざしていたように。

「サンスティーラーか?」

「ずっとわしらといっしょにおったのか。そうじゃろう?」

「まさにずっと前からだ。きみがラスカイユ・シュラウドから生還してからだ、ダン」

「じつはすべてクーリのいったとおりだったわけか」

シルベステはもう、それが真実だとわかっていた。サジャキのスーツがからっぽだったことが証拠として不充分だったとしても、白い光のなかで得た啓示によって、疑念は完全に吹き飛んでいた。

「おまえの望みはなんだ?」

「きみをそこへ、きみのいう宝石のなかへいれることだ」サンスティーラーの声(声として聞こえるものは他にないが)は、不気味な歯擦音だらけだった。「恐れることはない。きみの身に害はおよばない。脱出がさまたげられることもない」

「おまえがそんなことをいって信じられると思うか？」

「しかし、これは真実なのだ」

「橋頭堡はどうなんだ」

「あの装置はまだ機能している。きみがケルベロス星を離れるまでは機能しつづける」

「わかるものか。こやつの――これのいうことはどれも嘘かもしれぬ。おぬしをここへつれてくるために、ありとあらゆる段階でわしらを欺き、操作してきたのじゃからな。それが急に真実を語りだすとは思えぬ」

「真実を語るのは、もはや決着がついたからだ。きみがここへ来たからには、きみ自身の意思はもうなにごとをも左右しない」

シルベステは、スーツが軽く前進しはじめるのを感じた。開いた宝石のほうへまっすぐ進んでいる。切り子面がキラキラとまばゆく輝く通路が、その構造の内部へ伸びている。

「おい、どうして――」

カルビンがいいかけると、シルベステは答えた。

「おれはなにもしてない。このバカがスーツを制御してるんだ」

「なるほど。サジャキのスーツも制御しておったのじゃからの。いままで面倒なことは全部おぬしにやらせて、自分はどこかにふんぞりかえっておったのじゃろう。なまけ者め」

「あのな、ここまで来て敵を侮辱しても、たいして得にはならないと思うぜ」

「なにかよい考えがあるとでも？」

「それは——」

すでに宝石の通路にはいっていた。輝くトンネルが気管のように曲がりくねりながら、どこまでも続いていく。本当に宝石の内部にいるのかどうか確信が持てないほどになってきた。とはいえ、宝石の大きさには最初から確信がなかったのだ。直径数百メートルかもしれないし、数十キロメートルかもしれない。定まりない形のために見きわめがつかないのだ。もしかしたら、意味のある答えなどないのかもしれない。フラクタルな固体は体積を特定できないように。

「それは、とは？」

「ああ、いや、べつに……」シルベステは終わりまでいわなかった。「サンスティーラー、聞いてるか？」

「つねに」

「おれが理解できないのは、なぜここにつれてこられたかだ。おまえはサジャキのスーツを操作できた。おれのスーツも、やろうと思えばいつでも制御できたみたいだな。だったら、なぜそもそもおれがここに来る必要があるんだ。このなかにおまえのほしいものがあって、それを持ち出したいなら、おれがいなくてもできるじゃないか」

「デバイスは有機生命体にしか反応しない。空（から）のスーツでは機械知性と解釈されてしまう」

「デバイスって……これが、例のデバイスなのか？」

「これがインヒビター・デバイスだ」

その言葉の意味は、すぐには頭にしみこんでこなかった。しかししばらくすると、白色光のなかで得た記憶とその言葉が、ゆっくりとつながっていった。ハデス星マトリクスのなかで得たその記憶は、他の記憶と次々に、どこまでも連鎖していった。

そしてシルベステは、おおまかな理解にいたった。

なによりも、この先へ進んではいけないということがわかった。

この宝石——インヒビター・デバイスだとわかったこれの内部領域に、シルベステが足を踏みこんだら、とてもまずいことになる。どれくらいまずいか、想像を絶するほどだ。

「進むわけにはいかぬぞ。これの正体がわかった」

「おれもだ、遅まきながらな」

デバイスはインヒビターによってここにおかれた。ハデス星をめぐる軌道上、白く輝くその入り口の隣だ。

ハデス星も入り口も、インヒビターより古いのだが、彼らは興味をしめさず、機能も理解しなかった。だれがこの光の入り口をおいたのか、手がかりは得られなかったようだし、そもそも中性子星ならざる中性子星についても、時間をかけて調べたようすはなかった。

しかし由来の謎をべつにすれば、中性子星はインヒビターの目的にぴったりだった。デバイスはもともと知的生命を誘引するようにつくられている。それを、さらに興味深い天体のそばにおけば、知性を持つ生き物は確実に惹きつけられてくるだろう。じつは銀河全域でその作戦が採られていた。宇宙物理学的に興味深い天体のそば、あるいは絶滅した文明の遺跡のそばなど、注目を集めやすい場所にインヒビター・デバイスをおいたのだ。

そこへアマランティン族がやってきて、デバイスをいじり、自分たちの存在を明かした。デバイスは彼らを調べ、その弱点を把握した。

そしてアマランティン族を抹殺した。追放された者たちの末裔である一握りの集団を残して。

生き残りたちは、情け容赦ないインヒビターの狩りから、二つの方法で逃れた。

ある集団は、このハデス星への入り口をそのまま使った。みずからをマッピングして、中性子星の表面殻マトリクスにはいったのだ。そこではシミュレーションとして生きつづけることになる。演算のために組織化された中性子物質という不可侵の琥珀のなかで、永久に保存されるのだ。とても生きているとはいえない状態だが、自分たちのなんらかの部分は残る。

べつの集団は、異なる方法でインヒビターから逃れた。それは過激さという点でも、あと戻りがきかないという点でも、前者に劣らなかった。

「そやつらがシュラウダーになったのじゃな」

カルビンがいった。いや、シルベステ自身が、考えていることを知らずしらず口に出しているのか。思索に没頭しているとそうなることがときどきある。区別できないし、もうどうでもよかった。

「最後の日々のことじゃ。リサーガム星はすでに灰と化し、宇宙生まれのほとんどは追いつめられ、殺されておった。ある一派はハデス星マトリクスに逃げこんだ。そんななか、べつの一派は、時空の操作について知見をたくわえておった。おそらくハデス星への入り口周辺で時空の歪みを研究して得たものじゃろう。そこから解決策をみつけた。インヒビターの兵器から身を守るすべじゃ。自分たちをつつみこむように時空を歪め、それを凝固、固定化して、侵入不能のシェルにした。そのなかに閉じこもれば、外界とのかかわりを永遠に絶つことになる。しかし死ぬよりましじゃからの」

シュラウドのなかで待つのがどういうものか、このときのシルベステにははっきりとわかった。外の宇宙について知るすべはほとんどないはずだ。堅牢さを第一に築いた防壁のため、情報も遮断される。

そうやって彼らは待ちつづけた。

安全のために引きこもりながらも、一方でわかっていた。インヒビターが残したシステムは、やがては故障していくはずだと。知的生命を抑制する能力をしだいに失っていくはずだ。彼らにとって近い将来ではなくても、時空の泡のなかに百万年もとじこもっていれば、いずれは……。

そして、そろそろ脅威は去ったのではないかと考えはじめた。

といっても、シュラウドをいきなり解体して、まわりのようすを眺めるというわけにはいかない。それは危険すぎる。インヒビター・デバイスは辛抱強いことが第一の特性なのだから。おもてむき静かなのは、アマランティン族（シュラウダー）を砦の外へおびき出すための罠かもしれない。隠れる場所のない外の宇宙で攻撃を受ければ、簡単にやられてしまう。インヒビターにしてみれば、百万年がかりの掃討作戦に決着をつけられるわけだ。

そんなとき、べつの種族がやってきた。

宇宙のこのあたりには脊椎種が進化しやすい傾向があるのか、あるいはたんなる偶然かわからないが、ともかくその新たな宇宙飛行文明である人類に、シュラウダーはかつての自分たちに近い親しみをおぼえた。精神構造もおおむね似ている。孤独と連帯を同時に求めている。居心地のよい社会を必要としながら、きびしい宇宙の荒野をも指向している。その分裂性が彼らを前へ、外へと駆り立ててきたのだ。

最初にあらわれたのはフィリップ・ラスカイユだ。のちにその名を冠されることになるシュラウドでのことだ。

シュラウド周辺の歪んだ時空が、ラスカイユの精神を解体し、ねじり、再構築した。その結果ラスカイユは、精神異常をよそおった本人のまがい物になった。ただし、ひらめきを持ったまがい物だ。

シュラウダーはラスカイユに土産を持たせた。シュラウドにもっと深くはいるための知識……そして、シュラウドにはいりたいと思わせるための嘘だ。

ラスカイユは死の直前に、若きダン・シルベステにその土産話をした。パターンジャグラーのところへ行けと。

アマランティン族もかつてパターンジャグラーを訪れ、精神パターンをその海に転写していた。そのパターンを頭に保持していれば、シュラウド周辺の時空は安定し、その身を引き裂かれることなく、奥深くまで進入できる。ジャグラーによる精神変移を受けいれたシルベステは、そうやって時空の嵐を乗りきり、シュラウドの深部へ到達した。

そして生きて帰ってきた。

ただし、もとのシルベステではなかった。サンスティーラーと称するものがとり憑いていた。

サンスティーラーとは、じつは神話や伝説の名前ではなかった。あのときからシルベステの精神にひそんでいたのは、一種の作品だと考えたほうがいい。シュラウド内に棲み、シルベステを使者として使いたいと思った者たちが、強固な時空の壁のむこうにも自分たちの影響力をおよぼすために、シュラウドのシェルに編みこんだ疑似人格だったのだ。

シュラウダーがシルベステにやらせようとしたことは、いまから考えれば単純明快だった。

彼らの肉体的先祖が骨となって眠るリサーガム星へ行け。

そしてインヒビター・デバイスを探せ。

その内部にはいり、もしデバイスが機能を維持しているなら、新興の知的文明種族の一員としてデバイスのまえに身をさらせ。

もしまだインヒビターが存在しているなら、人類は抹殺されるべき次の標的として認識

される だろう。

なにも起きなければ、シュラウダーはその事実をもって安全確認とするわけだ。

ここにはいってきただけで、すでに取り返しのつかない過ちを犯しているのだ。インヒビター・デバイスをして絶滅させるべき種族と認めさせるだけの知性を発揮してしまっている。

シルベステは不気味な青い光につつまれていた。いいようもなく不気味だ。

シルベステは、アマランティン族の運命に怒っていた。その研究に一生を捧げてきた自分に怒っていた。

トンネルが広がった。しかしこの期におよんでなにができるというのか。後悔しても遅い。スーツを自分の意思で制御することはできないが、その部屋はある程度見まわせた。宝石の切り子面でかこまれ、おなじ不気味な青い光で充たされた部屋だ。

そこに奇妙な形のものがいくつも吊られている。まるで、人間の細胞内部をあらわす模型のようでもある。あらゆる部品が直線基調で、正方形や長方形や平行四辺形でできている。それらが抽象彫刻のように吊り下げられているのだが、とくに美的感覚にもとづいているとは思えない。

「なんだこりゃ」

シルベステが小声で訊くと、サンスティーラーが答えた。

「パズルだと思ってくれ。知性を持つ探検者ならば、好奇心を刺激されるだろう。それぞれのピースの幾何学的形状を組み合わせて、パズルを完成させたいと思うだろう」

サンスティーラーのいいたいことはわかった。たとえば、この手近にある部品の集まり。いくつかのピースを動かすだけで四次元立方体ができる……やってみたい……。

「やらないぞ」

「きみはやらなくともよい」

その言葉どおり、サンスティーラーはシルベステのスーツを動かし、部品の集まりのほうへ手を伸ばさせた。意外とすぐそばにある。スーツの指が最初のピースをつかみ、苦もなくはめこむ。

「他の部屋へ行けばべつのテストがある。きみの精神プロセスは徹底的に調べられる。そのあとには、生物学的な検査もある。まあ、あまり愉快なものではないだろう。しかし致命的プロセスではない。死なせてしまっては、敵対的という一般的印象がかたちづくられ、他の種族を遠ざけてしまうからな」

その口調にはユーモアに近い響きが感じられた。人間と長くまじわっているうちに、その特質がいくらか移ったのだろうか。

「もちろん、このデバイスにはいる人類の代表はきみが最初で最後となるはずだ。しかしサンプルとしては優秀だから安心するがいい」

「そこがおまえの大きな勘ちがいなんだよ」

シルベステはいった。

サンスティーラーの冷酷で明瞭な声に、初めて警戒の響きがまじった。

「どういうことか」

とりあえず、シルベステは無視した。

「カルビン、ちょっと話がある」

そういいながらも、なぜそんなことをいうのか、そもそも話している相手がだれなのか、自分でもわからなくなっていた。

「あの白い光のなかにはいって、ハデス星マトリクスのなかですべてを共有したときに、知ったことがあるんだ。本当なら何十年もまえに知らされてしかるべきことだ」

「自分自身について、じゃな」

「そう、おれについてのことだ」

シルベステは泣きたくなった。この話をする最後のチャンスなのだ。しかし泣けなかった。

「なぜおれがあんたを憎めないかという話だ。自分自身を憎むことになっちまうからな。そもそも、本当にあんたを憎んでたのかも、よくわからない」

シルベステの目から涙は流れない。

「憎もうとしてもうまくいかぬじゃろう。わしがそのようにつくったからの。最初から意図したわけではない。しかしまあ、失望してはおらぬぞ、おぬしの出来具合には——」といってから、「わしの出来具合、かの」と訂正した。

「まあ、知ってよかったよ。いまさらだけどな」

「これからどうするつもりじゃ？」

「わかってるくせに。おれたちはなにもかも共有してるだろう」シルベステは思わず笑いだした。「おれの秘密も」

「ああ、あの秘密のことじゃな」

「なんのことだ？」

歯擦音だらけのサンスティーラーの声が、バチバチと耳ざわりに響く。遠いクエーサーから届く電波のようだ。

シルベステはふたたび異星種族のほうにいった。

「船でのおれの会話にはずっと聞き耳を立てていたはずだな。脅しがただのブラフだと思わせたことも」

「ブラフ？　なんのことだ」

「目玉のなかのホットダストのことさ」

シルベステは、今度はさらに大きな声で笑った。そして、ずっと記憶にとどめていた一連の神経トリガーのコマンドを、実行しはじめた。それが義眼のなかの回路を次々と反応させていき、最後に、封じこめられた微量の反物質が解放される。

純白の光が見えた。ハデス星への入り口で見た光よりも純粋だ。

そして、なにもわからなくなった。

最初に見たのはボリョーワだった。

インフィニティ号に殺されるのだと腹をくって、巨大な円錐形の船体を眺めているところだった。真っ黒で、背景の星をさえぎる影としてやっと判別できるその姿が、サメのようにゆっくり近づいてくる。

どういう方法で殺すのがいちばん楽しいか、その巨体のどこかでシステムがあれこれ検討しているにちがいない。ここまで来てまだ手をくださないというのは、ほかに説明のしようがない。もはやあらゆる船殻兵器の射程にはいるほど近づいてしまっているのだ。船のシステムにはいりこんだサンスティーラーは、人間の悪いユーモアのセンスまで獲得したのかもしれない。ゆっくりいたぶりながら殺す楽しみを憶えたか。いまはその死の恐怖をあたえるプロセスの一部なのかもしれない。

ボリョーワにとっては、自分の想像力が最大の敵になりつつあった。サンスティーラーのサディスティックな意図を実現する兵器システムが次々と思い浮かんでくるのだ。防御兵器を使って数時間かけてゆっくりボイルしていくとか、すぐには殺さずに切り刻んでいくとか（四肢の切断面を焼灼できる温度にレーザーを調節すればいい）、つぶしてすり身にするとか（船外サービターの一隊を出せばいい）。

やれやれ、頭の回転が速いのも場合によっては考えものだ。その頭の回転が、これほど多種多様な処刑手段を生み出したのだが。

そのとき、ボリョーワは見た。

ケルベロス星の地表に閃光がはしった。とりわけ橋頭堡の突入地点が明るく輝いた。まるで惑星の内部で強烈な光がともり、そしてすぐに消えたかのように。

あるいは、巨大な爆発か。

粉々になった岩石と溶けた機械が、宇宙空間に噴き出されてきた。

クーリは、自分が死んでいないことを納得するまで、すこし時間がかかった。

死は覚悟していた。ハデス星に殺されるのだ。中性子星周辺の強大な重力の爪で、肉体も魂も引き裂かれる。その苦痛のなかで、最後の意識が一時的にもどるかもしれないが、その程度だろう。強い頭痛に襲われるかもしれない。それはマドモワゼルに黎明期戦争の埋めこまれた記憶を呼びさまされたとき以来のはげしさだろう。しかし今回は、純粋に生化学的な原因のはずだ。

パスカルとクーリは、スパイダールームの酒蔵を発見した。

そして酒瓶を全部からにした。

しかし高い血中アルコール濃度にもかかわらず、磨いたばかりの窓のように頭はさえていた。

意識がもどったときも、すばやかった。しばらく頭にかすみがかかったりもしない。まるで目をあける寸前まで自分が存在しなかったようだ。

しかしそこは、スパイダールームではなかった。

じっと考えるうちに、記憶がよみがえってきた。恐ろしい潮汐力の襲来を思い出した。クーリとパスカルはできるだけ影響を受けないように、部屋のまんなかへ這っていった。しかし無駄なのはわかっていた。生き延びられる可能性は万に一つもない。できることは苦痛を最小限にとどめるだけ……。

で、ここはいったいどこなんだ？

目をあけたとき、後頭部はコンクリートのように硬い平面に乗っていた。見上げる空は、星々がとんでもない速度で動いている。その動き方もおかしかった。まるで地平線の端から端まで届く巨大で分厚いレンズをとおして見ているかのようなのだ。

身体を動かせるのがわかり、立ちあがろうとして、そのまま転倒しそうになった。

スーツを着ていた。

スパイダールームで着ていたものではない。リサーガム星の地表活動のさいに使ったもの。シルベステがケルベロス星へむかったときに着ていったのとおなじものだ。なぜそれを？

これが夢だとしても、これまでみたどんな夢ともちがう。その証拠に、矛盾点をはっきり意識しても、まわりの風景がガラガラと崩れ去ったりしない。

クーリは平原に立っていた。床は、白熱状態から冷えていく途中の金属の色だ。まだ完全に冷えてはいないが、まばゆいほどではないという色。潮が引いたあとの砂浜のようにまっ平らだ。

よく見ると、そこには模様があった。ランダムではなく、ペルシャ絨毯のように細密で規則的な模様だ。模様のなかに模様が入れ子になり、それが顕微鏡レベルまで微細化していく。おそらく素粒子レベル、量子レベルまで続いているはずだ。そしてその模様が、ザワザワと動いている。揺らぎ、ぼやけ、ひとときもとどまることがない。

見ているとだんだん気持ち悪くなってきたので、顔をあげて地平線のほうを見た。地平線はとても近くに見える。そちらへ歩きだした。ゆらめく模様を踏んでいく。ちょうどクーリが足を降ろすところに、模様が集まって踏み石のようになる。

前方になにかがあった。

近い地平線のカーブがすこし盛りあがっている。回転する星空を背景にくっきりと浮かびあがる、小さな盛り土か、なにかの台座か。

近づいていく。すると、そこに動くものがあった。

盛りあがったところは、地下鉄の入り口のようになっていた。三面を低い壁でかこまれ、開いた側から地下へ階段がおりている。

動いているのは人影だった。地下から階段をあがってきている。女だ。一段一段踏みしめながら、まるで朝一番の空気を吸いに出るように、ゆっくりとあがってきている。クーリとちがって、スーツは着ていない。最後に見たときのままの服装をしている。

パスカル・シルベステだ。

「ずいぶん長いこと待ったわ」

真空の暗い空間を、その声は渡ってきた。

「パスカルなのか？」

「そうよ。ある意味で、だけど。ああ、うまく説明するのは難しいわ。さんざん考えて予行演習もしたのに……」

その言葉づかいや話し方は、たしかにパスカルだ。

「いったいどうしたんだ、パスカル？　ここはどこなんだ？」

なぜ与圧服を着ていないのかと尋ねるのは、ぶしつけな気がした。

「まだわからない？」

「鈍くて悪かったな」

パスカルは思いやりのある笑みを浮かべた。

「あなたが立っているのはハデス星の上よ。憶えてる？　中性子星よ。わたしたちを引きずりこんだ。じつは、そうじゃなかったのよ。そうじゃないというのは、中性子星というところがね」

「そこに立ってる？」

「そうよ、立ってるの。予想もしなかったでしょうね」

「ああ……そりゃそうだ」

「わたしは、あなたとおなじだけここにいるわ。つまりまだほんの数時間。でもそのあいだ、表面殻のなかにいたの。そこではものごとの進み方が速い。だから、わたしにとっては数時間よりかなり長く感じられたわ」

「どれくらい？」

「数十年かしら。まあ実際には、ここでの時間の流れは、あってないようなものだけど」

クーリは、わかったようなわからないような気分でうなずいた。

「パスカル……やっぱりもうすこし説明してもらわないと……」

「いいわ。降りながら話しましょう」

「降りるって、どこへ」

パスカルは、真っ赤な大地の地下へ降りていく階段をしめした。まるで隣人をカクテルパーティに招待するように。

「はいって。マトリクスのなかへ」


まだ死はやってこない。

ケルベロス星に閃光がはしってから一時間、ボリョーワは与圧服の画像ズーム機能を使って、橋頭堡を観察していた。橋頭堡は素人がつくった陶器のようにゆっくりと形が崩れ、表層に飲みこまれはじめていた。ケルベロス星との戦いについに敗れ、消化されつつあるのだ。

早すぎる。まだ早すぎる。

悔しさにさいなまれた。自分はもうすぐ死ぬ身だが、それでも自分の作品が壊れていくところを見るのはしのびない。しかも、予定よりかなり早いではないか。

とうとう耐えきれなくなると、船のほうをむいた。短剣のようにまっすぐこちらをむいている。ボリョーワは両腕を広げると、怒鳴った。音声通信が船に通じているのかどうかわからないのだが。

「さっさと来いってんだ、クソったれ！ ケリをつけろ。もう充分だ。これ以上見たくない。早く終わりにしやがれ」

円錐形の船腹のどこかでハッチが開き、オレンジ色の船内照明が一時的に外に漏れてきた。きっと、こちらがろくに憶えてもいないような凶悪な兵器が出てくるのだろう。酔った勢いのアイデアででっちあげたやつにちがいない。

ところが、出てきたのはシャトルだった。バーニアを噴いてゆっくりと近づいてくる。

パスカルが語ったところによると、中性子星はもはや普通の中性子星ではなかった。かつては中性子星だったのかもしれない。あるいは、中性子星になるはずだったのか。

それを変えたのは、第三者の介入だ。その第三者というのが何者なのか、パスカルは詳しく語らなかった。しかし、簡単にいえばこういうことだ。彼らは中性子星を超高速コンピュータに変えたのだ。さらに不思議なことに、過去と未来の自分と通信することもできるという。

「わたしはここでなにをしてるんだ？」クーリは階段を降りながら訊いた。「いや、訊きなおすよ。きみとわたしは、ここでなにをしてるんだ？　なぜきみはいきなり物知りになったんだ？」

「いったでしょう。マトリクスに長くいたからよ」パスカルは階段の途中で足を止めた。「ねえ、クーリ。あなたは聞きたくないかもしれないけど、やっぱりいっておくわ。つまり……あなたは死んでるのよ。さしあたって」

意外にも驚きは少なかった。当然だろうという気さえした。

パスカルも、たいしたことではないように説明した。

「わたしたちは重力の潮流のなかで死んだの。ハデス星に近づきすぎて、潮汐力に引き裂かれて。あまり気分のいいものではなかったわ。でもそのときのあなたの記憶はほとんど捕獲されなかったから、憶えてないのよ」

「捕獲って？」

「通常の物理法則にしたがえば、わたしたちは原子レベルまで分解されるはずだった。実際に、ある意味では分解されたのよ。ただし、わたしたちを記述していた情報は、わたしたちの残骸とハデス星のあいだを流れるグラビトンに保存された。つまりわたしたちを殺した力が、同時にわたしたちを記録し、その情報を表面殻に伝達して……」

「いや、わかった」クーリはゆっくりと答えた。とりあえず、それが正しいという前提にしよう。「それで、表面殻に伝達されてからは、どうなったんだ？」

「なんていうか……シミュレーションとしてよみがえったのよ。もちろん、表面殻での演算速度は現実時間よりはるかに速いわ。だからわたしは主観時間で数十年をそこですごしたんだけど」

パスカルはもうしわけなさそうな口調だ。

「わたしは何十年もすごしたような実感はないな」

「あなたはちがったのよ。よみがえったけれども、ここにとどまることを望まなかった。なにも憶えていないでしょうけど、あなたは、とどまらない道を選んだの。なぜなら、ここにはあなたを引きとめるものがなにもないから」

「というと、きみにはあるのか？」

「ええ、あるわ」パスカルはあたりまえだというように答えた。「もうすぐわかる」

階段は下へ降りきり、そこからは明かりがともった通路がのびていた。おとぎ話に出てくるような光源があちこちに浮いている。壁は、地表で見たのとおなじく演算によるザワザワとした動きがある。とても活発な印象だ。クーリにはとうてい理解できないような複雑な論理演算がおこなわれているのだろう。

クーリはふたたび訊いた。

「このわたしは何なんだ？　きみは？　死んだといったけど、そんな感じはしないぞ。マトリクスのなかのシミュレーションになった感じもしない。わたしは地表にいたんだよな」

「いまのあなたは血と肉でできているわ。死んだあとに、つくりなおされている。マトリクスの表面殻にもともとあった元素を使って肉体を再構成され、蘇生されて、意識を吹きこまれている。いま着ているスーツ。それもマトリクスがつくったものよ」

「というと、こういうスーツを着ただれかが、おなじようにハデス星に近づいて潮汐力で殺された、と考えていいのか？」

「いいえ……」パスカルは慎重に答えた。「じつはマトリクスにはべつの入り口があるの。もっと簡単な——すくなくとも昔は簡単だったはいり方が」

「でもやっぱりわたしは死んでるはずだ。中性子星の上で生きられる生物などいない。中性子星の上にせよ、内部にせよ」

「いったでしょう。これは中性子星ではないのよ」

パスカルはその理由を解説した。クーリは重力ポケットのなかで生きており、そのポケットはマトリクス自身がつくりだしている。表面殻の深部で、すさまじい量の縮退中性子が循環流動しているおかげだ。それが演算の副産物なのかどうかはわからない。とにかく、それが発散レンズのように働いて、重力をクーリからそらしているのだ。この通路の壁も、放っておけば光速に近い速度でつぶれているはずだが、おなじ仕組みによって維持されている。

「きみは？」

「わたしは、あなたとはちがうわ。この身体は、じつは見せかけなの。あやつり人形のようなもの。あなたと会って話をするためにつくったのよ。材料は表面殻とおなじ中性子物質。わたし自身の量子圧でバラバラにならないように、ストレンジクォークで中性子をつなぎとめているわ」

額に指先をあてた。

「考えている場所もここではないの。あなたのまわりじゅう。マトリクスのなかよ。ごめんなさい、こんなことをいうのはすごく失礼だとわかっているけど、あなたと話す以外になにもできなくなるのは、いまのわたしにとって死ぬほど退屈なの。まえもいったように、ここの演算速度はとてつもなく速いから。侮辱するつもりはないのよ。軽蔑しているわけじゃないの。わかって」

「ああ、いいんだ。わたしだっておなじように感じるだろうから」

通路が広がって出た先は、科学者の研究室らしい部屋だった。設備はよく整い、最近五、六世紀のいずれの時代でもありそうだ。部屋の基調色は茶色。年代物の茶色だ。壁ぞいに木製の棚があり、大昔の紙の書物が茶色くなった背表紙を並べている。光沢のある茶色のマホガニー材のデスク。そのまわりには装飾品としてアンティークの科学器具が並び、金色がかった茶色の金属の肌を輝かせている。

べつの壁にも木製のキャビネットがあるが、そちらには棚板ははいっておらず、黄変した骨格標本が吊られている。異星種族の骨だ。一見すると恐竜か飛べない鳥の化石のようだ。しかし頭骨の大きな脳容量に注目し、かつてそこにおさまっていた精神の広さを理解できれば、それがなにかはおのずとあきらかだ。

現代的な器具もあった。スキャン機器、最新のカッティングツール、超精密画像とホログラフィの記録ウェハ。まあまあ最近の型のサービターも一機、隅にひかえている。頭を軽くかしげ、忠実な召使いが立ったまま居眠りをしているようだ。

壁のひとつには、ブラインドの桟が開いた窓があり、砂漠の風景が見える。風に削られたメサと、いまにも崩れそうな岩山。複雑な地平線のむこうに夕日が沈み、風景は赤く染められている。

デスクのむこうに一人の男がすわっていた。二人が部屋にはいってくると、瞑想を破られたように顔をあげたその男は、シルベステだった。

その目は義眼ではなく、人間の目だった。正確には生体材料でできているわけではないのだが、すくなくともクーリにとっては、人間の目をしたシルベステを見るのは初めてだった。

じゃまされて不快そうな表情がちらりとよぎったが、すぐに表情はやわらぎ、穏やかな笑みが口もとに浮かんだ。

「よく来てくれた。話はパスカルから聞いたかな」

「だいたいは」

クーリは室内に足を踏みいれて、その細部まで入念な出来映えに驚いた。シミュレーションでもここまで精巧なものは経験がない。とはいえ、考えると驚くより恐ろしくなるのだが、この部屋は小物ひとつにいたるまですべて中性子物質でできているのだ。その密度はすさまじく、デスクにある小さなペーパーウェイトですら、室内の半分まで近づいただけで致命的な引力を発生するはずだ。

「でもまだわからないこともある。あんたはどうやってここへ来たんだ？」

「マトリクスにはべつの入り口があると、パスカルが話したはずだ」

シルベステは両手を広げてみせた。

「おれはそれをみつけた。それだけだ。そこを通ってきた」

「じゃあ、あんたの……」

「もとの自分か？」

その笑みは、自分だけにわかる微妙なジョークを楽しんでいるようだった。

「あいつは生き残ってないだろう。それに、そっちはどうでもいい。いまのおれが本当のおれ。おれのすべてだ」

「ケルベロス星のなかでなにがあったんだ？」

「それを話しだすと長くなるぞ、クーリ」

それでもシルベステは話した。惑星の内部へはいっていったこと。サジャキのスーツは中身が空(から)だったこと。それを知って、むしろ前進の決意を固めたこと。そしてついに、最終シェルでみつけたもののこと。マトリクスのなかへはいったこと。その時点で記憶はもう一人と分岐したこと。

シルベステは、そこで分かれた自分は死んだはずだと話した。あまりにもきっぱりと断言するので、なにか特別な方法でわかったのだろうか、もう一人の自分と最後の瞬間までなんらかの絆で結ばれていたのだろうかと、クーリは思ったほどだった。

しかしそのシルベステにも、わからないことはあるらしい。神の知識を手にいれたわけではないのだ。光の入り口に身をひたした一瞬は神に近づいたにせよ、いまはそうではない。

それは、本人があとでそう選んだのだろうか。マトリクスがシルベステをシミュレートしていて、そのマトリクスが事実上無限の演算能力を持っているのなら……シルベステの知識も無限であって不思議はない。そうでないのは、本人があえてそれを避けたからではないか。

シルベステの話からわかったのは、こういうことだった。カリーン・ルフェーブルはシュラウドの一部で生きていた。それは偶然ではない。

「シュラウダーは、どうも二派に分裂していたみたいだ」

シルベステは、デスクの上におかれた真鍮製の顕微鏡をいじりながら話した。小さな反射鏡をあちこち動かし、わずかな日没の光をとらえようとしている。

「外にインヒビターがまだいて、シュラウダーの脅威になりえるかどうかを、おれを利用して調べようとした一派。そして、人間の尊厳なんかべつに心配しちゃいないだろうが、もうすこし慎重で、他にも方法があると考えていた一派だ。インヒビター・デバイスが刺激に反応する能力を残しているなら、他の方法でも試せるはずと主張したんだ」

「でも、わたしたちがこうなって、結局どっちが勝ったんだ？　サンスティーラーか、マドモワゼルか」

シルベステは顕微鏡をデスクのもとの位置にもどした。ベルベットの貼られた底面が小さな音をたてる。

「どっちでもない。まあ、おれの勘ではな。おれたちは――おれは、デバイスのトリガーを引く寸前までいった。デバイスが他のデバイスに警告して、人類への戦争をはじめる寸前だった」シルベステは笑った。「戦争というと、まるで互角の力を持ってるようだけどな。実際にはそんなものにはならなかったはずだ」

「でも、その事態は避けられたと？」

「そう期待し、祈ってる。それだけだ」

シルベステは肩をすくめた。

「もちろん、おれがまちがってることもありえる。昔は、おれのいうことにまちがいはないなんていってたけどな。そこは大人になったよ」

「アマランティン族、つまりシュラウダーはこれから？」

「時がたてばわかるだろう」

「それだけ？」

「おれはなんでも知ってるわけじゃないんだ、クーリ。たとえこの部屋にいてもな」

と見ていく。

シルベステは部屋を見まわした。棚の書物が並んでいるのをたしかめるようにゆっくり

ふいにパスカルがいう。

「そろそろ行く時間よ」

夫の隣にあらわれたパスカルは、透明な液体のはいったグラスを手にしている。ウォッカだろう。デスクの上の、磨きあげられた羊皮紙色の頭蓋骨の隣に、それをおいた。

「行くって、どこへ？」

「宇宙へもどるのよ。それがあなたの望みでしょう？　永遠にここで暮らすのはいやなんでしょう？」

「でも、行くあてなんかないぞ。わかってるだろう。船は乗っ取られてるし、スパイダールームは破壊された。イリアも死んで――」

「生き延びてるわ、クーリ。シャトルが破壊されたときも死んでいなかったのよ」

なんとか与圧服を着る時間はあったわけか。しかし、それでも……。

クーリはそう訊こうとして、ふと口をつぐんだ。どんなに信じられないことでも、パスカルがそういうのならたぶん真実なのだ。どんなに無意味で役に立たない真実であっても。

「きみたち二人は、これから？」

シルベステはウォッカのグラスに手を伸ばし、すこしだけ口にふくんだ。

「まだわからないか？　この部屋はおまえのためにつくったわけじゃない。ここはおれた

ちの部屋でもあるんだ。まあ、本当のおれたちはマトリクスのなかのシミュレーションだけどな。この部屋だけでなく、この地下すべてがそうだ。間取りは変わらないが、今後はおれたちだけのものになる」

「それだけか？」

「いや……まだある」

パスカルがシルベステの脇に移動した。シルベステがその腰に腕をまわし、二人はブラインドの開いた窓のほうをむいた。

赤く染まった異星の日没。生命の痕跡もないリサーガム星の荒野がどこまでも広がっている。

それが変わりはじめた。

変化は地平線からはじまった。朝日が近づいてくるくらいの速さで変貌の波がこちらへやってくる。

空に壮大な雲が湧きあがった。日は沈んで夜にむかっているにもかかわらず、空は青い。風景はもはや砂漠ではなく、あふれんばかりの植物におおわれている。緑の洪水だ。湖、木立、異星の植物。そして道路だ。道の両脇には卵のような形の家がならび、集落をつくっている。地平線のあたりには大きな都市があり、一本の細い塔を中心に建物が集まっている。

クーリは遠くに目をこらした。そしてあまりの壮大さに呆然とした。

ここに世界がまるごと生き返っている。さらに、視覚的なトリックなのかどうかわからないが、家々のあいだを動くものが見えた。鳥くらいの速度で動いている。ただし地面からは離れないし、宙に飛びあがったりしないが。

パスカルが説明した。

「かつての彼らそのままよ。まあ、マトリクスに記録されている分だから、ほぼそのまま、というところでしょうけど。考古学的な再現じゃないのよ、クーリ。これがリサーガム星。そこに彼らは住んでるの。生き残った者たちが意思の力だけでつくりだしたもの。細部まで完全な世界よ」

クーリは部屋のなかを見まわして、ようやく納得した。

「きみたちはそれを研究するつもりなんだな」

「研究するだけじゃない」シルベステは、またすこしウォッカを飲んだ。「住むのさ、そこに。飽きるまでな。まあ、当面は飽きないだろうさ」

クーリは二人を残し、研究室をあとにした。クーリをもてなしているあいだ中断していた深く知的な会話が、そこでは再開されているだろう。

階段を昇りきったクーリは、ふたたびハデス星の地表に出た。表面はやはり赤い炎のように輝き、活発な演算で湧き立っている。ここに慣れて感覚が鋭くなってきたのか、足もとの表面殻がゴウゴウと音をたてているように感じた。地下室で巨大なエンジンが回転しているようだ。そのたとえは真実に近いかもしれない。表面殻はまさにシミュレーションのエンジンなのだ。

シルベステとパスカルのことを思った。二人は今日も、ここの驚くべき新世界を探検に出かけているだろう。クーリがあの部屋をあとにしてからでも、二人にとっては何年も経過しているにちがいない。しかし時間はほとんど関係ないはずだ。まわりに興味を惹くものがなにもなくなったら、あの二人は死を選ぶのではないか。しかしシルベステがいったとおり、当面そんな心配はいらないようだ。

クーリはスーツの通信システムのスイッチをいれた。

「イリア……なあ、聞こえるか？　なんだかバカなことをやってる気がしないでもないけど、あなたがまだ生きてるといわれたんだ」

聞こえるのは雑音ばかり。希望がついえて、クーリはまわりの燃える平原をみまわした。これからどうしたものか。

そのとき――

「クーリ、クーリか？　おまえ、いったいどこでどうやって生きてるんだ？」

その声はおかしなふうに歪んで聞こえた。早口になったり遅くなったりするのだ。まるで酔っぱらいがしゃべっているようだが、それにしてはその間隔が不気味なほど一定だ。

「それを聞きたいのはこっちのほうだ。わたしが知ってるのはシャトルが爆発するところまでなんだから。まだそのへんを漂流してるのか？」

ボリョーワは、声の周波数そのものを上下させながら答えた。

「もうちょっとマシだ。シャトルのなかさ。驚いたか？　あたしはシャトルに乗ってるんだ」

「それはどういう――」

「船が送ってよこしたんだよ。インフィニティ号が」

ボリョーワは、だれかに話したくてたまらないというように興奮していた。

「てっきり殺されるんだと思って、最後の一撃を待ってたんだ。なのに全然やられないへんだなと思ったら、船があたしのほうにシャトルを出してきたのさ」

「どういうことだ？　船はサンスティーラーが乗っ取ったんだから、わたしたちを殺そうとするはずで……」

「ちがうんだよ、それが！」ボリョーワは子どものようにはしゃいでいる。「あたしのやったことが成功したと考えれば、辻褄はあう。きっとあのあと――」

「やったって、いったいなにをやったんだ、イリア」

「簡単にいうと……船長をあっためた」

「暖めた!?」

「そう。ある意味じゃ最終手段だ。でもあのときは、寄生体が船を乗っ取りかけていた。それに対抗するには、もっと強力な寄生体を解き放つしかなかったんだ」

ボリョーワは、それが正しい判断だとクーリが同意するのを待つように、すこし黙った。

しかしクーリが黙っていると、続けた。

「あれから一日たつかたたないかだ。どういうことかわかるか？　疫病はたった十何時間かで、あの巨大な船の質量を全部自分のなかにとりこんだんだ。とんでもない速度だぞ。秒速数センチだ」

「それ、賢明な処置だったのかな」

「クーリ、賢明なわけがないだろ。人生最大の無茶さ。でも、とりあえずうまくいってるみたいじゃないか。まあ、ある覇権主義者を、べつの覇権主義者でつぶしたってだけだどさ。でも現状の覇権主義者は、とりあえずあたしたちを殺す気はないらしいぞ」

「まあ、マシな方向ではあるだろうね。ところで、いまどこにいるんだ？　船内にもどったのか？」

「まさか。この何時間か、おまえを探してたんだよ。いったいどこにいるんだ、クーリ？おまえの居場所が、どうもへんなふうに表示されるんだ」

「知らないほうがいい」

「ああ？　まあいい。とにかく、さっさとこのシャトルに合流しな。あたしゃ一人であの船にもどるのはぞっとしないんだ。わかるだろう。船内のようすは一変してるだろうしさ。で……自力でここまで来られるか？」

「できると思う」

クーリは、ハデス星の地表を離れる方法として教えられたとおりのことをした。聞いたときはばかばかしいと思ったが、パスカルはかならずそうしろといった。これがマトリクスに伝わる合図なのだ。それによって泡状の低重力場が宇宙へ打ちあげられる。その泡につつまれて、クーリは安全圏へもどれるわけだ。

クーリは両腕を横に大きく広げた。翼のように。空へ飛び立つように。

赤い模様のゆらめく大地が、足もとから急速に遠ざかっていった。

新世紀のハイブリッド宇宙SF

SF研究家
堺　三保

　ヴェルヌやウエルズの時代から、SFは常に宇宙を目指していた。アーサー・C・クラーク、フレデリック・ポール、ラリイ・ニーヴン、ロバート・L・フォワード、デイヴィッド・ブリン、ヴァーナー・ヴィンジ、ダン・シモンズ……。時代ごとにSFのトレンドは変わっても、その一方で常に宇宙を舞台にしたストレートでシリアスなSFを書くSF作家たちは連綿と現われ続けてきたのだ。

　そして近年、イギリスでは、そんな大スケールの宇宙SFを書く新鋭作家が次々に登場してきている。たとえば、人類進化のビジョンや異星文明とのコンタクトといったSF的テーマに、現実の政治や思想の問題を色濃く盛りこんでいこうとするケン・マクラウド。もしくは、ワイドスクリーンバロックを現代に甦らせたかのごとき、ありとあらゆるSFのガジェットを放りこんだ重厚長大な作品を矢継ぎ早に発表しているピーター・F・ハミルトン。そしてもう一人、本書『啓示空間』の作者であるアレステア・レナルズがいる。

彼こそ、銀河系を股にかけたスケールの大きさと、科学的正確さを重視したハードSF性を両立させた野心的な未来宇宙史SFを書き続け、英米で大注目されている俊英なのだ。

本書の舞台は西暦二十六世紀中葉の銀河系内に点在している。孔雀座デルタ星系のリサーガム星で、滅び去った異星文明の遺跡を発掘調査することにこだわる科学者ダン・シルベステ。宇宙空間を航行中の近光速船の乗組員イリア・ボリョーワ。そして、エリダヌス座イプシロン星系のイエローストーン星にあるカズムシティで、暗殺者として生計を立てているアナ・クーリ。本書の主要登場人物はこの三人だ。シルベステは、宇宙空間に散在するシュラウドと呼ばれる不可解な空間の謎を解くことに執念を燃やしていた。ボリョーワは、船内の武器管制を行なう砲術士が発狂してしまった謎に頭を悩ませていた。クーリは、謎めいた依頼人に弱みを握られ、むりやり新たな殺しの契約を結ぶ羽目になってしまう。そんな、一見無関係な三人の人生が交錯したとき、遠い過去に封じられていた、銀河系全体を揺るがす恐るべき秘密がその口を開くのだった……。

本書には、過去のさまざまなSFで培われてきたイメージが、これでもかといわんばかりに詰めこまれている。古手のSFファンは口元についにやにやと笑みを浮かべてしまうだろうし、若いファンはその密度に新鮮な驚きを受けることだろう。

たとえば、自らの肉体を改造してさまざまな亜種へと分裂しつつ、政治的な抗争を繰り返す人類の姿は、スターリングの『スキズマトリックス』のようなサイバーパンクを想起させるし、太古から銀河系内に封じられてきた秘密の実体と、本書のタイトルでもある啓示空間の謎とは、とある有名な宇宙SF連作であるアレとソレ（ネタを明かしてしまいたくないので、ここではあえて名を秘す）を彷彿とさせる。重要な役割を果たすパターンジャグラーはまるでソラリスの海だし、次々に登場するアクションシーンや超兵器の数々は、スペース・オペラの現代版と呼ぶにふさわしい。

本書は、そんな、まさに「おもちゃ箱をひっくり返した」かのような賑やかな作品ではあるのだが、ハードボイルドっぽいクールな語り口と、押さえるところはきちんと押さえた設定のおかげで、どことなく地に足がついた印象を受けるところが、これまたきわめて現代的だと言える（このあたりが、イメージ優先のピーター・F・ハミルトンと若干違うところ）。中でも、光速の壁は誰にも突破できないという点にこだわってみせたおかげで、人類のみならずさまざまな異星文明（の遺物）が登場する銀河系規模の作品世界に、説得力とリアリティをもたらしているところに、巧みさを感じる。また、最後に明かされるケルベロス星の正体たるや、ありがちな奇想ネタをギリギリのところでハードSFとして処理してみせているところが、実に良い。これらはいずれも、レナルズがつい最近まで現役の天文学者として仕事をしていた、いわゆる科学者作家であることと無縁ではないだろう。

アレステア・レナルズは一九六六年イギリスの南ウェールズ生まれ。少年時代をコーンウォールで過ごしたのち、ウェールズに戻ってニューカースル大学で物理と天文学を学び、最終的にはスコットランドのセントアンドリューズ大学で天文学の博士号を取得した。一九九一年、オランダに移住して欧州宇宙機構（ＥＳＡ）の一組織である欧州宇宙技術センター（ＥＳＴＥＣ）で働き始めた。その前年の一九九〇年、〈インターゾーン〉第三六号に掲載された短篇“Nunivak Snowflakes”で作家デビュー、ＥＳＴＥＣでの仕事のかたわら、短篇を少しずつ発表していたが、二〇〇〇年に本書を発表して以来、毎年重厚な長篇を発表するようになった。二〇〇四年、退職してフルタイム作家となったが、それ以降もＥＳＴＥＣのあるオランダのノールトヴェイクに奥さんと住んでいる。

レナルズの著作リストは以下のとおり。

1 Revelation Space（2000） 本書 英国ＳＦ協会賞／Ａ・Ｃ・クラーク賞候補作
2 Chasm City（2001） 英国ＳＦ協会賞受賞作（ハヤカワ文庫ＳＦ近刊）
3 Redemption Ark（2002）
4 Diamond Dogs, Turquoise Days（2002） 中篇集
5 Absolution Gap（2003） 英国ＳＦ協会賞候補作
6 Century Rain（2004）
7 Pushing Ice（2005）

2、3、4、5は本書と同じ未来史を構成する作品となっていて、2では、本書で背景

として触れられていた融合疫による災厄の直後へと時代をさかのぼり、イエローストーン星のカズムシティを舞台に、謎に満ちた復讐劇をハードボイルドな一人称で語ってみせている。3と5は、本書の続篇で、本書で明らかにされたインヒビターの脅威に対抗しようと戦う人類の姿を描いている（本書のある登場人物も再登場して活躍してみせる）。6と7はシリーズ外の作品。6は、異星人の干渉によって歴史が改変されてしまった並行宇宙の地球に、権力抗争を繰り広げている二派の未来人たちが介入を図るという、歴史改変SFとスペース・オペラを混ぜ合わせ、ハードボイルド・タッチで描いてみせた欲ばりな作品。7は、近未来の太陽系を舞台に、異星人とのファースト・コンタクトを描いたストレートなハードSF。ただし、冒頭から土星の衛星ヤヌスが軌道を外れて飛び出していってしまうというのだから、あいかわらずスケールが大きい。さらにこの7のストーリー自体はその本の中で完結しているが、同じ世界を舞台にした新たな未来史シリーズを構成する作品の執筆が今後予定されているらしい。

また、以下の中短篇がすでに邦訳されている（訳はすべて中原尚哉）。

「銀河北極」（Galactic North）　SFマガジン二〇〇一年三月号
「エウロパのスパイ」（A Spy in Europa）『90年代SF傑作選』ハヤカワ文庫SF
「スパイリーと漂流塊の女王」（Spirey and the Queen）　SFマガジン二〇〇二年九月号
「火星の長城」（Great Wall of Mars）　SFマガジン二〇〇三年十一月号

これらはすべて本書と同じ未来史を構成する作品で、特に「銀河北極」は本書でも効果的に使われている近光速船を使った亜光速宇宙航行による時間的な隔絶を、徹底的にエスカレートさせてみせた壮大な中篇で、今のところ未来史の掉尾を飾っている作品でもある。

レナルズは、昨年、ウェブ雑誌〈サイエンス・フィクション・ウィークリイ〉のインタビューで、彼の未来史が明快なハッピーエンドを迎えない点について聞かれ、こう答えている。

「現実の歴史では、整然とした解決や結末なんか訪れない。不安定な状態の事件が次から次に起こるだけだよ。ある危機を脱したと思ったら、次の問題が迫ってくる。……ぼくは、世の中というのはそういうものだと思ってるし、SFが単なる逃避文学であることを免れようとするなら、そういう現実を反映しないといけないとも思ってるんだ」

ここには、レナルズ作品の真骨頂が見事に要約されている。まさに彼の作品中には、安易な解決は登場しない。本書においても、物語は未来に大きな問題を抱えたまま、エンディングを迎える。だが、だからといって、本作が暗い悲劇的な物語かというと、そんなことはまったくない。謎はすべて解明されるし、人類に対する当座の危機はとりあえず回避されるからだ。確かにまだ問題は残っているが、そうやって物語的に開かれた結末をあえて採用することで、この未来世界のリアリティを高めることに成功しているのだ。それに、将来的な危機についても、回避する可能性は残されているわけで、そこは人類の今後の選択や努力次第でどうにでもなる。だから、自分の作品は、「ある意味、とても楽観的な話なんだよ」とレナルズは語っている。

同じインタビューでレナルズは、*Chasm City* や *Century Rain* へのノワール、つまりハードボイルド風犯罪小説の強い影響（それは本書のクーリのパートにも見られる）についても認めており、中でももっとも影響を受けたのはシムノンのメグレ警視ものだと答えている（日本人の感覚だと、シムノンをノワールと言われると少し違和感があるが）。

このノワールっぽさがもっともよく出ているのは、やはり各登場人物の描き方だろう。登場人物たちは皆、正義や倫理よりも、本人の目的意識に忠実に行動するそれぞれの分野の専門家たちであり、最初のうちは誰が主人公なのかも定かではない。そして、彼らの感情についてはほとんど触れられることなく、ひたすらその行動によってその人となりが紹介されていく。これはまさにハードボイルド小説の人物描写そのものだ。レナルズの作品世界には、明確なヒーローも悪漢も存在しない。そこがまた、エキゾチックな遠未来社会にある種のリアリティをもたらしているのだ（そしてそれは、大量に出てくるサイバネティクス系のガジェットともども、サイバーパンクSFの影響も強く受けていることを示している）。

往年のスペース・オペラを思わせる壮大なアイデアと派手なアクション。確かな知識に裏打ちされたハードSF的な科学描写と透徹した歴史観。サイバーパンクを思わせる語り口と人物描写。アレステア・レナルズのSFとは、宇宙SFの歴史を集大成したかのようなハイブリッドSFであり、新世紀にふさわしい魅力溢れる傑作なのである。

訳者略歴　1964年生，1987年東京都立大学人文学部英米文学科卒，英米文学翻訳家　訳書『タイム・シップ』バクスター，『極微機械ボーア・メイカー』ナガタ，『トリポッド』クリストファー（以上早川書房刊）他多数

HM=Hayakawa Mystery
SF=Science Fiction
JA=Japanese Author
NV=Novel
NF=Nonfiction
FT=Fantasy

啓示空間

〈SF1533〉

二〇〇五年十月十五日　発行
二〇〇九年六月十五日　三刷

（定価はカバーに表示してあります）

著者　アレステア・レナルズ
訳者　中原尚哉
発行者　早川浩
発行所　株式会社早川書房
郵便番号　一〇一 - 〇〇四六
東京都千代田区神田多町二ノ二
電話　〇三 - 三二五二 - 三一一一（大代表）
振替　〇〇一六〇 - 三 - 四七七九九
http://www.hayakawa-online.co.jp

乱丁・落丁本は小社制作部宛お送り下さい。
送料小社負担にてお取りかえいたします。

印刷・三松堂印刷株式会社　製本・株式会社川島製本所
Printed and bound in Japan
ISBN978-4-15-011533-3 C0197